U0116959

21世纪高等学校规划教材 | 电子商务

电子商务实现技术
（第2版）

吴泽俊 编著

清华大学出版社
北京

内容简介

本书整合了编者多年的教学、科研与实践经验。书中内容包括电子商务的基础知识，电子商务的网络环境，Web 技术，系统开发所使用的各种主流开发技术，J2EE 企业级开发平台的概念与应用，J2EE 的各种框架技术项目的开发流程，Struts 框架的应用，Spring 和 Hibernate 的使用方法，电子商务支付与结算技术和构建电子商务安全体系所需的各种技术（如安全协议、加密技术、认证技术、防火墙和虚拟专用网技术等）。

本书适用于具有 Internet 和电子商务基本知识，对电子商务系统的设计和开发有兴趣的所有计算机相关专业的学生，也可供企事业单位管理人员、计算机应用软件人员和系统工程设计人员参考。

图书在版编目（CIP）数据

电子商务实现技术/吴泽俊主编. --2 版. --北京：清华大学出版社，2012.1
（21 世纪高等学校规划教材・电子商务）
ISBN 978-7-302-25704-2

Ⅰ. ①电…　Ⅱ. ①吴…　Ⅲ. ①电子商务－高等学校－教材　Ⅳ. ①F713.36

中国版本图书馆 CIP 数据核字(2011)第 104763 号

责任编辑：魏江江　李玮琪
责任校对：白　蕾
责任印制：何　芊
出版发行：清华大学出版社　　**地　址**：北京清华大学学研大厦 A 座
http://www.tup.com.cn　　**邮　编**：100084
社 总 机：010-62770175　　**邮　购**：010-62786544
投稿与读者服务：010-62795954，jsjjc@tup.tsinghua.edu.cn
质量反馈：010-62772015，zhiliang@tup.tsinghua.edu.cn
印 刷 者：北京季蜂印刷有限公司
装 订 者：三河市金元印装有限公司
经　销：全国新华书店
开　本：185×260　**印　张**：22　**字　数**：548 千字
版　次：2012 年 1 月第 2 版　**印　次**：2012 年 1 月第1 次印刷
印　数：1～3000
定　价：34.50 元

产品编号：038918-01

编审委员会成员

（按地区排序）

出版说明

随着我国改革开放的进一步深化，高等教育也得到了快速发展，各地高校紧密结合地方经济建设发展需要，科学运用市场调节机制，加大了使用信息科学等现代科学技术提升、改造传统学科专业的投入力度，通过教育改革合理调整和配置了教育资源，优化了传统学科专业，积极为地方经济建设输送人才，为我国经济社会的快速、健康和可持续发展以及高等教育自身的改革发展做出了巨大贡献。但是，高等教育质量还需要进一步提高以适应经济社会发展的需要，不少高校的专业设置和结构不尽合理，教师队伍整体素质亟待提高，人才培养模式、教学内容和方法需要进一步转变，学生的实践能力和创新精神亟待加强。

教育部一直十分重视高等教育质量工作。2007 年 1 月，教育部下发了《关于实施高等学校本科教学质量与教学改革工程的意见》，计划实施"高等学校本科教学质量与教学改革工程"(简称"质量工程")，通过专业结构调整、课程教材建设、实践教学改革、教学团队建设等多项内容，进一步深化高等学校教学改革，提高人才培养的能力和水平，更好地满足经济社会发展对高素质人才的需要。在贯彻和落实教育部"质量工程"的过程中，各地高校发挥师资力量强、办学经验丰富、教学资源充裕等优势，对其特色专业及特色课程(群)加以规划、整理和总结，更新教学内容、改革课程体系，建设了一大批内容新、体系新、方法新、手段新的特色课程。在此基础上，经教育部相关教学指导委员会专家的指导和建议，清华大学出版社在多个领域精选各高校的特色课程，分别规划出版系列教材，以配合"质量工程"的实施，满足各高校教学质量和教学改革的需要。

为了深入贯彻落实教育部《关于加强高等学校本科教学工作，提高教学质量的若干意见》精神，紧密配合教育部已经启动的"高等学校教学质量与教学改革工程精品课程建设工作"，在有关专家、教授的倡议和有关部门的大力支持下，我们组织并成立了"清华大学出版社教材编审委员会"(以下简称"编委会")，旨在配合教育部制定精品课程教材的出版规划，讨论并实施精品课程教材的编写与出版工作。"编委会"成员皆来自全国各类高等学校教学与科研第一线的骨干教师，其中许多教师为各校相关院、系主管教学的院长或系主任。

按照教育部的要求，"编委会"一致认为，精品课程的建设工作从开始就要坚持高标准、严要求，处于一个比较高的起点上。精品课程教材应该能够反映各高校教学改革与课程建设的需要，要有特色风格、有创新性(新体系、新内容、新手段、新思路，教材的内容体系有较高的科学创新、技术创新和理念创新的含量)、先进性(对原有的学科体系有实质性的改革和发展，顺应并符合 21 世纪教学发展的规律，代表并引领课程发展的趋势和方向)、示范性(教材所体现的课程体系具有较广泛的辐射性和示范性)和一定的前瞻性。教材由个人申报或各校推荐(通过所在高校的"编委会"成员推荐)，经"编委会"认真评审，最后由清华大学出版社审定出版。

目前,针对计算机类和电子信息类相关专业成立了两个"编委会",即"清华大学出版社计算机教材编审委员会"和"清华大学出版社电子信息教材编审委员会"。推出的特色精品教材包括:

(1) 21世纪高等学校规划教材·计算机应用——高等学校各类专业,特别是非计算机专业的计算机应用类教材。

(2) 21世纪高等学校规划教材·计算机科学与技术——高等学校计算机相关专业的教材。

(3) 21世纪高等学校规划教材·电子信息——高等学校电子信息相关专业的教材。

(4) 21世纪高等学校规划教材·软件工程——高等学校软件工程相关专业的教材。

(5) 21世纪高等学校规划教材·信息管理与信息系统。

(6) 21世纪高等学校规划教材·财经管理与应用。

(7) 21世纪高等学校规划教材·电子商务。

(8) 21世纪高等学校规划教材·物联网。

清华大学出版社经过三十多年的努力,在教材尤其是计算机和电子信息类专业教材出版方面树立了权威品牌,为我国的高等教育事业做出了重要贡献。清华版教材形成了技术准确、内容严谨的独特风格,这种风格将延续并反映在特色精品教材的建设中。

清华大学出版社教材编审委员会

联系人:魏江江

E-mail:weijj@tup.tsinghua.edu.cn

前言

电子商务是一个以 Internet/Intranet 为架构，以交易双方为主体，以银行支付和结算为手段，以客户数据库为依托的全新商业模式。它把原来传统的销售、购物渠道移到互联网上来，打破了国家与地区之间的壁垒，使得买卖双方可以不谋面地进行各种商业和贸易活动。随着互联网技术的普及与发展，电子商务作为一种新兴的商业模式，以其简单、快捷和低成本等众多优势在市场中占据着越来越大的份额，具有广阔的发展前景。电子商务学科正是在这种背景下发展起来的，它融合了 Internet 技术、信息科学、计算机科学与通信技术、经济学和管理科学等多门学科技术，是一门对电子商务系统的理论与实践进行系统研究的综合学科，对电子商务的健康发展与普及具有十分重要的意义。

电子商务实现技术作为构建电子商务系统的基石，不仅需要从理论层面进行深入的研究，更需要读者在实践中加以运用才能融会贯通，本书从工程的角度，按照电子商务系统的开发流程，详细介绍各种技术的理论和实现方法，然后将这些技术整合到工程实例中并加入当前最新的电子商务案例，让读者在理论学习的同时了解电子商务的发展动态，通过不断地练习与思考来掌握这些技术。

《电子商务实现技术》整合了编者多年的教学、科研与实践经验，适用于具有 Internet 和电子商务基本知识，对电子商务系统的设计和开发有兴趣的所有计算机相关专业的学生，也可供企事业单位管理人员、计算机应用软件人员和系统工程设计人员作为参考书。本书共分为 9 章。

第 1 章以综述的形式介绍电子商务的基础知识，包括电子商务的定义、发展及存在的现实问题，电子商务的应用特性与功能，电子商务框架与分类、电子商务应用体系结构等，让读者对电子商务有一个宏观的认识。

第 2 章介绍电子商务的网络环境和 Web 技术两个方面的知识，为系统开发打下基础。

第 3 章全面讲解系统开发所使用的各种主流开发技术，包括 HTML 语言、Java 语言基础、JavaScript 技术、JSP 技术等。

第 4 章介绍 J2EE 企业级开发平台的概念与应用，对它的各种核心 API 与组件进行阐述，为应用系统的开发与部署提供技术规范与指南。

第 5 章详细介绍 J2EE 的各种框架技术：Struts 框架、Spring 框架和 Hibernate 框架。

第 6 章以 DIY 相册为案例，从需求、环境搭建、数据库设计、编码四个方面讲述项目的开发流程和 Struts 框架的应用，让读者在实践中深入掌握各种开发技术与方法。

第 7 章在第 5、6 章的基础上，通过实例讲解 J2EE 的另外两种框架技术：Spring 和 Hibernate 的使用方法。

第 8 章介绍电子商务支付与结算技术，包括网上支付的产生与发展、电子商务的各种支付方式、网上支付的主要技术与工具等，让读者对网上交易的流程与实现技术以及当前流行的网上支付工具有一个深入的认识。

第 9 章从电子商务的安全问题与安全需求出发,讲解了构建电子商务安全体系所需的各种技术,包括安全协议、加密技术、认证技术、防火墙和虚拟专用网技术等。

本书涉及内容较多,理论和实例的讲解都较深入,通过参编人员的讨论、项目实践与反复修改才完成。其中,第 1、2、3、4、5 章由吴泽俊编写,第 6、7 章由许勇编写,第 8 章由刘玲玲编写,第 9 章由胡静编写。

由于编写时间仓促,编者水平有限,书中缺点与错误在所难免,欢迎读者批评指正。

编　者

2011 年 8 月

目 录

第1章 电子商务基础知识

在全球范围的商业贸易活动中，在因特网开放的网络环境下，为了实现消费者的网上购物、商户之间的网上交易和在线电子支付以及各种商务活动、交易活动、金融活动和相关的综合服务活动，一种基于浏览器/服务器应用方式，买卖双方不谋面地进行各种商贸活动的新型的商业运营模式应运而生，它就是电子商务。

本章将介绍电子商务的基础知识，包括电子商务的定义、发展及存在的现实问题，电子商务的应用特性与功能，电子商务框架与分类，并在最后一节简单介绍电子商务应用体系框架，让读者先从宏观上了解电子商务。

本章知识点

① 掌握电子商务的定义；
② 了解电子商务的发展；
③ 掌握电子商务的应用特性与功能；
④ 了解电子商务的一般框架与应用框架；
⑤ 掌握电子商务的分类；
⑥ 理解电子商务的应用体系结构。

1.1 电子商务基本概念

1.1.1 电子商务定义

电子商务源于英文 Electronic Commerce，简写为 EC。欧洲委员会 1997 年把电子商务定义为“以电子方式进行商务交易”。电子商务，其内容包含两个方面，一是电子方式，二是商贸活动。作为近年来兴起的一个新概念，目前对它尚无统一的定义。简单地讲，电子商务指的是利用简单、快捷、低成本的电子通信方式，买卖双方不谋面地进行各种商贸活动。电子商务以数据（包括文本、声音和图像）的电子处理和传输为基础，包含了许多不同的活动（如商品服务的电子贸易、数字内容的在线传输、电子转账、商品拍卖、协作、在线资源利用、消费品营销和售后服务），它涉及产品（消费品和工业品）和服务（信息服务、财务与法律服务），传统活动与新活动（虚拟商场）。电子商务组织、各国政府、企业界人士都根据自己所处的地位和对电子商务的参与程度，给出了许多表述不同的定义。比较这些定义，有助于我们更全面地了解电子商务。

1. 电子商务组织的定义

(1) 全球信息基础设施委员会(GIIC)电子商务工作委员会报告草案中对电子商务定义如下：电子商务是运用电子通信作为手段的经济活动，通过这种方式人们可以对带有经济价值的产品和服务进行宣传、购买和结算。这种交易的方式不受地理位置、资金多少或零售渠道的所有权影响，公有及私有企业、公司政府组织、各种社会团体、一般公民、企业家都能自由地参加广泛的经济活动，其中包括农业、林业、渔业、工业、私营和政府服务业。电子商务能使产品在全世界范围内交易并向消费者提供多种多样的选择。

(2) 联合国经济合作和发展组织(OECD)有关电子商务的报告中对电子商务的定义：电子商务是发生在开放网络上的包含企业之间(Business to Business)、企业和消费者之间(Business to Consumer)的商务交易。

2. 政府部门的定义

(1) 美国政府在其"全球电子商务纲要"中比较笼统地指出：电子商务是通过Internet进行的各项商务活动，包括广告、交易、支付、服务等活动，全球电子商务将涉及全球各国。它强调Internet、全球性及服务性。

(2) 加拿大电子商务协会对电子商务的定义如下：电子商务是通过数字通信进行商品和服务的买卖以及资金的转账，它还包括公司间和公司内利用电子邮件(E-mail)、电子资料交换(EDI)、文件传输、传真、电视会议、远程计算机联网所能实现的全部功能(如市场营销、金融结算、销售以及商务谈判)。

(3) 1997年11月在法国巴黎举行的世界电子商务会议(The World Business Agenda for Electronic Commerce)上对电子商务的定义如下：在业务上电子商务是指实现整个贸易活动的电子化，交易各方以电子交易方式进行各种形式的商业交易；在技术上电子商务采用资料交换(EDI)、电子邮件(E-mail)、共享数据库(Database)、电子公告牌(BBS)以及条形码(Barcode)等多种技术。

3. IT行业对电子商务的定义

(1) IBM公司对电子商务的定义：电子商务是指采用数字多元化电子方式进行商务资料交换和开展商务业务的活动。它是在Internet的广阔联系与传统信息技术系统的丰富资源相互结合的背景下应运而生的一种相互关联的动态商务活动，这种活动是在Internet上展开的。网络计算机是电子商务的基础，Internet、Intranet和Extranet是电子商务的三种基本模式。

(2) HP公司对电子商务的定义：电子商务是指从售前服务到售后支持的各个环节均实现电子化、自动化。电子商务是电子化世界(E-World)的重要组成部分，它能使我们以电子交易手段完成物品和服务等价值的交换。

(3) Sun公司对电子商务的定义：电子商务就是指利用Internet网络进行的商务交易，在技术上强调Java电子商务的企业和跨企业应用。

上述定义没有对错之分，人们只是从不同角度，从广义和狭义上，各抒己见。总结起来可以这样说：从宏观上讲，电子商务是利用计算机网络和信息技术的一次创新，旨在通过电子手段建立起一种新的经济秩序，它不仅涉及商务活动本身，也涉及了各种具有商业活动能力的诸如金融、税务、法律和教育等其他社会层面；从微观角度讲，电子商务是指各种具有商业活动能力的实体（如企业、政府机构、个人消费者等）利用计算机和其他信息技术手段进行的各项商业活动。

电子商务涵盖广泛的业务范围，包括：①信息传递与交换；②售前、售后服务，如提供产品和服务的细节、产品使用技术指南及回答顾客意见等；③网上交易；④网上支付或电子支付，如电子转账、信用卡、电子支票、数字现金；⑤运输，如商品的配送管理、运输跟踪以及采用网上方式传输产品；⑥组建虚拟企业，组建一个物理上不存在的企业，集中一批独立的中小公司的权限，提供比任何单独公司多得多的产品和服务，并实现企业间资源共享等。

电子商务就是利用电子数据交换（Electronic Data Interchange，EDI）、电子邮件、电子资金转账（Electronic Financing Turn，EFT）及 Internet 的主要技术在个人间、企业间和国家间进行无纸化的业务信息的交换。随着计算机和计算机网络的应用普及，电子商务不断被赋予新的含义。电子商务被认为是通过信息技术将企业、用户、供应商及其他商贸活动涉及的职能机构结合起来的应用，是完成信息流、物流和资金流转移的一种行之有效的方法。随着 Internet 的普及以及 WWW 服务的提供，可以用声、文、图并茂的方式体现商品的特征，并尽可能地便利用户。Internet 潜在的、对其他产业的影响，使得电子商务在国内外再掀热潮，电子商务亦被列为未来十大 IT 主导技术之一，迎接新的“电子商务时代”成为人们讨论的主题。

1.1.2　电子商务历史发展

电子商务是一个新的名词而并非是一种全新的事物，现在社会上所讲的电子商务是指在网络环境下特别是 Internet 上所进行的商务活动。从广义的角度来看，电子商务就是指人们应用电子手段从事商务活动的一种方式，其目的是通过电子数据信息完成商贸过程中的事务处理，以及将商品和服务的信息通过电子交换把企业、消费者和其他相关的社会团体连接起来。从这个概念出发，早在 1839 年电报出现的时候，人们就开始使用电子手段从事商务活动了。随着电话、传真等工具的应用，现代商务一直与电子技术密切地联系在一起。但是，真正意义上的对电子商务的研究和应用实施始于 20 世纪 70 年代末。于是，可以把电子商务的发展分为两个阶段，即始于 20 世纪 80 年代中期的 EDI 电子商务和始于 20 世纪 90 年代初期的 Internet 电子商务。

早在 20 世纪 70 年代末就出现了作为企业间电子商务应用系统雏形的电子数据交换 EDI 和电子资金传送 EFT，而实用的 EDI 商务在 20 世纪 80 年代得到了较大的发展。EDI 电子商务主要是通过增值网络 VAN（Value-Added Networks）实现的，通过 EDI 网络，交易双方可以将交易过程中产生的询价单、报价单、订购单、收货通知单和货物托运单、保险单和转账发票等报文数据以规定的标准格式在双方的计算机系统上进行端对端的数据传送。到了 20 世纪 90 年代，EDI 电子商务技术已经十分成熟。应用 EDI 使企业实现了“无纸贸易”，大大提高了工作的效率，降低了交易的成本，减少了由于失误带来的损失，加强了贸易伙伴之间的合作关系，因此 EDI 在国际贸易、海关业务和金融领域得到了大量的应用。众多的银行、航空公司、大型企业等均纷纷建立了自己的 EDI 系统,在贸易界甚至提出了"没有 EDI 就没有订单!"、"EDI 引发了贸易领域的革命!"等口号。但是 EDI 电子商务的解决方式都是建立在大量功能单一的专用软硬件设施的基础上,当时网络技术的局限性限制了 EDI 的应用范围扩大,同时 EDI 对技术、设备、人员有较高的要求,并且使用价格极为昂贵。受这些因素的制约,EDI 电子商务仅局限在先进国家和地区以及大型的企业范围内应用,在全世界范围内得不到广泛的普及和发展,大多数的中小企业难以应用 EDI 开展电子商务活动。

随着 Internet 和计算机网络技术的蓬勃发展,网络化和全球化已成为不可抗拒的世界潮流,连通全世界的电子信息通道已经形成,应用 Internet 开展电子商务业务也开始具备务实的条件,电子商务获得长足发展的时机已经成熟。在 20 世纪 90 年代初期,计算机网络技术得到了突破性的发展,依托 Internet 的电子商务技术也就应运而生。Internet 电子商务是主要以飞速发展的遍及全球的 Internet 网络为架构,以交易双方为主体,以银行支付和结算为手段,以客户数据库为依托的全新商业模式。它利用 Internet 的网络环境进行快速有效的商业活动,从单纯的网上发布信息、传递信息到在网上建立商务信息中心;从借助于传统贸易的某些手段的不成熟的电子商务交易到能够在网上完成供、产、销全部业务流程的电子商务虚拟市场;从封闭的银行电子金融系统到开放式的网络电子银行,在 Internet 上的电子商务活动给企业在增加产值、降低成本、创造商机等方面带来了很大的益处。除了 Internet 的发展外,信息技术也得到了全面发展,例如网络安全和管理技术得到了保证,系统和应用软件技术趋于完善等,这一切为 Internet 电子商务的发展和应用奠定了基础。

Internet 网上电子商务之所以受到重视,是因为它具有区别于其他方式的不同特点,具有诱人的发展前景。它可以使企业从事在物理环境中所不能从事的业务,有助于降低企业的成本,提高企业的竞争力。尤其是对各种各样的企业,无论大小,不分"贵贱"地都提供了广阔发展天地和商机,帮助他们节约成本、增加价值、扩展市场、提高效率并抓牢客户,中小企业可以用更低的成本进入国际市场参与竞争。同时,它能为广大的网上消费者增加更多的消费选择,使消费者得到更多的利益。

1.1.3 中国电子商务发展

截至 2009 年,中国互联网发展历时 15 年,而中国电子商务发展已有 12 年。根据我国电子商务研究与传播机构中国 B2B 研究中心编著的《1997—2009:中国电子商务十二年调查报告》,纵观中国电子商务十二年发展史,按照或从国外引入或本土原创开始起步,遭遇互联网泡沫寒冬,"非典"后的回暖以及随之而来的快速发展,到金融危机下的调整与转型,中国电子商务发展大致可分为以下五个发展阶段。

1. 萌芽与起步期(1997—1999 年)

业内公认的说法是,国内第一批电子商务网站的创办时期始于 1997 年起步的三年。当时互联网全新的引入概念鼓舞了第一批新经济的创业者,他们认为传统的贸易信息会借助互联网进行交流和传播,商机无限。于是,从 1997 年到 1999 年,美商网、中国化工网、8848、阿里巴巴、易趣网、当当网等知名电子商务网站先后涌现。

据中国 B2B 研究中心调查显示，在目前已经成立的电子商务网站当中，有 5.2%创办于 20 世纪 90 年代。该阶段无疑是我国电子商务的萌芽与起步时期。

2. 冰冻与调整期(2000—2002 年)

2000—2002 年，在互联网泡沫破灭的大背景下，电子商务的发展也受到严重影响，创业者的信心经受了严峻的挑战，尤其是部分严重依靠外来投资“输血”，而自身尚未找到赢利模式具备“造血”功能的企业，经历了冰与火的严峻考验。于是，包括 8848、美商网、阿里巴巴在内的知名电子商务网站进入残酷的寒冬阶段，而依靠“会员＋广告”模式的行业网站集群，则大都实现了集体赢利，安然度过了互联网最为艰难的“寒潮”时期。

据中国 B2B 研究中心调查显示，在这三年间创建的电子商务网站不到现有网站总数的 12.1%。无疑，该阶段是我国电子商务的冰冻与调整时期。

3. 复苏与回暖期(2003—2005 年)

电子商务经历了低谷，在 2003 年一场突如其来的“非典”后，出现了快速复苏回暖，部分电子商务网站也在经历过泡沫破裂后，更加谨慎务实地对待赢利模式和低成本经营。

据中国 B2B 研究中心调查显示，目前现有电子商务网站总数占现有网站总数 30.1%，应用电子商务的企业会员数量开始明显增加，2003 年成为不少电子商务网站尤其是 B2B 网站的“营收平衡年”，该阶段无疑是我国电子商务的复苏与回暖期。

4. 崛起与高速发展期(2006—2007 年)

互联网环境的改善、理念的普及给电子商务带来巨大的发展机遇，各类电子商务平台会员数量迅速增加，大部分 B2B 行业电子商务网站开始实现赢利。而专注 B2B 的网盛生意宝与阿里巴巴的先后上市成功引发的“财富效应”，更是大大激发了创业者与投资者对电子商务的热情。IPO 的梦想、行业良性竞争和创业投资热情高涨这“三驾马车”，大大推动了我国行业电子商务进入新一轮高速发展与商业模式创新阶段，衍生出更为丰富的服务形式与赢利模式，而电子商务网站数量也快速增加。

据中国 B2B 研究中心调查显示，仅 2007 年，国内各类电子商务网站的创办数量就超过了现有网站总数的 30.3%。该阶段正是我国电子商务的崛起与高速发展阶段。

5. 转型与升级期(2008—2009 年)

全球金融海啸的不期而至，全球经济环境迅速恶化，致使我国相当多的中小企业举步维艰，尤其是外贸出口企业随之受到极大阻碍。作为互联网产业中与传统产业关联度最高的电子商务，也难免独善其身。受产业链波及，外贸在线 B2B 首当其冲，以沱沱网、万国商业网、慧聪宁波网、阿里巴巴为代表的出口导向型电子商务服务商或关闭，或裁员重组，或增长放缓。

与此同时，在外贸转内销与扩大内需、降低销售成本的指引下，内贸在线 B2B 与垂直细分 B2C 却获得了新一轮高速发展，不少 B2C 服务商获得了数目可观的 VC 的资本青睐，传统厂商也纷纷涉水，B2C 由此取得了前所未有的发展与繁荣。而 C2C 领域，随着搜索引擎巨头百度的进入，使得网购用户获得了更多的选择空间，行业竞争更加激烈化。

据中国B2B研究中心调查显示,仅在此两年不到时间内创建的电子商务网站占现有网站总数的22.3%,且有75.4%的电子商务网站专注于细分行业的B2C。该时期电子商务行业优胜劣汰,步伐加快,模式、产品、服务等创新层出不穷。无疑,该阶段是我国电子商务的转型与升级时期。

2010年,国内电子商务的发展继续高歌猛进,据商务部预计,2010年全年电子商务交易额将突破4万亿元,特别是在网络购物方面,2010年前三季度网络购物市场交易规模达到3500亿元,与2009年同期相比增长一倍以上,而据社科院发布的《商业蓝皮书》预计,2010年网络购物的全年交易额将达到5000亿元,约可达到全年社会商品零售总额的3%。

据CNZZ数据中心分析,2010年,全国电子商务网站数量继续增长,12月的行业网站数达1.86万家,与年初相比增长了16.13%,尽管与2008年和2009年相比有一定下降,但在国内整体网站数缓慢下降的背景下,依然显示出勃勃生机。

2010年,电子商务行业访客数也有了相当显著的提高,12月到访电子商务网站的网民数高达3.5亿,占总网民数的87.22%,全年行业访客数增长了36.51%,超过了全年全国网民数的增长率。

随着国内电子商务行业保持持续增长的良好态势,政府部门也充分认识到了电子商务在未来经济发展中的重要性。在由国家工信部牵头、发改委等九部委联合制定的《电子商务"十二五"规划》(初稿)中,电子商务在"十二五"期间将被列入战略性新兴产业,各地方政府纷纷加大了对电子商务支持力度。

1.1.4 电子商务革命

电子贸易网络的建立使经济的运作变得畅通无阻,各种变化对企业内部及外部关系都产生了影响。下面是经济领域发生的7个重大变革。

1. 非物质的经济

还在几年前,艺术家如果想录制自己的唱片需要租一间录音室,要有一位录音师,还要有数吨的器材才行。而在这背后,还要有无数的制造商和转包商。今天,只要有一台微型电脑,有一个软件就足够了。这种工艺技术的变化不仅影响到产品制造,还影响到产品销售:由于有了电子贸易网络,一家销售音乐或信息软件的企业在不增加成本的情况下就可以使其销售额增加。在这里,主要的开支项目是科研。

2. "电脑中间人"

因特网使用者可以通过自己在网上进行模拟的方法认购公债、管理银行账户、找工作和制定计划等。没有中间人吗?实际上,人们利用的是新一代中间人,上述工作是"由一些人来管理,但是由电子来制导的",也就是"计算机中间人"。

3. 动态价格

随着网络贸易的出现,价格是在全球范围内连续确定的。在eBay这个巨大的电子家庭旧货市场的网址上,每天可以向公众提供200万种产品,这些产品在大部分时间里是在个人之间进行交易的。每样东西都是被出价最高的人买走。

4. 压缩库存

供货者是通过电脑网络与分销商联系在一起的。他们可以不断地得到销售情况变化的信息。生产出的产品直接供给各销售网点，而不是进入仓库。有人认为，这种"实时经济使各部门的库存不存在了"。

5. 个性化网页

许多网址已经推出了满足客户个人需求的信息网页。聪明的经销人(其拥有先进的信息程序可以识别用户)根据在网址上已经订购过的书籍或根据曾经选购过同类书籍的购买者的购买行为，甚至可以推断出书(甚至音乐)的类型。在有些电子贸易的网址上，根据客户以前的购物单就可以将他的网上购物车装满。

6. "病毒式"营销学

"病素式"营销学是一种通过口头传播的数字化贸易。杰夫贝索斯说："因特网是一个巨大的共鸣箱。"Hotmail 电子信件网址之所以能每天吸引多达 10 万个新用户，这是因为每个使用者都在给它做一种用不着怀疑其可靠性的广告：当你发出一个电子邮件的时候，你的签名就包含了你对已经使用过的这种服务的评价，也包含了你愿意与这个网址保持联系的意愿。

7. 吸引注意力

因特网使用者今后的选择余地是极大的，为了吸引因特网使用者的注意，各企业准备向他们推出一些免费上网服务，甚至是免费使用电脑。作为回报，这些企业希望利用广告和电子贸易来弥补损失。

1.1.5 电子商务现实问题

1. 网络自身有局限性

有一位消费者在网上订购了一新款女式背包，虽然质量不错，但怎么看款式都没有网上那个中意。许多消费者都反应实际得到的商品不是在网上看中的商品。这是怎么回事呢？其实在把一件立体的实物缩小许多变成平面的画片的过程中，商品本身的一些基本信息会丢失；输入电脑的只是人为选择商品的部分信息，人们无法从网上得到商品的全部信息，尤其是无法得到对商品的最鲜明的直观印象。

2. 搜索功能不够完善

当在网上购物时，用户面临的一个很大的问题就是如何在众多的网站找到自己想要的物品，并以最低的价格买到。搜索引擎看起来很简单，用户输入一个查询关键词，搜索引擎就按照关键词到数据库去查找，并返回最合适的 Web 页链接。但根据 NEC 研究所与 Inktomi 公司最近研究结果表明，目前在互联网上至少 10 亿网页需要建立索引，而现有搜索引擎仅仅能对 5 亿网页建立索引，仍然有一半不能索引。这主要不是由于技术原因，而是由于在线商家希望保护商品价格的隐私权。因此当用户在网上购物时，不得不一个网站一个网站搜寻下去,直到找到满意价格的物品。

3. 用户消费观念跟不上

电子商务与传统商务方式一个很大的不同是交易的当事人不见面,交易的虚拟性强,这就要求整个社会的信用环境要好,信用消费的观念要深入人心。西方国家的电子商务发展势头比较好,一个重要的原因是西方的市场秩序比较好,信用制度比较健全,信用消费观念已被人们普遍接受。然而在我国,一方面,人们信用消费的意识非常薄弱,信用卡的使用远没有普及;另一方面,人们到商场还怕买到假冒伪劣产品,更何况是在不知道离自己多远的网上。

4. 交易的安全性得不到保障

电子商务的安全问题仍然是影响电子商务发展的主要因素。由于 Internet 的迅速流行,电子商务引起了广泛的注意,被公认为是未来 IT 业最有潜力的新的增长点。然而,在开放的网络上处理交易,如何保证传输数据的安全成为电子商务能否普及的最重要的因素之一。调查公司曾对电子商务的应用前景进行过在线调查,当问到为什么不愿意在线购物时,绝大多数人担心的问题是遭到黑客的侵袭而导致信用卡信息丢失。因此,有一部分人或企业因担心安全问题而不愿使用电子商务,安全成为电子商务发展中最大的障碍。

5. 电子商务的管理还不够规范

电子商务的多姿多彩给世界带来全新的商务规则和方式,这更加要求在管理上要做到规范,这个管理的概念应该涵盖商务管理、技术管理、服务管理等多方面,因此要同时在这些方面达到一个比较令人满意的规范程度,不是一时半时就可以做到的。另外电子商务平台的前后端相一致也是非常重要的。前台的 Web 平台是直接面向消费者的,是电子商务的门面。而后台的内部经营管理体系则是完成电子商务的必备条件,它关系到前台所承接的业务最终能不能得到很好的实现。一个完善的后台系统更能体现一个电子商务公司的综合实力,因为它将最终决定提供给用户的是什么样的服务,决定电子商务的管理是不是有效,决定电子商务公司最终能不能实现赢利。

6. 税务问题

税务(包括关税和税收)是一个国家重要的财政来源。由于电子商务的交易活动是在没有固定场所的国际信息网络环境下进行,造成国家难以控制和收取电子商务的税金。

7. 标准问题

各国的国情不同,电子商务的交易方式和手段当然也存在某些差异,而且我们要面对无国界、全球性的贸易活动,因此需要在电子商务交易活动中建立相关的、统一的国际性标准,以解决电子商务活动的互操作问题。中国电子商务目前的问题是概念不清,搞电子的搞商务,搞商务的搞电子,呈现一种离散、无序、局部的状态。

8. 支付问题

由于金融手段落后、信用制度不健全,中国人更喜欢现金交易,没有使用信用卡的习惯。

而在美国，现金交易较少，国民购物基本上采用信用卡支付，而且国家出于金融、税收、治安等方面的原因，也鼓励使用信用卡以减少现金的流通。完善的金融制度，方便、可靠、安全的支付手段是B2C电子商务发展的基本条件。不难看出，影响我国电子商务发展的不单是网络带宽的狭窄、上网费用的昂贵、人才的不足以及配送的滞后，更重要的原因来自信用制度不健全与人们的生活习惯。

9. 配送问题

配送是让商家和消费者都很伤脑筋的问题。网上消费者经常遇到交货延迟的现象，而且配送的费用很高。业内人士指出，我国国内缺乏系统化、专业化、全国性的货物配送企业，配送销售组织没有形成一套高效、完备的配送管理系统，这毫无疑问地影响了人们的购物热情。

10. 知识产权问题

在由电子商务引起的法律问题中，保护知识产权问题又最为重要。由于计算机网络上承载的是数字化形式的信息，因而在知识产权领域(专利、商标、版权和商业秘密等)中，版权保护的问题尤为突出。

11. 电子合同的法律问题

在电子商务中，传统商务交易中所采取的书面合同已经不适用了。一方面，电子合同存在容易编造、难以证明其真实性和有效性的问题；另一方面，现有的法律尚未对电子合同的数字化印章和签名的法律效力进行规范。

12. 电子证据的认定

信息网络中的信息具有不稳定性或易变性，这就造成了信息网络发生侵权行为时，锁定侵权证据或者获取侵权证据难度极大，对解决侵权纠纷带来了较大的障碍。如何保证在网络环境下信息的稳定性、真实性和有效性，是有效解决电子商务中侵权纠纷的重要因素。

13. 其他细节问题

最后就是一些不规范的细节问题，例如目前网上商品价格参差不齐，主要成交类别商品价格最大相差40%；网上商店服务的地域差异大；在线购物发票问题大；网上商店对订单回应速度参差不齐；电子商务方面的法律，对参与交易的各方面的权利和义务还没有进行明确细致的规定。

1.2 电子商务应用特性与功能

电子商务可提供网上交易和管理等全过程的服务，一般说来它有较为明显的功能与特征。

1.2.1 电子商务应用特性

电子商务的特性可归结为以下几点：商务性、服务性、集成性、可扩展性、安全性、协调性。

1. 商务性

电子商务最基本的特性为商务性，即提供买卖交易的服务手段和机会。网上购物提供一种客户所需要的方便途径，因而，电子商务对任何规模的企业而言都是一种机遇。

就商务性而言，电子商务可以扩展市场、增加客户数量，通过将万维网信息连至数据库，企业能记录下每次访问、销售、购买形式和购货动态以及客户对产品的偏爱，这样企业方面就可以通过统计这些数据来获知客户最想购买的产品是什么。

2. 服务性

在电子商务环境中，客户不再受地域的限制，像以往那样，忠实地只做某家邻近商店的老主顾，他们也不再仅仅将目光集中在最低价格上，因而，服务质量在某种意义上成为商务活动的关键。技术创新带来新的结果，万维网应用使得企业能自动处理商务过程，并不再像以往那样强调公司内部的分工。现在在 Internet 上许多企业都能为客户提供完整服务，而万维网在这种服务的提高中充当了催化剂的角色。

企业通过将客户服务过程移至万维网上，使客户能以一种比过去简捷的方式完成过去他们较为费事才能获得的服务，如将资金从一个存款户头移至一个支票户头、查看一张信用卡的收支、记录发货请求，乃至搜寻购买稀有产品，这些都可以足不出户而实时完成。

显而易见，电子商务提供的客户服务具有一个明显的特性——方便，不仅对客户来说如此，对于企业而言，同样也能受益。我们不妨来看这样一个例子，比利时的塞拉银行，通过电子商务，使得客户能全天候地存取资金账户、快速地阅览诸如押金利率贷款过程等信息，这使得服务质量大为提高。

3. 集成性

电子商务是一种新兴产物，其中用到了大量新技术，但并不是说新技术的出现就必须导致老设备的死亡。万维网的真实商业价值在于协调新老技术，使用户能更加行之有效地利用他们已有的资源和技术，更加有效地完成他们的任务。

电子商务的集成性，还在于事务处理的整体性和统一性。它能规范事务处理的工作流程，将人工操作和电子信息处理集成为一个不可分割的整体，这样不仅能提高人力和物力的利用，也提高了系统运行的严密性。

4. 可扩展性

要使电子商务正常运作，必须确保其可扩展性。万维网上有数以百万计的用户，在传输过程中时不时地会出现高峰状况。倘若一家企业原来设计每天可受理 40 万人次访问，而事实上却有 80 万，就必须尽快配有一台扩展的服务器，否则客户访问速度将急剧下降，甚至还会拒绝很多可能带来丰厚利润的客户的来访。

对于电子商务来说,可扩展的系统才是稳定的系统。如果在出现高峰状况时能及时扩展,就可使得系统阻塞的可能性大为下降;电子商务中,耗时仅2分钟的重新启动也可能导致大量客户流失,因而可扩展性极其重要。

5. 安全性

对于客户而言,无论网上的物品如何具有吸引力,如果他们对交易安全性缺乏把握,他们根本就不敢在网上进行买卖,企业和企业间的交易更是如此。

在电子商务中,安全性是必须考虑的核心问题,欺骗、窃听、病毒和非法入侵都在威胁着电子商务,因此要求网络能提供一种端到端的安全解决方案,包括加密机制、签名机制、分布式安全管理、存取控制、防火墙、安全万维网服务器、防病毒保护等。为了帮助企业创建和实现这些方案,国际上多家公司联合开展了安全电子交易的技术标准和方案研究,并发表了SET安全电子交易 和 SSL 安全套接层等协议标准,使企业能建立一种安全的电子商务环境。

6. 协调性

商务活动是一种协调过程,它需要雇员和客户、生产方、供货方以及商务伙伴间的协调。为提高效率,许多组织都提供了交互式的协议,电子商务活动可以在这些协议的基础上进行。传统的电子商务解决方案能加强公司内部相互作用,电子邮件就是其中一种。但那只是协调员工合作的一小部分功能,利用万维网将供货方连接到客户订单处理,并通过一个供货渠道加以处理,这样公司就节省了时间,消除了纸张文件带来的麻烦并提高了效率。

电子商务是迅捷简便的,具有友好界面的用户信息反馈工具,决策者们能够通过它获得高价值的商业情报,辨别隐藏的商业关系和把握未来的趋势,因而,他们可以做出更有创造性、更具战略性的决策。

另外,交易虚拟化、交易成本低、交易效率高、交易透明化也是电子商务的特点之一。

1.2.2 电子商务功能

电子商务的功能非常强大、内容也十分丰富,如广告宣传、咨询洽谈、网上订购、网上支付、电子账户、服务传递、意见征询、交易管理等各项功能。

1. 广告宣传

电子商务可凭借企业的 Web 服务器和客户的浏览,在 Internet 上发布各类商业信息。客户可借助网上的检索工具 Search 迅速地找到所需商品信息,而商家可利用网上主页 HomePage 和电子邮件 E-mail 在全球范围内作广告宣传。与以往的各类广告相比,网上的广告成本最为低廉,而给顾客的信息量却最为丰富。

2. 咨询洽谈

电子商务可借助非实时的电子邮件 E-mail、新闻组 News Group 和实时的讨论组 Chat 来了解市场和商品信息、洽谈交易事务,如有进一步的需求,还可用网上的白板会议 Whiteboard Conference 来交流即时的图形信息。网上的咨询和洽谈能超越人们面对面洽谈的限制,提供多种方便的异地交谈形式。

3. 网上订购

电子商务可借助 Web 中的邮件交互传送实现网上的订购。网上的订购通常都是在产品介绍的页面上提供十分友好的订购提示信息和订购交互格式框,当客户填完订购单后,通常系统会回复确认信息单来保证订购信息的收悉,订购信息也可采用加密的方式使客户和商家的商业信息不会泄露。

4. 网上支付

电子商务要成为一个完整的过程,网上支付是重要的环节。客户和商家之间可采用信用卡账号进行支付,在网上直接采用电子支付手段将可省略交易中很多人员的开销,网上支付将需要更为可靠的信息传输、安全性控制以防止欺骗、窃听、冒用等非法行为。

5. 电子账户

网上的支付必须要有电子金融来支持,即银行或信用卡公司及保险公司等金融单位,要为金融服务提供网上操作的服务,而电子账户管理是其基本的组成部分。

信用卡号或银行账号都是电子账户的一种标志,而其可信度需配以必要技术措施来保证,如数字证书、数字签名、加密等手段的应用提供了电子账户操作的安全性。

6. 服务传递

对于已付了款的客户应将其订购的货物尽快地传递到他们的手中,有些货物在本地,有些货物在异地。电子邮件能在网络中进行物流的调配,而最适合在网上直接传递的货物是信息产品,如软件、电子读物、信息服务等,它能直接从电子仓库中将货物发到用户端。

7. 意见征询

电子商务能十分方便地采用网页上的"选择"、"填空"等格式文件来收集用户对销售服务的反馈意见,这样使企业的市场运营能形成一个封闭的回路。客户的反馈意见不仅能提高售后服务的水平,更使企业获得改进产品、发现市场的商业机会。

8. 交易管理

整个交易的管理将涉及人、财、物多个方面,企业和企业、企业和客户及企业内部等各方面的协调和管理。因此,交易管理是涉及商务活动全过程的管理。电子商务的发展,将会提供一个良好的交易管理的网络环境及多种多样的应用服务系统,这样能保障电子商务获得更广泛的应用。

1.3 电子商务框架与分类

借助网络进行电子交易是电子商务实施的重要环节。对于网上交易而言,通信、计算机、电子支付以及安全等现代信息技术是其实现的保证。网上交易的过程如图 1-1 所示。

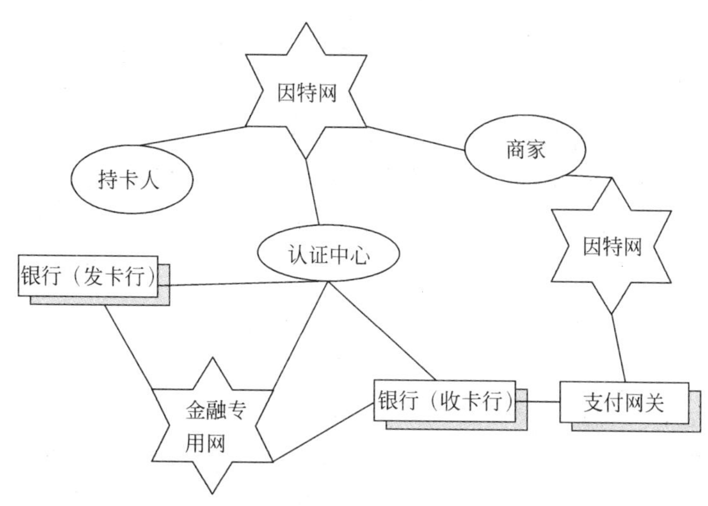

图 1-1　电子商务网上交易示意图

在图 1-1 中，消费者向商家发出购物请求，商家把消费者的支付指令通过支付网关（负责将持卡人的账户中资金转入商家账户的金融机构，由金融机构或第三方控制，处理持卡人购买和商家支付的请求）送往商家的收单行，收单行通过银行卡网络从发卡行（消费者开户行）取得授权后，把授权信息通过支付网关送回商家，商家取得授权后，向消费者发送购物回应信息。在这个过程中，认证机构需分别向持卡人、商家和支付网关发出持卡人证书、商家证书和支付网关证书。三者在传输信息时，要加上发出方的数字签名，并用接收方的公开密钥对信息加密，这样，实现商家无法获得持卡人的信用卡信息，银行无法获得持卡人的购物信息，同时保证商家能收到货款和进行支付。

网上交易的过程看似简单，却是建立在电子商务基本框架基础之上的。

1.3.1　电子商务一般框架

电子商务的框架结构是指电子商务活动环境中所涉及的各个领域以及实现电子商务应具备的技术保证。从总体上来看，电子商务框架结构由三个层次和两大支柱构成。其中，电子商务框架结构的三个层次分别是网络层、信息发布与传输层、电子商务服务层和应用层，两大支柱是指社会人文性的公共政策和法律规范以及自然科技性的技术标准和网络协议，如图 1-2 所示。

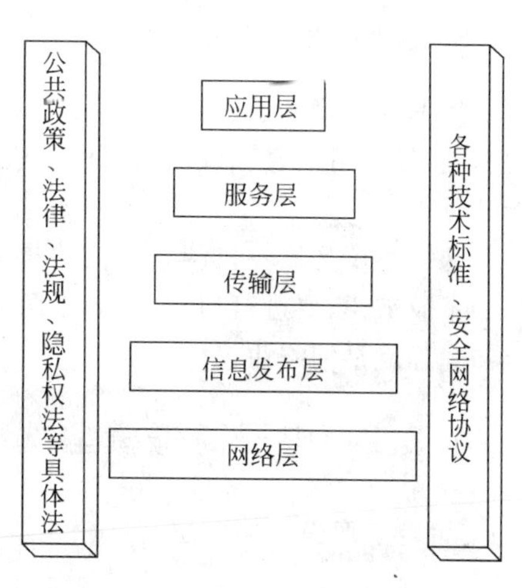

图 1-2　电子商务的框架结构模型

1. 网络层

网络层指网络基础设施，是实现电子商务的最底层的基础设施，它是信息的传输系统，也是实现电子商务的基本保证。它包括远程通信网、有线电视网、无线通信网和互联网。因为电子商务的主要业务是基于 Internet 的，所以互联网是网络基础设施中最重要的部分。

2. 信息发布与传输层

网络层决定了电子商务信息传输使用的线路,而信息发布与传输层则解决如何在网络上传输信息和传输何种信息的问题。目前 Internet 上最常用的信息发布方式是在 WWW 上用 HTML 语言的形式发布网页,并将 Web 服务器中发布传输的文本、数据、声音、图像和视频等的多媒体信息发送到接收者手中。从技术角度而言,电子商务系统的整个过程就是围绕信息的发布和传输进行的。

3. 电子商务服务和应用层

电子商务服务层实现标准的网上商务活动服务,如网上广告、网上零售、商品目录服务、电子支付、客户服务、电子认证(CA 认证)、商业信息安全传送等。其真正的核心是 CA 认证。因为电子商务是在网上进行的商务活动,参与交易的商务活动各方互不见面,所以身份的确认与安全通信变得非常重要。CA 认证中心,担当着网上"公安局"和"工商局"的角色,而它给参与交易者签发的数字证书,就类似于"网上的身份证",用来确认电子商务活动中各自的身份,并通过加密和解密的方法实现网上安全的信息交换与安全交易。

在基础通信设施、多媒体信息发布、信息传输以及各种相关服务的基础上,人们就可以进行各种实际应用。比如像供应链管理、企业资源计划、客户关系管理等各种实际的信息系统,以及在此基础上开展企业的知识管理、竞争情报活动。而企业的供应商、经销商、合作伙伴以及消费者、政府部门等参与电子互动的主体也是在这个层面上和企业产生各种互动。

4. 公共政策和法律规范

法律维系着商务活动的正常运作,对市场的稳定发展起到了很好的制约和规范作用。进行商务活动,必须遵守国家的法律、法规和相应的政策,同时还要有道德和伦理规范的自我约束和管理,二者相互融合,才能使商务活动有序进行。随着电子商务的产生,由此引发的问题和纠纷不断增加,原有的法律法规已经不能适应新的发展环境,制定新的法律法规并形成一个成熟、统一的法律体系,成为世界各国发展电子商务的必然趋势。

5. 技术标准和网络协议

技术标准定义了用户接口、传输协议、信息发布标准等技术细节。它是信息发布、传递的基础,是网络信息一致性的保证。就整个网络环境来说,标准对于保证兼容性和通用性是十分重要的。

网络协议是计算机网络通信的技术标准,对于处在计算机网络中的两个不同地理位置上的企业来说,要进行通信,必须按照通信双方预先共同约定好的规程进行,这些共同的约定和规程就是网络协议。

1.3.2 电子商务模型

1. 电子商务环境模型

市场是企业经营的场所,也是企业和外界协作、竞争的媒介,是企业的生存环境。消费者、企业、供应商构成了电子商务的主体，而电子商务的环境离不开消费市场和产业市场。消费者、企业、供应商、消费市场和产业市场构成了整个电子商务的环境模型，如图 1-3 所示。

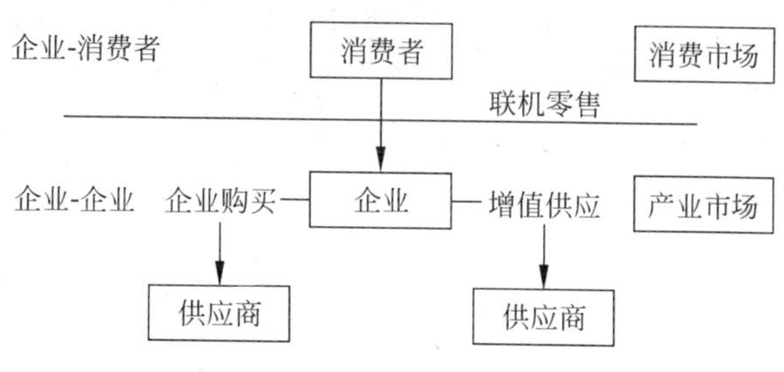

图 1-3 电子商务的环境模型

2. 电子商务概念模型

电子商务的概念模型是对现实世界中电子商务活动的一般抽象描述，是由交易主体、电子市场、交易事务和物资流、资金流、信息流所组成。

在电子商务概念模型中，电子商务实体（简称 EC 实体）是指能够从事电子商务活动的客观对象，它可以是企业、银行、商店、政府机构、科研教育机构和个人等；电子市场是指 EC 实体从事商品和服务交换的场所，它由各种各样的商务活动参与者利用各种通信装置，通过网络连接成一个统一的经济整体；交易事务是指 EC 实体之间所从事的具体的商务活动的内容，例如询价、报价、转账支付、广告宣传、商品运输等。

电子商务的任何一笔交易，包含着以下三种基本的“流”，即物资流、信息流、资金流。

物资流主要是指商品和服务的配送和传输渠道，是因人们的商品交易行为而形成的物质实体的物理性移动过程，它由一系列具有时间和空间效用的经济活动组成，包括包装、装卸、存储、运输、配送等多项活动。广义的物流既包括流通领域，又包括生产领域，是指物质资料在生产环节之间和产成品从生产场所到消费场所之间的物理移动；狭义的物流只包括流通领域，指作为商品的物资在生产者与消费者之间发生的空间位移。对于大多数商品和服务来说，可以直接以网络传输的方式进行配送，如各种电子出版物、信息资讯服务、有价信息等。

信息流既包括商品信息的提供、促销营销、技术支持、售后服务等内容，也包括诸如询价单、报价单、付款通知单、转账通知单等商业贸易单证，还包括交易方的支付能力、支付信誉、中介信誉等。在企业中，信息流分为两种，一种是纵向信息流，发生在企业内部；另一种是横向信息流，发生在企业与其上下游的相关企业、政府管理机构之间。

（1）传统管理模式的顾客需求信息流如图 1-4 所示。

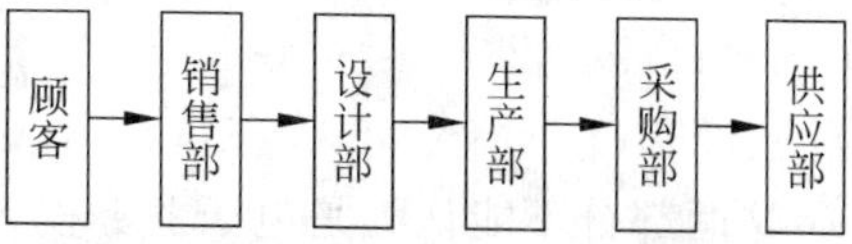

顾客 → 销售部 → 设计部 → 生产部 → 采购部 → 供应部

图 1-4 传统管理模式的顾客需求信息流

（2）电子商务模式的顾客需求信息流如图 1-5 所示。

资金流主要是指资金的转移过程，包括付款、转账、兑换等过程，它始于消费者，终于商家账户，中间可能经过银行等金融部门。电子商务活动中资金流的方式是依靠金融网来实现的,主要有电子现金、电子支票、信用卡等。

在商品价值形态的转移过程中,物流是基础,信息流是桥梁,资金流是目的,信息流处于中心地位,信息流是其他流运转的介质,直接影响控制着商品流通中各个环节的运作效率。故三流的关系可以表述为:以信息流为依据,通过资金流实现商品的价值,通过物流实现商品的使用价值。物流应是资金流的前提与条件,资金流应是物流的依托的价值担保,并为适应物流的变化而不断进行调整,信息流对资金流和物流运动起着指导和控制作用,并为资金流和物流活动提供决策的依据。

对于每个 EC 实体来说,它所面对的是一个电子市场,它必须通过电子市场来选择交易的内容和对象。因此,电子商务的概念模型可以抽象地描述为每个 EC 实体和电子市场之间的交易事务关系,如图 1-6 所示。

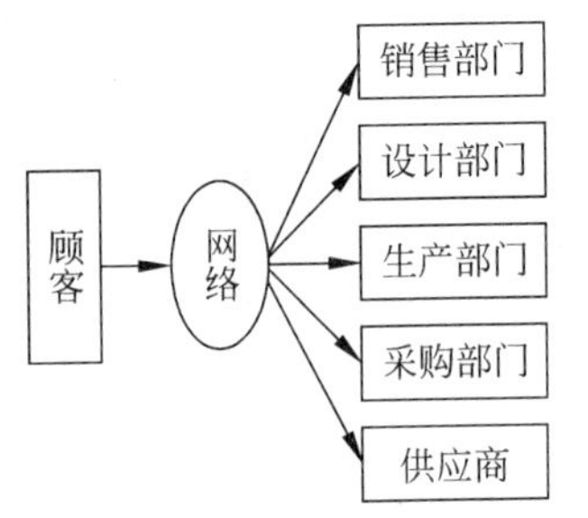

图 1-5　电子商务模式的顾客需求信息流

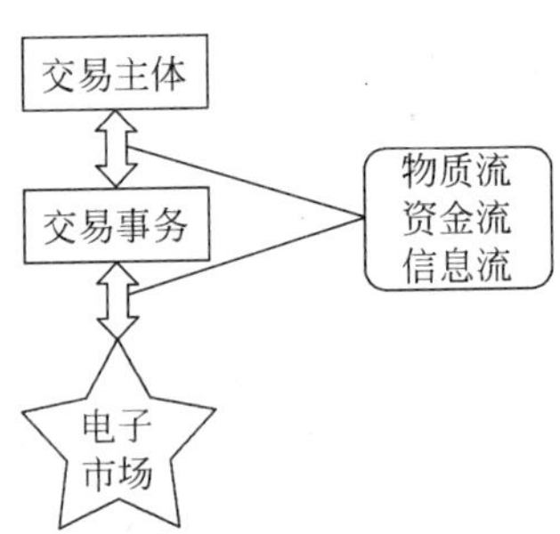

图 1-6　电子商务的概念模型

3. 电子商务交换模型

电子商务交换模型以商务交换基本过程及其不确定因素为基础,描述了电子商务行为下常规商务交易过程中信息交流和处理的变化。该模型包括两部分,分别是贸易背景处理和贸易基础处理,如图 1-7 所示。

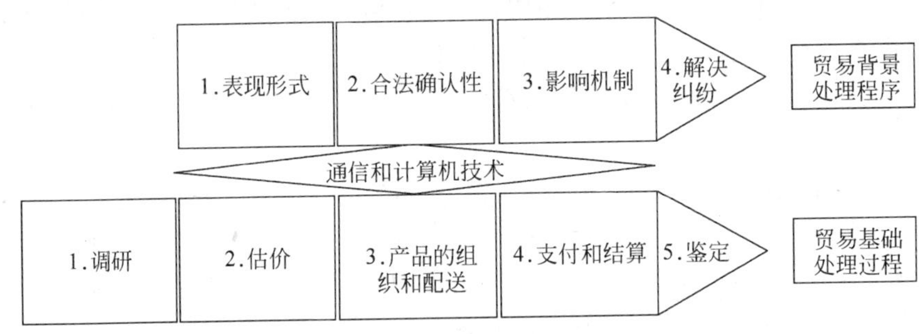

图 1-7　电子商务的交换模型

这两部分不能认为是电子商务模式下针对贸易领域所创造出来的,电子贸易与传统贸易相比贸易基本处理过程并没有变化,只是用以完成这些过程的媒介发生了变化,通信和计算机技术成为整个交易过程的基础。传统贸易过程中遇到的问题在电子商务领域依然会遇到,但是我们可以借助电子商务来提高效率、减少错误。

交换模型为我们提供了很好的思路,也就是以信息技术为导向的电子商务在任何商务领域都可以应用,这样电子商务的市场前景变得非常广阔。对于人力资源领域、市场营销领域、物流领域等都可以应用电子商务进行一定的产业革新。

1.3.3　电子商务应用框架

1. 电子商务系统的组成

从技术角度看，电子商务的应用系统由三部分组成。

1）企业内部网

企业内部网（Intranet）由 Web 服务器、电子邮件服务器、数据库服务器以及客户端的 PC 组成。所有这些服务器和 PC 都通过先进的网络设备集线器或交换器连接在一起。

Web 服务器可以向企业内部提供一个内部 WWW 站点，借此提供企业内部日常的信息访问；邮件服务器为企业内部提供电子邮件的发送和接收；数据库服务器通过 Web 服务器对企业内部和外部提供电子商务处理服务；客户端 PC 则用来为企业内部员工提供访问工具，员工可以通过 Internet Explorer 等浏览器在权限允许的前提下方便快捷地访问各种服务器。

企业内部网是一种有效的商务工具，通过防火墙，企业将自己的内部网与 Internet 隔离，它可以用来自动处理商务操作及工作流，增强对重要系统和关键数据的存取，共享经验，共同解决客户问题，并保持组织间的联系。

2）企业外联网

企业外联网是架构在企业内联网和供应商、合作伙伴、经销商等其他企业内联网之间的通信网络。也可以说，企业外联网是由两个或两个以上的企业内联网连接而成的。这样组织之间就可以访问彼此的重要信息，如订购信息、交货信息等。当然，组织间通过外联网各自的需要共享一部分而不是全部的信息。

3）Internet

Internet 是电子商务最广泛的层次。任何组织都可以通过 Internet 向世界上所有的人发布和传递信息，而任何人都可以访问 Internet 获得相关信息和服务。当企业需要和其他所有的公司和广大消费者进行交流的时候，它们就必须充分利用互联网。互联网是目前世界上最大的计算机通信网络，它将世界各地的计算机网络连接在一起。企业开展全面的电子商务必须借助互联网。

在建立了完善的企业内部网和实现了与互联网之间的安全连接后，企业已经为建立一个好的电子商务系统打下良好基础。在这个基础上，企业开发公司的网站，向外界宣传自己的产品和服务，并提供交互式表格方便消费者的网上订购；增加 SCM、ERP、CRM 等信息系统，实现公司内部的协同工作、高效管理和有效营销。

在企业内联网、外联网以及借助互联网的前提下，企业才可能实现真正意义上的完全的电子商务。

2. 电子商务系统的应用框架

电子商务系统是由许多系统角色构成的一个大系统。电子商务系统的主要角色有采购者、供应者、支付中心、认证中心、物流中心、电子商务服务商等。电子商务的价值主要体现在与企业结合，特别是与传统企业进行整合，提升企业的竞争能力上。电子商务的实质是企业利用电子方式在客户、供应商和合作伙伴之间，实现在线交易、相互协作和价值交换。除了支持在网上交易中购销的活动外，更强调交易流程的整体效率与效益的提升。商家通过网上交易市场开发新的市场及客户群、维护老顾客、提升供应链效率，从而为企业扩大市场收入，降低运营成本，赢得更高的投资回报创造良好的条件。

然而，在电子商务的实际应用过程中，由于各企业的性质和规模存在一定的差异，因此电子商务实现的要求各不相同。就像有的企业是面向消费者的，有的电子商务服务是面向供应商或销售商的，甚至两者兼而有之；在商务活动上有电子采购和在线客户服务等。下面以企业为例介绍电子商务的应用结构，为电子商务模式分析提供一个整体性的框架，如图 1-8 所示。

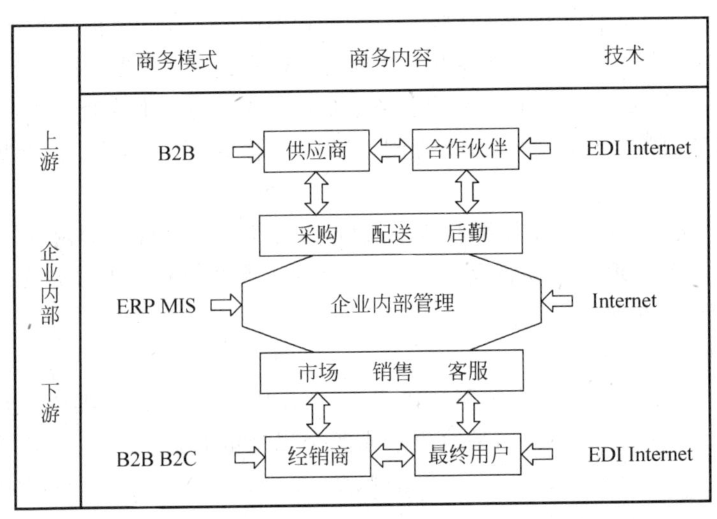

图 1-8 电子商务的应用框架

从图 1-8 中可以看出，首先，电子商务所涉及的对象不但包括供应商、经销商、消费者，而且还包括有关的合作伙伴，如物流公司、银行等，它们共同形成一个完整的供应链。但对于一个企业来说，其电子商务系统的运作往往只和相邻的上下游的企业发生业务关系。其次，电子商务系统的业务从材料采购到产品销售和最终售后服务，覆盖范围非常广，包括市场、销售、采购、配送/后勤、客户服务等。最后，电子商务系统的解决方案应该和企业内部的管理系统（如 MIS/ERP）进行集成，只有这样才能真正提升企业的管理效率。

1.3.4 电子商务的分类及模式

电子商务从不同的角度出发，有不同的分类方法。

1. 按商业活动运作方式

按商业活动运作方式可分成完全电子商务和不完全电子商务两类。

(1) 完全电子商务，即可以完全通过电子商务方式实现和完成整个交易过程的交易。

(2) 不完全电子商务，即指无法完全依靠电子商务方式实现和完成完整交易过程的交易，它需要依靠一些外部要素，如运输系统等来完成交易。

2. 按电子商务应用服务的领域范围

由于电子商务的参与者众多，如企业、消费者、政府、接入服务的提供商(ISP)、在线服务的提供者、配送和支付服务的提供机构等，它们的性质各不相同，可以分为B(Business)，C(Customer)，G(Government)。由此形成了以下四类电子商务交易模式：B2B、B2C、C2C、B2M等。

(1) B2B(Business To Business)，指的是商家(泛指企业)对商家的电子商务，即企业与企业之间通过互联网进行产品、服务及信息的交换。其通俗的说法是指进行电子商务交易的供需双方都是商家(或企业、公司)，它们使用了Internet的技术或各种商务网络平台，完成商务交易的过程。这些过程包括发布供求信息、订货及确认订货、支付过程及票据的签发、传送和接收、确定配送方案并监控配送过程等。B2B的典型代表是阿里巴巴、中国制造网等。

(2) B2C(Business To Customer)。B2C模式是我国最早产生的电子商务模式，以8848网上商城正式运营为标志。B2C即企业通过互联网为消费者提供一个新型的购物环境——网上商店，消费者通过网络在网上购物、在网上支付。由于这种模式节省了客户和企业的时间和空间，大大提高了交易效率，特别对于工作忙碌的上班族，这种模式可以为其节省宝贵的时间。

(3) C2C(Consumer To Consumer)。C2C同B2B、B2C一样，都是电子商务的几种模式之一。不同的是C2C是用户对用户的模式，C2C商务平台就是通过为买卖双方提供一个在线交易平台，使卖方可以主动提供商品上网拍卖，而买方可以自行选择商品进行竞价。

(4) B2M(Business To Manager)。B2M相对于B2B、B2C、C2C的电子商务模式而言，是一种全新的电子商务模式。它与以上三种有着本质的不同，其根本的区别在于目标客户群的性质不同，前三者的目标客户群都是作为消费者的身份出现，而B2M所针对的客户群是该企业或者该产品的销售者或者为其工作者，而不是最终消费者。

企业通过网络平台发布该企业的产品或者服务，职业经理人通过网络获取该企业的产品或者服务信息，并且为该企业提供产品销售或者提供企业服务，企业通过经理人的服务达到销售产品或者获得服务的目的。职业经理人通过为企业提供服务而获取佣金。

B2M与传统电子商务相比有了巨大的改进，除了面对的用户群体有着本质的区别外，B2M具有一个更大的特点优势，即电子商务的线下发展！以上三种传统电子商务的特点是商品或者服务的买家和卖家都只能是网民，而B2M模式能将网络上的商品和服务信息完全的走到线下，企业发布信息，经理人获得商业信息，并且将商品或者服务提供给所有的百姓，不论是线上还是线下。以中国市场为例，传统电子商务网站面对4.5亿网民，而B2M面对则是14亿的中国公民！

因特网上的电子商务可以分为三个方面，即信息服务、交易和支付。主要内容包括电子商情广告；电子选购和交易、电子交易凭证的交换；电子支付与结算以及售后的网上服务等。主要交易类型有企业与个人的交易(B2C方式)和企业之间的交易(B2B方式)两种。参与电子商务的实体有四类：顾客(个人消费者或企业集团)、商户(包括销售商、制造商、储运商)、银行(包括发卡行、收单行)及认证中心。

从贸易活动的角度分析,电子商务可以在多个环节实现,由此也可以将电子商务分为两个层次,较低层次的电子商务如电子商情、电子贸易、电子合同等;最完整的也是最高级的电子商务应该是利用Interet网络能够进行全部的贸易活动,即在网上将信息流、商流、资金流和部分的物流完整地实现,也就是说,你可以从寻找客户开始,一直到洽谈、订货、在线付(收)款、开具电子发票以至电子报关、电子纳税等通过Interet一气呵成。

要实现完整的电子商务还会涉及很多方面,除了买家、卖家外,还要有银行或金融机构、政府机构、认证机构、配送中心等机构的加入才行。由于参与电子商务中的各方在物理上是互不谋面的,因此整个电子商务过程并不是物理世界商务活动的翻版,网上银行、在线电子支付等条件和数据加密、电子签名等技术在电子商务中发挥着重要的不可或缺的作用。

另外,电子商务还有两类。

(1) B2A商业机构对行政机构的电子商务。商业机构对行政机构(Business-to-Administrations)的电子商务指的是企业与政府机构之间进行的电子商务活动。例如,政府将采购的细节在国际互联网上公布,通过网上竞价方式进行招标,企业也要通过电子的方式进行投标。

目前这种方式仍处于初期的试验阶段,但可能会发展很快,因为政府可以通过这种方式树立政府形象,通过示范作用促进电子商务的发展。除此之外,政府还可以通过这类电子商务实施对企业的行政事物管理,如政府用电子商务方式发放进出口许可证、开展统计工作,企业可以通过网上办理交税和退税等。

政府应在推动电子商务发展方面起到重要的作用。在美国,克林顿政府已决定在近期对70%的联邦政府的公共采购实施电子化。在瑞典,政府已决定至少90%的公共采购将在网上公开进行。我国的金关工程就是要通过商业机构对行政机构的电子商务,如发放进出口许可证、办理出口退税、电子报关等,建立我国以外贸为龙头的电子商务框架,并促进我国各类电子商务活动的开展。

(2) C2A消费者对行政机构的电子商务。消费者对行政机构(Consumer-to-Administrations)的电子商务,指的是政府对个人的电子商务活动。这类的电子商务活动目前还没有真正形成。然而,在个别发达国家,如在澳大利亚,政府的税务机构已经通过指定私营税务或财务会计事务所用电子方式来为个人报税。这类活动虽然还没有达到真正的报税电子化,但是,它已经具备了消费者对行政机构电子商务的雏形。

政府随着商业机构对消费者、商业机构对行政机构的电子商务的发展,将会对社会的个人实施更为全面的电子方式服务。政府各部门向社会纳税人提供的各种服务,例如社会福利金的支付等,将来都会在网上进行。

3. 按支付方式

按支付方式的不同可分为两类,即非支付性电子商务和支付性电子商务。

(1) 非支付性电子商务是指不进行网上支付和货物运送的电子商务。其内容包括信息查询、商情发布、在线谈判、电子合同文本的形成等,但是不包括银行支付,这种形式只有物质流、信息流,没有资金的流动。

(2) 支付性电子商务则是实际进行网上支付和货物运送的电子商务。其内容不仅包括非支付性电子商务的全部内容,还包括银行支付、交割活动以及供货方的货物运送活动。这里包含了物质流、信息流，也有资金的流动。由于技术上的原因，支付方式尚难保证绝对安全。

4. 按使用网络的类型

(1) 第一种形式是基于电子数据交换(Electronic Data Interchange，EDI)的电子商务系统。

(2) 第二种形式是 Internet。它采用了当今先进的计算机网络技术、通信技术、多媒体技术、数据库技术，在全球互联网环境下，实现网上营销、购物等商业活动。

(3) 第三种形式是基于企业网络环境(Intranet/Extranet)的电子商务系统。企业网络环境指的是利用 Internet 技术组成的企业内部网(Intranet)与企业外部网(Extranet)网络环境，它可以和 Internet 相连也可以不连，能够有效地实现企业部门内部之间、企业与企业之间、企业与合作伙伴及客户之间的授权内数据共享和数据交换，并将每一个各自独立的网络通过互联延伸形成共享的企业资源，方便地查询关联企业的相关数据。

5. 按开展电子交易的信息网络范围

按开展电子交易的信息网络范围，可分为三类，即本地电子商务、远程国内电子商务和全球电子商务。

(1) 本地电子商务通常是指利用本城市内或本地区内的信息网络实现的电子商务活动，电子交易的地域范围较小。本地电子商务系统是利用 Internet、Intranet 或专用网将下列系统连接在一起的网络系统：

① 参加交易各方的电子商务信息系统，包括买方、卖方及其他各方的电子商务信息系统；

② 银行金融机构电子信息系统；

③ 保险公司信息系统；

④ 商品检验信息系统；

⑤ 税务管理信息系统；

⑥ 货物运输信息系统；

⑦ 本地区 EDI 中心系统(实际上，本地区 EDI 中心系统联结各个信息系统的中心)。

本地电子商务系统是开展有远程国内电子商务和全球电子商务的基础系统。

(2) 远程国内电子商务是指在本国范围内进行的网上电子交易活动，其交易的地域范围较大，对软硬件和技术要求较高，要求在全国范围内实现商业电子化、自动化，实现金融电子化，交易各方具备一定的电子商务知识、经济能力和技术能力，并具有一定的管理水平和能力等。

(3) 全球电子商务是指在全世界范围内进行的电子交易活动，参加电子交易各方通过网络进行贸易。涉及有关交易各方的相关系统，如买方国家进出口公司系统、海关系统、银行金融系统、税务系统、运输系统、保险系统等。全球电子商务业务内容繁杂，数据来往频繁，要求电子商务系统严格、准确、安全、可靠，应制订出世界统一的电子商务标准和电子商务(贸易)协议，使全球电子商务得到顺利发展。

1.4 电子商务应用体系结构

1.4.1 电子商务的系统结构

一个完善的电子商务系统应该包括哪些部分,目前还没有权威的论述。从我们的实践来看,由于电子商务覆盖的范围十分广泛,因此必须针对具体的应用才能描述清楚系统架构。从总体上来看,电子商务系统是三层框架结构,底层是网络平台,是信息传送的载体和用户接入的手段,它包括各种各样的物理传送平台和传送方式;中间是电子商务基础平台,包括CA(Certificate Authority)认证、支付网关(Payment Gateway)和客户服务中心三个部分,其真正的核心是CA认证;而第三层就是各种各样的电子商务应用系统,电子商务基础平台是各种电子商务应用系统的基础。

由于电子商务是用电子方式和网络进行商务活动,通常参与各方是互不见面的,因此身份的确认与安全通信变得非常重要,解决方案就是建立中立的、权威的、公正的电子商务认证中心——CA认证中心,它所承担的角色类似于网络上的公安局和工商局,给个人、企事业单位和政府机构签发数字证书——网上身份证,用来确认电子商务活动中各自的身份,并通过加解密方法实现网上安全的信息交换与安全交易。

但是,需要强调的是,由于国情的特殊性,CA认证中心似乎需要政府的授权,但实际上,CA认证中心只是根据政府机构已签发的身份、资质证明文件进行审核,而并没有增加新的内容,实际上是一种更为安全的会员制,因此CA认证中心的商业运作性质要大过政府行为,除非以后真正由CA认证中心来发放电子身份证、电子营业执照等。

支付网关的角色是信息网与金融网的连接的中介,它承担双方的支付信息转换的工作,所解决的关键问题是让传统的封闭的金融网络能够通过网关面向因特网的广大用户,提供安全方便的网上支付功能。

客户服务中心也称为呼叫中心,与传统的呼叫中心的区别在于不但支持电话接入的方式,也能够支持Web、E-mail、电话和传真等多种接入方式,使得用户的任何疑问都能很快地获得响应与帮助。客户服务中心不是以往每个企业独立建设和运作的概念,而是统一建设再将席位出租,从而大大简化和方便中小型企业进行电子商务,提供客户咨询和帮助。

1.4.2 电子商务平台采用的三层体系结构

电子商务平台中工作流系统的实现采用的是三层体系结构,基于J2EE和WEB的工作流系统,核心服务采用EJB实现。三层分别是客户应用层、商务逻辑层、数据层。

1. 客户应用层

应用层是工作流平台的用户应用部分,采用HTML技术,用户通过Web浏览器参与业务流程处理。客户端只提供用户桌面程序界面,客户端程序负责管理所有与工作流引擎的沟通,并为用户提供针对企业具体业务内容所定制的任务清单。客户登录工作流网站并进行身份验证之后会进入不同的界面进行各自的工作。在企业内部,客户应用层中的用户可分为四种类型，即工作流设计人员、系统管理员、高层领导者和普通用户，他们分别通过 Web 界面完成特定的工作。

2. 商务逻辑层

逻辑层的实现主要利用 EJB 技术，它接受 Web 层发来的请求数据，并以此进行相应的动作，完成事先定义的任务，并且把下一步的要求回送给 Web 层。逻辑层包括工作流引擎、Web 服务器、App 服务器、电子商务业务组件。工作流引擎以组件形式封装，用户可以调用其中的接口。Web 组件运行在 Web 服务器上，主要负责与客户的交互。系统通过 Web 服务器的 JSP/HTML/XML/Applet 等收集客户端发来的信息和数据，并通过 Servlet 调用 EJB 服务器中的 EJB 组件进行处理并将结果返回到 Web 页面。应用组件、EJB 组件运行在 App 服务器上，负责发布和管理 EJB 组件、管理组件的生命周期、连接数据库、并发操作、分布式事物处理等。

工作流执行服务组件是工作流管理系统的重要组成部分，搭建在 J2EE 应用服务器之中。执行服务组件包含工作流执行服务器，由工作流引擎实现，组件还提供用户客户端应用程序模板和工作列表查询工具，为上层 MIS 调用提供 API。在技术实现上，主要采用 JSP、Servlet、EJB，整体采用 B/S、C/S 混合结构，客户端工作流相关信息查询采用 B/S，具体业务逻辑通过 RMI 机制或 Soap 机制调用放在服务器端的 EJB 组件来完成。

对于 B/S 部分，采用 MVC 模式，在该模式中 Servlet 作为 Controller 角色，负责处理请求与页面流转；EJB 充当 Model 角色，封装业务逻辑与数据；JSP 充当 View 角色，它是数据表现层，生成用户显示界面。具体实现步骤是：当 JSP 页面收到客户端发来的消息后，根据需要，由 Servlet 控制业务流转，把实际处理工作交给 JavaBean 来做，JavaBean 根据需要调用合适的组件完成相应的工作，Bean 可以利用 RMI 机制调用本地 App 组件，也可以直接调用自动应用组件和企业原有应用组件，还可以通过 Soap 机制调用远程服务组件。

3. 数据层

数据层是工作流平台的数据基础，由工作流模型数据库、工作流实例数据库和工作流组织数据库组成，主要负责对工作流系统中的模型数据、实例数据和组织数据进行存储、组织与维护。逻辑层与数据层 DBMS 的连接是通过 JDBC 来完成的，可以对大部分商用关系数据库提供支持。

基于工作流技术的电子商务系统的功能模块包括销售管理、库存管理、采购管理、订单管理、人事管理、客户管理、系统管理、用户管理。系统中的用户即系统管理员、企业职员、客户、供应商等分别登录到相应的 Web 页面，进行相关的工作。工作流管理是系统的核心部分，其实质是工作流引擎，它提供了工作流系统在过程定义、任务分派、系统运行、监控执行等服务。

1.4.3　基于 Web 服务的电子商务体系结构

随着社会的进步和信息技术的飞速发展，三层框架（网络平台、电子商务基础平台、电子商务应用系统）的基本结构已经不能满足新一代电子商务发展和应用的需求。通过研究 Web Services 的整体架构、技术特性，结合新一代电子商务的发展趋势，提出了一种基于

Web Services 的电子商务体系结构。这种体系结构具有诸多优点,它能够通过 Internet 为合作伙伴和客户提供非专有的、开放的服务和数据访问,能为客户提供多种基于 Web 的功能。

软件体系结构是软件开发中第一类重要的设计对象,它在软件需求与软件设计之间架起了一座桥梁,为软件开发人员提供了共同交流的语言,体现并尝试了系统早期的设计决策,并作为系统设计的抽象,为实现框架和构件的共享与复用、基于体系结构的软件开发提供了有力支持。软件的体系结构在一定程度上决定着软件的功能和风格,对于电子商务(Elect ronic Business,EB) 系统来说,也不例外。

通常,电子商务由网络基础设施、信息发布与传输、商务应用、社会环境保障、软硬件支撑、商务服务平台六部分构成,它不是一个孤立的系统,它需要和外界发生信息交流。分析系统的基本结构有助于了解这一系统的运行环境、内部结构及它们之间的相互关系;同时,对于研究新一代电子商务的体系结构提供有益参考。

1. 电子商务的基本结构

从总体上看,电子商务系统是三层框架结构,底层是网络平台,是信息传送的载体和用户接入的手段,它包括各种物理传送平台和传送方式;中间层是电子商务基础平台,包括 CA 认证、支付网关和客户服务中心三部分,其真正的核心是 CA 认证;第三层是各种各样的电子商务应用系统,包括电子商厦、远程医疗、股票交易等。电子商务安全体系负责商务交易过程中的信息安全,贯穿三层体系始终。电子商务基础平台是各种电子商务应用系统的基础。三层体系结构主要从用户使用角度来划分。然而,随着社会的进步和信息技术的飞速发展,新一代电子商务呈现以下发展趋势:向无线移动方向发展,以可扩展标记语言(Extensible Markup Language,XML)作为信息交换的标准,互联网协议安全(Internet Protocol Security,IPSEC)、虚拟专用网(Virtual Private Network,VPN) 技术得到普遍应用,商用加解密算法通用化和标准化,数字证书取代用户名/ 密码的身份确认机制,移动代理(Mobile Agent) 技术崭露头角,虚拟现实(Virtual Reality) 技术被广泛应用,应用的深度和广度将进一步拓展。由于三层框架的基本结构已经不能满足新一代电子商务发展和应用的需求,研究一种基于 Web 服务的电子商务(Elect ronic Business based on Web Services,WSEB) 体系结构,是 Internet 应用和电子商务进一步发展的方向。

2. WSEB 的体系结构

1) Web Services 技术

Web Services 是指由企业发布完成其特别业务需求的在线应用服务,其他企业、合作伙伴的应用软件能够通过 Internet 来动态地访问并使用这些在线服务。它是技术与市场发展的必然结果,是由 IBM、微软等许多平台供应商、软件提供商、应用提供商共同推动下,并在万维网联盟(World Wide Web Consortium,W3C) 的工作流、数据安全性等方面的规范下发展起来的标准,各个供应商对其支持程度超过了以往的任何跨供应商产品的标准,它的应用和发展将彻底改变应用软件的生产和传播方式。

Web Services 的整体架构是开放的、标准的分层结构(如图 1-9 所示),下一层是上一层的基础。这种分层结构有利于降低实现的复杂性,同时能够提高 Web Services 的灵活性和可扩充性，有助于实现动态的应用集成(Dynamic Application Integration，DAI)。

服务流(Service Flow)
服务发现(Service Discovery)
服务发布(Service Publication)
服务描述(Service Description)
基于 XML 的统一消息(XML Based Messaging)
网络层(Network)

图 1-9　Web Services 的分层架构

以下是 Web Services 具有的特性。

(1) 面向服务。Web Services 把一切都看做服务，这种服务可以在网络上通过消息传递机制动态地被发现、组织和重用。

(2) 操作性与松散耦合。通过简单对象访问协议(Simple Object Access Protocol，SOAP)消息机制远程调用进行应用交互，任何 Web 服务都可以与其他 Web 服务进行交互，避免了在公用对象请求代理体系结构(Common Object Request Broker Architecture，CORBA)、分布式组件对象模型(Distributed Component Object Model，DCOM)和其他协议之间转换的麻烦，开发者可以使用任何语言来编写 Web 服务，而无须变更他们的开发环境。Web Services 使用者与 Web Services 提供者之间是松散耦合。

(3) 封装性。Web Services 对外封装成由 Web 服务描述语言(Web Services Description Language，WSDL)描述的服务，屏蔽了业务逻辑的复杂性、实现技术的多样性和开发平台的异构性。

(4) 普遍性。Web 服务使用 HTTP 和 XML 进行通信，因此，任何支持这些技术的设备都可以拥有和访问 Web 服务，具有使用上的广泛性。

(5) 简易性。Web 服务技术不仅易于理解，并且 IBM、微软等大的供应商所提供的开发工具能够让开发者快速创建、部署 Web 服务，以及使已有的组件对象模型(Component Object Model，COM)组件、JavaBean 等方便地转化为 Web 服务。

(6) 标准性。Web 服务技术是基于现有以及有待发展的开放的标准，以标准的形式定义了应用规范。

(7) 支持的广泛性。所有主要的供应商都支持 SOAP 和周边 Web 服务技术，包括微软、IBM、Sun、HP、BEA 等。

由于 Web Services 技术建立在标准性与开放性基础之上，彻底打破了以前封闭式的实现方法，通过 Web Services 技术，使用不同语言开发、运行在各个不同平台上的客户端应用可以无缝地获取所需应用，达到资源效率的最大化。Web Services 技术将成为今后互联网发展的主要技术，基于 Web Services 的应用构架将成为今后应用的重点。

2) WSEB 系统结构

WSEB 的系统逻辑结构如图 1-10 所示。在这种体系结构中，EB 致力于在 Internet 上提供基于开放标准的应用或业务流程，它们能够提供应用的导航、发现具有与 Internet 上的其他应用进行交互的能力。其中包括企业的遗留系统(Legacy Systems)、本地化的独立软件开发商(ISV)和企业其他的分布式应用均可通过应用工作流(Application Workflow)管理与企业的应用逻辑进行交互,这种交互的方式是基于 Web Services 的,属于一种程序到程序(Program to Program,P2P)或者应用到应用(Application to Application,A2A)的业务模式。事实上,现在的 Web Services 已经能为利用 WSDL 编程、利用 SOAP 访问、利用统一描述、发现和集成(Uniform Description Discovery and Integration,UDDI)搜索的 Web 应用提供标准的 Internet 界面,这种界面完全是人性化的,它采用 HTTP 协议实现访问,通过数字网络体系(Digital Network Architecture,URL/ DNA)服务器完成搜索。Web Services 倡导的开放标准和潜力必然成为新一代 EB 发展的基础。例如,在新的动态电子商务模式下,购物应用程序代表消费者执行多种应用功能。

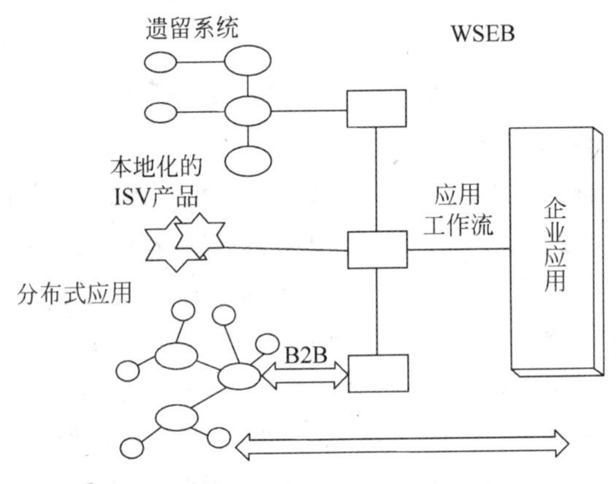

图 1-10 基于 Web Services 的电子商务系统结构

以下是 WSEB 的主要优点。

(1) WSEB 的目标是为企业在自己的业务流程和选定的合作伙伴之间建立大量的交互式 B2B 应用。因此,一方的业务应用就可以通过双方达成一致的交流/集成协议与另一方的相关应用进行直接交互,当然这些交互会随着双方使用的应用和系统的不同而有所不同。

(2) WSEB 提供了应用的自主性,即应用可以在几秒钟内自动搜索互联网上不同企业的相关应用,并进行比较,然后做出能最好地满足客户需求的最佳选择。

(3) 企业也可以将 EB 现有的应用程序转换为 Web Services。开放标准、应用集成以及 Web 交易是建立 Web Services 平台的基础。

WSEB 体系结构和应用的实现需要以下一些关键技术:Web 技术,简单对象访问协议(SOAP),Web 服务描述语言(WSDL),统一描述、发现和集成(UDDI),企业应用集成技术,工作流技术,无线接入技术,移动代理技术,安全机制等。

基于 Web Services 的新一代电子商务体系结构是一种非常有效的应用体系结构,使我们能够通过 Internet 为合作伙伴和客户提供非专有的、开放的服务和数据访问,能为客户提供多种基于 Web 的功能。然而,Web Services 以及基于 Web Services 的 EB 的进一步发展和应用还面临着企业应用集成的复杂性,Web Services 的互操作性,Web Services 和 EB 的标准化、实用化等问题,因此,在建立兼容的 Web Services 体系方面,还有许多工作需要进一步的努力。

小结

所谓万事开头难，本章作为以后章节的铺垫，着重介绍电子商务的基础知识。通过本章的学习，读者掌握了电子商务的定义、特性及其分类，了解了电子商务发展，初步认识了电子商务框架及其应用体系结构。在后面章节的介绍中，读者将对本章知识有一个更加深入的体会。

习题

1. 什么是电子商务？并简单谈谈电子商务的发展过程。
2. 简述中国电子商务发展过程，并说说你对未来电子商务发展的展望。
3. 电子商务的应用特性有哪些？
4. 结合现实生活，谈谈电子商务给我们带来了哪些好处？它自身又存在哪些问题？
5. 结合电子商务的一般框架，简述一下电子商务应用框架。
6. 2010 年 B2C 电子商务规模破千亿，谈谈你对各模式电子商务的理解。
7. 简述电子商务系统结构，画图说明你对其的理解。
8. 结合电子商务的三层体系结构，简述一下基于 Web 服务的电子商务体系结构。

第2章 电子商务的网络环境与实现技术

当今世界，各种先进的科学技术飞速发展，极大地改善了人们的生活方式。以计算机技术为代表的信息科技的发展更是日新月异，它从各个方面影响和改变着我们的生活，其中计算机网络技术的发展最为迅速，已经渗透到了人们生活的各个方面。并且，随着因特网的迅速普及，计算机网络给我们的学习与生活带来了更大的方便，使我们与外部世界的联系更加紧密和快速。

通过上一章的学习，我们了解了电子商务的基础知识。本章将从两个角度出发让读者进一步了解电子商务，其一是电子商务的网络环境，其二是电子商务的实现技术，而后者需要重点掌握。电子商务的实现离不开 Web，所以电子商务的实现技术离不开 Web 技术。本章第二节将对 Web 技术做一个系统的简介，进而介绍电子商务的应用开发技术，最后初步介绍电子商务后台技术——数据库技术。

本章知识点

① 了解网络的拓扑结构；
② 掌握网络的体系结构；
③ 理解 Web 技术和基本的网络服务；
④ 理解 MVC 设计模式；
⑤ 了解几种 Java 框架技术；
⑥ 了解数据库技术的基本概念。

2.1 网络结构和系统环境

2.1.1 网络的拓扑结构

1. 星型结构

星型结构是指各工作站以星型方式连接成网。网络有中央节点，其他节点（工作站、服务器）都与中央节点直接相连，这种结构以中央节点为中心，因此又称为集中式网络，如图 2-1(a)所示。它具有如下特点：结构简单，便于管理；控制简单，便于建网；网络延迟时间较小，传输误差较低。但缺点也是明显的：成本高、可靠性较低、资源共享能力也较差。

2. 环型结构

环型结构由网络中若干节点通过点到点的链路首尾相连形成一个闭合的环，这种结构使公共传输电缆组成环型连接，数据在环路中沿着一个方向在各个节点间传输，信息从一个节点传到另一个节点，如图 2-1(b)所示。

环型结构具有如下特点：信息流在网中是沿着固定方向流动的，两个节点仅有一条道路，故简化了路径选择的控制；环路上各节点都是自举控制，故控制软件简单；由于信息源在环路中是串行地穿过各个节点，当环中节点过多时，势必影响信息传输速率，使网络的响应时间延长；环路是封闭的，不便于扩充；可靠性低，一个节点故障，将会造成全网瘫痪；维护难，对分支节点故障定位较难。

3. 总线型结构

总线结构是指各工作站和服务器均挂在一条总线上，各工作站地位平等，无中心节点控制，公用总线上的信息多以基带形式串行传递，其传递方向总是从发送信息的节点开始向两端扩散，如同广播电台发射的信息一样，因此又称广播式计算机网络，如图 2-1(c)所示。各节点在接受信息时都进行地址检查，看是否与自己的工作站地址相符，相符则接收网上的信息。

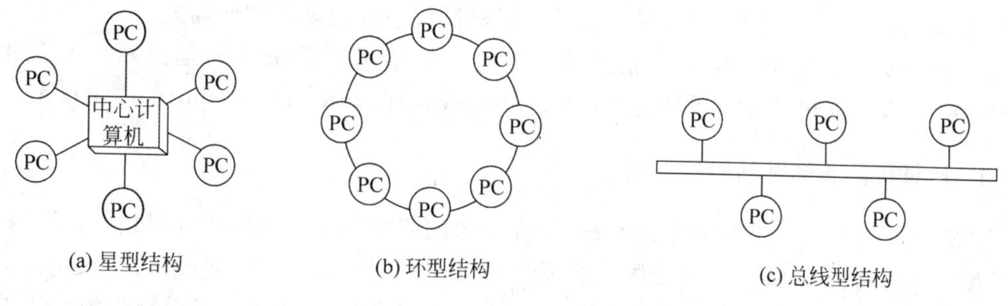

图 2-1　基本网络拓扑结构图

总线型结构的网络特点如下：结构简单，可扩充性好；当需要增加节点时，只需要在总线上增加一个分支接口便可与分支节点相连，当总线负载不允许时还可以扩充总线；使用的电缆少，且安装容易；使用的设备相对简单，可靠性高；维护难，分支节点故障查找难。

4. 分布式结构

分布式结构的网络是将分布在不同地点的计算机通过线路互连起来的一种网络形式，分布式结构的网络具有如下优点：由于采用分散控制，即使整个网络中的某个局部出现故障，也不会影响全网的操作，因而具有很高的可靠性；网中的路径选择最短路径算法，故网上延迟时间少，传输速率高，但控制复杂；各个节点间均可以直接建立数据链路，信息流程最短；便于全网范围内的资源共享。缺点为连接线路用电缆长，造价高；网络管理软件复杂；报文分组交换、路径选择、流向控制复杂；在一般局域网中不采用这种结构。

5. 树型结构

树型结构是分级的集中控制式网络，与星型相比，它的通信线路总长度短，成本较低，节点易于扩充，寻找路径比较方便，但除了叶节点及其相连的线路外，任一节点或其相连的线路故障都会使系统受到影响。

6. 网状拓扑结构

在网状拓扑结构中，网络的每台设备之间均有点对点的链路连接，这种连接不经济，只有每个站点都要频繁发送信息时才使用这种方法。它的安装复杂，但系统可靠性高，容错能力强。网状拓扑结构有时也称为分布式结构。

7. 蜂窝拓扑结构

蜂窝拓扑结构是无线局域网中常用的结构。它以无线传输介质(微波、卫星、红外等)点到点和多点传输为特征，是一种无线网，适用于城市网、校园网、企业网。

在计算机网络中还有其他类型的拓扑结构，如总线型与星型混合、总线型与环型混合连接的网络。在局域网中，使用最多的是总线型和星型结构。

2.1.2 网络体系结构

网络体系结构(Network Architecture)是指通信系统的整体设计，它为网络硬件、软件、协议、存取控制和拓扑提供标准，它定义了计算机设备和其他设备如何连接在一起以形成一个允许用户共享信息和资源的通信系统。网络体系结构广泛采用的是国际标准化组织(ISO)在1979年提出的开放系统互连(OSI-Open System Interconnection)的参考模型。

1. 计算机网络体系结构的形成

计算机网络是一个非常复杂的系统，需要解决的问题很多并且性质各不相同。所以，在ARPANET("阿帕"(ARPA)是美国高级研究计划署(Advanced Research Project Agency)的简称)设计时，就提出了"分层"的思想，即将庞大而复杂的问题分为若干较小的易于处理的局部问题。

1974年美国IBM公司按照分层的方法制定了系统网络体系结构(System Network Architecture SNA)。现在SNA已成为世界上较广泛使用的一种网络体系结构。

一开始，各个公司都有自己的网络体系结构，这使得各公司自己生产的各种设备容易互联成网，有助于该公司垄断自己的产品。但是，随着社会的发展，不同网络体系结构的用户迫切要求能互相交换信息。为了使不同体系结构的计算机网络都能互联，国际标准化组织ISO于1977年成立专门机构研究这个问题。1978年ISO提出了"异种机连网标准"的框架结构，这就是著名的开放系统互联参考模型OSI。

OSI得到了国际上的承认，成为其他各种计算机网络体系结构依照的标准，大大地推动了计算机网络的发展。20世纪70年代末到80年代初，出现了利用人造通信卫星进行中继的国际通信网络。网络互联技术不断成熟和完善，局域网和网络互联开始商品化。

OSI参考模型用物理层、数据链路层、网络层、传送层、对话层、表示层和应用层七个层次描述网络的结构，它的规范对所有的厂商是开放的，具有指导国际网络结构和开放系统走向的作用。它直接影响总线、接口和网络的性能。目前常见的网络体系结构有FDDI、以太网、令牌环网和快速以太网等。从网络互连的角度看，网络体系结构的关键要素是协议和拓扑。

2. 网络体系结构 OSI 模型

OSI 是一个开放性的通信系统互连参考模型，它是一个定义得非常好的协议规范。OSI 模型有 7 层结构，如图 2-2 所示，每层都可以有几个子层。下面简单地介绍一下这 7 层结构及其功能。

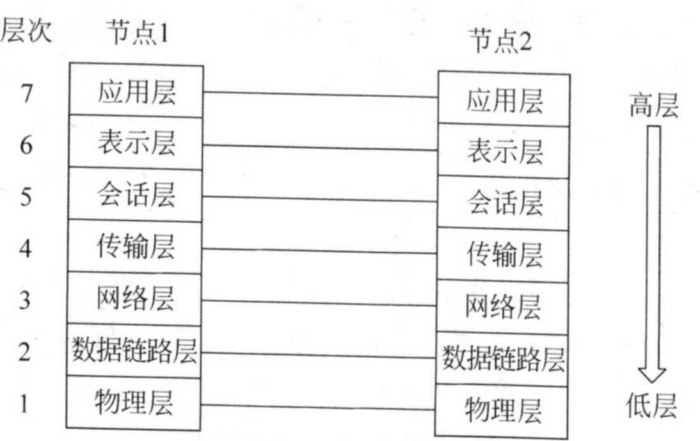

图 2-2 OSI 7 层结构模型

(1) 应用层。应用层确定进程之间通信的性质以满足用户需要以及提供网络与用户应用软件之间的接口服务。例如 telnet，HTTP，FTP，WWW，NFS，SMTP 等。

(2) 表示层。这一层主要解决用户信息的语法表示问题。它将欲交换的数据从适合于某一用户的抽象语法，转换为适合于 OSI 系统内部使用的传送语法，即提供格式化的表示和转换数据服务。数据的压缩和解压缩，加密和解密等工作都由表示层负责。

(3) 会话层。这一层也可以称为会晤层或对话层，在会话层及以上的高层次中，数据传送的单位不再另外命名，统称为报文。会话层不参与具体的传输，它提供包括访问验证和会话管理在内的建立和维护应用之间通信的机制。如服务器验证用户登录便是由会话层完成的。例如 RPC、SQL 等。.

(4) 传输层。该层的任务是根据通信子网的特性最佳地利用网络资源，并以可靠和经济的方式，为两个端系统(也就是源站和目的站)的会话层之间，提供建立、维护和取消传输连接的功能，负责可靠地传输数据。在这一层，信息的传送单位是报文。例如 TCP、UDP、SPX 等。

(5) 网络层。在计算机网络中进行通信的两个计算机之间可能会经过很多个数据链路，也可能还要经过很多通信子网。网络层的任务就是选择合适的网间路由和交换节点，确保数据及时传送。网络层将数据链路层提供的帧组成数据包，包中封装有网络层包头，其中含有逻辑地址信息——源站点和目的站点地址的网络地址。例如 IP、IPX 等。

(6) 数据链路层。数据链路层负责在两个相邻节点间的线路上，无差错地传送以帧为单位的数据。每一帧包括一定数量的数据和一些必要的控制信息。和物理层相似，数据链路层要负责建立、维持和释放数据链路的连接。在传送数据时，如果接收点检测到所传数据中有差错，就要通知发方重发这一帧。例如 ATM、FDDI 等。

(7) 物理层。物理层的任务就是为它的上一层提供一个物理连接，以及规定它们的机械、电气、功能和过程特性。如规定使用电缆和接头的类型、传送信号的电压等。在这一层，数据还没有被组织，仅作为原始的位流或电气电压处理，单位是比特。例如 RJ-45、

IEEE802.3 等。

其中高层,即应用层、表示层、会话层、传输层定义了应用程序的功能,下面 3 层,即网络层、数据链路层、物理层主要面向通过网络的端到端的数据流。

在整个网络体系结构中,存在专用网络体系结构,如 IBM 的系统网络系统结构(SNA)和 DEC 的数字网络体系结构(DNA),也存在开放体系结构,如国际标准化组织(ISO)定义的开放式系统互联(OSI)模型。网络体系结构在层中定义,如果这个标准是开放的,它就向厂商们提供了设计与其他厂商产品具有协作能力的软件和硬件的途径。然而,OSI 模型还保持在模型阶段,它并不是一个已经被完全接受的国际标准。考虑到大量的现存事实上的标准,许多厂商只能简单地决定提供支持许多在工业界使用的不同协议,而不是仅仅接受一个标准。

分层在一个"协议栈"的不同级别说明不同的功能。这些协议定义通信如何发生,例如在系统之间的数据流、错误检测和纠错、数据的格式、数据的打包和其他特征。

通信是任何网络体系结构的基本目标。在过去,一个厂商需要非常关心它自己的产品可以相互之间进行通信,并且如果它公开这种体系结构,那么其他厂商就也可以生产和此竞争的产品了,这样就使得这些产品之间的兼容很困难。在任何情况下,协议都是定义通信如何在不同操作的级别发生的一组规则和过程。一些层定义物理连接,例如电缆类型、访问方式、网络拓扑以及数据是如何在网络之上进行传输的。向上是一些关于在系统之间建立连接和进行通信的协议,再向上就是定义应用如何访问低层的网络通信功能,以及如何连接到这个网络的其他应用。

如上所述,OSI 模型已经成为所有其他网络体系结构和协议进行比较的一个模型。这种 OSI 模型的目的就是协调不同厂商之间的通信标准。虽然一些厂商还在继续追求他们自己的标准,但是像 DEC 和 IBM 这样的一些公司已经将 OSI 和像 TCP/IP 这样的 Internet 标准一起集成到他们的联网策略中了。

当许多 LAN 被连接成企业网时,互操作性是很重要的。可以使用许多不同的技术来达到这一目的,其中包括在单一系统中使用多种协议或使用可以隐藏协议的"中间件"的技术。中间件还可以提供一个接口来允许在不同平台上的应用交换信息。

2.1.3 电子商务系统环境

电子商务环境是以企业为中心的电子商务的一种基本形式。从系统角度来看,电子商务是一个庞大、复杂的社会、经济、技术系统。一个系统的运行必然受到环境的影响和制约。

同自然界的其他任何系统一样,电子商务系统的顺畅运行,也有其赖以生存的支撑环境,主要包括电子商务的支付环境、物流环境和信用环境等。

1. 电子商务的支付环境

随着网上电子交易业务量的增加,支付问题日益突出,如何处理不同范围内的大宗交易,成为电子商务活动的关键。而答案是唯一的,即利用电子支付。

电子支付是电子商务活动的关键环节,是电子商务能够顺利发展的基础条件。对于商家来说,如果缺乏良好的网上电子支付环境,电子商务高效率、低成本的优势就难以发挥,只能是网上订货、网下支付，实现的是较低层次的商务应用，从而使电子商务的应用与发展受到极大的阻碍。因此，提供安全、高效、快捷的网上金融服务就成为整个电子商务交易过程中最重要的环节。

但由于电子支付是通过开放的 Internet 来实现的，支付信息很容易受到黑客的攻击和破坏，这些信息的泄露和受损直接威胁到企业和用户的切身利益，所以安全性一直是电子支付实现所要考虑的最重要的问题之一。

2. 电子商务的物流环境

随着电子商务时代的到来，企业销售范围不断扩大，企业和商业销售方式及最终消费者购买方式的转变，使得送货上门等业务成为一项极为重要的服务业务，这些极大地促进了物流行业的兴起。

物流，是指物质实体（商品或服务）的流动过程，具体指运输、储存、配送、装卸、保管、物流信息管理等各种活动。对于少数商品和服务来说，可以直接通过网络传输的方式进行配送，如各种电子出版物、信息咨询服务、有价信息软件等。而对于大多数商品和服务来说物流仍要经由物理方式传输，但由于一系列机械化、自动化工具的应用，准确、及时的物流信息对物流过程的监控，将使物流的速度加快、准确率提高，能有效地减少库存，缩短生产周期。

在这一发展过程中，物流已成为有形商品网上商务活动能否顺利进行和发展的一个关键因素。因为电子商务优势的发挥需要有一个与电子商务相适应的、高效的、合理的、畅通的物流系统，否则电子商务就难以得到有效的发展。

3. 电子商务的信用环境

传统商务和电子商务相比，商贸交易过程的实务操作步骤是相同的，但交易具体使用的运作方法是不同的。在电子商务条件下，商务活动是通过网络进行的，买卖双方在网上沟通，签订电子合同、使用数字签名和电子支付等，这完全改变了传统商务模式下面对面的交易方式，因此商业信用体系的建立对电子商务来说就显得更加重要。它不是仅依靠交易双方单方面的努力就能解决的，电子商务信用环境的建立是一个综合性的任务，这当中既有公民道德素质的提高和意识觉醒问题，也有技术问题和法律问题，同时信用环境的建立还有待时间让电子商务系统各个角色逐渐习惯和适应。要解决这些问题，首先需要社会各方面的大力引导，创建一个具有良好信用意识的社会环境；其次是建立和完善电子商务认证中心，这是改善电子商务信用环境最基本的技术手段，是电子商务活动正常进行的必要保障；再次是制定相关法律和制度，规范电子商务的交易行为，保障电子商务活动的正常进行；最后是建立社会信用评价制度和体系，为电子商务交易提供资讯服务。

电子商务系统的支撑环境除了以上提到的三种之外，还和许多因素有关，如计算机的普及程度和上网率、企业领导对电子商务运作的重视程度及职工素质等。

2.2 Web 技术及基本网络服务

WWW(World Wide Web)译为“万维网”，简称 Web 或 3W，是由欧洲粒子物理研究中心(European Organization for Nuclear Research，CERN)于 1989 年提出并研制的基于超文

本方式的大规模、分布式信息获取和查询系统,是 Internet 的应用和子集。

2.2.1 Web 概述

1. Web 的发展

随着 Internet 的发展,基于 HTTP 协议和 HTML 标准的 Web 应用呈几何数量级的增长,人们的生活在不知不觉中已经被网络悄悄地改变了。我们不但可以通过网络的即时通信工具(QQ 和 MSN 等)来聊天,也可以轻而易举地通过网络买东西、查询银行卡等,所以 Web 给我们的生活带来了很多的便利。要提及 Web 的发展我们就不得不提 Web 1.0 和 Web 2.0,这不是技术性的概念,而是 Web 发展历史断代的成果。

Web 技术的发展经历了三个主要的历程,即静态文档、动态网页和 Web 2.0。

首先是 Web 技术发展的第一阶段,静态文档。用户使用客户机端的 Web 浏览器,可以访问 Internet 上各个 Web 站点,在每一个站点上都有一个主页作为进入一个 Web 站点的入口。每一 Web 页中都可以含有信息及超文本链接,超文本链接可以带用户到另一 Web 站点或是其他的 Web 页。由于受低版本 HTML 语言(HTML 全称是超文本标注语言,它提供了控制超文本格式的信息,利用这些信息可以在用户的屏幕上显示出特定设计风格的 Web 页)和旧式浏览器的制约,Web 页面只能包括单纯的文本内容,浏览器也只能显示呆板的文字信息,但基本满足了建立 Web 站点的初衷,实现了信息资源共享。

这一阶段,Web 服务器基本上只是一个 HTTP 的服务器,它负责客户端浏览器的访问请求,建立连接,响应用户的请求,查找所需的静态的 Web 页面,再返回到客户端。但由于它存在着很多的不足,例如无法实现动态效果等,这样就促进 Web 技术向更上层次发展。

其次就是 Web 技术发展的第二阶段,动态网页。为了克服静态页面的不足,人们将传统单机环境下的编程技术引入互联网络与 Web 技术相结合,从而形成新的网络编程技术。网络编程技术通过在传统的静态页面中加入各种程序和逻辑控制,在网络的客户端和服务端实现了动态和个性化的交流与互动。动态网页与静态网页是相对应的,网页 URL 的后缀不是.htm 等静态网页的常见形式,而是.asp 等形式。动态网页既可以是纯文字内容的,也可以是包含各种动画的内容,虽然从网站浏览者的角度来看,无论是动态网页还是静态网页,都可以展示基本的文字和图片信息,但从网站开发、管理、维护的角度来看就有很大的差别。因为它不但可以降低网站维护的工作量,还可以实现很多的功能,例如用户登录等。

最后就是 Web 技术发展的第三阶段,Web 2.0 时代。Web 2.0 是 2003 年之后互联网的热门概念之一,不过目前对什么是 Web 2.0 并没有很严格的定义。一般来说,Web 2.0(也有人称为互联网 2.0)是相对 Web 1.0 的新的一类互联网应用的统称。Web 1.0 的主要特点在于用户通过浏览器获取信息,Web 2.0 则更注重用户的交互作用,用户既是网站内容的消费者(浏览者),也是网站内容的制造者。Web 2.0 的应用模式博客/网志(Blog)、百科全书(WIKI)以及上面已经提及的 QQ 和 MSN 等,都给我们带来了切身的利益。作为使用频率最高的网络软件,即时聊天已经突破了作为技术工具的界限,被认为是现代交流方式的象征,并构建起一种新的社会关系。它是迄今为止对人类社会生活改变最为深刻的一种网络新形态。

总之，随着网络和科技的发展，Web也将会持续高速地发展，更好地为我们服务。

2. Web的特点

Web对信息的逻辑组织方式以及它所追求的目标，使Web具有显著特色，在它诞生不长的时间内就得到了广泛的应用，如今，WWW几乎已经成Internet的代名词，这与Web的以下几方面特点分不开。

1）Web是图形化的和易于导航的

Web非常流行的一个很重要的原因就在于它可以在一页上同时显示色彩丰富的图形和文本的性能。在Web之前Internet上的信息只有文本形式，Web具有将图形、音频、视频信息集合于一体的特性。同时，Web是非常易于导航的，只需要从一个链接跳到另一个链接，就可以在各页各站点之间进行浏览了。

2）Web是与平台无关的

无论你的系统平台是什么，你都可以通过Internet访问WWW。浏览WWW对你的系统平台没有什么限制。无论从Windows平台、UNIX平台、Macintosh还是别的什么平台我们都可以访问WWW。对WWW的访问是通过一种叫做浏览器(Browser)的软件实现的。如Netscape的Navigator、NCSA的Mosaic、Microsoft的Explorer等。

3）Web是分布式的

大量的图形、音频和视频信息会占用相当大的磁盘空间，我们甚至无法预知信息的多少。对于Web没有必要把所有信息都放在一起，信息可以放在不同的站点上，只需要在浏览器中指明这个站点就可以了。这样使在物理上并不一定在一个站点的信息在逻辑上一体化，从用户来看这些信息是一体的。

4）Web是动态的

由于各Web站点的信息包含站点本身的信息，信息的提供者可以经常对站点上的信息进行更新，如某个协议的发展状况、公司的广告等。一般各信息站点都尽量保证信息的时间性，所以Web站点上的信息是动态的、经常更新的，这一点是由信息的提供者保证的。

5）Web是交互的

Web的交互性首先表现在它的超链接上，用户的浏览顺序和所到站点完全由他自己决定。另外，通过FORM的形式可以从服务器方获得动态的信息，用户通过填写FORM可以向服务器提交请求，服务器可以根据用户的请求返回相应信息。

3. HTTP

WWW提供了一种简单、统一的方法来获取网络上丰富多彩的信息，它屏蔽了网络内部的复杂性，可以说WWW技术为Internet的全球普及扫除了技术障碍，促进了网络飞速发展，并已成为Internet最有价值的服务。

1）超文本和超文本标记语言

WWW中使用了一种重要信息处理技术——超文本(Hypertext)。它是文本与检索项共存的一种文件表示和信息描述方法。其中检索项就是指针，每一个指针可以指向任何形式的、计算机可以处理的其他信息源。这种指针设定相关信息链接的方式就称为“超链接(Hyperlink)”，如果一个多媒体文档中含有这种超链接的指针，就称为“超媒体”，它是超文本的一种扩充,不仅包含文本信息,还包含诸如图形、声音、动画、视频等多种信息。由超链接相互关联起来的,分布在不同地域、不同计算机上的超文本和超媒体文档就构成了全球的信息网络,成为人类共享的信息资源宝库。

描述网络资源,创建超文本和超媒体文档需要用超文本标记语言(Hyper Text Mark Language,HTML),它是一种专门用于 WWW 的编程语言。HTML 具有统一的格式和功能定义,生成的文档以 htm、html 等为文件扩展名,主要包含文头(head)和文体(body)两部分。文头用来说明文档的总体信息,文体是文档的详细内容,为主体部分,含有超链接。

2) WWW 工作原理

WWW 采用客户机/服务器(C/S)模式。客户端软件通常称为 WWW 浏览器,简称浏览器。浏览器软件种类繁多,目前常见的有 IE(Internet Explorer)、Netscape Navigator 等,其中 IE 是全球使用最广泛的一种。而运行 Web 服务器(Web Server)软件,并且有超文本和超媒体驻留其上的计算机就称为 WWW 服务器或 Web 服务器,它是 WWW 的核心部件。

浏览器和服务器之间通过超文本传输协议(HyperText Transfer Protocol,HTTP)进行通信和对话,该协议建立在 TCP 连接之上,默认端口为 80。用户通过浏览器建立与 WWW 服务器的连接,交互地浏览和查询信息。基于客户机/服务器计算模型,由 Web 浏览器(客户机)和 Web 服务器(服务器)构成,两者之间采用超文本传送协议(HTTP)进行通信,其工作过程如图 2-3 所示,浏览器首先向 WWW 服务器发出 HTTP 请求,WWW 服务器做出 HTTP 应答并返回给浏览器,然后浏览器装载超文本页面,并解释 HTML,从而显示给用户。

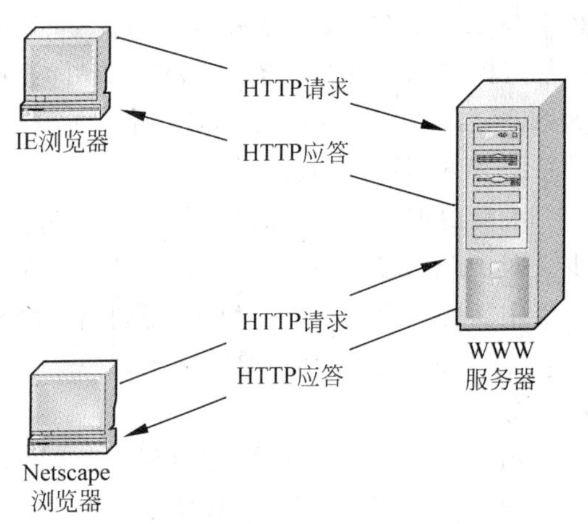

图 2-3 WWW/HTTP 请求—响应模式

HTTP 协议是基于 TCP/IP 协议之上的协议,是 Web 浏览器和 Web 服务器之间的应用层协议,是通用的、无状态的协议。HTTP 协议的作用原理包括以下四个步骤。

(1) 连接。Web 浏览器与 Web 服务器建立连接。

(2) 请求。Web 浏览器向 Web 服务器提交请求。HTTP 的请求一般是 GET 或 POST 命令(POST 用于 FORM 参数的传送)。

(3) 应答。Web 浏览器提交请求后,通过 HTTP 协议传送给 Web 服务器。Web 服务器接到后,进行事务处理,处理结果又通过 HTTP 传回给 Web 浏览器,从而在 Web 浏览器上显示出所请求的页面。

(4) 关闭连接。应答结束后 Web 浏览器与 Web 服务器必须断开,以保证其他 Web 浏览器能够与 Web 服务器建立连接。

3) 统一资源定位器

WWW 的一个重要特点是采用了统一资源定位符(Uniform Resource Locator,URL)。URL 是一种用来唯一标识网络信息资源的位置和存取方式的机制,通过这种定位就可以对资源进行存取、更新、替换和查找等各种操作，并可在浏览器上实现 WWW、E-mail、FTP、新闻组等多种服务。

URL 由两部分组成：＜连接模式(sckeme)＞：＜路径(path)＞。连接模式是资源或协议的类型，目前支持的有 HTTP、FTP、News、Mailto、Telnet 等。路径一般包含主机全名、端口号、类型和文件名、目录号等，其中主机全名为资源所在的服务器名或 IP 地址，并以双斜杠"//"打头。以下是 URL 的具体格式：

(1) HTTP URL。格式为 http://主机全名[:端口号]/文件路径和文件名，如 http://csu. edu. cn/。

(2) FTP URL。格式为 ftp://[用户名[:口令]@]主机全名/路径/文件名，如 ftp://csu_user@ftp. csu. edu. cn/software/。

(3) News URL。格式为 news：新闻组名，如 news：comp. infosystems. www. providers，news：bwh. 2. 00100809c@access. digex. net。

(4) Gopher URL。格式为 gopher://主机全名[:端口号]/[类型[项目]]，其中类型为 0 表示文本文件，为 1 表示菜单，如 gopher://gopher. micro. umn. edu/11/。

2.2.2 Web 技术

Web 技术是一种使用最为广泛、发展最为迅速的应用技术，Web 技术使得用户可以很方便地访问各种形式的信息，包括文本、图形图像、声音视频，而且很容易实现从一个站点到另一个站点的导航，可以说正是由于 Web 的出现，才使得 Internet 迅速普及开来。

Web 是一种典型的分布式应用结构。Web 应用中的每一次信息交换都要涉及客户端和服务端。因此，Web 开发技术大体上也可以被分为客户端技术和服务端技术两大类。这里对这些技术作简要介绍，以使读者对 Web 技术有一个总体的认识。

1. Web 客户端技术

Web 客户端的主要任务是展现信息内容。Web 客户端设计技术主要包括 HTML 语言、Java Applets、脚本程序、CSS、DHTML、插件技术以及 VRML 技术。

(1) HTML 语言。HTML 是 Hypertext Markup Language(超文本标记语言)的缩写，它是构成 Web 页面的主要语言。

(2) Java Applets，即 Java 小应用程序。使用 Java 语言创建小应用程序，浏览器可以将 Java Applets 从服务器下载到浏览器，在浏览器所在的机器上运行。Java Applets 可提供动画、音频和音乐等多媒体服务。1996 年，著名的 Netscape 浏览器在其 2.0 版本中率先提供了对 Java Applets 的支持，随后，Microsoft 的 IE 3.0 也在这一年开始支持 Java 技术。Java Applets 使得 Web 页面从只能展现静态的文本或图像信息，发展到可以动态展现丰富多样的信息。动态 Web 页面，不仅仅表现在网页的视觉展示方式上，更重要的是它可以对网页中的内容进行控制与修改。

(3) 脚本程序，即嵌入在 HTML 文档中的程序。使用脚本程序可以创建动态页面，大大提高交互性。用于编写脚本程序的语言主要有 JavaScript 和 VBScript。JavaScript 由 Netscape 公司开发，具有易于使用、变量类型灵活和无须编译等特点。VBScript 由 Microsoft 公司开发，与 JavaScript 一样，可用于设计交互的 Web 页面。要说明的是，虽然

JavaScript 和 VBScript 语言最初都是为创建客户端动态页面而设计的,但它们都可以用于服务端脚本程序的编写。客户端脚本与服务端脚本程序的区别在于执行的位置不同,前者在客户端机器执行,而后者是在 Web 服务端机器执行。

(4) CSS(Cascading Style Sheets),即级联样式表。1996 年底,W3C 提出了 CSS 的建议标准,同年,IE 3.0 引入了对 CSS 的支持。CSS 大大提高了开发者对信息展现格式的控制能力。1997 年的 Netscape 4.0 不但支持 CSS,而且增加了许多 Netscape 公司自定义的动态 HTML 标记,这些标记在 CSS 的基础上让 HTML 页面中的各种要素"活动"了起来。

(5) DHTML(Dynamic HTML),即动态 HTML。1997 年,Microsoft 发布了 IE 4.0,并将动态 HTML 标记、CSS 和动态对象(Dynamic Object Model)发展成为一套完整、实用、高效的客户端开发技术体系,Microsoft 称其为 DHTML。同样是实现 HTML 页面的动态效果,DHTML 技术无须启动 Java 虚拟机或其他脚本环境,可以在浏览器的支持下,获得更好的展现效果和更高的执行效率。

(6) 插件技术。这一技术大大丰富了浏览器的多媒体信息展示功能,常见的插件包括 QuickTime、Real Player、Media Player 和 Flash 等。为了在 HTML 页面中实现音频、视频等更为复杂的多媒体应用,1996 年的 Netscape 2.0 成功地引入了对 QuickTime 插件的支持,插件这种开发方式也迅速风靡浏览器世界。同年,在 Windows 平台上,Microsoft 将 COM 和 ActiveX 技术应用于 IE 浏览器中,其推出的 IE 3.0 正式支持在 HTML 页面中插入 ActiveX 控件,这为其他厂商扩展 Web 客户端的信息展现方式提供了方便的途径。1999 年,Real Player 插件先后在 Netscape 和 IE 浏览器中取得了成功,与此同时,Microsoft 自己的媒体播放插件 Media Player 也被预装到了各种 Windows 版本之中。同样具有重要意义的还有 Flash 插件的问世:20 世纪 90 年代初期,Jonathan Gay 在 Future Wave 公司开发了一种名为 Future Splash Animator 的二维矢量动画展示工具;1996 年,Macromedia 公司收购了 Future Wave,并将 Jonathan Gayde 的发明改名为我们熟悉的 Flash,从此,Flash 动画成了 Web 开发者表现自我、展示个性的最佳方式。

(7) VRML 技术。Web 已经由静态步入动态,并正在逐渐由二维走向三维,将用户带入五彩缤纷的虚拟现实世界。VRML 是目前创建三维对象最重要的工具,它是一种基于文本的语言,并可运行于任何平台。

2. Web 服务端技术

与 Web 客户端技术从静态向动态的演进过程类似,Web 服务端的开发技术也是由静态向动态逐渐发展、完善起来的。Web 服务器技术主要包括服务器、CGI、PHP、ASP、ASP。NET、Servlet 和 JSP 技术。

(1) 服务器技术。主要指有关 Web 服务器构建的基本技术,包括服务器策略与结构设计、服务器软硬件的选择及其他有关服务器构建的问题。

(2) CGI(Common Gateway Interface)技术,即公共网关接口技术。最早的 Web 服务器简单地响应浏览器发来的 HTTP 请求,并将存储在服务器上的 HTML 文件返回给浏览器。CGI 是第一种使服务器能根据运行时的具体情况,动态生成 HTML 页面的技术。1993 年,NCSA(National Center Supercomputing Applications)提出 CGI 1.0 的标准草案,之后分别在 1995 年和 1997 年制定了 CGI 1.1 和 CGI 1.2 标准。CGI 技术允许服务器端的应用程序根据客户端的请求，动态生成 HTML 页面，这使客户端和服务端的动态信息交换成为可能。随着 CGI 技术的普及，聊天室、论坛、电子商务、信息查询、全文检索等各式各样的 Web 应用蓬勃兴起，人们可以享受到信息检索、信息交换、信息处理等各种更为便捷的信息服务了。

(3) PHP(Personal Home Page Tools)技术。1994 年，Rasmus Lerdorf 发明了专用于 Web 服务端编程的 PHP 语言。与以往的 CGI 程序不同，PHP 语言将 HTML 代码和 PHP 指令合成为完整的服务端动态页面，Web 应用的开发者可以用一种更加简便、快捷的方式实现动态 Web 功能。

(4) ASP(Active Server Pages)技术，即活动服务器页面技术。1996 年，Microsoft 借鉴 PHP 的思想，在其 Web 服务器 IIS 3.0 中引入了 ASP 技术。ASP 使用的脚本语言是我们熟悉的 VBScript 和 JavaScript。借助 Microsoft Visual Studio 等开发工具在市场上的成功，ASP 迅速成为 Windows 系统下 Web 服务端的主流开发技术。

(5) ASP.NET 技术。它是面向下一代企业级网络计算的 Web 平台，是对传统 ASP 技术的重大升级和更新。ASP.NET 是建立.NET Framework 的公共语言运行库上的编程框架，可用于在服务器上生成功能强大的 Web 应用程序。

(6) Servlet、JSP 技术。以 SUN 公司为首的 Java 阵营于 1997 年和 1998 年分别推出了 Servlet 和 JSP 技术。JSP 的组合让 Java 开发者同时拥有了类似 CGI 程序的集中处理功能和类似 PHP 的 HTML 嵌入功能；此外，Java 的运行时编译技术也大大提高了 Servlet 和 JSP 的执行效率。Servlet 和 JSP 被后来的 J2EE 平台吸纳为核心技术。

3. Web Services 简介

Web Services 的主要目标就是在现有的各种平台的基础上构筑一个通用的、平台无关、语言无关的技术层，各种不同平台之上的应用依靠这个技术层来实施彼此的连接和集成。

传统 Web 页面都是为人准备的，是让人去阅读、去输入、去判断的。因此各种反映视觉效果的内容占用了大量的网络带宽，例如各种图片、字体信息、文字排版样式等。而真正含有高价值的一些信息被深深埋在这些显示信息中，很难被其他应用和程序所使用。更重要的是，各种 Web 服务之间缺少交互和通信的机制。所以，传统 Web 应用技术解决的问题是如何让人来使用 Web 应用所提供的服务，而 Web Services 则要解决如何让计算机系统来使用 Web 应用所提供的服务。一个完整的 Web Services 生命周期包括五步。

(1) 实现一个 Web Services，使其能够接受和响应 SOAP 消息(现在有很多工具都可以帮助实现)。

(2) 撰写一个 WSDL(Web Services Description Language，是一个用来描述 Web 服务和说明如何与 Web 服务通信的 XML 语言)文件用于描述此 Web Services(现在有很多工具可以自动生成 WSDL 文件)。

(3) 将此 WSDL 发布到 UDDI(Universal Description Discovery and Integration，用来统一描述、发现和集成协议)上。

(4) 其他应用程序(客户端)从 UDDI 上搜索到你的 WSDL。

(5) 根据你的 WSDL，客户端可以编写程序(现在有很多工具可以自动生成调用程序)调用你的 Web Services。

2.2.3 基本网络服务

网络服务(Web Services)是指一些在网络上运行的、面向服务的、基于分布式程序的软件模块,网络服务采用HTTP和XML等互联网通用标准,使人们可以在不同的地方通过不同的终端设备访问Web上的数据,如网上订票、查看订座情况。网络服务在电子商务、电子政务、公司业务流程电子化等应用领域有广泛的应用,被业内人士奉为互联网的下一个重点。

Internet提供了多种服务和应用,按信息资源的不同可分为两类,面向文本的服务与应用和面向多媒体的服务与应用。前者主要有传统五大基本服务,后者主要是基于流媒体技术的网络服务,用以满足人们对多媒体的需求。

典型的网络服务有Telnet、FTP、SMTP、DHCP、DNS等。

1. Telnet

1) Telnet简介

Telnet是一个简单的远程终端协议,是Internet上最早使用的功能,它为用户提供双向的、面向字符的普通8位数据双向传输。Telnet服务是指在此协议的支持下,用户计算机通过Internet暂时成为远程计算机终端的过程。用户远程登录成功后,可随意使用服务器上对外开放的所有资源。

2) Telnet工作原理

Telnet采用C/S工作模式,客户机程序与服务器程序分别负责发出和应答登录请求,它们都遵循Telnet协议,网络在两者之间提供媒介,使用TCP或UDP(User Datagram Protocol)服务。

3) Telnet的使用

Telnet的客户软件有UNIX下的Telnet程序、Windows系统提供的Telnet.exe等。目前比较简单的方法是将自己的WWW浏览器软件作为Telnet客户机软件,输入URL地址,即可实现远程登录。如输入telnet://ibm.com后按回车键,即可登录到IBM公司Telnet主机上。

2. FTP

1) FTP简介

FTP(File Transfer Protocol)协议是将文件从一台主机传输到另一台主机的应用协议。FTP服务是建立在此协议上的两台计算机间进行文件传输的过程。FTP服务由TCP/IP协议支持,因而任何两台Internet中的计算机,无论地理位置如何,只要都装有FTP协议,就能在它们之间进行文件传输。FTP提供交互式的访问,允许用户指明文件类型和格式并具有存取权限,它屏蔽了各计算机系统的细节,因而成为计算机传输数字化业务信息的最快途径。

2) FTP的工作原理

FTP采用C/S工作模式,不过与一般C/S不同的是,FTP客户端与服务器之间要建立双重连接,即控制连接和数据连接。控制连接用于传输主机间的控制信息,如用户标识、用户口令、改变远程目录和 put、get 文件等命令，而数据连接用来传输文件数据。

FTP 是一个交互式会话系统，客户进程每次调用 FTP 就与服务器建立一个会话，会话以控制连接来维持，直至退出 FTP。当客户进程提出一个请求，服务器就与 FTP 客户进程建立一个数据连接，进行实际的数据传输，直至数据传输结束，数据连接被撤销。FTP 服务器采用并发方式，一个 FTP 服务器进程可同时为多个客户进程提供服务。它由两大部分组成，一个主进程，负责接受新的客户请求，另外有若干个从属进程，负责处理单个请求。

FTP 工作原理如图 2-4 所示。用户调用 FTP 命令后，客户端首先建立一个客户控制进程，该进程向主服务器发出 TCP 连接建立请求，主服务器接受请求后，派生(fork)一个子进程(服务器控制进程)，该子进程与客户控制进程建立控制连接，双方进入会话状态。在控制连接上，客户控制进程向服务器发出数据、文件传输命令，服务器控制进程接收到命令后派生一个新的进程，即服务器数据传输进程，该进程再向客户控制进程发出 TCP 连接建立请求。客户控制进程收到该请求后，派生一个客户数据传输进程，并与服务器数据传输进程建立数据连接，然后双方即可开始进行文件传输。

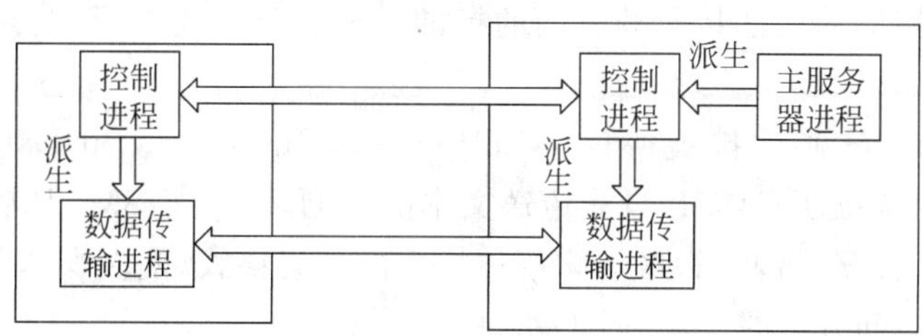

图 2-4　FTP 工作原理

FTP 可以实现上传和下载两种文件传输方式，而且可以传输几乎所有类型的文件。Internet 上有成千上万个提供匿名文件传输服务的 FTP 服务器。登录方式很简单，只需在浏览器地址栏内输入 ftp://<ftp 地址>，便可进入该 FTP 服务器。FTP 地址形式类似于 WWW 网址，如 ftp. csu. edu. cn 是中南大学 FTP 服务器地址。如果是非匿名的，则输入 ftp://<用户名>@<ftp 地址>命令，并在弹出的对话框中输入用户密码即可。

3. SMTP

电子邮件(E-mail)已成为 Internet 上使用最多和最受用户欢迎的信息服务之一，它是一种通过计算机网络与其他用户进行快速、简便、高效、价廉的现代通信手段。只要接入了 Internet 的计算机都能传送和接收邮件。

1) E-mail 的功能和特点

目前，电子邮件系统越来越完善，功能也越来越强，并已提供了多种复杂通信和交互式的服务，其主要功能和特点是快速、简单方便、便宜，并且可以一信多发，特别吸引人的是通过附件可以传送除文本以外的声音、图形、图像、动画等各种多媒体信息。此外，它还具有较强的邮件管理和监控功能，并向用户提供一些高级选项，如支持多种语言文本，设置邮件优先权、自动转发、邮件回执、短信到达通知、加密信件以及进行信息查询等。

2) E-mail 地址

要发 E-mail，首先需要知道 E-mail 地址。E-mail 地址的一般格式为 username@

hostname.domainname。其中 username 指用户在申请时所得到的账户名,@ 即“at”,意为“在”,hostname 指账户所在的主机,有时可省略,domainname 是指主机的 Internet 域名。例如,bs@csu.edu.cn 是中南大学商学院的 E-mail 地址,其中 bs 是商学院的账户名,这一账户在域名为 csu.edu.cn 的主机上。

3) E-mail 协议

最初的电子邮件功能很简单,邮件无标准的内部结构和格式。而随着网络技术的发展和应用,Internet 上的电子邮件系统开始遵循统一的协议和标准,可在整个 Internet 上实现电子邮件传输。

目前常用的邮件相关协议有如下两类。

(1) 传输方式的协议。

① 简单邮件传输协议(Simple Mail Transfer Protocol,SMTP)。主要用于主机与主机之间的电子邮件传输,包括用户计算机到邮件服务器,以及邮件服务器到邮件服务器之间的邮件传输。SMTP 功能比较简单,只定义了电子邮件如何通过 TCP 连接进行传输,而不规定用户界面、邮件存储、邮件的接收等方面的标准。SMTP 以文本形式传送电子邮件,有一定的缺陷。

② 多用途 Internet 邮件扩展协议(Multipurpose Internet Mail Extensions,MIME)。它是一种编码标准,突破了 SMTP 只能传送文本的限制,增强了 SMTP 功能。MIME 定义了各种类型数据,如图像、音频、视频等多媒体数据的编码格式,使多媒体可作为附件传送。

(2) 邮件存储访问方法的协议。

① 邮政协议第 3 版(Post Office Protocol version 3,POP3)。它用于电子邮箱的管理,用户通过该协议访问服务器上的电子邮箱。POP3 允许用户在不同地点访问服务器上的邮件,用户阅读邮件或从邮箱中下载邮件(POP3 只允许一次下载全部邮件)时都要用到 POP3。

② Internet 邮件访问协议第 4 版(Internet Message Access Protocol version 4,IMAP4)。主要用于实现远程动态访问存储在邮件服务器中的邮件,它扩展了 POP3,不仅可以进行简单读取,还可以进行更复杂的操作。不过,目前 POP3 的使用比 IMAP4 要广泛得多。

由上述协议的用途可见,主机上的邮件软件要同时使用两种协议,在发送邮件时,用 SMTP 服务器建立一个 SMTP 连接进行邮件发送;在接收邮件时,用 POP3 或 IMAP4 服务器建立 POP(或 IMAP)连接进行邮件读取。

4) E-mail 工作原理

电子邮件系统由三个部分组成:用户代理(User Agent),邮件服务器(Mail Server)和简单邮件传输协议(SMTP)。用户代理又称为邮件阅读器,可以让用户阅读、回复、转发、保存和创建邮件,还可从邮件服务器的信箱中获得邮件;邮件服务器起邮局的作用,保存了用户的邮箱地址,主要负责接收用户邮件,并根据邮件地址进行传输。

通常邮件由发送者的用户代理发送到其邮箱所在的邮件服务器,再由该邮件服务器按照 SMTP 协议发送到接收者的邮件服务器,存放于接收者的邮箱中。接收者从其邮箱所在的邮件服务器中取出邮件即完成一个邮件传送过程。

4. DHCP

1) DHCP 简介

动态主机设置协议(Dynamic Host Configuration Protocol,DHCP)是一个局域网的网络协议,使用 UDP 协议工作,主要有两个用途:方便内部网络或网络服务供应商自动分配 IP 地址给用户、提供内部网络管理员对所有计算机的中央管理手段。

2) DHCP 工作原理

根据客户端是否第一次登录网络,DHCP 的工作形式会有所不同。第一次登录时客户端按照以下步骤从 DHCP 服务器获取 DHCP 租约。

(1) 寻找 Server。当 DHCP 客户端第一次登录网络的时候,客户发现本机上没有任何 IP 数据设定,它会向网络发出一个 DHCP discover 封包。因为客户端还不知道自己属于哪一个网络,所以封包的来源地址会为 0.0.0.0,而目的地址则为 255.255.255.255,然后再附上 DHCP discover 的信息,向网络进行广播。在 Windows 的预设情形下,DHCP discover 的等待时间预设为 1 秒,也就是当客户端将第一个 DHCP discover 封包送出去之后,在 1 秒之内没有得到响应的话,就会进行第二次 DHCP discover 广播。若一直得不到响应的情况下,客户端一共会有四次 DHCP discover 广播(包括第一次在内),除了第一次会等待 1 秒之外,其余三次的等待时间分别是 9、13、16 秒。如果都没有得到 DHCP 服务器的响应,客户端则会显示错误信息,宣告 DHCP discover 的失败。之后,基于使用者的选择,系统会继续在 5 分钟之后再重复一次 DHCP discover 的过程。

(2) 提供 IP 租用地址。当 DHCP 服务器监听到客户端发出的 DHCP discover 广播后,它会从那些还没有租出的地址范围内,选择最前面的空置 IP,连同其他 TCP/IP 设定,响应给客户端一个 DHCP offer 封包。由于客户端在开始的时候还没有 IP 地址,所以在其 DHCP discover 封包内会带有其 MAC 地址信息,并且有一个 XID 编号来辨别该封包,DHCP 服务器响应的 DHCP offer 封包则会根据这些资料传递给要求租约的客户。根据服务器端的设定,DHCP offer 封包会包含一个租约期限的信息。

(3) 接受 IP 租约。如果客户端收到网络上多台 DHCP 服务器的响应,只会挑选其中一个 DHCP offer 而已(通常是最先抵达的那个),并且会向网络发送一个 DHCP request 广播封包,告诉所有 DHCP 服务器它将指定接受哪一台服务器提供的 IP 地址。同时,客户端还会向网络发送一个 ARP 封包,查询网络上面有没有其他机器使用该 IP 地址;如果发现该 IP 已经被占用,客户端则会送出一个 DHCP declient 封包给 DHCP 服务器,拒绝接受其 DHCP offer,并重新发送 DHCP discover 信息。事实上,并不是所有 DHCP 客户端都会无条件接受 DHCP 服务器的 offer,因为这些主机安装有其他 TCP/IP 相关的客户软件。客户端也可以用 DHCP request 向服务器提出 DHCP 选择,而这些选择会以不同的号码填写在 DHCP Option Field 里面。换一句话说,在 DHCP 服务器上面的设定,未必是客户端全都接受,客户端可以保留自己的一些 TCP/IP 设定。而主动权永远在客户端这边。

(4) 租约确认。当 DHCP 服务器接收到客户端的 DHCP request 之后,会向客户端发出一个 DHCP ack 响应,以确认 IP 租约的正式生效,也就结束了一个完整的 DHCP 工作过程。

DHCP 发放流程第一次登录之后,一旦 DHCP 客户端成功地从服务器取得 DHCP 租约,除非其租约已经失效并且 IP 地址也重新设定回 0.0.0.0,否则就无须再发送 DHCP discover 信息了,而会直接使用已经租用到的 IP 地址向之前的 DHCP 服务器发出 DHCP request 信息。DHCP 服务器会尽量让客户端使用原来的 IP 地址,如果没问题的话,直接响应 DHCP ack 来确认即可。如果该地址已经失效或已经被其他机器使用了,服务器则会响应一个 DHCP nack 封包给客户端,要求其从新执行 DHCP discover。至于 IP 的租约期限却是非常考究的,并非如我们租房子那样简单,以 NT 为例,DHCP 工作站除了在开机的时候发出 DHCP request 之外,在租约期限一半的时候也会发出 DHCP request,如果此时得不到 DHCP 服务器的确认的话,工作站还可以继续使用该 IP ;当租约期过了87.5%时,如果客户机仍然无法与当初的 DHCP 服务器联系上,它将与其他 DHCP 服务器通信。如果网络上再没有任何 DHCP 服务器在运行时,该客户机必须停止使用该 IP 地址,并从发送一个 DHCP discover 数据包开始,再一次重复整个过程。要是客户机想退租,可以随时送出 DHCP release 命令解约,就算租约在前一秒钟才获得的。

3) DHCP 的使用

(1) 开启 DHCP。选择“我的电脑”→“管理”→“服务和应用程序”→“服务”→“DHCP Client”→“启动”命令即可启动,最好设置为开机自动运行。

(2) 不设置 DHCP 的后果。若机器的 DHCP Client 出现异常或应急关闭会导致该机器与其局域网内其他机器数据传输速度大大降低,经个人电脑测试,开启 DHCP Client,局域网内数据传输速度大约为 4MB/s,而关闭 DHCP Client,局域网内数据传输速度大约为 10KB/s,相差甚大。如果你的机器与其他局域网内的机器数据传输速度慢的话,可能就是这个原因引起的。

5. DNS

1) DNS 简介

DNS 是域名系统(Domain Name System) 的缩写,它是由解析器和域名服务器组成的。域名服务器是指保存有该网络中所有主机的域名和对应 IP 地址,并具有将域名转换为 IP 地址功能的服务器。其中域名必须对应一个 IP 地址,而 IP 地址不一定有域名。域名系统采用类似目录树的等级结构。域名服务器为客户机/服务器模式中的服务器方,它主要有两种形式:主服务器和转发服务器。将域名映射为 IP 地址的过程就称为“域名解析”。在 Internet 上域名与 IP 地址之间是一对一(或者多对一)的,域名虽然便于人们记忆,但机器之间只能互相认识 IP 地址,它们之间的转换工作称为域名解析,域名解析需要由专门的域名解析服务器来完成,DNS 就是进行域名解析的服务器。DNS 命名用于 Internet 等 TCP/IP 网络中,通过用户友好的名称查找计算机和服务。当用户在应用程序中输入 DNS 名称时,DNS 服务可以将此名称解析为与之相关的其他信息,如 IP 地址。例如,用户在上网时输入的网址,是通过域名解析系统解析找到相对应的 IP 地址,这样才能上网。其实,域名的最终指向是 IP。

2) DNS 实现方法

目前国际域名的 DNS 必须在国际域名注册商处注册,国内域名的 DNS 必须在 CNNIC 注册,注册支持解析英文域名和中文域名的 DNS 要分别注册。

① 步骤:选择作为 DNS 后缀的域名—创建 DNS 服务器—选择是在国际注册还是国内

注册—申请—交付费用。

② 费用：约75元/个(一次性)。

③ 条件：如果注册国际DNS服务器，DNS服务器的名称必须是在具有条件的公司注册的国际英文域名才能注册，有独立IP地址，DNS服务器域名前的前缀最好是dns.、ns.等。

2.3 电子商务应用开发技术

2.3.1 JSP Model

1. JSP Model 1

在早期的Java Web应用中，JSP文件负责业务逻辑、控制网页流程并创建HTML。JSP文件是一个独立的、自主完成所有任务的模块，这给Web开发带来一系列问题。

(1) HTML代码和Java程序强耦合在一起。JSP文件的编写者必须既是网页设计者又是Java开发者。但实际情况是，多数Web开发人员要么只精通网页设计，能够设计出漂亮的网页外观，但是编写的Java代码很糟糕；要么仅熟悉Java编程，能够编写健壮的Java代码，但是设计的网页外观很难看，具备两种才能的开发人员很少。

(2) 内嵌的流程逻辑。要理解应用程序的整个流程，必须浏览所有网页。

(3) 调试困难。除了很糟的外观之外，HTML标记、Java代码和JavaScript集中在一个网页中，使调试变得相当困难。

(4) 强耦合。更改业务逻辑或数据可能牵扯相关的多个网页。

为了解决以上问题，Sun公司制定了JSP Model 1规范，如图2-5所示。

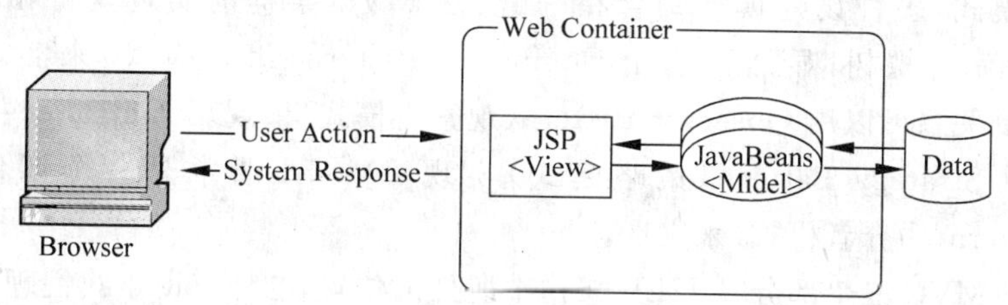

图2-5　JSP Model 1结构

在JSP Model 1体系中，JSP页面负责响应用户请求并将处理结果返回用户。JSP既要负责业务流程控制，又要负责提供表示层数据，同时充当视图和控制器，未能实现这两个模块间的独立和分离。尽管Model 1体系十分适合简单应用的需要，它却不适合开发复杂型应用程序。不加选择地随意运用Model 1，会导致JSP页内嵌入大量的Java代码。尽管这对于Java程序员来说可能不是什么大问题，但如果JSP页面是由网页设计人员开发并维护的，这就确实是个问题了。从根本上讲，将导致角色定义不清和职责分配不明，给项目管理带来很多麻烦。

2. JSP Model 2

随后，Sun 公司又制定了 JSP Model 2 规范，如图 2-6 所示。

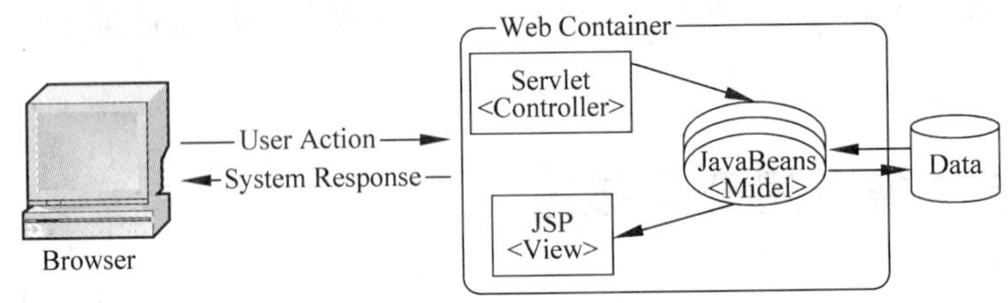

图 2-6　JSP Model 2 结构

JSP Model 2 体系结构是一种联合使用 JSP 与 Servlet 来提供动态内容服务的方法。它吸取了 JSP 和 Servlet 两种技术各自的突出优点，用 JSP 生成表示层的内容，让 Servlet 完成深层次的处理任务。在这里，Servlet 充当控制器的角色，负责处理用户请求，创建 JSP 页需要使用的 JavaBean 对象，根据用户请求选择合适的 JSP 页返回给用户。在 JSP 页内没有处理逻辑，它仅负责检索原先由 Servlet 创建的 JavaBean 对象，从 Servlet 中提取动态内容插入到静态模板。这是一种有突破性的软件设计方法，它清晰地分离了表达和内容，明确了角色定义以及开发者与网页设计者的分工。

2.3.2 MVC 设计模式

1. MVC 简介

MVC 架构是一个复杂的架构，其实现也显得非常复杂。但是，我们已经总结出了很多可靠的设计模式，多种设计模式结合在一起，使 MVC 架构的实现变得相对简单易行。Views 可以看做一棵树，显然可以用 Composite Pattern(组合模式)来实现。Views 和 Models 之间的关系可以用 Observer Pattern(观察者模式)体现。Controller 控制 Views 的显示，可以用 Strategy Pattern(策略模式)实现。Model 通常是一个调停者，可采用 Mediator Pattern(中介者模式)来实现。

现在介绍 MVC 三个部分在 J2EE 架构中所处的位置，这样有助于我们理解 MVC 架构的实现。MVC 与 J2EE 架构的对应关系是：View 处于 Web Tier 或者说是 Client Tier，通常是 JSP/Servlet，即页面显示部分。Controller 也处于 Web Tier，通常用 Servlet 来实现，即页面显示的逻辑部分实现。Model 处于 Middle Tier，通常用服务端的 JavaBean 或者 EJB 实现。

2. MVC 模式内涵

MVC 设计模式包括三个部分，即模型(Model)、视图(View) 和控制器(Controller)，分别对应于内部数据、数据表示和输入输出控制部分，三者关系如图 2-7 所示。一个更为合理的缩写应该是 MdMaVC，其中，Md 指 Domain Model，是分析员和设计师所面对的部分，是对问题的描述；Ma 指 Application Model，用来记录存在的视图，获取视图信息和向视图发送消息。

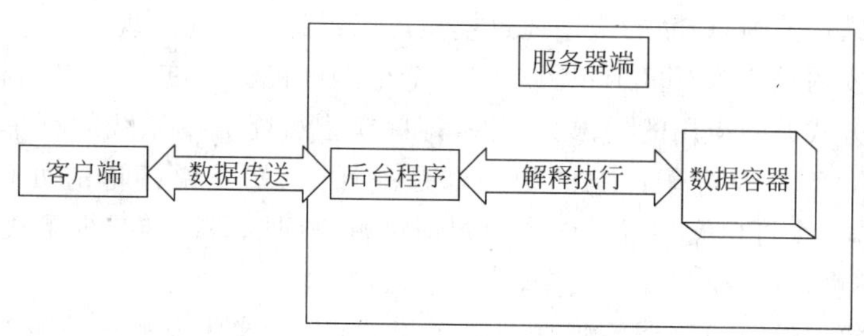

图 2-7　MVC 设计模式组成

1）模型

模型是与问题相关数据的逻辑抽象，代表对象的内在属性，是整个模型的核心。它采用面向对象的方法，将问题领域中的对象抽象为应用程序对象，在这些抽象的对象中封装了对象的属性和这些对象所隐含的逻辑。

2）视图

视图是模型的外在表现，一个模型可以对应一个或者多个视图，如图形用户界面视图、命令行视图、API 视图；或按使用者分为新用户视图、熟练用户视图等。视图具有与外界交互的功能，是应用系统与外界的接口，一方面它为外界提供输入手段，并触发应用逻辑运行；另一方面它又将逻辑运行的结果以某种形式显示给外界。当 Model 变化时，它作出相应变化，有两种方法：Push（推）方法，让 View 在 Model 处注册，Model 在发生变化时向已注册的 View 发送更新消息；Pull(拉)方法，View 在需要获得最新数据时调用 Model。

3）控制器

控制器是模型与视图的联系纽带，控制器提取通过视图传输进来的外部信息，并将用户与 View 的交互转换为基于应用程序行为的标准业务事件，再将标准业务事件解析为 Model 应执行的动作(包括激活业务逻辑和改变 Model 的状态)。同时，模型的更新与修改也将通过控制器来通知视图，从而保持各个视图与模型的一致性。

3. MVC 模式基本实现过程

在应用系统开发中，采用 MVC 设计模式进行系统设计，应该遵循以下步骤。

(1) 分析应用问题，对系统进行分离。

(2) 设计和实现每个视图的显示形式，从模型中获取数据，并将它们显示在屏幕上。

(3) 设计和实现每个控制器对于每个视图，指定对用户操作的响应行为。

(4) 使用分离的彼此独立的控制器。

4. MVC 模式评价

1) MVC 的优点

大部分用过程语言比如 ASP、PHP 开发出来的 Web 应用，初始的开发模板就是混合层的数据编程。例如，直接向数据库发送请求并用 HTML 显示，开发速度往往比较快，但由于数据页面的分离不是很直接，因而很难体现出业务模型的样子或者模型的重用性，产品设计弹性力度很小，很难满足用户的变化性需求。MVC 要求对应用分层，虽然要花费额外的工作,但产品的结构清晰,产品的应用通过模型可以得到更好地体现。

首先,最重要的是应该有多个视图对应一个模型的能力。在目前用户需求的快速变化下,可能有多种方式访问应用的要求。例如,订单模型可能有本系统的订单,也有网上订单或者其他系统的订单,但对于订单的处理都是一样,也就是说订单的处理是一致的。按MVC设计模式,一个订单模型以及多个视图即可解决问题。这样减少了代码的复制,即减少了代码的维护量,一旦模型发生改变,也易于维护。

其次,由于模型返回的数据不带任何显示格式,因而这些模型也可直接应用于接口的使用。

再次,由于一个应用被分离为三层,因此有时改变其中的一层就能满足应用的改变。一个应用的业务流程或者业务规则的改变只需改动MVC的模型层。

控制层的概念也很有效,由于它把不同的模型和不同的视图组合在一起完成不同的请求,因此控制层可以说是包含了用户请求权限的概念。

最后,它还有利于软件工程化管理。由于不同的层各司其职,每一层不同的应用具有某些相同的特征,有利于通过工程化、工具化产生管理程序代码。

2) MVC的不足

(1) 增加了系统结构和实现的复杂性。对于简单的界面,严格遵循MVC,使模型、视图与控制器分离,会增加结构的复杂性,并可能产生过多的更新操作,降低运行效率。

(2) 视图与控制器间的过于紧密的连接。视图与控制器是相互分离,但确实联系紧密的部件,视图没有控制器的存在,其应用是很有限的,反之亦然,这样就妨碍了它们的独立重用。

(3) 视图对模型数据的低效率访问。依据模型操作接口的不同,视图可能需要多次调用才能获得足够的显示数据。对未变化数据的不必要的频繁访问,也将损害操作性能。

(4) 目前,一般高级的界面工具或构造器不支持MVC架构。改造这些工具以适应MVC需要和建立分离的部件的代价是很高的,从而造成使用MVC的困难。

2.3.3 框架技术

随着软件开发技术的日趋成熟,开始出现了一些现成的优秀的应用框架,框架可以提高软件开发的速度和效率,并且使软件更便于维护,开发者在开发软件时可以直接使用它们。

1. 框架的概念

框架是整个或者部分系统的可重用设计,表现为一组抽象构件以及构件实例之间交互的方法,框架是可被应用开发者定制的应用骨架。

一个框架是一个可重用的设计,它规定了应用的体系结构,阐明了整个设计、协作构件之间的依赖关系、责任分配和控制流程,表现为一组抽象类以及其实例之间的协作方法。在很多情况下,框架以构件库的形式出现,但是构件库只是框架的一个重要部分,框架的关键还在于框架内对象间的交互模式和控制流模式。框架为构件提供了重用环境,为构件处理错误、交换数据以及激活操作提供了标准的方法。

框架并不是包含构件应用程序的小片程序,而是实现了某应用领域通用完备功能的底层服务。使用框架的编程人员可以在一个通用功能已经实现的基础上开始具体的系统开发。框架提供了某个领域应用中所有期望的默认行为和类集合。具体的应用通过重写子类或组装对象来支持应用专用的行为。

框架强调的是软件的设计重用性和系统的可扩充性，以便缩短大型应用软件系统的开发周期，提高开发质量。与传统的基于类库的面向对象重用技术比较，应用框架更注重于面向专业领域的软件重用。框架具有领域相关性，构件根据框架进行复合而生成可运行的系统。框架的粒度越大，其中包含的领域知识就越完整。

总之，框架是一个系统的核心元素，是系统中最本质的部分。系统的各个组成部分正是通过框架所描绘的方式协同工作共同完成系统的功能，从而表现出一个完整的系统。

框架可分为白盒(White-Box)与黑盒(Black-Box)两种框架。基于继承的框架被称为白盒框架。所谓白盒即具备可视性，被继承的父类的内部实现细节对子类而言都是可知的。基于对象构件组装的框架就是黑盒框架。应用开发者通过整理、组装对象来获得系统的实现。用户只需了解构件的外部接口，无须了解内部的具体实现。

2. 框架式软件开发特点及优缺点

采用框架技术进行软件开发的主要特点有以下几个方面。

(1) 领域内的软件结构一致性好。

(2) 建立更加开放的系统。

(3) 重用代码大大增加，软件生产效率和质量也得到了提高。

(4) 软件设计人员要专注于对领域的了解，使需求分析更充分。

(5) 存储了经验，可以让那些经验丰富的人员去设计框架和领域构件，而不必限于低层编程。

(6) 允许采用快速原型技术。

(7) 有利于在一个项目内多人协同工作。

(8) 大粒度的重用使得平均开发费用降低，开发速度加快，开发人员减少，维护费用降低，而参数化框架使得适应性、灵活性增强。

框架式软件开发的优点表现在：

① 降低软件开发的风险。

② 可维护性好。

③ 良好的结构性。

④ 可复用性高。

框架式软件开发也存在一些不足，具体表现在：

① 结构比较复杂。

② 第一次开发的起点比较高。

③ 降低软件的运行速度。

④ 需要一个高素质的框架设计师。

3. Java 框架技术

几乎所有现代的网络开发框架都遵循了模型—视图—控制(MVC)设计模式，即商业逻辑和描述被分开，由一个逻辑流控制器来协调来自客户端的请求和服务器上将采取的行动。

这条途径成了网络开发的事实上的标准。每个框架的内在的机制虽然是不同的,但是开发者们使用来设计和实现它们的Web应用软件的API是很类似的。差别还存在于每个框架提供的扩展方面,例如标签库、JavaServer Faces或JavaBean包装器等。

所有的框架使用不同的技术来协调在Web应用程序之内的导航,例如XML配制文件,Java属性文件或定制属性。所有的框架在控制器模块实现的方法方面也存在明显的不同,例如,EJB可能实例化在每个请求中需要的类或使用Java反射动态地调用一个适当的行动(Action)类。另外,不同框架在各自引入的概念上也有所不同,例如,一个框架可能定义用户请求和反应(以及错误)场所,而另外一个框架可能仅仅定义一个完整的流,即从一个请求到多个响应和随后的再请求。

各种Java框架在它们组织数据流的方法方面是很类似的。在请求发出后,在应用程序服务器上产生一些行动;而作为响应,一些可能包含对象集的数据总是被发送到JSP层。然后,从那些对象(可能是有setter和getter方法的简单类,JavaBean,值对象或者一些集合对象)中提取数据。现代的Java框架还想方设法简化开发者的开发任务,如通过使用简易的API、数据库连接池甚至数据库调用包等提供自动化的追踪方式来实现。一些框架或者能够钩进(hooked into)另外的J2EE技术中,例如JMS(Java消息服务)或JMX,或把这些技术集成到一起。服务器数据持续性和日志也有可能成为框架的一部分。

1) Apache Struts框架

Struts是Apache基金会Jakarta项目组的一个Open Source(开放源码)项目,它采用MVC模式,能够很好地帮助Java开发者利用J2EE开发Web应用。Structs框架的核心是一个弹性的控制层。有其自己的控制器(Controller),同时整合了其他的一些技术去实现模型层(Model)和视图层(View)。在模型层,Struts可以很容易地与数据访问技术相结合,如JDBC (Java数据库连接)/ EJB(Java中的商业应用组件技术),以及其他第三方类库。Struts为每个专业的Web应用程序做背后的支撑帮助,为你的应用创建可扩展的开发环境。

Struts 2号称是一个全新的框架,但这仅仅是相对Struts 1而言。Struts 2与Struts 1相比,确实有很多革命性的改进,但它并不是新发布的新框架,而是在另一个框架WebWork基础上发展起来的。从某种程度上来讲,Struts 2没有继承Struts 1的血统,而是继承WebWork的血统。因为Struts 2是WebWork的升级,而不是一个全新的框架,因此稳定性、性能等各方面都有很好的保证,而且它吸收了Struts 1和WebWork两者的优势,因此,是一个非常值得期待的框架。

理解Struts的框架包是一项非常节省时间的投资。如果计划构建应用程序(无论是否基于Web),需要至少一种框架包,如果使用基于Web的框架包,那么Struts就是最好的选择。Struts跟Tomcat、Turbine等诸多Apache项目一样,是开源软件,这是它的一大优点,使开发者能更深入地了解其内部实现机制。

除此之外,Struts的优点主要集中体现在两个方面:Taglib和页面导航。Taglib是Struts的标记库,灵活动用,能大大提高开发效率。另外,就目前国内的JSP开发者而言,除了使用JSP自带的常用标记外,很少开发自己的标记,或许Struts是一个很好的起点。关于页面导航,那将是今后的一个发展方向,事实上,这样做能使系统的脉络更加清晰。通过一个配置文件,即可把握整个系统各部分之间的联系,这对于后期的维护有着莫大的好处。

尤其是当另一批开发者接手这个项目时,这种优势体现得更加明显。同时,Struts 框架还具有以下几个优点:①利用 Struts 提供的 Taglib 可以大大节约开发时间;②表现与逻辑分离;③维护扩展比较方便;④便于团队开发。

2）Spring 框架

Spring 是一个开源框架,它由 Rod Johnson 创建。它是为了解决企业应用开发的复杂性而创建的。Spring 使用基本的 JavaBean 来完成以前只可能由 EJB 完成的事情。然而,Spring 的用途不仅限于服务器端的开发。从简单性、可测试性和松耦合的角度而言,任何 Java 应用都可以从 Spring 中受益。

简单来说,Spring 是一个轻量级的控制反转(Inversion of Control,IoC)和面向切面(AOP)的容器框架。其包括的主要特色有:①强有力的基于 JavaBeans 的配置管理,使用 IoC 原则。②一个核心 Bean 工厂,可用在任何环境,从 Applets 到 J2EE 容器程序。③通用的抽象层适合于数据库事务管理,允许可插入的事务管理器,并且不需要处理低层次的问题就可容易地划分各事务的界限。④一个很有意义的异常处理的 JDBC 抽象层。⑤与 Hibernate 集成到一起,DAO 实现支持以及事务策略。

3）Hibernate 框架

Hibernate 是一种 Java 语言下的对象关系映射解决方案。它是一种自由、开源的软件。它用来把对象模型表示的对象映射到基于 SQL 的关系模型结构中去,为面向对象的领域模型到传统的关系型数据库的映射,提供了一个使用方便的框架。

Hibernate 不仅管理 Java 类到数据库表的映射(包括从 Java 数据类型到 SQL 数据类型的映射),还提供数据查询和获取数据的方法,可以大幅度减少开发时人工使用 SQL 和 JDBC 处理数据的时间。

它的设计目标是将软件开发人员从大量相同的数据持久层相关编程工作中解放出来。无论是从设计草案还是从一个遗留数据库开始,开发人员都可以采用 Hibernate。

Hibernate 对 JDBC 进行了非常轻量级的对象封装,使得 Java 程序员可以随心所欲地使用对象编程思维来操纵数据库。Hibernate 可以应用在任何使用 JDBC 的场合,它既可以在 Java 的客户端程序使用,也可以在 Servlet/JSP 的 Web 应用中使用。最具革命意义的是,Hibernate 可以在应用 EJB(EnterpriseJavaBeans 是 Java 应用于企业计算的框架)的 J2EE 架构中取代 CMP,完成数据持久化的重任。

2.4　数据库技术与电子商务

电子商务应用的前提是企业管理信息系统(MIS)的广泛应用,数据库技术是企业管理信息系统的核心技术之一,所以想深入理解电子商务就应该先了解数据库的一些基本理论。

21 世纪以来,随着以计算机为核心的信息技术的发展,社会各个领域的管理都逐步走向了计算机化和网络化,管理的核心内容是数据的收集、整理、分析,关键是数据的后期分析,数据只有通过合理的分析才能发挥信息对各个领域管理的支持作用,所以数据库技术作为社会各个领域管理过程中的底层技术支持是至关重要的和必不可少的。只有充分地掌握数据库技术的有关理论,才能建立有效的数据库及数据库管理系统,发挥数据库技术在社会各领域管理中的核心作用,避免数据库技术在管理应用中出现的问题,走出数据库在实际管理中的误区。

由于数据库技术在社会各个领域管理中所发挥的实际作用,才使得数据库技术受到世界的关注,成为研究和使用的对象,得到不断的发展和优化,从最初的手工处理演变成完整复杂的系统。

经过近四十年的发展,数据库技术已成为一项理论成熟、应用极广的数据管理技术。各种组织不仅借助数据库技术开发了信息系统,而且在其中存储并积累了大量的业务数据,为管理决策提供了丰富的数据基础。

2.4.1 数据管理技术的发展

数据管理技术是对数据进行分类、组织、编码、输入、存储、检索、维护和输出的技术。数据管理技术的发展大致经过了人工管理阶段、文件系统阶段、数据库系统三个阶段。

1. 人工管理阶段

20 世纪 50 年代以前,计算机主要用于数值计算。从当时的硬件看,外存只有纸带、卡片、磁带,没有直接存取设备;从软件看(实际上,当时还未形成软件的整体概念),没有操作系统以及管理数据的软件;从数据看,数据量小、数据无结构、由用户直接管理、数据间缺乏逻辑组织、数据依赖于特定的应用程序缺乏独立性。

2. 文件系统阶段

20 世纪 50 年代后期到 60 年代中期,出现了磁鼓、磁盘等数据存储设备。新的数据处理系统迅速发展起来,这种数据处理系统是把计算机中的数据组织成相互独立的数据文件,系统可以按照文件的名称对其进行访问,对文件中的记录进行存取,并可以实现对文件的修改、插入和删除,这就是文件系统。文件系统实现了记录内的结构化,即给出了记录内各种数据间的关系。但是,文件从整体来看却是无结构的。其数据面向特定的应用程序,因此数据共享性、独立性差,且冗余度大,管理和维护的代价也很大。

3. 数据库系统阶段

20 世纪 60 年代后期,出现了数据库这样的数据管理技术。数据库的特点是数据不再只针对某一特定应用,而是面向全组织,具有整体的结构性,共享性高,冗余度小,具有一定的程序与数据间的独立性,并且实现了对数据进行统一的控制。

2.4.2 数据模型

1. 数据模型的概念及要素

数据模型是现实世界在数据库中的抽象,也是数据库系统的核心和基础。数据模型通常包括三个要素。

(1) 数据结构。数据结构主要用于描述数据的静态特征,包括数据的结构和数据间的联系。

(2) 数据操作。数据操作是指在数据库中能够进行的查询、修改、删除现有数据或增加新数据的各种数据访问方式，并且包括数据访问相关的规则。

(3) 数据完整性约束。数据完整性约束由一组完整性规则组成。

2. 常用的数据模型

数据库理论领域中最常见的数据模型主要有层次模型、网状模型和关系模型三种。

(1) 层次模型(Hierarchical Model)。层次模型使用树型结构来表示数据以及数据之间的联系。

(2) 网状模型(Network Model)。网状模型使用网状结构表示数据以及数据之间的联系。

(3) 关系模型(Relational Model)。关系模型是一种理论最成熟，应用最广泛的数据模型。在关系模型中，数据存放在一种称为二维表的逻辑单元中，整个数据库又是由若干个相互关联的二维表组成的。

目前，已经有一些流行的，也比较成熟的软件产品能够很好地支持关系型数据模型，这些产品也因此称为关系型数据库管理系统(Relational DataBase Management System, RDBMS)。例如微软公司的 Microsoft Access 和 MS-SQL Server、Sybase 公司的 Sybase、甲骨文公司的 Oracle，以及 IBM 公司的 DB2。其中，Microsoft Access 是一个中小型数据库管理系统，适用于一般的中小企业；MS-SQL Server、Sybase 和 Oracle 基本属于大中型的数据库管理系统；而 DB2 则属于大型的数据库管理系统，并且对计算机硬件有很高和专门的要求。

2.4.3 数据库的基本概念

1. 数据和数据处理

数据(Data)是用于描述现实世界中各种具体事物或抽象概念的，可存储并具有明确意义的符号，包括数字、文字、图形和声音等。数据处理是指对各种形式的数据进行收集、存储、加工和传播的一系列活动的总和。其目的之一是从大量的、原始的数据中抽取、推导出对人们有价值的信息以作为行动和决策的依据；目的之二是为了借助计算机技术科学地保存和管理复杂的、大量的数据，以便人们能够方便而充分地利用这些宝贵的信息资源。

2. 数据库

数据库(DataBase，DB)是存储在计算机辅助存储器中的、有组织的、可共享的相关数据集合。数据库具有下面几种特性。

(1) 数据库是具有逻辑关系和确定意义的数据集合。

(2) 数据库是针对明确的应用目标而设计、建立和加载的。每个数据库都具有一组用户，并为这些用户的应用需求服务。

(3) 一个数据库反映了客观事物的某些方面，而且需要与客观事物的状态始终保持一致。

3. 数据库管理系统及其基本功能

数据库管理系统(DataBase Management System，DBMS)是对数据库进行管理的系统软件,它的职能是有效地组织和存储数据、获取和管理数据、接受和完成用户提出的各种数据访问请求。能够支持关系型数据模型的数据库管理系统,称为关系型数据库管理系统(Relational DataBase Management System,RDBMS)。

RDBMS 的基本功能包括以下 4 个方面。

(1) 数据定义功能。RDBMS 提供了数据定义语言(Data Definition Language,DDL),利用 DDL 可以方便地对数据库中的相关内容进行定义。例如对数据库、表、字段和索引进行定义、创建和修改。

(2) 数据操纵功能。RDBMS 提供了数据操纵语言(Data Manipulation Language,DML),利用 DML 可以实现在数据库中插入、修改和删除数据等基本操作。

(3) 数据查询功能。RDBMS 提供了数据查询语言(Data Query Language,DQL),利用 DQL 可以实现对数据库的数据查询操作。

(4) 数据控制功能。RDBMS 提供了数据控制语言(Data Control Language,DCL),利用 DCL 可以完成数据库运行控制功能,包括并发控制(即处理多个用户同时使用某些数据时可能产生的问题)、安全性检查、完整性约束条件的检查和执行、数据库的内部维护(例如索引的自动维护)等。

RDBMS 的上述许多功能都可以通过结构化查询语言(Structured Query Language,SQL)来实现的,SQL 是关系数据库中的一种标准语言,在不同的 RDBMS 产品中,SQL 中的基本语法是相同的。此外,DDL、DML、DQL 和 DCL 也都属于 SQL。

4. 数据库应用系统及其组成

数据库应用系统又简称为数据库系统,是指拥有数据库技术支持的计算机系统,它可以实现有组织地、动态地存储大量相关数据,提供数据处理和信息资源共享服务的功能。

各类人员主要参与数据库应用系统的需求分析、设计、开发、使用、管理和维护,他们在数据库应用系统的开发、运行及维护等阶段扮演着不同的角色,并起着不同的作用。各类人员主要包括:①最终用户;②系统分析员;③应用程序员;④数据库管理员(DataBase Administrator,DBA)。

2.4.4 数据库技术的作用

从其应用方式来看,数据库技术主要起着两方面的作用。

(1) 信息系统开发作用。利用数据库技术以及互联网技术,并结合具体的编程语言,可以开发一个信息系统,从而解决业务数据的输入和管理问题。在信息系统开发中,主要利用的是 RDBMS 的基本功能,即数据定义功能、数据操纵功能、数据查询功能以及数据控制功能。

(2) 数据分析与展示作用。利用 RDBMS 的数据查询功能对数据库中的数据进行关联组合或逐级汇总分析,并以表格、图形或报表形式将分析结果进行展示,从而解决业务数据的综合利用问题。

对电子商务来讲,数据库技术主要起着两方面的作用。

(1) 存储和管理商务数据(数据库技术的基本功能)。

(2) 决策支持。企业可以利用数据管理技术中的新技术对数据库中海量的商务数据进行科学的组织、分析和统计，从而更好地服务于企业的决策支持。

数据库技术对电子商务的支持是多方位的，而迅速发展的电子商务对数据库又提出了新的要求。在管理内容方面，提出了多媒体信息在数据库中的管理；在数据模型设计方面，提出了对象关系模型，即把对象管理技术同关系数据库技术结合在一起。在性能方面，既提出了高度可靠性、响应速度快(满足用户不受时空限制的需求)的要求，又提出了强大的伸缩性(网上用户数量是未知的)的要求。

小结

本章从两方面介绍了电子商务，一个是网络环境，另一个是实现技术，这两者都是电子商务实现的基础。没有网络环境，电子商务无法运行；没有实现技术，电子商务无法发展。通过本章的学习，读者一定会慢慢对电子商务产生兴趣，让我们带着这种兴趣进入下一章的学习。

习题

1. 网络的拓扑结构有哪几种？请画出其中三种的拓扑结构图。
2. 什么是网络体系结构？简述体系结构中各层的功能。
3. Web 开发技术大体上可以被分为客户端技术和服务端技术两大类，其具体又有哪些技术？
4. 列举 2～3 个基本网络服务，并对它们做一个简单的介绍。
5. 什么是 MVC？简单谈谈 MVC 设计模式。
6. 什么是框架技术？说说你熟悉的 Java 框架技术。
7. 数据库管理技术的发展经历了哪三个阶段？数据库技术给电子商务带来了哪些影响？

第3章 Web开发技术基础

随着电子商务的发展，各种各样的 Web 开发技术也应运而生，大体上可以分为客户端技术和服务器端技术两大类。客户端技术的主要任务是展现信息内容，HTML 语言是信息展现的最有效载体之一，而服务器端开发技术的不断完善使得开发动态的、复杂的 Web 应用成为可能。本章主要讲述了基于 J2EE 企业级开发平台的几种 Web 开发技术，通过学习，读者应对 Web 开发有一个全面的认识，并掌握 HTML、Java、JavaScript、JSP 等核心技术，为开发 Web 应用打下基础。

本章知识点

① HTML 语言基础；
② Java 语言技术基础；
③ JavaScript 技术；
④ JSP 技术。

3.1 HTML 语言基础

随着 Internet 的迅猛发展和普及，人们可以从世界各地实时接收和发送大量最新的信息，但是在信息交换过程中存在着一个突出的问题，就是多种多样的数据格式，给信息的有效使用带来了障碍。所以，如何以便捷可靠和有效的方式传送各种信息是一个很大的问题，HTML 标记语言正是为了解决这一问题而出现并发展起来的。

3.1.1 HTML 语言概述

1. HTML 的起源与发展

1989 年，欧洲物理量子实验室(CERN)的信息专家蒂姆·伯纳斯·李发明了超文本链接语言，使用此语言能轻松地将一个文件中的文字或图形连接到其他的文件中去，这就是超文本标记语言(Hyper Text Markup Language，HTML)的前身。1991 年，蒂姆·伯纳斯·李在 CERN 定义了 HTML 语言的第一规范，之后该规范成为 W3C 组织为专门在互联网上发布信息而设计的符号化语言规范。可以说，HTML 是基于标准广义置标语言(Standard Generalized Markup Language，SGML，是一套用来描述数字化文档的结构并管理其内容的复杂的规范)中的一个子集演变而来的,是 SGML 的一个实例。

作为 World Wide Web 的一个组成部分,HTML 语言发展很快,在短短的几年里,它已经历了 HTML 1.0、HTML 2.0 和 HTML 3.0、HTML 4.0 等多个版本,同时 DHTML(动态 HTML)、VHTML(虚拟 HTML)和 SHTML 等也迅速发展起来。

2. HTML 介绍

HTML 语言又称超文本标记语言,是英文 Hyper Text Markup Language 的缩写,它是一种标识性语言,由一些特定符号和语法组成,其目的在于运用标记(tag)使文件达到预期的显示效果,能够对 Web 页的内容、格式以及 Web 页中的超级链接等进行描述。HTML 语言的优点是标注简单明了,功能强大,不仅可以编写普通的文本信息,而且还可以编辑声音、图形、视频等多媒体信息。

用 HTML 编写的超文本文档称为 HTML 文档,它是一种纯文本文件,可以用任何文字编辑软件来建立,例如 DOS 下的 Edit、Windows 下的记事本,也可以是一些所见即所得的网页编辑器,如 Microsoft FrontPage、Netscape Composer、Dreamweaver MX、HotDog 等。它能独立于各种操作系统平台,自 1990 年以来,HTML 就一直被用作 World Wide Web 的信息表示语言。

随着计算机技术的发展,又出现了许多新的网页制作技术,但这些新的技术依然是建立在 HTML 的基础上,如 JavaScript、VBScript、ASP、PHP、JSP 等客户端和服务器端脚本语言,都是嵌入到 HTML 中,因此学好 HTML 语言对整个网站的程序设计都有非常重要的意义。

3.1.2 HTML 语法

一个 HTML 文档是由一系列的元素和标签组成。元素名不区分大小写,HTML 用标签来规定元素的属性和它在文件中的位置,标记在使用时必须用尖括号"<>"加以限定,例如:

```
<tilte>网页标题</title>
```

其中<title>为开始标记,</title>为结束标记,中间是标记描述的内容。

1. 标记的写法规则

(1) HTML 的多数标记都是成对出现的,前面的一个称为开始标记,后面的一个称为结束标记,结束标记需在标识符前使用斜杠"/"符号。

(2) 标记中允许包含其他标记,但标记不能出现交叉。

(3) 任何标记的大写和小写形式都是等价的。

(4) 标记名与"<"号之间不能有空白字符。

(5) 有的浏览器对有些标记是不支持的,当浏览器不支持某个标记时,该标记即被忽略。

2. 标记的属性

在标记中使用的参数称为标记的属性。一个标记可以有多个属性,每个属性都有对应的属性值。例如

```
<p align="center">
```

其中,“align”是标记<p>的属性,“center”是属性“align”的值。

3. HTML 文件的基本架构

HTML 网页文件主要由文件头和文件体两部分内容构成。其中,文件头是对文件进行一些必要的定义,文件体是 HTML 网页的主要部分,它包括文件所有的实际内容。下面是 HTML 网页文件的基本结构。

```
<HTML>      HTML 文件开始
<HEAD>      文件头开始
文件头
</HEAD>     文件头结束
<BODY>      文件体开始
文件体
</BODY>     文体结束
</HTML>     HTML 文件结束
```

3.1.3 常用 HTML 标记

1. 文件标记

文件标记包括<HTML>、<HEAD>、<TITLE>、<BODY>标记。

1) HTML 标记

HTML 标记由“<HTML>”和“</HTML>”构成,“<HTML>”通常位于 HTML 文件的开头,表示 HTML 文档的开始,“</HTML>”位于文件的结尾,表示 HTML 文档的结束,HTML 文档的其他内容都限定在 HTML 标记对中。一个 HTML 文件只有一对 HTML 标记。

2) HEAD 标记

HEAD 标记由“<HEAD>”和“</HEAD>”构成,位于 HTML 文档的前部。HEAD 区常用的标记有 TITLE、META 等。

TITLE 标记用于标识网页标题。格式为:<TITLE>字符串</TITLE>。格式中的“字符串”是网页的标题内容,浏览网页时该内容显示在网页顶部的标题行中。

META 标记用于描述网页关键字和网页说明、定义网页语言编码、页面刷新设置等,进行网页浏览时,这些标记信息是不可见的。

(1) 描述网页关键字的格式为:

```
<meta name = "keywords" content = "关键字列表">
```

其中,“关键字列表”中的关键字是网络搜索引擎借以分类的关键词。例如:

```
<meta name = "keywords" content = "咨询,航天,飞行器,技术服务,设计,转让">
```

(2) 描述网页说明的格式为:

```
<meta name = "description" content = "网页说明信息">
```

其中,"网页说明信息"是一段文本,它将作为搜索引擎对网页的描述信息,搜索引擎根据这些关键字就能够搜索到相应网页,并显示关于网页的说明信息。

(3) 定义网页语言编码的格式为:

```
<meta http-equiv="content-type" content="text/html; charset=字符集编码名称">
```

例如:

```
<meta http-equiv="content-type" content="text/html; charset=gb2312">
```

浏览器将自动选用 gb2312 编码作为本网页的字符编码。

(4) 页面刷新的格式为:

```
<meta http-equiv="refresh" content="数值;URL=文件名或网址">
```

其中,content 属性中的"数值"代表刷新网页延迟的时间,单位是秒;"文件名或网址"为刷新时要链接到的文件或网址。当缺少 URL 项时,浏览器将刷新当前网页。下面是页面刷新的一个例子。

```
<html>
<head>
<meta http-equiv="refresh" content="20;URL=http://www.sohu.com">
<title>我的网页</title>
</head>
<body>
Hello!网页设计的学习现在开始啦!
</body>
</html>
```

3) BODY 标记

BODY 标记是网页的主体标记,由<BODY>和</BODY>构成,网页中的可见对象通常在 BODY 区内进行描述。BODY 区常用的标记有排版标记、图像标记、超链接标记、表格标记等。

BODY 标记的一种常用属性是 bgcolor 属性,用于定义网页的背景颜色。下面是该属性的两种用法。

(1) 用法一:bgcolor="#RGB 颜色编码"。其中,RGB 颜色编码是一组 6 位的十六进制数值,第 1、2 位表示红色值(R),第 3、4 位表示绿色值(G),第 5、6 位表示蓝色值(B)。例如:

```
<body bgcolor="#cccccc">
```

(2) 用法二:bgcolor="颜色标识符"。其中,"颜色标识符"在 HTML 的预定义颜色符中取值。常用的预定义颜色符有:black、olive、teal、red、blue、maroon、navy、gray、lime、fuchsia、white、green、purple、sliver、yellow、aqua。例如:

```
<body bgcolor="yellow">
```

BODY 标记的其他常用属性如表 3-1 所示。

表 3-1 BODY 标记的常用属性说明

属性名	属性用法	属性功能
background	background="图像 url"	设定图像为网页背景
text	text="颜色"	设定网页文本的默认颜色
link	link="颜色"	链接文字颜色
alink	alink="颜色"	活动链接文字颜色
vlink	vlink="颜色"	已访问链接文字颜色
leftmargin	leftmargin="像素值"	页面左侧的留白距离
topmargin	topmargin="像素值"	页面顶部的留白距离

2. 排版标记

一个好的网页可以吸引浏览者长时间在你的该网页上驻足，适当引用排版技术、使用适当的字体，可以让自己的网页更加具有吸引力。

(1) 标题标记。标题标记 hn 用于表示文本的各种题目，标题号越小，字号越大。一般格式：

```
<hn align="对齐方式">标题内容</hn>
```

其中，“hn”分别表示 h1、h2、…、h6。“align”是标题标记的属性，属性值为标题的对齐方式，具体为 left、center 和 right，分别使标题居左、居中和居右。

(2) 段落标记。段落标记 p 用于定义一个段落，并对段落的属性进行说明。格式：

```
<p align="属性值">段落文本</p>
```

其中，align 属性的常用值为 left，center 和 right，分别规定段落在窗口中的水平位置为居左、居中和居右。下面是关于段落标记的说明。

① p 标记中的</p>标记可以省略，浏览器在遇到下一个<p>标记时自动开始一个新段落。

② 通常一般文档中使用的分段标识在 HTML 中都被忽略掉，只有遇到<p>标记时才会产生新段落。

③ 段落中不管有多少个连续空格，都将被处理为一个空格。

(3) 换行标记。换行标记产生换行。一般格式：

```
<br>
```


仅产生一个新行，并不产生新段落。若在一个段落中使用该标记，产生的新行仍然具有原段落的属性。

(4) 文本标记。文本标记 font 用于控制文字的显示形式，常用的属性有三个，即 size、face、color，分别定义文字的大小、字形、颜色。

① 设定文字大小由 size 属性实现。绝对形式：

```
<font size="字号">文字</font>
```

其中字号取值 1～7，数值越大字越大，HTML 的默认字号为 3 号字。

相对形式：

```
<font size="±n">文字</font>
```

其中字号的实际大小有两种情况：在没有特别设定基准字号的情况下，字号以默认字号 3 为基准变化；当使用<basefont size="n">标记设定基准字号后，字号将以 n 为基准变化。

② 设定文字字体由 face 属性实现，格式为：

```
<font face="字体名称">文字</font>
```

例如：

```
<font face="楷体_GB2312">HTML 是一种超文本标记语言</font>
```

说明：只有当前系统中能够使用的字体，相应设定才是有效的。

③ 设定文字的显示颜色由 color 属性实现。

格式一：

```
<font color="#RGB 颜色编码">文字</font>
```

例如：

```
<font color="#00ff00">网页设计</font>
```

格式二：

```
<font color="颜色标识符">文字</font>
```

例如：

```
<font color="red">网页设计</font>
```

下面是同时使用 font 标记的多个属性的一个示例。

```
<html>
<head>
<title>font 标记示例</title>
</head>
<body>
<font color="red">同一个世界,同一个梦想!</font>
<br>
<font size="+3" color="blue" face="隶书">同一个世界,同一个梦想!</font>
<br>
<font size="6" face="楷体_GB2312">同一个世界,同一个梦想!</font>
</body>
</html>
```

(5) 文字样式标记。文字样式标记如表 3-2 所示。

表 3-2 文字样式常用标记说明

标记名称	标记功能	标记使用格式
b	文字加粗	<b>文字</b>
i	文字倾斜	<i>文字</i>
u	文字加下划线	<u>文字</u>
strike	文字加删除线	<strike>文字</strike>
sup	文字为上标	^{文字}
sub	文字为下标	_{文字}

3. 多媒体标记

1) 图像标记

图像标记 img 用于在网页中插入图像。一般格式为<img 属性表>。其属性说明如表 3-3 所示。

表 3-3 图像标记 img 的属性说明

属性名	属性用法	功能
src	src="url"	指定插入图像的 url
align	align ="top"	图像两侧的文字与图像顶部对齐
	align ="center"	图像两侧的文字与图像中部对齐
	align ="bottom"	图像两侧的文字与图像底部对齐
	align ="left"	图像位置居左
	align ="right"	图像位置居右
title	title ="图像说明"	当鼠标移到图片上是显示图片说明信息
alt	alt ="图像替代文字"	在浏览器还没有装入图像的时候,先显示有关此图像的信息
height	height ="图像高度值"	设置图像高度(像素)
width	width ="图像宽度值"	设置图像宽度(像素)
border	border="图像边框宽度值"	设置图像边框宽度(像素)

2) 背景音乐标记

背景音乐标记 bgsound 用于插入背景音乐。一般格式为<bgsound 属性表>。其属性说明如表 3-4 所示。

表 3-4 背景音乐标记 bgsound 的属性说明

属性名	属性用法	功能
src	src="url"	指定插入音乐的 url
autostart	autostart="true | false"	autostart 的取值只能是 true 或 false,取 true 时自动播放音乐
loop	loop="n | infinite"	n 是整数值,loop 取值为 n 时,连续播放 n 次,否则循环播放

4. 连接标记

1) 超链接标记

HTML 的超链接由标记 a 实现。网页常用的链接形式有文件链接、锚点链接、E-mail 链接等。文件链接是指向一个文件目标,锚点链接是指向网页中的某一部分,E-mail 链接是通过邮件服务程序向指定信箱发送电子邮件。超链接标记 a 的常用属性是 href 属性和 name 属性。

(1) 建立文件链接。一般格式:

```
<a href = "url">字符串</a>
```

其中,href 属性中的"url"是被指向的目标,"字符串"在 html 文件中是链接标识,它以超链接的形式呈现在网页中。例如，链接到网页：

```
<a href = "http://www.sohu.com">搜狐首页</a>
```

链接到其他文件：

```
<a href = "d:/newsit/info.wod">就业信息表</a>
```

（2）建立锚点链接。锚点链接是将链接指向网页的某个具体位置，该位置可以在当前网页中，也可以在其他网页中。锚点链接的目的主要是实现较长网页文档的快速浏览。锚点链接需要使用链接标记 a 的 name 属性和 href 属性。name 属性用于在链接的目标位置设立锚点，href 属性用于建立到锚点的链接，并设立链接标识，当用鼠标点击该链接标识后即跳转到网页的指定位置。

设立锚点标记的格式：

```
<a name = "链接字符串">锚点提示信息</a>
```

- 建立页内锚点链接的一般格式：

```
<a href = "#链接字符串">链接标识</a>
```

其中，href 属性的“链接字符串”与 name 属性的“链接字符串”必须完全相同，否则链接将不能实现。“链接标识”可以是任何信息，在网页中以超链接的形式显示。“<a href="#链接字符串">链接标识</a>”标记可以出现多次，既可以位于锚点标记之前，也可以位于锚点标记之后。

- 建立到其他网页的锚点链接的一般格式：

```
<a href = "url#链接字符串">链接标识</a>
```

其中，“url”是链接到的网页文件的 url，若被链接的网页与当前网页在相同位置，则为网页文件的文件名。在这里使用的文件名必须是文件全名。

（3）建立 E-mail 链接。一般格式：

```
<a href = "mailto:E-mail 地址">链接标识符</a>
```

其中，“E-mail 地址”是要链接到的 E-mail 的实际地址。只有客户机已经安装了默认的电子邮件服务程序时，链接到 E-mail 功能才能启用。例如：

```
<a href = "mailto:wfuzl@163.com">请给我写信</a>
```

（4）用图像建立链接。一般格式为：

```
<a href = "url"><img src = "url"></a>
```

其中，“<img src="url">”将插入一个图像，该图像将作为超链接标记 a 的链接标志。

例如：

```
<a href = "mailto:wfuzl@163.com"><img src = "letter.jpg" ></a>
```

2) link 标记

link 标记用于建立与外部文档的连接,建立的连接在 HTML 内部发生作用,网页的浏览用户并不会感觉到这种连接的存在。link 标记最主要的作用是建立与外部样式表的连接,它是 HEAD 区的一个连接标记,与超链接标记 a 具有完全不同的功能。一般格式为:<link 属性表>,常用的属性包括 rel 属性、href 属性、type 属性。

(1) rel 属性用来定义连接的文件和 HTML 文档之间的关系。用法:

```
rel = "atylesheet | alternate atylesheet"
```

其中,当 rel 取值为"atylesheet"时,指定一个固定或首选的样式;当 rel 取值为"alternate stylesheet"时定义一个交互样式。固定样式在样式表激活时总被应用。

(2) href 属性用来指定目标文档的位置。用法:

```
href = "url"
```

(3) type 属性。用来指定媒体类型,如"text/css"是一个层叠样式表。

link 标记的用法示例:

```
<link rel = "stylesheet" href = "style.css" type = "text/css" >
<link rel = "alternate stylesheet" href = "color.css" type = "text/css" >
```

5. 表格标记

(1) table 标记。用于创建表。它的常用属性有下面两种。

① rules 属性:控制表格的边框显示方式。

```
rules = "none"   不加内部边框
rules = "rows"   只显示水平方向的边框
rules = "cols"   只显示垂直方向上的边框
rules = "all"    显示所有方向上的边框
```

② width 属性:控制表格的宽度。

```
width = "像素值|百分比"
```

(2) tr 标记。用于定义表行,每一个 tr 标记对定义一个表行。tr 标记只能在<table>与</table>之间使用,否则无效。

(3) td 标记。用于定义每个表行的单元格,每一个 td 标记对定义一个单元格。td 标记只能在<tr>与</tr>之间使用,否则无效。

表格标记的主要属性如表 3-5 所示。

6. 框架标记

框架是进行网页布局的常用技术,它将浏览器的窗口分成多个区域,每个区有各自的 HTML 文件,即装载各自的网页,从而实现在一个浏览器窗口中同时浏览多个网页。也可以在框架区域中设定超链接,通过为超链接指定目标框架,建立框架内容之间的联系,实现页面的导航和页面间的交互操作。

表 3-5　表格标记的常用属性说明

属性名称	属性功能
border="n"	设置表格或单元格的边框。n=0 时无边框；n>0 时值越大边框越粗
bordercolor="..."	设置表格或单元格的边框颜色
bgcolor="..."	设置表格或单元格的背景颜色
bordercolorlight="..."	设置边框明亮部分的颜色(当 border 值大于 1 才有效)
bordercolordark="..."	设置边框昏暗部分的颜色(当 border 值大于 1 才有效)
cellspacing="..."	设置单元格之间的间隔大小
cellpadding="..."	设置单元格内容与单元格边框的间隔大小
width="n"	设置表格或单元格的宽度
height="n"	设置单元格高度
align="..."	设置单元格内容的水平对齐方式(left、center、right)
valign="..."	设置单元格内容垂直对齐方式

与表格类似，框架可以使设计者以行和列的方式组织页面信息。但与表格不同的是，使用框架的超链接，可以改变自身或其他框架中的内容。常用的框架标记有 frameset 标记和 frame 标记，它们的用法在这里不再详细介绍。

3.2　Java 语言技术基础

3.2.1　Java 概述

1995 年，美国 Sun Microsystems 公司正式向 IT 业界推出了 Java 语言，该语言具有安全、跨平台、面向对象、简单、适用于网络等显著特点，当时以 Web 为主要形式的互联网正在迅猛发展，Java 语言的出现迅速引起所有程序员和软件公司的极大关注。程序员们纷纷尝试用 Java 语言编写网络应用程序，并利用网络把程序发布到世界各地进行运行。包括 IBM、Oracle、Microsoft、Netscape、Apple、SGI 等大公司纷纷与 Sun Microsystems 公司签订合同，授权使用 Java 平台技术。微软公司总裁比尔·盖茨先生在经过研究后认为"Java 语言是长时间以来最卓越的程序设计语言"。目前，Java 语言已经成为最流行的网络编程语言，截止到 2001 年，全世界大约有 310 万 Java 程序员，许多大学纷纷开设 Java 课程，Java 正逐步成为世界上程序员使用最多的编程语言。

在经历了以大型机为代表的集中计算模式和以 PC 为代表的分散计算模式之后，互联网的出现使得计算模式进入了网络计算时代。网络计算模式的一个特点是计算机是异构的，即计算机的类型和操作系统是不一样的。例如，Sun 工作站的硬件是 SPARC 体系，软件是 UNIX 中的 Solaris 操作系统，而 PC 的硬件是 Intel 体系，操作系统是 Windows 或者是 Linux，因此相应的编程语言基本上只是适用于单机系统，如 COBOL、FORTRAN、C、C++ 等；网络计算模式的另一个特点是代码可以通过网络在各种计算机上进行迁移，这就迫切需要一种跨平台的编程语言，使得用它编写的程序能够在网络中的各种计算机上正常运行，Java 就是在这种需求下应运而生的。正是因为 Java 语言符合了互联网时代的发展要求，才使它获得了巨大的成功。

Java是目前最常用的计算机编程语言，也是主要的网络开发语言之一。Java具有面向对象、分布式和多线程等先进高级计算机语言的特点，同时它还因可移植、安全性能高和网络移动性等逐渐成为一种行业标准。对于初次接触计算机编程语言的人来说，Java语言简单易学，不需要长时间的培训就可以编写出适合现在企业或个人需要的程序。

3.2.2 Java语言的特点

Sun公司对Java的定义：A simple，object-oriented，distributed，interpreted，robust，secure，architecture-neutral，portable，high-performance，multi-threaded，and dynamic language。即Java是一种具有"简单、面向对象、分布式、解释型、健壮、安全、与体系结构无关、可移植、高性能、多线程和动态执行"等特性的语言。

1. 简单性

Java语言的程序构成与C语言和C++语言类似，但是Java语言摒弃了C语言和C++语言的复杂、不安全特性。例如Java语言放弃了C语言的全程变量，goto语句，宏定义，全局函数以及结构体、共用体和指针数据类型，指针的操作和内存的管理。此外，Java语言提供了种类丰富、功能强大的类库，提供语言级的内存自动管理和异常处理方式，提高了编程效率。

2. 完全面向对象

在现实世界中，任何实体都可以看作是一个对象，对象具有状态和行为两大特征。在Java语言中，没有采用传统的、以过程为中心的编程方法，而是采用以对象为中心，通过对象之间的调用来解决问题的编程方法。

3. 平台无关性

平台无关性即"Write once，run anywhere"，指一个应用程序能够运行于不同的操作系统平台。使用Java语言编写的应用程序不需要进行任何修改，就可以在不同的软、硬件平台上运行。这主要是通过Java虚拟机（Java Virtual Machine，JVM）来实现的。

(1) Java并没有用编译器直接将Java源程序（*.java）翻译成机器语言，而是先翻译成字节码(Byte Code)，得到字节码文件（*.class）。CPU是不可能理解字节码文件的，所以Java就通过JVM再将字节码翻译成机器语言，这第二步的翻译是在程序运行过程中进行的。

(2) 当同一个程序在不同计算机上运行时，Java编译器翻译成一样的字节码文件，JVM再根据所在计算机CPU的不同，翻译成相应的机器语言，如图3-1所示。

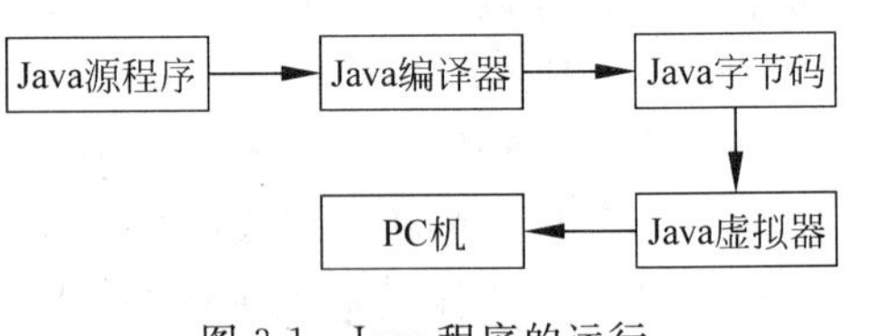

图3-1 Java程序的运行

(3) 不同操作系统需要相适应的不同JVM，由它执行编译生成的class文件，而不是由操作系统直接执行可执行文件（*.exe）。

4. 安全性和可靠性

现今的Java语言主要用于网络应用程序的开发，因此对安全性有很高的要求。如果没有安全保证，用户运行从网络下载的Java语言应用程序是十分危险的。Java语言在编译和运行时严格检查错误，在很大程度上避免了病毒程序的产生和网络程序对本地系统的破坏。

因为Java最初设计目的是应用于电子类家庭消费产品，所以要求较高的可靠性。例如，Java语言提供了异常处理机制，有效地避免了因程序编写错误而导致的死机现象。

5. 多线程

类似于多进程机制使一个程序的多个进程同时并发执行一样，多线程机制使一个进程能够被划分为若干线程并并发执行。

线程也被称为轻量进程，是一个传统大进程里分出来的独立的可并发执行的单位。多线程是指在一个程序中可以同时执行多个简单任务。C语言和C++语言采用单线程体系结构，而Java语言支持多线程技术。

3.2.3 Java的体系结构

1. Java的运行机制

Java是一门编译语言，不直接生成硬件处理器的指令，而是生成一种字节码，由Java虚拟机(JVM)解释执行。字节码是JVM的机器指令。

(1) JVM。它是编译后的Java程序和硬件系统之间的接口，可以看作是一个虚拟的处理器。JVM是在一台真正的机器上用软件方式实现的一台假想机。因为编译得到的字节码是针对假想机的，与平台无关，所以能让Java程序独立于平台。JVM的实现依平台不同而有所不同，不同的操作系统有不同的虚拟机，它类似一个小巧而高效的CPU。

(2) JRE。JVM的实现叫做Java运行时系统(Java Runtime Environment, JRE)。目前许多操作系统和浏览器都嵌入了JRE，如果只需运行Java程序或Applet，下载并安装JRE即可，如果要自行开发Java软件，需下载JDK，JDK中附带有JRE。

(3) JIT编译器。即Just in time compiler，即时编译器。Java字节码运行有两种方式：interpreter(解释方式)和Just-In-Time(即时编译)。Java产生之初没有完全优化，解释执行导致Java程序的运行效率较低。Java解释器经过不断优化，字节码的执行速度已有很大提高，但仍不能满足需要，后来出现了JIT编译器。它在字节码执行之前对其进行编译，生成针对具体平台的本机执行代码，执行效率可比解释执行的效率提高4～8倍。目前，大部分JVM包含JIT编译器，这项技术已很成熟。

通过上述介绍，可以把Java的执行流程归纳为图3-2。

2. Java的运行环境

Java源代码从编译到解释执行涉及两种环境。

(1) 编译环境。编译环境的建立需要到Sun的官方网站上下载JDK(Java Development Kit)，网址为 http://java.sun.com/downloads/ea/。

(2) 运行环境。运行环境需要到Sun的官方网站上下载JRE(Java Runtime Environment)。

安装与设置按照以下步骤进行。

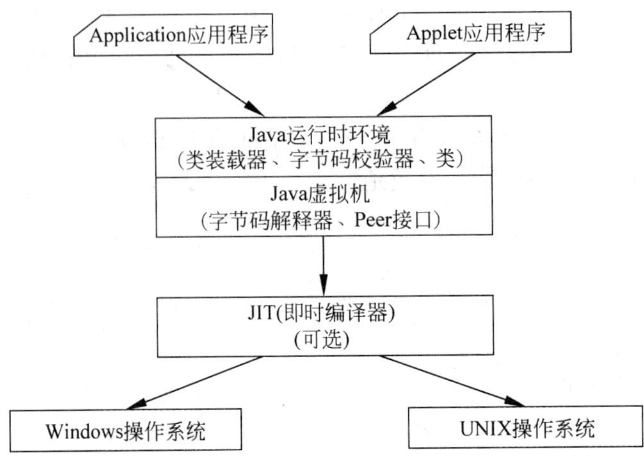

图 3-2 Java 程序的执行流程

(1) 程序清单。

JDK 程序 jdk-1_5_0-windows-i586.exe。

JDK 帮助文档 jdk150-doc。

(2) 安装步骤。双击 jdk-1_5_0-windows-i586.exe 文件图标,开始安装 JDK。默认安装路径是为 C:\Program Files\Java\jdk1.5.0。安装成功后,打开 C:\Program Files\Java\jdk1.5.0\ bin 文件夹,其中有 30 多个以 exe 为扩展名的可执行文件。它们都是 Java 语言工具,都是可以在 DOS 环境下执行的文件。其中常用的有:javac(Java 编译器,用来将 Java 程序编译成字节码)、java(Java 编译器,执行已经转换成字节码的 Java 应用程序)、javap(反编译,将 class 文件还原回方法和变量)、javadoc(文档生成器,创建 HTML 文件)、appletviewer(Java 解释器,用来解释已经转换成字节码的 Java 小应用程序)。

(3) 设置环境变量。由于 Java 平台无关,安装 JDK 时 Java 不会自动设置路径,也不会修改注册表。为了能在任何提示符下都可以方便地直接使用 C:\Program Files\Java\jdk1.5.0\ bin 文件夹中的可执行文件和 Java 类库,我们需要对系统环境变量 PATH 进行更新。更新环境变量 PATH 后,用户不需要再键入 bin 文件夹中可执行文件的完整路径来运行该文件,而只需要直接键入可执行文件的文件名。例如,如果没有修改环境变量 PATH,则用户需要键入 C:\Program Files\Java\jdk1.5.0\ bin\javac myPro.java 来编译源程序 myPro.java;修改后,系统就能够正确找到相关类、库、字节码文件,用户只需要键入 javac myPro.java 命令就可以编译 myPro.java。

① 设置环境变量 path。path 变量指出 Java 提供的可执行文件的路径。

在 Windows XP 中,选择"我的电脑"→"属性"→"高级"命令,单击"环境变量"按钮,在弹出对话框的"系统变量"列表框中选中 Path 选项,单击"编辑"按钮或者双击"Path"选项,调出"编辑系统变量"对话框。在"变量值"文本框中,将光标移动到现有文本的最后,然后键入"; C:\Program Files \ Java\jdk1.5.0\ bin"。其中,分号用来与前一个路径分隔开,C:\Program Files\Java\jdk1.5.0\ bin 为 bin 文件夹的完整路径。

② 设置环境变量 classpath。classpath 指出类文件的路径。由 Java 解释器执行.class 文件,它有两种查找 class 文件的方式。虚拟机在装载一个类时,如果没有指定 classpath,

就会在当前路径下查找,但是如果指定了 classpath,就会在 classpath 下查找,忽略系统当前路径。新建 classpath 系统变量,值为".;C:\Program Files\Java\jdk1.5.0\lib",当前目录"."作为系统查找类的第一个路径。

安装了开发工具并设置环境变量之后我们就可以动手编写 Java 程序了。

3.2.4 构建 Java 程序

Java 程序分为 Java Application(Java 应用程序)和 Java Applet(Java 小应用程序)两种。Application 是能够独立运行的应用程序。Applet 没有 main()方法,必须编写 HTML 文件,把该 Applet 嵌入其中,然后用 appletviewer 来运行(appletviewer Hello.html),或在支持 Java 的浏览器上运行。二者的主要区别如表 3-6 所示。

表 3-6 Application 和 Applet 程序的区别

	Application	Applet
程序标志	静态 main 方法	继承 java.applet.Applet,方法中为 void paint(Graphics g)
运行	独立运行,利用 Java 工具	不能独立运行,需要依赖浏览器,用 appletviewer 工具来调试

1. 第一个 Java application 程序:显示字符串"HelloWorld"

```
public class HelloWorld
{
    public static void main(String args[ ])
    {
        System.out.println("HelloWorld!");
    }
}
```

(1) 保留字 class 声明一个新的类,其类名为 HelloWorld,它是一个公共类(public)。整个类定义由大括号{} 括起来。

(2) 在该类中定义了一个 main()方法,public 表示访问权限,指明所有的类都可以使用这一方法;static 指明该方法是一个类方法,它可以通过类名直接调用;void 则指明 main()方法不返回任何值。

(3) 对于一个应用程序来说,main()方法是必需的,而且必须按照如上的格式来定义。Java 程序中可以定义多个类,但是最多只能有一个公共类,main()方法也只能有一个,作为程序的入口。

(4) main()方法定义中,括号()中的 String args[]是传递给 main()方法的参数,参数名为 args,它是类 String 的一个实例。

程序在运行时,首先把程序放到一个名为 HelloWorld.java 的文件中,这里文件名应和 public 类名相同,因为 Java 解释器要求 public 类必须放在与其同名的文件中。然后对它进行编译:

```
C:\>javac HelloWorld.java
```

编译的结果是生成字节码文件 HelloWorld.class。最后用 Java 解释器来运行该字节码文件:

```
C:\>java HelloWorld
```

2. 第一个 Java Applet 程序：显示字符串“HelloWorld”

```
import java.awt.*;
import java.applet.Applet;
public class HelloApplet extends Applet
{
   public void paint(Graphics g)
   {
       g.setColor(Color.red);
       g.drawString("HelloWorld!",20,20);
   }
}
```

(1) import 语句输入 java. awt 和 java. applet 下所有的包，使得该程序可使用这些包中所定义的类，它类似于 C 语言中的 #include 语句。

(2) extends 指明它是 Applet 的子类，在类中 paint()方法的参数 g 为 Graphics 类，它表明当前作画的上下文。

(3) 在 paint()方法中，调用 g 的方法 drawString()，在坐标(20,20)处输出字符串"HelloWorld !"，其中坐标是用像素点来表示的。

程序运行时，将 HelloApplet. java 源程序首先编译成字节码文件 HelloApplet. class，再嵌入到超文本 HelloApplet. html 中，运行 html 文件。以下是 html 文件。

```
<html>
<applet code = "HelloApplet.class"   height = 100   width = 100 >
</applet>
</html>
```

从上述例子可以看出，Java 程序是由类构成的。在类的定义中，应包含类变量的声明和类中方法的实现。Java 在基本数据类型、运算符、表达式、控制语句等方面与 C、C++ 基本上是相同的。但它同时也增加了一些新的内容，本节接下来会详细介绍，这里只是让大家对 Java 有一个初步的认识。

3.2.5 Java 语法

1. 标识符与保留字

1) 标识符

程序员对程序中的各个元素加以命名时使用的命名记号称为标识符(identifier)。Java 语言中，使用标识符需要注意以下几点。

标识符是以字母、下划线(_)、美元符($)开始的一个字符序列，后面可以跟字母、下划线、美元符、数字。

标识符中不能含有其他符号，当然也不允许插入空格。例如，identifier，userName，User_Name，_sys_val，$change 为合法的标识符，而 2mail room#，class 为非法的标识符。

Java 标识符对长度没有限制，但严格区分大小写，因此 username 和 UserName 是两个不同的标识符。

在程序中，标识符可以用做变量名、方法名、接口名、类名等。

2）保留字

具有专门的意义和用途，不能当作一般的标识符使用的标识符称为保留字(reserved word)，也称为关键字，Java 语言中的所有保留字包括 bstract、break、byte、boolean、catch、case、class、char、continue、default、double、do、else、extends、false、final、float、for、finally、if、import、implements、int、interface、instanceof、long、length、native、new、null、package、private、protected、public、return、switch、synchronized、short、static、super、try、true、this、throw、throws、threadsafe、transient、void、while.

2. 数据类型

数据类型指明了变量或表达式的状态和行为。Java 的数据类型分为基本数据类型和复合数据类型。

基本数据类型包括以下几种。

(1) 整数类型(Integer)：byte、short、int、long。

(2) 浮点类型(Floating)：float、double。

(3) 字符类型(Textual)：char。

(4) 布尔类型(Logical)：boolean。

复合数据类型包括类、接口和数组等。

Java 不支持 C、C++中的指针类型、结构体和共用体类型。需要注意的是，在 Java 中，数组是对象不是类，因此把它单独归为复合数据类型中。

1）基本数据类型

(1) 整型。Java 中提供 4 种整型量，即 byte、short、int 和 long，其大小和表示范围如表 3-7 所示。

表 3-7 Java 中整型变量的大小和表示范围

数据类型	所占位数	数的范围
byte	8	$-2^7 \sim 2^7-1$
short	16	$-2^{15} \sim 2^{15}-1$
int	32	$-2^{31} \sim 2^{31}-1$
long	64	$-2^{63} \sim 2^{63}-1$

整型变量可按下面的方式定义：

- byte b;
- short s;
- int i = 5;
- long l = 50L;

整型常量与 C、C++相同，可用十进制、八进制和十六进制形式表示，其中 1～9 开头的数和 0 为十进制数，以 O 开头的数为八进制数，以 OX 开头的数为十六进制数。整型常量都是有符号数，默认为 int 型，如果想表示一个 long 型常量，则在数字后面加 l 或 L（如 2L、

O57L、OXDCl)。

(2) 浮点型。Java浮点数分为单精度浮点数(floate)和双精度浮点数(double)两种,它们都是有符号数。其长度和表示范围如表3-8所示。

表3-8 Java中浮点型变量的大小和表示范围

数据类型	所占位数	数的范围
float	32	$3.4e^{-038} \sim 3.4e^{+038}$
double	64	$1.7e^{-038} \sim 1.7e^{+038}$

浮点型的常量通常都是double型的,若想获得floate型的浮点数常量,可以在数值后面跟字母F或f,如1.23F。浮点常量可用以下两种形式表示。

- 十进制数形式:由数字和小数点组成,且必须有小数点,如0.123,1.23,123.0。
- 科学计数法形式:如123e3或123E3,其中e或E之前必须有数字,且e或E后面的指数必须为整数。

(3) 字符型。字符型变量的类型为char,它在机器中占16位。与C、C++不同,Java中一个char表示一个Unicode字符,其值为无符号整数,范围为0～65535。字符型变量的定义如下:

```
char c = 'a'; //指定变量c为char型,且赋初值为'a'
```

Java中的字符型数据不能用作整数,因为Java不提供无符号整数类型,但是同样可以把它当作整数数据来操作。例如:

- int three = 3;
- char one = '1';
- char four = (char)(three + one);//four = '4'

上例中,在计算加法时,字符型变量one被转化为整数,进行相加,最后把结果又转化为字符型。

字符常量是用单引号括起来的一个字符,如'a'、'A'。另外,与C、C++相同,Java也提供转义字符,以反斜杠(\)开头,将其后的字符转变为另外的含义,表3-9列出了Java中的转义字符。

表3-9 Java中的转义字符

符号	含义	符号	含义
\b	退格	\'	单引号字符
\t	横向跳格	\\	反斜杠字符
\f	走纸换页	\ddd	1～3位八进制数据所表示的字符(ddd)
\n	换行	\uxxxx	1～4位十六进制数据所表示的字符(xxxx)
\r	回车		

Java中也有字符串常量,用双引号("")括起来的一串字符表示,如"this is a string."。Java中的字符串常量是作为的String类的一个对象来处理,而不是一个数据。

(4) 布尔型。布尔型有时也称为逻辑型,用关键字 boolean 表示。布尔类型数据只有两个值 true 和 false,它们全是小写且不对应于任何整数值。布尔型变量的定义如下:

```
boolean b = true;
```

2) 基本数据类型间的转换

整型、实型、字符型数据间可以进行混合运算,前提是不同类型的数据必须转换为同一类型的数据,然后才能进行转换。类型转换可以分为自动类型转换和强制类型转换两种。

(1) 自动类型转换。自动类型转换的一般原则是从低级向高级转换,其中,不同数据间的优先级关系如下:

```
低 ------------------------------------------------------>高
byte  short  char ----> int ----> long ----> float ----> double
```

转换规则如表 3-10 所示。

表 3-10　Java 中的转义字符

操作数 1 类型	操作数 2 类型	转换后的类型
byte、short、char	int	int
byte、short、char、int	long	long
byte、short、char、int、long	float	float
byte、short、char、int、long、float	double	double

(2) 强制类型转换。高级数据转换为低级数据,需要用到强制类型转换,因为采取截断高位内容的方法,会导致精度下降或溢出。例如:

```
int i = 5;
byte b = (byte)i; //把 int 型变量强制转换为 byte 型
```

3) 复合数据类型

复合数据类型通常是指用户使用程序设计语言定义的新的类型,它使该程序设计语言的能力大大扩展。一般,复合数据类型由程序员在源程序中定义。一旦定义了某种复合数据类型,该类型就可以像其他基本类型一样使用。Java 是面向对象的程序设计语言,它为用户提供复合数据类型的类和接口。比如,在一个要对日期进行处理的程序中,要说明一个日期往往需要用到 3 个独立的整型变量来分别代替年、月、日,如:

```
int year, month, day;
```

如果程序需要处理多个日期,则需要更多的变量加以说明,容易引起混乱。且这种定义方式不能表现出年、月、日之间的联系,比如 day 的取值范围会因 month 的变化而变化,而这种方法中每个变量都是独立的,容易出错。

在 Java 中,如果定义 Date 类的复合数据类型,问题就会简单得多。

```
public class Date{
    int day;
    int month;
    int year;
```

```
}
```

现在,可按如下形式说明 Date 类型的变量:

```
Date startDate, finishDate;
```

关于类和接口,将在本节后续部分详细说明。这里需要注意的是,对于新定义的复合数据类型,因系统不知道它的具体内容,要由程序员指定其详细的存储结构,这里存储空间的大小不是以字节来衡量,而是按已知的其他类型来考虑。

3. 运算符与表达式

Java 常用的运算符分为五类:算术运算符、赋值运算符、关系运算符、布尔逻辑运算符、位运算符。位运算符除了简单的按位操作外,还有移位操作,按位操作返回布尔值。

表达式是由常量、变量、对象、方法调用和操作符组成的式子。表达式必须符合一定的规范,才可被系统理解、编译和运行。表达式的值就是对表达式自身运算后得到的结果。

根据运算符的不同,表达式相应地分为:算术表达式、关系表达式、逻辑表达式、赋值表达式,这些都属于数值表达式。

1) 算术运算符与算术表达式

以下是 Java 中常用的算术运算符。

```
+      加运算符
-      减运算符
*      乘运算符
/      除运算符
%      取模运算(除运算的余数)
++     增量运算符
--     减量运算符
```

【例 3.1】 测试运算符及表达式。以下是源程序代码。

```
//程序文件名称为 ExpTest.java
public class ExpTest
{
    public static void main(String args[])
    {
        //变量初始化
        int a = 30;
        int b = 20;
        //定义结果变量
        int r1,r2,r3,r4,r5,r6,r7,r8,r9;
        //计算结果
        r1 = a + b;
        r2 = a - b;
        r3 = a * b;
        r4 = a / b;
        r5 = a % b;
        r6 = a ++;
        r7 = b -- ;
        r8 = ++a;
```

```
        r9 = -- b;
    //输出结果
    System.out.println("a = " + a + "   b = " + b); //a,b 的值
    System.out.println("a + b = " + r1);
    System.out.println("a - b = " + r2);
    System.out.println("a * b = " + r3);
    System.out.println("a / b = " + r4);
    System.out.println("a % b = " + r5);
    System.out.println("a++ = " + r6);
    System.out.println("b--  = " + r7);
    System.out.println("++a = " + r8);
    System.out.println("-- b = " + r9);
    }
}
```

以下是程序的输出结果。

```
a + b = 50
a - b = 10
a * b = 600
a / b = 1
a % b = 10
a++ = 30
b--  = 20
++a  = 32
-- b = 18
```

2）关系运算符

关系运算符用于比较两个数据之间的大小关系，关系运算表达式返回布尔值，即“真”或“假”。以下是 Java 中的常用关系运算符。

```
==    等于
!=    不等于
>     大于
<     小于
>=    大于等于
<=    小于等于
```

3）布尔运算符

Java 中的布尔运算符及其规则如表 3-11 所示。

表 3-11 Java 中布尔运算符的使用规则

运算符	含 义	示 例	规 则
!	取反	!a	a 为真时，结果为假；a 为假时，结果为真
&	非简洁与	a & b	a、b 都为真时，结果为真；a、b 有一个为假时，结果为假
|	非简洁或	a | b	a、b 有一个为真时，结果为真；a、b 都为假时，结果为假
^	异或	a ^ b	a、b 不同真假时结果为真；a、b 同真或同假时，结果为假
&&	简洁与	a && b	a、b 都为真时，结果为真；a、b 有一个为假时，结果为假
||	简洁或	a || b	a、b 有一个为真时，结果为真；a、b 都为假时，结果为假

其中简洁与和简洁或的执行结果分别与非简洁与和非简洁或的执行结果是一致的，不同在于简洁与检测出符号左端的值为假时，不再判断符号右端的值，直接将运算结果置为假；简洁或检测出符号左端的值为真时，不再判断符号右端的值，直接将运算结果置为真。例如：

```
Boolean a = false;
Boolean b = true;
```

a && b 检测到 a 为假，则无须判断 b 的值，直接将值置为假；而 b || a 时检测到 b 为真，则无须判断 a 的值，直接将值置为真。

4）位运算符

位运算符用来对二进制位进行操作，以下是 Java 中的常用位运算符。

```
~      位求反
&      按位与
|      按位或
^      按位异或
<<     左移
>>     右移
>>>    不带符号右移
```

右移运算符对应的表达式为 x>>a，运算的结果是操作数 x 被除以 2 的 a 次方，左移运算符对应的表达式为 x<<a，运算的结果是操作数 x 乘以 2 的 a 次方。

5）赋值运算符

将表达式的值赋给一个变量，赋值运算符分为简单运算符和复杂运算符。简单运算符指“=”，而复杂运算符是指在算术运算符、逻辑运算符、位运算符中的双目运算符后面再加上“=”。Java 常用的赋值运算符及其等价表达式如表 3-12 所示。

表 3-12　Java 中的复杂赋值运算符

运算符	含义	示例	等价表达式
+=	加并赋值运算符	a += b	a = a + b
-=	减并赋值运算符	a-= b	a = a-b
*=	乘并赋值运算符	a *= b	a = a * b
/=	除并赋值运算符	a /= b	a = a / b
%=	取模并赋值运算符	a %= b	a = a % b
&=	与并赋值运算符	a &= b	a = a & b
|=	或并赋值运算符	a |= b	a = a | b
^=	异或并赋值运算符	a ^= b	a = a ^ b
<<=	左移并赋值运算符	a <<= b	a = a << b
>>=	右移并赋值运算符	a >>= b	a = a >> b
>>>=	不带符号右移并赋值运算符	a >>>= b	a = a >>> b

6）其他运算符及表达式

三目运算符(?:)相当于条件判断，表达式 x? y:z 用于判断 x 是否为真，如果为真，表达式的值为 y，否则表达式的值为 z。例如：

```
int x = 5;
int a = (x>3)?5:3;
```

则 a 的值为 5。如果 x = 2，则 a 的值为 3。

对象运算符(instanceof)用来判断一个对象是否属于某个指定的类或其子类的实例，如果是，返回真(true)，否则返回假(false)。例如：

```
boolean b = userObject instanceof Applet;
```

用来判断 userObject 类是否是 Applet 类的实例。

7) 运算符的优先级

Java 中运算符的优先级如表 3-13 所示。

表 3-13 Java 中运算符的优先级

优先级	含义描述	运算符	结合性
1	分隔符	[] () ; ,	
2	单目运算、字符串运算	++ -- + - ~ !(类型转换符)	右到左
3	算术乘除运算	* / %	左到右
4	算术加减运算	+ -	左到右
5	移位运算	<< >> >>>	左到右
6	大小关系运算、类运算	< > <= >= instanceof	左到右
7	相等关系运算	== !=	左到右
8	按位与，非简洁与	&	左到右
9	按位异或运算	^	左到右
10	按位或，非简洁或	|	左到右
11	简洁与	&&	左到右
12	简洁或	||	左到右
13	三目条件运算	?:	右到左
14	简单、复杂赋值运算	= *= /= %= += -= <<= >>= >>>= &= ^= |=	右到左

4. 流程控制

与 C、C++相同，Java 程序通过流程控制来执行程序流。语句是程序的最小执行单位，它指示计算机完成某些操作，并在操作完成之后将控制转给另一条语句。Java 中流程控制分为三种基本结构：顺序结构、分支结构和循环结构。顺序结构是指命令行顺序执行，这是最常见的一个格式；分支结构是一种选择结构，根据条件的值选择不同的执行流程，可以得到不同的结果。分支结构包括单分支语句(if-else 语句)和多分支语句(switch 语句)；循环结构是指对于一些重复执行的语句，用户指定条件或次数，由机器自动识别执行。循环结构包括次数循环语句(for 语句)和条件循环语句(while 语句)。

1) 分支结构

分支语句分为：单分支语句和多选语句两类。

(1) if-else 语句。if-else 语句的基本格式为：

```
if(布尔表达式)
{
    语句或块 1;
}
else
{
    语句或块 2;
}
```

其中,布尔表达式返回值为 true 或 false。如果为 true,则执行语句或块 1,执行完毕跳出 if-else 语句。如果为 false,则跳过语句或块 1,然后执行 else 下的语句或块 2。

(2) switch 语句。switch 语句的基本格式为：

```
switch(表达式 1)
{
    case 表达式 2:
          语句或块 2;
          break;
    case 表达式 3:
          语句或块 3;
          break;
    case 表达式 4:
          语句或块 4;
          break;
    default:
          语句或块 5;
          break;
}
```

其中,表达式 1 的值必须与整型兼容,表达式 2、3、4 是可能出现值。case 分支要执行程序语句,不同的 case 分支对应着不同的语句或块序列。break 表示跳出 switch 语句。

2) 循环结构

(1) for 循环语句。for 循环语句实现已知次数的循环,其基本格式为：

```
for(初始化表达式;测试表达式;步长)
{
   语句或块;
}
```

其执行顺序如下：首先运行初始化表达式;然后计算测试表达式,如果表达式为 true,执行语句或块；如果表达式为 false,退出 for 循环;最后执行步长。

(2) while 循环语句。while 循环语句实现受条件控制的循环,其基本格式为：

```
while(布尔表达式)
{
   语句或块;
}
```

当布尔表达式为 true 时,执行语句或块,否则跳出 while 循环。

(3) do 语句。do 语句实现受条件控制的循环,其基本格式为:

```
do
{
    语句或块;
  } while(布尔表达式)
```

do 语句先执行语句或块,然后再判断布尔表达式。与 while 语句不同,当布尔表达式一次都不为 true 时,while 语句一开始判断就跳出循环,不执行语句或块,而在 do 语句中则要执行一次。

5. 数组的使用

以下是数组的定义。

(1) 首先是一个对象。

(2) 存放相同的数据类型,可以是原始数据类型或类类型。

(3) 所有的数组下标默认从 0 开始,而且访问时不可超出定义的上限,否则会产生越界错误。

1) 数组的声明

数组声明时实际是创建一个引用,通过代表引用的这个名字来引用数组。数组声明格式如下:

数据类型 标识符[]

例如:

```
int a[];                  //声明一个数据类型为整型的数组 a
pencil b[];               //声明一个数据类型为 pencil 类的数组 b。
```

2) 初始化

由于数组是一个对象,所以可以使用关键字 new 来创建一个数组,例如:

```
a = new int[10];          //创建存储 10 个整型数据的数组 a
b = new pencil[20];       //创建存储 20 个 pencil 类数据的数组 b。
```

数组创建时,每个元素都按它所存放数据类型的缺省值被初始化,如上面数组 a 的值被初始化为 0,也可以进行显式初始化。在 Java 编程语言中,为了保证系统的安全,所有的变量在使用之前必须是初始化的,如果未初始化,编译时会提示出错。有两种初始化数组的方式,分别如下:

(1) 创建数组后,对每个元素进行赋值。例如:

```
a[0] = 5;
```

(2) 直接在声明的时候就说明其值,例如:

```
int a[] = {4,5,1,3,4,20,2};//说明了一个长度为 7 的一维数组。
```

6. 类

Java 编程语言是面向对象的,处理的最小的完整单元为对象。而现实生活中具有共同特性的对象的抽象就称为类。类由类声明和类体构成,类体又由变量和方法构成。下面给出一个例子来看一下类的构成。

【例 3.2】 自定义一个 apple 类,在主类 AppleTest 中创建实例并调用方法。以下是源程序代码。

```
//程序文件名为 AppleTest.java
public class SetApple
{
    public static void main(String[] args)
    {
        apple a = new apple();                  //创建 apple 类
        a.appleweight = 0.2;                    //实例变量赋值
        System.out.println("苹果的重量为 1 两");
        System.out.println(a.bite());           //调用实例方法
        a.appleweight = 6;
        System.out.println("苹果的重量为 6 两");
        System.out.println(a.bite());
    }
}
//自定义类
class apple
{
    //属性
    long applecolor;                            //对应苹果的颜色
    double appleweight;                         //苹果的重量
    boolean eatup;                              //是否吃完
    //类方法
    public boolean bite()
    {
        if (appleweight<1)
        {
            System.out.println("苹果已经吃完了!哈哈");
            eatup = true;
        }
       else
        {
            System.out.println("苹果吃不下了!:(");
            eatup = false;
        }
        return eatup;
    }
}
```

以下是运行结果。

苹果的重量为 0.2 两

苹果已经吃完了! 哈哈

苹果的重量为 6 两

苹果吃不下了!

1) 类声明的基本格式

访问说明符 class 类名 extends 超类名 implements 接口名

其中:

(1) 访问说明符为 public 或者缺省。public 用来声明该类为公有类,可以被别的对象访问。声明为公有的类存储的文件名为类名。

(2) 类名是用户自定义的标识符,用来标志这个类的引用。

(3) 超类名是指已经存在的类,可以是用户已经定义的,也可以是系统类。

(4) 接口名即后面讲到的接口。

例如:

```
public class HelloApplet extends Applet
```

访问说明符为 public,类名 HelloApplet,扩展类为 JDK 包自带的 java. applet. Applet 类。由于 public 的存在,所以文件名必须存为 HelloApplet. java,同类名保持一致。

2) 类体

类体包括成员变量和方法。

(1) 成员变量指类的一些属性定义,标志类的静态特征,它的基本格式如下:

访问说明符 数据类型 变量名

其中,访问说明符有 public、private 和 protected 三种,public 省略时默认为公有类型,可以由外部对象进行访问;private 为私有类型,只允许在类内部的方法中使用,若从外部访问,必须通过构造函数间接进行;protected 为受保护类型,子类访问受到限制。

数据类型包括基本类型以及用户自定义的扩展类型。

(2) 方法是类的操作定义,标志类的动态特征,它的基本格式如下:

访问说明符 数据类型 方法名(数据类型 1 变量名 1, 数据类型 2 变量名 2)

其中,访问说明符为 public、private 和 protected,其使用方法与成员变量访问说明符的使用方法一致。数据类型包括基本数据类型和用户自定义的扩展类型。括号中的变量为参数。

3) 创建类的实例

使用关键字 new 进行创建,例如:

```
HelloApplet hp = new HelloApplet();
```

例 3.2 中,自定义类 apple,访问标识符缺省,定义三个属性:

```
long applecolor;                                    //对应苹果的颜色
double appleweight;                                 //苹果的重量
boolean eatup;                                      //是否吃完
一个方法为:
public boolean bite()//类方法{...}
```

公有类 SetApplet 中引用自定义类,首先创建类的实例:

```
apple a = new apple();
```

其次赋初值：

```
a.appleweight = 0;                        //实例变量赋值
```

最后调用它的方法：

```
a.bite();                                 //调用实例方法
```

4）类的继承

Java编程语言中允许用extends关键字从一个类扩展出一个新类，新类继承超类的成员变量和方法，并可以覆盖方法。

3.3 JavaScript 技术

3.3.1 JavaScript 语言简介

JavaScript是由Netscape公司开发并随Navigator导航者一起发布的、介于Java与HTML之间、基于对象事件驱动的编程语言，正日益受到全球的关注。因它的开发环境简单，不需要Java编译器，而是直接运行在Web浏览器中，因而备受Web设计者的所爱。

JavaScript的出现，使得信息和用户之间不仅只是一种显示和浏览的关系，而是实现了一种实时的、动态的、可交互式的表达能力。它是众多脚本语言中较为优秀的一种，它与WWW的结合有效地实现了网络计算和网络计算机的蓝图。

1. JavaScript 的特点

(1) JavaScript是一种脚本语言。它采用小程序段的方式实现编程。像其他脚本语言一样，JavaScript同样是一种解释性语言，它提供了一个容易的开发过程。它的基本结构形式与C、C++、VB、Delphi十分类似，但它不像这些语言一样，需要先编译，而是在程序运行过程中被逐行地解释。它与HTML标识结合在一起，从而方便用户的使用操作。

(2) 基于对象的语言。JavaScript是一种基于对象的语言，同时可以看作一种面向对象的语言，这意味着它能运用自己已经创建的对象。因此，许多功能可以来自于脚本环境中对象的方法与脚本的相互作用。

(3)简单性。首先JavaScript是一种基于Java基本语句和控制流之上的简单而紧凑的设计，这对于学习Java是一种非常好的过渡。其次JavaScript的变量类型是采用弱类型，并未使用严格的数据类型。

(4)安全性。JavaScript是一种安全性语言，它不允许访问本地的硬盘，并不能将数据存入到服务器上，不允许对网络文档进行修改和删除，只能通过浏览器实现信息浏览或动态交互，从而有效地防止数据的丢失。

(5) 动态性。JavaScript是动态的，它可以直接对用户或客户输入做出响应，无须经过Web服务程序。它对用户的反映响应，是以事件驱动的方式进行的。所谓事件，就是指在主页(HomePage)中执行了某种操作所产生的动作，比如按下鼠标、移动窗口、选择菜单等都可以视为事件。事件驱动是指当事件发生后，可能会引起相应的事件响应。

(6) 跨平台性。JavaScript是依赖于浏览器本身，与操作环境无关，只要能运行浏览器的计算机，并支持JavaScript的浏览器就可正确执行，从而实现了"编写一次，走遍天下"的梦想。

2. JavaScript与Java的区别

虽然JavaScript与Java有紧密的联系，但是两个公司开发的不同的两个产品。Java是Sun公司推出的新一代面向对象的程序设计语言，特别适合于Internet应用程序开发，它的前身是OAK语言。而JavaScript是Netscape公司的产品，是为了扩展Netscape Navigator功能而开发的一种可以嵌入Web页面中的基于对象和事件驱动的解释性语言，它的前身是LiveScript。除此之外，二者还有以下几个方面的区别。

(1) 基于对象和面向对象。Java是一种真正的面向对象的语言，即使是开发简单的程序，必须设计对象。JavaScript是一种脚本语言，它可以用来制作与网络无关的、与用户交互作用的复杂软件。它是一种基于对象和事件驱动的编程语言。因而它本身提供了非常丰富的内部对象供设计人员使用。

(2) 解释和编译。两种语言在其浏览器中所执行的方式不一样。Java的源代码在传递到客户端执行之前，必须经过编译，因而客户端上必须具有相应平台上的仿真器或解释器，它可以通过编译器或解释器实现独立于某个特定的平台编译代码的束缚。而JavaScript是一种解释性编程语言，其源代码在发往客户端执行之前不需经过编译，而是将文本格式的字符代码发送给客户编由浏览器解释执行。

(3) 强变量和弱变量。两种语言所采取的变量是不一样的。Java采用强类型变量检查，即所有变量在编译之前必须作声明。如：

```
Integer x;
String y;
x = 1234;
y = 4321;
```

其中，x=1234说明是一个整数，y=4321说明是一个字符串。JavaScript中变量声明，采用其弱类型。即变量在使用前不需作声明，而是解释器在运行时检查其数据类型，如：

```
x = 1234;
y = "4321";
```

其中，前者说明x为其数值型变量，而后者说明y为字符型变量。

(4) 代码格式。Java是一种与HTML无关的格式，必须通过像HTML中引用外媒体那样进行装载，其代码以字节代码的形式保存在独立的文档中。JavaScript的代码是一种文本字符格式，可以直接嵌入HTML文档中，并且可动态装载，编写HTML文档就像编辑文本文件一样方便。

(5) 嵌入HTML的方式。在HTML文档中，两种编程语言的标识不同，JavaScript使用<Script>...</Script>来标识，而Java使用<applet>...</applet>来标识。

(6) 静态联编和动态联编。Java采用静态联编，即Java的对象引用必须在编译时进行检查，以使编译器能够实现强类型检查。JavaScript采用动态联编，即JavaScript的对象引用在运行时进行检查，如不经编译则无法实现对象引用的检查。

3.3.2 JavaScript 脚本的使用

1. 在 HTML 文件中添加 JavaScript 代码

如同 HTML 标识语言一样，JavaScript 程序代码是一些可用字处理软件浏览和编辑的文本，它在描述页面的 HTML 相关区域出现，可以是头文件区，也可以是主体区域。JavaScript 代码由<script Language=" JavaScript">…</script>说明，在标识<script Language=" JavaScript">…</script>之间加入 JavaScript 代码。

2. 用外部文件的方式调用 JavaScript 脚本

把 JavaScript 代码写到另一个文件当中(此文件通常应该用“.js”作扩展名)，然后用格式为“<script src="javascript.js"></script>”的标记把它嵌入到文档中。注意，一定要用“</script>”标记。

3.3.3 JavaScript 的基本数据结构

JavaScript 的脚本语言同其他语言一样，有其自身的基本数据类型、表达式和算术运算符以及程序的基本框架结构。JavaScript 提供了 4 种基本的数据类型用来处理数字和文本，而变量提供存放信息的地方，表达式则完成较复杂的信息处理。

1. 数据类型

JavaScript 提供了四种基本的数据类型：数值(整数和实数)、字符串型(用“”号或‘’括起来的字符或数值)、布尔型(使 true 或 false 表示)和空值。存储数据的变量不必首先声明，而是在使用或赋值时确定其数据类型。也可以先声明该数据的类型，其声明是通过赋值时自动声明的。

1) 数值型

数值型包括整数或浮点数(包含小数点的数或科学记数法的数)。例如，-120，20，2.5684，2.9e8 等。另外，JavaScript 包含特殊非数值字符 NaN 保留字，表明数据类型不是数字，当对不适当的数据进行数学运算时使用。例如 Number("this is a String")将返回 NaN。定义数值型变量只需加入如下代码：

```
Var variablename = number;//通过赋值自定声明其类型
```

2) 布尔型

布尔型变量只有两种状态，即 true 或 false，true 表示“真”，false 表示“假”。需要注意的是，JavaScript 中 0，NaN，null，undefined 都表示 false(假)，其他数值表示 true(真)。其声明格式如下：

```
Var variablename = true(false);
```

3) 字符串型

字符串型指使用单引号或双引号括起来的一个或多个字符，例如："陕西渭南师范学院","123","code521","javascript"或者'陕西渭南师范学院','123','code521','javascript'等。需要注意的是,如果字符串中有双引号,那么字符串用单引号括起来,例如:'陕西"渭南"师范学院'。如果字符串中有单引号,那么字符串用双引号括起来,例如:"34!=='34'"。其声明格式如下:

```
Var variablename = "string text";
```

4) 空值型

JavaScript 中有一个空值 null,表示什么也没有。如试图引用没有定义的变量,则返回一个 null 值。我们可以通过给一个变量赋 null 值来清除变量的内容。其声明格式如下:

```
Var variablename = null;
```

2. 运算符

JavaScript 中的运算符包括以下几种。

1) 算术运算符

JavaScript 中的算术运算符有单目运算符和双目运算符。双目运算符包括 +(加)、-(减)、*(乘)、/(除)、%(取模)。单目运算符包括 -(取反)、++(递加 1)、--(递减 1)。

2) 赋值运算符

赋值运算符用于给变量赋值,包括=(赋值运算符)、+=(加赋值运算符)、-=(减赋值运算符)、*=(乘赋值运算符)、/=(除赋值运算符)和%=(模赋值运算符)。

3) 比较运算符

比较运算符经常用于条件表达式中,其返回值是 true 或 false。JavaScript 中有 8 个比较运算符:<(小于)、>(大于)、<=(小于等于)、>=(大于等于)、==(等于)、!=(不等于)。

4) 逻辑运算符

逻辑运算符经常用于对两个表达式进行比较,包括 &&(逻辑与)、||(逻辑或)、和 !(逻辑非)。

5) 位运算符

位运算符是位级别的逻辑运算符,包括 &(按位与)、^(按位异或)、|(按位或)、~(取反)、<<(左移)、>>(右移)和>>>(右移,零填充)。

3. 表达式

在定义完变量后,就可以对它们进行赋值、改变、计算等一系列操作,这一过程通常由表达式来完成,可以说它是变量、常量、布尔及运算符的集合,因此表达式可以分为算术表述式、字串表达式、赋值表达式以及布尔表达式等。在表达式的计算过程中,需要注意运算符的优先级别,需要优先计算的,可以用圆括号括起来,同一优先级别的从左到右执行。

3.3.4 流程控制

在任何一种语言中,程序控制流是必需的,它能使得整个程序减小混乱,使之顺利地按一定的方式执行。JavaScript 的流程控制语句有 if 条件语句、switch 语句、for 循环语句、while 循环、break 语句、continue 语句等,其用法和上一节 Java 的流程控制相似,这里不再详细介绍。

3.3.5 函数

JavaScript 函数可以封装那些在程序中可能要多次用到的模块,并可作为事件驱动的结果而调用的程序,从而实现把一个函数与事件驱动相关联。这是与其他语言不一样的地方。JavaScript 允许用户自定义函数,函数定义通常放在 HTML 文件头,也可以放在其他位置,语法如下:

```
Function 函数名 (参数,变元){
  函数体;
  Return 表达式;
}
```

说明:

(1) 函数由关键字 Function 定义。

(2) 函数名用来定义自己函数的名字,对大小写敏感。

(3) 参数表是传递给函数使用或操作的值,其值可以是常量、变量或其他表达式。

(4) 通过指定函数名(实参)来调用一个函数。

(5) 如果要从函数中返回值,必须使用 Return 语句,也可以不返回任何值。

(6) 一个程序中所有函数是平行的,不能嵌套定义,但之间可以相互调用。

3.3.6 事件

JavaScript 是基于对象的语言。这与 Java 不同,Java 是面向对象的语言。而基于对象的基本特征,就是采用事件驱动,在图形界面的环境下,它使得一切输入变得简单化。通常鼠标或热键的动作称为事件,而由鼠标或热键引发的一连串程序的动作称为事件驱动,而对事件进行处理的程序或函数称为事件处理程序。

JavaScript 的几个常用事件包括:单击事件(onClick)、改变事件(onChange)、选中事件(onSelect)、获得焦点事件(onFocus)、失去焦点(onBlur)、载入文件(onLoad)、卸载文件(onUnload)。

在 JavaScript 中,对象事件的处理通常由函数(Function)担任。其基本格式与函数全部一样,可以将前面所介绍的所有函数作为事件处理程序。

格式如下:

```
Function 事件处理名(参数表){
  事件处理语句集;
  …
}
```

HTML 的标记属性用于定义响应特定事件,进而执行 JavaScript 代码。例如,处理用户单击按钮事件的代码如下:

```
< input type = "button" name = "mybutton" onclick = "hello()">
```

当用户单击该按钮后,执行 click 事件中的 hello 函数,函数通常出现在 HTML 文件头。

3.3.7 对象

JavaScript 语言是基于对象的，而不是面向对象的。之所以说它是一门基于对象的语言，主要是因为它没有提供象抽象、继承、重载等有关面向对象语言的许多功能，而是把其他语言所创建的复杂对象统一起来，从而形成一个非常强大的对象系统。虽然如此，JavaScript 语言还是具有一些面向对象的基本特征。它可以根据需要创建自己的对象，从而进一步扩大应用范围，增强编写功能强大的 Web 文档。

1. 对象的基本结构

JavaScript 中的对象是由属性(properties)和方法(methods)两个基本的元素构成的。其中属性的引用方法为：①使用点(.)运算符，例如 university. Name="广西"；②通过对象的下标实现引用，例如 university[0]="广西"；③通过字符串的形式实现，例如 university["Name"]="广西"。在 JavaScript 中对象方法的引用是非常简单的，使用 ObjectName. methods()即可。

另外，在 JavaScript 中对于对象属性与方法的引用，有两种情况：其一是说该对象是静态对象，即在引用该对象的属性或方法时不需要为它创建实例；而另一种对象则在引用它的对象或方法时必须为它创建一个实例，即该对象是动态对象。明确对象的静动性对于掌握和理解 JavaScript 内部对象具有非常重要的意义。

2. 常用对象的属性和方法

JavaScript 为我们提供了一些非常有用的常用内部对象和方法，用户不需要用脚本来实现这些功能，这正是基于对象编程的真正目的。JavaScript 提供了 string(字符串)、math(数值计算)和 Date(日期)三种对象和其他一些相关的方法，从而为编程人员快速开发强大的脚本程序提供了非常有利的条件。

1) string 对象

string 对象是内部静态对象，只有一个属性 length，它表明了字符串中的字符个数，包括所有符号。

例如：

```
mytest = "This is a JavaScript";
mystringlength = mytest. length;
```

最后 mystringlength 返回 mytest 字串的长度为 20。

string 对象的方法共有 19 个，主要用于有关字符串在 Web 页面中的显示、字体大小、字体颜色、字符的搜索以及字符的大小写转换。

- 锚点 anchor()。该方法创建如用 HTML 文档中一样的 anchor 标记，使用 anchor 如用 HTML 中(A Name="")一样。访问格式为 string. anchor(anchorName)。
- 有关字符显示的控制方法。big()表示大字体显示，Italics()表示斜体字显示，bold()表示粗体字显示，blink()表示字符闪烁显示，small()表示字符用小体字显示，fixed()表示固定高亮字显示，fontsize(size)控制字体大小等。

- 设置字体颜色方法。格式为 fontcolor(color)。
- 字符串大小写转换。toLowerCase()表示小写转换,toUpperCase()表示大写转换。例如把一个给定的串分别转换成大写和小写格式:

```
string = stringValue.toUpperCase;
string = stringValue.toLowerCase;
```

- 字符搜索。格式为 indexOf[charactor,fromIndex],表示从指定 formIndtx 位置开始搜索 charactor 第一次出现的位置。
- 返回字串的一部分字串。格式为 substring(start,end),表示从 start 开始到 end 的字符全部返回。

2) 算术函数的 math 对象

math 对象是内部静态对象,主要功能是提供除加、减、乘、除以外的一些自述运算,如对数,平方根等。

math 对象中提供了 6 个属性,它们是数学中经常用到的常数 E、以 10 为底的自然对数 LN10、以 2 为底的自然对数 LN2、3.14159 的 PI、1/2 的平方根 SQRT1-2,2 的平方根 SQRT2。

math 对象的主要方法包括以下几种。

- 绝对值:abs()。
- 正弦余弦值:sin(),cos()。
- 反正弦反余弦 :asin(),acos()。
- 正切反正切:tan(),atan()。
- 四舍五入:round()。
- 平方根:sqrt()。
- 基于几方次的值:Pow(base,exponent)。

…

3) 日期及时间对象

日期及时间对象是内部动态对象,必须使用 New 运算符创建一个实例。例:

```
MyDate = New Date();
```

Date 对象的功能是提供一个有关日期和时间的对象。

Date 对象没有提供直接访问的属性,只具有获取和设置日期和时间的方法。日期起始值为 1770 年 1 月 1 日 00:00:00。获取日期时间的方法(以年为例,其他相同):getYear()用来返回年数。设置日期时间的方法:setYear()用来设置年。

3. 在 JavaScript 中创建新对象

使用 JavaScript 可以创建自己的对象。虽然 JavaScript 内部和浏览器本身的功能已十分强大,但 JavaScript 还是提供了创建一个新对象的方法,使其不必像超文本标识语言那样依赖其他多媒体工具,就能完成许多复杂的工作。

1) 定义对象

在 JavaScript 中创建一个新的对象是十分简单的。首先它必须定义一个对象,而后再为该对象创建一个实例。这个实例就是一个新对象,它具有对象定义中的基本特征。对象定义的基本格式如下：

```
Function Object(属性表)
This.prop1 = prop1;
This.prop2 = prop2;
...
This.meth1 = FunctionName1;
This.meth2 = FunctionName2;
...
```

在一个对象的定义中，可以为该对象指明其属性和方法。通过属性和方法构成了一个对象的实例。如以下是一个关于University对象的定义。

```
Function university(name,city,creatDate,URL)
This.name = name;
This.city = city;
This.creatDate = New Date(creatDate);
This.URL = URL;
```

其中，name指定一个“单位”名称。city指定“单位”所在城市。creatDate记载university对象的更新日期。URL表明该对象指向一个网址。

2）创建对象实例

一旦对象定义完成后，就可以为该对象创建一个实例了，方法为：

```
NewObject = New Object();
```

其中，NewObjet是新的对象，Object是已经定义好的对象。例如：

```
U1 = New university(“湖北省”,“武汉市”,"January  05,201012:00:00","http://www.znufe.edu.cn")
```

3）对象方法的使用

在对象中除了使用属性外，有时还需要使用方法。在对象的定义中，我们看到This.meth＝FunctionName语句，那就是为定义对象的方法。实质对象的方法就是一个函数FunctionName，通过它实现自己的意图。例如，在university对象中增加一个方法，该方法是显示它自己本身，并返回相应的字串。

```
function university(name,city,createDate,URL)
{
  This.Name = Name;
  This.city = city;
  This.createDate = New Date(creatDate);
  This.URL = URL;
  This.showuniversity = showuniversity;
}
```

其中，This.showuniversity就是定义了showuniversity()方法，它实现了university对象本身的显示。

```
function showuniversity()
{
  For (var prop in this)
  alert(prop + = " + this[prop] + "");
}
```

其中,alert 是 JavaScript 中的内部函数,显示其字符串。

3.3.8 JavaScript 中的数组

JavaScript 中没有提供像其他语言一样明显的数组类型,但可以通过 Function 定义一个数组,并使用 New 对象操作符创建一个具有下标的数组,来实现任何数据类型的存储。

1. 定义对象的数组

```
Function arrayName(size)
{
    This.length = size;
    for(var X = 0;X <= size;X++ ,
        this[X] = 0;
    Return this;
}
```

其中,arrayName 是定义数组的一个名子,size 是有关数组大小的值(1～size),即数组元素的个数。通过 for 循环对一个当前对象的数组进行定义,最后返回这个数组。

2. 创建数组实例

一个数组定义完成以后,还不能马上使用,必须为该数组创建一个数组实例:

```
Myarray = New arrayName(n);
```

并赋予初值:

```
Myarray[1] = "字串 1";
Myarray[2] = "字串 2";
Myarray[3] = "字串 3";
...
Myarray[n] = "字串 n";
```

一旦给数组赋予了初值后,数组中就具有真正意义了,以后就可以在程序设计过程中直接引用。

3.4 JSP 技术

JSP(Java Server Pages)是由 Sun Microsystems 公司倡导、许多公司参与一起建立的一种动态网页技术标准,其在动态网页的建设中有其强大而特别的功能,它主要用于创建支持跨平台及跨 Web 服务器的动态网页。所谓的 JSP(*.JSP)网页就是在传统的 HTML 文件中加入 Java 程序片段(Scriptlet)和 JSP 标记而构成的。Web 服务器在遇到 JSP 网页时,首先执行其中的程序片段,然后将执行结果以 HTML 格式返回给用户。除 JSP 外,目前常用的动态网页编程技术还有 ASP、PHP,三者各有所长,网站的开发者可以根据三者的特点和自己的需求选择一种适合自己的语言。

3.4.1 JSP 的运行原理与优点

一个 JSP 页面的具体工作流程可以分为如下几个步骤。

(1) 浏览器客户端向 JSP 容器(如 Tomcat)发出 JSP 页面(如 index.jsp)的请求。

(2) JSP 容器将对应 JSP 页面转换成 Java Servlet 源代码(如 index_JSP.java)。

(3) JSP 容器编译该源代码,生成 .class 文件(如 index_JSP.class)。

(4) JSP 容器加载运行对应的.class 文件,生成想要的结果页面。

(5) JSP 容器把响应的输出结果发送到浏览器端。

基于 Java 语言的 JSP 技术具有很多其他动态网页技术所没有的特点,具体表现在如下几个方面。

(1) 平台和服务器的独立性。JSP 可以使用任何 Web 服务器,包括 Apache、IIS。

(2) 跨平台的可重用性。JSP 组件(JavaBeans、Enterprise JavaBeans)都是跨平台可重用的。

(3) 健壮性与安全性。JSP 技术是以 Java 语言作为脚本语言的,它具有 Java 技术的所有好处,包括健壮的存储安全。

3.4.2 JSP 的运行平台

由于 JSP 使用 Java 作为程序设计脚本语言,因此首先需要建立 Java 运行环境,安装 JDK。另外,除了开发工具以外,还要有支持 JSP 的 Web 服务器。JSP 可以使用任何 Web 服务器,Tomcat 是当前比较受欢迎的 Web 服务器,它是由 Apache 小组开发的免费软件,下载和配置方法可以参见站点 http://jakarta.apache.org/。

3.4.3 JSP 文件的结构

JSP 页面一般具有如下结构:

```
<%@ page contentType = "text/html;charset = gb2312" %>
<%@ page import = "java.util. * " %>
...
<HTML>
<BODY>
其他 HTML 语言
<%
  符合 Java 语法的 Java 语句
 %>
其他 HTML 语言
</BODY>
</HTML>
```

从结构中我们可以看出,JSP 页面其实是在 HTML 页面中加入 Java 程序段和 JSP 标记而构成的。下面我们来编写第一个 JSP 页面以了解它的编写和运行过程。

源程序(显示当前的日期和时间):

```
<html>
<head>
<title>First Page</title>
</head>
<body>
<H3>Today is:
<% = new java.util.Date() %>
</H3>
</body>
</html>
```

把上述内容保存为 firstJSP. jsp,并不可以双击这个文件来查看它预期出现的效果。应该把它发布到 Tomcat 的某个 Web 应用中才可以正确查看它,例如把 firstJSP. JSP 文件复制到<TOMCAT_HOME>\webapps\JSP-examples 目录下,然后在浏览器地址栏中输入地址 http://localhost:8080/JSP-examples/firstJSP. jsp,可以看到页面显示如图 3-3 所示。

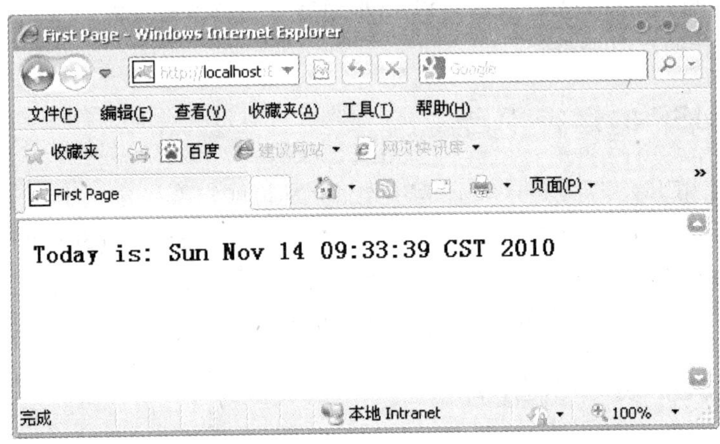

图 3-3 firstJSP. jsp

3.4.4 JSP 语法

JSP 页面一般包含 JSP 指令、JSP 脚本元素、JSP 标准动作以及 JSP 隐式对象。

1. JSP 指令

在 JSP 页面中可以使用 JSP 指令指定网页的有关输出方式、引用包、加载文件等相关设置。指令并不会输出任何数据到客户端,且有效范围仅限于使用该指令的 JSP 网页。

基本格式为:<%@指令名称 属性 1=值 1,属性 2=值 2,…%>。

1) page 指令

page 指令用来定义整个 JSP 页面的一些属性和这些属性的值。例如,我们可以用 page 指令定义 JSP 页面的 contentType 属性的值是“text/html;charset=GB2312”,这样,我们的页面就可以显示标准汉语。如:<%@ page contentType="text/html;charset=GB2312" %>。

page 指令的属性包括 language、contenType、import、session、autoFlush、errorPage、isErrorPage 等,它们的用法如表 3-14 所示。

表 3-14 Page 指令的属性及用法说明

属 性	描述和用法
language	定义 JSP 页面使用的脚本语言,默认取"java" 用法:<%@ page language="java" %>
contenType	定义 JSP 页面响应的 MIME 类型和 JSP 页面字符的编码。默认值是"text/html ; charset=ISO-8859-1" 用法:<%@page contentType="text/html; charset=GB2312" %>
import	为 JSP 页面引入 Java 核心包中的类,可以为该属性指定多个值,该属性的值可以是 Java 某包中的所有类或一个具体的类。默认如下值:"java. lang. * "、"javax. servlet. * "、"javax. servlet. JSP. * "、"javax. servlet. http. * " 用法:<%@ page import="java. io. * ", "java. util. Date" %>
session	用于设置是否需要使用内置的 session 对象 默认的属性值是 true 用法:<%@ page session="false" %>
errorPage	错误页面的 URL,用来显示错误 用法:<%@ page errorPage ="/error. JSP" %>
isErrorPage	设置此 JSP 网页是否为错误处理页面。如果是 true,则用当前页面作为 JSP 错误页面,如果是 false,否则默认值为"false" 用法:<%@ page isErrorPage ="true" %>

注意:如果为一个属性指定几个值话,这些值用逗号分割。page 指令只能给 import 属性指定多个值;其他属性只能指定一个值。

2) include 指令

如果需要在 JSP 页面内某处整体嵌入一个文件,就可以考虑使用这个指令标签。该指令标签语法如下:

```
<%@ include file= "文件的名字" %>
```

该指令标签的作用是在 JSP 页面出现该指令的位置处,静态插入一个文件。被插入的文件必须是可访问和可使用的,即该文件必须和当前 JSP 页面在同一 Web 服务目录中。所谓静态插入,就是当前 JSP 页面和插入的部分合并成一个新的 JSP 页面,然后 JSP 引擎再将这个新的 JSP 页面转译成 Java 类文件。例如,在 JSP 页面静态插入一个文本文件 Hello. txt,该文本文件的内容是:"你们好,很高兴认识你们呀!"。该文本文件必须和当前 JSP 页面在同一 Web 服务目录中。JSP 页面代码如下:

```
<%@ page contentType= "text/html;charset= GB2312" %>
<HTML>
<BODY bgcolor= cyan>
<H3>
  <%@ include file= "Hello.txt" %>
</H3>
</BODY>
```

```
</HTML>
```

此时,该JSP页面相当于:

```
<%@ page contentType="text/html;charset=GB2312" %>
<HTML>
<BODY>
<H3>
你们好,很高兴认识你们呀!
</H3>
</BODY>
</HTML>
```

注意:使用该指令标签插入文件后,必须保证新合并成的JSP页面符合JSP语法规则,即能够成为一个JSP页面文件。比如,如果一个JSP页面使用include指令插入另一个JSP文件,被插入的这个JSP页面中有一个设置页面contentType属性的page指令:

```
<%@ page contentType="text/html;charset=GB2312" %>
```

而当前JSP页面已经使用page指令设置了contentType的属性值,那么新合并的JSP页面就出现了语法错误,当转译合并的JSP页面到Java文件时就会失败。

3) taglib指令

taglib指令也称为标记库指令。它的作用是在JSP页面中,将标签库描述符文件引入到该页面中,并设置前缀,利用标签的前缀去使用标签库表述文件中的标签。该指令的语法为:

```
<%@ taglib uri = "标签库表述符文件" prefix = "前缀名" %>
```

例如,<%@ taglib uri = "/WEB-INF/struts-htm.tld" prefix = "html" %>表示JSP页面在根目录中搜索struts-htm标签库描述符文件,而html前缀将struts-htm中的标签嵌入JSP页面。

2. 脚本元素

JSP脚本元素包括声明、表达式及代码段。

1) JSP声明

JSP声明用来让你定义页面级变量与方法,以保存信息或定义JSP页面的其余部分可能需要的支持方法。声明一般都在"<%! %>"标记中。一定要以分号结束变量声明,因为任何内容都必须是有效的Java语句。例如:

```
<%!
    private  int i=0;
    public  long  fact(int y)
    {
    if(y==0)
       return 1;
    else
       return x=y*y;}
    }
 %>
```

2) JSP 表达式

JSP 表达式用来直接插入值到输出。可以在"<%="和"%>"之间插入一个表达式(注意:不可插入语句,"<%="是一个完整的符号,"<%"和"="之间不要有空格),这个表达式必须能求值。表达式的值由服务器负责计算,并将计算结果用字符串形式发送到客户端显示。例如:

```
<% = Math.PI %>
```

3) JSP 代码段

JSP 代码片段或脚本片段是嵌在"<% %>"标记中的,这种 Java 代码在 Web 服务器响应请求时就会运行。例如,以下的代码组合使用表达式和代码片段,显示 H1、H2、H3 和 H4 标记中的字符串"Hello",代码片段并不局限于一行源代码。

```
<% for (int i = 1; i <= 4; i++) { %>
<H<% = i %>> Hello </H<% = i %>>
<% } %>
```

3. JSP 标准动作

标准动作元素用于执行一些常用的 JSP 页面动作,例如将页面转向、使用 JavaBean、设置 JavaBean 的属性等。在 JSP 中,标准动作元素共有以下几种:<JSP:param>、<JSP:include>、<JSP:forward>、<JSP:plugin>、<JSP:useBean>、<JSP:setProperty>、<JSP:getProperty>。其中<JSP:useBean>、<JSP:setProperty>、<JSP:getProperty>这三个是专门用来操作 JavaBeans 的。

1) forward 指令

forward 指令表示从该指令处停止当前页面的继续执行,而转向其他的一个 JSP 页面。基本格式如下:

```
<JSP:forward page = "要转向的页面" >
</JSP:forward>
```

或

```
<JSP:forward page = "要转向的页面" />
```

例如:

```
<JSP:forward page = "anotherpage.jsp" />
<JSP:param name = "customer" value = "bobby"/>
<JSP:param name = "ordid" value = "50"/>
</JSP:forward>
```

其中,<JSP:param>是<JSP:forward>的一个子属性,用以传递附加的请求参数。它有 2 个属性,即 name 和 value,其中 name 属性指出引用参数的名称,value 属性指出引用参数的值。

2) include 指令

include 指令告诉 JSP 页面动态包含一个文件,即 JSP 页面运行时才将文件加入。

它有两个属性，即 page 和 flush，其中 page 属性指出要包含页面的相对 URL，flush 属性指出缓冲区是否要冲洗。基本格式如下：

```
<JSP:include page = "文件的名字"  flush = "true(false)">
```

或

```
<JSP:include page = "文件的名字" flush = "true(false)"/>
</JSP:include>
```

例如，下面的例子 Example.jsp 动态包含两个文件：image.html 和 Hello.txt。我们把 Example.jsp 页面保存到 root，在 root 下又新建立了一个文件夹 Myfile，Hello.txt 存放在 MyFile 文件夹中，image.html 存放在 root 下。

Example.jsp 源代码：

```
<%@ page contentType = "text/html;charset = GB2312" %>
<HTML>
<BODY BGCOLOR = Cyan><FONT Size = 1>
<P>加载的文件：
<JSP:include page = "Myfile/Hello.txt">
</JSP:include>
<P>加载的图象：
<BR>
<JSP:include page = "image.html">
</JSP:include>
</BODY>
</HTML>
```

其中插入了两个文件：Hello.txt 和 image.html。

Hello.txt：

```
<H4>你好，祝学习进步！
<BR>学习 JSP 要有 Java 语言的基础。
<BR>要认真学习 JSP 的基本语法。
</H4>
```

image.html：

```
<image src="1.jpg">
```

include 指令与 include 动作有一定的区别。include 动作中，当 JSP 引擎把 JSP 页面转译成 Java 文件时，不把 JSP 页面中动作指令 include 所包含的文件与原 JSP 页面合并成一个新的 JSP 页面，而是告诉 Java 解释器，这个文件在 JSP 运行时(Java 文件的字节码文件被加载执行)才包含进来。如果包含的文件是普通的文本文件，就将文件的内容发送到客户端，由客户端负责显示；如果包含的文件是 JSP 文件，JSP 引擎就执行这个文件，然后将执行的结果发送到客户端，并由客户端负责显示这些结果。另外，include 指令只能合并静态页面或文档的内容，而 include 动作可用于合并动态生成的输出结果。

3) useBean 动作

<JSP:useBean>用来寻找与装入现有的 JavaBean，有 4 个属性：id、class、scope 和

beanNme，其中 id 属性定义唯一标识 Bean 的实例，class 属性指出要实现 Bean 对象的类，scope 属性指出 Bean 的使用范围，可选值是 page、session 或 application，beanName 指出 Bean 的引用名。例如：

```
<JSP:useBean id = "mybean" class = "com.Linlin.MySimpleBean" scope = "session" />
```

也可以使用<JSP:setProperty>和<JSP:getProperty>为<JSP:useBean>中定义的 Bean 设置属性值和取得属性值。例如：

```
<% @ page language = "java" %>
<HTML>
<BODY>
   <JSP:useBean id = "mybean" class = "com.Linlin.MySimpleBean" scope = "session" />
   <JSP:setProperty name = "mybean " property = "name" value = "Bill" />
   <JSP:setProperty name = "mybean " property = "age" value = "20" />
<p>
   <JSP:getProperty name = "mybean " property = "name" />
   <JSP:getProperty name = " mybean " property = "age" />
   <% out.println(mybean.getName() + " " + mabean.getAge()) %>
</p>
</BODY>
</HTML>
```

4. JSP 的隐式对象

在 JSP 页面中有一些已经完成定义的对象，称为内置对象。这些对象可以不经过定义就直接使用，因为它们是由 JSP 页面自己定义的。

JSP 程序常用的内建对象有如下几个：request、response、out、session、pageContext、application、config、page、exception。你可以在 JSP 页面中直接使用它们，用以加强 JSP 程序的功能。常用的隐式对象的介绍如表 3-15 所示。

表 3-15　JSP 的常用隐式对象

隐式对象	说　　明
request	实现了 javax.servlet.http.HttpServletRequest 接口，用于服务器端接收客户端请求的信息，以便对其做进一步处理，实现交互设计的功能。主要方法： String getParameter(String name)用来获得客户端传送给服务器端的参数值，该参数由 name 指定 String[]getParameterValues(String name)用来获得指定参数所有值
response	实现了 javax.servlet.http.HttpServletResponse 接口，服务器端回应客户端请求。主要方法： void setContentType("text/html")； void sendRedirect(string url)；
out	实现了 javax.servlet.JSP.JSPWriter 接口，用来写出到输出流，然后回送到客户。主要方法有： void flush()； void print(String str)； void println(String str)；

续表

隐式对象	说　明
session	实现了 javax. servlet. http. HttpSession 接口，用来保存用户的各种信息，知道超时(一般为 900s)或被人释放。主要方法有： void setAttribute(String name,Object value); Object getAttribute(String name);

3.4.5 JSP 连接数据库

JDBC(Java DataBase Connectivity)是 Java Web 应用程序开发中最主要的 API 之一，因为任何应用软件总是需要访问数据库的。当向数据库查询数据时，Java 应用程序先调用 JDBC API，然后 JDBC API 把查询语句提交给 JDBC 驱动器。JDBC 驱动器把查询语句转化为特定数据库理解的形式。然后，JDBC 驱动器检索 SQL 查询的结果，并把结果转化为 Java 应用程序使用的等价的 JDBC API 类和接口。此过程如图 3-4 所示。

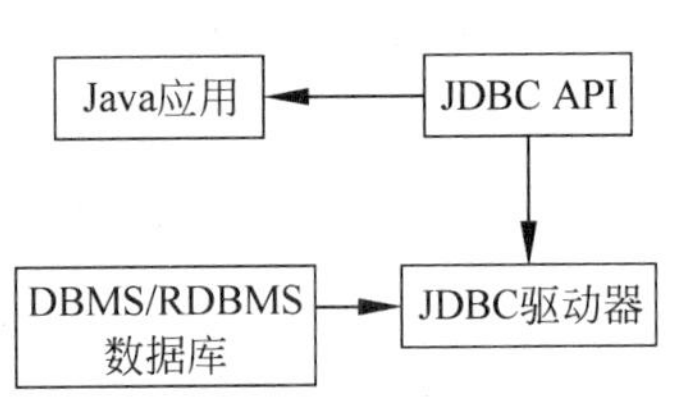

图 3-4　JSP 连数据库

1. JDBC 驱动器

(1) 第一种类型的驱动程序是通过将 JDBC 的调用全部委托给其他编程接口来实现的，比如 ODBC。这种类型的驱动程序需要安装本地代码库，即依赖于本地的程序，所以便携性较差，比如 JDBC-ODBC 桥驱动程序。

(2) 第二种类型的驱动程序的实现是部分基于 Java 语言的，即该驱动程序一部分是用 Java 语言编写，其他部分委托本地的数据库的客户端代码来实现。同(1)中的驱动一样，该类型的驱动程序也依赖本地的程序，所以便携性较差。

(3) 第三种类型的驱动程序的实现是全部基于 Java 语言的。该类型的驱动程序通常由某个中间件服务器提供，这样客户端程序可以使用数据库无关的协议和中间件服务器进行通信，中间件服务器再将客户端的 JDBC 调用转发给数据库进行处理。

(4) 第四种类型的驱动程序的实现是全部基于 Java 语言的。该类型的驱动程序中包含了特定数据库的访问协议，使得客户端可以直接和数据库进行通信。

连接数据库需要数据库驱动器和数据库 URL。常见的数据库驱动器和数据库 URL 如表 3-16 所示。

表 3-16　常见数据库驱动器及 URL

数据库名	数据库驱动器	数据库 URL
Oracle 数据库	oracle. jdbc. driver. OracleDriver	jdbc:oracle:thin:@dbip:port: databasename
SQL Server 数据库	com. microsoft. jdbc. sqlserver. SQLServerDriver	jdbc: microsoft: sqlserver://dbip: port; DatabaseName=databasename
MySQL 数据库	com. mysql. jdbc. Driver	jdbc:mysql://dbip:port/databasename
Access 数据库	sun. jdbc. odbc. JdbcOdbcDriver	jdbc:odbc:datasourcename

注：dbip 为数据库服务器的 IP 地址，如果是本地可写：localhost。
port 为数据库的监听端口，需要看安装时的配置，默认为 1521。
databasename 为数据库的 SID，通常为全局数据库的名字。

2. JDBC API 的核心组件

JDBC API 的核心组件包括以下几种。

- DriverManager 类。用于跟踪可用的 JDBC 驱动程序并生成数据库连接。
- Connection 类。用于取得数据库信息，生成数据库语句，以及管理数据库事务。
- Statement 接口。提供在基层连接上运行 SQL 语句，并且生成一个结果集。Statement 有 2 个子接口，即 PreparedStatement 和 CallableStatement。
- PreparedStatement 接口。提供了可以与查询信息一起预编译的一种语句类型。CallableStatement 从 PreparedStatement 继承而来，它用来封装数据库中存储过程的执行。
- ResultSet 接口。用于访问 SQL 查询返回的数据。当读取结果时，可以使用它的 next()方法依次定位每一行数据，然后用相应的 get 方法读取数据。

3. JDBC 查询数据库的步骤

(1) 装入驱动器。在查询数据库之前，用户需要确定特定数据库厂商提供的驱动器并装入它。此时需要通过调用 Class 类的 forName()方法来装入数据库特定的驱动器。例如，装载 SQL Server 2005 的驱动器的方法如下：

```
Class.forName("com.microsoft.sqlserver.jdbc.SQLServerDriver");
```

(2) 连接数据库。在装入针对某种特定数据库的驱动器之后，你需要连接该数据库。java.sql 包中包含 DriverManager 类和 Connection 接口，用来连接数据库。要连接数据库，必须先从 DriverManager 类生成 Connection 对象。要生成 Connection 对象，还需要数据库的 URL、用户名及密码等信息。例如，有一个本地 SQL Server 2005 数据库，名叫 MyDB，其用户名为 sa，密码为 123456，那么生成连接数据库的 Connection 对象的方法如下：

```
String url = "jdbc:sqlserver://jhxpc - intel:1433; DatabaseName = MyDB ";
Connection con = DriverManager.getConnection(url,"sa","123456");
```

(3) 查询数据库。一旦连接到数据库，用户可以通过连接来提交并检索查询结果。建立连接后，可使用两种对象查询数据库：Statement 对象和 PreparedStatement 对象。Statement 对象把简单查询语句发送到数据库，允许执行简单的查询。它有两个查询方法：executeQuery()和 executeUpdate()。executeQuery()方法执行简单的选择(SELECT)查询，并返回 ResultSet 对象；executeUpdate()方法执行 SQL 的 INSERT，UPDATE 或 DELETE 语句，返回 int 值，给出受查询影响的行数。例如：

```
Statement st = con.createStatement();
ResultSet rs = st.executeQuery("select * from user_Info");
```

PreparedStatement 对象允许执行参数化的查询。例如：

```
String sql = "select * from user_Info where U_id = ?";
PrepareStatement ps = con.prepareStatement(sql);
ps.setString(1,"winter");                    //设定参数值
ResulrSet rs = ps.executeQuery();            //获得查询结果
```

4. 取得查询结果

查询结果一般封装在 ResultSet 对象中。ResultSet 实际上是一张数据表。ResultSet 对象有多种方法用来从查询结果中读取数据，如 next()和 get×××(int cn)等。next()方法把光标移向下一行，get×××(int cn)或 get×××(String colName)方法可用来检索 ResultSet 行中的数据，这里×××代表列的数据类型，如 String，Integer 或 Float，cn 指结果集中的列号，colName 代表列名。例如：

```
ResultSet rs = st.executeQuery("select * from user_Info ");
while(rs.next())
System.out.println("用户名: " + rs.getString("U_id"));
```

【例 3.3】 查询数据库示例。

```
import java.sql.Connection;
import java.sql.DriverManager;
import java.sql.PreparedStatement;
import java.sql.ResultSet;
import java.sql.SQLException;
public class dbTest {
    public static void main(String[ ] args) throws ClassNotFoundException {
        try{
            Class.forName("com.microsoft.sqlserver.jdbc.SQLServerDriver");
            String url = "jdbc:sqlserver://jhxpc - intel:1433; DatabaseName = MyDB";
            Connection conn = DriverManager.getConnection(url,"sa","123456");
            String sql = "select * from user_Info where U_id = ?";
            PreparedStatement ps = conn.prepareStatement(sql);
            ps.setString(1, "winter");
            ResultSet rs = ps.executeQuery();
            while(rs.next()){
                System.out.println("用户名: " + rs.getString("U_id"));
                System.out.println("密 码: " + rs.getString(2));
            }
            rs.close();
            conn.close();
        }catch(SQLException e){
            System.out.println("Error" + e.toString());
        }
    }
}
```

查询结果：

```
用户名: winter
密 码: 888888
```

小结

本章主要介绍了 Web 开发所使用的各种技术，主要涉及 HTML 技术、Java 技术、JavaScript 技术和 JSP 技术等，介绍了它们的特点、语法等，让大家对 Web 开发技术有一个全面的了解，为本书后续章节打下基础。

习题

1. HTML 文档的基本结构是什么？它包含哪些常用标签？
2. 用记事本编写一个 HTML 网页，显示"Hello World"字符串。
3. Java 语言有哪些特点？简述其运行机制。
4. 分别编写一个 Java application 程序和 Java applet 程序，显示当前时间，比较二者在程序代码和运行方式上有何差别？
5. JavaScript 语言有什么特点？分析它与 Java 的区别。
6. 简述 JavaScript 代码的两种使用方式。
7. JavaScript 的事件机制是什么？练习为按钮添加单击事件，并编写事件处理函数，显示"Hello World"字符串。
8. 什么是 JSP 网页？它的运行流程是什么？
9. JSP 文件的基本结构是什么？编写一个 JSP 页面显示"Hello World"字符串并运行。
10. 常用的 JSP 指令有哪些？简要介绍它们的作用和使用方法。
11. JSP 隐式对象有哪些？它们分别有什么作用？
12. JDBC 驱动器有哪些？简要介绍 JSP 连接数据库的步骤。

第4章 Java Web应用开发简介

通过对前几章的学习，我们对 Web 开发中所要求掌握的 HTML、Java 以及 JSP 技术有了一定的了解，这些知识都是我们开发一个 Web 项目所必须掌握的知识，然而作为一个程序开发者我们要开发出一个大中型的 Web 项目，仅仅掌握这些基本知识是不够的，社会上很多公司所开发的一些 Web 项目之所以规范而且开发效率高，很大程度上是借助于一些程序开发框架以及合理的开发规范和人员分配。J2EE 企业级开发平台是目前流行的一种开发框架，它所包含的各类组件、服务架构及技术层次，均有共同的标准及规格，让各种依循 J2EE 架构的不同平台之间，存在良好的兼容性，解决了过去企业后端使用的信息产品彼此之间无法兼容、企业内部或外部难以互通的窘境。在本章 J2EE 的学习中，我们将介绍 J2EE 的概念及应用，企业中开发 Web 项目所运用的分层模型以及体系结构，并对 J2EE 中所涉及的各种核心 API 与组件进行详细的介绍。

本章知识点

① J2EE 应用概述；
② J2EE 概念；
③ J2EE 多层模型；
④ J2EE 体系结构；
⑤ J2EE 的核心 API 与组件。

4.1 J2EE 应用概述

4.1.1 J2EE 产生背景

1. 企业应用系统的开发一直面临的重大挑战

一方面，企业应用系统面对的是一个异构的分布式环境，它必须支持与已有系统的集成性和与其他系统的互操作性；另一方面，作为为客户、合作伙伴和企业内部提供信息服务的平台，企业系统还必须具有高可用性、安全性、可靠性和可伸缩性等特点。这些特点再加上复杂多变的用户需求和不断伸缩的交付时间，使得企业系统的开发过程变得越来越困难。开发商和广大程序员一直在努力推动和殷切期待一个成熟、标准的企业平台来简化和规范企业应用系统的开发和部署。Java 技术的出现，尤其是 J2EE 平台的推出正是这种努力的结果，也使得企业系统的开发由此变得更加快速和方便。

2. Java 的出现

当 1995 年 Sun 推出 Java 语言之后，全世界的目光都被这个神奇的语言所吸引。那么 Java 到底有何神奇之处呢？

Java 语言其实最早诞生于 1991 年，起初被称为 OAK 语言，是 Sun 公司为一些消费性电子产品而设计的一个通用环境。他们最初的目的只是为了开发一种独立于平台的软件技术，而且在网络出现之前，OAK 可以说是默默无闻，甚至差点夭折。但是，网络的出现改变了 OAK 的命运。

在 Java 出现以前，Internet 上的信息内容都是一些死板的 HTML 文档。这对于那些迷恋于 Web 浏览的人们来说简直不可容忍。他们迫切希望能在 Web 中看到一些交互式的内容，开发人员也极希望能够在 Web 上创建一类无须考虑软硬件平台就可以执行的应用程序，当然这些程序还要有极大的安全保障。对于用户的这种要求，传统的编程语言显得无能为力。Sun 的工程师敏锐地察觉到了这一点，从 1994 年起，他们开始将 OAK 技术应用于 Web 上，并且开发出了 HotJava 的第一个版本。当 Sun 公司 1995 年正式以 Java 这个名字推出的时候，几乎所有的 Web 开发人员都心生感叹："噢，这正是我想要的！"于是 Java 成了一颗耀眼的明星，丑小鸭一下子变成了白天鹅。

Java 具有简单性、健壮性、安全性、可移植性和面向对象等众多优点，这些使得 Java 应用具有无比的健壮性和可靠性，减少了应用系统的维护费用。Java 对对象技术的全面支持和 Java 平台内嵌的 API 能缩短应用系统的开发时间并降低成本。Java 的编译一次，到处可运行的特性使得它能够提供一个随处可用的开放结构和在多平台之间传递信息的低成本方式。特别是 Java 企业应用编程接口(Java Enterprise APIs)为企业计算及电子商务应用系统提供了有关技术和丰富的类库。

3. J2EE 平台的出现

Sun 公司的 J2EE 平台是在 1997 年的 Java One 大会上宣布的，J2EE 定义了开发和运行企业级应用的标准。随着 J2EE 的出现，Java 语言的功能和工具得到了极大的扩充、丰富和发展，可以用于复杂的、多层次及分布式的电子商务和企业级应用。J2EE 架构与技术为组件开发模型提供广泛的支持，同时也提供一组开发工具和服务，以便开发模块化的、可重用的和平台独立的各种组件技术的业务逻辑。

4.1.2 组件和容器

很多教材和专业网站都说 J2EE 的核心是一组规范与指南，强调 J2EE 的核心概念就"是组件+容器"，随着越来越多的 J2EE 框架出现，相应的每种框架一般都有与之对应的容器。

容器，是用来管理组件行为的一个集合工具，组件的行为包括与外部环境的交互、组件的生命周期、组件之间的合作依赖关系等。J2EE 包含的容器种类大约有 Web 容器、Application Client 容器、EJB 容器、Applet 客户端容器等。但在笔者看来，现在容器的概念变得有点模糊了，大家耳熟能详的是那些功能强大的开源框架，比如 Hibernate、Struts、Spring、JSF 等，其中 Hibernate 就基于 JDBC 的基础封装了对事务和会话的管理，大大方便了对数据库操作的繁琐代码，从这个意义上来说它已经接近容器的概念了，EJB 的实体 Bean 也逐渐被以 Hibernate 为代表的持久化框架所取代。

组件，本意是指可以重用的代码单元，一般代表着一个或者一组可以独立出来的功能模块，在 J2EE 中组件的种类有很多种，比较常见的是 EJB 组件、DAO 组件、客户端组件或者应用程序组件等，它们有个共同特点是分别会打包成. war，. jar，. jar，. ear，每个组件由特定格式的 xml 描述符文件进行描述，而且服务器端的组件都需要被部署到应用服务器上面才能够被使用。

稍微理解完组件和容器，还有一个重要的概念就是分层模型，最著名的当然是 MVC 三层模型。在一个大的工程或项目中，为了让前台和后台各个模块的编程人员能够同时进行工作，提高开发效率，最重要的就是实现层与层之间的耦合关系，许多分层模型的宗旨和开源框架所追求的也就是这样的效果。在笔者看来，一个完整的 Web 项目大概有以下几个层次：①表示层(JSP、HTML、JavaScript、Ajax、Flash 等技术对其支持)；②控制层(Struts、JSF、WebWork 等框架在基于 Servlet 的基础上支持，负责把具体的请求数据(有时卸载重新装载)导向适合处理它的模型层对象)；③模型层(笔者认为目前最好的框架是 Spring，实质就是处理表示层经由控制层转发过来的数据，包含着大量的业务逻辑)；④数据层(Hibernate、JDBC、EJB 等，由模型层处理完了持久化到数据库中)。

当然，这仅仅是笔者个人的观点，供大家学习做一个参考，如果要实现这些层之间的完全分离，那么这个工程通过增加人手就能完成。虽然《人月神话：软件项目管理之道》(*The Mythical Man-Month：Essays on Software Engineering*)中已经很明确地阐述了增加人手并不能使效率增加，很大程度上是因为彼此做的工作有顺序上的依赖关系或者说在难度和工作量上有巨大差距。当然，理想状态在真实世界中是不可能达到的，但我们永远应该朝着这个方向去不断努力。最开始所提倡的针对接口来编程，哪怕是小小的细节，写一条 List list= new ArrayList()语句也能体现着处处皆使用接口的思想。

4.1.3 J2EE 体系结构的优点

从 J2EE 产生的背景我们可以得出 J2EE 相对于其他语言有很多优势，它为搭建具有可伸缩性、灵活性、易维护性的商务系统提供了良好的机制。

1. 保留现存的 IT 资产

由于企业必须适应新的商业需求，利用已有的企业信息系统方面的投资，而不是重新制定全盘方案就变得很重要。这样，一个以渐进的(而不是激进的，全盘否定的)方式建立在已有系统之上的服务器端平台机制是公司所需求的。J2EE 架构可以充分利用用户原有的投资，如一些公司使用的 BEA Tuxedo、IBM CICS、IBM Encina、Inprise VisiBroker 以及 Netscape Application Server。这之所以成为可能是因为 J2EE 拥有广泛的业界支持和一些重要的“企业计算”领域供应商的参与。每一个供应商都对现有的客户提供了不用废弃已有投资，进入可移植的 J2EE 领域的升级途径。由于基于 J2EE 平台的产品几乎能够在任何操作系统和硬件配置上运行，现有的操作系统和硬件也能被保留使用。

2. 高效的开发

J2EE 允许公司把一些通用的、很繁琐的服务端任务交给中间件供应商去完成。这样开发人员可以集中精力在如何创建商业逻辑上,相应地缩短了开发时间。高级中间件供应商提供以下这些复杂的中间件服务:①状态管理服务。让开发人员写更少的代码,不用关心如何管理状态,这样能够更快地完成程序开发。②持续性服务。让开发人员不用对数据访问逻辑进行编码就能编写应用程序,能生成更轻巧、与数据库无关的应用程序,这种应用程序更易于开发与维护。③分布式共享数据对象 CACHE 服务。让开发人员编制高性能的系统,极大提高整体部署的伸缩性。

3. 支持异构环境

J2EE 能够开发部署在异构环境中的可移植程序。基于 J2EE 的应用程序不依赖任何特定操作系统、中间件、硬件。因此设计合理的基于 J2EE 的程序只需开发一次就可部署到各种平台。这在典型的异构企业计算环境中是十分关键的。J2EE 标准也允许客户订购与 J2EE 兼容的第三方的现成的组件,把它们部署到异构环境中,节省了由自己制订整个方案所需的费用。

4. 可伸缩性

企业必须选择一种服务器端平台,这种平台应能提供极佳的可伸缩性去满足那些在他们系统上进行商业运作的大批新客户。基于 J2EE 平台的应用程序可被部署到各种操作系统上。例如可被部署到高端 UNIX 与大型机系统,这种系统单机可支持 64～256 个处理器(这是 NT 服务器所望尘莫及的)。J2EE 领域的供应商提供了更为广泛的负载平衡策略,能消除系统中的“瓶颈”,允许多台服务器集成部署。这种部署可达数千个处理器,实现可高度伸缩的系统,满足未来商业应用的需要。

4.2 J2EE 的概念

目前,Java 2 平台有 3 个版本,它们是适用于小型设备和智能卡的 Java 2 平台 Micro 版(Java 2 Platform Micro Edition,J2ME)、适用于桌面系统的 Java 2 平台标准版(Java 2 Platform Standard Edition,J2SE)、适用于创建服务器应用程序和服务的 Java 2 平台企业版(Java 2 Platform Enterprise Edition,J2EE)。

J2EE 是一种利用 Java 2 平台来简化企业解决方案的开发、部署和管理相关的复杂问题的体系结构。J2EE 技术的基础就是核心 Java 平台或 Java 2 平台的标准版,J2EE 不仅巩固了标准版中的许多优点,例如"编写一次、随处运行"的特性、方便存取数据库的 JDBC API、CORBA 技术以及能够在 Internet 应用中保护数据的安全模式等,同时还提供了对 EJB(Enterprise JavaBeans)、Java Servlets API、JSP(Java Server Pages)以及 XML 技术的全面支持。其最终目的就是成为一个能够使企业开发者大幅缩短投放市场时间的体系结构。

J2EE 体系结构提供中间层集成框架用来满足无须太多费用而又需要高可用性、高可靠性以及可扩展性的应用的需求。通过提供统一的开发平台,J2EE 降低了开发多层应用的费用和复杂性,同时提供对现有应用程序集成的强有力支持,完全支持 EJB,有良好的向导支持打包和部署应用,添加目录支持,增强了安全机制,提高了性能。

4.3 J2EE 多层模型

J2EE 使用多层的分布式应用模型,应用逻辑按功能划分为组件,各个应用组件根据它们所在的层分布在不同的机器上。事实上,Sun 设计 J2EE 的初衷正是为了解决两层模式(Client/Server)的弊端,在传统模式中,客户端担当了过多的角色而显得臃肿,这种模式第一次部署的时候比较容易,但难于升级或改进,可伸展性也不理想,而且经常基于某种专有的协议——通常是某种数据库协议,使得重用业务逻辑和界面逻辑非常困难。现在 J2EE 的多层企业级应用模型将两层化模型中的不同层面切分成许多多层。一个多层化应用能够为不同的每种服务提供一个独立的层,以下是 J2EE 典型的四层结构。

(1) 运行在客户端机器上的客户层组件。

(2) 运行在 J2EE 服务器上的 Web 层组件。

(3) 运行在 J2EE 服务器上的业务逻辑层组件。

(4) 运行在 EIS 服务器上的企业信息系统(Enterprise information system)层软件。

如图 4-1 所示为 J2EE 典型的四层结构模型。

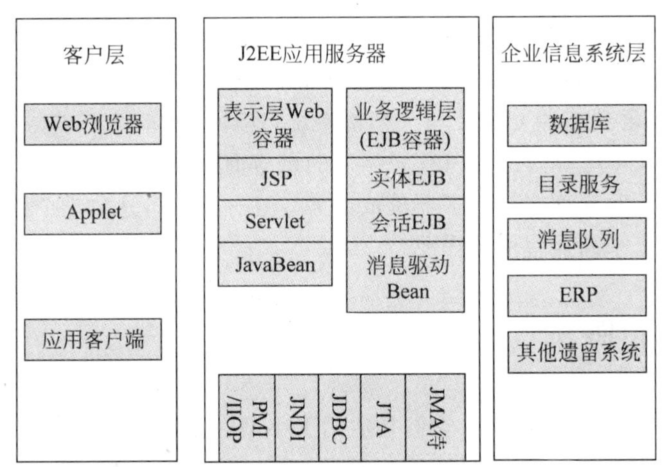

图 4-1 J2EE 典型的四层结构模型

J2EE 应用程序是由组件构成的。J2EE 组件是具有独立功能的软件单元,它们通过相关的类和文件组装成 J2EE 应用程序,并与其他组件交互。J2EE 说明书中定义了以下的 J2EE 组件:应用客户端程序和 Applets 是客户层组件;Java Servlet 和 JSP 是 Web 层组件;EJB 是业务层组件。

(1) 客户层组件。J2EE 应用程序可以是基于 Web 方式的,也可以是基于传统方式的。

(2) Web 层组件。J2EE Web 层组件可以是 JSP 页面或 Servlets。按照 J2EE 规范,静态的 HTML 页面和 Applets 不算是 Web 层组件。

Web 层可能包含某些 JavaBean 对象来处理用户输入,并把输入发送给运行在业务层上的 Enterprise Bean 来进行处理。

(3) 业务层组件。业务层代码的逻辑用来满足银行、零售、金融等特殊商务领域的需要，由运行在业务层上的 Enterprise Bean 进行处理。有三种企业级的 Bean：会话(session) Beans，实体(entity)Beans 和消息驱动(message-driven)Beans。会话 Bean 表示与客户端程序的临时交互，当客户端程序执行完后，会话 Bean 和相关数据就会消失。相反，实体 Bean 表示数据库的表中一行永久的记录，当客户端程序中止或服务器关闭时，就会有潜在的服务保证实体 Bean 的数据得以保存。消息驱动 Bean 结合了会话 Bean 和 JMS 的消息监听器的特性，允许一个业务层组件异步接收 JMS 消息。

企业信息系统层处理企业信息系统软件包括企业基础建设系统，例如企业资源计划(ERP)、大型机事务处理、数据库系统和其他的遗留信息系统。例如，J2EE 应用组件可能为了数据库连接需要访问企业信息系统。

4.4 J2EE 体系结构

4.4.1 模型-视图-控制体系结构介绍

目前大多数企业采用 J2EE 技术的结构设计与解决方案。对于我们学习和研究 J2EE 体系结构来说，了解与掌握 J2EE 体系结构是必需的。模型-视图-控制(Model-View-Control，MVC)结构是目前最常见的 J2EE 应用所使用的体系结构，MVC 主要适用于交互式的 Web 应用，尤其是存在大量页面及多次客户访问及数据显示。相比较而言，一个工作流体系结构更多应用于过程控制和较少交互的情况下。除了体系结构外，J2EE 的设计模式对我们解决应用系统的设计也有很大的帮助。

MVC 结构是交互式应用程序广泛使用的一种体系结构。它有效地在存储和展示数据的对象中区分功能模块以降低它们之间的连接度，这种体系结构将传统的输入、处理和输入模型转化为图形显示的用户交互模型，或者换一种说法，是多层次的 Web 商业应用。MVC 体系结构具有三个层面，即模型层(Model)、视图层(View)和控制层(Controller)，每个层面有其各自的功能作用，J2EE 的 MVC 体系结构如图 4-2 所示。

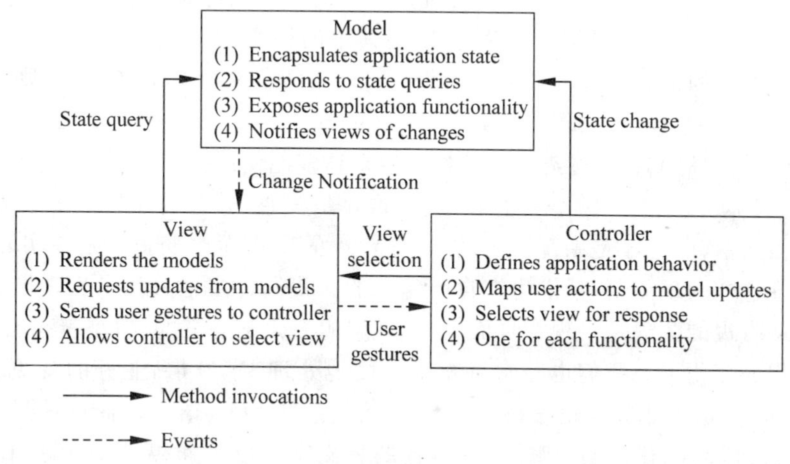

图 4-2 J2EE 的 MVC 体系结构

模型层负责表达和访问商业数据,执行商业逻辑和操作。也就是说,这一层就是现实生活中功能的软件模拟;在模型层变化的时候,它将通知视图层并提供后者访问自身状态的能力,同时控制层也可以访问其功能函数以完成相关的任务。

视图层负责显示模型层的内容。它从模型层取得数据并指定这些数据如何被显示出来。在模型层变化的时候,它将自动更新。另外,视图层也会将用户的输入传送给控制器。

控制层负责定义应用程序的行为。它可以分派用户的请求并选择恰当的视图以用于显示,同时它也可以解释用户的输入并将它们映射为模型层可执行的操作;在一个图形界面中,常见的用户输入包括单击按钮和菜单选择。在Web应用中,它包括对Web层的HTTP GET和POST的请求;控制层可以基于用户的交互和模型层的操作结果来选择下一个可以显示的视图,一个应用程序通常会基于一组相关功能设定一个控制层的模块,甚至一些应用程序会根据不同的用户类型设定不同的控制层,这主要是由于不同用户的视图交互和选择也是不同的。

在模型层、视图层和控制层之间划分责任可以减少代码的重复度,并使应用程序维护起来更简单。同时由于数据和商务逻辑的分开,在新的数据源加入和数据显示变化的时候,数据处理也会变得更简单。

4.4.2 MVC的分层结构

在Java EE的开发中,我们一直强调J2EE架构分层,如MVC三层体系,N层架构,好像只有架构分层越多,系统才越完美,才越能体现出现代软件工程的优点。可是最近一直在思考,我们为什么要分层?分层的意义何在?怎样去组织各个层次的关系?

架构分层的好处就在于代码清晰,结构分明,有利于修改、维护和复用,这也已经成为大家分层的一个最有说服力的原因。但是并不是任何系统都要分层设计,简单的系统,可以选择较少的层,反而可以提高开发效率和系统运行的效率。特别在需求不断更新和未知的Web开发中,架构分层并不能给我们带来多少实质性的好处,反而增加了复杂度而导致不能及时响应需求。

但在大型的企业级开发中,我们通常要进行架构分层设计,而表现层、业务逻辑层、数据操作层是我们最普遍的层次划分。在表现层上,我们已经习惯了MVC的体系,常使用Struts,JSF等框架。而在MVC的体系中C是其中的核心,我们在这里用Action来表示,它处理客户端发送的请求并根据业务的流程进行转发。而实际的业务处理,则交给Service处理。我们常使用Spring、EJB去做这一层的架构。而数据持久层,JPA的标准,Hibernate、Toplink等ORM框架已经被我们越来越多地使用。

在J2EE架构分层体系中,我一直在思考,谁才是核心,哪一层才是系统最关注的部分。当然大家都很明白,业务才是系统核心,一切随业务的变化而改变。但是在实际的开发中,我却看到很多这样的现象,包括发生在自己身上的。我们过多地关注了表现层和DAO层,业务的变更最直观的体现是表现在页面上,表现层的变化是必需的,但是表现层的变化更多地体现在流程的变化上。我们也经常喜欢去过度地处理DAO层,业务的变更直接体现到SQL上的变更,一个个业务逻辑被翻译成一条条复杂的SQL语句。而这些导致的结果是什么,Service层成为可有可无的鸡肋,它存在的意义完全成了连接Action和DAO的简单桥梁。以下代码确实反映了这个问题。

```
public A saveA(A a){
        return this.aDAO.saveA(a);
}
public List < A > getAs(String a,String b){
        return this.aDAO.getAs(a,b);
}
…
```

我们在开发的时候，虽然划分了Service层，但是这只是对DAO的简单调用，Service成了绝对的轻量级。有时候页面上需要一个几十行的list，只是由于分成了几块展示，而我们经常按照这几块去一次次地查询数据库，而不去试着让Service调用一次数据库取到所有的记录，然后通过一定得策略去分解这些记录。难道企业的开发只是数据库的操作？Java的运算性能难道只体现在SQL的优化上？这样的架构分层还不如不分，业务层也没有必要。

还是让我们回归Service的本来面目吧，让我们将Action和DAO的部分功能向Service转移吧。Action只负责接受请求，调用具体的Service，进行处理后转发；DAO可以使用更精简的，更通用的方法处理所有数据的持久和查询，只需要封装最基本的增删改查就可以了。让Action和DAO尽可能的轻量级，只关注本身，而非业务。让业务层来处理更多的内容吧。如下是业务处理的方法。

```
public void saveA(A a){
//保存前某业务逻辑的验证,如数据合法性检查,业务规则验证
        this.aDAO.saveA(a);
        //保存完 JMS 发送消息,通知用户已经处理
}
```

有人认为架构分层不好是因为一个地方改变，需要维护好多层，其实这是没有有效地使用架构分层，DAO和Action层承载了过多的业务逻辑的处理，业务的改变当然会造成动一处而牵全身的后果。关注Service层，解放Action和DAO，保持Action和DAO的高度稳定性，利用稳定的业务接口和IoC等松散耦合的处理进行层层的交互，让程序人员更多地关注业务本身，而非其他的繁枝末节，这才是我们架构分层的目的。

4.5 J2EE的核心API与组件

J2EE平台由一整套服务（Services）、应用程序接口（APIs）和协议构成，它对开发基于Web的多层应用提供了功能支持，J2EE中的13种核心技术规范包括JDBC、JNDI、EJBs、RMI、JSP、Java Servlets、XML、JMS、Java IDL、JTS、JTA、JavaMail和JAF。

1. JDBC(Java DataBase Connectivity)

JDBC是一组API，定义了用来访问数据源的标准Java类库，使用这个类库可以以一种标准的方法方便地访问数据库资源。JDBC对数据库的访问具有平台无关性。JDBC API为访问不同的数据库提供了一种统一的途径，像ODBC一样，JDBC对开发者屏蔽了一些细节问题。JDBC的目标是使应用程序开发人员使用JDBC可以连接任何提供了JDBC驱动程序的数据库系统，这样就使得程序员无须对特定的数据库系统的特点有过多的了解，从而

大大简化和加快了开发过程。

2. JNDI(Java Name and Directory Interface)

JNDI API 被用于执行名字和目录服务。它提供了一致的模型来存取和操作企业级的资源,如 DNS 和 LDAP、本地文件系统或应用服务器中的对象。

3. EJB(Enterprise JavaBean)

EJB 容器是 EJB 的运行环境。它提供规范中定义的接口使 EJB 类访问所需的服务。容器厂商也可以在容器或服务器中提供额外服务的接口。EJB 容器职责如图 4-3 所示。

EJB 服务器是管理 EJB 容器的高端进程或应用程序,并提供对系统服务的访问。EJB 服务器也可以提供厂商自己的特性,如优化的数据库访问接口、对其他服务(如 CORBA 服务)的访问。一个 EJB 服务器必须提供对 JNDI 的名字服务和 TS 事务服务的访问。

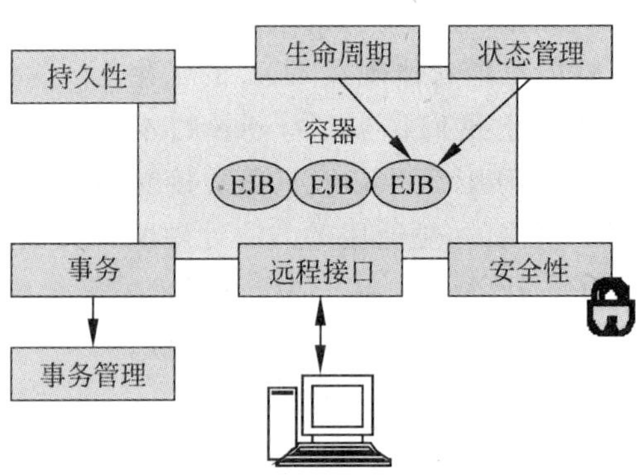

图 4-3 EJB 容器职责

EJB 分为会话 EJB 和实体 EJB 两种,会话 EJB 向客户提供一定的服务,如特定的商业逻辑、数据库查询等;而实体 EJB 则代表数据对象,通常代表的是数据表记录集的一行,一个实体 EJB 可以同时与多个客户进行交互。

J2EE 技术之所以赢得媒体广泛重视的原因之一就是 EJB。它提供了一个框架来开发和实施分布式商务逻辑,由此很显著地简化了具有可伸缩性和高度复杂的企业级应用的开发。EJB 规范定义了 EJB 组件在何时如何与它们的容器进行交互作用。容器负责提供公用的服务,例如目录服务、事务管理、安全性、资源缓冲池以及容错性。但这里值得注意的是,EJB 并不是实现 J2EE 的唯一途径。正是由于 J2EE 的开放性,使得有的厂商能够以一种和 EJB 平行的方式来达到同样的目的。

4. RMI(Remote Method Invoke)

RMI 是一种被 EJB 使用的更底层的协议,正如其名字所表示的那样,RMI 协议调用远程对象上的方法,使用序列化方式在客户端和服务器端的对象之间传递数据。

RMI 和 CORBA 相比有以下几点区别:

(1) 两者的关键差别在于语言环境,Java RMI 是一个分布式对象计算的纯 Java 解决方案(如在 Java RMI 中,对象的接口用 Java 定义,而不是用 IDL)。

(2) CORBA 没有定义安全服务,而 Java RMI 继承了 Java 的安全性。

(3) CORBA 有不同的实现,不同的独立软件开发商的不同实现均有独特性,这使得在不同平台上的匹配比较困难,而且不是所有 CORBA 产品开发商都支持所有平台,而几乎所有平台都支持 Java 虚拟机,因此 Java RMI 具有更高的可移植性。如果客户对象和服务对象都基于 Java 虚拟机,那么 Java RMI 是分布对象计算的最好选择。

(4) IIOP 已经提供了 Java RMI 和 CORBA 的互操作能力，而且两者的发展有互相借鉴的趋势。

5. Java IDL/CORBA

CORBA(Common Object Request Broker Architecture)体系结构如图 4-4 所示，是一个分布式对象体系结构，它独立于平台，也独立于语言。

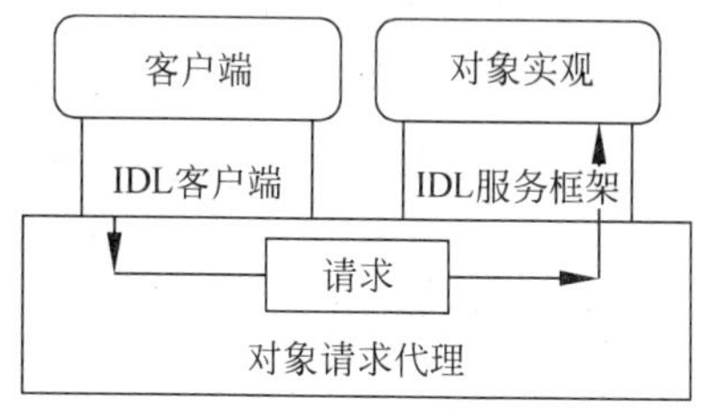

图 4-4　从客户端到对象实现的请求

在这个体系结构中，一个对象可以被本机上的客户或远程客户通过方法激活来存取。客户(一个对象或应用)无须知道被调用对象(称为服务对象)的运行环境，也无须知道实现这个对象的编程语言，客户只要知道服务对象的逻辑地址和提供的接口。

这种互操作性的关键是接口定义语言(Interface Definition Language，IDL)，IDL 说明对象接口中的方法，这些方法可以被其他对象(或应用)激活。

在 Java IDL 的支持下，开发人员可以将 Java 和 CORBA 集成在一起。他们可以创建 Java 对象，并使之可在 CORBA ORB 中展开，或者他们还可以创建 Java 类并作为和其他 ORB 一起展开的 CORBA 对象的客户。后一种方法提供了另外一种途径，Java 可以被用于将新的应用和旧的系统相集成。

6. JSP(Java Server Pages)

JSP 是服务器端的脚本语言，是以 Java 和 Servlet 为基础开发而成的动态网页生成技术，它的底层实现是 Java Servlet。

JSP 页面由 HTML 代码和嵌入其中的 Java 代码所组成。服务器在页面被客户端所请求以后对这些 Java 代码进行处理，然后将生成的 HTML 页面返回给客户端的浏览器。

JSP 的特点是面向对象，跨平台，和 Servlet 一样稳定，可以使用 Servlet 提供的 API，克服了 Servlet 的缺点。

JSP 一般和 JavaBeans 结合使用，从而将界面表现和业务逻辑分离。JSP 技术原理如图 4-5 所示。

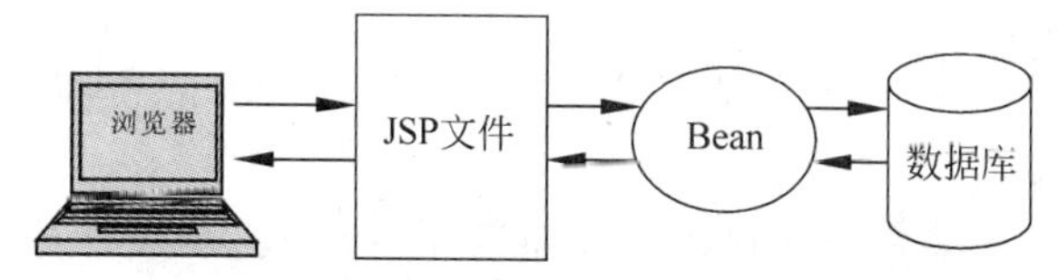

图 4-5　JSP 技术原理图

以下是 JSP 和 ASP 的相似点。

(1) 都是运行于服务器端的脚本语言，两者都是动态网页生成技术。

(2) 这两项技术都使用 HTML 来决定网页的版面，都是在 HTML 代码中混合某种程序代码，由语言引擎解释执行程序代码。HTML 代码主要负责描述信息的显示样式，而程序代码则用来描述处理逻辑。

以下是 JSP 和 ASP 的不同之处。

(1) JSP是由Sun推出的一项技术，是基于Java Servlet以及整个Java体系的Web开发技术，利用这一技术可以建立先进、安全和跨平台的动态网站。ASP是MS公司推出的技术，只能在MS的平台上运行，无法实现跨平台，也无安全性保障。

(2) ASP下的编程语言是VBScript之类的脚本语言，而JSP使用的是Java。

(3) ASP与JSP还有一个更为本质的区别，即两种语言引擎用完全不同的方式处理页面中嵌入的程序代码。在ASP下，VBScript代码被ASP引擎解释执行；在JSP下，代码被编译成Servlet并由Java虚拟机执行，这种编译操作仅在对JSP页面的第一次请求时发生。

7. Java Servlet

(1) Servlet(=Server+Applet)是一些运行于Web服务器端的Java小程序，用来扩展Web服务器的功能。

(2) Servlet是一种扩展Web服务器功能的技术，而且由于它是用Java编写的，所以能够访问整个Java API库，包括用于访问企业数据库的JDBC API。

(3) Servlet用特定的Java解决方案替代了其他的Web服务器方编程模式(如CGI，ISAPI等)，因而继承了Java的所有特性(跨平台、多线程、OO)。

(4) 用来编写Servlet的Servlet API对于服务器环境和协议没有任何特殊的要求，所以Servlets具有很强的可移植性，也不像利用CGI程序等其他方式那样具有性能局限。

(5) Servlet也同样使用HTTP协议与客户端进行通信，所以有时也称Sevlet为“HTTP Servlet”。

以下是Java Servlet和JSP的相似点。

(1) 两者都是基于Java的技术，所以都继承了Java的所有特性(跨平台、多线程、OO)，都可以使用Java强大的API。

(2) 两者工作方式相似，JSP代码先被JSP容器转换为Servlet代码再编译为类。

(3) 两者在J2EE体系结构中的工作层次相同，都负责与客户端的连接。

以下是Java Servlet和JSP的不同之处。

(1) 编程方式不同。Servlet是一些运行于Web服务器端的Java小程序；而JSP是脚本，编写起来更简单容易。

(2) 应用目的不同。Servlet主要用于从客户端接收请求信息，而JSP主要负责将服务器端信息传送到客户端。

(3) 使用JSP的真正意义在于可以将界面设计和业务逻辑设计分离。

8. XML(Extensible Markup Language)

XML是一种可以用来定义其他标记语言的语言，被用来在不同的商务过程中共享数据。XML的发展和Java是相互独立的，但是它和Java具有相同的目标即平台独立性。通过将Java和XML的组合，可以得到一个完美的具有平台独立性的解决方案。J2EE平台全面支持和实施XML，这种强大的组合可使XML具备跨平台的兼容性，甚至用于对XML代码进行语法检查和调试的工具也可与平台无关。

9. JMS(Java Message Service)

JMS是一种基于Java的技术，因此与平台无关。它为消息服务定义了通用Java语言接口，支持最常见的消息传递模型(发布/订阅和点到点)。通过对JMS(Java消息服务)API的访问可实现面向消息的通信。JMS通常用来实现异构系统之间的松散集成。两种JMS模型图如图4-6所示。

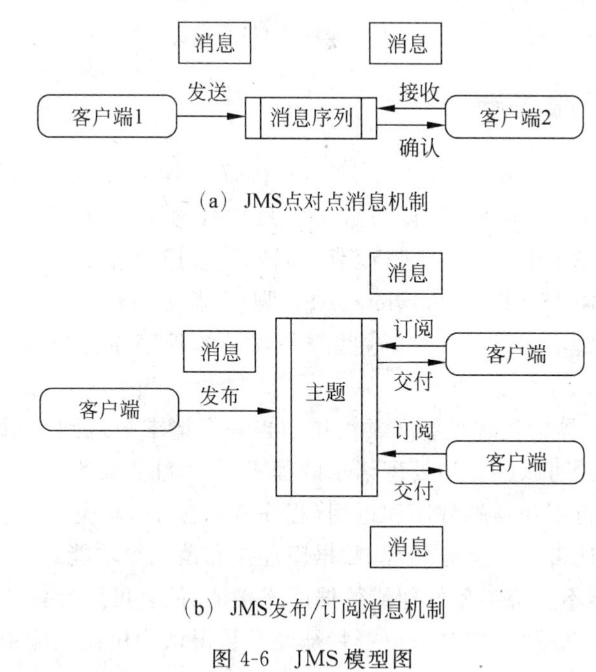

(a) JMS点对点消息机制

(b) JMS发布/订阅消息机制

图4-6　JMS模型图

10. JTA(Java Transaction Architecture)

JTA定义了一种标准的API，应用系统由此可以访问各种事务监控。

11. JTS(Java Transaction Service)

JTS是CORBA OTS事务监控的基本实现。JTS规定了事务管理器的实现方式。该事务管理器在高层支持JTA规范，并且在较底层实现OMG OTS specification的Java映像。JTS事务管理器为应用服务器、资源管理器、独立的应用以及通信资源管理器提供了事务服务。

12. JavaMail

JavaMail是用于存取邮件服务器的API，它提供了一套邮件服务器的抽象类。不仅支持SMTP服务器，也支持IMAP服务器。

13. JAF(JavaBeans Activation Framework)

JavaMail利用JAF来处理MIME编码的邮件附件。MIME的字节流可以被转换成

Java 对象,或者转换自 Java 对象。大多数应用都可以不需要直接使用 JAF。

4.6 Web 服务器和应用服务器

通俗地讲,Web 服务器传送页面使浏览器可以浏览,然而应用程序服务器提供的是客户端应用程序可以调用的方法。确切一点,可以说 Web 服务器专门处理 HTTP 请求,但是应用程序服务器是通过很多协议来为应用程序提供商业逻辑。

4.6.1 Web 服务器

Web 服务器(Web Server)可以解析 HTTP 协议。当 Web 服务器接收到一个 HTTP 请求时,会返回一个 HTTP 响应,例如送回一个 HTML 页面。为了处理一个请求,Web 服务器可以响应一个静态页面或图片,进行页面跳转,或者把动态响应的产生委托给一些其他的程序,例如 CGI 脚本、JSP 脚本、Servlets、ASP 脚本、服务器端 JavaScript 或者一些其他的服务器端技术。无论脚本的目的如何,这些服务器端的程序通常产生一个 HTML 的响应来让浏览器可以浏览。

要知道,Web 服务器的代理模型非常简单。当一个请求被送到 Web 服务器里来时,它只单纯地把请求传递给可以很好地处理请求的程序(译者注:服务器端脚本)。Web 服务器仅仅提供一个可以执行服务器端程序和返回(程序所产生的)响应的环境,而不会超出职能范围。服务器端程序通常具有事务处理、数据库连接和消息等功能。

虽然 Web 服务器不支持事务处理或数据库连接池,但它可以配置各种策略来实现容错性和可扩展性,例如负载平衡、缓冲。集群特征经常被误认为仅仅是应用程序服务器专有的特征。

目前比较流行的大型 J2EE 服务器主要是 IBM 的 WebSphere 和 BEA 的 WebLogic 服务器。但是,进行一般的学习可以使用那些免费的、轻量级的、支持 EJB 的服务器,如 JBoss、Tomcat。Tomcat 服务器不再进行讲解。下面依次向读者介绍一下 WebSphere、WebLogic、JBoss 这三款流行的 Web 服务器。

1. WebSphere 服务器

WebSphere 服务器是 IBM 公司主打的一款 Web 应用服务器产品,它以 Java 语言为基础的管理工具已经应用到了各个方面。WebSphere 的逻辑分析器能够通过对在线数据的参考和引用去解释错误信息,并且它的资源分析工具具有极强的适应性和主动性。WebSphere 有以下几种产品。

(1) IBM WebSphere Application Server。一个 Web 应用服务器。

(2) NetObject Fusion。提供各种工具来建立和管理站点。

(3) NetObjects ScriptBuilder。提供各种 Web 文件编辑器。

(4) NetObject BeanBuilder。用来构建 applets 的工具。

(5) Lotus Domino Go WebServer。支持 Servlet 的 Web 服务器。

(6) IMB WebSphere Studio。提供工作台。

WebSphere 有以下几个优点。

(1) 支持网络服务和 SOAP。

(2) 非常详细的和全方位的管理以及运行的监控。

(3) 比较友好的界面和操作简单。

(4) 支持 J2EE 1.2 的标准。

(5) 插件的更新、支持和其他相应的应用服务器集成。

2. WebLogic 服务器

WebLogic 服务器是 BEA 主导的 Web 应用服务器产品,是一个高度可扩展的、安全的企业级的应用服务器。它不仅提供了本地以及远程方式的部署和管理 J2EE 应用程序与独立的应用程序的功能,还提供了构建要求比较高的基于 Internet 的应用程序框架的功能。同时,它提供了各种工具来简化这些应用程序框架的构建。在这些应用程序构建成功以后,WebLogic Server 还提供了它们所需要的引擎。

对于开发人员来说,构建一个可以跨越多台机器、与遗留系统相连,同时还能为 Internet 上的不同的用户服务的服务器是相当有难度的。但是,WebLogic Server 为下面的一些层提供了它们的构造模块。

(1) 表示层。使用 JavaServer Pages(JSP)和 Servlet 来实现。用户以 Internet 进行 Web 访问是最常见的方式。因此,支持动态的 HTML 的能力是 Web 应用程序是否被接受的关键所在,而 WebLogic Server 就提供了两种选择来创建这个表示层,它们分别是 JavaServer Pages 和 Java Servlet。

(2) 业务层。即 EJB 和 Web 服务。WebLogic Server 通过使用 Enterprise JavaBeans (EJB)来提供强大、稳定的业务层。EJB 提供了可重用的扩展业务对象,这些对象提供业务逻辑和对 EIS 及数据库信息的访问。

(3) 后端层。即 JDBC 和 J2EE Connector Architecture。WebLogic Server 提供了跨硬件、供应商和操作系统的差异连接到遗留系统和数据库的许多不同选择。而且后端层还提供了一些其他的服务,包括创建和维护存储信息的主题以及队列、发送电子邮件消息,连接到像 Microsoft COM 应用程序和 BEA Tuxedo 这样的本机应用程序上。

3. JBoss 服务器

JBoss 服务器是一个优秀的轻量级的 J2EE 应用服务器,类似的 WebLogic 和 WebSphere 也属于同类产品。作为一个经过 J2EE 1.4 认证的免费应用服务器,JBoss 是目前市场上使用最广泛的开放源代码的应用服务器。它的构架具有高度的灵活性和易用性,这就使得 JBoss 成了刚开始从事 J2EE 的开发者的理想选择,也可以作为高级架构师们按照需求来制定对应服务的中间件平台。

虽然 JBoss 核心服务仅提供 EJB 服务器,而不包括 Servlet 和 Web 容器,不过它可以和 Tomcat 完美地结合在一起来支持整个 J2EE 系统。JBoss 采用 JMX API 来实现软件模块的集成与管理。因为 JBoss 是开放源代码并且免费的,所以非常适合 J2EE 初学者学习使用。

4.6.2 应用程序服务器

根据我们的定义，作为应用程序服务器(Application Server)，它通过各种协议，可以包括 HTTP，把商业逻辑暴露给客户端应用程序。Web 服务器主要是向浏览器发送 HTML 以供浏览，而应用程序服务器提供访问商业逻辑的途径以供客户端应用程序使用。应用程序使用此商业逻辑就像我们调用对象的一个方法(或过程语言中的一个函数)一样。

应用程序服务器的客户端(包含有图形用户界面(GUI)的)可能会运行在一台 PC、一个 Web 服务器，甚至是其他的应用程序服务器上。在应用程序服务器与其客户端之间来回穿梭的信息不仅仅局限于简单的显示标记。相反，这种信息就是程序逻辑。正是由于这种逻辑取得了数据和方法调用的形式而不是静态 HTML，所以客户端才可以随心所欲地使用这种被暴露的商业逻辑。

在大多数情形下，应用程序服务器是通过组件的应用程序接口(API)把商业逻辑暴露(给客户端应用程序)的，例如基于 J2EE(Java 2 Platform，Enterprise Edition)应用程序服务器的 EJB(Enterprise JavaBean)组件模型。此外，应用程序服务器可以管理自己的资源，例如看大门的工作(gate-keeping duties)，包括安全(security)、事务处理(transaction processing)、资源池(resource pooling)和消息(messaging)。就像 Web 服务器一样，应用程序服务器配置了多种可扩展和容错技术。J2EE 应用服务器体系结构模型如图 4-7 所示。

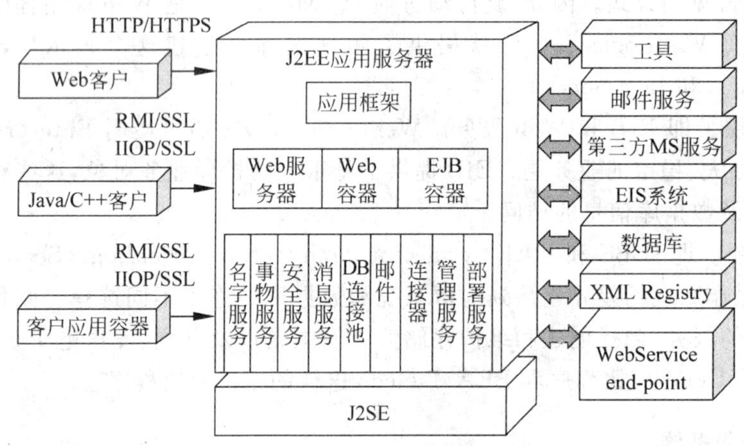

图 4-7 J2EE 应用服务器体系结构

以下是一个在线商店的例子。

设想一个在线商店(网站)提供实时定价和有效性信息。这个站点很可能会提供一个表单让你来选择产品。当你提交查询后，网站会进行查找并把结果内嵌在 HTML 页面中返回。网站可以有很多种方式来实现这种功能。这里要介绍一个不使用应用程序服务器的情景和一个使用应用程序服务器的情景。观察一下这两中情景的不同会有助于你了解应用程序服务器的功能。

情景 1——不带应用程序服务器的 Web 服务器。在此种情景下，一个 Web 服务器独立提供在线商店的功能。Web 服务器获得你的请求，然后发送给服务器端可以处理请求的程序。此程序从数据库或文本文件(flat file，指没有特殊格式的非二进制的文件，如

properties 和 XML 文件等)中查找定价信息。一旦找到,服务器端程序把结果信息表示成 HTML 形式,最后 Web 服务器会把它发送到你的 Web 浏览器。简而言之,Web 服务器只是简单地通过响应 HTML 页面来处理 HTTP 请求。

情景 2——带应用程序服务器的 Web 服务器。情景 2 和情景 1 相同的是 Web 服务器还是把响应的产生委托给脚本(服务器端程序)。然而,你可以把查找定价的商业逻辑放到应用程序服务器上。由于这种变化,此脚本只是简单地调用应用程序服务器的查找服务,而不是已经知道如何查找数据然后表示为一个响应。这时当该脚本程序产生 HTML 响应(response)时就可以使用该服务的返回结果了。

在此情景中,应用程序服务器提供了用于查询产品的定价信息的商业逻辑。(服务器的)这种功能没有指出有关显示和客户端如何使用此信息的细节,相反客户端和应用程序服务器只是来回传送数据。当有客户端调用应用程序服务器的查找服务时,此服务只是简单地查找并返回结果给客户端。

通过从响应产生 HTML 的代码中分离出来,在应用程序之中该定价(查找)逻辑的可重用性更强了。其他的客户端,例如收款机,也可以调用同样的服务来作为一个店员给客户结账。相反,在情景 1 中的定价查找服务是不可重用的,因为信息内嵌在 HTML 页中了。

总而言之,在情景 2 的模型中,在 Web 服务器通过回应 HTML 页面来处理 HTTP 请求,而应用程序服务器则是通过处理定价和有效性请求来提供应用程序逻辑的。

现在,XML Web Services 已经使应用程序服务器和 Web 服务器的界线混淆了。通过传送一个 XML 有效载荷给服务器,Web 服务器现在可以处理数据和响应的能力与以前的应用程序服务器同样多了。

另外,现在大多数应用程序服务器也包含了 Web 服务器,这就意味着可以把 Web 服务器当作是应用程序服务器的一个子集。虽然应用程序服务器包含了 Web 服务器的功能,但是开发者很少把应用程序服务器部署成这种功能(指既有应用程序服务器的功能又有 Web 服务器的功能)。相反,如果需要,他们通常会把 Web 服务器独立配置,与应用程序服务器一前一后设置。这种功能的分离有助于提高性能(简单的 Web 请求就不会影响应用程序服务器了),分开配置(专门的 Web 服务器,集群等),而且给最佳产品的选取留有余地。

小结

本章主要对 Java Web 应用开发中的所涉及的相关知识进行详细的讲解,包括对 J2EE 的相关概念、多层模型和 J2EE 的体系结构以及 J2EE 的核心 API 与组件的介绍,同时包括对 Web 服务器和应用服务器的讲解。这使读者对 J2EE 的原理有了更深层次的了解,为我们后续学习 J2EE 下广泛使用的框架(Struts+Hibernate+Spring)及其他相关知识打下坚实的基础。

习题

1. 介绍 J2EE、J2SE、J2M(Macro)E 的区别。
2. J2EE 是一种技术还是一种平台,它提供了哪些技术(13 种)?

3. J2EE为什么要使用分布式的多层模型？它主要分为哪几个层次？

4. 简述MVC体系结构各层次的含义及功能。

5. J2EE业务层组件有哪些？三种Enterprise Bean各有什么功能？

6. 什么是应用服务器(Application Server)，它为Web应用程序提供哪些方面的功能支持？

7. 简单介绍连接池(Pool，其实就是内存)的优点和原理。

8. web.xml的作用是什么？为什么要提供它？

9. 什么是Web容器(Servlet容器)？

10. 解释下面关于J2EE的名词。

(1) JNDI；

(2) JMS；

(3) JTA；

(4) JAF；

(5) RMI。

第5章 J2EE框架详解

在已经过去的这么多年里，开源世界发生了三件大事：Microsoft 与 Novell 达成协议，增强了 Linux 产品与 Windows 产品之间的互操作性，这一协议的签署无疑震撼了整个开源世界；甲骨文在 Open World 大会上宣布将提供对 Red Hat 企业版 Linux(RHEL)的支持，其实现形式之一就是发行一个 RHEL 克隆版；还有就是 Sun 将 Java 开源。

Java 技术已经成为因特网世界的主流软件技术。近年来，各种 Java Web 和 J2EE 框架技术涌现出来，其中最有名的是 Struts、Spring、Hibernate，本章将详细介绍这三个框架。对于 Struts 框架，重点掌握框架中的组件；对于 Spring 框架，重点理解控制反转和注入依赖；而对于 Hibernate 框架，重点了解其核心 API。通过本章的学习，读者将在前述 Java 框架的初步认识基础上，对其有一详细的了解，同时也为后面章节的学习打下基础。

本章知识点

① 掌握 Struts 框架中的组件；
② 掌握控制反转与注入依赖的原理；
③ 掌握 Spring 的封装机制；
④ 了解 Spring AOP 的概念；
⑤ 掌握 Hibernate 映射的原理；
⑥ 掌握 Hibernate 核心 API。

5.1 Struts 框架

Struts 作为一个开放源代码的应用框架，在最近几年得到了飞速的发展，在 JSP Web 应用开发中应用得非常广泛，有的文献上说它已经成为 JSP Web 应用框架事实上的标准。Struts 是一种基于 Java 的技术的 JSP Web 开发框架，Web 应用程序开发人员通过 Struts 框架即可充分利用面向对象设计、代码重用以及“一次编写、到处运行”的优点。Struts 提供了一种创建 Web 应用程序的框架，对应用程序的显示、表示和数据的后端代码进行了抽象。

Struts 是对 MVC 设计模式的一种实现。MVC 设计模式为构建可扩展、可重用的代码打下了坚实的基础。MVC 设计模式最吸引人之处在于它迫使用户必须抽象自己的代码，把项目分解为表示、逻辑和控制三个部分，各部分间的关联较小。以 MVC 设计模式构造软件，可以使软件结构灵活、重用性好、扩展性好。

Struts 作为强有力的 Java Web 应用开发框架，必将能够带给 Web 开发者一种全新的感受和体验，摆脱 Web 开发的混杂、难以维护的弊端，使 Web 开发工作充满乐趣。

本节将详细讨论 Struts 架构。我们将看到 Struts 是如何清晰地区分控制、事务逻辑和外观，从而简化了开发应用程序过程的。我们还将了解 Struts 提供的类是如何使得开发工作更加简单的，这些类包括控制程序流程的类、实现和执行程序事务逻辑的类，而自定义的标记库使得创建和验证 HTML 表单更加容易。

5.1.1 Struts 简介

1. Struts 压缩包内容

文件夹 jakarta-struts-1.0.2 包含两个目录，即 lib 目录和 webapps 目录。

(1) 在 lib 目录下有使用 Struts 创建应用程序时所需的文件，如表 5-1 所示。

表 5-1 lib 目录下的文件

文　件	描　述
jdbc2_0-stdext.jar	包含 JDBC 2.0 Optional Package API 类。如果我们要使用 Struts 提供的数据资源，就需要将这个文件复制到 WEB-INF 的 lib 下
Struts.jar	包含 Struts 中所有的 Java 类。同样也需要将文件复制到 WEB-INF 的 lib 下
*.tld 标记库描述符文件	描述了多个 Struts 标记库中的自定义标记。同样要将文件复制到 WEB-INF 的 lib 下

(2) webapps 目录下的文件如表 5-2 所示。

表 5-2 webapps 目录下的文件

Web 应用程序	描　述
Struts-blank.war	一个简单的 Web 应用程序
Struts-documentation.war	包含 Struts 站点上所有 Struts 文档
Struts-example.war	Struts 很多特性的示范
Struts-exercisetaglib.war	主要用于对自定义标签库进行增加而使用的测试页，但也可以示范如何使用 Struts 标记
Struts-template.war	包含 Struts 模板标记的介绍和范例
Struts-upload.war	一个简单的例子，示范如何使用 Struts 框架上传文件

2. Struts 框架的工作原理

Struts 是 MVC 的一种实现，它很好地结合了 JSP、Java Servlet、JavaBean、Taglib 等技术。现在我们来看看 Struts 框架的工作原理，如图 5-1 所示。

(1) 控制。在 Struts 中，ActionServlet 起着一个控制器的作用。ActionServlet 是一个通用的控制组件。这个控制组件提供了处理所有发送到 Struts 的 HTTP 请求的入口点，它截取和分发这些请求到相应的动作类(这些动作类都是 Action 类的子类)。另外，控制组件也负责用相应的请求参数填充 ActionForm(通常称为 FormBean)，并传给动作类(通常称为

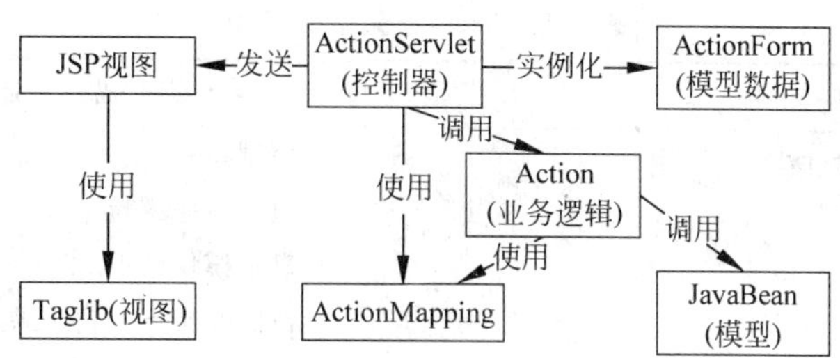

图 5-1 Struts 框架工作原理

ActionBean)。动作类实现核心商业逻辑,它可以访问 JavaBean 或调用 EJB。所有这些控制逻辑利用 struts-config. xml 文件来配置。

(2) 视图。Struts 中主要是由 JSP 来控制页面输出的,它接收到 ActionForm 中的数据,利用 HTML、Taglib、Bean、Logic 等显示数据。

(3) 模型。在 Struts 中,主要存在三种 Bean,分别是 Action、ActionForm、EJB 或者 JavaBean。ActionForm 用来封装客户请求信息,Action 取得 ActionForm 中的数据,再由 EJB 或者 JavaBean 进行处理。

图 5-1 基本勾勒出了一个基于 Struts 的应用程序的结构,从左到右,分别是其表示层、控制层和模型层。其表示层使用 Struts 标签库构建。来自客户的所有需要通过框架的请求,统一由 ActionServlet 接收(ActionServlet Struts 已经为我们写好了,只要应用没有特别的要求,它基本上都能满足),根据接收的请求参数和 Struts 配置文件(struts-config. xml)中 ActionMapping,将请求送给合适的 Action 去处理,解决由谁做的问题,它们共同构成 Struts 的控制器。Action 则是 Struts 应用中真正干活的组件,开发人员一般都要在这里耗费大量的时间,它解决的是做什么的问题,它通过调用需要的业务组件(模型)来完成应用的业务,业务组件解决的是如何做的问题,并将执行的结果返回一个描绘响应的 ActionForward 对象给 ActionServlet,将响应呈现给客户。

Struts 框架的工作机制详细说明:ActionServlet 将 request 转发给 RequestProcessor 类进行处理。RequestProcessor 类根据提交过来的 url,如 *. do,从 ActionMapping 类中得到相应的 ActionForm 类和 Action 类,然后将 request 的参数对应到 ActionForm 类中,进行 validate()验证。如果验证通过,则调用 Action 的 execute()方法来执行 Action,最终返回到 ActionFoward 类,如果验证没有通过,则调用 ActionErrors 类。

5.1.2 Struts 框架中的组件

Struts 框架中所使用的组件如表 5-3 所示。

下面我们来看看各组件在框架中所扮演的角色和承担的责任。

1. Struts 配置文件

Struts 配置文件 struts-config. xml 是将 Struts 组件结合在一起的文件。它可以配置全局转发、定义 ActionMapping 类、ActionForm Bean、配置 JDBC 数据源。

表 5-3 Struts 框架中的组件

组件	描述
ActionServlet	控制器
ActionClass	包含事务逻辑
ActionForm	显示模块数据
ActionMapping	帮助控制器将请求映射到操作
ActionForward	用来指示操作转移的对象
ActionError	用来存储和回收错误
Struts 标记库	可以减轻开发显示层次的工作

1) 配置全局转发

全局转发用来在 JSP 页之间创建逻辑名称映射,转发都可以通过对调用操作映射的实例来获得,例如 actionMappingInstace. findForward("logicalName")。

下面是全局转发的例子,其中元素 global-forwards 的属性如表 5-4 所示。

```
<global - forwards>
<forward name = "bookCreated" path = "/BookView. jsp"/>
</global - forwards>
```

表 5-4 元素<global-forwards>的属性

属性	描述
name	全局转发的名字
path	与目标 URL 的相对路径

2) 定义 ActionMapping 类

ActionMapping 对象帮助进行框架内部的流程控制,它们可将请求 URI 映射到 Action 类,并且将 Action 类与 ActionForm Bean 相关联。ActionServlet 在内部使用这些映射,并将控制转移到特定 Action 类的实例。所有 Action 类使用 execute()方法实现特定应用程序代码,返回一个 ActionForward 对象,其中包括响应转发的目标资源名称。例如:

```
<action - mappings>
<action path = "/createBook"
type = "BookAction"
name = "BookForm"
scope = "request"
input = "/CreateBook. jsp">
</action>
<forward name = "failure" path = "/CreateBook. jsp"/>
<forward name = "cancel" path = "/index. jsp"/>
</action - mappings>
```

通过<action>元素,可以定义 Action 的相关属性,其基本属性和描述如表 5-5 所示。

通过<forward>元素,可以定义资源的逻辑名称,该资源是 Action 类的响应要转发的目标,元素 forword 的基本属性和描述如表 5-6 所示。

表 5-5 元素<action>的属性

属 性	描 述
path	Action 类的相对路径
type	连接到本映射的 Action 类的全称(可有包名)
name	与本操作关联的 ActionForm Bean 的全称
scope	ActionForm Bean 的作用域(请求或会话)
prefix	用来匹配请求参数与 Bean 属性的前缀
suffix	用来匹配请求参数与 Bean 属性的后缀
attribute	作用域名称
classname	ActionMapping 对象的类的完全限定名默认的类是 org. apache. struts. action. ActionMapping
input	输入表单的路径,指向 Bean 发生输入错误必须返回的控制
unknown	设为 true,操作将被作为所有没有定义的 ActionMapping 的 URI 的默认操作
validate	设置为 true,则在调用 Action 对象上的 perform()方法前,ActionServlet 将调用 ActionForm Bean 的 validate()方法来进行输入检查

表 5-6 元素<forword>的属性

属 性	描 述
id	ID
classname	ActionForward 类的完全限定名,默认是 org. apache. struts. action. ActionForward
name	操作类访问 ActionForward 时所用的逻辑名
path	响应转发的目标资源的路径
redirect	若设置为 true,则 ActionServlet 使用 sendRedirect()方法来转发资源

3) 定义 ActionForm Bean

ActionServlet 使用 ActionForm 来保存请求的参数,这些 Bean 的属性名称与 HTTP 请求参数中的名称相对应,控制器将请求参数传递到 ActionForm Bean 的实例,然后将这个实例传送到 Action 类。例如:

```
<form-beans>
<form-bean name="bookForm" type="BookForm"/>
</form-beans>
```

元素 form-beans 的基本属性和描述如表 5-7 所示。

表 5-7 元素<form-beans>的属性

属 性	描 述
id	ID
classname	ActionForm Bean 的完全限定名,默认值是 org. apache. struts. action. ActionFormBean
name	表单 Bean 在相关作用域的名称,这个属性用来将 Bean 与 ActionMapping 进行关联
type	类的完全限定名

4) 配置 JDBC 数据源

用<data-sources>元素可以定义多个数据源,其基本属性和描述如表 5-8 所示。

表 5-8　元素<data-sources>的属性

属　　性	描　　述
id	ID
key	Action 类使用这个名称来寻找连接
type	实现 JDBC 接口的类的名称

表 5-9 所示的属性需要<set-property>元素定义,在框架 1.1 版本中已不再使用,但可用<data-sources>元素。

表 5-9　元素<set-property>的属性

属　　性	描　　述
description	数据源的描述
autoCommit	数据源创建的连接所使用的默认自动更新数据库模式
driverClass	数据源所使用的类,用来显示 JDBC 驱动程序接口
loginTimeout	数据库登录时间的限制,以秒为单位
maxCount	最多能建立的连接数目
minCount	要创建的最少连接数目
url	JDBC 的 URL
user	访问数据库的用户名
password	数据库访问的密码
readOnly	创建只读的连接

例如:

```
<data-sources>
<data-source id="DS1"
key="conPool"
type="org.apache.struts.util.GenericDataSource"
<set-property id="SP1"
description="Example Data Source Configuration"
autoCommit="true"
driverClass="org.test.mm.mysql.Driver"
maxCount="4"
minCount="2"
url="jdbc:mysql://localhost/test"
user="struts"
password="123456" />
<data-source/>
</data-sources>
```

通过指定关键字名称,Action 类可以访问数据源,例如:

```
javax.sql.DataSource ds = servlet.findDataSource("conPool");
javax.sql.Connection con = ds.getConnection();
```

2. ActionServlet 类

Struts 框架中的控制器组件是由 org. apache. struts. action. ActionServlet 类实现的。

ActionServlet 类是一个标准的 Servlet，它将 request 转发给 RequestProcessor 来处理，这个类是 javax. servlet. http. HttpServlet 类的扩展。

Struts 中控制器组件的基本功能是：①截获用户的 HTTP 请求。②把这个请求映射到相应的 Action 类，如果这是此类收到的第一个请求，将初始化实例并缓存。③创建或发现一个 ActionForm Bean 实例(看配置文件是否定义)，然后将请求过程移植到 Bean。④调用 Action 实例的 execute()方法并将 Action Mapping 对象、ActionForm Bean 对象、request 对象和 response 对象传递给它。如 public ActionForword execute(ActionMapping mapping, ActionForm form, HttpServletRequest request, HttpServletResponse response)。⑤execute()方法将返回一个 ActionForword 对象，此对象连接到相应的 JSP 页面。

大多数情况下，标准的 Servlet 就能够满足用户需要。第一次收到特定请求的 URI 时，ActionServlet 将适当的 Action 类进行实例化，然后 ActionServlet 在 Action 类实例中以 Servlet 为变量名存储一个引用。当被实例化后，Action 类会被暂存以备再用。

3. ActionMapping 类

ActionMapping 类是 ActionConfig 的子类，实质上是对 struts-config. xml 的一个映射类，从中可以取得所有的配置信息。将特定请求映射到特定 Action 的相关信息存储在 ActionMapping 中，ActionServlet 将 ActionMapping 传送到 Action 类的 execute()方法，Action 将使用 ActionMapping 的 findForward()方法，此方法返回一个指定名称的 ActionForward，这样 Action 就完成了本地转发。若没有找到具体的 ActionForward，就返回一个 null。

4. Action 类

Action 类是 Struts 框架包的核心。它是一个连接客户请求和业务操作的桥梁。Action 类真正实现应用程序的事务逻辑，负责处理请求。在收到请求后，ActionServlet 会为这个请求选择适当的 Action，如果需要，创建 Action 的一个实例，调用 Action 的 execute ()方法。如果 ActionServlet 不能找到有效的映射，它会调用默认的 Action 类(在配置文件中定义)。如果找到了，ActionServlet 将适当的 ActionMapping 类转发给 Action，这个 Action 使用 ActionMapping 找到本地转发，然后获得并设置 ActionMapping 属性。根据 Servlet 的环境和被覆盖的 execute()方法的签名，ActionServlet 也会传送 ServletRequest 对象或 HttpServletRequest 对象。

所有 Action 类都扩展 org. apache. struts. action. Action 类，并且覆盖类中定义的某一个 execute()方法。execute ()方法包括两个。一个用于处理非 HTTP(一般的)请求，例如：

public ActionForward execute (ActionMapping action, ActionForm form, ServletRequest request, ServletResponse response) throws IOException, ServletException

一个用于处理 HTTP 请求，例如：

public ActionForward execute (ActionMapping action, AcionForm form, HttpServlet Request request, HttpServletResponse response) throws IOException, ServletException

Action 类必须以"线程安全"的方式进行编程，因为控制器会令多个同时发生的请求共享同一个实例，相应地，在设计 Action 类时就需要注意几点：①不能使用实例或静态变量存储特定请求的状态信息,它们会在同一个操作中共享跨越请求的全局资源。②如果要访问的资源(如 JavaBean 和会话变量)在并行访问时需要进行保护,那么访问就要进行同步。

Struts 提供了多种 Action 供选择使用。普通的 Action 只能通过调用 execute()函数执行一项任务,而 DispatchAction 可以根据配置参数执行,不是仅进入 execute()函数,这样可以执行多种任务,如 insert、update 等。LookupDispatchAction 可以根据提交表单按钮的名称来执行函数。

5. ActionForm 类

ActionForm 专门设计用来从客户机中捕获 HTML 数据,允许发生"表单验证",ActionForm 类使用了 ViewHelper 模式,是对 HTML 中 Form 的一个封装。其中包含有:①validate()方法,用于验证 Form 数据的有效性。②Reset()方法,可将 Bean 的属性恢复到默认值。

ActionForm 是一个符合 JavaBean 规范的类,所有的属性都应与 get 和 set 对应。对于一些复杂的系统,还可以采用 DynaActionForm 来构造动态的 Form,即通过预制参数来生成 Form。这样可以更灵活地扩展程序。

Struts 框架假设用户在应用程序中为每个表单都创建了一个 ActionForm Bean,对于每个在 struts-config. xml 文件中定义的 Bean,框架在调用 Action 类的 execute()方法之前会进行以下操作:①在相关联的关键字下,检查用于适当类的 Bean 实例的用户会话,如果在会话中没有可用的 Bean,它就会自动创建一个新的 Bean 并添加到用户的会话中。②对于请求中每个与 Bean 属性名称对应的参数,Action 调用相应的设置方法。③当 Action execute()被调用时,最新的 ActionForm Bean 传送给它,参数值就可以立即使用了。

ActionForm 类扩展 org. apache. struts. action. ActionForm 类,程序开发人员创建的 Bean 能够包含额外的属性,而且 ActionServlet 可能使用反射(允许从已加载的对象中回收信息)访问它。

6. ActionForward 类

ActionForward 类是对 Mapping 中一个 forward 的包装,对应于一个 URL,目的是让控制器将 Action 类的处理结果转发至目的地。Action 类获得 ActionForward 实例的句柄,然后可用三种方法返回到 ActionServlet,所以我们可以这样使用 findForward():①ActionServlet 根据名称获取一个全局转发。②ActionMapping 实例被传送到 execute()方法,并根据名称找到一个本地转发。

另一种是调用下面其中一个构造器来创建一个实例:

```
Public ActionForward ()
Public ActionForward (String path)
public ActionForward (String path,Boolean redirect)
```

7. 错误处理

Struts 提供了两个类来处理错误,即 ActionErrors 类和 ActionError 类,它们都扩展 org. apache. struts. action。ActionErrors 保存着 ActionError 对象的集合,其中每一个都代

表了独立的错误信息。每个 ActionError 都包含了关键字,能够映射到资源文件中存储的错误信息,而这个资源文件是在 ActionServlet 初始化参数中指定的。

1) ActionError 类

ActionError 类定义了一组重载的构造器来创建错误信息,一种构造器方法是用一个字符串作为参数,例如:

```
ActionError error = new ActionError ("error. Invalid");
```

实例 error 映射到应用程序资源文件中的一个错误消息:

```
error.Invalid = <b> Invalid Number </b>;
```

如果在 JSP 页使用<html:error>,用户就会看见加粗的 Invalid Number。

另一种构造器方法使用了 java. text. MessageFormat 类,可在消息中指定替换字符串,例如:

```
error.Invalid = <b> Invalid Number {0} </b>;
```

创建一个错误消息:

```
ActionError error = new ActionError ("error. Invalid",new Double( - 1));
```

JSP 页显示:Invalid Number—1。

2) ActionErrors 类

ActionError 类从不独立进行错误处理,它们总是被存储在 ActionErrors 对象中。ActionErrors 对象保存 ActionError 类的集合以及它们特定的属性值,我们可以使用自己定义的属性值,或是使用 ActionErrors. GLOBAL_ERROR。下面是典型 Action 类的 execute()中错误处理情况。

```
MyForm form = (MyForm) form;
if (number == - 1) {
ActionErrors errors = new ActionErrors ();
ActionError error = new ActionError ("error. Invalid",new Double( - 1));
errors.add (ActionErrors.GLOBAL_ERROR,error);
saveErrors (req,errors);
String input = mapping.getInput ();
Return new ActionForward (input);
}
```

5.2 Spring 框架

Spring 是轻量级的 J2EE 应用程序开源框架,它为了解决企业应用开发的复杂性,由 Rod Johnson 创建。Spring 使用基本的 JavaBean 来完成以前只可能由 EJB 完成的事情。然而,Spring 的用途不仅限于服务器端的开发。从简单性、可测试性和松耦合的角度而言,任何 Java 应用都可以从 Spring 中受益。

Spring 的核心是个轻量级容器(container),是实现了 IoC(Inversion of Control)模式的

容器;Spring的目标是实现一个全方位的整合框架,在Spring框架下实现多个子框架的组合,这些子框架之间彼此可以独立,也可以使用其他的框架方案加以替代,Spring希望提供one-stop shop的框架整合方案。

Spring不会特别去提出一些子框架来与现有的OpenSource框架竞争,除非所提出的框架够新够好,例如Spring有自己的MVC框架方案,因为现有的MVC方案有很多可以改进的地方,但它不强迫程序开发人员使用它提供的方案,程序开发人员可以选用自己所希望的框架来取代其子框架,例如程序开发人员仍可以在Spring中整合Struts框架。

Spring最为人重视的另一方面是支持AOP(Aspect-Oriented Programming),然而AOP框架只是Spring支持的一个子框架,说Spring框架是AOP框架并不是一个适当的描述,人们对于新奇的AOP关注映射至Spring上,使得人们对于Spring的关注集中在它的AOP框架上,虽然有所误解,但也突显了Spring的另一个令人关注的特色。

Spring也提供MVC Web框架的解决方案,但程序开发人员也可以将自己所熟悉的MVC Web框架与Spring结合,像Struts、Webwork等,都可以与Spring整合而成为适用于自己的解决方案。

Spring还提供其他方面的整合,像持久层的整合,如JDBC、O/R Mapping工具(Hibernate、iBatis)、事务处理等,Spring作了对多方面整合的努力,故说Spring是个全方位的应用程序框架。

5.2.1 Spring简介

1. Spring的含义

总的来说,Spring是一个轻量级的控制反转(IoC)和面向切面(AOP)的容器框架。

(1) 轻量。从大小与开销两方面而言,Spring都是轻量的。完整的Spring框架可以在一个大小只有1兆多的JAR文件里发布,并且Spring所需的处理开销也是微不足道的。此外,Spring是非侵入式的,Spring应用中的对象不依赖于Spring的特定类。

(2) 控制反转。Spring通过一种称作控制反转的技术促进了松耦合。当应用了IoC,一个对象依赖的其他对象会通过被动的方式传递进来,而不是这个对象自己创建或者查找依赖对象。可以认为IoC与JNDI相反——不是对象从容器中查找依赖,而是容器在对象初始化时不等对象请求就主动将依赖传递给它。

(3) 面向切面。Spring提供了面向切面编程的丰富支持,允许通过分离应用的业务逻辑与系统级服务(例如审计和事务管理)进行内聚性的开发。应用对象只实现其应该做的任务——完成业务逻辑,并不负责(甚至是意识)其他的系统级关注点,例如日志或事务支持。

(4) 容器。Spring包含并管理应用对象的配置和生命周期,在这个意义上它是一种容器,程序开发人员可以配置每个Bean如何被创建(基于一个可配置原型,Bean可以创建一个单独的实例或者每次需要时都生成一个新的实例)以及它们是如何相互关联的。然而,Spring不应该被混同于传统的重量级的EJB容器,EJB容器经常是庞大与笨重的,难以使用。

(5) 框架。Spring可以将简单的组件配置组合成为复杂的应用。在Spring中,应用对象被声明式地组合，典型的是在一个 XML 文件里。Spring 也提供了很多基础功能（事务管理、持久化框架集成等），将应用逻辑的开发留给了程序开发人员。

所有 Spring 的这些特征使程序开发人员能够编写更干净、更可管理并且更易于测试的代码，也为 Spring 中的各种模块提供了基础支持。

2. Spring 框架的主要功能

Spring 的核心是个轻量级的容器，它是实现控制反转容器、非侵入性的框架，并提供 AOP 概念的实现方式，提供 MVC Web 框架的实现，并对一些常用的企业服务 API 提供一致的模型封装，是一个全方位的应用程序框架，除此之外，对于现行的各种框架，Spring 也提供了与之相整合的方案。总的来说，Spring 框架有以下主要功能。

（1）基于 JavaBean 的配置管理，采用 IoC 的原理，特别是对依赖注射技术的使用。这些都用来减少各组件间对实施细则的相互依赖性。

（2）一个核心的，全局适用的 Bean 工厂。

（3）一个一般抽象化的层面来管理数据库间的数据处理。

（4）建立在框架内的，对 Java 数据处理 API 和单独的 JDBC 数据源的一般性策略。因此，在数据处理支持上对 Java 企业版本环境的依赖性得以消除。

（5）和一些可持续性的框架（如 Hibernate，JDO，iBatis 和 db4o）的整合。

（6）Web 应用中的 MVC 框架，基于核心的 Spring 功能，支持多种产生视图的技术，包括 JSP、FreeMarker、Velocity、Tiles、iText 和 POI。

（7）大量的 AOP 框架以提供诸如数据处理管理的服务。同 IoC 的功能一样，目的是提高系统的模块。

3. Spring 框架模块

Spring 框架是一个分层架构，由 7 个定义良好的模块组成。Spring 模块构建在核心容器之上，核心容器定义了创建、配置和管理 Bean 的方式，如图 5-2 所示。

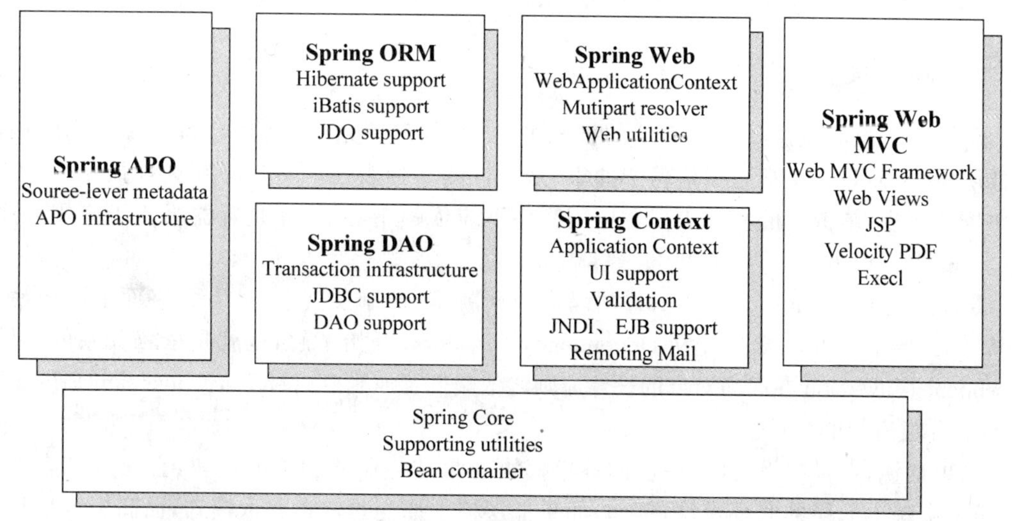

图 5-2　Spring 分层架构

组成 Spring 框架的每个模块(或组件)都可以单独存在,或者与其他一个或多个模块联合实现。以下是每个模块的功能。

(1) 核心容器。核心容器提供 Spring 框架的基本功能。核心容器的主要组件是 BeanFactory,它是工厂模式的实现。BeanFactory 使用控制反转 (IoC) 模式将应用程序的配置和依赖性规范与实际的应用程序代码分开。

(2) Spring 上下文。Spring 上下文是一个配置文件,向 Spring 框架提供上下文信息。Spring 上下文包括企业服务,例如 JNDI、EJB、电子邮件、国际化、校验和调度功能。

(3) Spring AOP。通过配置管理特性,Spring AOP 模块直接将面向方面的编程功能集成到了 Spring 框架中,所以,可以很容易地使 Spring 框架管理的任何对象支持 AOP。Spring AOP 模块为基于 Spring 的应用程序中的对象提供了事务管理服务,通过使用 Spring AOP,不用依赖 EJB 组件,就可以将声明性事务管理集成到应用程序中。

(4) Spring DAO。JDBC DAO 抽象层提供了有意义的异常层次结构,可用该结构来管理异常处理和不同数据库供应商抛出的错误消息。异常层次结构简化了错误处理,并且极大地降低了需要编写的异常代码数量(例如打开和关闭连接)。Spring DAO 的面向 JDBC 的异常遵从通用的 DAO 异常层次结构。

(5) Spring ORM。Spring 框架插入了若干个 ORM 框架,从而提供了 ORM 的对象关系工具,其中包括 JDO、Hibernate 和 iBatis SQL Map。所有这些都遵从 Spring 的通用事务和 DAO 异常层次结构。

(6) Spring Web 模块。Web 上下文模块建立在应用程序上下文模块之上,为基于 Web 的应用程序提供了上下文,所以,Spring 框架支持与 Jakarta Struts 的集成。Web 模块还简化了处理多部分请求以及将请求参数绑定到域对象的工作。

(7) Spring MVC 框架。MVC 框架是一个全功能的构建 Web 应用程序的 MVC 实现。通过策略接口,MVC 框架变得高度可配置,MVC 容纳了大量视图技术,其中包括 JSP、Velocity、Tiles、iText 和 POI。

5.2.2 控制反转与注入依赖

1. 控制反转(IoC)

Spring 的核心概念是 IoC,IoC 的抽象概念是“依赖关系的转移”,“高层模块不应该依赖低层模块,而是模块都必须依赖于抽象”是 IoC 的一种表现,“实现必须依赖抽象,而不是抽象依赖实现”是 IoC 的一种表现,“应用程序不应依赖于容器,而是容器服务于应用程序”也是 IoC 的一种表现。

IoC 全名 Inversion of Control,翻译成中文就是“控制反转”。从 IoC 字面上不容易了解其意义,要了解 IoC,最好先从 Dependency Inversion 开始了解,也就是依赖关系的反转。Dependency Inversion 在面向对象的设计原则之依赖倒置原则(Dependence Inversion Principle, DIP)中有着清楚的解释。

简单地说,在模块设计时,高层的抽象模块通常是与业务相关的模块,它应该具有重用性,而不依赖于低层的实现模块,例如,如果低层模块原先是软盘存取模式,而高层模块是个存盘备份的需求,如果高层模块直接调用低层模块的函式,则就对其产生了依赖关系,如

图 5-3 所示。

以下是该示例的程序。

```
void Copy(){
   int c;
   while ((c = ReadKeyboard()) != EOF)
     WritePrinter(c);
}
```

这是僵化和不易改动的例子，很显然，如果我们还要将内容输出到磁盘上(如图 5-4 所示)，那么我们必须改动 Copy()函数的内容，并进行重新的测试和编译。

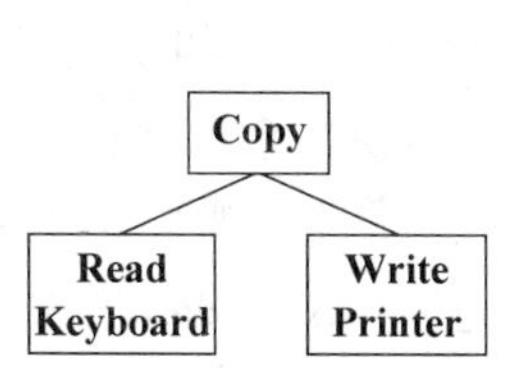

图 5-3 依赖关系示例一

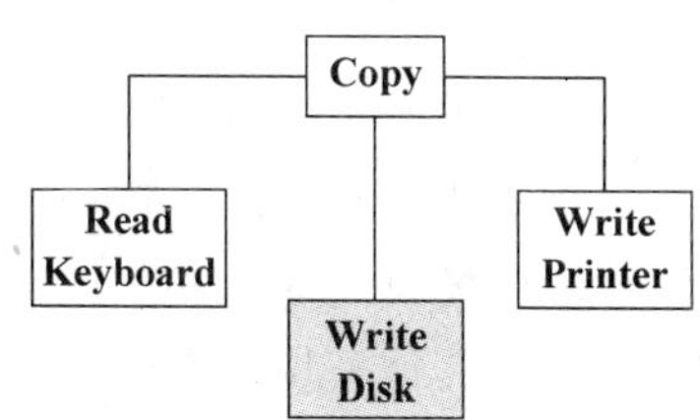

图 5-4 依赖关系示例二

以下是改动后的程序。

```
enum OutputDevice {printer, disk};
void Copy(OutputDevice dev){
   int c;
   while((c = ReadKeyboard())!= EOF)
      if(dev == printer)
         WritePrinter(c);
      else
         WriteDisk(c);
}
```

如果要继续添加别的输入或输出方式，该程序还是无法重用，要对此程序继续进行修改。利用依赖倒置原则(DIP)，可以解决这个问题。DIP 原则，可以从两点来解读：①高层模块不依赖底层模块，两者都依赖抽象，即高层和底层模块都应该依赖抽象。②抽象不应该依赖于细节，细节应该依赖于抽象。

上面所讲的例子如果用 DIP 原则，结果如图 5-5 所示。

以下是改动后的程序。

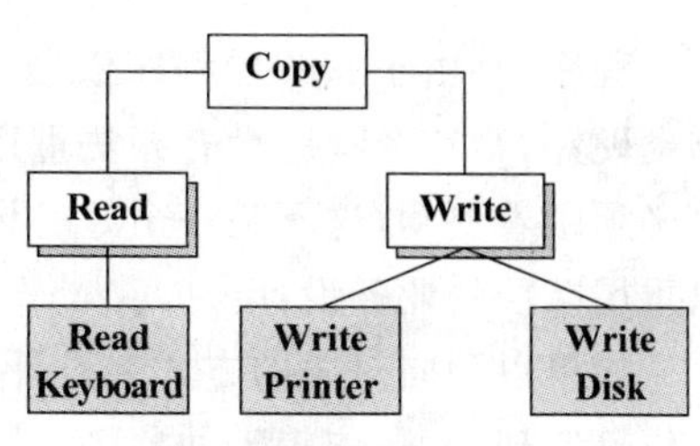

图 5-5 依赖关系示例三

```
class Reader {
  public:
    virtual int read() = 0;
};
class Writer {
  public:
    virtual void write(int) = 0;
};
void Copy(Reader& r, Writer& w){
   int c;
```

```
    while((c = r.read()) != EOF)
      w.write(c);
}
```

这样一来,如果要添加新的输入或输出设备时只要改动相应的类(class Reader, class Writer)利用多态来解决上面的问题就可以了,而其他的程序都不用改动。这就是依赖倒置原则的基本内涵。

在软件设计和构建中我们要遵循"高内聚、低耦合"的原则。下面,让我们来分析一下依赖的优劣。

首先应该明白的是,类之间如果是零耦合的状态是不能够构建应用程序的,只能构建类库。

但是由于人类的理解力和可控制的范围有限,大多数人难以理解和把握过于复杂的系统。把软件系统划分成多个模块,可以有效控制模块的复杂度,使每个模块都易于理解和维护,但在这种情况下,模块之间就必须以某种方式交换信息,也就是必然要发生某种耦合关系。如果某个模块和其他模块没有任何关联(哪怕只是潜在的或隐含的依赖关系),我们就几乎可以断定,该模块不属于此软件系统,应该从系统中剔除。如果所有模块之间都没有任何耦合关系,其结果必然是:整个软件不过是多个互不相干的系统的简单堆积,对每个系统而言,所有功能还是要在一个模块中实现,这等于没有做任何模块的分解。

因此,模块之间必定会有这样或那样的依赖关系,永远不要幻想消除所有依赖。但是,过强的耦合关系(如一个模块的变化会造成一个或多个其他模块也同时发生变化的依赖关系)会对软件系统的质量造成很大的危害,特别是当需求发生变化时,代码的维护成本将非常高。所以,我们必须想尽办法来控制和消解不必要的耦合,特别是那种会导致其他模块发生不可控变化的依赖关系。依赖倒置、控制反转就是人们在和依赖关系进行艰苦卓绝的斗争过程中不断产生和发展起来的。

下面我们来继续一步一步地说明这个问题。首先来看下面的程序:

```
#include <floppy.h>
...
void save() {
        ...
        saveToFloppy()
    }
}
```

程序中,由于 save()程序依赖于 saveToFloppy(),如果我们要更换底层的存储模块为移动硬盘,则这个程序没有办法重用,必须加以修改才行,底层模块的更动造成了高层模块也必须跟着更动,这不是一个好的设计方式,我们希望模块都依赖于模块的抽象,这样才可以重用高层的业务设计。

如果以面向对象的方式来设计,依赖倒置(Dependency Inversion)的解释就变为程序不应依赖实现,而是依赖于抽象,实现必须依赖于抽象。我们来看看下面这个 Java 程序:

```
public class BusinessObject {
    private FloppyWriter writer = new FloppyWriter();
    ...
```

```
    public void save() {
        …
        writer.saveToFloppy();
    }
}
public class FloppyWriter {
    … //相应的写盘的代码
}
```

在这个程序中，BusinessObject 的存盘依赖于实际的 FloppyWriter，如果我们想要将存盘改为存至移动硬盘，必须修改或继承 BusinessObject，而无法直接使用 BusinessObject。

面向对象的设计原则已经告诉我们“要针对接口编程”，接下来我们采用这个原则进行编程。例如：

```
public interface IDeviceWriter {
    public void saveToDevice();
}
public class BusinessObject {
    private IDeviceWriter writer;
    public void setDeviceWriter(IDeviceWriter writer) {
        this.writer = writer;
    }
    public void save() {
        …
        writer.saveToDevice();
    }
}
```

这样一来，BusinessObject 就可重用了，如果我们有存储至 Floppy 或 Usb 碟的需求，只要实现 IDeviceWriter 即可，而不用修改 BusinessObject，例如：

```
public class FloppyWriter implement IDeviceWriter {
     public void saveToDevice() {
        …
        // 实际储存至 Floppy 的程序代码
    }
}
public class UsbDiskWriter implement IDeviceWriter {
    public void saveToDevice() {
        …
        // 实际储存至 UsbDisk 的程序代码
    }
}
```

从这个角度来看，Dependency Inversion 的意思即是程序不依赖于实现，而是程序与实现都要依赖于抽象。

但是，如果我们要根据不同的情况来使用软盘、Usb 碟或者其他的存储设备，上面的程序将出现问题。程序包中，BusinessObject 还是和 FloppyWriter 或者 UsbDiskWriter 绑定，如果系统发布后，要将 FloppyWriter 替换为 UsbDiskWriter，那么还是需要去修改 IDeviceWriter 的实现,修改就意味着可能会带来错误,就要带来修改代码、进行测试、编译、维护等的工作量。而 IoC/DI 提供了对这一问题的解决方案。

IoC 的 Control 是控制的意思,其实其背后的意义也是一种依赖关系的转移,如果 A 依赖于 B,其意义即是 B 拥有控制权,我们要转移这种关系,所以依赖关系的反转即是控制关系的反转,借由控制关系的转移,我们可以获得组件的可重用性,在上面的 Java 程序中,整个控制权从实际的 FloppyWriter 转移至抽象的 IDeviceWriter 接口上,使得 BusinessObjcct、FloppyWriter、UsbDiskWriter 这几个实现依赖于抽象的 IDeviceWriter 接口。

IoC,通俗地讲,就是由容器控制程序之间的关系,而非传统实现中,由程序代码直接操控。这也就是所谓"控制反转"的概念所在,即控制权由应用代码转到了外部容器,控制权的转移,是所谓反转。

使用 IoC,对象是被动的接受依赖类,而不是自己主动地去找。容器在实例化的时候主动将它的依赖类注入给它。可以这样理解,控制反转将类的主动权转移到接口上,依赖注入通过 xml 配置文件在类实例化时将其依赖类注入。

"控制反转"与"依赖倒置"原则是一个同义原则。虽然"依赖倒置"和"控制反转"在设计层面上都是消解模块耦合的有效方法,也都是试图令具体的、易变的模块依赖于抽象的、稳定的模块的基本原则,但二者在使用语境和关注点上存在差异。"依赖倒置"强调的是对于传统的、源于面向过程设计思想的层次概念的"倒置",而"控制反转"强调的是对程序流程控制权的反转,"依赖倒置"的使用范围更为宽泛一些。

IoC 在容器的角度,可以用这么一句好莱坞名言来代表(著名的好莱坞原则):"Don't call me, I'll call you."(不要打电话给我们,我们会通知你的)。好莱坞的演员们(包括大牌)都会在好莱坞进行登记,他们不能够直接打电话给制片人或者导演要求演出某个角色或者参加某个片子的演出,而是由好莱坞根据需要去通知他们(前提是他们已经在好莱坞做过登记)。在这里,好莱坞就相当于容器。

以程序的术语来说的话,就是"不要向容器要求您所需要的(对象)资源,容器会自动将这些对象给您"。IoC 要求的是容器不侵入应用程序本身,应用程序本身提供好接口,容器可以透过这些接口将所需的资源注至程序中,应用程序不向容器主动要求资源,故而不会依赖于容器的组件,应用程序本身不会意识到正被容器使用,可以随时从容器中脱离转移而不用作任何的修改,而这个特性正是一些业务逻辑中间件最需要的。

2. 依赖注入 DI

IoC 模式基本上是一个高层的概念,在 Martin Fowler 的"Inversion of Control Containers and the Dependency Injection pattern"一文中谈到,实现 IoC 有两种方式,即 Dependency Injection 与 Service Locator。

Spring 所采用的是 Dependency Injection 来实现 IoC(多数容器都是采取这种方式的),中文翻译为"依赖注入"。依赖注入的意义是:保留抽象接口,让组件依赖于抽象接口,当组件要与其他实际的对象发生依赖关系时,通过抽象接口来注入依赖的实际对象。从名字上理解,所谓依赖注入,即组件之间的依赖关系由容器在运行期决定;形象地说,即由容器动态地将某种依赖关系注入到组件之中;简单地说,就是把对象之间的依赖关系转而用配置文件来管理。

依赖注入的目标并非为软件系统带来更多的功能,而是为了提升组件重用的概率,并为系统搭建一个灵活、可扩展的平台。

回过头来再仔细研读一下我们在上面给出的例子,为了让 BusinessObject 获得重用性,我们不让 BusinessObject 依赖于实际的 FloppyWriter,而是依赖于抽象的接口。

代码中,首先 IDeviceWriter 的变量 Writer 可以接收任何 IDeviceWriter 的实例;另外,FloppyWriter 或 UsbDiskWriter 的实例不是通过 BusinessObject 来获得,而是通过 Setter (也可以用构造器)来由外部传给它。这似乎跟我们往常的代码没什么不同(回想一下 JavaBean 的 setter/getter),但这已经是一个良好的设计。现在的关键问题是 FloppyWriter 或 UsbDiskWrite 的实例如何从外部注入给 BusinessObject 呢? 这就要通过 xml 来实现了(相当于演员们在好莱坞登记)。

以下是 Spring 的配置文件 applicationContext. xml 的代码片段。

```
<beans>
    <bean id = "FloppyWriter" class = "iocfirst.business.write" />
    <bean id = "BusinessObject" class = "iocfirst.business.BusinessObject">
        <property name = "FloppyWriter">
            <ref bean = "FloppyWriter" />
        </property>
    </bean>
</beans>
```

如果什么时候想将 UsbDiskWrite 注入,修改 applicationContext. xml 即可。

但单有了这个 xml 文件还不够,如何加载该 xml 文件呢? Spring 提供了现成的 API,在加载上面的 xml 的时候,进行了如下工作:实例化 FloppyWriter 或 UsbDiskWrite 类,实例化 BusinessObject 类,并将 FloppyWriter 或 UsbDiskWrite 的实例作为参数赋给了 BusinessObject 实例的 setDeviceWriter 方法。

BusinessObject 依赖于抽象接口,在需要建立依赖关系时,我们就是通过抽象接口注入依赖的实际对象。

依赖注入在 Martin Fowler 的文章中谈到了三种实现方式,即 Interface Injection、Setter Injection 与 Constructor Injection,并分别称其为 Type 1 IoC、Type 2 IoC 与 Type 3 IoC。

(1) Type 1——接口注入(Interface Injection)。它是在一个接口中定义需要注入的信息,并通过接口完成注入。Apache Avalon 是一个较为典型的 Type1 型 IoC 容器,WebWork 框架的 IoC 容器也是 Type1 型。

(2) Type 2——设值方法注入(Setter Injection)。在各种类型的依赖注入模式中,设值注入模式在实际开发中得到了最广泛的应用(其中很大一部分得力于 Spring 框架的影响)。基于设置模式的依赖注入机制更加直观,也更加自然。上面的 BusinessObject 所实现的是 Type 2 IoC,通过 Setter 注入依赖关系。

(3) Type 3——构造子注入(Constructor Injection)。构造子注入,即通过构造函数完成依赖关系的设定。

Spring 鼓励的是 Setter Injection,但也允许使用 Constructor Injection,使用 Setter 或 Constructor 来注入依赖关系是视需求而定的。使用 Constructor 的好处之一是,可以在建

构对象的同时一并完成依赖关系的建立。然而,如果要建立的对象关系很多,则会在建构函式上留下一长串的参数,这时使用 Setter 会是个不错的选择;另外,Setter 可以有明确的名称来了解注入的对象会是什么,像是 set×××()这样的名称会比记忆 Constructor 上某个参数位置代表某个对象来得好。

Type1 IoC 是 Interface Injection,使用 Type 1 IoC 时会要求实现接口,这个接口是为容器所用的,容器知道接口上所规定的方法,它可以呼叫实现接口的对象来完成依赖关系的注入。例如:

```
public interface IDependencyInjection {
    public void createDependency(Map dependObjects);
}
public class BusinessObject implement IDependencyInjection {
    private Map dependObjects;
    public void createDependency(Map dependObjects) {
        this.dependObject = dependObjects;
        // 在这边实现与 BusinessObject 的依赖关系
        …
    }
    public void save() {
        …
        writer.saveToDevice();
    }
}
```

要完成依赖关系注入的对象,必须实现 IDependencyInjection 接口,并交由容器管理,容器会呼叫被管理对象的 createDependency()方法来完成依赖关系的建立。

在上面的例子中,Type 1 IoC 要求 BusinessObject 实现特定的接口,这就使得 BusinessObject 依赖于容器,如果日后 BusinessObject 要脱离目前这个容器,就必须修改程序,想想在更复杂的依赖关系中产生更多复杂的接口,组件与容器(框架)的依赖会更加复杂,最后使得组件无法从容器中脱离。

所以 Type 1 IoC 具有很强的侵入性,使用它来实现依赖注入会使得组件相依于容器(框架),降低组件的重用性。

Type 1 IoC 发展较早,在实际中得到了普遍应用,即使在 IoC 的概念尚未确立时,这样的方法也已经频繁出现在我们的代码中。

下面的代码大家应该非常熟悉。

```
public class MyServlet extends HttpServlet {
    public void doGet( HttpServletRequest request, HttpServletResponse response)
            throws ServletException, IOException {
        …
    }
}
```

这也是一个 Type 1 型注入,HttpServletRequest 和 HttpServletResponse 实例由 Servlet Container 在运行期动态注入。

那么,如何使用 Constructor Injection 呢?首先看看 HelloBean:

```
package onlyfun.caterpillar;
public class HelloBean {
    private String helloWord = "hello";
    private String user = "Nobody";
    public HelloBean(String helloWord, String user) {
        this.helloWord = helloWord;
        this.user = user;
    }
    public String sayHelloToUser() {
        return helloWord + "!" + user + "!";
    }
}
```

为了突显构造函式，我们这个 HelloBean 设计得非常简陋，只提供了构造函式与必要的 sayHelloToUser()，我们来看看 Bean 的定义档案：

```
<beans>
    <bean id = "helloBean" class = "onlyfun.caterpillar.HelloBean">
        <constructor-arg index = "0"><value>Greeting</value></constructor-arg>
        <constructor-arg index = "1"><value>Justin</value></constructor-arg>
    </bean>
</beans>
```

在 Bean 的定义档案中，我们使用＜constructor-arg＞来表示我们将使用 Constructor Injection，由于使用 Constructor Injection 时并不如 Setter Injection 时拥有 set×××()这样易懂的名称，所以我们必须指定参数的位置索引，index 属性就是用于指定我们的对象将注入至构造函式中的哪一个参数，索引值从 0 开始，符合 Java 索引的惯例。

以下是测试程序。

```
package onlyfun.caterpillar;
import java.io.*;
import org.springframework.beans.factory.BeanFactory;
import org.springframework.beans.factory.xml.XmlBeanFactory;
public class Test {
    public static void main(String[] args) throws IOException {
        InputStream is = new FileInputStream("bean.xml");
        BeanFactory factory = new XmlBeanFactory(is);
        HelloBean hello = (HelloBean) factory.getBean("helloBean");
        System.out.println(hello.sayHelloToUser());
    }
}
```

下面我们对三种依赖注入模式的特点进行分析。

Type 1 型的依赖注入因为历史较为悠久，在很多容器中都已经得到应用。但由于其在灵活性、易用性上不如其他两种注入模式，因而在 IoC 的专题世界内并不被看好。

Type 2 型和 Type 3 型的依赖注入实现则是目前主流的 IoC 实现模式。这两种实现方式各有特点，也各具优势。

以下是 Type 2 设值注入的优势。

(1) 对于习惯了传统 JavaBean 开发的程序员而言，通过 Setter 方法设定依赖关系显得更加直观,更加自然。

(2) 如果依赖关系(或继承关系)较为复杂,那么 Type 3 模式的构造函数也会相当庞大(我们需要在构造函数中设定所有依赖关系),此时 Type 2 模式往往更为简洁。

(3) 对于某些第三方类库而言,可能要求我们的组件必须提供一个默认的构造函数(如 Struts 中的 Action),此时 Type 3 类型的依赖注入机制就体现出其局限性,难以完成我们期望的功能。

以下是 Type 3 构造子注入的优势。

(1)"在构造期即创建一个完整、合法的对象",对于这条 Java 设计原则,Type 3 无疑是最好的响应者。

(2) 避免了繁琐的 Setter 方法的编写,所有依赖关系均在构造函数中设定,依赖关系集中呈现,更加易读。

(3) 由于没有 Setter 方法,依赖关系在构造时由容器一次性设定,因此组件在被创建之后即处于相对"不变"的稳定状态,无须担心上层代码在调用过程中执行 Setter 方法对组件依赖关系产生破坏,特别是对于 Singleton 模式的组件而言,这可能对整个系统产生重大的影响。

(4) 同样,由于关联关系仅在构造函数中表达,只有组件创建者需要关心组件内部的依赖关系。对调用者而言,组件中的依赖关系处于黑盒之中。对上层屏蔽不必要的信息,也为系统的层次清晰性提供了保证。

(5) 通过构造子注入,意味着我们可以在构造函数中决定依赖关系的注入顺序,对于一个大量依赖外部服务的组件而言,依赖关系的获得顺序可能非常重要,比如某个依赖关系注入的先决条件是组件的 UserDao 及相关资源已经被设定。

可见,Type 2 和 Type 3 模式各有千秋,而 Spring、PicoContainer 都对 Type 2 和 Type 3 类型的依赖注入机制提供了良好支持。这也就为我们提供了更多的选择余地。理论上,以 Type 3 类型为主,辅之以 Type 2 类型机制作为补充,可以达到最好的依赖注入效果,不过对于基于 Spring Framework 开发的应用而言,Type 2 使用更加广泛。

5.2.3 Spring Bean 封装机制

Spring 从核心而言,是一个 DI 容器,其设计哲学是提供一种无侵入式的高扩展性框架。即无须代码中涉及 Spring 专有类,即可将其纳入 Spring 容器进行管理。

作为对比,EJB 则是一种高度侵入性的框架规范,它制定了众多的接口和编码规范,要求实现者必须遵从。侵入性的后果就是一旦系统基于侵入性框架设计开发,那么之后任何脱离这个框架的企图都将付出极大的代价。

为了避免这种情况,实现无侵入性的目标,Spring 大量引入了 Java 的 Reflection 机制,通过动态调用的方式避免硬编码方式的约束,并在此基础上建立了其核心组件 BeanFactory,以此作为其依赖注入机制的实现基础。

org. springframework. beans 包中包括了这些核心组件的实现类,核心中的核心为 BeanWrapper 和 BeanFactory 类。这两个类从技术角度而言并不复杂,但对于 Spring 框架而言,却是关键所在,如果有时间,建议读者对其源码进行研读,必有所获。

1. Bean Wrapper

通过前面的讲解我们已经知道,所谓依赖注入,即在运行期由容器将依赖关系注入到组件之中。讲得通俗一点,就是在运行期,由 Spring 根据配置文件,将其他对象的引用通过组件提供的 Setter 方法进行设定。

我们知道,如果动态设置一个对象属性,可以借助 Java 的 Reflection 机制完成,例如:

```
Class cls = Class.forName("com.pra.beans.User");
Method mtd = cls.getMethod("setName",new Class[]{String.class});
Object obj = (Object)cls.newInstance();
mtd.invoke(obj,new Object[]{"Erica"});
return obj;
```

上面我们通过动态加载加载了 User 类,并通过 Reflection 调用了 User. setName 方法设置其 name 属性。

对于这里的例子而言,出于简洁,我们将类名和方法名都以常量的方式硬编码。假设这些常量都是通过配置文件读入,那我们就实现了一个最简单的 BeanWrapper。这个 BeanWrapper 的功能很简单,提供一个设置 JavaBean 属性的通用方法(Apache BeanUtils 类库中提供了大量针对 Bean 的辅助工具,如果有兴趣可以下载一份源码加以研读)。

Spring BeanWrapper 基于同样的原理,提供了一个更加完善的实现。通过以下代码我们看看如何通过 Spring BeanWrapper 操作一个 JavaBean。

```
Object obj = Class.forName("com.pra.beans.User").newInstance();
BeanWrapper bw = new BeanWrapperImpl(obj);
bw.setPropertyValue("name", "Erica");
System.out.println("User name =>" + bw.getPropertyValue("name"));
```

对比之前的代码,相信大家已经知道 BeanWrapper 的实现原理。

诚然,通过这样的方式设定 JavaBean 属性实在繁琐,但它提供了一个通用的属性设定机制,而这样的机制,也正是 Spring 依赖注入机制所依赖的基础。

通过 BeanWrapper,我们可以无须在编码时就指定 JavaBean 的实现类和属性值,通过在配置文件加以设定,就可以在运行期动态创建对象并设定其属性(依赖关系)。

上面的代码中,我们仅仅指定了需要设置的属性名"name",运行期,BeanWrapper 将根据 JavaBean 规范,动态调用对象的"setName"方法进行属性设定。属性名可包含层次,例如,对于属性名"address. zipcode",BeanWrapper 会调用"getAddress(). setZipcode"方法。

2. BeanFactory

BeanFactory 负责根据配置文件创建并维护 Bean 实例,以下是其可以配置的项目。

(1) Bean 属性值及依赖关系(对其他 Bean 的引用)。

(2) Bean 创建模式(是否 Singleton 模式,即是否只针对指定类维持全局唯一的实例)。

(3) Bean 初始化和销毁方法。

(4) Bean 的依赖关系。

下面是一个较为完整的 Bean 配置示例。

```
<beans>
<description>Spring Bean Configuration Sample</description>
<bean
    id = "TheAction" (1)
    class = "com.pra.spring.qs.UpperAction" (2)
    singleton = "true" (3)
    init - method = "init" (4)
    destroy - method = "cleanup" (5)
    depends - on = "ActionManager" (6)
>
    <property name = "message">
        <value>HeLLo</value> (7)
    </property>
    <property name = "desc">
        <null/>
    </property>
    <property name = "dataSource">
        <ref local = "dataSource"/> (8)
    </property>
</bean>
<bean id = "dataSource"
    class = "org.springframework.jndi.JndiObjectFactoryBean">
    <property name = "jndiName">
        <value>java:comp/env/jdbc/sample</value>
    </property>
</bean>
</beans>
```

(1) id 是 JavaBean 在 BeanFactory 中的唯一标识,代码中通过 BeanFactory 获取 JavaBean 实例时需以此作为索引名称。

(2) class 是 JavaBean 类名。

(3) singleton 指定此 JavaBean 是否采用单例(Singleton)模式。如果设为"true",则在 BeanFactory 作用范围内,只维护此 JavaBean 的一个实例,代码通过 BeanFactory 获得此 JavaBean 实例的引用。反之,如果设为"false",则通过 BeanFactory 获取此 JavaBean 实例时,BeanFactory 每次都将创建一个新的实例返回。

(4) init-method 为初始化方法。此方法将在 BeanFactory 创建 JavaBean 实例之后,在向应用层返回引用之前执行,一般用于一些资源的初始化工作。

(5) destroy-method 为销毁方法。此方法将在 BeanFactory 销毁的时候执行,一般用于资源释放。

(6) depends-on 为 Bean 依赖关系,一般情况下无须设定。Spring 会根据情况组织各个依赖关系的构建工作(这里示例中的 depends-on 属性非必需的)。只有某些特殊情况下,如 JavaBean 中的某些静态变量需要进行初始化(这是一种 Bad Smell,应该在设计上应该避免)。通过 depends-on 指定其依赖关系可保证在此 Bean 加载之前,首先对 depends-on 所指定的资源进行加载。

(7) 通过<value/>节点可指定属性值。BeanFactory 将自动根据 JavaBean 对应的属性类型加以匹配。下面的"desc"属性提供了一个 null 值的设定示例。注意<value></value>

代表一个空字符串，如果需要将属性值设定为 null，必须使用<null/>节点。

(8) <ref>指定了属性对 BeanFactory 中其他 Bean 的引用关系。示例中，TheAction 的 dataSource 属性引用了 id 为 dataSource 的 Bean。BeanFactory 将在运行期创建 dataSource Bean 实例，并将其引用传入 The Action Bean 的 dataSource 属性。

下面的代码演示了如何通过 BeanFactory 获取 Bean 实例。

```
InputStream is = new FileInputStream("bean.xml");
XmlBeanFactory factory = new XmlBeanFactory(is);
Action action = (Action) factory.getBean("TheAction");
```

此时我们获得的 Action 实例，由 BeanFactory 进行加载，并根据配置文件进行了初始化和属性设定。

联合上面关于 BeanWrapper 的内容，我们可以看到，BeanWrapper 实现了针对单个 Bean 的属性设定操作。而 BeanFactory 则是针对多个 Bean 的管理容器，根据给定的配置文件，BeanFactory 从中读取类名、属性名/值，然后通过 Reflection 机制进行 Bean 加载和属性设定。

3. ApplicationContext

BeanFactory 提供了针对 JavaBean 的管理功能，而 ApplicationContext 提供了一个更为框架化的实现(从上面的示例中可以看出，BeanFactory 的使用方式更加类似一个 API，而非 Framework style)。

ApplicationContext 覆盖了 BeanFactory 的所有功能，并提供了更多的特性。此外，ApplicationContext 为与现有应用框架相整合，提供了更为开放式的实现(如对于 Web 应用，我们可以在 web.xml 中对 ApplicationContext 进行配置)。

相对 BeanFactory 而言，ApplicationContext 提供了以下扩展功能：①国际化支持。我们可以在 Beans.xml 文件中，对程序中的语言信息(如提示信息)进行定义，将程序中的提示信息抽取到配置文件中加以定义，为我们进行应用的各语言版本转换提供了极大的灵活性。②资源访问。支持对文件和 URL 的访问。③事件传播。事件传播特性为系统中状态改变时的检测提供了良好支持。④多实例加载。可以在同一个应用中加载多个 Context 实例。

下面我们就这些特性逐一进行介绍。

1) 国际化支持

国际化支持在实际开发中可能是最常用的特性。对于一个需要支持不同语言环境的应用而言，我们所采取的最常用的策略一般是通过一个独立的资源文件(如一个 properties 文件)完成所有语言信息(如界面上的提示信息)的配置，Spring 对这种传统的方式进行了封装，并提供了更加强大的功能，如信息的自动装配以及热部署功能(配置文件修改后自动读取，而无须重新启动应用程序)，下面是一个典型的示例。

```
<beans>
    <description>Spring Quick Start</description>
    <bean id="messageSource"
        class="org.springframework.context.support.ResourceBundleMessageSource">
```

```
            <property name="basenames">
            <list>
                <value>messages</value>
            </list>
            </property>
        </bean>
    </beans>
```

示例中声明了一个名为“messageSource”的 Bean(注意对于 Message 定义,Bean ID 必须为 messageSource,这是目前 Spring 的编码规约),对应类为 ResourceBundleMessageSource,目前 Spring 中提供了两个 messageSource 接口的实现,即 ResourceBundleMessageSource 和 ReloadableResourceBundleMessageSource,后者提供了无须重启即可重新加载配置信息的特性。

在配置节点中,我们指定了一个配置名“messages”。Spring 会自动在 CLASSPATH 根路径中按照如下顺序搜寻配置文件并进行加载(以 Locale 为 zh_CN 为例)。

```
messages_zh_CN.properties
messages_zh.properties
messages.properties
messages_zh_CN.class
messages_zh.class
messages.class
```

以下是示例中包含的两个配置文件的内容。

```
messages_zh_CN.properties:
    userinfo=当前登录用户:[{0}]登录时间:[{1}]
messages_en_US.properties:
    userinfo=Current Login user:[{0}] Login time:[{1}]
```

我们可以通过下面的语句进行测试。

```
ApplicationContext ctx=new FileSystemXmlApplicationContext("bean.xml");
Object[] arg = new Object[]{"Erica", Calendar.getInstance().getTime()};
//以系统默认 Locale 加载信息(对于中文 WinXP 而言,默认为 zh_CN)
String msg = ctx.getMessage("userinfo", arg);
System.out.println("Message is ===> " + msg);
```

代码中,我们将一个 Object 数组 arg 作为参数传递给 ApplicationContext.getMessage 方法,这个参数中包含了出现在最终文字信息中的可变内容,ApplicationContext 将根据参数中的 Locale 信息对其进行处理(如针对不同 Locale 设定日期输出格式),并用其替换配置文件中的{n}标识(n 代表参数数组中的索引,从 1 开始)。运行上面的代码,得到以下输出的内容:Message is ===> |ì.à?..|ì??? ¨.??.ì:[Erica] |ì??? ¨o.à??:[04-7-17 上午 3:27]。

该输出内容是乱码吗?回忆在传统方式下,针对 ResourceBundle 的编码过程中发生的问题,发现这是由于转码过程中产生的编码问题引发的。比较简单的解决办法是通过 JDK 提供的转码工具 native2ascii.exe 进行转换。执行 native2ascii messages_zh_CN.properties msg.txt,再用 msg.txt 文件替换 Messages_zh_CN.properties 文件。我们可以看到现在的 Messages_zh_CN.properties 变成了如下形式:

```
userinfo = \u5f53\u524d\u767b\u5f55\u7528\u6237: [{0}] \u767b\u5f55\u65f6\u95f4:[{1}]
```

（通过在 native2ascii 命令后追加-reverse 参数，可以将文件转回本地格式）。

再次运行示例代码，得到正确输出：

```
Message is ===> 当前登录用户: [Erica] 登录时间:[04-7-17 上午 3:34]。
```

可见，根据当前默认 Locale“zh_CN”，getMessage 方法自动加载了 messages_zh_CN. properties 文件。

每次必须运行 native2ascii 方法比较繁琐，实际开发中，我们可以通过 Apache Ant 的 Native2Ascii 任务进行批量转码。如：

```
<native2ascii encoding="GBK" src="${src}" dest="${build}"/>。
```

尝试在代码中指定不同的 Locale 参数，例如：

```
String msg = ctx.getMessage("userinfo", arg, Locale.US);
```

再次运行，可以看到：

```
Message is ===> Current Login user: [Erica] Login time::[7/17/04 3:35AM]。
```

这里，getMessage 方法根据指定编码“en_US”加载了 messages_en_US. properties 文件。同时请注意登录时间部分的变化（Locale 不同，时间的输出格式也随之改变）。

getMessage 方法还有一个无须 Locale 参数的版本，JVM 会根据当前系统的 Locale 设定进行相应处理。可以通过在 JVM 启动参数中追加“-Duser. language＝en”来设定当前 JVM 语言类型，通过 JVM 级的设定，结合国际化支持功能，我们可以较为简单地实现多国语言系统地自动部署切换。

2）资源访问

ApplicationContext. getResource 方法提供了对资源文件访问支持，例如：

```
Resource rs = ctx.getResource("classpath:config.properties");
File file = rs.getFile();
```

上例从 CLASSPATH 根路径中查找 config. properties 文件并获取其文件句柄。getResource 方法的参数为一个资源访问地址，例如：

```
file:C:/config.properties/config.properties
classpath:config.properties
```

注意：getResource 返回的 Resource 并不一定实际存在，可以通过 Resource. exists() 方法对其进行判断。

3）事件传播

ApplicationContext 基于 Observer 模式（java. util 包中有对应实现），提供了针对 Bean 的事件传播功能。通过 Application. publishEvent 方法，我们可以将事件通知系统内所有的 ApplicationListener。

事件传播的一个典型应用是，当 Bean 中的操作发生异常（如数据库连接失败），则通过事件传播机制通知异常监听器进行处理。在笔者的一个项目中，就曾经借助事件机制，较好地实现了当系统异常时在监视终端上报警,同时发送报警SMS至管理员手机的功能。

在目前版本的Spring中,事件传播部分的设计还有待改进。同时,如果能进一步支持异步事件处理机制,无疑会更具吸引力。

下面是一个简单的示例,当LoginAction执行的时候,激发一个自定义消息"ActionEvent",此ActionEvent将由ActionListener捕获,并将事件内容打印到控制台。

```
LoginActoin.java:
public class LoginAction implements ApplicationContextAware {
    private ApplicationContext applicationContext;
    public void setApplicationContext( ApplicationContext applicationContext)
            throws BeansException {
            this.applicationContext = applicationContext;
    }
    public int login(String username,String password) {
        ActionEvent event = new ActionEvent(username);
        this.applicationContext.publishEvent(event);
        return 0;
    }
}

ActionEvent.java:
public class ActionEvent extends ApplicationEvent {
    public ActionEvent(Object source) {
        super(source);
    }
}

ActionListener.java:
public class ActionListener implements ApplicationListener {
    public void onApplicationEvent(ApplicationEvent event) {
        if (event instanceof ActionEvent) {
            System.out.println(event.toString());
        }
    }
}
```

配置非常简单:

```
<bean id = "loginaction" class = "com.pra.beans.LoginAction"/>
<bean id = "listener" class = "com.pra.beans.ActionListener"/>
```

运行测试代码:

```
ApplicationContext ctx = new FileSystemXmlApplicationContext("bean.xml");
LoginAction action = (LoginAction)ctx.getBean("action");
action.login("Erica","mypass");
```

可以看到控制台输出:

```
com.pra.beans.LoginEvent[source = Erica]
```

org. springframework. context. event. ApplicationEventMulticasterImpl 实现了事件传播机制，目前还相对简陋。在运行期，ApplicationContext 会自动在当前的所有 Bean 中寻找 ApplicationListener 接口的实现，并将其作为事件接收对象。当 Application. publishEvent 方法调用时，所有的 ApplicationListener 接口实现都会被激发，每个 ApplicationListener 可根据事件的类型判断是否是自己需要处理的事件，如上面的 ActionListener 只处理 ActionEvent 事件。

4. Web Context

上面的示例中，ApplicationContext 均通过编码加载。对于 Web 应用，Spring 提供了可配置的 ApplicationContext 加载机制。

加载器目前有两种选择，即 ContextLoaderListener 和 ContextLoaderServlet。两者在功能上完全等同，只是一个基于 Servlet 2.3 版本中新引入的 Listener 接口实现，而另一个基于 Servlet 接口实现。

开发中可根据目标 Web 容器的实际情况进行选择。配置非常简单，在 web. xml 中增加：

```
<listener>
    <listener-class>
    org.springframework.web.context.ContextLoaderListener
    </listener-class>
</listener>
```

或：

```
<servlet>
    <servlet-name>context</servlet-name>
    <servlet-class>
    org.springframework.web.context.ContextLoaderServlet
    </servlet-class>
    <load-on-startup>1</load-on-startup>
</servlet>
```

通过以上配置，Web 容器会自动加载/WEB-INF/applicationContext. xml 初始化 ApplicationContext 实例，如果需要指定配置文件位置，可通过 context-param 加以指定：

```
<context-param>
    <param-name>contextConfigLocation</param-name>
    <param-value>/WEB-INF/myApplicationContext.xml</param-value>
</context-param>
```

配置完成之后，即可通过 WebApplicationContextUtils. getWebApplicationContext 方法在 Web 应用中获取 ApplicationContext 引用。

5. Spring IoC 框架的主要组件

Spring 的两个最基本和最重要的包是 org. springframework. beans 包和 org. springframework.

context 包。这两个包中的代码提供了 Spring IoC 特性的原理。Spring 实现 IoC 的框架的组件主要包含：Beans、配置文件(beans-config. xml 或 applicationContext. xml)、BeanFactory 接口及其相关类、ApplicationContext 接口及其相关类。

1) Beans

一个简单的 Bean 包含一些属性以及 getter()方法和 setter()方法。例如：

```
Public class HelloBean{
    private String helloWorld;
    public void setHelloWorld(String helloWorld){
        this.helloWorld = helloWorld;
    }
    public String getHelloWorld(){
        return helloWorld;
    }
}
```

2) Bean 配置文件

Bean 的配置文件是一个 XML 文件，它可命名为 beans-config. xml、applicationContext. xml 或其他。它包含一个 Bean 元素和数个 Beans 子元素。Bean 元素包含的子元素如表 5-10 所示。

表 5-10 元素<Bean>的属性

元素名称	描　述
id	Bean 的 id，Spring IoC 将根据 Bean 的 id 找到它
class	Bean 对应的类
property	Bean 的属性
value	属性的值

Spring IoC 框架可根据 Bean 的 id 从 Bean 配置文件中取得该 Bean 的类，生成该类的一个对象，并从配置文件中获得该 Bean 的属性和值。例如：

```
<beans>
    <bean id = "helloBean" class = "onlyfun.caterpillar.HelloBean">
        <property name = " helloWorld ">
            <value>Hello! Jack!</value>
        </property>
    </bean>
</beans>
```

3) BeanFactory 接口及其相关类

BeanFactory 负责读取 Bean 的配置文件，管理对象的加载、生成，维护 Bean 对象与 Bean 对象之间的依赖关系，负责 Bean 的生命周期。对于简单的应用程序来说，使用 BeanFactory 就已经足够管理 Bean，在对象的管理上就可以获得许多便利性。

org. springframework. beans. factory. BeanFactory 是一个顶级接口，它包含管理 Bean 的各种方法。Spring 框架也提供一些类来实现该接口。org. springframework. beans. factory. xml. XmlBeanFactory 是 BeanFactory 常用的实现类。

BeanFactory 的常用方法有两种。

- getBean(String name)。该方法可根据 Bean 的 id 生成该 Bean 的对象。
- getBean(String name,Class requiredType)。该方法可根据 Bean 的 id 和相应类生成该 Bean 的对象。

此外,Spring 框架也提供了一个 Resource(org. springframework. core. io. Resource)接口,用来定位 Bean 的配置文件。该接口的实现类是 FileSystemResource(org. springframework. core. io. FileSystemResource)。该类有两个构造函数:public FileSystemResource(File file)和 public FileSystemResource(String path)。第一个构造函数的参数是一个 File 对象;第二个构造函数的参数是一个 String 对象,表示 Bean 配置文件的路径和名称。

我们以生成一个 HelloBean 实例为例,来介绍如何利用 BeanFactory 从 Bean 配置文件中获得 Bean 实例,以下是实现步骤。

(1) 生成 Bean 配置文件的一个 Resource 对象。可利用 FileSystemResource 的构造函数生成 Bean 配置文件的 Resource 对象,例如:

```
Resource rs = new FileSystemResource("e:\\springdemo\\beans - config.xml");
```

注意:Bean 配置文件的路径必须要用“\\”分隔开来。

(2) 生成一个 BeanFactory 对象。把 Resource 对象 rs 作为参数放入 XmlBeanFactory 的构造函数中,来生成一个 BeanFactory 对象,例如:

```
BeanFactory factory = new XmlBeanFactory(rs);
```

(3) 生成一个 Bean 实例。可根据 HelloBean 的 id 利用 BeanFactory 的 getBean()方法获得一个 HelloBean 实例,例如:

```
HelloBean bean = (HelloBean)factory.getBean("helloBean");
```

这样一来,就可以利用该实例 Bean 的 get×××()方法从 HelloBean 的配置文件中获得属性 helloWorld 的值,例如:

```
String helloWorld = bean.getHelloWorld();
```

(4) ApplicationContext 接口及其相关类

作为一个应用程序框架,只提供 Bean 容器管理的功能是不够的。若要利用 Spring 所提供的一些特色及高级的容器功能,则可以使用 org. springframework. context. ApplicationContext 接口。

ApplicationContext 接口的实现类 FileSystemXmlApplicationContext(org. springframework. context. support. FileSystemXmlApplicationContext)与 BeanFactory 接口类似,它有 getBean(String str)方法。

以下是使用 ApplicationContext 获得 Bean 实例的方法。

(1) 生成 ApplicationContext 对象。利用类 FileSystemXmlApplicationContext 的构造方法生成一个 ApplicationContext 对象。该构造函数的参数就是 Bean 配置文件的路径。例如:

```
ApplicationContext context = new ApplicationContext();
```

```
FileSystemXmlApplicationContext("e:\\springdemo\\beans-config.xml");
```

(2) 利用 ApplicationContext 对象获得 Bean 实例。利用 ApplicationContext 对象的 getBean(String id)方法,可获得 Bean 实例。例如:

```
HelloBean bean = (HelloBean)context.getBean("helloBean");
```

5.2.4 Spring AOP 简介

AOP(Aspect Oriented Programming)是近来较为热门的一个话题。AOP,国内大致译作"面向方面编程"。

"面向方面编程"这个名字并不是非常容易理解,且容易产生一些误导。笔者不止一次听到类似"OOP/OOD11 即将落伍,AOP 是新一代软件开发方式"这样的发言。显然,发言者并没有理解 AOP 的含义。

Aspect 的确是"方面"的意思,不过,中文传统语义中的"方面",大多数情况下指的是一件事情的不同维度或者说不同角度上的特性。比如我们常说:"这件事情要从几个方面来看待",往往意思是需要从不同的角度来看待同一个事物,这里的"方面",指的是事务的外在特性在不同观察角度下的体现。

而在 AOP 中,Aspect 的含义可能更多地理解为"切面"比较合适,所以笔者更倾向于"面向切面编程"的译法。

另外需要提及的是,AOP、OOP 在字面上虽然非常类似,却是面向不同领域的两种设计思想。OOP(面向对象编程)针对业务处理过程的实体及其属性和行为进行抽象封装,以获得更加清晰高效的逻辑单元划分。而 AOP 则是针对业务处理过程中的切面进行提取,它所面对的是处理过程中的某个步骤或阶段,以获得逻辑过程中各部分之间低耦合性的隔离效果。这两种设计思想在目标上有着本质的差异。

上面的陈述可能过于理论化,举个简单的例子,对于"雇员"这样一个业务实体进行封装,自然是 OOP/OOD 的任务,我们可以为其建立一个"Employee"类,并将"雇员"相关的属性和行为封装其中。而用 AOP 设计思想对"雇员"进行封装将无从谈起。

同样,对于"权限检查"这一动作片段进行划分,则是 AOP 的目标领域,而通过 OOD/OOP 对一个动作进行封装,则有点不伦不类。换言之,OOD/OOP 面向名词领域,AOP 面向动词领域。

AOP 和 OOD/OOP 并不冲突,我们完全可以在一个应用系统中同时应用 OOD/OOP 和 AOP 设计思想,通过 OOD/OOP 对系统中的业务对象进行建模,同时通过 AOP 对实体处理过程中的阶段进行隔离处理。即使不是 OOD/OOP,就是在传统的 POP(面向过程编程)中,AOP 也能起到同样的作用。

AOP 还有另外一个重要特点,即源码组成无关性。

倘若应用中通过某个具体的业务逻辑类实现了独立的权限检查,而请求调度方法通过预编码调用这个权限模块实现权限管理。那么这也不算是 AOP。对于 AOP 组件而言,很重要的一点就是源码组成无关性,所谓源码组成无关性,体现在具体设计中就是 AOP 组件必须与应用代码无关,简单来讲,就是应用代码可以脱离 AOP 组件独立编译。

为了实现源码组成无关性,AOP 往往通过预编译方式(如 AspectJ)和运行期动态代理模式(如 Spring AOP 和 JBoss AOP)实现。

1. AOP 相关概念:

1) 切面(Aspect)

切面指对象操作过程中的截面。这可能是 AOP 中最关键的一个术语。

我们首先来看一个应用开发中常见的切面——用户权限检查。大概只要是完整的应用,都少不了用户权限检查这个模块,不同身份的用户可以做什么,不可以做什么,均由这个模块加以判定。而这个模块调用的位置通常也比较固定,一般在用户发起请求之后,执行业务逻辑之前。

切面意义何在?

首先根据上例,假设我们实现了一个通用的权限检查模块,那么就可以在这层切面上进行统一的集中式权限管理,而业务逻辑组件则无须关心权限方面的问题。也就是说,通过切面,我们可以将系统中各个不同层次上的问题隔离开来,实现统一集约式处理。各切面只需集中于自己领域内的逻辑实现。

这一方面使得开发逻辑更加清晰,专业化分工更加易于进行;另一方面,由于切面的隔离,降低了耦合性,我们就可以在不同的应用中将各个切面组合使用,从而使得代码可重用性大大增强。

2) 连接点(JoinPoint)

连接点是指程序运行过程中的某个阶段点,如某个方法调用或者某个异常被抛出。

3) 处理逻辑(Advice)

处理逻辑是指在某个连接点所采用的处理逻辑。

4) 切点(PointCut)

切点是指一系列连接点的集合,它指明处理逻辑(Advice)将在何时被触发。

5) 示例

```
<aop:config>
        <!-- 指定切面 -->
        <aop:aspect id = "log_aspect" ref = "log" >
            <!-- 指定切入点 -->
            <aop:pointcut  id = "addLog"
                    expression = "execution( * org.samuel.server.BOServer.add * (..))"/>
            <!-- advice -->
            <aop:before method = "info" pointcut - ref = "addLog"/>
        </aop:aspect>
</aop:config>
```

2. AOP 中 Advice 通知类型

Spring 的通知可以跨越多个被通知对象共享,或者说每个被通知对象有自己的通知。

per-class 通知使用最为广泛,它适合于通用的通知,如事务 adisor。它们不依赖被代理的对象的状态,也不添加新的状态,仅仅作用于方法和方法的参数。

per-instance 通知适合于导入,来支持混入。在这种情况下,通知添加状态到被代理的对象。可以在同一个 AOP 代理中混合使用共享和 per- instance 通知。

Spring 提供几种现成的通知类型并可扩展提供任意的通知类型。

1) 环绕通知(Around Advice)

Spring 中最基本的通知类型是 interception around advice。Spring 使用方法拦截器的 Around 通知是和 AOP 联盟接口兼容的,实现 Around 通知的类需要实现接口 MethodInterceptor。

以下是一个简单的 MethodInterceptor 实现。

```
public class DebugInterceptor implements MethodInterceptor {
    public Object invoke(MethodInvocation invocation) throws Throwable {
        System.out.println("Before: invocation=[" + invocation + "]");
        Object rval = invocation.proceed();
        System.out.println("Invocation returned");
        return rval;
    }
}
```

2) 前置通知(Before Advice)

Before 通知是一种简单的通知类型。这个通知不需要一个 MethodInvocation 对象,因为它只在进入一个方法前被调用。Before 通知的主要优点是它不需要调用 proceed()方法,因此没有无意中忘掉继续执行拦截器链的可能性。

下面是 Spring 中的一个 Before 通知的例子,这个例子计数所有正常返回的方法。

```
public class CountingBeforeAdvice implements MethodBeforeAdvice {
    private int count;
    public void before(Method m, Object[ ] args, Object target) throws Throwable {
        ++count;
    }
    public int getCount() {
        return count;
    }
}
```

3) 异常后通知(After Throwing Advice)

如果连接点抛出异常,Throws 通知在连接点返回后被调用。Spring 提供强类型的 Throws 通知。注意,这意味着 org. springframework. aop. ThrowsAdvice 接口不包含任何方法,它是一个标记接口,标识给定的对象实现了一个或多个强类型的 Throws 通知方法。这些方法形式为:afterThrowing([Method], [args],[target],subclassOfThrowable)。

下面的例子演示了如何在一个类中使用两个方法来同时处理 RemoteException 和 ServletException 异常。任意个数的 throws 方法可以被组合在一个类中。

```
public static class CombinedThrowsAdvice implements ThrowsAdvice {
    public void afterThrowing(RemoteException ex) throws Throwable {
    }
    public void afterThrowing(Method m, Object[ ] args, Object target, ServletException ex){
    }
}
```

4）返回后通知(After Returning Advice)

Spring中的After Returning通知必须实现org.springframework.aop.AfterReturningAdvice接口，After Returning通知可以访问返回值(不能改变)、被调用的方法、方法的参数和目标对象。下面的After Returning通知统计所有成功的没有抛出异常的方法调用。

```
public class CountingAfterReturningAdvice implements AfterReturningAdvice {
    private int count;
    public void afterReturning(Object returnValue, Method m, Object[ ] args, Object target)
throws Throwable {
        ++count;
    }
    public int getCount() {
        return count;
    }
}
```

5）Introduction通知

Spring将Introduction通知看作一种特殊类型的拦截通知。Introduction通知需要实现IntroductionAdvisor和IntroductionInterceptor接口。

继承自AOP联盟MethodInterceptor接口的invoke()方法必须实现导入。也就是说，如果被调用的方法是在导入的接口中，导入拦截器负责处理这个方法的调用，它不能调用proceed()方法。

Introduction通知不能被用于任何切入点，因为它只能作用于类层次上，而不是方法。可以只用InterceptionIntroductionAdvisor来实现导入通知，方法如下：

```
public interface InterceptionIntroductionAdvisor extends InterceptionAdvisor {
    ClassFilter getClassFilter();
    IntroductionInterceptor getIntroductionInterceptor();
    Class[ ] getInterfaces();
}
```

3. AOP代理

所谓AOP代理，就是AOP框架动态创建的对象，这个对象通常可以作为目标对象的替代品，而AOP代理提供比目标对象更加强大的功能。真实的情形是，当应用调用AOP代理的方法时，AOP代理会在自己的方法中回调目标对象的方法，从而完成应用的调用。

Spring中AOP代理由Spring的IoC容器负责生成和管理，其依赖关系也由IoC容器负责管理。因此，AOP代理能够应用容器中的其他Bean实例，这种引用由IoC容器的依赖注入提供。

Spring的AOP代理大部分由ProxyFactoryBean工厂类产生，产生一个AOP代理至少有两个部分，即目标对象和AOP框架所加入的处理。因此，配置ProxyFactoryBean时需要确定处理的目标对象和处理(Advice)这两个属性。

ProxyFactoryBean和其他Spring的FactoryBean实现一样，引入一个间接的层次。如果定义一个名字为foo的ProxyFactoryBean，引用foo的对象所看到的不是Proxy FactoryBean实例本身，而是由实现ProxyFactoryBean的类的getObject()方法所创建的对象。这个方法将创建一个包装了目标对象的 AOP 代理。

使用 ProxyFactoryBean 或者其他 IoC 可知的类来创建 AOP 代理的最重要的优点之一是 IoC 可以管理通知和切入点。这是一个非常的强大的功能，即能够作为实现其他 AOP 框架很难实现的一种特定的方法。例如，一个通知本身可以引用应用对象(除了目标对象，它在任何 AOP 框架中都可以引用应用对象)，这完全得益于依赖注入所提供的可插入性。

下面的代码显示的是用拦截器和 advisor 为目标对象创建代理，目标对象实现的接口将自动被代理。

```
ProxyFactory factory = new ProxyFactory(myBusinessInterfaceImpl);
factory.addInterceptor(myMethodInterceptor);
factory.addAdvisor(myAdvisor);
MyBusinessInterface tb = (MyBusinessInterface) factory.getProxy();
```

5.3 Hibernate 框架

Hibernate 是一个开放源代码的对象关系映射框架，它对 JDBC 进行了非常轻量级的对象封装，使得 Java 程序员可以随心所欲地使用对象编程思维来操纵数据库。Hibernate 可以应用于任何使用 JDBC 的场合，既可以在 Java 的客户端程序使用，也可以在 Servlet/JSP 的 Web 应用中使用，最具革命意义的是，Hibernate 可以在应用 EJB 的 J2EE 架构中取代 CMP 来完成数据持久化的重任。

5.3.1 Hibernate 简介

对象—关系映射(O/R Mapping)是一门非常实用的工程技术。它实现了 Java 应用中的对象到关系数据库中的表的自动的、透明的持久化，使用元数据(meta data)描述了对象与数据库间的映射。Hibernate 是非常优秀、成熟的 O/R Mapping 框架，它提供了强大的对象和关系数据库映射以及查询功能。

1. Hibernate 的系统体系

Hibernate 通过配置文件(hibernate. properties 或 hibernate. cfg. xml)和映射文件(. hbm. xml)把 Java 对象或持久化对象(Persistent Object，PO)映射到数据库的表格，然后通过操作 PO，对数据表中的数据进行增、删、改、查等操作。Hibernate 的结构体系如图 5-6 所示。

2. Hibernate 的核心组件

Hibernate 有 5 个核心接口，分别为 Configuration、SessionFactory、Session、Query 和 Transaction，这 5 个核心接口是在任何开发中都会用到的。通过这些接口，不仅可以对持久化对象进行存取，还能够进行事务控制。其核心接口框图如图 5-7 所示。下面对这五个核心接口分别加以介绍。

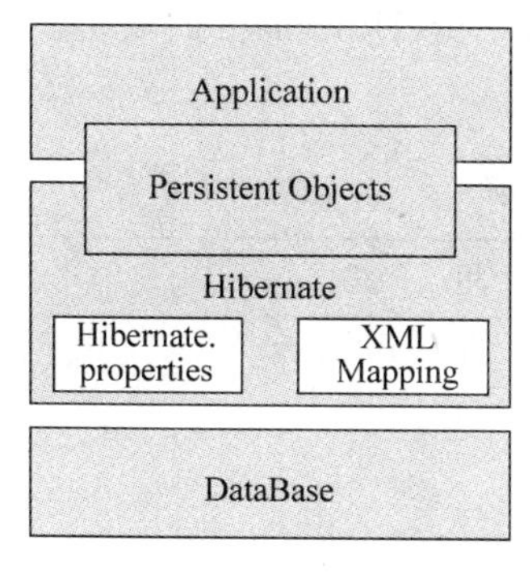

图 5-6 Hibernate 的结构体系

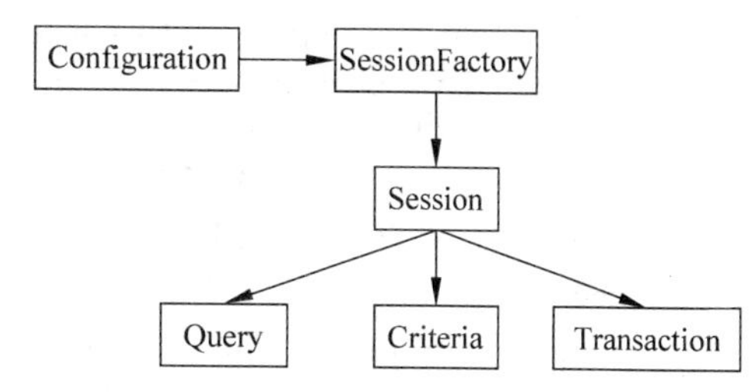

图 5-7 核心接口框图

1) Configuration 接口

Configuration 接口负责配置并启动 Hibernate，创建 SessionFactory 对象。在 Hibernate 启动的过程中，Configuration 类的实例首先定位映射文档的位置、读取配置，然后创建 SessionFactory 对象。

2) SessionFactory 接口

SessionFactory 接口负责初始化 Hibernate，它充当数据存储源的代理，并负责创建 Session 对象，这里用到了工厂模式。需要注意的是 SessionFactory 并不是轻量级的，因为一般情况下，一个项目通常只需要一个 SessionFactory 就够，当需要操作多个数据库时，可以为每个数据库指定一个 SessionFactory。

3) Session 接口

Session 接口负责执行持久化对象的 CRUD 操作(CRUD 的任务是完成与数据库的交流，包含了很多常见的 SQL 语句)，它有 get()、load()、save()、update()、delete()等方法用来对 PO 进行获取、加载、保存、更新及删除等操作。但需要注意的是 Session 对象是非线程安全的。同时，Hibernate 的 Session 不同于 JSP 应用中的 HttpSession。这里，当使用 Session 这个术语时，其实指的是 Hibernate 中的 Session，而以后会将 HttpSession 对象称为用户 Session。

4) Query 和 Criteria 接口

Query 和 Criteria 接口负责执行各种数据库查询，可从 Session 的 createQuery()方法或 createCriteria()方法生成，可以使用 HQL 语言或 SQL 语句两种表达方式。

5) Transaction 接口

Transaction 接口负责事务相关的操作，主要方法有 commit()和 rollback()，可从 Session 的 beginTransaction()方法生成，它是可选的，开发人员也可以设计编写自己的底层事务处理代码。

除了 5 个核心接口外，Hibernate 的核心组件还包括 Hibernate 配置文件、映射文件和持久化对象。

Hibernate 配置文件主要用来配置数据库连接参数，例如数据库驱动程序、URL、用户名、密码等。它有两种格式，即 hibernate. properties 和 hibernate. cfg. xml。两者的配置内容基本相同，但后者的使用稍微方便一些，例如 hibernate. cfg. xml 可以在其<mapping>子元素中定义用到的 xxx. hbm. xml 映射文件列表，而使用 hibernate. properties 则需要在程序中以硬代码方式指明。在一般情况下,hibernate. cfg. xml 是 Hibernate 的默认配置文件。常见的配置项如表 5-11 所示。

表 5-11 Hibernate 常见配置项

序号	配 置 项	用 途
1	dialect	数据库适配器,用于对特定数据库提供支持
2	connection. driver_class	数据库 JDBC 驱动类
3	connection. url	数据库 URL
4	connection. username	数据库访问用户名
5	connection. password	数据库访问密码
6	connection. datasource	JIDI 数据源。与序号 2+3 配置二选一
7	transactoin. factory_class	指定 Transaction 实例工厂类
8	jdbc. fetch_size	JDBC 获取的记录条数
9	jdbc. batch_size	每次批量提交阈值
10	jdbc. use_scollabe_result	设置是否允许 Hibernate 使用 JDBC2 提供的可滚动结果集
11	cache. privider_class	指定一个自定义的 Cache 缓存提供者的类名
12	cache. use_minimal_puts	是否优化二级缓存,最小化缓存写入操作(分布式环境)
13	cache. use_query_cache	是否打开查询缓存(每个查询依然需要设置 cacheable 属性)
14	show_sql	是否把执行的 SQL 语句输出到控制台
15	hbm2ddl. auto	在 SessionFactory 创建后,自动输出 schema 创建语句到数据库

映射文件(xxx. hbm. xml)用来把 PO 与数据库中的数据表、PO 之间的关系与数据表之间的关系以及 PO 的属性与表字段一一映射起来。

持久化对象(Persistent Object,PO)可以是普通的 JavaBeans/POJO,唯一特殊的是他们正与(仅仅一个)Session 相关联。JavaBeans 在 Hibernate 中存在三种状态:临时状态(transient)、持久化状态(persistent)和脱管状态(detached)。

3. Hibernate 的运行过程

Hibernate 运行时,应用程序先调用 Configuration 类,该类读取 Hibernate 配置文件及映射文件的信息,并用这些信息生成一个 SessionFactory 对象,然后从 SessionFactory 对象生成一个 Session 对象,并用 Session 对象生成 Transaction 对象;可通过 Session 对象的 get()、load()、save()、update()、delete()等方法对 PO 进行获取、加载、保存、更新及删除等操作;在查询的情况下,可通过 Session 对象生成一个 Query 对象,然后利用 Query 对象执行查询操作;如果没有异常,Transaction 对象将提交这些操作结果到数据库中。Hibernate 的运行过程如图 5-8 所示。

从 Hibernate 的运行过程中,我们得到了 Hibernate 各组件之间的关系,这样,Hibernate 在 Java 中的开发可以简化为以下几个步骤。

(1) 创建 Hibernate 的配置文件。

(2) 创建持久化类。

(3) 创建对象-关系的映射文件。

(4) 通过 Hibernate API 编写访问数据库的代码。

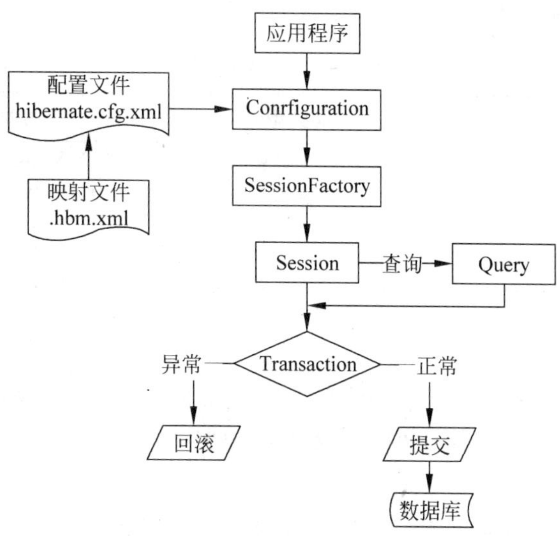

图 5-8　Hibernate 的运行过程

5.3.2　Hibernate 映射

1. Hibernate 基本数据类型

Hibernate 提供了丰富的数据类型支持，其中包括了传统的 Java 数据类型（如 String、Integer）和 JDBC 数据类型（如 Clob、Blob）。

Java 原始类型如表 5-12 所示。

表 5-12　Java 原始类型

映射类型	Java 类型	标准 SQL 字段类型
integer	int or java. lang. Integer	INTEGER
long	long or java. lang. Long	BIGINT
float	float or java. lang. Float	FLOAT
double	double or java. lang. Double	DOUBLE
big_decimal	java. math. BigDecimal	NUMERIC
charracter	java. lang. String	CHAR(1)
string	java. lang. String	VARCHAR
byte	byte or java. lang. Byte	TINYINT
boolean	Boolean or java. lang. Boolean	BIT
date	java. util. Date or java. sql. Date	DATE
time	java. util. Date or java. sql. Time	TIME
映射类型	Java 类型	标准 SQL 字段类型
timestamp	java. util. Date or java. sql. Timestamp	TIMESTAMP
calendar	java. lang. Calendar	TIMESTAMP
calendar_date	java. lang. Calendar	Date

大数据类型如表 5-13 所示。

表 5-13 大数据类型

映射类型	Java 类型	标准 SQL 字段类型
binary	byte[ ]	VARBINARY(or BLOB)
text	java. lang. String	TEXT
clob	java. sql. Clob	CLOB
blob	java. sql. Blob	BLOB

2. 映射基础

实体映射技术作为类与表之间的联系纽带,在 ORM 实现中起着至关重要的作用。对于 Hibernate 用户而言,映射关系更多地体现在配置文件的维护过程中。Hibernate 选用 XML 作为映射配置文件的基础形式。

实体映射的核心内容,即实体类与数据库表之间的映射定义,在 Hibernate 中,主要包括类/表映射、主键 id 映射、属性/字段映射和复合主键映射。

1) 类/表映射方式

```
<class
    name = "ClassName"
    table = "tableName"
    dynamic - update = "true|false"
    dynamic - insert = "true|false"
/>
```

① name (可选)为持久化类(或者接口)的 Java 全限定名。如果这个属性不存在,Hibernate 将假定这是一个非 POJO 的实体映射。

② table (可选,默认是类的非全限定名)为对应的数据库表名。

③ dynamic-update (可选,默认为 false)指定用于 UPDATE 的 SQL 将会在运行时动态生成,并且只更新那些改变过的字段。

④ dynamic-insert (可选,默认为 false)指定用于 INSERT 的 SQL 将会在运行时动态生成,并且只包含那些非空值字段。

2) 主键 id 映射

```
<id
    name = "propertyName"
    type = "typename"
    column = "column_name"
    unsaved - value = "any|none|null|id_value">
    <generator class = "generatorClass"/>
</id>
```

① name (可选)标识属性的名称。

② type(可选)标识 Hibernate 类型的名字。

③ column(可选,默认为属性名)对应数据库表的主键字段的名字。

④ unsaved-value(可选,默认为 null)这个值用来判断对象是否要保存。

⑤ 主键生成方式有以下几种。

- assigned：主键由应用逻辑产生，数据交由 Hibernate 保存时，主键值已经设置完成，无须 Hibernate 干预。
- hilo：通过 hilo 算法实现的主键生成机制，需要额外的数据库表保存主键生成历史状态。
- seqhilo(序列高/低位)：与 hilo 类似，通过 hilo 算法实现主键生成机制，只是主键历史状态保存在 Sequence 中，适用于支持 Sequence 的数据库，如 Oracle。
- increment(递增)：主键按数值顺序递增。
- identity(标识)：采用数据库提供的主键生成机制，如 SQL Server、MySQL 中的自增长主键生成机制。
- sequence(序列)：采用数据库提供的 sequence 机制生成主键，如 Oracle Sequence。
- native：由 Hibernate 根据数据库适配器中的定义，自动采用 identity、hilo、sequence 的其中一种作为主键生成方式。
- uuid. hex：由 Hibernate 基于 128 位唯一值产生算法，根据当前设备 IP、时间、JVM 启动时间，内部自增量等 4 个参数生成十六进制数值(编码后以长度为 32 位的字符串表示)作为主键。利用 uuid. hex 方式生成主键将提供最好的数据插入性能和数据库平台适应性。
- uuid. String：与 uuid. hex 类似，只是生成的主键不进行编码(长度 16 位)。

3) 属性/字段映射

```
<property
    name = "propertyName"
    column = "column_name"
    type = "typename"
    update = "true|false"
    insert = "true|false"
    formula = "arbitrary SQL expression"
/>
```

① name 指定了映射类中的属性名为“propertyName”，此属性将被映射到指定的库表字段。

② column(可选)指定了库表中对应映射类属性的字段名。

③ type(可选)指定了映射字段的数据类型。

④ update、insert (可选，默认为 true)表明在用于 UPDATE 和/或 INSERT 的 SQL 语句中是否包含这个字段。

⑤ formula (可选)是一个 SQL 表达式，定义了这个计算(Computed)属性的值。计算属性没有和它对应的数据库字段。

4) 复合主键映射

Hibernate 中，通过 composite-id 节点对复合主键进行定义。定义方式有两种，即基于实体类属性的复合主键和基于主键类的复合主键。

① 基于实体类属性的复合主键。

定义方法如下：

```
<hibernate-mapping>
<class name="com.sino.model.User" table="t_user">
<composite-id>
    <key-property name="lastname" column="lastname" type="string" />
    <key-property name="firstname" column="firstname" type="string" />
</composite-id>
<property name="age" column="age" type="Integer"/>
</class>
</hibernate-mapping>
User 实体类:
Public class User implements Serializable{
    private String firstname;
    private String lastName;
    private Integer age;
      … //getter and setter
      public boolean equals(Object object){ … }
    public int hashCode(){ … }
}
```

查找方法如下：

```
User user = new User();
user.setFirstname("小");
user.setLastname("张");
user = (User)session.load(User.class,user);
System.out.println("User age is =>" + user.getAge());
```

② 基于主键类的复合主键。

定义方式如下：

```
<hibernate-mapping>
<class name="com.sino.model.User" table="t_user">
<composite-id name="userpk" class=UserPK>
    <key-property name="lastname" column="lastname" type="string"/>
    <key-property name="firstname" column="firstname" type="string"/>
</composite-id>
<property name="age" column="age" type="Integer"/>
</class>
</hibernate-mapping>
```

UserPK 主键类：

```
Public class UserPK implements Serializable{
    private String firstname;
    private String lastName;
    … //getter and setter
    … //equals and hashCode
}
```

User 实体类：

```
Public class User implements Serializable{
```

```
    private UserPK userpk;
    private Integer age;
    … //getter and setter
}
```

查找方法如下：

```
UserPK userpk = new UserPK();
userpk.setFirstname("小");
userpk.setLastname("张");
User user = (User)session.load(User.class,userpk);
System.out.println("User age is =>" + user.getAge());
```

3. 映射文件 xxx.hbm.xml

Hibernate 的映射文件把一个 PO 与一个数据表映射起来。每张表对应一个扩展名为.hbm.xml 的映射文件。下面我们对 Hibernate 映射文件中的元素分别进行讲解。

1) <class>元素

<class>元素用来定义一个持久化类，它有 name 和 table 属性，另外还有<id>和<property>两个子元素。

- name 属性指定持久化类(或者接口)的 Java 全限定名。
- table 属性指定对应的数据表名。

2) <id>元素

<id>元素是<class>元素的子元素。被映射的类必须声明对应数据表主键字段。大多数类有一个 JavaBean 风格的属性，为一个实例包含唯一的标识。<id>元素定义了该属性到数据表主键字段的映射。它有 name、type、column 等属性，还有一个<generator>子元素。

- name 属性(可选)指定 PO 的标识属性的名称。
- type 属性(可选)指定标识类型。
- column 属性(可选)指定数据表的主键字段名称。

3) <generator>元素

<generator>元素是<id>元素的子元素，它用来指定 id 标识的生成类名字。它有一个 class 属性。class 属性用来指定一个 Java 类的名字，该类用来为该持久化类的实例生成唯一的标识，所以也叫生成器(generator)。如果这个生成器实例需要某些配置值或者初始化参数，可用<param>元素来传递。

所有生成器都实现 org.hibernate.id.IdentifierGenerator 接口，这是个非常简单的接口，应用程序可以选择提供自己特定的生成器来实现这个接口。Hibernate 提供了很多内置的生成器，前面介绍的主键生成方式便是其内置生成器的快捷名字。

4) <property>元素

<property>元素是<class>元素的子元素，它为类声明了一个持久化的、JavaBean 风格的属性，<property>元素有以下几种属性。

- name 属性指定属性的名字、以小写字母打头。
- column 属性(可选)指定对应的数据表字段名。

- length 属性(可选)指定属性的长度。
- type 属性(可选)指定属性的 Hibernate 类型的名字。如果没有指定类型,Hibernate 会使用反射来得到这个名字的属性,以此来猜测正确的 Hibernate 类型。type 属性可以指定以下几种类型的名字:Hibernate 基础类型、一个 Java 类、一个可以序列化的 Java 类、一个自定义类型的类。

在一个映射文件中可能还会出现其他的配置项,例如,在需要定义数据关联时就会用到<one-to-one>或<one-to-many>等元素。

5.3.3 Hibernate 核心 API

1. Hibernate 中的 PO 的生命周期

Hibernate 提供了对对象状态的管理,这使得开发者不再需要理会底层数据库系统的细节,并使得开发者只需关注对象的状态,而不必考虑 SQL 语句的执行。

在前面的介绍中,我们已经知道持久化对象有三个状态,当一个 JavaBeans 对象在内存中孤立存在、不与数据库中的数据有任何关联时,那么这个 JavaBeans 对象成为临时对象(Transient Object);当它与一个 Session 相关联时,就变成持久化对象(Persistent Object);在这个 Session 被关闭的同时,这个对象也会脱离持久化状态,变成脱管对象(Detached Object),此时,该对象可以被应用程序的任何层自由使用,例如,可用作跟表示层打交道的数据传输对象(Data Transfer Object)。三个状态相互转换的关系如图 5-9 所示。

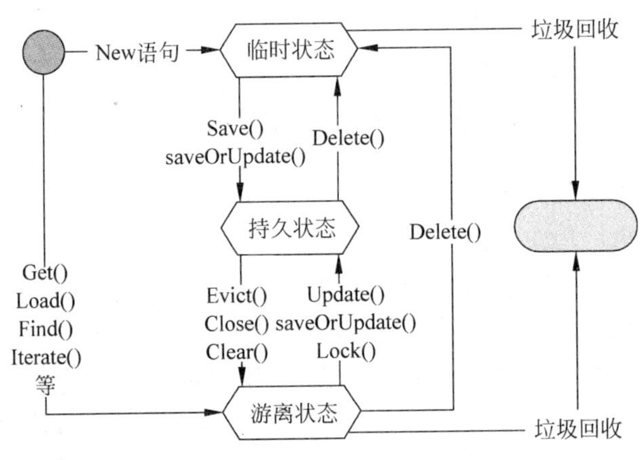

图 5-9 PO 三状态转换

2. 核心 API——Configuration 类

Configuration 类负责管理 Hibernate 的配置信息,主要包括 Hibernate 运行的底层信息(如数据库的 URL、用户名、密码、JDBC 驱动类、数据库 Dialect、数据库连接池等)和 Hibernate 映射文件(*.hbm.xml)。这些信息定义在 Hibernate 的配置文件(hibernate.cfg.xml 或 hibernate.properties)中,Configuration 类负责加载该配置文件,即 Configuration 接口的作用是对 Hibernate 进行配置,并启动 Hibernate 和连接数据库系统。

Configuration 类最重要的方法是 configure()方法,当执行 Configuration cfg = new

Configuration().configure()语句时，Hibernate 会自动在 CLASSPATH 中搜索 Hibernate 默认 XML 配置文件(hibernate.cfg.xml)，并读取相关的配置文件，然后创建出一个 SessionFactory 对象；在 Java Web 应用中，Hibernate 会自动在 WEB-INT/classes 目录下搜寻 Hibernate 配置文件。

Configuration 的 configure()方法还支持带参数的访问方式，可以指定配置文件的位置，而不是使用默认的 CLASSPATH 中设置的 hibernate.cfg.xml。例如：

```
File file = new File("d:\\cfg\\hibernateCfg.xml");
Configuration cfg = new Configuration().configure(file);
```

Configuration 还提供一系列方法来定制 Hibernate 的加载配置文件的过程，可以让应用更加灵活。以下是几种常用的方法。

(1) addProperties(Element)。

(2) addProperties(Properties)。

(3) setProperties(Properties)。

(4) setProperties(String,String)。

通过这几种方法，除了使用默认的 hibernate.properties 文件，还可以提供多个.properties 配置文件。例如：

```
Properties prop = Properties.load("my.properties");
Configuration cfg = new Configuration().setProperties(prop);
```

而除了指定.properties 文件外，还可以指定.hbm.xml 文件，以下是几种常用的方法。

(1) addClass(Class)。

(2) addFile(File)。

(3) addFile(String)。

(4) addURL(URL)。

configure()方法默认通过访问 hibernate.cfg.xml 的<mapping>元素来加载程序员所提供的.hbm.xml 文件。上面列出的方法可以直接指定.hbm.xml 文件，例如：

```
Configuration cfg = new Configuration().addClass(Student.class);
```

或

```
Configuration cfg = new Configuration().addFile(Student.hbm.xml);
```

或

```
Configuration cfg = new Configuration().addURL(Configuration.class.getResource("Student.
hbm.xml"));
```

3. 核心 API——SessionFactory 接口

应用程序从 SessionFactory(会话工厂)里获得 Session(会话)实例。SessionFactory 在多个应用线程间进行共享。SessionFactory 缓存了生成的 SQL 语句和 Hibernate 在运行时使用的映射元数据。可以用下面语句创建 SessionFactory。

```
Configuration config = new Configuration().configure();
SessionFactory sessionFactory = config.buildSessionFactory();
```

Configuration 对象会根据当前的配置文件,生成 SessionFactory 对象。SessionFactory 对象一旦构造完毕,即被赋予特定的配置信息,以后的配置改变不会影响到创建的 SessionFactory 对象。如果要把改动后的配置信息赋给 SessionFactory 对象,需要从新的 Configuration 对象生成新的 SessionFactory 对象。

SessionFactory 是线程安全的,可以被多线程调用以取得 Session,但是构造 SessionFactory 很消耗资源,即 SessionFactory 不是轻量级的,其设计意图是为了让它在整个应用中共享,所以多数情况下一个应用中只初始化一个 SessionFactory,为不同的线程提供 Session。

SessionFactory 有两类缓存,分别是内置缓存和外置缓存。其中,内置缓存中存放了 Hibernate 配置信息和映射元数据信息,同时也缓存了 Hibernate 自动生成的 SQL 语句等;而外置缓存是一个可配置的缓存插件,在默认情况下,SessionFactory 不会启用这个缓存插件,它能存放大量数据库数据的备份,其物理介质可以是内存或者硬盘。

4. 核心 API——Session 接口

1) Session 概述

Session 是 Hibernate 持久化操作的基础,与传统意义上 Web 层的 HttpSession 没什么关系。Hibernate Session 之于 Hibernate,相当于 JDBC Connection 之于 JDBC。Session 作为贯穿 Hibernate 的持久化管理器核心,提供了众多持久化方法,如 get()、load()、save()、update()、delete()等,使得开发人员能透明地对对象进行增删改查操作(CRUD)。

在 Hibernate 中,实例化的 Session 是一个轻量级的类,创建和销毁它都不会占用很多资源。但 Session 不是线程安全的,它代表的是与数据库之间的一次操作,因此一个线程最好只创建一个 Session 对象。

Session 被看作介于数据连接与事务管理的中间接口,我们可以将 Session 想象成一个持久对象的缓冲区,Hibernate 能检测到这些持久对象的改变,并及时刷新数据库。通常将每一个 Session 实例和一个数据库事务绑定,也就是说,每执行一个数据库事务(操作),都应该先创建一个新的 Session 实例。如果事务执行中出现异常,应该撤销事务,同时不论事务执行成功与否,最后都应该调用 Session 的 close()方法,从而释放 Session 实例占用的资源。

2) Session 运用

通过 SessionFactory 打开 Session 对象,在所有的工作完成后,则需要关闭它。下面是创建 Session 对象的代码。

```
Configuration config = new Configuration().configure();
SessionFactory sessionFactory = config.buildSessionFactory();
Session session = sessionFactory.openSession();
```

创建以后可以调用 Session 所提供的 get()、load()、save()、update()、delete()等方法进行持久化操作。

(1) get()方法。用法如下:

public Object get(Class entityClass,Serializable id),其中,entityClass 表明类的类型,

id是对象的主键值，如果 id 是 int 类型，应通过 new Integer(id)的方法把它变成一个 Integer 对象，以下程序可取得主键 id 为“1”的 user 对象。

```
User user = (User)session.get(User.class,new Integer(1));
```

(2) load()方法。用法如下：

```
User user = (User)session.load(User.class,new Integer(1));
```

load()方法和 get()方法都能通过主键 id 值从数据库中加载一个持久化对象 PO，以下是它们的区别。

① 在立即加载对象时，如果对象存在，load()和 get()方法没有区别，都可以取得已初始化的对象；但当对象不存在且是立即加载时，使用 get()方法返回 null，而使用 load()方法则弹出一个异常。因此使用 load()方法时，要确认查询的主键 id 一定是存在的，从这一点来讲，它没有 get()方法方便。

② 在延迟加载对象时，get()方法仍然使用立即加载的方式发送 SQL 语句，并得到已初始化的对象，而 load()方法则根本不发送 SQL 语句，它返回一个代理对象，直到这个对象被访问使用时才被初始化。

(3) save()方法。Session 的 save()方法将一个 PO 的属性取出放入 PreparedStatement 语句中，然后向数据库中插入一条记录(或多条记录，如果有级联)。例如，下面是把一个新建 User 对象持久化到数据库中的代码。

```
User user = new User();
user.setId(“1”);
session.save(user);
```

上述程序等价于：

```
insert into t_user(id,username,password,age) values(?,?,?,?);
```

以下是 Session 保存一个对象时的步骤。

① 根据配置文件为主键 id 设置的生成算法，为 user 指定一个 id。

② 将 user 对象纳入 session 的内部缓存(一个 Map)内。

③ 事务提交时，清理缓存，将新对象通过 insert 语句持久化到数据库中。

(4) update()方法。Session 的 update()方法用来更新脱管对象，用法如下：

```
User user = (User)session.get(User.class,new Integer(1));
user.setUsername("Jack");
session.update(user);
```

调用 update()方法时，并不立即发送 SQL 语句，对对象的更新操作将积累起来，在事务提交时由 flush()清理缓存，然后发送一条 SQL 语句完成全部的更新操作。

在实际应用中，Web 程序员往往不会注意一个对象是脱管对象还是临时对象，而对脱管对象使用 save()方法是不对的，对临时对象使用 update()方法也是不对的。为了解决这个问题，便产生了 saveOrUpdate()方法。

saveOrUpdate()方法兼具 save()和 update()方法的功能，对于传入的对象，saveOrUpdate()

方法能够首先判断该对象是脱管对象还是临时对象,然后调用合适的方法。

(5) delete()方法。Session 的 delete()方法负责删除一个对象(包括持久对象和脱管对象),以下程序是删除一个持久对象的示例。

```
User user = (User)session.get(User.class,new Integer(1));
sesson.delete(user);
```

上述程序等价于:

```
select u.* from t_user u where u.id = ?
delete from t_user where id = ?
```

下面程序删除一个脱管对象:

```
…//打开 Session1,开启事务
User user = (User)session1.get(User.class,new Integer(1));
…//提交事务,关闭 Session1
…//打开 Session2,开启事务
session2.delete(); //删除脱管对象
…//提交事务,关闭 session2
```

在上述代码中,Session2 先把 user 对象进行关联,纳入 Session 的缓存中,然后删除。需要注意的是,在调用 delete()方法时并不发送 SQL 语句,而是在提交事务时,清理缓存才发送 SQL 语句。

(6) Query 查询。在 Hibernate2.x 中,执行 Hibernate 查询语句(HQL)使用 find()方法;但在 Hibernate3.x 中废除了 find()方法,引入 org.hibernate.Query 接口,来执行 HQL。

Query 接口的实例可从 Session 对象 session 中生成,例如:

```
Query query = session.createQuery("from User user where user.name like ?");
```

以下是 Query 接口的主要方法。

① set×××()方法用于设置 HQL 中问号或变量的值。set×××()有两种重载方式,以 setString()为例:

- setString(int position,String value)用于设置 HQL 中"?"的值。其中 position 代表"?"在 HQL 中的位置,value 代表为"?"设置的值。例如:

```
Query query = session.createQuery("from User user where user.name like ?");
query.setString(0,"%Tom%");
```

- setString(String paraName,String value)用于设置 HQL 中":"后跟变量的值。其中 paraName 代表 HQL 中":"后跟变量,value 代表改变量设置的值。例如:

```
Query query = session.createQuery("from User user where user.name like:userName");
query.setString("userName","%Tom%");
```

② list()方法返回查询结果,并把查询结果转变成 List 对象。例如:

```
Query query = session.createQuery("from User user where user.name like ?");
query.setString(0,"%Tom%");
List list = query.list();
```

```
for(int i = 0;i < list.size();i++){
    user = (User)list.get(i);
    System.out.println(user.getUserName());
}
```

③ executeUpdate()方法执行更新或删除语句。它常用于批量删除或批量更新操作，例如：

```
Query query = session.creatQuery("delete from User");
query.executeUpdate();  //删除对象
```

上述代码等价于：

```
delete from t_user;
```

5. 核心 API——Transaction 接口

org.hibernate.Transaction 接口允许应用程序定义工作单元，同时又可调用 JTA 或 JDBC 执行事务管理。它是一个可选的 API，其运行与 Session 接口相关，可调用 Session 接口的 beginTransaction ()方法生成一个 Transaction 实例，例如：

```
Transaction tx = session.beginTransaction();
```

一个 Session 实例可以与多个 Transaction 实例相关联，但一个特定的 Session 实例在任何时候必须与至少一个未提交的 Transaction 实例相关联。

Transaction 接口是对实际事务实现的一个抽象，其设计是为了能为开发者提供一个统一事务的操作界面，使得其项目可以在不同的环境和容器之间方便地移植，因为让持久层具备可移植性是人们的理想。为此，Hibernate 提供了一套称为 Transaction 的封装 API，用来把部署环境中的本地事务管理系统转换到 Hibernate 事务上。

以下是 Transaction 接口的常用方法。

- commit()用来提交相关联的 Session 实例。
- rollback()用来撤销事务操作。
- wasCommitted()用来检查事务是否提交。

以下是事务编程的基本格式。

```
Session session = sessionFactory.openSession();
Transaction tx;
try{
    //开始一个事务
    tx = session.beginTransaction();
    //执行事务
    …
    //提交事务
    tx.commit();      //注意：在事务编程中一定要进行事务提交
}catch(Exception e){
    //如果出现异常就撤销事务
    if(tx != null)
        tx.rollback();
```

```
        throw e;
    }finally{
        //不管事务执行成功与否,最后都关闭Session并且放在finally中以提高安全性
        session.close();
    }
```

小结

本章对J2EE框架技术作了详细的介绍,既是本书学习的重点,也是学习的难点。通过本章的学习,读者能够掌握Struts框架、Spring框架和Hibernate框架三大Java框架技术的相关理论知识,并为以后的学习、应用打下基础。

习题

1. 从MVC角度,简述Struts工作原理。
2. Struts框架中的组件有哪些?它们在框架中分别起到什么作用?
3. Struts配置文件可以配置哪4种信息?具体如何配置?
4. 简述Struts控制器的主要功能。
5. Struts框架包的核心是什么?简述其工作流程。
6. 谈谈你对Spring的理解,并说说其具有哪些功能。
7. Spring由哪7个模块组成?说说你对每个模块的认识。
8. Spring的核心概念是什么?举例解释控制反转和注入依赖的概念。
9. Spring IoC框架主要组件有哪些?
10. 什么是AOP,简单谈谈你对AOP的理解。
11. 画图说明Hibernate的结构体系。
12. Hibernate的核心组件有哪些?画图说明它们之间的关系。

第6章 基于Structs的项目开发

现在，各种团队都在编写各种各样的 Web 应用。在应用中使用分层架构[POSA]，可以很容易地让团队的成员分别专注于应用的不同部分。但是，仍然很有必要让团队的每个人都从头到尾理解整个处理流程。在我们深入探究 Struts 的各部分是如何优雅地相互结合之前，让我们先从头开始了解一个项目的开发流程。在这一章，我们将通过一个具体的案例和 Struts 来一个亲密接触，然后构建一个供用户登录的程序，熟悉 Struts 的开发方法。接下来进一步开发上传功能，从而使各位能对 Struts 有一定深入的了解。

在本章，我们以"DIY 相册"为案例，给大家讲述了一个项目的基本开发流程，从需求分析、环境搭建、数据库设计、编码四个方面为大家介绍，结合真实的项目开发过程，使大家在学习过程中更具有针对性、真实性。如果你的机器上安装了 Struts 开发环境，你可以跟着来做。如果没有，没关系，6.2 节我们以图文的方式教大家一步一步搭建开发环境，并提出了可能出现的问题以及相应的解决方法，保证平台的顺利搭建。

本章重点介绍了 Struts 的相关知识，对 Struts 的配置文件以及标记库进行了详细介绍，虽然知识较多，但是学起来还是不难掌握的。希望大家在掌握了本章所讲述的登录以及上传两个功能的开发后，能够继续研究学习，开发一些更深层次的应用。

本章知识点

① 掌握需求分析的过程及方法；
② 了解 J2EE 平台的搭建；
③ 掌握数据字典的设计方法；
④ 熟悉 web.xml 和 Struts-config.xml 配置文件中的标记含义；
⑤ 掌握 Struts 逻辑标记的使用方法；
⑥ 了解 JSP 视窗组建标记的含义及使用方法；
⑦ 掌握基于 Struts 的开发流程及功能的实现。

6.1 需求分析

在系统工程及软件工程中，需求分析指的是在建立一个新的或改变一个现存的系统或产品时，确定新系统的目的、范围、定义和功能时所要做的所有工作。需求分析是软件工程中的一个关键过程，在这个过程中，系统分析员和软件工程师确定顾客的需要。只有在确定了这些需要后他们才能够分析和寻求新系统的解决方法。

在软件工程的历史中,很长时间里人们一直认为需求分析是整个软件工程中最简单的一个步骤,但在过去十年中,越来越多的人认识到它是整个过程中最关键的一个过程。假如在需求分析时,分析者们未能正确地认识到顾客的需要的话,那么最后的软件实际上不可能达到顾客的需要,或者软件无法在规定的时间里完工。

6.1.1 为什么要需求分析

需求分析就是分析软件用户的需求是什么。如果投入大量的人力、物力、财力、时间、开发出的软件却没人要,那所有的投入都是徒劳。如果费了很大的精力,开发一个软件,最后却不满足用户的要求,而要重新开发,这种返工是让人痛心疾首的。例如,用户需要一个 for Linux 的软件,而你在软件开发前期忽略了软件的运行环境,忘了向用户询问这个问题,而想当然的认为是开发 for Windows 的软件,当你千辛万苦地开发完成向用户提交时才发现出了问题,那时候就欲哭无泪了。

需求分析之所以重要,就因为它具有决策性、方向性、策略性的作用,它在软件开发的过程中具有举足轻重的地位。大家一定要对需求分析具有足够的重视,在一个大型软件系统的开发中,它的作用要远远大于程序设计。

6.1.2 需求分析的任务

简而言之,需求分析的任务就是解决“做什么”的问题,就是要全面地理解用户的各项要求,并准确地表达所接受的用户需求。

6.1.3 需求分析的过程

需求分析阶段的工作,可以分为四个方面:问题识别、分析与综合、制订规格说明、评审。

1. 问题识别

就是从系统角度来理解软件,确定对所开发系统的综合要求,并提出这些需求的实现条件以及需求应该达到的标准。这些需求包括功能需求(做什么)、性能需求(要达到什么指标)、环境需求(如机型,操作系统等)、可靠性需求(不发生故障的概率)、安全保密需求、用户界面需求、资源使用需求(软件运行是所需的内存、CPU 等)、软件成本消耗与开发进度需求,预先估计以后系统可能达到的目标。

2. 分析与综合

逐步细化所有的软件功能,找出系统各元素间的联系、接口特性和设计上的限制,分析它们是否满足需求,剔除不合理部分,增加需要部分。最后,综合成系统的解决方案,给出要开发的系统的详细逻辑模型(做什么的模型)。

3. 制订规格说明书

制订规格说明书即编制文档,描述需求的文档称为软件需求规格说明书。请注意,需求分析阶段的成果是需求规格说明书，向下一阶段提交。

4. 评审

对功能的正确性、完整性和清晰性以及其他需求给予评价。评审通过才可进行下一阶段的工作，否则重新进行需求分析。

6.1.4 需求分析的方法

需求分析的方法有很多。这里只介绍原型化方法，其他的方法如结构化方法、动态分析法等在此不讨论。

原型化方法是十分重要的。原型就是软件的一个早期可运行的版本，它实现了目标系统的某些或全部功能。

原型化方法就是尽可能快地建造一个粗糙的系统，这系统实现了目标系统的某些或全部功能，但是这个系统可能在可靠性、界面的友好性或其他方面上存在缺陷。建造这样一个系统的目的是为了考察某一方面的可行性，如算法的可行性、技术的可行性，或考察是否满足用户的需求等。例如，为了考察是否满足用户的要求，可以用某些软件工具快速地建造一个原型系统，这个系统只是一个界面，然后听取用户的意见，改进这个原型，以后的目标系统就在原型系统的基础上开发。

原型主要有三种类型，即探索型、实验型、进化型。探索型的目的是要弄清楚对目标系统的要求，确定所希望的特性，并探讨多种方案的可行性。实验型用于大规模开发和实现前，考核方案是否合适，规格说明是否可靠。进化型的目的不在于改进规格说明，而是将系统建造得易于变化，在改进原型的过程中，逐步将原型进化成最终系统。

在使用原型化方法时，有两种不同的策略，即废弃策略和追加策略。

废弃策略是指先建造一个功能简单而质量要求不高的模型系统，针对这个系统反复进行修改，形成比较好的思想，据此设计出较完整、准确、一致、可靠的最终系统。系统构造完成后，原来的模型系统就被废弃不用。探索型和实验型属于这种策略。

追加策略是指先构造一个功能简单而且质量要求不高的模型系统，作为最终系统的核心，然后通过不断地扩充修改，逐步追加新要求，发展成为最终系统。进化型属于这种策略。

6.1.5 需求分析误区

要想说什么是好的需求分析，不如说什么是不好的需求分析，知道什么是不好的，自然也就知道了什么是好的。以下就是一些不好的情况。

1. 创意和求实

毋庸置疑，每个人都会为自己的一个新的 idea 而激动万分，特别是当这个 idea 受到一些根本不知道你原本要干吗的人的惊赞时。但是请注意，当你激动得意的时候，你可能已经忘了你原本是在描述一个需求，而不是在策划一个创意、创造一个概念。很多刚开始做需求分析的人员都或多或少地会犯这样的错误，陶醉在自己的新想法和新思路中，却违背了需求的原始客观性和真实性原则。

永远别忘了：需求不是空中楼阁，是实实在在的一砖一瓦。

2. 解剖的误区

几乎所有设计软件的人，做需求分析的时候，一上来就会把用户告诉你的要求，完完整整地做个解剖，切开分成几个块，再细分成几个子块，然后再条分缕析。可是当用户迷惑地看着你辛辛苦苦做出来的分析结果时问你：我想作一个数据备份的任务，怎么做？这时，你会发现，需要先后打开三个窗口才能完成这个任务。

永远别忘了：分解是必需的，但最终的目的是为了更好地组合，而不是为了分解。

3. 角度和思维

经常听到这样的抱怨："用户怎么可以提出这样苛刻的要求呢?"仔细一了解，你会发现，用户只不过是要求把一个需要两次点击的功能，改成只有一次点击。这样会导致需要改变需求、改变编码，甚至重新测试，增加工作量。可是，如果换个角度来想想，这个功能开发的时候只用了几次、几十次，可是用户每天都要用几百次、几千次，甚至几万次，改动一下就减少了一半的工作量，对他来说，这样的需求难道会苛刻吗？

永远别忘了：没有任何需求是不对的，不对的只是你的需求分析。试着站在用户的思维角度想想，你的需求分析就会更加地贴近用户，更加的合理。软件应该是以人为本的。

4. 程序员逻辑

从程序员成长为系统分析员是一个普遍的轨迹，但并不是一个好的程序员就必然能成为一个好的系统分析员。一些程序员的固化逻辑，使得他们在做需求分析的时候往往钻进了一些牛角尖里面。比如说1/0逻辑(或者是说黑白逻辑)，认为不是这样就是那样，没有第三种情况；可实际情况往往是，在一定的时候是这样，其他时候是那样。又比如穷举逻辑，喜欢上来就把所有1～3种可能的情况列举出来，然后一个一个分别处理，每个占用三分之一的时间；可是实际的情况往往是，三分之一的情况占了99%的比例，其他两种情况一年都不会遇到一次。实际中还有很多这样的例子，就不一一列举了。

永远别忘了：需求分析和程序设计不尽相同，合理、可行是才是重要的。跳出程序设计的圈子，站在系统的角度上来看问题，你的结论会截然不同。

6.1.6 案例——DIY电子相册需求分析(概要设计)

1. 整体功能模块设计

DIY电子相册主要提供相册DIY功能。用户可以在线DIY设计自己的相册，并可以联系商铺生产实际的相册。DIY电子相册整体功能结构图如图6-1所示。

整个DIY平台共用一套用户管理系统，在DIY电子相册模块，用户可保存自己DIY的相册，查看自己的订单及交易记录。该模块的主功能为电子相册的DIY设计，用户在设计时，有两种方式，一种是套用已经设定好的模板，用户只需要在模板中对应位置放入相片和文字即可，该方式适用于不愿花太多时间进行设计或者需要借鉴他人设计元素来进行DIY的用户；另一种方式为纯DIY设计，用户可自由设置每一页的背景、排版等，用户具有更高

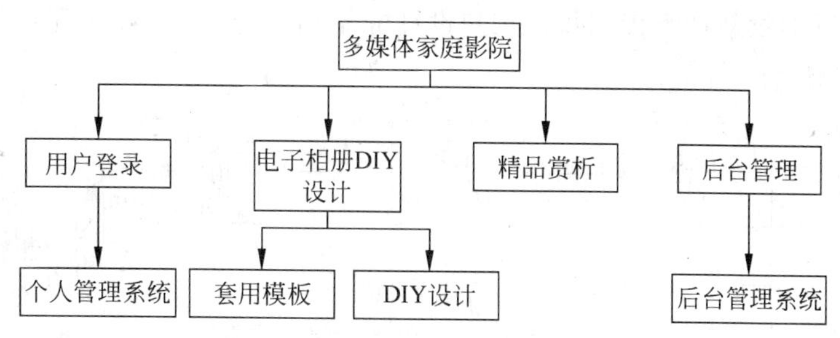

图 6-1 DIY 电子相册功能结构图

的自由性，该方式适用于愿意动手设计，发挥自己想象力的用户群。该模块同时还设置相关精品赏析以及制作流程介绍，帮助用户更好地去设计自己的产品。后台管理模块则是针对本模块提供产品管理、素材管理、订单管理等管理功能。

2. 分模块详细设计

DIY 电子相册流程图如图 6-2 所示。

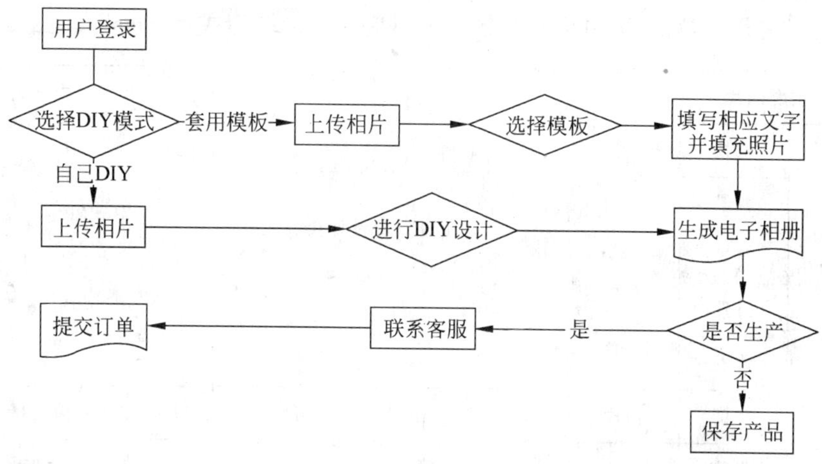

图 6-2 DIY 电子相册流程图

1）用户登录模块

(1) 注册模块。在同意用户注册协议之后，填写注册信息，注册信息包括用户名、用户密码及密码确认、电子邮件及相关可选注册信息项，单击“提交”按钮，即可成为新用户。

(2) 登录模块。注册过的用户单击“登录”按钮，填写用户名和密码，登录进入主页面。

2）主功能模块

用户注册登录后，即可设计属于自己的电子相册，以下是两种设计模式。

(1) 套用模板。系统提供一系列模板供用户选择，模板分为生日、爱情、友情、儿童、祝福、节日等类，按选择人气进行排序。用户选择满意的模板后，上传需要加入到相册中的相片，相片以一次性的方式上传。相片上传完后，用户只需在模板中对应位置放入相片并加入文字说明即可。对于模板而言，相片以及文字的位置、排版、样式都是固定的，用户只需加入自己的元素即可。用户可随时将已上传的相片拖入到模板中，在模板中可调整相片的大小、位置,另外也可以继续新增上传相片。用户设计完毕后,即可预览并保存自己设计的产品。该模式下流程如图 6-3 所示。

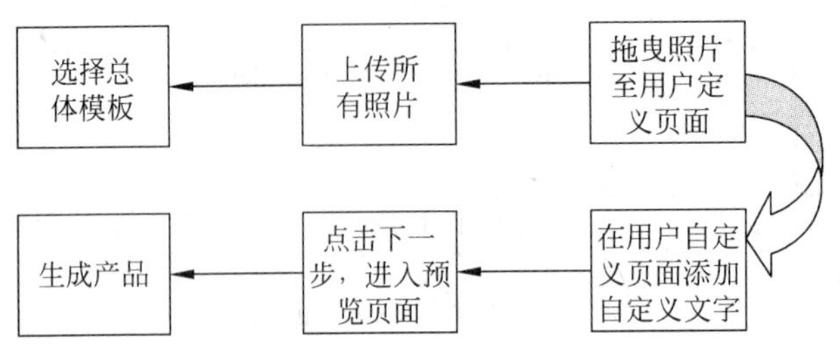

图 6-3 套用模板流程

(2) 自己 DIY 设计。用户选择该模式后,首先上传需要加入到相册中的相片,然后进入 DIY 设计页面如图 6-4 所示。与模板不同的是,该方式下用户能更自由地发挥。不仅页面的背景,包括排版、文字的样式都由用户自己确定。每一页均由用户自己设计,背景的设计包括主题、心情、天气。用户选择主题后,系统提供相应主题的背景图片,心情的选择包括开心、烦恼、生气、悲伤、平和几类,对应选项提供对应的色调饱和度。天气的选择包括晴朗、下雨、阴天、下雪几类,对应选项会给背景加上对应天气的图标或者 Flash。

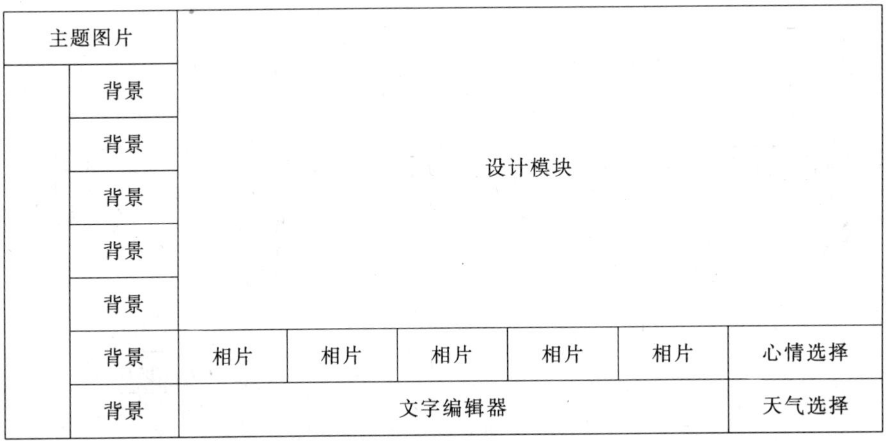

<table>
<tr><td colspan="2">主题图片</td><td colspan="6" rowspan="6">设计模块</td></tr>
<tr><td rowspan="7"></td><td>背景</td></tr>
<tr><td>背景</td></tr>
<tr><td>背景</td></tr>
<tr><td>背景</td></tr>
<tr><td>背景</td></tr>
<tr><td>背景</td><td>相片</td><td>相片</td><td>相片</td><td>相片</td><td>相片</td><td>心情选择</td></tr>
<tr><td>背景</td><td colspan="5">文字编辑器</td><td>天气选择</td></tr>
</table>

图 6-4 直接 DIY 页面设计

用户在设计页面左边区域选择每一页的背景图,确定每一页的主题,然后在设计模块进行自己的 DIY 设计,设计过程中提供预览功能,用户可随时预览自己设计的产品。该模式流程如图 6-5 所示。

3) 精品赏析模块

用户设计完成后可保存自己设计的产品,对于用户保存的产品,将自动存入精品赏析中,供大家赏析,用户可自由评价他人的设计成品并进行打分。精品赏析产品按浏览次数进行排序,使用户能看到自己设计的产品在大众眼中的看法及分数。

用户如想将自己设计的产品生产出来,可联系客服,按照流程填写订单并付款,由网站联系厂商进行产品的生产及销售。

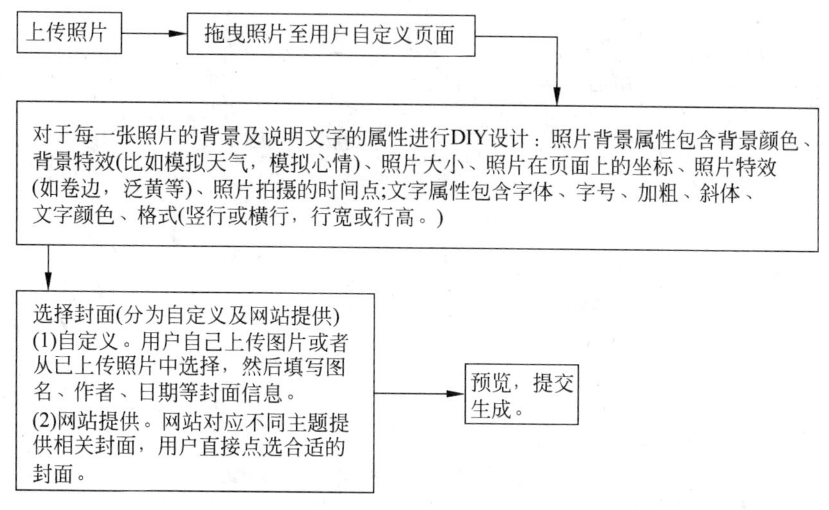

图 6-5　直接 DIY 流程

6.2　搭建开发平台

以下是需要准备的工具。

(1) JDK 1.5.0_05。下载地址：http://java.sun.com/j2se/1.5.0/download.jsp。

(2) Tomcat 5.5.9。下载地址：

http://jakarta.apache.org/site/downloads/downloads_tomcat-5.cgi。

(3) MyEclips 7.0。下载地址：http://downloads.myeclipseide.com/。

6.2.1　JDK 的安装

1. JDK 的环境变量设置

在“我的电脑”图标上右击鼠标，选择“属性”菜单项，在弹出的“系统属性”对话框中选择“高级”标签，单击“环境变量”按钮，弹出如图 6-6 所示的对话框。在新的打开对话框中的系统变量里需要设置三个属性，即 java_home、path 和 classpath，其中，在没安装过 JDK 的环境下，path 属性是本来存在的，而 java_home 和 classpath 是不存在的。

首先单击“新建”按钮，在“变量名”文本框中输入 java_home，该变量的含义就是 Java 的安装路径，在“变量值”文本框中输入 JDK 的安装路径 D:\Java\；其次在系统变量里面找到 path 选项，单击“编辑”按钮，path 变量的含义就是系统在任何路径下都可以识别。如图 6-7 所示，打开该变量时，会发现其“变量值”文本框中已经有了内容，我们不要删除这些内容，将光标定位到该文本框的末尾，如果末尾有一个分号“;”，就直接添加 Java 命令所在的路径，如果没有分号，则需要添加一个分号后再添加 Java 命令的路径——Java 命令的路径是%java_home%\bin;%java_home%\bin(其中“%java_home%”的意思为刚才设置 java_home 的值，如果目录不对，建议先进入文件夹确认下 bin 目录所在的目录结构)，也可以直接写上 D:\Java\。

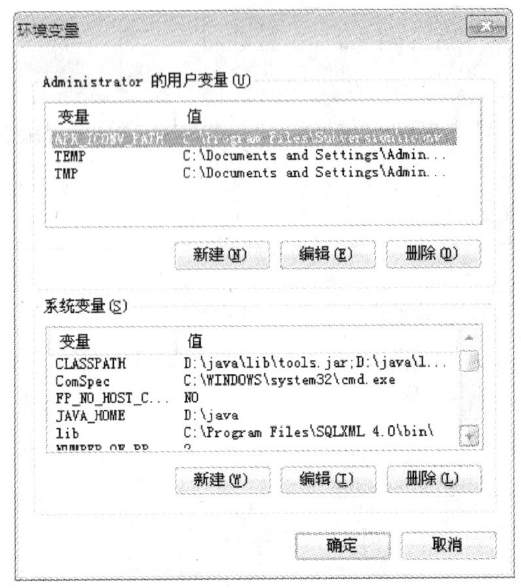

图 6-6 “环境变量”对话框

最后单击“新建”按钮，在“变量名”文本框中输入 CLASSPATH，如图 6-8 所示。该变量的含义是为 Java 加载类(class or lib)路径，只有类在 classpath 中，Java 命令才能识别，其值为.;%java_home%\lib\dt.jar;%java_home%\lib\tools.jar(要加.表示当前路径)，与%java_home%有相同意思。

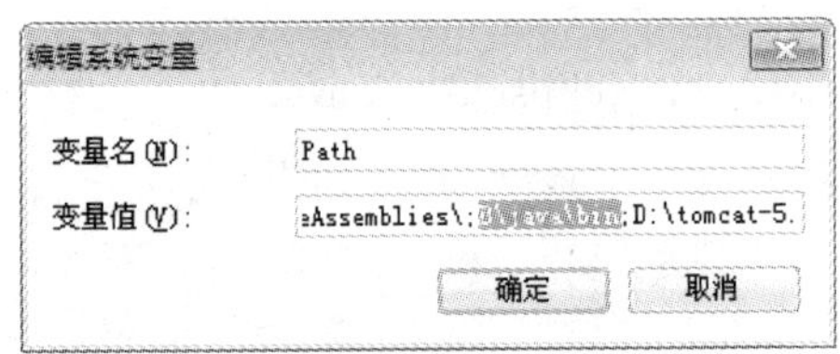

图 6-7 新增环境变量

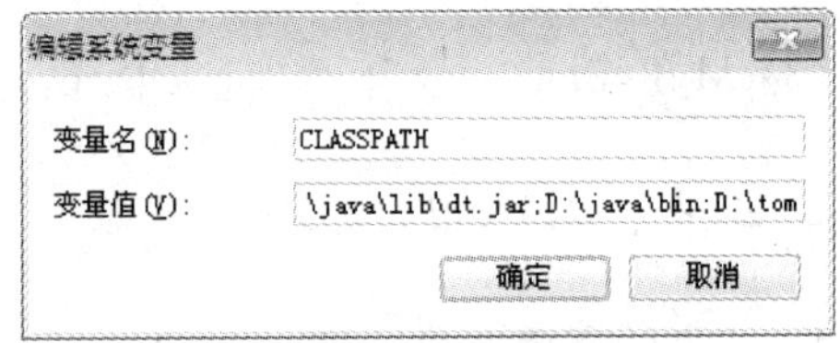

图 6-8 环境变量增加完成

以上三个变量设置完毕，则单击“确定”按钮直至属性窗口消失，接下来是验证看看安装是否成功。先选择“开始”→“运行”命令，输入“cmd”，进入 dos 系统界面。然后输入 java-version，如果安装成功，系统会显示 Java 的版本信息，如图 6-9 所示。

另外安装 Java 时，安装 JDK 和 JRE 要有两个目录，安装时都选择在同一目录会出现 bin 和 lib 文件覆盖现象，从而出现无 lib\tools.jar 文件的现象，到时即使正确设置了环境变量后 Javac 也不可用！因此安装 JDK 后一定要看下在 jdk\lib 下是否有 tools.jar 文件，有的话按照上面的方法设置环境变量就可以了。

2. 写一个经典的 Java 程序——Hello World

这个程序虽然简单，但很经典，之所以经典，自有其道理。首先，开启文本编辑器如 txt，新建一个文本文件，写入如下代码。

```
public class HelloWorld{
```

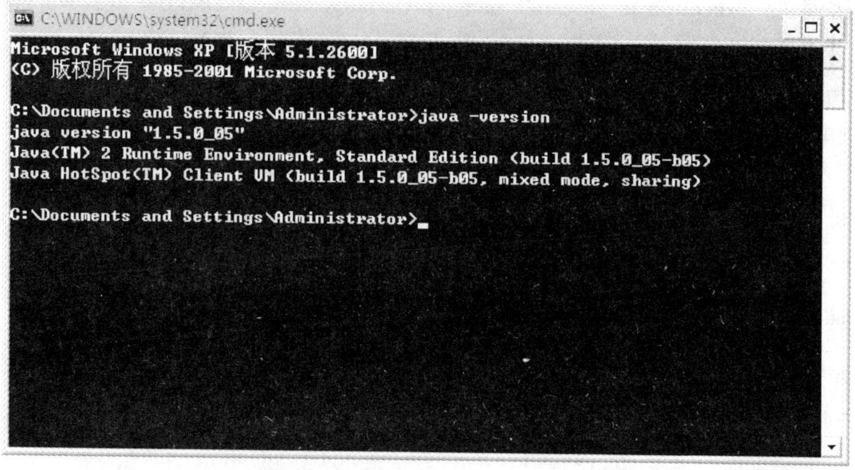

```
C:\WINDOWS\system32\cmd.exe
Microsoft Windows XP [版本 5.1.2600]
(C) 版权所有 1985-2001 Microsoft Corp.

C:\Documents and Settings\Administrator>java -version
java version "1.5.0_05"
Java(TM) 2 Runtime Environment, Standard Edition (build 1.5.0_05-b05)
Java HotSpot(TM) Client VM (build 1.5.0_05-b05, mixed mode, sharing)

C:\Documents and Settings\Administrator>_
```

图 6-9 验证 JDK 是否成功安装

```
    public static void main(String args[ ]) {
        System.out.println("Hello World!");
    }
}
```

然后关闭编辑器，重命名本文件为 HelloWorld.java。注意，如果文件里的类名为 helloworld，则本文件名也要改为 helloworld.java，即文件名必须与类名相同，大小写也要必须一样。

然后选择"开始"→"运行"命令或者直接安装 Windows+R，打开命令行，输入 cmd，单击"确定"按钮或"回车"按钮后，就打开了命令符窗口。如果刚才的 HelloWorld.java 文件保存在 f:\中，则在该窗口中输入 f:，然后回车，光标处为：F:\>。这时，输入 javac HelloWorld.java，然后回车，再输入 java HelloWorld，然后回车，如果一切正常的话，窗口中会显示 Hello World! 这一行文字，否则，肯定会出错。下面便是常见的几种错误类型及其解决方案。

(1) 错误 1：'javac' 不是内部或外部命令，也不是可运行的程序或批处理文件(javac: Command not found)。产生的原因是没有设置好环境变量 path。Windows 98 下在 autoexce.bat 中加入 path=%path%;c:jdk1.2 in，Windows 2000 下则选择"控制面板"→"系统"→"高级"→"环境变量"→"系统变量"命令，双击 Path 选项，在"变量值"文本框末尾加上 c:jdk1.2in。当然，我们假设 JDK 安装在了 c:jdk1.2 目录下。

(2) 错误 2：HelloWorld is an invalid option or argument。Java 的源程序是一定要存成.java 文件的，而且编译时要写全.java。

(3) 错误 3：HelloWorld.java:1：Public class helloworld must be defined in a file called "HelloWorld.java". public class helloworld。这个错误是因为你的类的名字与文件的名字不一致。准确地说，一个 Java 源程序中可以定义多个类，但是，具有 public 属性的类只能有一个，而且要与文件名相一致。还有，main 方法一定要放在这个 public 的类之中，这样才能 Java(运行)这个类。另外，注意 Java 语言里面是严格区分大小写的。像上例中 helloworld 与 HelloWorld 就认为是不一样。

(4) 错误 4：Exception in thread "main" java. lang. NoClassDefFoundError：HelloWorld。这个就是著名的类路径(classpath)问题。实际上，类路径是在编译过程就涉及的 Java 中的概念。classpath 就是指明去哪里找用到的类，就这么简单。由于我们的 HelloWorld 没用到其他的(非 java. lang 包中的)类，所以编译时没遇到这个问题。运行时，就要指明你的类在哪里了。解决方法，可以用下面的命令运行：java-classpath . HelloWorld“.”就代表当前目录。当然这样做有点麻烦，我们可以在环境变量中设置默认的 classpath。方法就照上述设置 path 那样。将 classpath 设为：

```
classpath = .;c:jdk1.2libdt.jar;c:jdk1.2lib ools.jar
```

(5) 错误 5：Exception in thread "main" java. lang. NoSuchMethodError：main。看看你的代码，问题出在 main 方法的定义上，写对地方了吗，是不是和上述代码一模一样，包括大小写。

6.2.2 Tomcat 的安装及其环境变量的设置

首先安装 Tomcat5. 5. 9。

接下来就是设置环境变量了，注意，Tomcat 的环境变量与 JDK 相关联，因此必须先安装好 JDK 并设置好其环境变量后再开始安装 Tomcat。

在“我的电脑”图标上右击鼠标，选择“属性”菜单项，在弹出的对话框中选择“高级”标签，单击“环境变量”按钮，在弹出对话框的“系统变量”列表框中添加以下环境变量(假定你的 Tomcat 安装在 d:\tomcat)：

```
CATALINA_HOME: d:\tomcat
CATALINA_BASE: d:\tomcat
TOMCAT_HOME: d:\tomcat
```

如果是第一次设置 Tomcat 的环境变量，上面的这三个变量都是没有的，因此都需要新建，以第一个变量为例，单击“新建”按钮，在弹出对话框中输入变量名为 CATALINA_HOME，输入变量值为 d:\tomcat。

然后修改环境变量中的 classpath，这一步与上面 JDK 相关联，这里的 classpath 变量便是上面在安装 JDK 时所创建的环境变量，如图 6-10 所示。把 Tomat 安装目录下的 common\lib 下的 servlet. jar 追加到 classpath 中去，修改后的 classpath 如下：

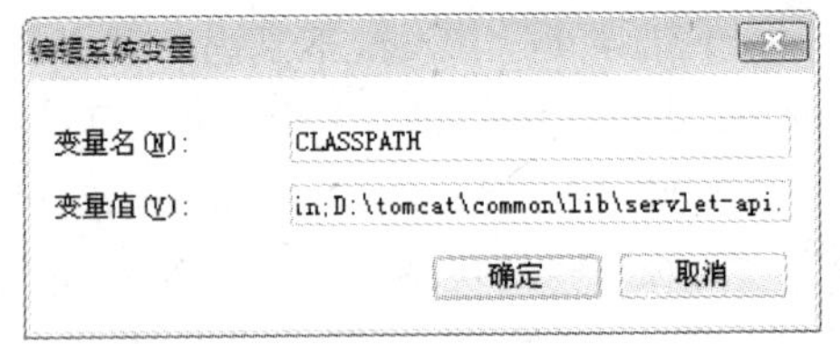

图 6-10 Tomcat 环境变量设置

classpath=.;%JAVA_HOME%\lib\dt. jar;%JAVA_HOME%\lib\tools. jar;%CATALINA_HOME%\common\lib\servlet-api. jar(注意：末尾最好别加分号)。双击打开 classpath 变量时，其值为 JDK 的相关值，即：

```
.;%JAVA_HOME%\lib\dt.jar;%JAVA_HOME%\lib\tools.jar,
```

现在要追加 Tomcat 的该变量值，需要先在末尾添加一个分号(如果末尾有分号，就不必添加了)，然后再添加 Tomcat 的值：

%CATALINA_HOME%\common\lib\servlet-api.jar.

同时，在 path 变量中加入以下值：D:\tomcat\bin;。

接着可以启动 Tomcat，在 IE 中访问 http://localhost:8080，如果看到 Tomcat 的欢迎页面的话说明安装成功了。

6.2.3 MyEclips 的安装及配置

MyEclips 的安装相对简单，执行安装程序后，单击"下一步"按钮，选用默认的安装地址。安装完成后，选择 MyEclips→pereferences→MyEclips Enterprise Workbench→Services→Tomcat→Tomcat 5.x 命令，配置好 tomcat 相应的地址，如图 6-11 所示。

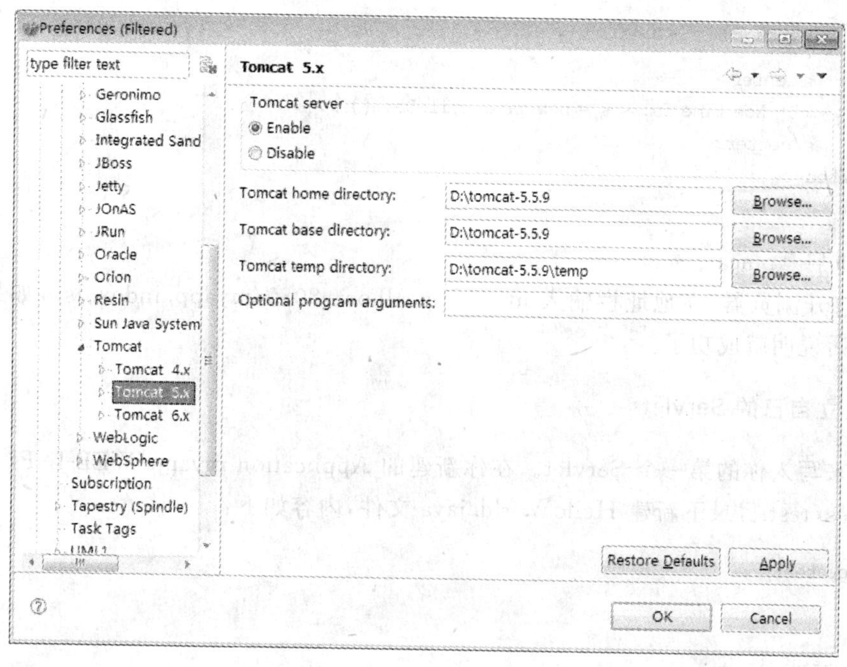

图 6-11 MyEclips 配置

6.2.4 Tomcat 下的 JSP、Servlet 和 JavaBean 的配置

1. 建立自己的 JSP App 目录

(1) 到 Tomcat 的安装目录的 webapps 目录，可以看到 ROOT，examples，tomcat-docs 之类 Tomcat 自带的目录。

(2) 在 webapps 目录下新建一个目录，起名叫 myapp。

(3) 在 myapp 目录下新建一个目录 WEB-INF，注意，目录名称是区分大小写的。

(4) 在 WEB-INF 目录下新建一个文件 web.xml，内容如下：

```
<?xml version="1.0"encoding="ISO-8859-1"?>
```

```
<! DOCTYPEweb - app
PUBLIC " - //Sun Microsystems, Inc. //DTD Web Application 2.3//EN"
"http://java. sun. com/dtd/web - app_2_3. dtd">

< web - app >
< display - name > My Web Application </display - name >
< description >
    A application for test.
</description >
</web - app >
```

(5) 在 myapp 目录下新建一个测试的 JSP 页面，文件名为 index. jsp，文件内容如下：

```
< html >
    < body >
        < center >
            Now time is: <% = new java.util.Date() %>
        </center >
    </body >
</html >
```

(6) 重启 Tomcat。

(7) 打开浏览器，在地址栏输入 http://localhost:8080/myapp/index. jsp，如果看到当前时间的话说明就成功了。

2. 建立自己的 Servlet

接下来写入你的第一个 Servlet。在你新建的 Application myapp/WEB-INF/classes/test 目录下新建 HelloWorld. java 文件，内容如下：

```
package test;


 importjava. io. * ;
 importjavax. servlet. * ;
 importjavax. servlet. http. * ;
 publicclassHelloWorld extendsHttpServlet
{
   public void doGet(HttpServletRequest request,HttpServletResponse response)th
rows ServletException, IOException
   {
   response. setContentType("text/html");
   PrintWriterout = response. getWriter();
   out. println("< html >< head >< title >");
   out. println("This is my first Servlet");
   ut. println("</title ></head >< body >");
   ut. println("< h1 > Hello, World! </h1 >");
   ut. println("</body ></html >");

   }
   }
```

然后照样用 javac HelloWorld. java 来编译这个文件，如果出现无法 import javax. servlet. *，那么就是应该把 d:\Tomcat\common\lib 里面的 servlet-api. jar 文件复制到 d:\JDK\jre\lib\ext 中，再次编译，就没有问题了。

在 Tomcat 目录(d:\Tomcat\webapps\myapp)中的文件结构如下：

```
myapp\index.jsp
```

myapp\WEB-INF\classes\test\HelloWorld. class(把上面生成的 HelloWorld. class 文件放在这个里面)

然后用记事本打开 web. xml 文件。

在<web-app></web-app>添加下面这段程序：

```
<servlet>
    <servlet-name>HelloWorld</servlet-name>
    <servlet-class>test.HelloWorld</servlet-class>
</servlet>
<servlet-mapping>
    <servlet-name>HelloWorld</servlet-name>
    <url-pattern>/HelloWorld</url-pattern>
 </servlet-mapping>
```

因为这样的结构：

```
<servlet>
<servlet-name>HelloWorld</servlet-name>
<servlet-class>test.HelloWorld</servlet-class>//类的路径
</servlet>
```

表示指定包含的 Servlet 类，而以下的结构：

```
<servlet-mapping>
   <servlet-name>HelloWorld</servlet-name>
 <url-pattern>/HelloWorld</url-pattern>
</servlet-mapping>
```

表示指定 HelloServlet 应当映射到哪一种 URL 模式。在修改 web. xml 完毕后，重新启动 Server，然后在地址栏输入 http://localhost:8080/myapp/HelloWorld,，如果正常显示 Hello，World！就表示配置成功了。

3. 建立自己 JavaBean

(1) 在你新建的 Application myapp/WEB-INF/classes/test 目录下新建 TestBean. java 文件，内容如下：

```
package test;
public class TestBean
{
    private Stringname = null;
    public TestBean(StringnameInit){
        this.name = nameInit;
```

```
    }
    public void setName(StringnewName){
        this.name = newName;
    }
    public String getName(){
        return this.name;
    }
}
```

然后照样用 javac TestBean.java 来编译这个文件。

(2) 然后在你新建的应用程序目录 myapp 下新建一个新的 JSP 文件 testBean.jsp，

```
<%@page import = "test.TestBean" %>
<html>
    <head>
        <title> Test Bean </title>
    </head>
    <body>
    <center>
    <%
        TestBean testBean = new TestBean("Http://yexin218.cublog.cn");
    %>
        Java Bean Test:
        The author's blog address is <% = testBean.getName() %>
    </center>
    </body>
</html>
```

确定各个文件的位置：

```
myapp\index.jsp
myapp\testBean.jsp
myapp\WEB - INF\web.xml
myapp\WEB - INF\classes\test\HelloWorld.class
myapp\WEB - INF\classes\test\TestBean.class
```

(3) 重启 Tomcat 服务，在浏览器地址栏输入：

http://localhost:8080/myapp/testBean.jsp,

如果能正常显示以下文字：

Java Bean Test: The author's blog address isHttp://yexin218.cublog.cn

就表示完成了整个 Tomcat 下的 JSP、Servlet 和 JavaBean 的配置。

4. 配置虚拟目录

打开 Tomcat\conf\server.xml 文件，在< Host >和</Host >之间加入

```
<Context path = "/myapp"docBase = "D:\myapp"debug = "0"reloadable = "true"crossContext = "true"/>。
```

6.3 数据库设计

数据库设计(Database Design)是指对于一个给定的应用环境，构造最优的数据库模式，建立数据库及其应用系统，使之能够有效地存储数据，满足各种用户的应用需求(信息要求和处理要求)。

数据库系统是一个复杂的系统，其中所包含的信息除了用户数据外，还有很多非用户数据信息。例如模式和子模式的内容、文件间的联系、数据项的长度、类型、用户标识符、口令、索引等。这些非用户数据是整个数据库系统的情报系统，如果没有它们或它们遭到了破坏，则整个系统将陷入瘫痪状态，即使数据库本身完好无损，也将无济于事。为了使数据库的设计、实现、运行、维护、扩充有一个共同遵循的标准和依据，并且也为了保证数据库的共享性、安全性、完整性、一致性、有效性、可恢复性以及可扩充性，人们在数据库中设置了数据字典，来集中保存这些信息。由于数据字典是描述数据库中各数据属性与组成的数据集合，因此有人把它看做是关于数据库的数据库。

6.3.1 数据字典的基本概念

数据字典(Data Dictionary,DD)是整个数据库环境的重要组成部分，是数据库环境管理的有力工具，在数据库的生命周期内起着重要作用。数据字典的用途是多方面的，它是一个管理有关数据库设计、实现、运行和扩充阶段的各种信息的工具。数据字典是存放数据库各级模式结构的描述，也是访问数据库的接口。

6.3.2 数据字典的功能和作用

数据库管理系统开发过程中，提供完备的文档说明是十分必要的，作为文档重要组成部分的数据字典，是系统数据结构信息的集中反映。从程序设计总的过程来看，大量的时间是花在建立数据库的结构上的。同时，由于系统开发的对象基本上都是国内用户，因此，系统输入和输出程序，例如输入界面、查询、报表等程序需要提供处理对象的中文名称，这些对象大多是数据库字段。通常，建立数据库结构及处理对象的中文名称都是手工进行的，在程序设计中存在着大量重复性的劳动，这成为影响提高系统开发效率的一个重要因素。

归纳起来，数据字典的功能包括以下几方面。

(1) 描述数据库系统的所有对象，如属性、实体、记录类型、数据项、用户标识、口令、物理文件名及其位置、文件组织方法等。

(2) 描述数据库系统各种对象之间的交叉联系，如哪个用户使用哪个子模式，哪个记录分配在哪个区域，存储在哪个物理设备上。

(3) 登记所有对象在不同场合、不同视图中的名称对照表。

(4) 描述模式、子模式和物理模式的改动情况。

因此，在数据库系统中，数据字典的作用有以下几个方面。

(1) 管理系统数据资源。数据字典提供了管理和收集数据的方法。

(2) 实现数据标准化。在数据库中，数据的名称、格式和含义等在不同的场合下容易混淆，数据字典提供使之标准化的工具，它可以给这些内容予以统一的名称、格式和含义。

(3) 使系统的描述文体化。所有和系统有关的描述,都可以对数据字典中的信息进行查询、插入、删除和修改。

(4) 作为设计的工具。由于数据字典中存放着与数据库有关的各种信息和原始资料,就为数据库设计提供了有力的工具。

(5) 为数据库提供存取控制和管理。数据库在接受每一个对数据库的存取请求时,都要检查用户标识、口令、子模式、模式和物理模式等。所以从某种意义上讲,数据字典控制了数据库的运行。

(6) 供数据库管理员(DBA)进行各种查询,以便了解系统性能、空间使用状况和各种统计信息,及时掌握数据库的动态。所以数据字典是 DBA 观察数据库的眼睛和窗口。

当然,数据字典的内容、功能和作用远远不止这些。可以说,凡是与数据库系统有关的信息都可以保存在数据字典中。在不同的系统和不同的应用中,DBA 可以根据需要,不断利用它的潜力,发挥更大的作用。

6.3.3 数据字典的组成

数据字典由以下项组成:数据项、数据结构、数据流、数据存储、处理过程。

数据库的重要部分是数据字典,它存放有数据库所用的有关信息,对用户来说是一组只读的表。以下是数据字典的内容。

(1) 数据库中所有模式对象的信息,如表、视图、簇、及索引等。

(2) 分配多少空间,当前使用了多少空间等。

(3) 列的默认值。

(4) 约束信息的完整性。

(5) 用户的名字。

(6) 用户及角色被授予的权限。

(7) 用户访问或使用的审计信息。

(8) 其他产生的数据库信息。

数据库数据字典是一组表和视图结构。它们存放在 SYSTEM 表空间中。数据库数据字典不仅是每个数据库的中心。而且对每个用户也是非常重要的信息。用户可以用 SQL 语句访问数据库数据字典。关于数据的信息集合,是一种用户可以访问的记录数据库和应用程序元数据的目录,是对数据库内表信息的物理与逻辑的说明。

6.3.4 案例——DIY 电子相册数据库表设计(部分)

DIY 电子相册数据库表设计部分如表 6-1~表 6-3 所示。

表 6-1 留言表字段设计

字段名	数据类型	约束	说明
id	bigint		主键,自动编号
Albumid	bigint		外键,关系相册表
Username	varchar(20)		外键,关系用户表
Comment	ntext		留言内容
Commenttime	datetime		留言时间

表 6-2　用户表字段设计

字　段　名	数 据 类 型	约束	说　　明
id	bigint		主键，自动编号
username	varchar(20)		用户名
password	varchar(50)		用户密码
photo	varchar(max)		用户头像
name	varchar(10)		用户真实姓名
born	datetime		用户出生日期
identitys	varchar(18)		用户身份证
gender	varchar(2)	'男'或'女'	性别
adress	varchar(200)		用户地址
occupation	varchar(50)		用户工作
vocation	varchar(50)		用户职业
habit	varchar(50)		用户爱好
description	ntext		用户自我描述
mark	bigint		用户积分
email	varchar(100)	邮箱格式	用户邮箱
state	varchar(10)		用户状态
vip	varchar(50)	'是'或'否'	用户是否为 VIP
stime	datetime		注册时间
qq	varchar(15)	数字格式	QQ 号
tel	varchar(20)	数字格式	电话号码
msn	varchar(50)		MSN 号
ifpublic	varchar(10)	'是'或'否'	是否公开信息

表 6-3　相册信息表字段设计

字　段　名	数 据 类 型	约束	说　　明
Id	bigint		主键，自动编号
Title	varchar	非空	相册标题
Cover	varchar(MAX)		相册封面图片
Album	varchar(MAX)	非空	相册
username	varchar	非空	外键，用户名
averagemark	float		总平均分
mark_time	bigint		评分次数
clicktime	bigint		点击数
puntime	varchar(50)	非空	相册发布时间
category_name	bigtin	非空	外键，关系分类表
downloadtime	bigint		下载次数
collection	bigint		收藏次数
homepage_show	varchar	'是'或'否'	是否显示在首页
Album_size	float		相册大小
albumtheme	varchar		相册所属主题

6.4 创建 Struts 项目

6.4.1 创建 Web 项目

1. 创建 Web 工程

打开 MyEclipse 开发界面,执行 File→New→web Project 命令,打开 New Web Project 对话框,如图 6-12 所示。在 Web Project Details 选项区的 Project Name 文本框中输入 WebTest,其他采用默认值,注意这里的 Context root URL 文本框中为/WebTest,否则,就要在 IE 中输入相应的名字才能使用了。选中 Add JSTL libraries to WEB-INF/lib folder 复选框,然后单击 Finish 按钮,完成项目创建。

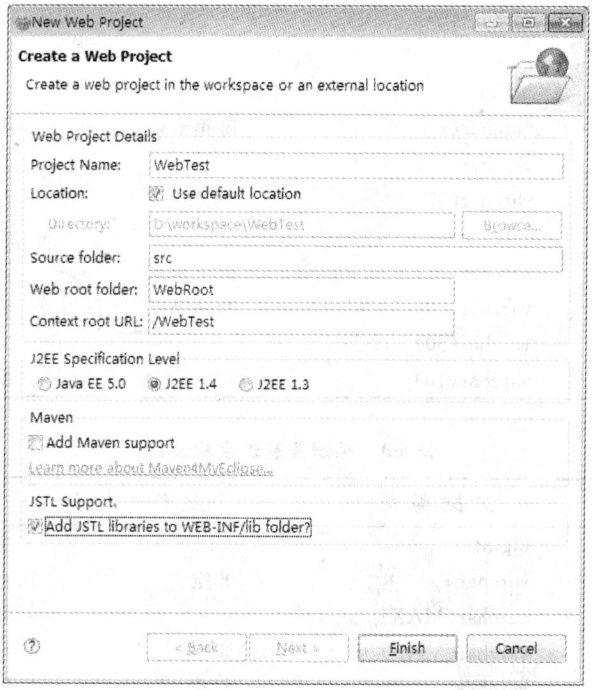

图 6-12 创建 Web 工程

2. 新建 Hello 类

选中工程项目 WebTest 下的 src 文件夹(注意是在 Package Explorer 下,执行 Window→Show View→Package Explorer 命令),右击鼠标执行 New→Package 命令,新建一个包 com.chenfeng。选中新建的包,右击鼠标执行 New→Class 命令,Name 文本框中输入 Hello,去掉 public static void main 选项,其他全部默认,单击 Finish 按钮完成类的创建。以下是编辑类的代码。

```
package com.chenfeng;
public    class    Hello {
```

```
private String message = "Hello World";
public String getMessage() {
        return message;
}
public void setMessage(String message) {
        this.message = message;
}
}
```

注意,这里 Bean 属性的操作方法,可以先定义好属性,然后在编辑窗口右击鼠标执行 Source→Generate Getters and Setters 命令,再在对话框中选择要生成 get 和 set 方法的属性确定就可以了。

3. 创建 JSP 页面

在 WebTest 工程中,选中 WebRoot 文件夹,右击鼠标执行 New→JSP 命令,将 File Name 修改为 index.jsp,其他默认,单击 Finish 按钮创建 JSP 页面。以下是编辑 JSP 文件的内容的代码。

```
<%@ page language="java" import="java.util.*" pageEncoding="UTF-8"%>
<%
String path = request.getContextPath();
String  basePath = request.getScheme() + "://" + request.getServerName() + ":" + request.get
ServerPort() + path + "/";
%>

<jsp:useBean id="hello" class="com.chenfeng" scope="page"/>
<jsp:setProperty name="hello" property="message" value="Hello World!" />

<!DOCTYPE HTML PUBLIC "-//W3C//DTD HTML 4.01 Transitional//EN">

<html>

  <head>

    <base href="<%=basePath%>">

    <title>My JSP 'index.jsp' starting page</title>

    <meta http-equiv="pragma" content="no-cache">

    <meta http-equiv="cache-control" content="no-cache">

    <meta http-equiv="expires" content="0">

    <meta http-equiv="keywords" content="keyword1,keyword2,keyword3">

    <meta http-equiv="description" content="This is my page">

    <!--
```

```
        <link rel="stylesheet" type="text/css" href="styles.css">
        -->
    </head>
    <body>
        <jsp:getProperty name="hello" property="message" /><br>
        This is my JSP page. <br>
    </body>
</html>
```

4. 配置 Tomcat 服务器

选择 MyEclipse 菜单,执行 MyEclipse→Preference…命令,打开 Preference 对话框,找到菜单树中 MyEclips Enterprise Workbench→Services→Tomcat→Tomcat 5. x 命令。在弹出的对话框中,选中 Enable 单选按钮,然后单击 Tomcat Home Directory 输入框后的 Browse 按钮,选择 Tomcat 的安装根目录,这里是 D:\Tomcat5. 5,其他的框会自动填充。单击 Apply 按钮完成设置。

选中 Tomcat 5 中的 JDK 一项,这里要特别注意,默认的是 JRE 的运行环境,这里要设定成 JDK 的;否则,MyEclipse 无法正常部属 Web 应用,也无法正常运行 Tomcat 服务器。单击 Add 按钮,在 JRE Name 文本框中输入 JDK1. 5. 0_05,然后在 Browse 选择框中选择 JDK 的根目录,这里是 D:\jdk1. 5. 0_05,其他的默认,单击 OK 按钮。在 Tomcat JDK Name 文本框中选择刚才创建的那个,就是 JDK1. 5. 0_05,单击 Apply 按钮。在 Tomcat 5 的 Launch 选项区中确保选中了 Debug 模式。单击 Preference 对话框的 OK 按钮,完成 Tomcat 的配置。

5. 部属 Web 应用程序

这里就简单点了,我们选中 WebTest 工程的根目录,右击鼠标执行 MyEclipse→Add and Remove Projects Deployments…命令,弹出如图 6-13 所示窗口。在打开的窗口中确保 Projects 为 WebTest,单击 Add 按钮,在弹出的 Server 下拉列表框中选择 Tomcat 5. x, Deploy type 选项区域的两个单选项 Exploded Archive 和 Packaged Archive 分别是目录方式部属和包方式部属,这个都是由 MyEclipse 来做的,我们使用目录部署方式,不用打成 war 包。单击 Finish 按钮回到上一个页面。程序已经部署完成了,下面要运行调试了。

6. 运行调试程序

在 MyEclipse 的图形菜单栏找到 ,单击下拉按钮,选择 Tomcat 5,然后单击 Start 菜单,启动 Tomcat。等 Consol 窗口中提示 Tomcat 启动成功,就可以运行程序了。打开一个

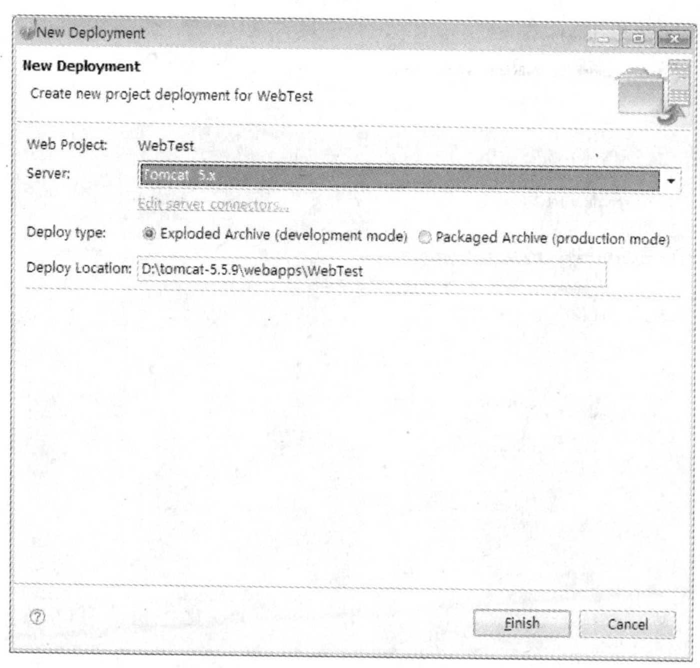

图 6-13 部署项目

IE浏览器窗口，在地址输入框中输入 http://localhost:8080/WebTest/，可以看到如下信息：

```
Hello World!
This is my JSP page.
```

如果成功显示，则说明运行成功。一个简单的 Web 项目就建立完成了，在下一节我们将介绍在 Web 项目中加入 Struts 框架。

6.4.2 加入 Struts 框架

在上一节中我们介绍了如何在 MyEclips 中创建一个 Web 项目，接下来将讲述在项目中引入 Struts 框架。仍以上节的 WebTest 工程目录为例，选中 WebTest 工程，右击鼠标执行 MyEclips→Add Struts Capabilities 命令，弹出 Add Struts Capabilities 窗口，如图 6-14 所示。

在这里，选用默认的设置及版本，单击 Finish 按钮，框架的导入就完成了，接下来就是导入 Struts 所需的 jar 包。下载好 jar 包后，进入 WebRoot→WEB-INF→lib 文件夹，将 jar 包复制到文件夹中。

然后就是相应的类包。在 src 文件夹，右击鼠标执行 New→Package 命令，分别建立以下包：com.action、com.actionform、com.dao、com.entity。

四个包分别对应相关的 Action、ActionForm、DAO、Entity，一个 Struts 的简单实现包含几个方面，一个是 Struts 定义的一个类 HttpServlet，它是 MVC 中的中央控制器，这个类在使用时只需要在 web.xml 中配置一下便可，不需要再多调用。一个是 Action，它主要负

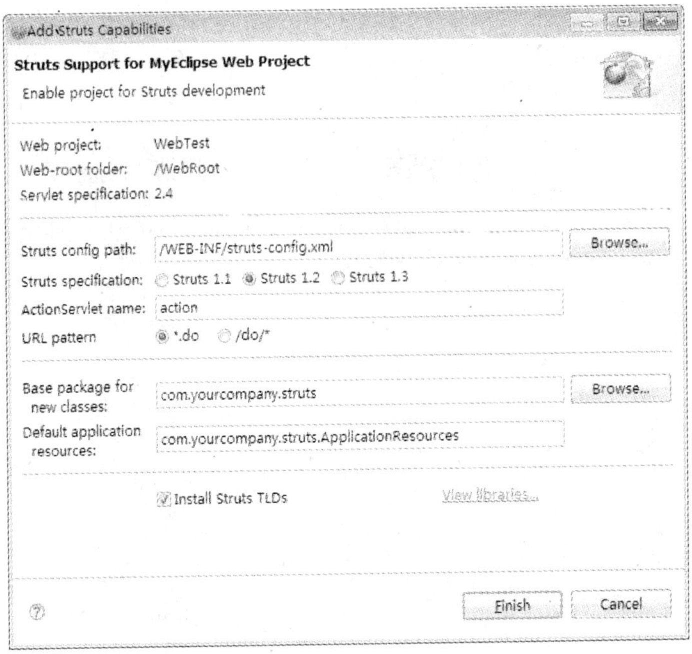

图 6-14　加入 Struts 框架

责调用操作业务逻辑的，当然调用的还有 ActionMapping 和 ActionForward，它们和 Action 和 HttpServlet 同属于 MVC 里的控制器，Action 本身不应该操作业务逻辑，具体的业务逻辑应该由专门的 Model 层去处理。一个是 ActionForm，它是提取表单数据用的。Action 和 ActionForm 之间的对应关系是在 Struts-config. xml 中来配置的，而 HttpServlet 是在 web. xml 中配置的。由于这些内容在前面已经介绍过，所以在此就不详细说明了。接下来，我们就可以在项目上进行相关网站的开发了。

6.5　Struts 配置文件

6.5.1　配置文件详细说明

Struts 应用采用两个基于 XML 的配置文件来配置，分别是 web. xml 和 Struts-config . xml 文件。web. xml 文件是配置所有 Web 应用的，而 Struts-config. xml 文件是 Struts 专用的配置文件，事实上也是可以根据需要给这个配置文件起其他名称的。

1. Web 应用的发布描述文件

Web 应用发布描述文件可以在应用开发者、发布者和组装者之间传递配置信息，Web 容器在启动的时候从该文件中读取配置信息，根据它来装载和配置 Web 应用。文档类型定义 DTD 对 XML 文档的格式做了定义，DTD 把 XML 文档划分为元素、属性、实体。每一种 XML 文档都有独自的 DTD 文件，可以从网上下载。<web-app>元素是 web. xml 的根元素，其他元素必须嵌入在<web-app>元素之内。要注意的是，子元素也是有顺序的，例如，必须是首先<servlet>，然后<servlet-mapping>，最后<taglib>。

2. 为 Struts 应用配置 Web. xml 文件

首先最重要的一步是配置 ActionServlet，这个用<servlet>标签的 servlet-name 属性起一个名字叫 action，然后用 servlet-class 属性指定 ActionServlet 的类。

然后用<servlet-mapping>标签的 servlet-name 属性指定 action，再用 url-pattern 指定接收范围是 *. do 的请求。不管应用中包含了多少子应用，都只需要配置一个 ActionServlet 类来处理应用中的不同的功能，因为 Servlet 本身就是多线程的，而且目前 Struts 只允许配置一个 ActionServlet。然后再声明 ActionServlet 的初始化参数，<servlet>的<init-param>子元素用来配置 Servlet 的初始化参数，param-name 设置 config 参数名，param-value 设置 Struts-config. xml 的路径参数值。

3. 配置欢迎使用清单

如果客户访问 Web 的时候只是访问了 Web 应用的根目录 URL。没有具体地指定文件，Web 会自动调用 Web 的欢迎文件。<welcome-file-list>元素就是用来进行配置的，通过其中的<welcome-file>欢迎页面</welcome-file>来配置。

4. 配置错误处理

尽管 Struts 框架具有功能强大的错误处理机制，但是不能保证处理所有的错误或者异常。当错误发生时，如果框架不能处理这种错误，就会把错误抛弃给 Web 容器，在默认的情况下 Web 容器会向客户端返回错误信息。如果想避免让客户看到原始的错误信息，可以在 Web 应用发布描述文件中配置<error-page>元素，通过<error-code>404 来定义错误的类型，然后通过<location>解决要处理错误的 JSP 页面来对错误进行处理，还可以用<exception-type>来设置异常，然后通过<location>来处理异常的 JSP 页面。

5. 配置 Struts 标签库

这个就和 JSP 自定义标签类似，用<taglib>来配置元素。<taglib-uri>指定标签库的 URI，类似起一个名称。<taglib-location>是标签库的位置，也就是实际所在的路径。通过这样的方法引入一个标签库，然后在前台 JSP 页面就可以通过自己定义的 URI 来调用标签。

6. Struts 配置文件

下面介绍 Struts 的配置文件 Struts-config. xml 文件。

首先研讨一下 org. apache. Struts. config 包，在 Struts 应用启动的时候会把 Struts 配置文件信息读取到内存中，并把它们存放在 config 包中相关的 JavaBean 类的实例中。包中的每一个类都和 Struts 配置文件中特定的配置元素对应，ModuleConfig 在 Struts 框架中扮演了十分重要的角色，它是整个 config 包的核心，在 Struts 运行时存放整个应用的配置信息。如果有多个子应用都会有一个 ModuleConfig 对象，它和 Struts 文件根元素的<Struts-config>对应。根元素中包含<form-bean>、<action>、<forward>等元素。

<Struts-config>元素是 Struts 配置文件的根元素，和它对应的配置类是 ModuleConfig 类。<Struts-config>元素有 8 个子元素，它们的 DTD 定义是 data-sources、form-bean、global-exception、global-forwards、action-mapping、controller、message-resources、plug-in。在 Struts 配置文件中，必须按照 DTD 指定的先后顺序来配置<Struts-config>元素的各个子元素，如果颠倒了这些子元素的顺序，会产生错误。

<data-sources>元素用来配置应用所需要的数据源，数据源负责创建和特定的数据库的连接。许多数据源采用连接池的机制实现，以便提高数据库访问的性能。Java 语言提供了 javax. sql. DataSource 接口，所有的数据源都必须实现这个接口。许多应用服务器和 Web 服务器都提供了数据源组件，很多数据库厂商也提供了数据源的实现。<data-sources>元素包含多个<data-source>子元素永远配置特定的数据源，它们可以包含多个<set-property>子元素用于设置数据源的各种属性。配置了数据源以后，就可以在 Action 类中访问数据源，在 Action 中定义了 getDataSource(HttpRequest)方法，用于获取数据源对象的引用。然后可以利用 DataSource 对象调用 getConnection 获取一个连接对象对数据库进行操作。在配置文件中声明多个数据源的时候需要为每一个数据源分配唯一的 Key 值，通过这个来表示特定的数据源。获取特定的数据源的时候可以用 dataSource = getDataSource(reqeust,“A”)。

<form-beans>元素用来配置多个 ActionForm，包含一个或者 N 个<form-bean>子元素。每个<form-bean>元素都包含多个属性。className 指定和<form-bean>匹配的类。name 指定该 ActionForm 的唯一标识符，这个属性是必需的，以后作为引用使用。type 指定 ActionForm 类的完整类名，这个属性也是必需的。注意，包名也要加上。<form-property>是指定动态的 Form 的元素，以后会深入了解。

<global-exception>元素用于配置异常处理，元素可以包含一个或者多个<exception>元素，用来设置 Java 异常和异常处理类 ExceptionHandler 之间的映射。className 指定和元素对应的配置类，默认的不用动。handler 指定异常处理类，默认是 ExceptionHandler. key，指定在本地资源文件中异常的消息 Key。path 指定当前异常发生的时候转发的路径。scope 指定 ActionMessages 实例存放的范围。type 指定需要处理异常类的名字。bundle 指定 Resource Bundle。

<global-forwards>元素用来声明全局转发，元素可以由一个或者 N 个<forward>元素组成，用于把一个逻辑名映射到特定的 URL，通过这种方法 Action 类或者 JSP 页面无须指定 URL，只要指定逻辑名称就可以实现请求转发或者重定向，这样可以减少控制组件和视图的聚合，易于维护 className 对应的配置类。contextRelative 如果为 true，表示当 path 属性以“/”开头的时候，给出的是对应的上下文 URL，默认是 false。name 是转发路径的逻辑名。path 为转发或者重定向的 URL(必须是以“/”开头)。redirect 设置为 true 的时候表示执行重定向操作，设置为 false 的时候，表示执行请求转发操作。重定向与请求转发的区别就是重定向是把请求生成应答给客户端然后再重新发送给定向的 URL，浏览器地址栏会有显示；而转发就是直接把请求转发给本应用的另一个文件，不生成应答，所以客户端 IE 没显示。

<action-mapping>元素包含一个或者 N 个<action>元素，描述了从特定的请求路径到响应的 Action 的映射。在<action>元素中可以包含多个<exception>和<forward>子元素，它们分别配置局部异常处理和局部转发。attribute 设置 Action 关联的

ActionForm 在 request 或者 session 范围内的 key，就是在 request 或者 session 共享内的名称。className 对应配置元素的类，默认的是 ActionMapping。forward 指定转发 URL 路径，include 指定包含 URL 路径。input 指定包含表单的 URL，当表单验证失败的时候发送的 URL。name 指定和该 Action 关联的 Form 名字，该名字必须是在 form-bean 中定义过的，可写可不写。path 必须是“/”开头的定位 Action 的路径。parameter 指定 Action 配置参数，在 Action 的 execute()方法中可以调用 ActionMapping 的 getParameter()方法来读取匹配的参数。roles 指定允许调用该 Action 的安全角色，多个角色之间逗号格开。scope 指定 Form 的存在范围，默认是 session。tyep 指定 Action 的完整类名。unknown 如果是 true，表示可以处理用户发出的所有的无效的 Action URL，默认是 false。validate 指定是否调用 ActionForm 的 validate 方法。

<controller>元素用于配置 ActionServlet。buffreSize 指定上载文件的输入缓冲大小，该属性为可选默认 4096。className 指定元素对应的配置类 ControllerConfig。contentType 指定响应结果内容类型和字符编码，该属性为可选，默认是 text/html，如果在 Action 或者 JSP 网页也设置了类型内容，会覆盖这个。locale 指定是否把 Locale 对象保存到当前用户的 session 中，默认 false。tempDir 指定处理文件上载的临时工作目录。nochache 如果是 true，在响应结果中加入特定的头参数。

<message-resources>元素用来配置 Resource Bundle，用于存放本地文本消息文件。className 元素对应的配置类。MessageResourcesConfig. factory 指定消息的工厂类。key 指定文件存放的 Servlet 对象中采用的属性 Key。null 指定如何处理未知消息。parameter 指定消息的文件名。

<plug-in>元素用于配置 Struts 插件。

其实配置文件不难，只要都了解其中的原理就可以了。真正实际的项目开发中，采用的 MyEclipse 工具，提供了相应的插件，在创建一个 Struts 工程的时候配置文件的标签都是自动生成的，而我们只需要往里面填写属性就可以了。

6.5.2　Struts 标记库

1. 定制 JSP 标记

Struts 提供了用来封装逻辑的各种定制 JSP 标记，因此页面设计者可以将主要精力花在页面的可视特征上，而不必主要考虑 Java 语法或其他 JSP 语法，在下列标识库描述符中引用了以下 Struts 标记。

(1) Struts-bean. tld。使访问 Bean 以及新 Bean 的定义更容易，为了实现国际化，应使用不同的属性文件。

(2) Struts-html. tld。提供显示 HTML 对象(例如，表单、按钮和复选框)的简便方法。

(3) Struts-logic. tld。支持逻辑构造，以便可以有条件地显示文本或者作为处理循环的结果来显示文本。

(4) Struts-template. tld。支持使用在运行时可以修改的 JSP 模板。

用在 JSP 文件顶部的<taglib>伪指令如下所示：

```
<%@ taglib uri = "Struts - html. tld" prefix = "html" %>
```

```
<%@ taglib uri = "Struts - bean.tld"prefix = "bean" %>
<%@ taglib uri = "Struts - logic.tld"prefix = "logic" %>
```

每个<taglib>伪指令都具有与基于 web. xml 的<taglib>标记中的 URL 相匹配的 URL。另外 JSP 中的每个 Struts 标记都使用一个使标记与特定标记库描述符相关的前缀。

(1) 没有嵌套内容的标记可以采用以下格式:

```
<prefix:tagName attributesAndValues/>
```

(2) 嵌套内容是在一对标记之间嵌套的:

```
<prefix:tagName attributesAndValues />
</prefix:tagName>
```

其中,prefix 是在 JSP taglib 伪指令中指定的前缀。tagName 是标记的名称,如标记库描述符中所述;描述符条目指定提供标记逻辑的 Jave 类。attributesAndValues 是系列属性与值的配对(是必需的或者是可选的),每个配对都包括一种属性、一个等号(没有前导或结尾空白)和一个引起来的字符串。

2. 资源束

在最简单的情况下,bean:message 标记解析为存储在根据属性文件创建的资源束中的字符串。

(1) 属性文件的名称是用来调用 ActoinServlet 的 web. xml "application"参数的值。如:

```
\WEB - INF\classes\ApplicationResources.properties
```

(2) 消息标记中的 key 属性指向属性文件中的"键—字符串"对;在本例中,指向下面的"键字符串"对:

```
market. text.title = Current Market Conditions
```

可以采用各种方法来定制 bean:message 标记,以便(例如)JSP 在运行时引用不同的属性文件。标记提供了一种方法来支持多种语言以及最多将四个替代值插入到字符串中来代替{0}、{1}等。

(1) 仅当指定的对象或值存在时,logic:present 标记才会导致显示嵌套的文本。在 register. jsp 中,仅当操作类创建了作为 tickerBean 引用(在任何作用域中)的 Java Bean 时才为用户提供 HTML 表行。Struts 标记为如下所示:

```
<logic:present name = "tickerBean">
  …
</logic:present>
```

(2) Struts 标记允许很方便地访问 Java bean 内容。例如,以下标记将解析为存储在 tickerBean 中的值:

```
<bean:write name =  "tickerBean"property = "DJChange"/>
```

(3) HTML 表单与表单 Bean 之间的数据传送是通过使用 html:form 和 html:text 标记来完成的。register.jsp 中的输入表单是按如下所示构建的:

```
<html:form action="/register">
…
</html:form action>
```

html:form 标记解析为 HTML FORM 标记并导致 html:text 标记引用适当的表单 Bean;特别是在 path="/register"的 Struts 配置文件的<action>标记中标识的表单 Bean。

html:text 标记建立 HTML 输入字段。例如,以下标记确保在 HTML 输入字段与表单 Bean 的用户名字段之间传送信息:

```
<html:text property="username"size="40"/>
```

6.5.3 JSP 视窗组建标记

JSP 视窗组件所使用的 Struts 标记库由四类标记组成。Bean 标记用来在 JSP 页中管理 Bean;逻辑标记用来在 JSP 页中控制流程;HTML 标记用来生成 HTML 标记,在表单中显示数据,使用会话 ID 对 URL 进行编程;模板标记使用动态模板构造普通格式的页。

1. Bean 标记

这个标记库中包含用于定义新 Bean、访问 Bean 及其属性的标记。Struts 框架提供了多种自定义标记用来在 JSP 页中处理 JavaBean,这些标记被封装在一个普通的标记库中,在文件 Struts-bean.tld 中定义了它的标记库描述器。Bean 标记库将标记定义在四个子类别中,分别为创建和复制 Bean 的标记、脚本变量定义标记、Bean 翻译标记、消息国际化标记。

1) Bean 复制标记

Bean 复制标记可定义新 Bean,可复制现有 Bean,还可从现有 Bean 复制属性。

<bean:define>标记用来:定义新字符串常数;将现有的 Bean 复制到新定义的 Bean 对象;复制现有 Bean 的属性来创建新的 Bean。

<bean:define>标记属性如表 6-4 所示。

表 6-4 <bean:define>标记属性

属 性	描 述
id	新定义的 Bean 脚本变量名称,必须设置
type	定义引入脚本变量的类
value	为 id 属性定义的脚本变量分配一个新的对象
name	目标 Bean 的名称。若 value 属性没有设置,这个属性就必须设置
property	name 属性定义的 Bean 的属性名称,用来定义新的 Bean
scope	源 Bean 的作用域。若没有设置,搜索范围是从页作用域到应用程序作用域
toScope	目标 Bean 的作用域。若没有设置,默认值是页作用域

例如,定义一个 Bean:

```
<bean:define id = "test" value = "this is a test"/>
```

源 Bean 在页作用域中被复制到请求作用域中的另一个 Bean:

```
<bean:define id = "targetBean"name = "sourceBean"
            scope = "page"toScope = "request"/>
```

2) 定义脚本变量的标记

定义脚本变量的标记从多种资源中定义和生成脚本变量,这些资源包括 cookie、请求参数、HTTP 标头等。脚本变量的属性如表 6-5 所示。

表 6-5 脚本变量属性

属　性	描　述
id	脚本变量和要定义的页作用域属性的名称
name	cookie/标头/参数的名称
multiple	如果这个属性设置了任意一个数值,所有匹配的 cookie 都会被积累并存储到一个 Cookie[](一个数组)类型的 Bean 里。若无设置,指定 cookie 的第一个值将作为 Cookie 类型的值
value	如果没有匹配的 cookie 或数值,就返回这个属性指定的默认值

例如:

```
<bean:cookie id = "myCookie"name = "userName">
```

其中,脚本变量名称是 myCookie,用来创建这个属性的 cookie 的名称是 userName。

```
<bean:header id = "myHeader"> name = "Accept - Language">/>
```

其中,脚本变量名称是 myHeader,请求标头的名称是 Accept-Language。

```
<bean:parameter id = "myParameter"> name = "myParameter">
```

其中,脚本变量名称是 myPatameter,它保存的请求参数的名称也是 myParameter。

<bean:include>标记将对一个资源的响应进行检索,并引入一个脚本变量和字符串类型的页作用域属性。这个资源可以是一个页、一个 ActionForward 或一个外部 URL。它与<jsp:include>的不同是资源的响应被存储到一个页作用域的 Bean 中,而不是写入到输出流。其属性如表 6-6 所示。

表 6-6 <bean:include>标记属性

属　性	描　述
id	脚本变量和要定义的页作用域属性的名称
page	一个内部资源
forward	一个 ActionForward
href	要包含的资源的完整 URL

例如：

```
<bean:include id = "myInclude"page = "MyJsp?x = 1"/>
```

其中，脚本变量的名称是 myInclude，要检索的响应来自资源 MyJsp? x=1。

<bean: resource>标记将检索 Web 应用中的资源，并引入一个脚本变量和 InputStream 或字符串类型的页作用域属性。如果在检索资源时发生问题，就会产生一个请求时间异常。其属性如表 6-7 所示。

表 6-7　<bean:resource>标记属性

属　性	描　述
id	脚本变量和要定义的页作用域属性的名称
name	资源的相对路径
input	如果这个属性不存在，资源的类型就是字符串

例如：

```
<bean:resource id = "myResource"name = "/WEB - INF/images/myResource.xml"/>
```

其中，脚本变量的名称是 myResource，要检索的资源的名称是 myResource. xml。

3) 显示 Bean 属性

标记库中定义了<bean: write>标记，用来将 Bean 的属性输送到封装的 JSP 页写入器。这个标记与<jsp:getProperty>类似，属性如表 6-8 所示。

表 6-8　<bean:write>标记属性

属　性	描　述
name	要进行属性显示的 Bean 的名称
property	要显示的属性的名称。如果这个属性类有 java. beans. PropertyEditor, getAsText()或 toString 方法会被调用
scope	Bean 的作用域，若没有设置，搜索范围是从页到应用程序作用域
filter	如果设置 true，属性中的所有特殊 HTML 字符都将被转化为相应的实体引用
ignore	如果设置 false，当发现属性时会产生一个请求时间异常，否则返回 null

例如：

```
<bean:write name = "myBean"property = "myProperty" scope = "request"
                                                    filter = "true"/>
```

myBean 的属性 myProperty 将会被显示，作用域为请求，如果发现任何 HTML 特殊字符都将被转化为相应的实体引用。

4) 消息标记和国际化

Strtus 框架支持国际化和本地化。用户在他们的计算机中定义自己所在的区域，当 Web 应用程序需要输出一条消息时，它将引用一个资源文件，在这个文件中所有的消息都使用了适当的语言。一个应用程序可能提供了很多资源文件，每个文件提供了用不同语言编写的消息。如果没有找到所选语言的资源文件，就将使用默认的资源文件。

Struts框架对国际化的支持是通过使用<bean:message>标记以及使用java.util数据包中定义的Locale和ResourceBundle类来实现Java2平台对这些任务的支持。Java.text.MessageFormat类定义的技术可以支持消息的格式,利用此功能,开发人员不需了解这些类的细节就可进行国际化和设置消息的格式。

用Strtus实现国际化和本地化,第一步要定义资源文件的名称,这个文件会包含用默认语言编写的在程序中会出现的所有消息。这些消息以"关键字-值"的形式存储,例如:

```
error.validation.location = The entered location is invalid
```

这个文件需要存储在类的路径下,而且它的路径要作为初始化参数传送给ActionServlet,作为参数进行传递时,路径的格式要符合完整Java类的标准命名规范。例如,如果资源文件存储在WEB-INF\classes目录中,文件名是ApplicationReSources.properties,那么需要传递的参数值是ApplicationResources。如果文件在WEB-INF\classes\com\test中,那么参数值就应该是com.test. ApplicationResources。

为了实现国际化,所有的资源文件必须都存储在基本资源文件所在的目录中。基本资源文件包含的是用默认地区语言-本地语言编写的消息。如果基本资源文件的名称是ApplicationResources.properties,那么用其他特定语言编写的资源文件的名称就应该是ApplicationResources_××.properties(××为ISO编码,如英语是en)。因此这些文件应包含相同的关键字,但关键字的值是用特定语言编写的。

ActionServlet的区域初始化参数必须与一个true值一起传送,这样ActionServlet就会在用户会话中的Action.LOCALE_KEY关键字下存储一个特定用户计算机的区域对象。现在可以运行一个国际化的Web站点,它可以根据用户计算机上设置的区域自动以相应的语言显示。

我们还可以使用特定的字符串来替换部分消息,就像用java.text.MessageFormat的方法一样,例如:

```
error.invalid.number = The number {0} is valid
```

我们可以把字符串{0}替换成任何我们需要的数字。<bean:message>标签属性如表6-9所示。

表6-9 <bean:message>标记属性

属性	描述
key	资源文件中定义消息关键字
locale	用户会话中存储的区域对象的属性名称。若没有设置,默认值是Action.LOCALE_KEY
bundle	在应用程序上下文中,存储资源对象的属性的名称。如果没有设置这个属性,默认值是Action.MESSAGE_KEY
arg0	第一个替换参数值
arg1	第二个替换参数值
arg2	第三个替换参数值
arg3	第四个替换参数值

例如，资源文件中定义了一个消息：

```
info.myKey = The numbers entered are {0},{1},{2},{3}
```

我们可使用下面的消息标记：

```
<bean:message key = "info.myKey8" arg0 = "5" arg1 = "6"arg2 = "7" arg3 = "8"/>
```

这个信息标记输出到JSP页会显示为：The numbers entered are 5,6,7,8。

2. 逻辑标记

逻辑库的标记能够用来处理外观逻辑而不需要使用scriptlet。Struts逻辑标签库包含的标记能够有条件地产生输出文本、在对象集合中循环从而重复地产生输出文本以及应用程序流程控制。它也提供了一组在JSP页中处理流程控制的标记，这些标记封装在文件名为Struts-logic.tld的标记包中。逻辑标记库定义的标记能够执行三个功能：条件逻辑、重复、转发/重定向响应。

1) 条件逻辑

Struts有三类条件逻辑。第一类可以比较下列实体与一个常数的大小：cookie、请求参数、Bean或Bean的参数、请求标头。

表6-10列出了这一类标记。

表6-10　条件逻辑标记

标　记	功　能
<equal>	如果常数与被定义的实体相等，返回true
<notEqual>	如果常数与被定义的实体不相等，返回true
<greaterEqual>	如果常数大于等于被定义的实体，返回true
<lessEqual>	如果常数小于等于被定义的实体，返回true
<lessThan>	如果常数小于被定义的实体，返回true
<greaterThan>	如果常数大于被定义的实体，返回true

这一类的所有标记有相同的属性，如表6-11所示。

表6-11　条件逻辑标记属性

属　性	描　述
value	要进行比较的常数值
cookie	要进行比较的HTTP cookie的名称
header	要进行比较的HTTP请求标头的名称
parameter	要进行比较的HTTP请求参数的名称
name	如果要进行比较的是Bean或Bean的属性，则这个属性代表Bean的名称
property	要进行比较的Bean属性的名称
scope	Bean的作用域，如果没有指定作用域，则它的搜索范围是从页到应用程序

例如：

```
<logic:equal parameter = "name"value = "SomeName">
```

```
    The entered name is SomeName
</logic:equal>
```

判断名为"name"的请求参数的值是否是"SomeName"。

```
<logic:greaterThan name = "bean" property = "prop" scope = "page" value = "7">
    The value of bean.Prop is greater than 7
</logic:greaterThan>
```

判断在页的作用域中是否有一个名为"bean"的 Bean,它有一个 prop 属性,这个属性的值是否大于 7。如果这个属性能够转化为数值,就进行数值比较,否则就进行字符串比较。

第二类条件标记定义了两个标记,即<logic:present>和<logic:notPresent>,它们的功能是在计算标记体之前判断特定的项目是否存在。标记的属性和属性值决定了要进行检查的项目,如表 6-12 所示。

表 6-12 <logic:present>标记属性

属　性	描　述
cookie	由这个属性指定的 cookie 将被检查是否存在
header	由这个属性指定的请求标头将被检查是否存在
parameter	由这个属性指定的请求参数将被检查是否存在
name	如果没有设置 property 属性,那么有这个属性指定的 Bean 将被检查是否存在。如果设置了,那么 Bean 和 Bean 属性都将被检查是否存在。
property	检查有 name 属性指定的 Bean 中是否存在指定的属性
scope	如果指定了 Bean 的名称,这就是 Bean 的作用域。如果没有指定作用域,搜索的范围从页到应用程序作用域。
role	检查当前已经确认的用户是否属于特殊的角色
user	检查当前已经确认的用户是否有特定的名称

例如:

```
<logic:notPresent name = "bean" property = "prop" scope = "page">
    The bean property bean.prop is present
</logic:notPresent>
```

标记判断在页作用域中是否存在一个名为"bean"的 Bean,这个 Bean 有一个 prop 属性。

第三类条件标记比较复杂,这些标记根据模板匹配的结果检查标记体的内容。换句话说,这些标记判断一个指定项目的值是否是一个特定常数的子字符,包括<logic:match>和<logic:notMatch>。这些标记允许 JSP 引擎在发现了匹配或是没有发现时计算标记主体。<logic:match>标记属性如表 6-13 所示。

例如:

```
<logic:match parameter = "name" value = "xyz" location = "1">
    The parameter name is a sub - string of the string xyz from index 1
</logic:match>
```

标记检查名为"name"的请求参数是否是"xyz"的子字符串,但是子字符串必须从"xyz"的索引位置 1 开始(也就是说子字符串必须是"y"或"yz")。

表 6-13　<logic:match>标记属性

属　性	描　述
cookie	要进行比较的 HTTP cookie 的名称
header	要进行比较的 HTTP 标头的名称
parameter	要进行比较的 HTTP 请求参数的名称
name	若要对 Bean 或 bean 的属性进行比较，这个属性是用户指定 Bean 的名称
location	如果设置了这个属性的值，将会在这个指定的位置(索引值)进行匹配
scope	如果对 Bean 进行比较，这个属性指定了 Bean 的作用域。如果没有设置这个参数，搜索范围是从页到应用程序作用域
property	要进行比较的 Bean 的属性名称
value	要进行比较的常数值

2）重复标记

在逻辑标记库中定义了<logic:iterate>标记，它能够根据特定集合中元素的数目对标记体的内容进行重复的检查。集合的类型可以是 java. util. Iterator，java. util. Collection，java. util. Map 或是一个数组。有三种方法可以定义这个集合。

(1) 使用运行时间表达式来返回一个属性集合的集合。

(2) 将集合定义为 Bean，并且使用 name 属性指定存储属性的名称。

(3) 使用 name 属性定义一个 Bean，并且使用 property 属性定义一个返回集合的 bean 属性。当前元素的集合会被定义为一个页作用域的 Bean。

重复标记的属性如表 6-14 所示。所有这些属性都能使用运行时表达式。

表 6-14　重复标记属性

属　性	描　述
collection	如果没有设置 name 属性，它就指定了要进行重复的集合
id	页作用域 Bean 和脚本变量的名称，它保存着集合中当前元素的句柄
indexed	页作用域 JSP Bean 的名称，它包含着每次重复完成后集合的当前索引
length	重复的最大次数
name	作为集合的 Bean 的名称，或是一个 Bean 名称，它由 property 属性定义的属性，是个集合
offset	重复开始位置的索引
property	作为集合的 Bean 属性的名称
scope	如果指定了 Bean 名称，这个属性设置 Bean 的作用域。若没有设置，搜索范围从页到应用程序作用域
type	为当前定义的页作用域 Bean 的类型

例如：

```
<logic:iterate id="currentInt"
               collection="<% =myList %>"
               type="java.lang.Integer"
               offset="1"
               length="2">
  <% =currentint %>
```

```
</logic:iterate>
```

代码将从列表中的第一个元素开始重复两个元素并且能够让当前元素作为页作用域和 java.lang.Integer 类型的脚本变量来使用。也就是说，如果 myList 包含元素 1,2,3,4 等，代码将会打印 1 和 2。

3) 转发和重定向标记

(1) 转发标记。<logic:forward>标记能够将响应转发到特定的全局 ActionForward 上。ActionForward 的类型决定了是使用 PageContext 转发响应，还是使用 sendRedirect 将响应进行重定向。此标记只有一个 name 属性，用来指定全局 ActionForward 的名称，例如：

```
< logic:forward name = "myGlobalForward"/>
```

(2) 重定向标记。<logic:redirect>标记是一个能够执行 HTTP 重定向的强大工具。根据指定的不同属性，它能够通过不同的方式实现重定向，还允许开发人员指定重定向 URL 的查询参数。其属性如表 6-15 所示。

表 6-15 <logic:redirect>标记属性

属 性	描 述
forward	映射了资源相对路径的 ActionForward
href	资源的完整 URL
page	资源的相对路径
name	Map 类型的页名称，请求，会话或程序属性的名称，其中包含要附加到重定向 URL(如果没有设置 property 属性)上的“名称-值”参数。或是具有 Map 类型属性的 Bean 名称，其中包含相同的信息(没有设置 property 属性)
property	Map 类型的 bean 属性的名称。Bean 的名称由 name 属性指定。
scope	如果指定了 Bean 的名称，这个属性指定搜索 Bean 的范围。如果没有设置，搜索范围从页到应用程序作用域
paramID	定义特定查询参数的名称
paramName	字符串类型的 Bean 的名称，其中包含查询参数的值(如果没有设置 paramProperty 属性)；或是一个 Bean 的名称，它的属性(在 paramProperty 属性中指定)包含了查询参数值
paramProperty	字符串 Bean 属性的名称，其中包含着查询参数的值
paramScope	ParamName 定义的 Bean 的搜索范围

使用这个标记时至少要指定 forward，href 或 page 中的一个属性，以便标明将响应重定向到哪个资源。

3. HTML 标记

Struts HTML 标记可以大致地分为以下几个功能：显示表单元素和输入控件、显示错误信息、显示其他 HTML 元素。

1) 显示表单元素和输入控件

Struts 将 HTML 表单与为表单操作而定义的 ActionForm Bean 紧密联系在一起，表单输入字段的名称与 ActionForm Bean 里定义的属性名称是对应的。当第一次显示表单时，表单的输入字段是从 ActionForm Bean 中移植过来的，当表单被提交时，请求参数将移植到 ActionForm Bean 实例。

所有可以在<form>标记中使用的用来显示 HTML 输入控件的内嵌标记都使用如表 6-16 所示的属性来定义 JavaScript 事件处理器。

表 6-16　输入控件的内嵌标记属性

属　　性	描　　述
onblur	字段失去了焦点
onchange	字段失去了焦点并且数值被更改了
onclick	字段被鼠标点击
ondblclick	字段被鼠标双击
onfocus	字段接收到输入焦点
onkeydown	字段拥有焦点并且有键按下
onkeypress	字段拥有焦点并且有键按下并释放
onkeyup	字段拥有焦点并且有键被释放
onmousedown	鼠标指针指向字段并且点击
onmousemove	鼠标指针指向字段并且在字段内移动
onmouseout	鼠标指针指向控件，但是指针在元素外围移动
onmouseover	鼠标指针没有指向字段，但是指针在元素内部移动
onmouseup	鼠标指针指向字段，并且释放了鼠标按键

<form>元素中能够被定义的其他一般属性如表 6-17 所示。

表 6-17　输入控件的内嵌标记属性

属　　性	描　　述
accesskey	定义访问输入字段的快捷键
style	定义输入字段的样式
styleClass	定义输入字段的样式表类
tabindex	输入字段的 tab 顺序

<html:form>标记用来显示 HTML 标记，可以指定 AcitonForm Bean 的名称和它的类名。如果没有设置这些属性，就需要有配置文件来指定 ActionMapping 以表明当前输入的是哪个 JSP 页以及从映射中检索的 Bean 名和类。如果在 ActionMapping 指定的作用域中没有找到指定的名称，就会创建并存储一个新的 Bean，否则将使用找到的 Bean。

<form>标记能够包含与各种 HTML 输入字段相对应的子标记。

<html:form>标记属性如表 6-18 所示。

表 6-18　<html:form>标记属性

属　　性	描　　述
action	与表单相关的操作。在配置中，这个操作也用来标识与表单相关的 ActionForm Bean
enctype	表单 HTTP 方法的编码类型
focus	表单中需要初始化焦点的字段

续表

属　性	描　述
method	表单使用的 HTTP 方法
name	与表单相关的 ActionForm Bean 的名称。如果没有设置这个属性，Bean 的名称将会从配置信息中获得
onreset	表单复位时的 JavaScript 事件句柄
onsubmit	表单提交时的 JavaScript 事件句柄
scope	搜索 ActionForm Bean 的范围。如果没有设置，将从配置文件中获取
style	使用的格式
styleClass	这个元素的格式表类
type	ActionForm Bean 的完整名称。如果没有设置，将从配置文件获得

例如：

```
<html:form action="validateEmploee.do" method="post">
</html:form>
```

其中，与表单相关的操作路径是 validateEmployee，而表单数据是通过 POST 传递的。对于这个表单来说，ActionForm Bean 的其他信息，如 Bean 名称类型、作用域，都是从表单指定操作的 ActionMapping 中检索得到的。

```
<form-beans>
   <form-bean name="empForm" type="com.example.EmployeeForm"/>
</form-beans>
<action-mappings>
   <action path="/validateEmployee"
           type="com.example.ValidateExampleAction"
           name="empForm"
           scope="request"
           input="/employeeInput.jsp">
      <forward name="success" path="/employeeOutput.jsp">
   </action>
</action-mapping>
```

如果配置文件中包含上述信息，并且请求 URI 的 *.do 被映射到 ActionServlet，与表单相关的 ActionForm Bean 的名称、类型和作用域分别是 empForm，com.example.EmployeeForm 和 request，这些属性也可以使用<html:form>标记属性进行显示的定义。

以下标记必须嵌套在<html:form>标记里。

(1) 按钮和取消标记。<html:button>标记显示一个按钮控件；<html:cancel>标记显示一个取消按钮。它们的属性如表 6-19 所示。

表 6-19　<html:button> <html:cancel>标记属性

属　性	描　述
property	定义在表单被提交时返回到服务器的请求参数的名称
value	按钮上的标记

(2) 复位和提交标记。<html:reset>和<html:submit>标记分别能够显示 HTML 复位按钮和提交按钮。

(3) 文本和文本区标记。<html:text>和<html:textarea>标记分别显示 HTML 文本框和文本区，它们的共有属性如表 6-20 所示。

表 6-20　<html:text><html:textarea>标记属性

属　性	描　述
property	定义当表单被提交时送回到服务器的请求参数的名称，或用来确定文本元素当前值的 Bean 的属性名称
name	属性被查询的 Bean 的名称，它决定了文本框和文本区的值。如果没有设置，将使用与这个内嵌表单相关的 ActionForm 的名称

<html:text>标记特有的属性如表 6-21 所示。

<html:textarea>标记特有的属性如表 6-22 所示。

表 6-21　<html:text>标记属性

属　性	描　述
maxlength	能够输入的最大字符数
size	文本框的大小(字符数)

表 6-22　<html:textarea>标记属性

属　性	描　述
rows	文本区的行数
cols	文本区的列数

(4) 检查框和复选框标记。<html:checkbox>标记能够显示检查框控件。<html:multibox>标记能够显示 HTML 复选框控件，请求对象在传递检查框名称时使用的 getParameterValues()调用将返回一个字符串数组。它们的属性如表 6-23 所示。

表 6-23　<html:checkbox><html:multibox>标记属性

属　性	描　述
name	Bean 的名称，其属性会被用来确定检查是否以选中的状态显示。如果没有设置，将使用与这个内嵌表单相关的 ActionFrom Bean 的名称
property	检查框的名称，也是决定检查框是否以选中的状态显示的 Bean 属性名称。在复选框的情况下，这个属性必须是一个数组
value	当检查框被选中时返回到服务器的请求参数的值

例如：

```
<html:checkbox property = "married" value = "Y"/>
```

其中，检查框名为 married，在表单提交时会返回一个"Y"。

(5) 文件标记。<html:file>标记可以显示 HTML 文件控件，其属性如表 6-24 所示。

(6) 单选钮标记。<html:radio>标记用来显示 HTML 单选钮控件，其属性如表 6-25 所示。

(7) 隐藏标记。<html:hidden>标记能够显示 HTML 隐藏输入元素，其属性如表 6-26 所示。

(8) 密码标记。<html:password>标记能够显示 HTML 密码控件，其属性如 6-27 所示。

表 6-24 <html:file>标记属性

属　　性	描　　述
name	Bean 的名称,它的属性将确定文件控件中显示的内容。如果没设置,将使用与内嵌表单相关的 ActionForm Bean 的名称
property	这个属性定义了当表单被提交时送回到服务器的请求参数的名称,以及用来确定文件控件中显示内容的 bean 属性名称
accept	服务器能够处理的内容类型集。它也将对客户浏览器对话框中的可选文件类型进行过滤
value	按钮上的标记,这个按钮能够在本地文件系统中浏览文件

表 6-25 <html:radio>标记属性

属　　性	描　　述
name	Bean 的名称,其属性会被用来确定单选按钮是否以选中的状态显示。如果没有设置,将使用与这个内嵌表单相关的 ActionFrom Bean 的名称
property	当表单被提交时送回到服务器的请求参数的名称,以及用来确定单选按钮是否以被选中状态进行显示的 bean 属性的名称
value	当单选按钮被选中时返回到服务器的值

表 6-26 <html:hidden>标记属性

属　　性	描　　述
name	Bean 的名称,其属性会被用来确定隐藏元素的当前值。如果没有设置,将使用与这个内嵌表单相关的 ActionFrom Bean 的名称
property	定义了当表单被提交时送回到服务器的请求参数的名称,以及用来确定隐藏元素当前值的 bean 属性的名称
value	用来初始化隐藏输入元素的值

表 6-27 <html:password>标记属性

属　　性	描　　述
maxlength	能够输入的最大字符数
name	Bean 的名称,它的属性将用来确定密码元素的当前值。如果没有设置,将使用与这个内嵌表单相关的 ActionFrom Bean 的名称
property	定义了当表单被提交时送回到服务器的请求参数的名称,以及用来确定密码元素当前值的 bean 属性的名称
redisplay	在显示这个字段时,如果相应的 bean 属性已经被设置了数据,这个属性决定了是否显示密码的内容
size	字段的大小

(9) 选择标记。<html:select>标记能够显示 HTML 选择控件,其属性如表 6-28 所示。

(10) 选项标记(这个元素需要嵌套在<html:select>标记里)。<html:option>标记用来显示 HTML 选项元素集合,其属性如表 6-29 所示。

表 6-28　<html:select>标记属性

属　性	描　述
multiple	表明这个选择控件是否允许进行多选
name	Bean 的名称，它的属性确定了哪个。如果没有设置，将使用与这个内嵌表单相关的 ActionFrom Bean 的名称。
property	定义了当表单被提交时送回到服务器的请求参数的名称，以及用来确定哪个选项需要被选中的 bean 属性的名称
size	能够同时显示的选项数目
value	用来表明需要被选中的选项

表 6-29　<html:option>标记属性

属　性	描　述
collection	Bean 集合的名称，这个集合存储在某个作用域的属性中。选项的数目与集合中元素的数目相同。Property 属性能够定义选项值所使用的 bean 属性，而 labelProperty 属性定义选项标记所使用的 Bean 的属性
labelName	用来指定存储于某个作用域的 Bean，这个 Bean 是一个字符串的集合，能够定义<html:option>元素的标记(如果标志与值不相同)
labelProperty	与 collection 属性共同使用时，用来定义了存储于某个作用域的 Bean，这个 Bean 将返回一个字符串集合，能够用来写入<html:option>元素的 value 属性
name	如果这是唯一被指定的属性，它就定义了存储于某个作用域的 Bean，这个 Bean 将返回一个字符串集合，能够用来写入<html:option>元素的 value 属性
property	这个属性在与 collection 属性共同使用时，定义了每个要显示选项值的独立 Bean 的 name 属性。如果不是与 collection 属性共同使用，这个属性定义了由 name 属性指定的 Bean 的属性名称(如果有 name 属性)，或是定义了一个 ActionForm Bean，这个 Bean 将返回一个集合来写入选项的值

例如：

```
<html:option collection = "optionCollection"property = "optionValue"
                                        labelProperty = "optionLabel"/>
```

标记假设在某个作用域中有一个名为 optionCollection 的集合，它包含了一些具有 optionValue 属性的独立的 Bean，每个属性将作为一个选项的值。每个选项的标志由 Bean 的 optionLabel 属性属性进行定义。

```
<html:option name = "optionValues" labelName = "optionLabels"/>
```

标记中 optionValues 代表一个存储在某个作用域中的 Bean，它是一个字符串集合，能够用来写入选项的值，而 optionLabels 代表一个存储在某个作用域中的 Bean，它也是一个字符串集合，能够用来写入选项的标志。

<html:optionsCollection>标记用来显示 HTML 选项元素集合，其属性如表 6-30 所示。

表 6-30 <html:optionsCollection>标记属性

属　　性	描　　述
name	Bean 集合的名称,这个集合存储在某个作用域的属性中。选项的数目与集合中元素的数目相同
label	用来显示选项的标签
value	用来显示选项的值

例如:

```
<html:optionsCollection name="collectionName" label="labelName" value="valueName"/>
```

2) 显示错误信息的标记

<html:errors>标记能够与 ActionErrors 结合在一起来显示错误信息。这个标记首先要从当前区域的资源文件中读取消息关键字 errors. header,再显示消息的文本。然后它会在 ActionErrors 对象(通常作为请求参数而存储在 Action. ERROR_KEY 关键字下)中循环,读取单个 ActionError 对象的消息关键字,从当前区域的资源文件中读取并格式化相应的消息,并且显示它们。最后它读取与 errors. footer 关键字相对应的消息并且显示出来。

通过定义 property 属性能够过滤要显示的消息,这个属性的值应该与 ActionErrors 对象中存储 ActionError 对象的关键字对应。<html:errors>标记的属性如表 6-31 所示。

表 6-31 <html:errors>标记属性

属　　性	描　　述
bundle	表示应用程序作用域属性的名称,它包含着消息资源,其默认值 Acion. MESSAGE_KEY
locale	表示会话作用域属性的名称,它存储着用户当前登录的区域信息。其默认值是 Action. ERROR_KEY
name	表示请求属性的名称,它存储着 ActionErrors 对象。其默认值是 Action. ERROR_KEY
property	这个属性指定了 ActionErrors 对象中存储每个独立 ActionError 对象的关键字,它可以过滤消息

例如:

```
<html:errors/>
```

显示集合中所有的错误。

```
<html:errors property="missing.name"/>
```

显示存储在 missing. name 关键字的错误。

3) 其他 HTML 标记

Struts HTML 标记还定义了下列标记来显示其他 HTML 元素。

(1) <html:html>显示 HTML 元素。

(2) <html:img>显示图像标记。

(3) <html:link>显示 HTML 链接或锚点。

(4) <html:rewrite>创建没有锚点标记的 URI。

这些标记的详细内容请参照 Struts 文档。

4. 模板标记

动态模板是模块化 Web 页布局设计的强大手段。Struts 模板标记库定义了自定义标记来实现动态模板。

1) 插入标记

<template:insert>标记能够在应用程序的 JSP 页中插入动态模板。这个标记只有一个 template 属性,用来定义模板 JSP 页。要插入到模板的页是由多个<template:put>标记来指定的,而这些标记被定义为<template:insert>标记的主体内容。

2) 放置标记

<template:put>标记是<template:insert>标记内部使用的,用来指定插入到模板的资源,其属性如表 6-32 所示。

表 6-32 <template:put>标记属性

属　性	描　述
content	定义要插入的内容,比如一个 JSP 文件或一个 HTML 文件
direct	如果这个设置为 true,由 content 属性指定的内容将直接显示在 JSP 上而不是作为包含文件
name	要插入的内容的名称
role	如果设置了这个属性,只有在当前合法用户具有特定角色时才能进行内容的插入

3) 获得标记

在模板 JSP 页中使用<template:get>标记能够检索由<template:put>标记插入到 JSP 页的资源,<template:get>标记的属性如表 6-33 所示。

表 6-33 <template:get>标记属性

属　性	描　述
name	由<template:put>标记插入的内容的名称
role	如果设置了这个属性,只有在当前合法用户具有特定角色时才能进行内容的检索

4) 使用模板标记

首先编写一个模板 JSP 页,它将被所有的 Web 页使用。

```
<html>
  <%@ taglib uri="/template" prefix="template" %>
  <head>
    <title></title>
  </head>
  <body>
```

```
        <table width="100%" height="100%" >
            <tr height="10%">
                <td>
                    <template:get name="header"/>
                </td>
            </tr>
            <tr height="80%">
                <td>
                    <template:get name="content"/>
                </td>
            </tr>
            <tr height="10%">
                <td>
                    <template:get name="footer"/>
                </td>
            </tr>
        </table>
    </body>
</html>
```

我们将这个文件命名为 template.jsp。这个文件使用<template:get>标记来获得由JSP 页使用<template:put>标记提供的内容,并且将内容在一个 HTML 表格中显示出来。这三个内容是标题,内容和页脚。典型的内容 JSP 如下:

```
<%@ taglib uri="/template" prefix="/template" %>
<template:insert template="template.jsp">
    <template:put name="header" content="header.html"/>
    <template:put name="content" content="employeeList.jsp"/>
    <template:put name="footer" content="footer.html"/>
</template:insert>
```

这个应用程序 JSP 页使用< template:insert>标记来定义模板,然后使用< template:put>标记将特定内容名称指定的资源放到模板 JSP 页中。如果我们有上百个布局相同的页,但突然想改变这个模板,我们只需要改变 template.JSP 文件就可以了。

6.6 编写登录应用

了解了 Struts 的基础知识,接下来我们就可以开发实际的应用了。本节以简单的登录应用的开发为例。首先打开 MyEclips 创建一个 Web 项目,然后运用前面所学到的知识,导入 Struts 框架。在这里,我们创建的项目名为 diy。

6.6.1 创建 DB 类

DB,顾名思义就是数据库连接类。我们在 com.diy.common 包(这个包在之前创建 Struts 项目的时候就已经定义好)中新建 DB 类,数据库采用 SQL Server 2005,数据库名称为“diy”,数据库登录用户名为 sa,密码为 123456。以下是创建 DB 类的程序代码。

```
package com.diy.common;

import java.sql.Connection;
import java.sql.DriverManager;
import java.sql.ResultSet;
import java.sql.SQLException;
import java.sql.Statement;

public class DB {
    private Connection conn = null;
    private String driverName = "com.microsoft.sqlserver.jdbc.SQLServerDriver"; //加载
SQLServer2005 的 JDBC 驱动
    private String dbURL = "jdbc:sqlserver://localhost:1433; DatabaseName=diy"; //连接本
地服务器和数据库 diy
    private String userName = "sa";           //数据库登录用户名
    private String userPwd = "123456";        //数据库登录密码

    /****************************************
     * 作用：建立数据连接
     * 参数：无
     * 返回：无
     ****************************************/
    public void open(){
        try{
            Class.forName(driverName);
            conn = DriverManager.getConnection(dbURL,userName,userPwd);
        }catch(Exception e){
            System.err.println(e.toString());
        }
    }

    /*************************************
     * 作用：执行查询命令
     * 参数：SQL语句 字符串
     * 返回：查询得到的记录集
     *************************************/
    public ResultSet query(String sql){
        ResultSet rs = null;
        try{
        Statement stmt  = conn.createStatement();
        rs = stmt.executeQuery(sql);
        }catch(Exception e){
            System.err.println(e.toString() + "\nSQL=" + sql);
        }
        return rs;
    }

    /*************************************
     * 作用：执行更新
     * 参数：SQL语句 字符串
     * 返回：更新记录行数，-1 表示更新失败
```

```
 ************************************/
public int update(String sql){
      int re = -1;
      try{
      Statement stmt  = conn.createStatement();
      re = stmt.executeUpdate(sql);
      }catch(Exception e){
           System.err.println(e.toString() + "\nSQL = " + sql);
      }
      return re;
}

/************************************
 * 作用:关闭并释放数据连接
 * 参数:无
 * 返回:无
 ************************************/
public void close(){
      try {
           if(conn != null) {
                conn.close();
                conn = null;
           }
      }catch (SQLException e) {
           System.err.println(e.toString());
      }
}
}
```

6.6.2 创建 DAO 类

首先我们需要创建一个 DAO 接口。在 com.diy.dao 中创建 DAO 接口,并在其中定义以下方法:

```
public interface DAO  {
      public int add(Object obj);
      public int update(Object obj);
      public int delete(String dengjihao);
      public List getByCondition();
      public List getByCondition(String condition,String keywords);
      public List getByCondition(String starttime,String endtime,int i);
}
```

定义这六个方法的目的就是为了使该包中其他 DAO 类都实现这些方法,我们不难发现,这六个方法的用途分别是新增、修改、删除、查询、带关键字的查询、以时间为条件查询。这六个方法基本包含了所有需要对数据库进行的操作,虽然对于登录应用而言,用不到这些方法,但对于强大的网站应用功能,这些方法是随时都用得到的。

接下来创建登录的 LoginDAO.java,所有的接口类都要继承 DAO(implements DAO)。在 LoginDAO 中定义以上六个方法,但由于在这里我们用不到,所以直接在方法中给出返回值 return 0 或者 return null，然后定义登录所要用到的 check 方法，以下是程序代码。

```
public boolean check(String username,String password){
        String sql = "select * from admin where username = '" + username + "'";
        DB db = new DB();
        db.open();
        ResultSet rs = db.query(sql);
        try{
        if(rs.next()){
            if (rs.getString("password").equals(password)){
              return true;
            }else{
              return false;
            }
        }else{
            return false;
        }}catch(Exception e){
            System.err.println(e.toString());
        }
        return false;
}
```

程序中，返回值为布尔型，表示返回一个标示：成功或者失败。username，password 分别对应用户输入的用户名和密码。SQL 语句中的 username 以及 rs.getString("password")分别为对应数据库表中的用户名和密码字段。该方法的执行逻辑是：首先查找用户名是否存在，如果不存在，返回 false。如果存在，再比较密码是否匹配，如果匹配，返回 true；否则，返回 false。

我们可能会有疑问，为什么不直接把 SQL 语句写为如下形式：

```
String sql = "select * from admin where username = '" + username + "' and password = '" +
password + "'";
```

这样，直接一步就可以执行验证过程。事实上，这样是最方便的，但如果从安全角度考虑，该语句是存在很大的漏洞的。攻击者可以采用 SQL 注入攻击直接绕过验证，所谓 SQL 注入，就是通过把 SQL 命令插入到 Web 表单递交或输入域名或页面请求的查询字符串，最终达到欺骗服务器执行恶意的 SQL 命令，比如先前的很多影视网站泄露 VIP 会员密码大多就是通过 Web 表单递交查询字符暴出的，这类表单特别容易受到 SQL 注入式攻击。我们举个简单的例子。

如果用户在用户名中填写的是(注意符号)aaa ' or 1=1 — —，我们把该字符串加到 SQL 语句中，即：

```
select * from admin where username = 'aaa ' or 1 = 1 - - ' and password = '" + password + "'。
```

不难看出，通过单引号"'"，结束字符串，然后增加一个恒成立的条件"or 1=1"，再通过符号"— —"将后面的内容注释掉。真实的 SQL 语句为：

```
select * from admin where username = 'aaa ' or 1 = 1。
```

登录验证就失去的应有的功能，而采用我们之前的办法，即使用户名的验证被绕过了，还有密码的匹配。而且该匹配不是基于数据库操作的,而是字符串的匹配,即使用户输入非法字符串也无法绕过。

因此,如果采用一步验证的方法,攻击者可以很轻易地就绕过登录验证,这就有可能对网站造成很大的危害。要避免该危害,有两种办法,一种就是我们使用的分布验证,即先验证用户名,再验证密码;另一种就是在控制器中对输入字符串进行过滤,过滤掉字符串中的非法字符,比如'/“。有关SQL注入的更多知识,需要翻阅其他资料,在此,我们就不过多介绍了。

6.6.3 创建ActionForm

浏览器将所有的东西都按字符串提交。你可以使用JavaScript校验来强迫用户在某个域里面只能输入数字,或者使用固定的数据格式,但是这也仅是镜花水月。所有的东西仍然以字符串的方式提交给服务器,而不是准备传递给Java方法的二进制对象。

重要的是要记住,这是浏览器和HTML工作的方式。

Web应用无法控制这些。Struts之类的框架的存在使我们能把必须做的事情做得最好。Struts对HTTP数据输入难题的解决方法是使用ActionForm。

在像Swing之类的环境中,数据输入控件有一个内建的文本缓冲区,可以校验所输入的字符。当用户离开控件,缓冲区可以转换为二进制类型,可以传递给业务层。

不幸的是,HTTP/HTML平台不提供可以缓冲、校验和输入转换的组件。所以Struts框架提供了一个ActionForm (org. apache. Struts. action. ActionForm)类来沟通Web浏览器和业务对象。ActionForm提供了想要的缓冲、校验、转换机制,我们可以用来保证用户输入他们想要输入的东西。

当HTML表单提交时,值被Struts控制器获取,并应用到ActionForm。ActionForm是一个JavaBean,其属性和HTML表单控件中的域相对应。Struts比较ActionForm属性的名称和输入名—值对的名称。当匹配时,控制器设置属性值为相关的输入域的值。其他的属性会被忽略。错过的属性会保持它们的默认值(通常是null或者false)。

我们在com. diy. actionform包中新建LoginActionForm,继承ActionForm。类中定义两个变量,即username,password;然后定义他们的get和set方法,以下是程序代码。

```
public class LoginActionForm extends ActionForm {
    private String username = "";        //账号
    private String password = "";        //密码

    public String getUsername() {
        return username;
    }
    public void setUsername(String username) {
        this.username = username;
    }
    public String getPassword() {
        return password;
    }
    public void setPassword(String password) {
```

```
        this.password = password;
        }
}
```

在类中右击鼠标执行 Source→Override 命令，重写 validate 方法，进行服务器端的输入验证，这里我们对用户输入进行空值验证，即不允许用户输入空值。以下是 validate 方法重写的代码。

```
public ActionErrors validate(ActionMapping mapping,HttpServletRequest request) {
      ActionErrors errors = new ActionErrors();
      if(this.username == null || this.username.equals("")){
      errors.add("username",new ActionMessage("用户名不能为空!"));
      }
      if(this.password == null || this.password.equals("")){
      errors.add("password",new ActionMessage("密码不能为空!"));
      }
      return errors;
        }
```

6.6.4 创建 Action

作为 MVC 模式中的核心控制器，Action 承担着重要的职责，在 com. diy. action 中新建 LoginAction，继承 action 类。在 Action 中重写 execute 方法，以下是程序代码。

```
public ActionForward execute(ActionMapping mapping,ActionForm form,
        HttpServletRequest request,HttpServletResponse response)
        throws Exception {
    private LoginDAO Login1DAO = new LoginDAO();

    String username,password;                            //账号,密码
    LoginActionForm loginActionForm = (LoginActionForm)form;
    username = loginActionForm.getUsername();
    password = loginActionForm.getPassword();

    boolean re = Login1DAO.check(username,password);   //进行登录验证
    if (re){
        HttpSession session = request.getSession();
        session.setAttribute("error",null);              //如果登录成功,则清空报错信息
        session.setAttribute("admininfo",username);     //将用户名存到 session 中
        return mapping.findForward("loginsuccess");     //进入登录成功页面

    }else {
        HttpSession session = request.getSession();
        session.setAttribute("error","<font size='2' color='red'>登录失败!</font>");
                                                         //如果登录失败,则添加报错信息
        return mapping.findForward("loginfailure");     //进入登录失败页面
    }
      }
```

loginsuccess 和 loginfailure 的值在 Struts-config. xml 文件中进行配置，分别为登录成

功和登录失败后进入的页面。在这里,登录成功后进入首页,登录失败后仍进入登录页面。详细配置方法我们稍后再讲。

接下来我们在 WebRoot 文件夹下新建一个 errors. JSP 文件,用来输出错误信息。在文件中输入以下代码。

```
<%@ page contentType="text/html;charset=gb18030" %>
<%@ taglib uri="http://Struts.apache.org/tags-bean" prefix="bean" %>
<%@ taglib uri="http://Struts.apache.org/tags-html" prefix="html" %>
<%@ taglib uri="http://Struts.apache.org/tags-logic" prefix="logic" %>
<%@ taglib uri="http://Struts.apache.org/tags-tiles" prefix="tiles" %>
<html:html lang="true">
<head>
    <title>错误页面</title>
</head>
<body>
<center>
<h1>程序出现了以下错误</h1>
<FONT size='5' color='red'><html:errors/></FONT>
<p><a href="#" onclick="history.back()">返回上一页</a></p>
</center>
</body>
</html:html>
```

在头部加入 Struts 标签,使用 Struts 标记<html:html>,并使用<html:errors/>来读取错误信息。

6.6.5 配置 Struts-config.xml 文件

打开 Struts-config. xml 文件后,首先在<form-beans></form-beans>中配置好 ActionForm,在标签中加入以下代码。

```
<form-bean name="LoginActionForm" type="com.diy.actionForm.LoginActionForm">
</form-bean>
```

然后在<action-mappings></action-mappings>中加入以下代码。

```
<action path="/login"
        input="/errors.jsp"
        name="LoginActionForm"
        type="com.diy.action.LoginAction"
        scope="request">
<forward name="loginsuccess" path="/index.jsp"></forward>
<forward name="loginfailure" path="/login.jsp"></forward>
</action>
```

通过这段代码对建立的 LoginAction,LoginActionForm,loginsuccess,loginfailure 进行相应的配置。并通过 input="/errors.jsp",指定验证出错后,进入 errors.jsp 输出错误。该文件的配置也就完成了。通过这些我们可以发现,Struts-config. xml 文件就像一个连接器,将用户的 action,actionform,跳转页面进行相应的配置和关联,使它们形成一个完整的功能体系。

6.6.6 创建 JSP 页面

作为视图层的页面，JSP 页面可以在最后创建，因为它相对简单，且表单中的变量名等都需要与 ActionForm 以及 Action 配置相同。我们在 WebRoot 文件夹下新建一个 JSP 文件 login.jsp。

```
<%@ page language="java" import="java.util.*" pageEncoding="GBK"%>

<!DOCTYPE HTML PUBLIC "-//W3C//DTD HTML 4.01 Transitional//EN">
<html>
  <head>

    <meta http-equiv="Content-Type" content="text/html; charset=gb2312">
    <title>后台登录</title>

    <meta http-equiv="pragma" content="no-cache">
    <meta http-equiv="cache-control" content="no-cache">
    <meta http-equiv="expires" content="0">
    <meta http-equiv="keywords" content="keyword1,keyword2,keyword3">
    <meta http-equiv="description" content="This is my page">
    <!--
    <link rel="stylesheet" type="text/css" href="styles.css">
    -->

  </head>

  <body>
  <form name = "frm" method = "post" action = "login.do">
    <table>
    <tr><td>用户名: </td><td><input name="username" type="text" size="20"></td>
</tr>
    <tr><td>密  码: </td><td><input name="password" type="password" class=
"password" size="21" onkeypress = "if(window.event.keyCode==13) goSubmit();"></td></tr>
    <tr><td></td><td><input type="submit" value="登录"/>  <input type=
"reset" value="取消"/></td></tr>
    </table>
  </form>
  </body>
  </html>
```

代码中，onkeypress = "if(window.event.keyCode==13) goSubmit();"是一段 JS 代码，指当用户按下键盘上回车键时提交表单。

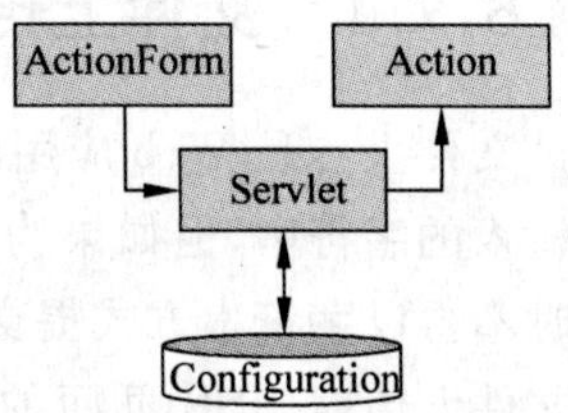

图 6-15 配置决定使用哪个 Actionform 和 Action

当表单提交时，将涉及两个框架对象，即 ActionForm 和 Action。这两个对象都必须由开发人员创建并包含应用细节。如图 6-15 所示，ActionServlet 使用 Struts 配置来决定使用哪个 ActionForm 和 Action。

到此,我们的整个功能就完成了。这也是一个简单的 MVC 模式的实现,将项目发布后,打开 tomcat 服务器,我们打开浏览器输入以下地址：http://localhost:8080/项目名/login.jsp。

打开登录页面进行测试。当输入用户名,密码均为空值时提交表单,进入 errors.jsp 显示错误信息如图 6-16 所示。

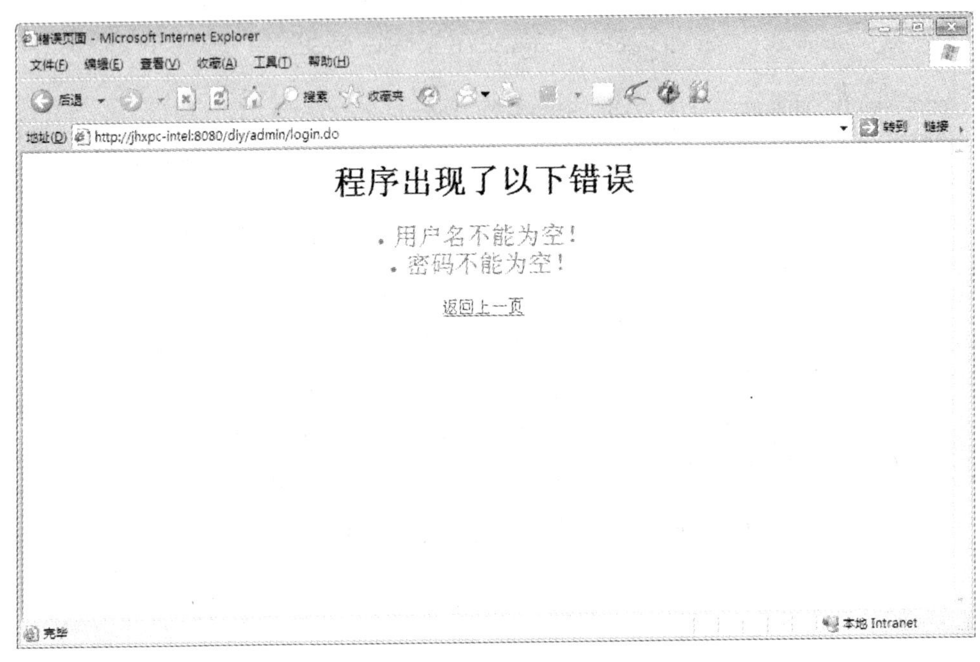

图 6-16 登录测试

当输入正确的用户名和密码时,进入 loginsuccess 所配置的页面。如果能成功看到以上信息,就表示该功能已经成功实现了。实际上,该实现方法还有许多可以改进的地方,比如对用户名和密码的验证可以在客户端用 JavaScript 来实现,对非法字符串的过滤可以通过写入一个通用过滤器,以引用的方式来实现。具体的实现方法,大家可以自己进行研究。

6.7 编写文件上传应用

6.7.1 文件上传的简单知识说明

文件上传是 Web 应用经常需要面对的问题,在大部分的时候用户请求的参数是在表单域输入的字符串,但如果为表单元素设置 enctype="multipart/form-data"属性,则提交表单时不再以字符串方式提交请求参数,而是以二进制编码的方式提交请求(这就是为什么实现文件上传时,JSP 页面的表单元素必须设置 enctype="multipart/form-data"属性的原因),此时直接通过 HttpServletRequest 的 getParameter 方法无法正常获取请求参数,我们可以通过二进制流来获取请求内容——通过这种方式,就可以取得希望上传文件的内容,从而实现文件的上传。

6.7.2　文件上传的原理

表单的 enctype 属性指定的是表单数据的编码方式，以下是该属性的 3 个值。

(1) application/x-www-form-urlencoded。这是默认的编码方式，它只处理表单域里的 value 值，采用这种编码方式的表单会将表单域的值处理成 URL 编码方式。

(2) multipart/form-data。这种编码方式会以二进制流的方式来处理表单数据，它把文件域指定文件的内容也封装到请求参数里。一旦设置了这种方式，就无法通过 HttpServletRequest. getParameter()访求获取请求参数。

(3) text/plain。这种编码方式当表单的 action 属性为 mailto:URL 的形式时比较方便，这种方式主要适用于直接通过表单发送邮件的方式。

6.7.3　常见的文件上传方式

1. SmartUpload

JspSmartUpload 是由 www. jspsmart. com 网站开发的一个可免费使用的全功能的文件上传下载组件，适于嵌入执行下载操作的 JSP 文件中。以下是该组件的特点。

(1) 使用简单。在 JSP 文件中书写少量 Java 代码就可以实现文件的上传或下载。

(2) 能全程控制上传。利用 JspSmartUpload 组件提供的对象及操作方法，可以获得全部上传文件的信息(包括文件名、大小、类型、扩展名、文件数据等)，方便存取。

(3) 能对上传的文件在大小、类型等方面做出限制，以过滤不符合要求的文件。

(4) 能将文件上传到数据库中，也能将数据库中的数据下载下来。这种功能针对的是 MySQL 数据库。

下面向大家简单介绍 SmartUpload 组件中的一些相关类。

(1) File 类。这个类包装了一个上传文件的所有信息，通过它，可以得到上传文件的文件名、文件大小、扩展名、文件数据等信息。File 类中包括 saveAs、getFileName、getSize 等常用的方法。

(2) Files 类。这个类表示所有上传文件的集合，通过它可以得到上传文件的数目、大小等信息。Files 类中包括 getCount、getSize、getCollection 等方法。

(3) Request 类。这个类的功能等同于 JSP 内置的对象 request。之所以提供这个类，是因为对于文件上传表单，通过 request 对象无法获得表单项的值，必须通过 JspSmartUpload 组件提供的 Request 对象来获取。Request 类主要包括 getParameter、getParameterValues、getParameterNames 等方法。

(4) SmartUpload 类。这个类完成上传和下载工作。SmartUpload 类主要包括 initialize(上传和下载共用的方法)、upload、downloadFile 等方法。

2. COS 组件

COS 组件是 O'Rrilly 公司开发的，该组件完全免费，并且会不定期增加新功能，开源。

在 COS 组件中，MultipartRequest 类主要负责文件上传的处理。以下是 MultipartRequest

的 8 个构造函数。

(1) Public MultipartRequest(HttpServletRequest request, String saveDirectory,) throws IOException。

(2) Public MultipartRequest(HttpServletRequest request, String saveDirectory, int maxPostSize) throws IOException。

(3) Public MultipartRequest(HttpServletRequest request, String saveDirectory, int maxPostSize, FileRenamePolicy policy) throws IOException。

(4) Public MultipartRequest(HttpServletRequest request, String saveDirectory, int maxPostSize, String encoding) throws IOException。

(5) Public MultipartRequest(HttpServletRequest request, String saveDirectory, int maxPostSize, String encoding, FileRenamePolicy policy) throws IOException。

(6) Public MultipartRequest(HttpServletRequest request, String saveDirectory, String encoding) throws IOException。

(7) Public MultipartRequest(HttpServletRequest request, String saveDirectory) throws IOException。

(8) Public MultipartRequest(HttpServletRequest request, String saveDirectory, int maxPostSize) throws IOException。

前 6 种构造函数都是用来专门处理 HTTP 协议的，saveDirectory 是上传文件要存储在服务器端的目录名称；maxPostSize 是用来限制用户上传文件大小的，若超过 maxPostSize，会产生 IOException，默认上传文件大小是 1MB；encoding 可以设定用何种编码方式来上传文件名称，可以解决中文问题。

MultipartRequest 类工具有 8 种方法，利用这些方法，我们可以取得请求的相关信息。

(1) Public Enumeration getParameterNames()可以取得请求参数的名称。

(2) Public String getParameter(String name)传回参数为 name 的值。

(3) Public String[] getParameterValues(String name)主要用在当一指定参数具有多个值时，用此方法来取其值。

(4) Public Enumeration getFileName()传回所有文件输入类型的名称。

(5) Public String getFilesystemNames(String name)得到上传文件的真正的文件名，这里的 name 指文件输入类型的名称。

(6) Public String getContentType(String name)得到上传文件的内容类型。

(7) Public File getFile(String name)得到一个文件对象，代表储存在服务器上的 name 文件。

(8) Public String getOriginalFileName(String name)返回文件在修改政策有效之前的文件名。

3. FileUpload 组件

Java 项目中，当需要高性能上传文件时，往往就需要依靠组件，而不是手写的 Servlet 了，一般的选择包括 jakarta commons-fileupload 以及 smartupload，由于后者在上传大文件时往往会出错，另外对中文支持一般，因此在需要进行大文件上传时通常采用了 FileUpload 组件。

FileUpload 能以多种方式使用，这取决于相应的应用需求。举个简单的例子，我们可以调用一个单独的方法来解析 Servlet 的请求，并且处理那些项目。从另一方面讲，我们可能自己定义 FileUpload 来完全控制个别项目的存储，例如，你想浏览哪些内容，并存到数据库里去。

一个上传请求由一系列根据 RFC1867(“Form-based File Upload in HTML”.)编码的项目列表组成。FileUpload 可以解析这样的请求，并为你的应用提供那些已上传的项目的列表。每一个这样的项目都实行了 FileItem 接口，我们不用管它们的底层实现。

FileUpload 使用 FileItemFactory 创建一个新的文件项目。工厂最终控制每个项目如何被创建。默认的工厂在内存里存储项目的数据，依赖于项目的大小(例如有多少字节的数据)。不过，为了适用于用户的应用，用户还是可以自定义这种行为。

以上介绍的三种常见的文件上传组件，各有各的优势与缺点，但是对于 Struts 项目来说，最好的选择无疑是使用 Struts FormFile 来实现文件的上传。因为 Struts FormFile 跟 Struts ActionForm 结合得非常好，使用起来也非常简单。下面我们将通过一个简单实例来学习这种上传方式。

6.7.4 创建 FileUploadForm

以下是创建 FileUploadForm 的程序代码。

```
package test.Struts;
import org.apache.Struts.action.ActionForm;
import org.apache.Struts.upload.FormFile;
public class FileUploadForm extends ActionForm{
    private FormFile uploadFile;
    public FormFile getUploadFile() {
        return uploadFile;
    }
    public void setUploadFile(FormFile uploadFile) {
        this.uploadFile = uploadFile;
    }
}
```

在 FileUploadForm 类中，通过“private FormFile uploadFile”语句创建一个 uploadFile 对象，值得注意的是，这里的 uploadFile 对象的类型是 FormFile，只有 FormFile 类型的对象才能获取到通过 JSP 页面上传的文件。为了获得该类型，必须在类体之前，声明导入 Strtus 中的 FomFile 包，代码是 import org.apache.Struts.upload.FormFile。

创建 uploadFile 对象之后，再编写简单的 get/set 方法，完成该 ActionForm 类的编写。

值得注意的是，创建的 FormFile 对象(这个 ActionForm 中即为 uploadFile)必须与 JSP 页面文件上传所用的<input/>的 name 属性相一致，在后文会详细说明。

6.7.5 创建一个 Action(用于处理上传的文件及保存在服务器的路径)

以下是 FileUploadAction 文件内容。

```
package test.Struts;
```

```
import java.io.FileOutputStream;
import java.io.IOException;
import java.io.InputStream;
import java.io.OutputStream;
import javax.servlet.http.HttpServletRequest;
import javax.servlet.http.HttpServletResponse;

import org.apache.Struts.action.Action;
import org.apache.Struts.action.ActionForm;
import org.apache.Struts.action.ActionForward;
import org.apache.Struts.action.ActionMapping;
/************************************
* 导入 FormFile 包
 ************************************/
import org.apache.Struts.upload.FormFile;

public class FileUploadAction extends Action {
/************************************
* 设置上传文件的存储路径
 ************************************/
    private static String UPLOAD_FILE_PATH = "c:/ ";

    public ActionForward execute(ActionMapping mapping,ActionForm form,
            HttpServletRequest request,HttpServletResponse response) throws Exception {

          FileUploadForm uploadForm = (FileUploadForm)form;
//声明创建 FileUploadForm 类型的 uploadForm 对象,以获取上传的文件
          FormFile uploadFile = uploadForm.getUploadFile();
          String fileName = uploadFile.getFileName();
          int fileSize = uploadFile.getFileSize();
/************************************
      * 输出文件名
      * 输出文件大小
      ************************************/
         System.out.println("FileName = " + fileName);
         System.out.println("FileSize = " + fileSize);
         boolean result = true;
        try{
/************************************
      * 生成文件的输入流
      ************************************/
             InputStream is = uploadFile.getInputStream();
             uploadFile(fileName,is);
        }catch(IOException ex){
             ex.printStackTrace();
            //假如上传文件失败,设置一个失败的标记位
             result = false;
        }
        if(result){
             return mapping.findForward("success");
```

```
        } else {
            return mapping.findForward("fail");
        }
    }

    private void uploadFile(String fileName, InputStream is)
throws IOException{
        OutputStream os = new FileOutputStream(UPLOAD_FILE_PATH + fileName);
        //8k缓存数据
        byte[ ] buffer = new byte[1024 * 8];
        //设置读进缓存的字节数
        int len;
        while((len = is.read(buffer))!=-1){
            //将缓存数据写入磁盘
            os.write(buffer,0,len);
        }
        //关闭输出流
        os.close();
        //关闭输入流
        is.close();
    }
}
```

通过 FileUploadForm 类型的对象 uploadForm，来获取相应的上传文件，代码如下：

```
FormFile uploadFile = uploadForm.getUploadFile();
```

至此，可以说我们已经获取到了用户通过 JSP 页面上传的文件数据，该文件暂时存储在 uploadFile 这个对象中。我们可以通过 uploadFile. getFileName( )、uploadFile. getFileSize()这样的语句来获取文件的文件名和文件大小。

最后，通过"OutputStream os = new FileOutputStream(UPLOAD_FILE_PATH + uploadFile);"语句将文件 uploadFile 上传到指定的路径 c:/下，形成文件。

而代码中 success 和 fail 的值在 Struts-config. xml 文件中进行配置，用来执行页面跳转的功能。详细配置和跳转位置稍后再讲。

6.7.6 编写文件上传的 JSP 文件

在项目的根目录(webroot)下编写 JSP 文件，以下是程序代码。

```
<%@ page language = "java" contentType = "text/html; charset = GBK" %>
<%@ taglib uri = "http://Struts.apache.org/tags - html" prefix = "html" %>

<!DOCTYPE HTML PUBLIC " - //W3C//DTD HTML 4.01 Transitional//EN">
<html>
  <head>

     <title>文件上传表单</title>
     <meta http - equiv = "pragma" content = "no - cache">
     <meta http - equiv = "cache - control" content = "no - cache">
```

```
    <meta http-equiv="expires" content="0">
    <meta http-equiv="keywords" content="keyword1,keyword2,keyword3">
    <meta http-equiv="description" content="This is my page">
  </head>

  <body>
    <html:form action="/upload" enctype="multipart/form-data">
          上传文件：<html:file property="uploadFile"></html:file>
    <html:submit value="上传文件"></html:submit>
    </html:form>
  </body>
</html>
```

这里我们使用的是 Struts 提供的 html 标签(<html:form>,<html:file>等),Struts 所提供的 html 标签库,是用来创建能够和 Struts 框架以及其他相应的 html 标签交互的 html 输入表单。

在上述代码<html:file property="uploadFile">一句中,property 属性的值 uploadFile 必须是与之前创建的 ActionForm 中的属性 uploadFile 相一致。

而前文提到的<input/>输入框,其实作用跟<html:file property="uploadFile">是一致的。如果使用<input/>的话,上述代码应该改写为:

```
上传文件：<input type="file" name=" uploadFile "/>
```

注意,这里<input/>的类型是 file 型,该语句效果与<html:file property="uploadFile">是一致的。

另外,在编写 JSP 页面时,需要注意的是,表单中的 enctype 属性,必须定义为 multipart/form-data,否则将获取不到上传的文件。

6.7.7 配置 Struts-config.xml 文件

打开 Struts-config.xml 文件后,首先在<form-beans></form-beans>中配置好 ActionForm 以下是程序代码。

```
<?xml version="1.0" encoding="UTF-8"?>
<!DOCTYPE Struts-config PUBLIC "-//Apache Software Foundation//DTD Struts Configuration
1.2//EN" "http://Struts.apache.org/dtds/Struts-config_1_2.dtd">

<Struts-config>
  <data-sources />
  <form-beans>
  <form-bean name="fileUploadForm" type="test.Struts.FileUploadForm"></form-bean>
  </form-beans>
  <global-exceptions />
  <global-forwards />
```

然后在<action-mappings></action-mappings>中加入以下代码。

```
  <action-mappings>
  <action path="/upload" name="fileUploadForm" scope="request" type="test.Struts.
```

```
FileUploadAction">
        <forward name = "success" path = "/success.jsp" redirect = "true"></forward>
        <forward name = "fail" path = "/fail.jsp" redirect = "true"></forward>
    </action>
  </action-mappings>
  <message-resources parameter = "test.Struts.ApplicationResources" />
</Struts-config>
```

在这里不难发现，如若之前 FileUploadAction 中的代码执行成功(即上传成功)，转入到 return mapping. findForward("success")当中，我们将从文件上传的页面跳转到 success. jsp 页面，可以理解为一个表示上传成功的页面；如果代码执行失败(即上传失败)，转入到 return mapping. findForward("fail")当中，我们将从文件上传的页面跳转到 fail. jsp 页面。

至此，一个文件上传的实例，已经成功地编写完成。当然程序距离完美程度，还相差很远，下面我们介绍一个上传文件中经常可能遇到的问题——中文乱码问题。

6.7.8　FormFile 中文乱码问题

FormFile 的中文乱码问题出现在 Struts1 的 FormFile 组件对编码的处理上。通过跟踪源码发现，在包 org. apache. Struts. upload 下，有一个类 CommonsMultipartRequestHandler，它主要负责文件上传处理，它使用的是 DiskFileUpload 来上传文件，即 DiskFileUpload upload = new DiskFileUpload()。它的默认编码为“ISO-8859-1”。

由于“ISO-8859-1”是不支持中文的，因此在遇到中文文件名的时候，就会出现乱码。中文乱码问题不仅仅是在上传中会出现，也出现在 Java 项目的各个角落，是困扰编程人员的难题之一。

要想解决上传过程中的中文乱码问题，我们需要在 FormFile 组件获取文件流之前加上一个字符的过滤器。以下是过滤器的代码。

```
package com.filter;

import java.io.IOException;
import javax.servlet.Filter;
import javax.servlet.FilterChain;
import javax.servlet.FilterConfig;
import javax.servlet.ServletException;
import javax.servlet.ServletRequest;
import javax.servlet.ServletResponse;

public class GlobalFilter implements Filter{
    public void init(FilterConfig filterConfig) throws ServletException{
      System.out.println("=========== in the filter ========== ");
  }
    public void doFilter(ServletRequest request, ServletResponse response, FilterChain chain)
throws IOException, ServletException{
        try{
            request.setCharacterEncoding("UTF-8");
            chain.doFilter(request, response);
        }catch(Exception e){
```

```
                e.printStackTrace();
            }
        }
        public void destroy() {
        }
    }
```

同时,我们需要在项目的 web.xml 中对过滤器进行配置,以下是配置代码。

```
<filter>
    <filter-name>GlobalFilter</filter-name>
    <filter-class>com.filter.GlobalFilter</filter-class>
</filter>
<filter-mapping>
    <filter-name>GlobalFilter</filter-name>
    <url-pattern>/*</url-pattern>
</filter-mapping>
```

这样我们就能很好地解决中文乱码问题了。由于存在着多种不同的字符集,在各种字符集之间进行转换,就有可能出现乱码,同样是中文字符集 GB2312 和 GBK,由于编码范围的不同,某些字符在转换时也会出现乱码。

在一个使用了数据库的 Web 应用程序中,乱码可能会在多个环节产生。由于浏览器会根据本地系统默认的字符集来提交数据,而 Web 容器默认采用的是 ISO-8859-1 的编码方式解析 POST 数据,在浏览器提交中文数据后,Web 容器会按照 ISO-8859-1 字符集来解码数据,在这一环节可能会导致乱码的产生。由于大多数数据库的 JDBC 驱动程序默认采用 ISO-8859-1 的编码方式在 Java 程序和数据库之间传递数据,我们的程序在向数据库中存储包含中文的数据时,JDBC 驱动首先将程序内部的 Unicode 编码格式的数据转化为 ISO-8859-1 的格式,然后传递到数据库中,在这一环节可能会导致乱码的产生。目前流行的关系型数据库系统都支持数据库编码,也就是说在创建数据库时可以指定它自己的字符集设置,数据库的数据以指定的编码形式存储。当 JDBC 驱动向数据库中保存数据时,有可能还会发生字符集的转换。正是由于在 Web 应用程序运行过程中,输入的中文字符需要在不同的字符集之间来回转换,也就导致了中文乱码问题的频繁出现。只要了解了中文乱码问题产生的原因,然后对症下药,就可以顺利地解决这些问题。

小结

不管你在开发团队中担任何种角色,工程师,设计员,架构师或是 QA,对整个应用的总体运行有个总体印象总是对你有帮助的。在本章,我们从需求、平台搭建、数据库设计、开发四个方面给大家讲述了开发一个应用项目最基本的流程,并详细介绍了 Struts 的标记、配置文件、编程方法,结合简单易懂的登录应用以及常用的上传功能使大家能掌握 Struts 的开发方法,关于 Struts 的更多深层次功能的应用还需要大家自己多多研究。

在实际项目开发中,测试维护是很重要的一个环节,虽然本章没有进行介绍,但希望大家能掌握相应的测试过程及方法。

习题

1. 需求分析的概念是什么？
2. 需求分析的过程有哪些，具体含义是什么？
3. 简述原型法的含义。
4. 数据字典的含义是什么？
5. 数据字典有哪些功能和作用？
6. 数据字典由哪些模块组成？
7. Struts-config.xml 文件中<form-beans>元素和<action-mapping>元素分别有什么作用？
8. Struts 标记中<logic:greaterThan> 标记有哪些属性，含义是什么？
9. Struts 标记中<logic: present>标记有哪些属性，含义是什么？
10. Struts 标记中重复标记有哪些，分别有什么含义？
11. HTML 标记中<html:form>标记有哪些属性？
12. 简述 Struts 中 DAO、Action、ActionForm、JSP 文件之间的关系。
13. 简述项目开发过程中防止 SQL 注入攻击的方法。
14. 用 Struts 架构开发出一个简单留言板的功能，包括留言信息的显示、删除、增加功能。

第7章 J2EE框架综合应用

有句话说得好："实践是检验真理的唯一方法。"通过前几章知识的学习，我们对J2EE框架知识有了系统的认识。在对Struts框架技术熟练应用的基础上，本章将介绍Spring框架的应用及Hibernate框架的应用，并在最后一节将利用Spring对Struts和Hibernate的集成功能实现三者的有机结合，构建一个松散耦合的登录模块，让读者充分体会J2EE框架编程的乐趣。其中，Struts负责MVC架构中的视图和控制器之间的数据和控制逻辑传递；而在控制器中调度的业务模型则由Spring负责管理，用来提供事务、日志、缓存等服务，并通过Hibernate为业务模型提供持久化服务。

本章知识点

① 掌握Spring框架技术，开发Spring应用程序；
② 掌握Hibernate框架技术，开发Hibernate应用程序；
③ 综合J2EE三大框架技术，实现"登录系统"应用。

7.1 Spring框架应用

7.1.1 用MyEclipse开发简单的Spring应用程序

第一个入门的Spring程序是很简单的，它将简单地打印出一行字："Hello World的Spring示例！"我们将使用MyEclipse进行设定、编写、执行该Spring程序。以下是使用MyEclipse编写Spring应用程序的步骤。

- 新建Spring项目(例如springDemo)。
- 把Spring的相关jar包添加到该项目中。
- 编写Bean的代码。
- 编写Bean配置文件beans-config.xml。
- 运行程序。

1. 新建Spring项目springDemo

打开MyEclipse开发界面，选择File→New→Java Project命令后，弹出New Java Project窗口。在该窗口中，为项目命名，例如springDemo，项目存储在D:\workspace目录下，如

图 7-1 所示。最后单击 Finish 按钮，完成该项目的创建。

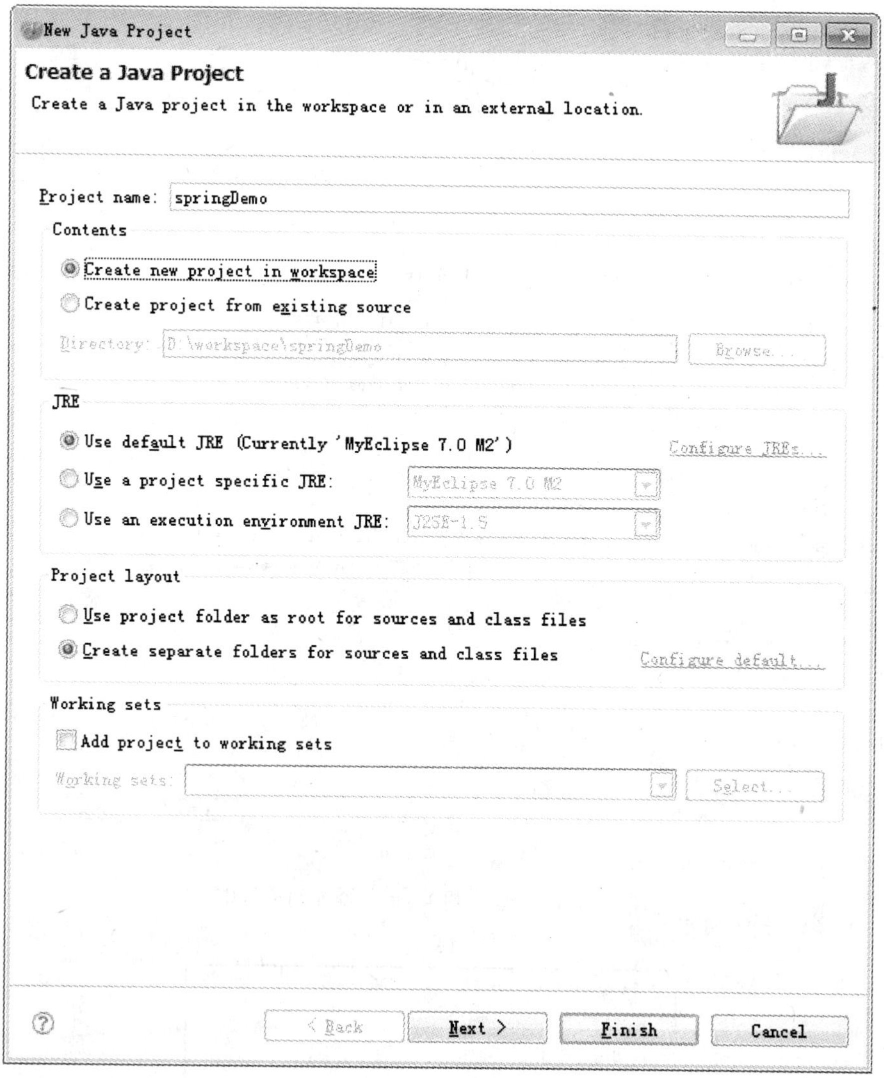

图 7-1　在 MyEclipse 中新建 springDemo 项目

2. 把 Spring 的相关 jar 包添加到项目中

必须把 Spring 相关的 jar 包加入至该项目中，这点 MyEclipse 提供了比较方便的方法。用鼠标选中 springDemo 项目，单击鼠标右键，执行 MyEclipse→Add Spring Capabilities 命令之后，弹出 Add Spring Capabilities 窗口，如图 7-2 所示。本例中只使用 Spring 的简单 IoC 功能，只需选中 Spring 2.5 Core Libraries 复选框即可。

单击 Finish 按钮后，在 springDemo 项目下将会增加 Spring 2.5 Core Libraries 库文件，同时在 src 文件夹下将自动添加一个名为 applicationContext.xml 的配置文件，如图 7-3 所示。

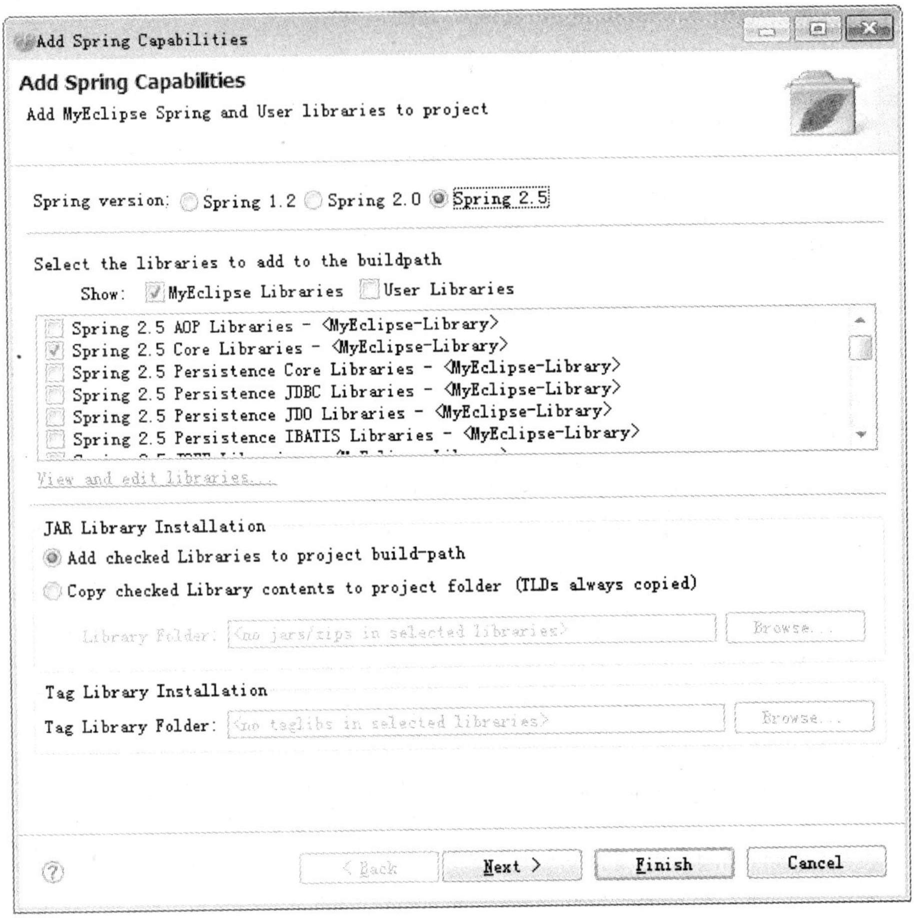

Add Spring Capabilities

Add Spring Capabilities

Add MyEclipse Spring and User libraries to project

Spring version: Spring 1.2 Spring 2.0 Spring 2.5

Select the libraries to add to the buildpath

Show: MyEclipse Libraries User Libraries

Spring 2.5 AOP Libraries - <MyEclipse-Library>
Spring 2.5 Core Libraries - <MyEclipse-Library>
Spring 2.5 Persistence Core Libraries - <MyEclipse-Library>
Spring 2.5 Persistence JDBC Libraries - <MyEclipse-Library>
Spring 2.5 Persistence JDO Libraries - <MyEclipse-Library>
Spring 2.5 Persistence IBATIS Libraries - <MyEclipse-Library>

View and edit libraries...

JAR Library Installation

Add checked Libraries to project build-path

Copy checked Library contents to project folder (TLDs always copied)

Library Folder: <no jars/zips in selected libraries> Browse...

Tag Library Installation

Tag Library Folder: <no taglibs in selected libraries> Browse...

< Back Next > Finish Cancel

图 7-2 把 Spring 相关 jar 包添加到项目中

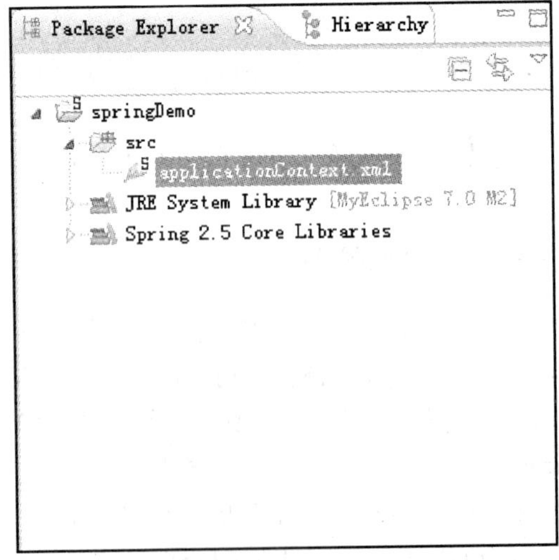

图 7-3 把 Spring 相关 jar 包添加到项目后

3. 编写 Bean 的代码

现在，我们来编写一个 Bean，它只是一个简单的 JavaBean。用鼠标选中 springDemo 项目并右击，执行 New→Class 命令之后，弹出 New Java Class 窗口，如图 7-4 所示。在该窗口中，为 Bean 命名，例如 HelloTalker，Package 文本框中选择 com. spring. demo。

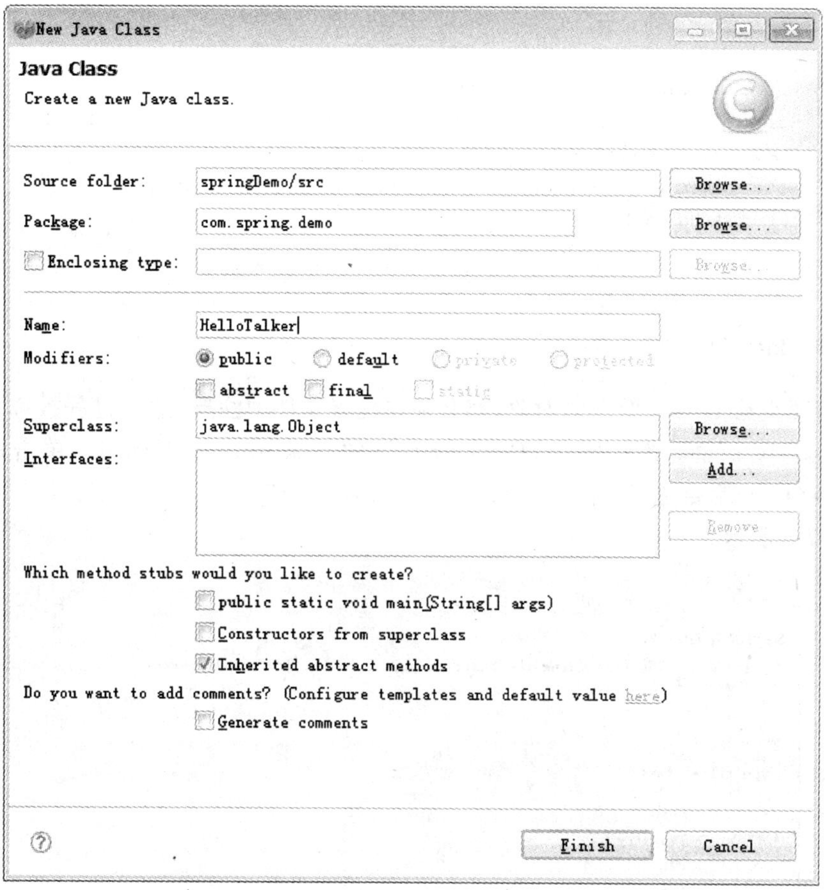

图 7-4　新建 JavaBean

录入 HelloTalker. java 的完整源代码。其中 HelloTalker 这个类有一个 msg 属性，为该属性编写 set 方法，该方法必须严格遵守 JavaBean 的命名规则，即有一个 setMsg 方法用于设置 msg 属性的值。另外，我们直接在 HelloTalker 的 main 方法中使用 Spring 的 Bean 工厂来从配置文件中加载一个名为 helloBean、类型为 com. spring. demo. HelloTalker 的 Bean，然后调用这个 Bean 的 sayHello 方法。以下是全部源代码。

```
package com.spring.demo;

import org.springframework.beans.factory.BeanFactory;
import org.springframework.beans.factory.xml.XmlBeanFactory;
import org.springframework.core.io.ClassPathResource;
import org.springframework.core.io.Resource;
```

```
public class HelloTalker {
    private String msg;
    public void setMsg(String msg){
    this.msg = msg;
    }
    public void sayHello(){
        System.out.print(msg);
    }

    public static void main(String[] args) {
        Resource res = new ClassPathResource("com/spring/demo/springConfig.xml");
        BeanFactory factory = new XmlBeanFactory(res);
        HelloTalker hello = (HelloTalker)factory.getBean("helloBean");
        hello.sayHello();
}
}
```

4. 编写 Bean 配置文件

任何需要交给 Spring 管理的对象，都必须在配置文件中注册，这个过程被称为 wiring。在 MyEclipse 中，用鼠标选中 springDemo 项目下的 com. spring. demo 包，单击鼠标右键，执行 New→Other 命令之后，弹出 Select a wizard 窗口，打开 MyEclipse 目录下的 XML 文件夹，如图 7-5 所示。

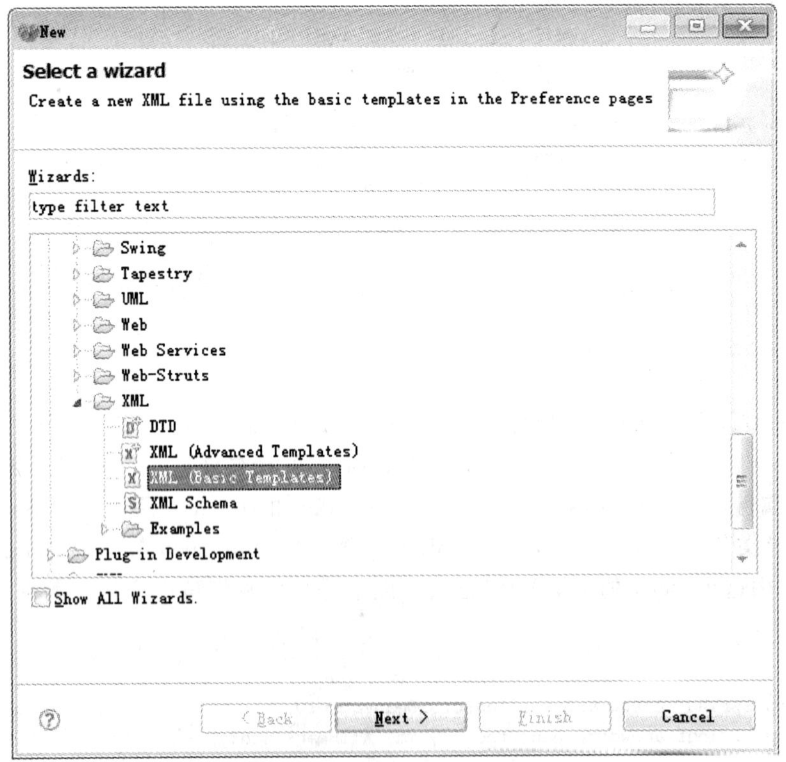

图 7-5　创建 Bean 的配置文件

创建一个 Bean 配置文件 springConfig. xml，在这个 Bean 配置文件中定义 helloBean，并通过依赖注入设置 helloBean 的 msg 属性值，以下是其内容。

```
<?xml version = "1.0" encoding = "UTF - 8"?>
<! DOCTYPE beans PUBLIC " - //SPRING//DTD BEAN//EN"
"http://www.springframework.org/dtd/spring - beans.dtd">
< beans >
        < bean id = "helloBean" class = "com.spring.demo.HelloTalker">
                < property name = "msg" value = "Hello World 的 Spring 示例!"/>
          </bean >
</beans >
```

5. 运行程序

运行程序，在 HelloTalker. java 上点右键，执行 Run As→Java Application 命令，即可运行这个使用了 Spring 的程序，该程序将输出 helloBean 中的 msg 属性的值"Hello World 的 Spring 示例!"，如图 7-6 所示。

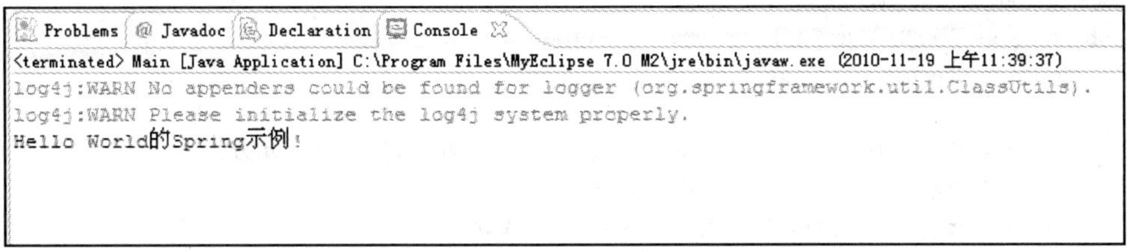

```
Problems  @ Javadoc  Declaration  Console
<terminated> Main [Java Application] C:\Program Files\MyEclipse 7.0 M2\jre\bin\javaw.exe (2010-11-19 上午11:39:37)
log4j:WARN No appenders could be found for logger (org.springframework.util.ClassUtils).
log4j:WARN Please initialize the log4j system properly.
Hello World的Spring示例!
```

图 7-6 程序运行结果

7.1.2 第二个 Spring 应用程序

通过前面的介绍，我们已经基本了解了 Spring 应用程序的开发步骤。下面我们将通过第二个 Spring 应用程序更加深入理解 Spring IoC 框架。以下是操作步骤。

1. 创建 DAO 接口及其实现类

在 com. spring. dao 包下创建一个简单的 DAO 接口和两个实现类，以下是程序代码。

```
//***** UserDao.java
package com.spring.dao;
public interface UserDao {
          public void save(String username,String password);
}
//***** UserDaoMySqlImpl.java  用 mySql 实现
package com.spring.dao;
public class UserDaoMySqlImpl implements UserDao {
     public void save(String username,String password) {
     System.out.println(" ----------- UserDaoMySqlImpl.save() ------------ ");
     }
}
//******* UserDaoOracleImpl.java  用 oracle 实现
```

```
package com.spring.dao;
public class UserDaoOracleImpl implements UserDao {
    public void save(String username,String password) {
    System.out.println("----------UserDaoOracleImpl.save()----------");
    }
}
```

2. 创建业务逻辑接口及其实现类

在 com.spring.manager 包下创建一个业务逻辑的接口和实现类,以下是程序代码。

```
//*****UserManager.java
package com.spring.manager;
public interface UserManager {
    public void save(String username,String password);
}
//*****UserManagerImpl.java
package com.spring.manager;
import com.spring.dao.UserDao;
public class UserManagerImpl implements UserManager {
    private UserDao userDao;
    /**
     * 当依赖的DAO多的时候,setter方法就显得比较好,参数多选择此方法
     * 构造方法在new的时候就会传入DAO
     * setter方法是先new本身的对象再调用setter方法
     */
    //下面是使用JavaBean的setter方法来加载userDao
    public void setUserDao(UserDao userDao) {
        this.userDao = userDao;
    }
    //下面是使用一个构造函数来加载这个userDao
    //    public UserManagerImpl(UserDao userDao) {
    //        this.userDao = userDao;
    //    }
    public void save(String username,String password) {
        this.userDao.save(username,password);
    }
}
```

3. 编写客户端调用类

在 com.spring.client 包下编写客户端调用类,以下是程序代码。

```
//******Client.java
package com.spring.client;
import org.springframework.beans.factory.BeanFactory;
import org.springframework.context.support.ClassPathXmlApplicationContext;
import com.spring.dao.UserDaoMySqlImpl;
import com.spring.dao.UserDaoOracleImpl;
import com.spring.manager.UserManager;
import com.spring.manager.UserManagerImpl;
```

```
public class Client {
    public static void main(String[ ] args) {
        //下面是使用 Spring 时要使用的代码
        //从 IoC 容器中取得 userManager,这里因为 Spring 配置文件在 src 下,通过//classpath
//查找就可以得到配置文件的 Bean 工厂
        BeanFactory factory = new ClassPathXmlApplicationContext
                                                ("applicationContext.xml");
        UserManagerImpl userManager =
                    (UserManagerImpl)factory.getBean("userManager");
        userManager.save("张三","123");

        //下面是不使用 Spring 时,要写的代码
        //①使用 setter 方法加载 userDAO
        //UserManagerImpl uImpl = new UserManagerImpl();
        //uImpl.setUserDao(new UserDaoMySqlImpl());
        //uImpl.save("张三","1234");
        //②使用构造函数加载 userDAO
        // UserManagerImpl userManager = new
        //                     UserManagerImpl(new UserDaoOracleImpl());
        //userManager.save("张三","123");
    }
}
```

4. 编写配置文件

完成默认配置文件 applicationContext.xml 的编写,以下是程序代码。

```
<!-- 声明 Bean, id 是必需的属性 -->
<bean id = "userDaoMySqlImpl" class = "com.spring.dao.UserDaoMySqlImpl"/>
<bean id = "userDaoOracleImpl" class = "com.spring.dao.UserDaoOracleImpl"/>

<bean id = "userManager" class = "com.spring.manager.UserManagerImpl">
<!-- 构造方法注入,当 UserManagerImpl 使用构造函数来加载 userDao 时使用的配置
      <constructor - arg ref = " userDaoMySqlImpl "/>
-->
<!-- userDao 是 UserManagerImpl 中的变量名称,主要还是 set 后面的名称 -->
<!-- 下面是 UserManagerImpl 使用 setter 方法来加载 userDao 时使用的配置,ref 代表引用,说明在
当前的文件中会有以 userDaoMySqlImpl 作为 id 的一个 Bean 存在 -->
      <property name = "userDao" ref = "userDaoMySqlImpl"/>
</bean>
```

5. 运行程序

在 Client.java 上右击,执行 Run As→Java Application 命令。运行结果如图 7-7 所示。

```
Problems  Javadoc  Declaration  Console
<terminated> Main [Java Application] C:\Program Files\MyEclipse 7.0 M2\jre\bin\javaw.exe (2010-11-19 下午03:04:56)
log4j:WARN No appenders could be found for logger (org.springframework.context.support.ClassPathXmlApplicationContext).
log4j:WARN Please initialize the log4j system properly.
-----------UserDaoMySqlImpl.save()------------
```

图 7-7 程序运行结果

如果将配置文件中＜property name＝"userDao" ref＝"userDaoMySqlImpl"/＞改为＜property name＝"userDao" ref＝" userDaoOracleImpl "/＞,结果如图 7-8 所示。

```
Problems  Javadoc  Declaration  Console
<terminated> Main [Java Application] C:\Program Files\MyEclipse 7.0 M2\jre\bin\javaw.exe (2010-11-19 下午03:07:56)
log4j:WARN No appenders could be found for logger (org.springframework.context.support.ClassPathXmlApplicationContext).
log4j:WARN Please initialize the log4j system properly.
----------UserDaoOracleImpl.save()----------
```

图 7-8 程序运行结果

7.1.3 Spring AOP 框架应用

前面介绍 AOP 概念的章节中,曾经以权限检查为例说明 AOP 切面的概念。

权限检查的确是 AOP 应用中一个热门话题,如果现在出现了一个设计完备的权限管理组件,那将是一件多么惬意的事情,我们只需要在系统中配置一个 AOP 组件,即可完成以往需要大费周张才能完成的权限判定功能。

可惜目前还没有这样一个很完善的实现。一方面权限检查过于复杂多变,不同的业务系统中的权限判定逻辑可能多种多样(如对于某些关键系统而言,很可能出现需要同时输入两个人的密码才能访问的需求);另一方面,就目前的 AOP 应用粒度而言,“权限管理”作为一个切面尚显得过于庞大,需要进一步切分设计,设计复杂,实现难度较大。

目前最为实用的 AOP 应用,可能就是 Spring 中基于 AOP 实现的事务管理机制,也正是这一点,使得 Spring AOP 大放异彩。

这里我们围绕一个简单的 AOP Interceptor 实例,看看 Spring 中 AOP 机制的应用与开发。

在应用系统开发过程中,我们通常需要对系统的运行性能有所把握,特别是对于关键业务逻辑的执行效能,而对于执行效能中的执行时间,则可能是重中之重。我们这里的实例的实现目标,就是打印出目标 Bean 中方法的执行时间。

首先,围绕前面提到的几个重要概念,我们来看看 Spring 中对应的实现。

1. 切点(PointCut)

切点是一系列连接点的集合,它指明处理逻辑(Advice)将在何时被触发。对于我们应用开发而言,“何时触发”的条件大多是通过面向 Bean 的方法进行制定的。实际上,只要我们在开发中用到了 Spring 的配置化事务管理,那么就已经进行了 PointCut 设置,我们可以指定对所有 save 开头的方法进行基于 AOP 的事务管理,以下是配置代码。

```
<property name = "transactionAttributes">
    <props>
        <prop key = "save * "> PROPAGATION_REQUIRED </prop>
    </props>
</property>
```

同样,对于我们的 AOP 组件而言,我们也可以以方法名作为触发判定条件。我们可以通过以下节点,为我们的组件设定触发条件。

```
<bean id = "myPointcutAdvisor"
      class = "org.springframework.aop.support.RegexpMethodPointcutAdvisor">
    <property name = "advice">
        <ref local = "MyInterceptor" />
    </property>
    <property name = "patterns">
        <list>
            <value>.*do.*</value>
            <value>.*execute.*</value>
        </list>
    </property>
</bean>
```

RegexpMethodPointcutAdvisor 是 Spring 中提供的，通过逻辑表达式指定方法判定条件的支持类，其中的逻辑表达式解析采用了 Apache ORO 组件实现。

上面我们针对 MyInterceptor 设定了一个基于方法名的触发条件，也就是说，当目标类的指定方法运行时，MyInterceptor 即被触发。MyInterceptor 是我们对应的 AOP 逻辑处理单元，也就是所谓的 Advice。

2. 通知(Advice)

Spring 引入了 Advice 的概念，方便在某个具体连接点采取的行为或动作，称为通知。Spring 中采用了 AOP 联盟(AOP Alliance)的通用 AOP 接口(接口定义位于 aopalliance.jar)。这里我们采用 aopalliance.jar 中定义的 MethodInterceptor(方法拦截器)作为我们的 Advice 实现接口。

```
public class MethodTimeCostInterceptor implements MethodInterceptor,Serializable {
    protected static final Log logger = LogFactory.getLog
                                (MethodTimeCostInterceptor.class);
    public Object invoke(MethodInvocation invocation) throws Throwable {
        long time = System.currentTimeMillis();
        Object rval = invocation.proceed();
        time = System.currentTimeMillis() - time;
        logger.info("Method Cost Time => " + time + " ms");
        return rval;
    }
}
```

invoke()方法的 MethodInvocation 参数暴露了被激活的方法、目标连接点、AOP 代理和该方法的参数。invoke()方法应该返回调用的结果，对应配置如下：

```
<bean id = "MyInterceptor" class = "com.spring.interceptors.MethodTimeCostInterceptor" />
```

类似于大多数基于代理的实现。Spring AOP 是以拦截器链这一概念为基础的。从概念上讲，调用是直接指向目标对象的。在 AOP 术语中，该对象包含连接点。链中的每个拦截器都提供 Around 通知，即有能力在调用之前或之后插入额外的行为，或者完全短路该调用，返回自己选择的值。每个拦截器都控制该调用是否继续沿着拦截器链向下直到目标对象，以及应该返回什么值。因此，把参数或者返回值连到拦截器上是可能的，并且能够在目标对象上执行该方法之前或之后插入定制的行为。

3. 代理(Proxy)

除此之外,为了为目标对象提供通知,我们还需要定义一个 Spring AOP ProxyFactory (代理工厂)用以加载执行 AOP 组件。定义如下:

```
<bean id = "myAOPProxy" class = "org.springframework.aop.framework.ProxyFactoryBean">
      <property name = "proxyInterfaces">
            <value>com.spring. proxy.ITest</value>
      </property>
<!-- 是否强制使用 CGLIB 进行动态代理
      <property name = "proxyTargetClass">
            <value>true</value>
      </property>
-->
      <property name = "target"> //在"target"属性上设置目标对象
            <ref local = "test" />
      </property>
      <property name = "interceptorNames"> //在"interceptorNames"属性上设置通知实例
            <value>myPointcutAdvisor</value>
      </property>
</bean>
<bean id = "test" class = "com.spring.aop.Test"/>
```

其中的 test 是我们用于测试的一个类,它实现了 ITest 接口。

在上面的文件中,我们声明了一个名为"myAOPProxy"的代理,它对应的类是 org.springframework.aop.framework.ProxyFactoryBean,并设定了它的 proxyInterfaces 属性和 interceptorNames 属性值。proxyInterfaces 属性是指被代理的接口;而 interceptorNames 属性是指共同建立拦截器链的通知或通知器的名称。

接着,我们构造一个 ITest 接口及一个以 ITest 为接口的 Test 类,并在测试类 testAOP 中调用它,代码如下:

```
public interface ITest {
    public abstract void doTest();
    public abstract void executeTest();
}
public class Test implements ITest {
    public void doTest(){
        for (int i = 0;i < 10000;i ++ ){}
    }
    public void executeTest(){
        for (int i = 0;i < 25000;i ++ ){}
    }
}
public void testAOP() {
    ApplicationContext ctx = new
                       FileSystemXmlApplicationContext("applicationContxt.xml");
    ITest test  =  (ITest) ctx.getBean("myAOPProxy");
```

```
        test.doTest();
        test.executeTest();
    }
```

通过以上工作，我们的 MyInterceptor 即被加载，并将在 Test.doTest 和 Test.executeTest 方法调用时被触发，打印出这两个方法的执行时间。

分析了这么多，可能读者还没有弄清一个完整的 Spring AOP 应用到底如何实现，下面介绍一个利用 Spring AOP 实现的管理权限实例，通过该实例，相信读者将豁然开朗。

(1) 定义一个用户类。

```
public class User {
    private String username;
    public String getUsername() {
        return username;
    }
    public void setUsername(String username) {
        this.username = username;
    }
}
```

用户有三种人，即未注册用户、注册用户与管理员；注册用户可以发表、回复帖子，管理员除了可以发表、回复帖子，还可以删除帖子。

(2) 定义 TestCommunity 接口。

```
public interface TestCommunity {
    public void answerTopic();
    public void deleteTopic();
}
```

以下程序实现上面接口的 TestCommunityImpl 类。

```
public class TestCommunityImpl implements TestCommunity {
    //注册用户与管理员拥有的功能
    public void answerTopic() {
        System.out.println("可以发表、回复帖子");
    }
    //管理员拥有的功能
    public void deleteTopic() {
        System.out.println("可以删除帖子!");
    }
}
```

(3) 建立依赖注入的实现类 TestResultImpl。

```
public class TestResultImpl {
    private TestCommunity test;
    public void setTest(TestCommunity test) {
        this.test = test;
    }
    public void answerTopic() {
        test.answerTopic();
```

```
    }
    public void deleteTopic() {
        test.deleteTopic();
    }
    }
```

(4) 实现拦截器 Around 处理类型的类 TestAuthorityInterceptor,这是最重要的一个类。

```
import org.aopalliance.intercept.MethodInterceptor;
import org.aopalliance.intercept.MethodInvocation;
//创建 Around 处理应该实现 MethodInterceptor 接口
public class TestAuthorityInterceptor implements MethodInterceptor {
    private User user;
    public User getUser() {
        return user;
    }
    public void setUser(User user) {
        this.user = user;
    }
    // invoke 方法返回调用的结果
    public Object invoke(MethodInvocation invocation) throws Throwable {
        String methodName = invocation.getMethod().getName();
        if (user.getUsername().equals("unRegistedUser")) {
            System.out.println("你的身份是未注册用户,没有权限回复、删除帖子!");
            return null;
        }
        if ((user.getUsername().equals("user")) &&
                                    (methodName.equals("deleteTopic"))) {
           System.out.println("你的身份是注册用户,没有权限删除帖子! ");
           return null;
        }
        // proceed()方法对连接点的整个拦截器链起作用,拦截器链中的每个拦截器都执行该方
法,并返回它的返回值
        return invocation.proceed();
    }
}
```

(5) 完成配置文件后,编写执行文件 BeanTest。

```
import org.springframework.context.ApplicationContext;
import org.springframework.context.support.
                                FileSystemXmlApplicationContext;
public class BeanTest {
    public static void main(String[] args) throws Exception {
        ApplicationContext ctx = new
                FileSystemXmlApplicationContext("src/bean.xml");
        TestResultImpl test = (TestResultImpl)ctx.getBean("testResult");
        test.answerTopic();
        test.deleteTopic();
    }
}
```

(6) 运行程序,以下是执行结果。

① 如果是管理员,打印出:可以发表、回复帖子,可以删除帖子!

② 如果是注册用户,打印出:可以发表、回复帖子 你的身份是注册用户,没有权限删除帖子!

③ 未注册用户,打印出:你的身份是未注册用户,没有权限回复、删除帖子!

7.2 Hibernate 应用

7.2.1 用 MyEclipse 开发简单的 Hibernate 应用程序

Hibernate 一般用作应用的数据访问层。为简便起见,我们以一个简单的用例来说明如何开发一个 Hibernate 应用,该用例的需求是把用户 ID、姓名(Name)、密码(Pwd)等方面的信息存入数据库中。下面我们使用 MyEclipse 开发该 Hibernate 应用程序,选择 SQL Server 2005 数据库作为这个应用程序的数据库。

1. 创建数据表

在 SQL Server 2005 里建立一个新的数据库 test,再建立一个数据表,名为 userinfo,包含 ID、Name、Pwd 三个字段,如图 7-9 所示。

表 - dbo.userinfo　摘要

列名	数据类型	允许空
ID	bigint	☐
Name	varchar(50)	☑
Pwd	varchar(50)	☑
		☐

图 7-9　数据库 test 中表 userinfo

2. 创建 Hibernate 项目 hibernateDemo

新建一个普通的 Java 项目。选择 File→New→Java Project 菜单命令,出现如图 7-10 所示的窗口,在该窗口中的 Project name 文本框中输入项目的名称 hibernateDemo,然后单击 Finish 按钮,完成项目的创建。

3. 把 MyEclipse Hibernate 功能添加到项目中

必须把 MyEclipse Hibernate 功能加入到该项目中,而 MyEclipse 提供了基于向导的处理过程,这个过程执行了下面的操作。

- 添加 Hibernate 类库 (Jars) 到项目的类路径。
- 在项目中创建并配置 hibernate. cfg. xml。
- 在项目中创建自定义的 Session Factory 类来简化 Hibernate 会话处理。

以下是具体操作步骤。

(1) 用鼠标选中 hibernateDemo 项目,单击鼠标右键,执行 MyEclipse→Add Hibernate

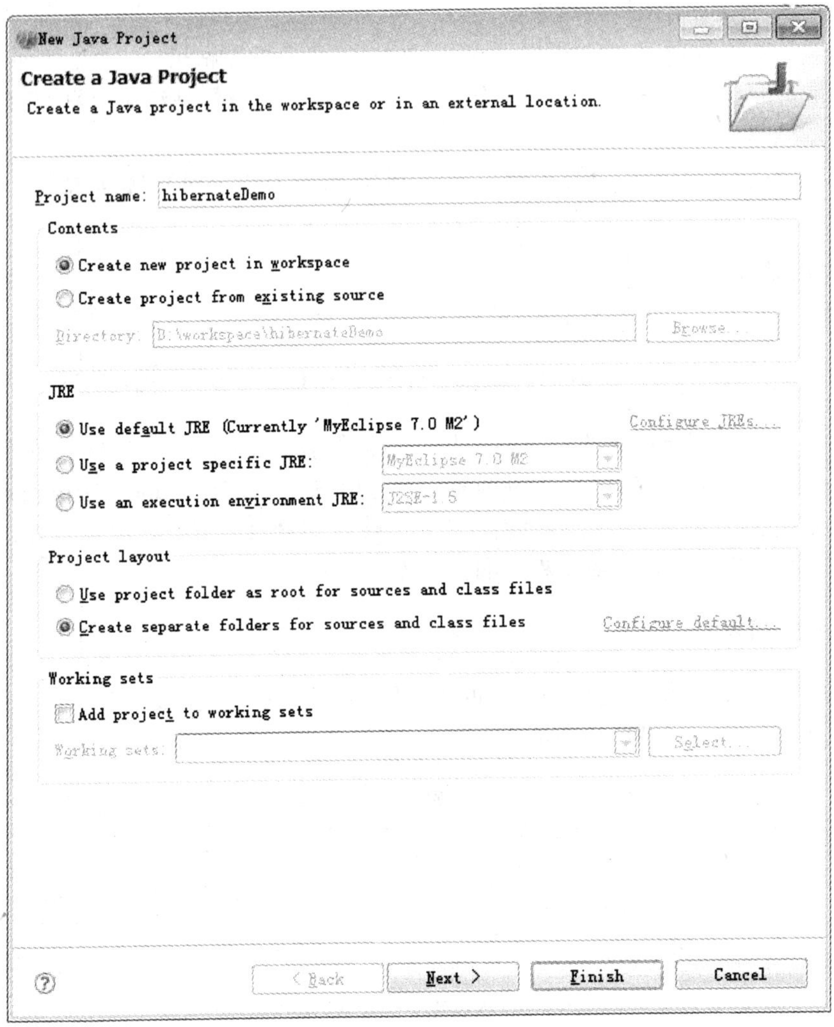

图 7-10　在 MyEclipse 中新建 hibernateDemo 项目

Capabilities 命令之后，弹出 Add Hibernate Capabilities 窗口，如图 7-11 所示。

选中 Hibernate 3.2 Core Libraries 复选框，选择你需要的类库集合。在这个示例中 Core 类库足够了，选中 Add checked Libraries to project build-path 单选按钮，单击 Next 按钮，进入下一步操作。

(2) 在 Create Hibernate XML configuration file 窗口中，如图 7-12 所示，允许你自定义配置文件的名字和路径。

选中 New 单选按钮，完成图 7-12 中显示的页面设置，然后选择 Next 按钮，进入下一步操作。

(3) 在 Specify Hibernate database connection details 窗口中，允许你对数据库进行配置。该操作可以现在跳过，因为您可以在随后的 Hibernate Configuration 编辑器中进行修改。此处，我们的设置如图 7-13 所示，然后单击 Next 按钮，进入下一步操作。

值得注意的是，在设置 Driver Class 之前，我们需要将 sqlserver. jar 包(该包可以从网

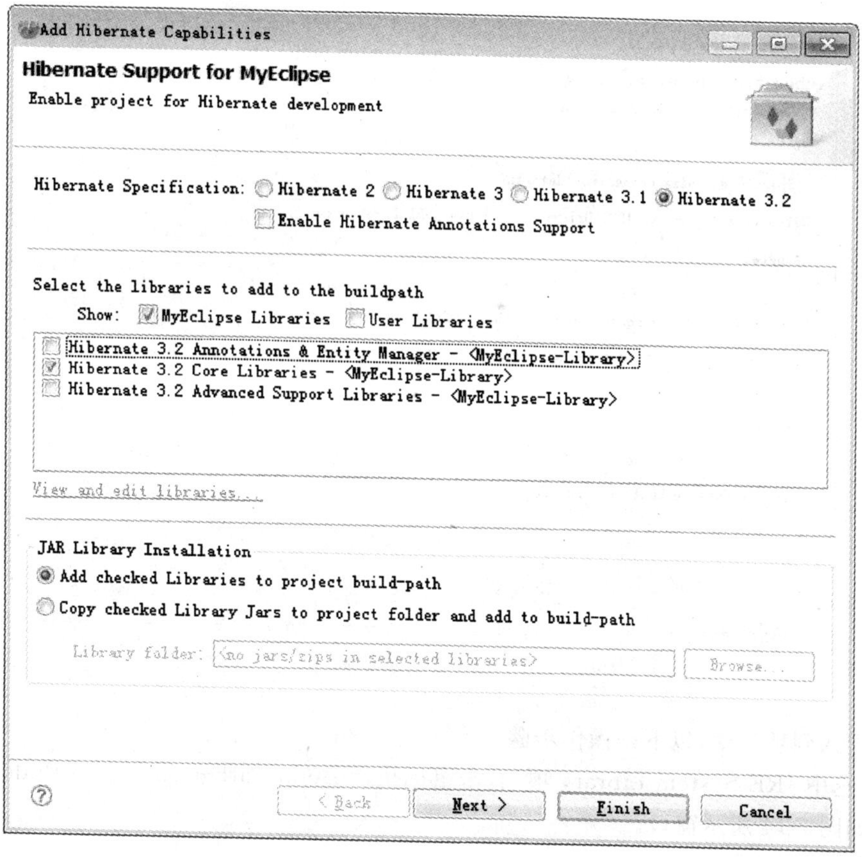

图 7-11　把 Spring 相关 jar 包添加到项目中

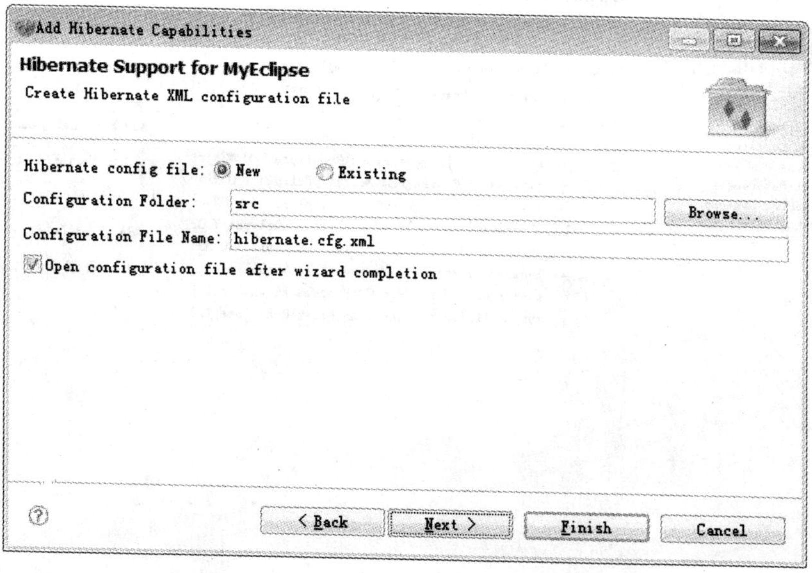

图 7-12　自定义配置文件的名字和路径

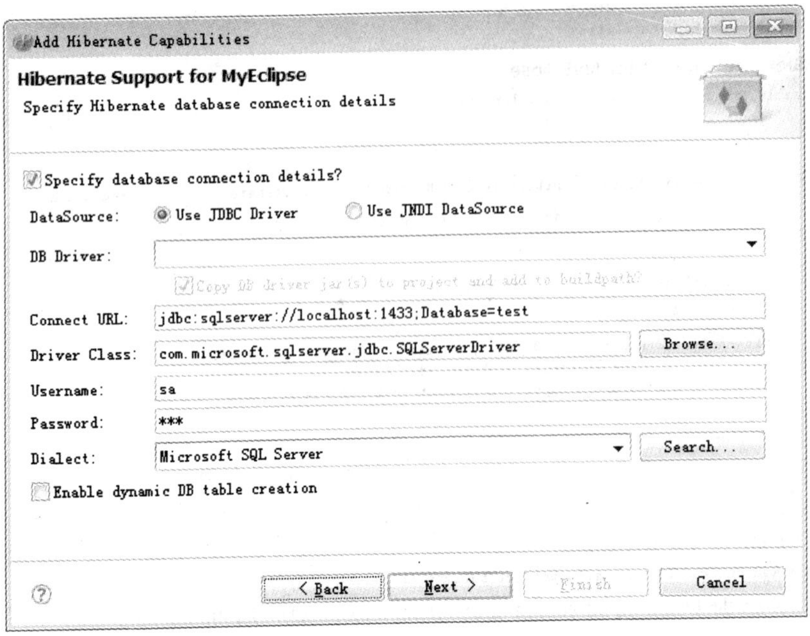

图 7-13 配置数据库

上下载)导入到项目中,以下是操作步骤。

鼠标选中 JRE System Library 项,右击鼠标执行 Build Path→Configure Build Path 命令,弹出如图 7-14 所示窗口。

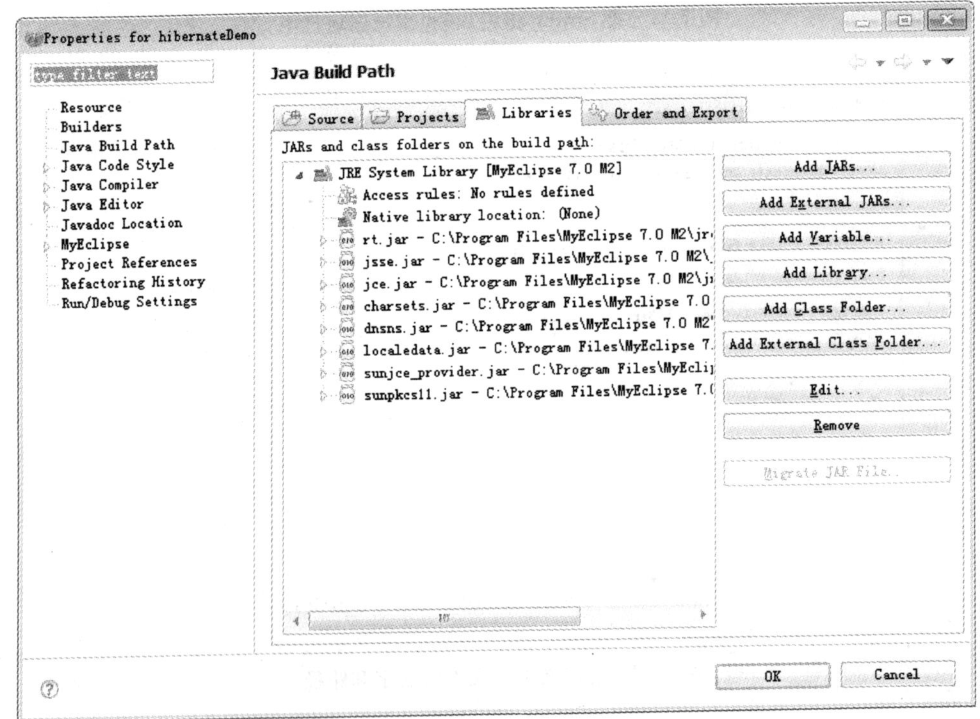

图 7-14 添加 sqlserver.jar 包

单击 Add External JARs…按钮，找到已经下载好的 sqlserver. jar 包，将其添加进项目中。

(4) 最后进入 Define SessionFactory properties 窗口，如图 7-15 所示，在该窗口中，允许您配置一个 SessionFactory 类，这个类将会访问 Hibernate 功能所生成的基础代码。

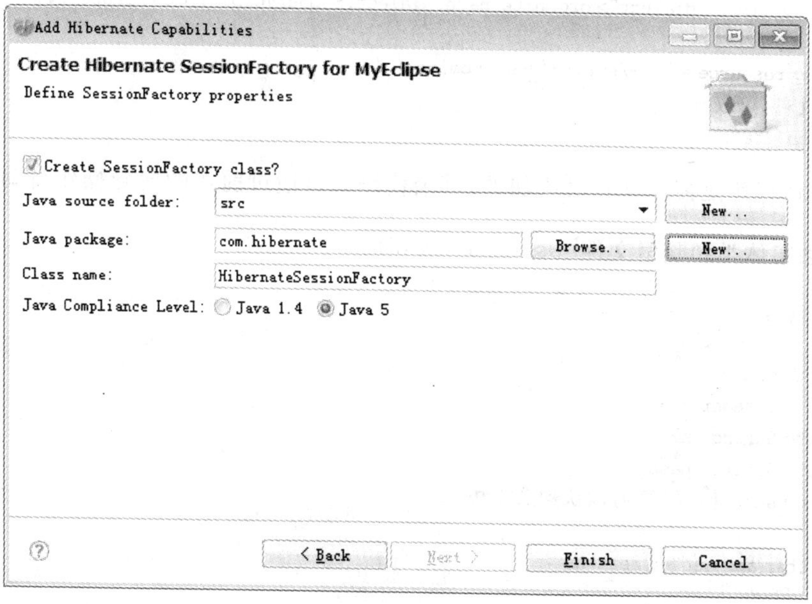

Add Hibernate Capabilities
Create Hibernate SessionFactory for MyEclipse
Define SessionFactory properties
Create SessionFactory class?
Java source folder: src　New...
Java package: com.hibernate　Browse...　New...
Class name: HibernateSessionFactory
Java Compliance Level: Java 1.4　Java 5
< Back　Next >　Finish　Cancel

图 7-15　配置 SessionFactory 类

选中 Create SessionFactory class 复选框，单击 Java package 文本框右侧的 New 按钮然后创建包 com. hibernate，给 SessionFactory 类输入一个名字，我们使用默认推荐的 HibernateSessionFactory，然后单击 Finish 按钮完成操作。

注意：SessionFactory 也可以在稍后创建，通过 SessionFactory 向导来完成（File→New→Other MyEclipse→Hibernate→Hibernate Session Factory）。

向导结束后，在 hibernateDemo 项目下，将会增加 Hibernate 3. 2 Core Libraries 库文件，同时在 src 文件夹下将自动添加一个名为 hibernate. cfg. xml 的配置文件，并在 com. hibernate 包下创建了一个自定义的 SessionFactory 类，如图 7-16 所示。

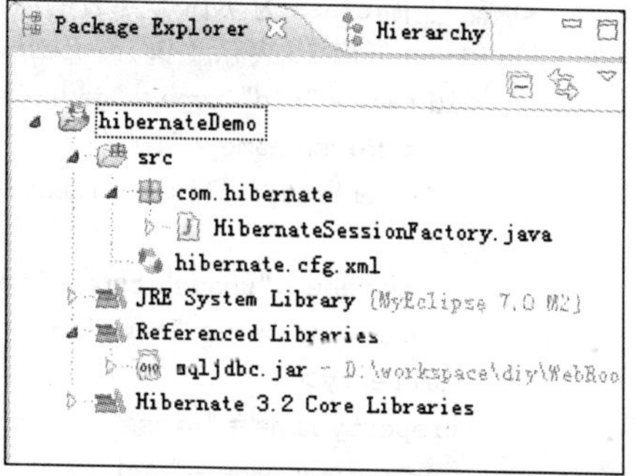

图 7-16　完成 Add Hibernate Capabilities 向导后

4. 配置 hibernate. cfg. xml 文件

完成了上面的向导配置后，Hibernate 配置文件将会自动打开。以下是配置代码。

```
<session-factory>
<property name="connection.url">jdbc:sqlserver://localhost:1433;Database=test</property>
```

```
<property name = "connection.username"> sa </property>
<property name = "connection.password"> pwd </property>
<property name = "connection.driver_class">
                              com.microsoft.sqlserver.jdbc.SQLServerDriver </property>
#配置数据库链接
<property name = "dialect"> org.hibernate.dialect.SQLServerDialect </property>
#数据库方言
<mapping resource = "com/entity/User.hbm.xml" />
#映射文件,可以有多个
</session-factory>
```

黑色字体代码是需要您自己添加的,其余代码则是通过前述的向导操作自动生成。

5. 添加实体类和映射文件(User.hbm.xml)

实体类 User:

```
public class User {
  private Integer uid;
  private String uname;
  private String upass;
  public User(){   // 要有默认构造方法
}
  // Getter and setter methods
}
User.hbm.xml:
<?xml version = "1.0" encoding = "UTF-8"?>
<!DOCTYPE hibernate-mapping PUBLIC "-//Hibernate/Hibernate Mapping DTD 3.0//EN"
"http://hibernate.sourceforge.net/hibernate-mapping-3.0.dtd">
<hibernate-mapping>
   <class name = "com.entity.User" table = "userinfo">
   <!-- 上面 class 为实体类到表的映射 -->
      <!-- 下面 id 表示主键,property 表示非主键.type 要表示为类类型 -->
      <id name = "uid" type = "java.lang.Integer">
          <column name = "ID"/>
          <generator class = "identity"/>
      </id>
   <property name = "uname" type = "java.lang.String">
          <column name = "Name"/>
      </property>
      <property name = "upass"  type = "java.lang.String">
          <column name = "Pwd"/>
      </property>
   </class>
</hibernate-mapping>
```

6. 编写测试类

该测试类要完成以下七个步骤。

① Configuration(读取 hibernate.cfg.xml)。

② 创建 SessionFactory(创建和销毁都相当耗费资源,通常一个系统内一个数据库只创

建一个)。

③ 打开 Session(类似于 JDBC 中的 Connection)。

④ 开始一个事务。

⑤ 持久化操作。

⑥ 提交事物。

⑦ 关闭 Session。

以下是具体代码。

```
import org.hibernate.Session;
import org.hibernate.SessionFactory;
import org.hibernate.Transaction;
import org.hibernate.cfg.Configuration;
import com.entity.User;
public class Test {
    public static void main(String[] args) {
        Configuration conf = new Configuration().configure();    // ①读取配置文件
        SessionFactory sf = conf.buildSessionFactory();        // ②创建 SessionFactory
        Session session = sf.openSession();                    // ③打开 Session
        Transaction tx = null;
        try{
                tx = session.beginTransaction();               // ④开始一个事务
                                                               // ⑤持久化操作
                User user = new User();
                user.setUname("Hibernate user");
                user.setUpass("password");
                session.save(user);
                tx.commit();                                   // ⑥提交事务
                System.out.println("插入成功!");
                }catch(Exception e){
            if (null!= tx){tx.rollback();}
                e.printStackTrace();
                }finally{
                session.close();                               // ⑦关闭 Session
                }
        }
}
```

7. 运行程序

现在可以开始运行程序了。把光标移到 Test 类中,然后执行 Run As→Java Application 命令,就运行了 Test。如果以上各步操作正确的话,可以看到数据已经被保存到数据库中,如图 7-17 所示。

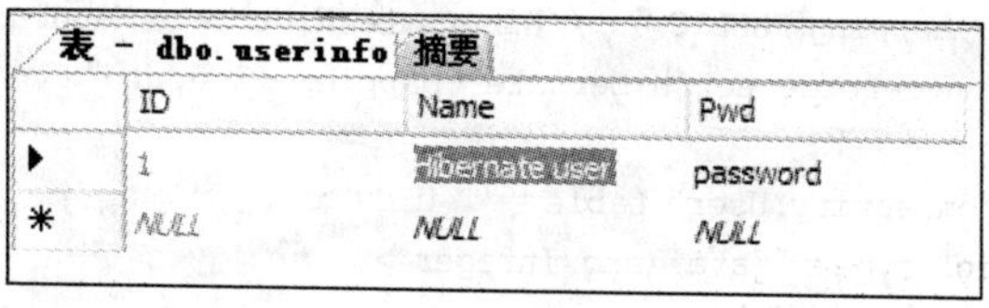

表 - dbo.userinfo　摘要

	ID	Name	Pwd
▶	1	Hibernate user	password
*	NULL	NULL	NULL

图 7-17　运行后数据库结果

7.2.2 第二个 Hibernate 应用示例

我们以用户(User)信息的增、删、改为例,来说明如何使用 Hibernate 实现这些操作。用户信息存放在数据表 T_USER 中,数据库为 SQL Server 2005。

本用例通过页面 user.jsp 把用户信息(用户名、密码)输入,页面提交后,这些信息被传到一个叫 UserServlet 的 Servlet 中,然后按照要求对数据表 T_USER 执行增、删、改、查等操作。

1. 定义 User 类

以下是本用例 User 类源代码。

```
package com.entity;
public class User {
      private int id   =  -1;
      private String username  =  "";
      private String password  =  "";
      public int getId() {
            return id;
      }
      public void setId(int id) {
            this.id  =  id;
      }
      public String getUsername() {
            return username;
      }
      public void setUsername(String username) {
            this.username  =  username;
      }
      public String getPassword() {
            return password;
      }
      public void setPassword(String password) {
            this.password  =  password;
      }
}
```

2. 定义 User 类映射文件

以下是本用例 User 类的映射文件 User.hbm.xml。

```
<?xml version = "1.0" encoding = "UTF - 8"?>
<!DOCTYPE hibernate - mapping PUBLIC " - //Hibernate/Hibernate Mapping DTD 3.0//EN"
"http://hibernate.sourceforge.net/hibernate - mapping - 3.0.dtd">
< hibernate - mapping >
    < class name = "com.entity.User" table = "T_USER">
        < id name = "id" type = "java.lang.Integer">
            < column name = "ID"/>
            < generator class = "identity"/>
```

```
        </id>
        <property name="username" type="java.lang.String">
            <column name="USERNAME"/>
        </property>
        <property name="password" type="java.lang.String">
            <column name="PASSWORD"/>
        </property>
    </class>
</hibernate-mapping>
```

3. 编写配置文件

以下是本用例配置文件 hibernate.cfg.xml。

```
<session-factory>
<property name="connection.url"> jdbc:sqlserver://localhost:1433;Database=test</property>
<property name="connection.username"> sa</property>
<property name="connection.password"> pwd</property>
<property name="connection.driver_class">
                                com.microsoft.sqlserver.jdbc.SQLServerDriver</property>
<property name="dialect"> org.hibernate.dialect.SQLServerDialect</property>
<!—Mapping File-->
<mapping resource="User.hbm.xml" />
</session-factory>
```

注意：必须将 sqljdbc.jar 包加入到项目中，此处可以将其复制到 WebRoot\WEB-INF\lib 目录下。

4. 编写输入文件

以下是本用例的输入页面 user.jsp 代码。

```
<%@page contentType="text/html"; charset=GB2312%>
<html>
<head>
<title>用户信息的增加、更新和删除</title>
</head>
<body bgcolor="#FFFFFF">
<form action=" UserServlet " method="post">
用户名：<input type="text" name="username"><br><br>
密码：<input type="password" name="password"><br><br>
<input type="submit" name="action" value="save">
<input type="submit" name="action" value="update">
<input type="submit" name="action" value="delete">
</form>
</body>
</html>
```

5. 编写 Servlet 类

以下是本用例 UserServlet.java 的源代码。

```
package com.servlet;

import java.io.IOException;
import java.util.List;

import javax.servlet.ServletException;
import javax.servlet.http.HttpServlet;
import javax.servlet.http.HttpServletRequest;
import javax.servlet.http.HttpServletResponse;

import org.hibernate.HibernateException;
import org.hibernate.Query;
import org.hibernate.Session;
import org.hibernate.Transaction;

import com.entity.User;

public class UserServlet extends HttpServlet {
    private static final String CONTENT_TYPE = "text/html;charset = GB2312";
    public void doGet(HttpServletRequest req, HttpServletResponse resp)
            throws ServletException, IOException {
        String username = req.getParameter("username");
        if(username == null)
            username = "";
        String password = req.getParameter("password");
        if(username == null)
            password = "";

        String action = req.getParameter("action");
        System.out.println("action = " + action);
        if(action == null)
            action = "";

        resp.setContentType(CONTENT_TYPE);

        User user = new User();
        user.setUsername(username);
        user.setPassword(password);

        Session session = null;
        Transaction tx = null;
        Query query = null;

        //如果按钮值是"save"(保存)
        if(action.equals("save")){
            session = HibernateUtil.currentSession();    //生成 Session 实例
            tx = session.beginTransaction();
            try{
```

```
            session.save(user);
            tx.commit();                              //提交到数据库
            session.close();
            resp.sendRedirect("reply.jsp");           //跳转至回复页面
        }catch(HibernateException e){
            e.printStackTrace();
            tx.rollback();
        }
    }

    //如果按钮值是"update"(更新)
    if(action.equals("update")){
        session = HibernateUtil.currentSession();  //生成 Session 实例
        tx = session.beginTransaction();
        try{
            query = session.createQuery("from User u where u.username = ?");
            query.setString(0,username);
            List list = query.list();
            for (int i = 0;i < list.size();i ++ ){
                User u = (User)list.get(i);
                User u1  = (User)session.get(User.class,new Integer(u.getId()));
                u1.setPassword(password);
                session.update(u1);
            }
            tx.commit();                              //提交到数据库
            session.close();
            resp.sendRedirect("reply.jsp");           //跳转至回复页面
        }catch(HibernateException e){
            e.printStackTrace();
            tx.rollback();
        }
    }

    //如果按钮值是"delete"(删除)
    if(action.equals("delete")){
        session = HibernateUtil.currentSession();  //生成 Session 实例
        tx = session.beginTransaction();
        try{
            query = session.createQuery("from User u where u.username = ?");
            query.setString(0,username);
            List list = query.list();
            for (int i = 0;i < list.size();i ++ ){
                User u = (User)list.get(i);
                User u1  = (User)session.get(User.class,new Integer(u.getId()));
                session.delete(u1);
            }
            tx.commit();                              //提交到数据库
            session.close();
```

```
                resp.sendRedirect("reply.jsp");          //跳转至回复页面
            }catch(HibernateException e){
                e.printStackTrace();
                tx.rollback();
            }
        }
    }

    public void doPost(HttpServletRequest req,HttpServletResponse resp)
            throws ServletException,IOException {
        this.doGet(req,resp);
    }
}
```

6. HibernateUtil 类

HibernateUtil 类是 Hibernate 的 Session 管理的一个广为应用的方案，它是使用了 ThreadLocal 类建立的一个 Session 管理的辅助类。使用 ThreadLocal 可以有效隔离执行所使用的数据，所以避免了 Session 的多线程之间的数据共享问题。以下是 HibernateUtil 类的源代码。

```
package com.servlet;

import org.apache.commons.logging.Log;
import org.apache.commons.logging.LogFactory;
import org.hibernate.Session;
import org.hibernate.SessionFactory;
import org.hibernate.cfg.Configuration;

public class HibernateUtil {
    private static Log log = LogFactory.getLog(HibernateUtil.class);
    private static final SessionFactory sessionFactory;
    static{
        try{
            //生成 SessionFactory
            sessionFactory = new Configuration().configure().buildSessionFactory();
        }catch(Throwable ex){
            log.error("Initial SessionFactory",ex);
            throw new ExceptionInInitializerError(ex);
        }
    }

    public static final ThreadLocal session = new ThreadLocal();
    public static Session currentSession(){
        Session s = (Session)session.get();
        if (s==null){
            s = sessionFactory.openSession();
            session.set(s);
        }
        return s;
    }
```

```
    public static void closeSession(){
          Session s = (Session)session.get();
          if(s!= null)
                s.close();
        session.set(null);
    }
}
```

7. 配置 web.xml 文件

在上面步骤全部完成之后，配置您的 web.xml 文件，运行该 Web 程序，则您将能实现对用户信息进行增、删、改的操作。以下是 web.xml 配置的代码。

```
<?xml version = "1.0" encoding = "UTF - 8"?>
<web - app version = "2.5"
    xmlns = "http://java.sun.com/xml/ns/javaee"
    xmlns:xsi = "http://www.w3.org/2001/XMLSchema - instance"
    xsi:schemaLocation = "http://java.sun.com/xml/ns/javaee
    http://java.sun.com/xml/ns/javaee/web - app_2_5.xsd">
 <welcome - file - list>
    <welcome - file>user.jsp</welcome - file>
  </welcome - file - list>
  <servlet>
     <servlet - name>UserServlet</servlet - name>
     <servlet - class>com.servlet.UserServlet</servlet - class>
  </servlet>
  <servlet - mapping>
     <servlet - name>UserServlet</servlet - name>
     <url - pattern>/UserServlet</url - pattern>
  </servlet - mapping>
</web - app>
```

7.3 综合应用

7.3.1 准备

工具：MyEclipse 7.0。

环境：SQL Server 2005。

新建工程

打开 MyEclipse 界面，选择 File→New→Web Project 命令，弹出 New Web Project 窗口，在 Project Name 文本框中输入工程名 login，如图 7-18 所示，单击 Finish 按钮，完成工程的创建。

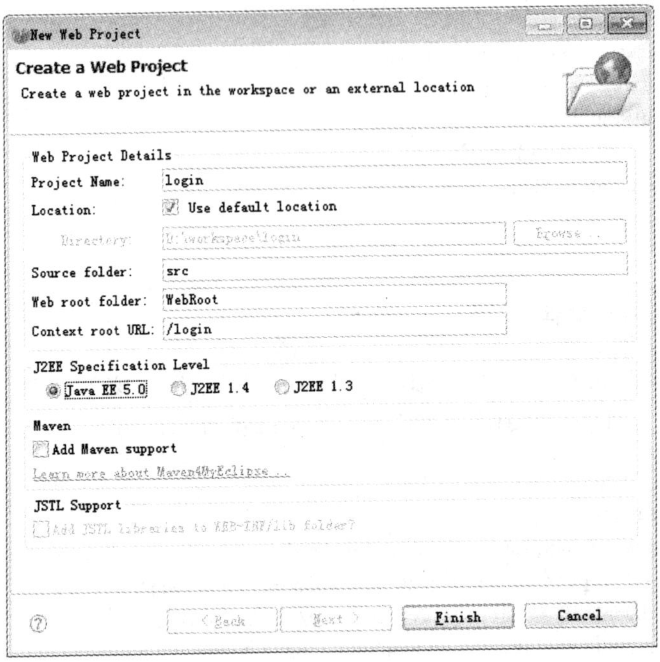

图 7-18　新建工程

7.3.2　Struts 部分

1. 添加 Struts 功能支持

选择 MyEclipse→Project Capabilities→Add Struts Capabilities 命令，弹出 Add Struts Capabilities 窗口，如图 7-19 所示。

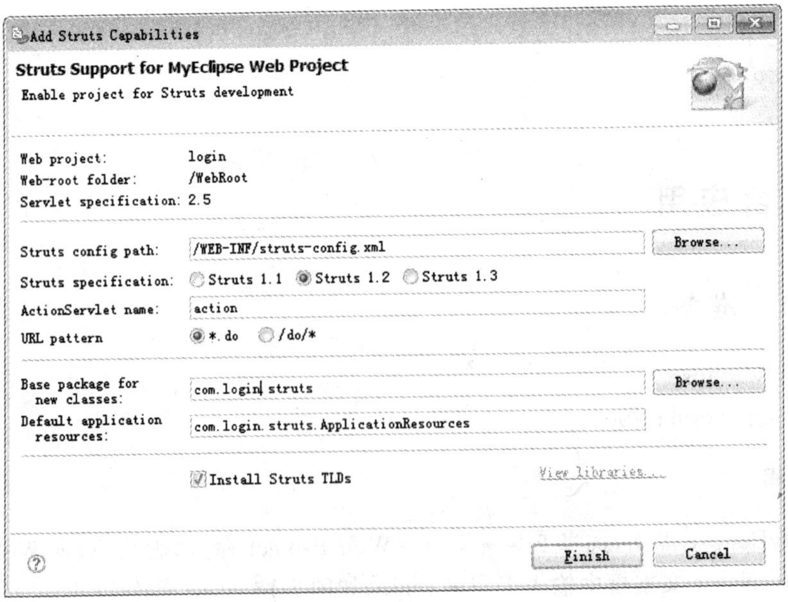

图 7-19　添加 Struts 功能支持

修改 Base package for new classes 文本框内容为 com.login.struts，单击 Finish 按钮，即可添加 Struts 功能支持。

2. 创建 ActionForm 类

选择 MyEclipse→Web-Struts→Struts 1.2 Form 命令，弹出 New Form 窗口，如图 7-20 所示，设置类名为 LoginForm。

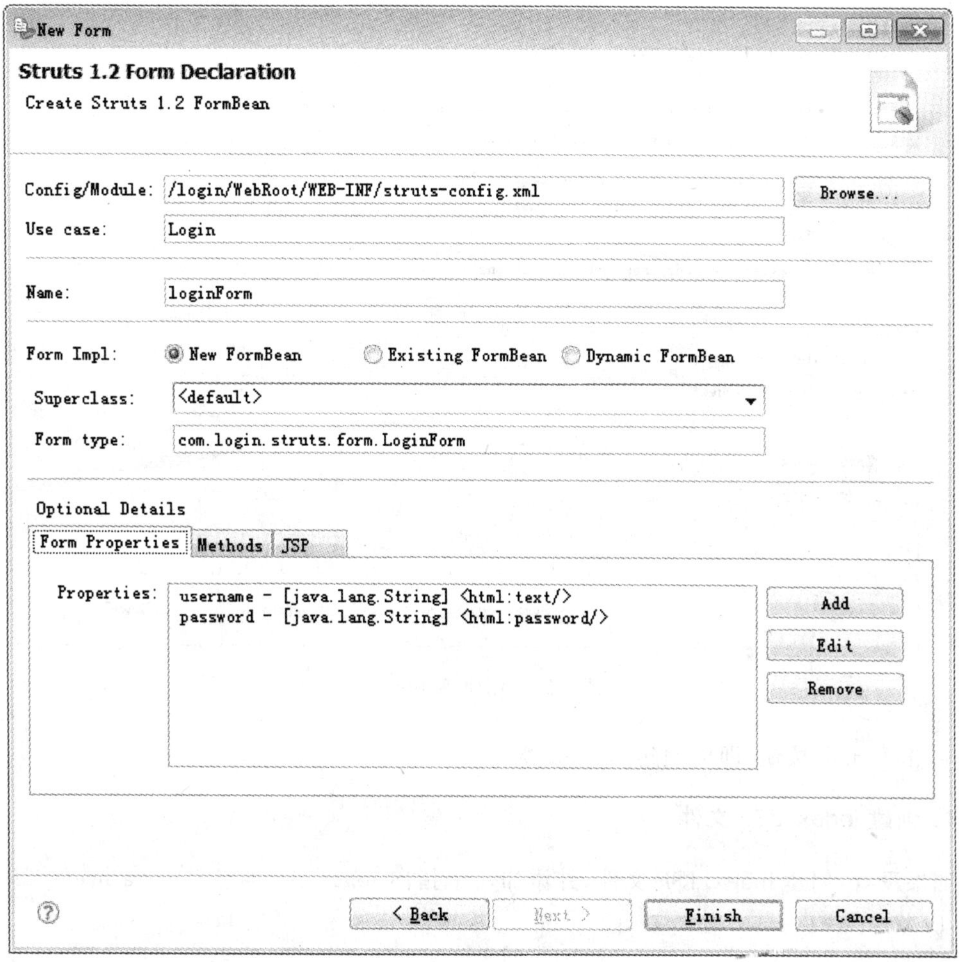

图 7-20　创建 ActionForm 类

在 Form Properties 选项卡为 loginForm 新增两个属性：username、password。在 JSP 选项卡钩选 Create JSP form 选项，将新建路径改为/login.jsp(login.JSP 文件将被自动创建)，单击 Finish 按钮，即可创建 ActionForm 类。

3. 创建 Action 类

选择 MyEclipse→Web-Struts→Struts 1.2 Action 命令，弹出 New Action 窗口，设置类名为 LoginAction，如图 7-21 所示。

在 Form 选项卡的 Name 文本框中选择 loginForm，Input Source 文本框中输入/login

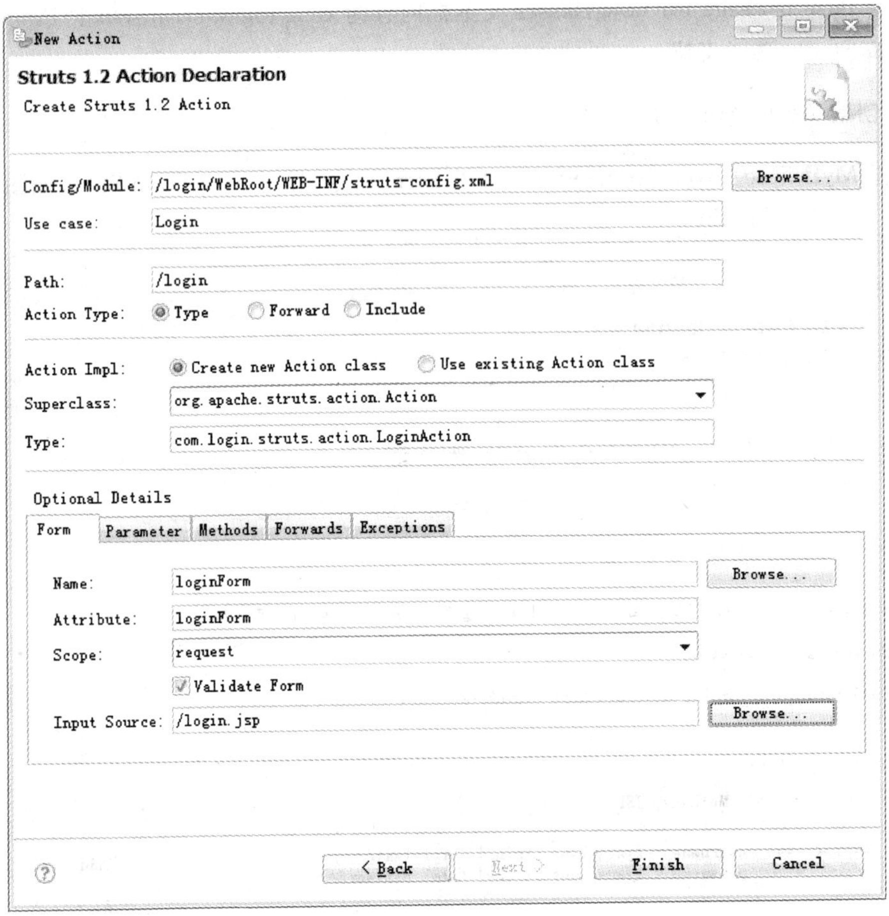

图 7-21 创建 Action 类

.jsp,单击 Finish 按钮,即可创建 Action 类。

4. 创建 index. JSP 文件

如果没有,创建 index. JSP 文件,并添加一个指向 login. jsp 的链接: <a href="login.jsp"> Login </a>。

5. 创建 Forward 类

选择 MyEclipse→Web-Struts→Struts 1. 2 Forward 命令,弹出 New Forward 窗口,如图 7-22 所示。

在 Name 文本框中输入 indexForward,在 Path 文本框中输入/index. jsp,单击 Finish 按钮,即可创建 Forward 类。

6. 修改 LoginAction. java 文件

以下是修改 LoginAction 类的 execute 方法。

```
public class LoginAction extends Action {
```

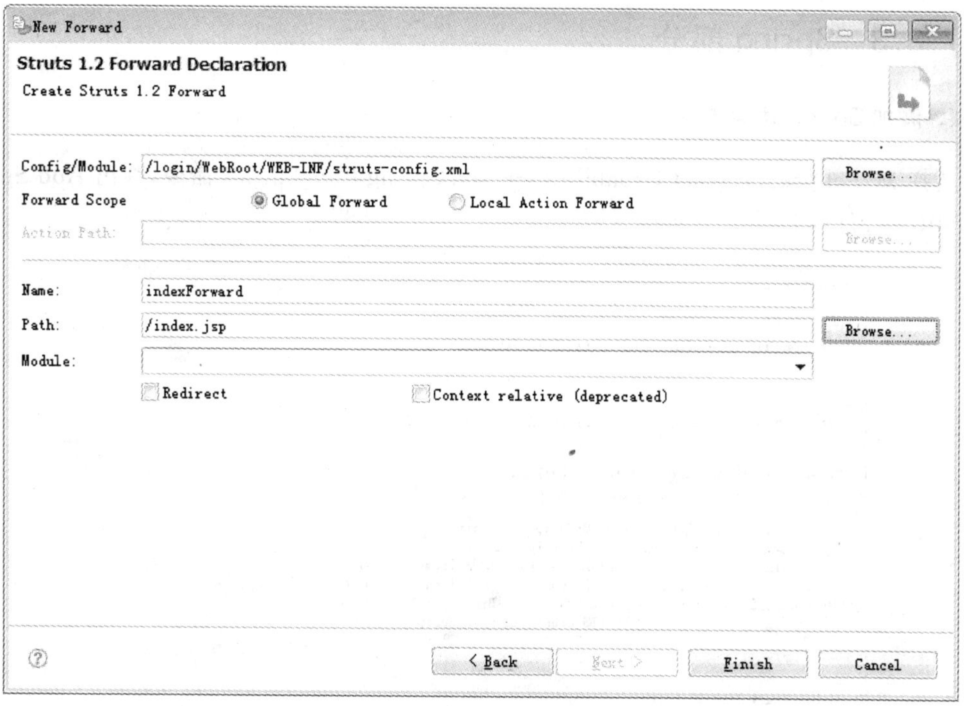

New Forward

Struts 1.2 Forward Declaration

Create Struts 1.2 Forward

Config/Module: /login/WebRoot/WEB-INF/struts-config.xml Browse...

Forward Scope ◉ Global Forward ○ Local Action Forward

Action Path: Browse...

Name: indexForward

Path: /index.jsp Browse...

Module:

☐ Redirect ☐ Context relative (deprecated)

< Back Next > Finish Cancel

图 7-22 创建 Forward 类

```
public ActionForward execute(ActionMapping mapping,ActionForm form,
                        HttpServletRequest request,HttpServletResponse response) {
    LoginForm loginForm = (LoginForm) form;
    String username = loginForm.getUsername();
    String password = loginForm.getPassword();
    if(username.equals("test") || password.equals("test")){
        return mapping.findForward("indexForword");
    }else{
        return mapping.getInputForward();
    }
  }
}
```

7. 修改 login.JSP 文件

修改<html：form> 标签：<html：form action="/login">。

8. 测试

选择 Run→Run 命令，选择 MyEclipse Server Application 方式运行。

单击 index.jsp 页面的 Login 链接，跳转 login.jsp 页面。在 login.jsp 页面输入 test/test，应该会登录成功，然后跳转到 index.jsp 页面；输入 test/123，应该保持在 login.jsp 页面。如果测试成功，证明 Structs 运行正常。

7.3.3 Spring 部分

1. 添加 Spring 功能支持

选择 MyEclipse→Project Capabilities→Add Spring Capabilities 命令,弹出 Add Spring Capabilities 窗口,如图 7-23 所示。

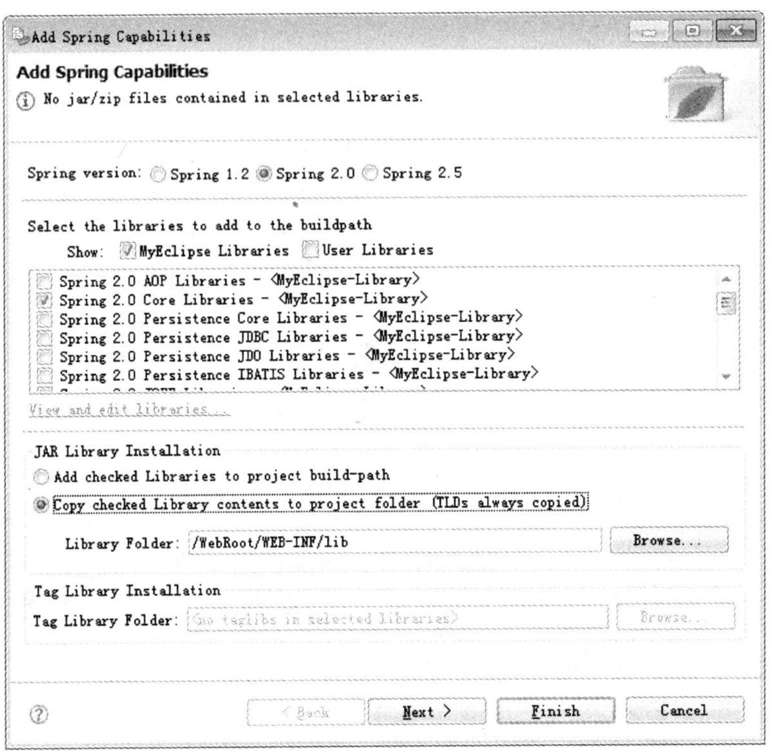

图 7-23 添加 Spring 功能支持

Spring 版本(Spring version)选择 Spring 2.0;开发包(libraries)选择 Spring 2.0 Core Libraries 和 Spring 2.0 Web Libraries 两项;JAR Library Installation 选择 copy checked…,Library Folder 项选择/WebRoot/WEB-INF/lib(这样的话所需的类库都将复制到项目目录,方便以后的部署)。

单击 Next 按钮创建配置文件,如图 7-24 所示。修改文件路径(Folder)到 WebRoot/WEB-INF 目录(以便和 Struts 配置文件一起管理),文件名称为默认的 applicationContext.xml。

单击 Finish 按钮,即可添加 Spring 功能支持。

2. 配置 struts-config.xml 文件

添加 Spring 插件(在 <message-resources> 标签后面添加):

```
<plug-in className="org.springframework.web.struts.ContextLoaderPlugIn">
<set-property property="contextConfigLocation"
                                        value="/WEB-INF/applicationContext.xml"/>
```

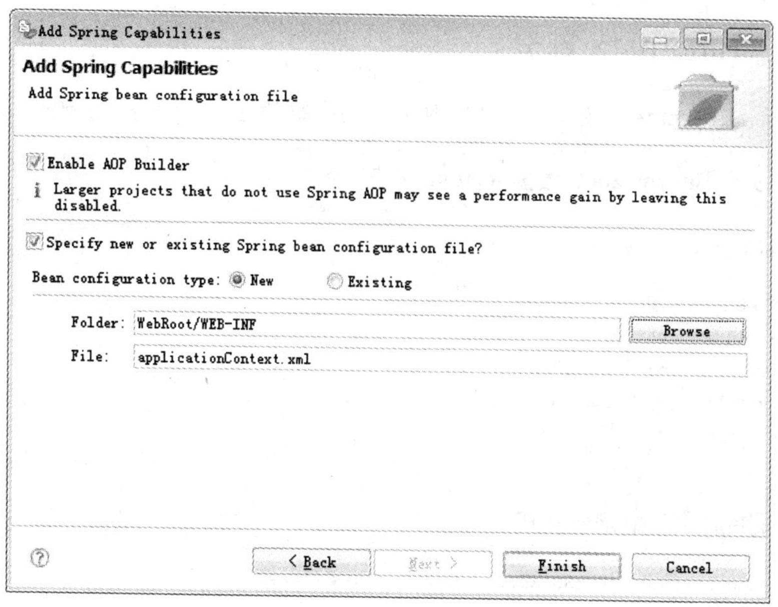

图 7-24 创建 Spring 配置文件

```
</plug-in>
```

修改 LoginAction 的配置(只需修改 type 属性):

```
<action-mappings>
<action
    attribute="loginForm"
    input="/login.jsp"
    name="loginForm"
    path="/login"
    scope="request"
    type="org.springframework.web.struts.DelegatingActionProxy" />
</action-mappings>
```

加粗字体部分为被修改过的内容，这里将使用 Spring 的代理器 DelegatingActionProxy 来对 Action 进行控制。

3. 修改 Spring 配置文件 applicationContext.xml

```
<?xml version="1.0" encoding="UTF-8"?>
<!DOCTYPE beans PUBLIC "-//SPRING//DTD BEAN//EN"
"http://www.springframework.org/dtd/spring-beans.dtd">
<beans>
<bean name="/login" class="com.login.struts.action.LoginAction"></bean>
</beans>
```

加粗字体是关于接受和处理 Action 控制权的配置内容，com. yourcompany. struts. action. LoginAction 即为原 struts 里的配置。

4. 测试

同上一次测试。测试成功证明 Spring 运行正常。

7.3.4 Hibernate 部分

下面开始 Hibernate 部分,将原例修改为使用数据库进行用户名/密码验证。

1. 创建 SQL Server 2005 数据库 test 和表

以下是添加表的代码。

```
CREATE TABLE user_table(
ID int NOT NULL identity,
USERNAME varchar(45) NOT NULL ,
PASSWORD varchar(45) NOT NULL ,
PRIMARY KEY (ID)
)
```

以下是再添加一条记录的代码。

```
insert into user_table (USERNAME,PASSWORD) values ('test','test')
```

2. 创建 MyEclipse 数据库驱动(DB Driver)

选择 Window→Prefrences→MyEclipse Enterprise WorkBench→Database Explorer→Database Driver→DB Brower 命令,弹出 Database Driver 窗口,如图 7-25 所示。

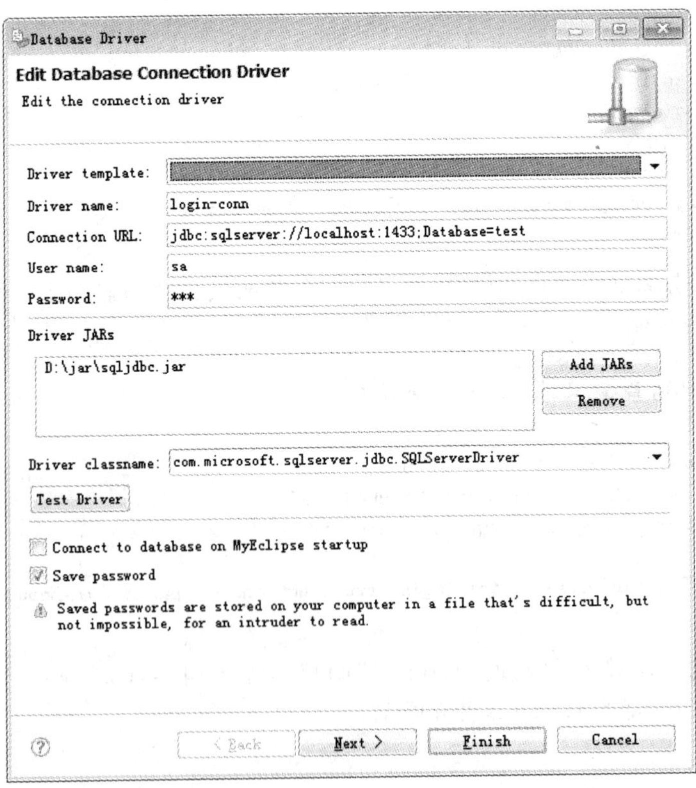

图 7-25 创建 MyEclipse 数据库驱动

在 Driver template 下拉框中选择 New，Driver Name 文本框输入 login-conn，Connection URL 文本框输入 jdbc:sqlserver://localhost:1433;Database=test，然后输入正确的用户名(User Name)和密码(Password)；在 Driver JARs 项添加 sqljdbc.jar(可从网上下载)，在 Driver classname 下拉框中选择 com.microsoft.sqlserver.jdbc.SQLServerDriver，其他自选。单击 Finish 按钮完成操作。

3. 添加 Hibernate 功能支持

选择 MyEclipse→Project Capabilities→Add Hibernate Capabilities 命令，弹出 Add Hibernate Capabilities 窗口，如图 7-26 所示。

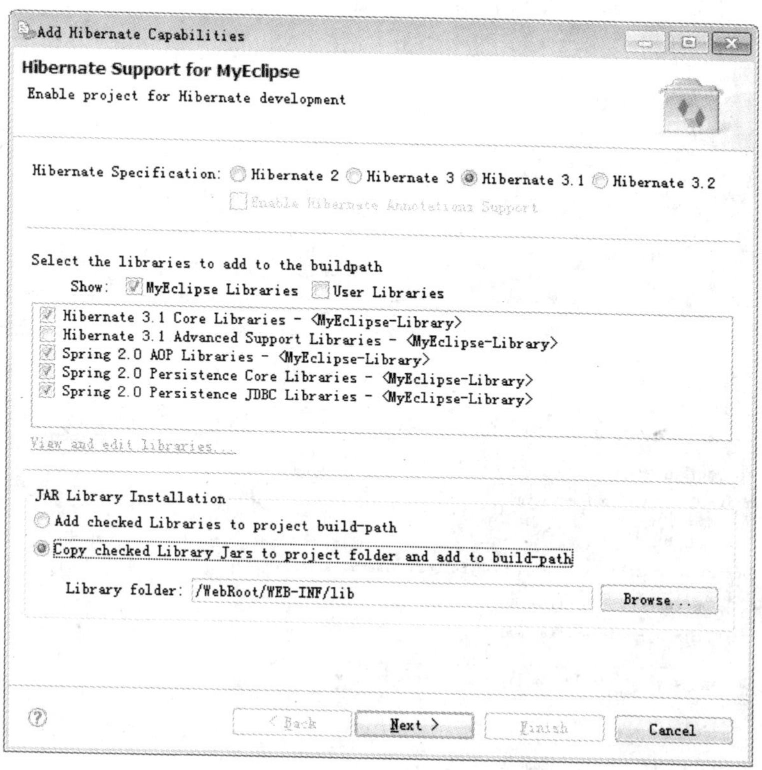

图 7-26 添加 Hibernate 功能支持

Hibernate 版本(Hibernate Specification)选择 Hibernate 3.1，开发包(libraries)选择 Hibernate 3.1 Core Libraries 项以及后面 Spring2.0 的三项；JAR Library Installation 选择 Copy checked…，Library folder 选择/WebRoot/WEB-INF/lib。

单击 Next 按钮设置配置文件，如图 7-27 所示。选 Spring configuration file (applicationContext.xml)单选按钮。

单击 Next 按钮设置 Spring-Hibernate，如图 7-28 所示。选中 Existing Spring configuration file 单选按钮，SessionFactory Id 文本框输入 sessionFactory。

单击 Next 按钮创建数据源对象，如图 7-29 所示。在 Bean Id 文本框中输入 dataSource，DataSource 选项区选中 Use JDBC Dirver 单选按钮，DB Driver 下拉列表框中选择 login-conn，其余项会自动填充。

Add Hibernate Capabilities
Hibernate Configuration
Define Hibernate configuration
The login project is configured with Spring capabilities.
Select the type of configuration file MyEclipse Hibernate Tools will use for this project:
Hibernate configuration file (hibernate.cfg.xml)
Spring configuration file (applicationContext.xml)
Configuration Steps:
1. Create a new Spring configuration file or specify an existing config file
2. Define a new Hibernate SessionFactory in an existing Spring config file
3. Optional: Define database connection details
< Back
Next >
Finish
Cancel

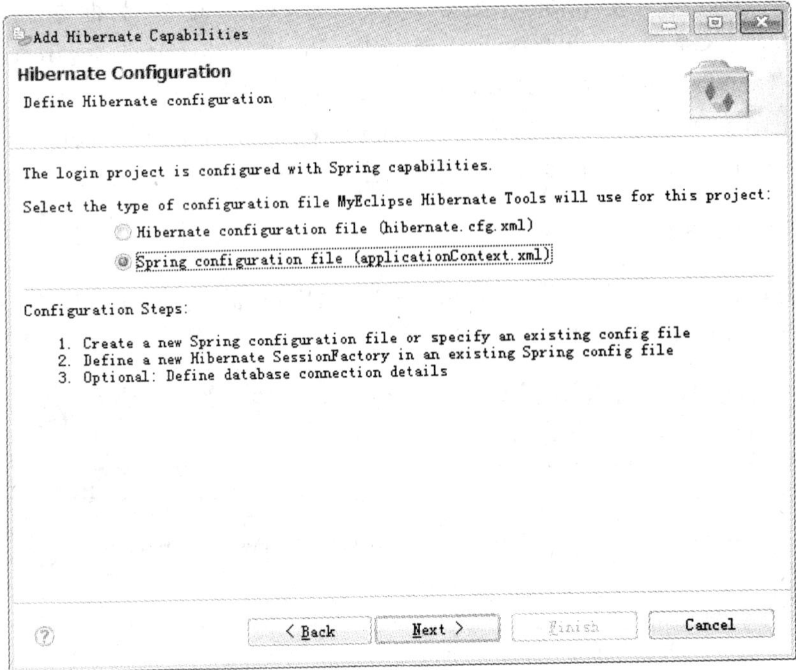

图 7-27 创建 Hibernate 配置文件

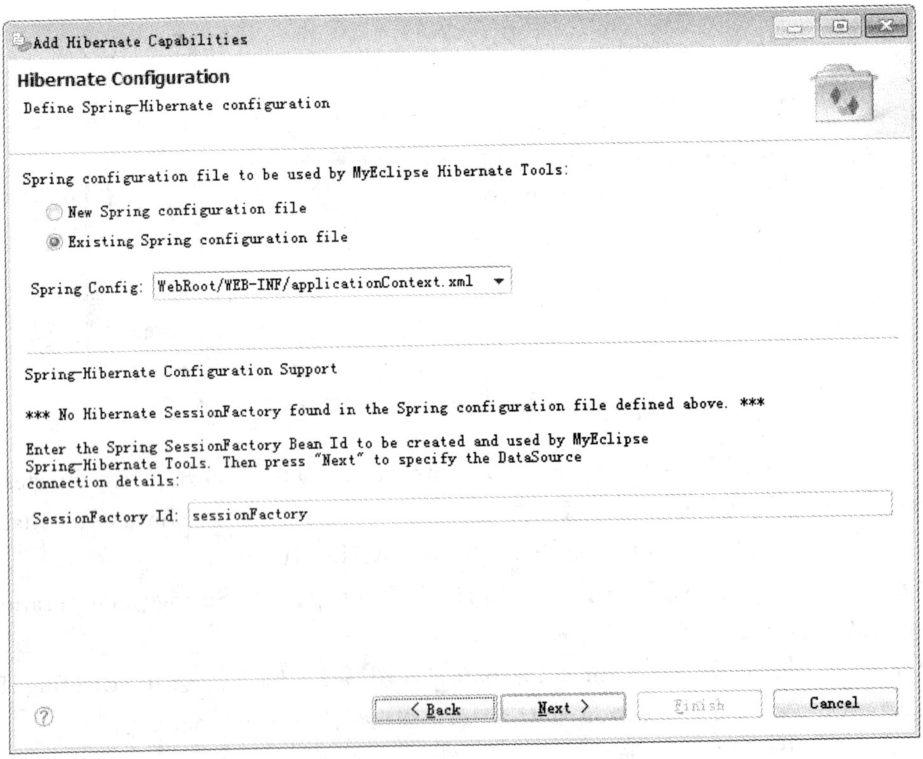

Add Hibernate Capabilities
Hibernate Configuration
Define Spring-Hibernate configuration
Spring configuration file to be used by MyEclipse Hibernate Tools:
New Spring configuration file
Existing Spring configuration file
Spring Config: WebRoot/WEB-INF/applicationContext.xml
Spring-Hibernate Configuration Support
*** No Hibernate SessionFactory found in the Spring configuration file defined above. ***
Enter the Spring SessionFactory Bean Id to be created and used by MyEclipse Spring-Hibernate Tools. Then press "Next" to specify the DataSource connection details:
SessionFactory Id: sessionFactory
< Back
Next >
Finish
Cancel

图 7-28 设置 Spring-Hibernate

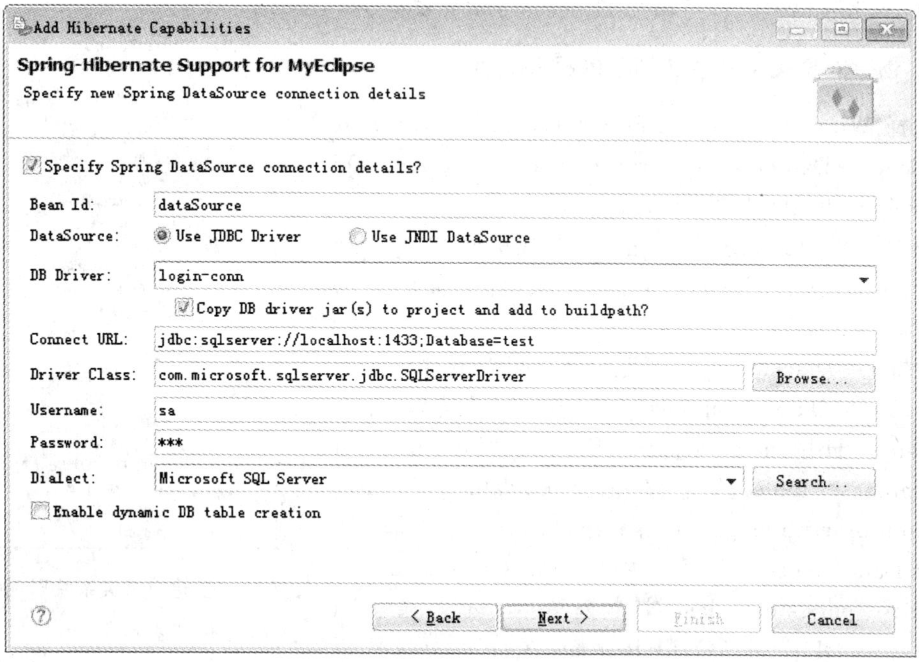

图 7-29 创建数据源对象

记得选中 Copy DB driver jar(s) to project and add to buildpath 复选框，以便将数据连接的库文件复制到项目，方便以后的部署。

单击 Next 按钮创建 SessionFactory 类，如图 7-30 所示。将 Java package 文本框内容设置为 com. login. Hibernate(没有则单击 New 按钮添加)，在 Class name 文本框中输入 SessionFactory(本例中并没有用到 SessionFactory 类，留作今后扩展)。

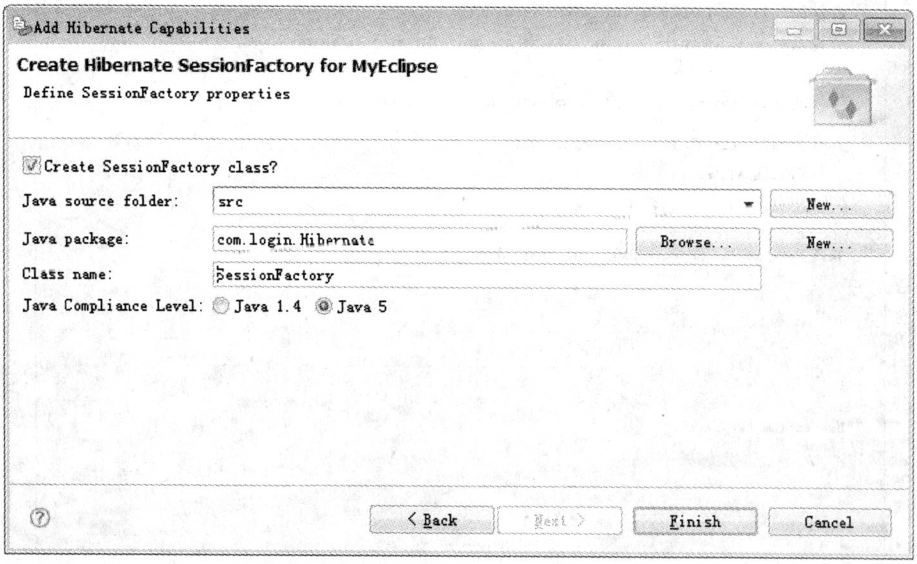

图 7-30 创建 SessionFactory 类

单击 Finish 按钮,即可添加 Hibernate 功能支持。

4. 创建对象关系映射(ORM)的相关文件

选择 Window→Prefrences→MyEclipse Enterprise WorkBench→Database Explorer→Database Driver→DB Brower 命令,出现如图 7-31 所示界面。

选中 user_table 表并右击,在出现的菜单中选择 Hibernate Reverse Engnieering 菜单项,弹出如图 7-32 所示窗口。

设置 Java package 文本框为 com. login; 选中 Create POJO<>DB Table mapping information 复选框,并选中 Create a Hibernate mapping file(*. hbm. xml) for each database table 单选按钮和 Update Hibernate configuration with mapping resource location 复选框; 选中 Java Data Object 复选框,选中 Create abstract class 复选框,Base persistent class 文本框留空; 不勾选 Java Data Access Object(DAO)(Hibernate 3 only)复选框和 Use custom templates 复选框。

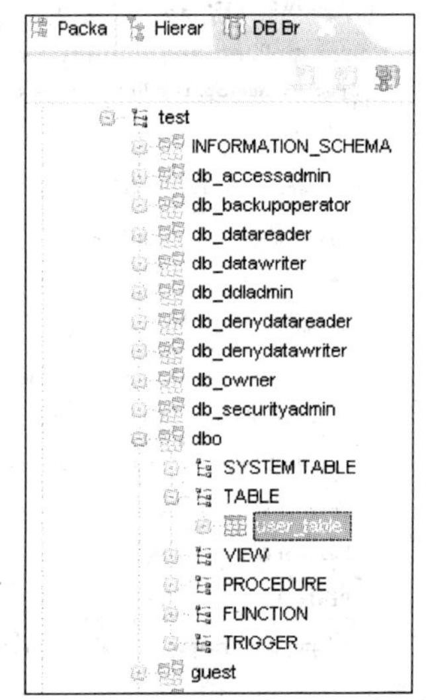

图 7-31 创建对象关系映射(ORM)的相关文件

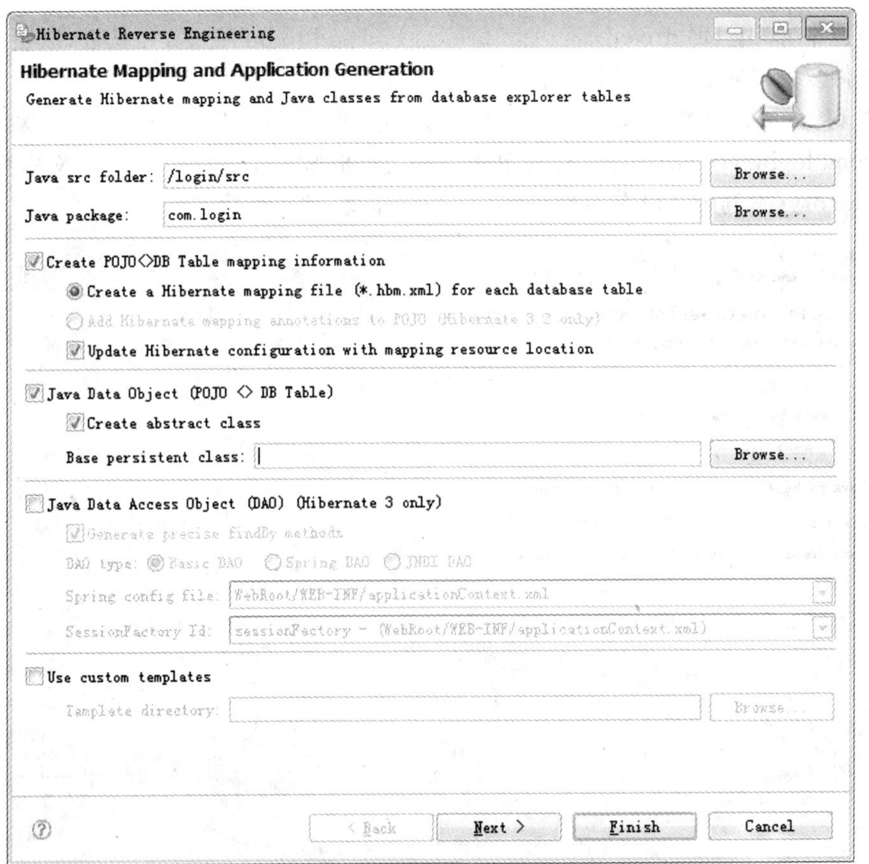

图 7-32 创建对象关系映射(ORM)的相关文件

单击 Next 按钮，再单击 Next 按钮，在 Configure reverse engineering details 窗口中选中 user_table 表，在右边出现的 Class Name 文本框中输入 com. login. User，其他不变，如图 7-33 所示。

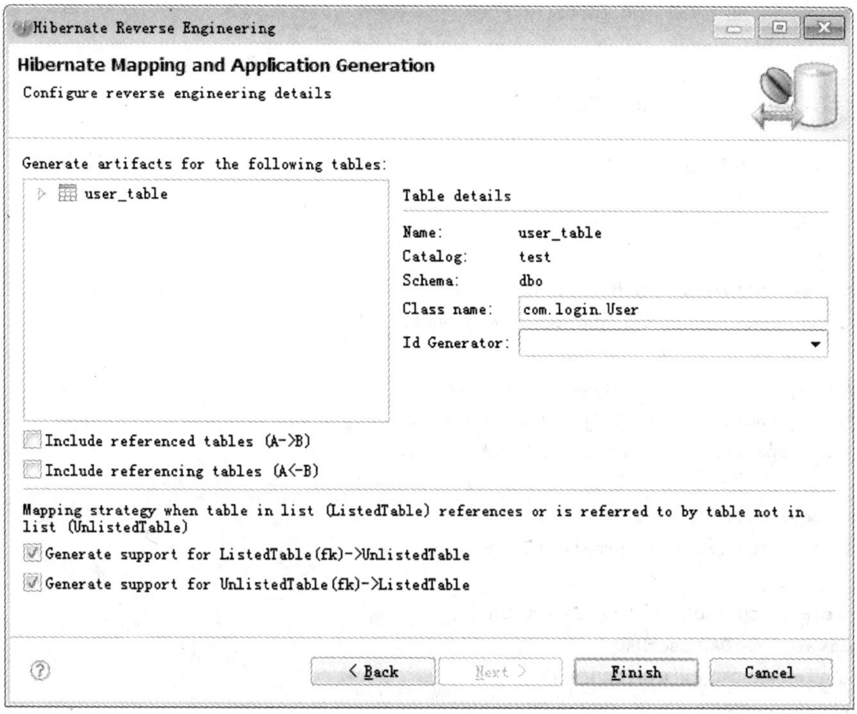

图 7-33　创建对象关系映射(ORM)的相关文件

单击 Finish 按钮，完成此操作。此时会在 com. login 包下创建三个文件：AbstractUser. java、User. java、User. hbm. xml。

5. 创建 UserDAO. java 接口和 UserDAOImpl. java 类

UserDAO 和 UserDAOImpl 通过 Hibernate 访问数据库。

以下是 UserDAO. java 内容。

```
package com.login;
public interface UserDAO {
    public abstract boolean isValidUser(String username,String password);
}
```

UserDAOImpl. java 内容如下：

```
package com.login;
import java.util.List;
import org.springframework.orm.hibernate3.support.HibernateDaoSupport;
public class UserDAOImpl extends HibernateDaoSupport implements UserDAO {
    private static String hql = "from User u where u.username = ?";
    public boolean isValidUser(String username,String password) {
    List userList = this.getHibernateTemplate().find(hql,username);
```

```
    if (userList.size() > 0) {
        return true;
    }
    return false;
    }
}
```

6. 修改 LoginAction.java 文件

使用 UseDAO 对象来验证:

```
package com. login.struts.action;

import javax.servlet.http.HttpServletRequest;
import javax.servlet.http.HttpServletResponse;
import org.apache.struts.action.Action;
import org.apache.struts.action.ActionForm;
import org.apache.struts.action.ActionForward;
import org.apache.struts.action.ActionMapping;

import com.login.UserDAO;
import com. login.struts.form.LoginForm;

public class LoginAction extends Action {
    private UserDAO userDAO;
    public UserDAO getUserDAO() {
    return userDAO;
    }
    public void setUserDAO(UserDAO userDAO) {
    this.userDAO = userDAO;
    }

    public ActionForward execute(ActionMapping mapping,ActionForm form,
            HttpServletRequest request,HttpServletResponse response) {
        LoginForm loginForm = (LoginForm) form;// TODO Auto-generated method stub
        String username = loginForm.getUsername();
        String password = loginForm.getPassword();
        if(userDAO.isValidUser( username,password )){
        return mapping.findForward("indexForword");
        }else{
        return mapping.getInputForward();
        }
    }
}
```

加粗字体为修改部分。

7. Spring 的最终配制文件 applicationContext.xml

```
<?xml version = "1.0" encoding = "UTF-8"?>
< beans
    xmlns = "http://www.springframework.org/schema/beans"
```

```
    xmlns:xsi = "http://www.w3.org/2001/XMLSchema-instance"
    xsi:schemaLocation = "http://www.springframework.org/schema/beans
                http://www.springframework.org/schema/beans/spring-beans-2.0.xsd">

    <bean id = "DataSource" class = "org.apache.commons.dbcp.BasicDataSource">
        <property name = "driverClassName"
                value = "com.microsoft.sqlserver.jdbc.SQLServerDriver">
        </property>
        <property name = "url"
                value = "jdbc:sqlserver://localhost:1433;Database = test">
        </property>
        <property name = "username" value = "sa"></property>
        <property name = "password" value = "pwd"></property>
    </bean>

    <bean id = "sessionFactory"
          class = "org.springframework.orm.hibernate3.LocalSessionFactoryBean">
        <property name = "dataSource">
            <ref bean = "DataSource" />
        </property>
        <property name = "mappingResources">
        <list>
        <value>com/login/User.hbm.xml</value>
        </list>
        </property>
        <property name = "hibernateProperties">
            <props>
                <prop key = "hibernate.dialect">
                    org.hibernate.dialect.SQLServerDialect
                </prop>
                <prop key = "hibernate.show_sql">true</prop>
            </props>
        </property>
    </bean>

    <bean id = "userDAO" class = "com.login.UserDAOImpl">
        <property name = "sessionFactory">
            <ref local = "sessionFactory"/>
        </property>
    </bean>

    <bean id = "transactionManager"
     class = "org.springframework.orm.hibernate3.HibernateTransactionManager">
    <property name = "sessionFactory">
        <ref local = "sessionFactory"/>
    </property>
</bean>

<bean id = "userDAOProxy"
   class = "org.springframework.transaction.interceptor.TransactionProxyFactoryBean">
    <property name = "transactionManager">
```

```
            <ref bean="transactionManager"/>
        </property>
        <property name="target">
            <ref local="userDAO"/>
        </property>
        <property name="transactionAttributes">
            <props>
            <prop key="insert*">PROPAGATION_REQUIRED</prop>
            <prop key="get*">PROPAGATION_REQUIRED,readOnly</prop>
            <prop key="is*">PROPAGATION_REQUIRED,readOnly</prop>
            </props>
        </property>
    </bean>

    <bean name="/login" class="com.login.struts.action.LoginAction">
        <property name="userDAO">
            <ref bean="userDAOProxy" />
        </property>
    </bean>
</beans>
```

8. 系统的运行

把 spring.jar、hibernate3.jar、struts.jar 及其他相关 jar 包和 SQL Server 2005 的驱动程序 jar 文件加入到该项目中或把它们复制到 login/WebRoot/WEB-INF/lib 目录中，启动 Tomcat 运行系统。

值得注意的是，Spring 2.0 AOP Libraries 包中有个 asm-2.2.3.jar，而 Hibernate 3.1 Core Libraries 包里有个 asm.jar，如果将两个 jar 都导入该项目，则可能会遇到版本不同的时候控制台报出没有此方法的异常，此时，应该删掉 asm-2.2.3.jar。

小结

本章介绍了 Spring 框架应用、Hibernate 框架应用，并在 7.3 节结合 Struts 框架介绍了一个系统登录模块的实现过程，将读者从抽象的描述带到了具体的实现，让读者从理论走向了应用。虽然本章的程序不是很复杂，但如若能熟练地完成并仔细体会，一定能有所收获。

习题

1. 根据 7.1 节所讲，编写你的第一个 Spring 应用程序。
2. 根据 7.1 节所讲，编写你的第一个 Spring AOP 应用程序。
3. 根据 7.2 节所讲，编写你的第一个 Hibernate 应用程序。
4. 根据 7.3 节所讲，运用三个框架实现系统登录模块。
5. 谈谈你对三个框架应用的体会。

第8章 电子商务支付与结算技术

随着互联网的普及和电子商务的发展，网上购物与支付以其方便、快捷等特点也越来越受到人们的青睐。艾瑞咨询的统计数据显示，2010年第三季度中国第三方网上支付交易规模达到2668.2亿元，环比上涨27.2%，同比劲增94.0%，增速较前几季度有所提升。网上交易作为新兴的交易模式已经在市场中占据了很大的份额，吸引着商家和消费者的注意力。本章将详细介绍网上支付的相关概念与技术，让读者对这种交易模式有一个深入的了解。

本章知识点

① 支付系统概述；
② 电子商务支付方式；
③ 网上支付；
④ 网上支付的主要技术与工具。

8.1 支付系统概述

为了满足生活需求，人们需要购买生活用品；为了进行生产经营，企业需要购买原材料，所有这些活动(或者说交易)都需要支付，可以说，支付活动在人们的生活中无处不在。那么什么是支付活动呢

支付就是社会经济活动引起的债权债务清偿及货币转移行为。它包含了以下两个层次。

(1) “支付”是付款人向收款人转移可以接受的货币债权的行为。

(2) “支付”不仅包括现金支付，还包括转账支付。

通过上述定义，可以分析推导“支付”涉及的一系列概念，例如支付的主体、支付的货币形态、支付的工具、支付的渠道、支付的目的、支付的过程、支付结算系统、支付应遵循的规则及其监管等。随着社会的发展，上述这些概念不断发展变化，特别是支付工具和支付方式的变革，使得支付的方方面面都发生了很大变化，甚至是质的飞跃。从支付形式看，从传统的面对面的方式向非面对面的方式转变；从支付工具看，从传统的现金支付、票据支付向银行卡支付、储值卡支付、虚拟卡支付转变；从支付渠道看，从直接支付向通过网络等间接支付方式转变。总体而言，目前已经从传统支付时代走向现代支付(电子支付)时代。

8.1.1 支付体系

1. 支付体系的概念

支付体系是指为实现和完成各类支付活动所作的一系列法规制度性安排和相关基础设施安排的有机整体。它包括传达支付指令的支付工具、支持支付工具运用的支付系统以及为确保货币资金流通的一系列法规制度安排和基础设施安排。

支付体系是一国金融市场的核心基础设施,它将一国货币市场、债券市场、股票市场、外汇市场和离岸市场等金融市场各个组成部分紧密联结起来。支付体系通过严谨的法规制度和设施安排,向银行业和社会提供资金运行的工具和通道,提供快捷、高效、安全的支付结算服务,满足金融活动和社会经济活动的需要。因此,安全、高效的支付体系对于加强货币政策的畅通传导、加强各金融市场有机联系、维护金融稳定、推动金融工具创新、提高资源配置效率等具有十分重要的意义。

2. 支付体系的构成

支付体系主要由支付服务组织、支付工具、支付系统、支付监督管理、支付法规制度等要素组成,支付工具、支付系统和支付服务组织属于支付体系中的基础设施安排,而支付监督管理和支付法规制度则属于对支付体系前 3 个要素的整体制度性保障。支付体系的 5 个组成部分是密不可分、相辅相成的有机整体。支付工具是支付的载体;支付工具的交换和传递贯穿于支付系统处理的全过程,其清算与结算通过支付系统进行;支付服务组织是支付工具和支付系统的提供者;支付结算监督管理和法规制度是防范支付风险、保障支付过程的安全和效率,维护整个金融体系安全稳定之必需。支付体系这 5 个部分的有机结合和平稳运行为一国经济金融的健康发展奠定了基础。支付体系的构成如图 8-1 所示。

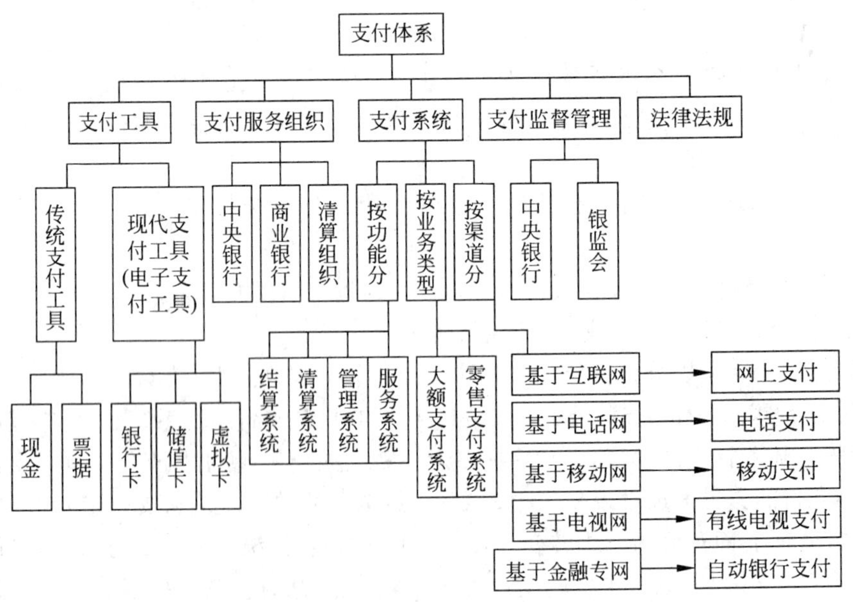

图 8-1 支付体系的构成

8.1.2 支付系统的构成

电子商务的网上支付系统是融购物流程、支付工具、安全技术、认证体系、信用体系及金融体系为一体的综合大系统。它的基本构成包括活动参与的主体、支付方式以及遵循的支付协议等几个部分。活动参与的主体包括客户、商家、银行和认证中心4个部分，如图8-2所示。

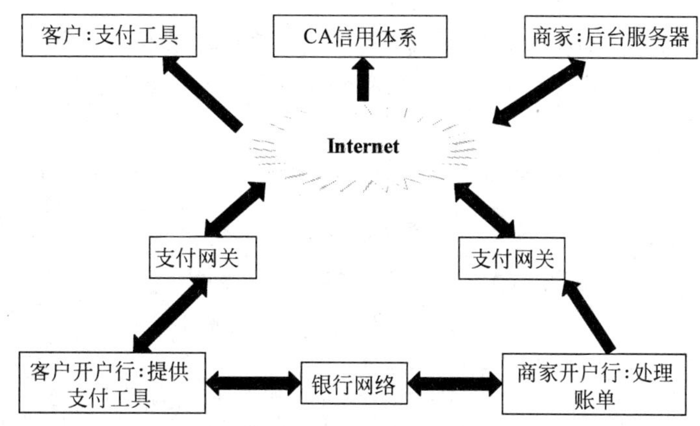

图8-2 网上支付系统的活动参与主体

1. 活动主体

(1) 客户。客户一般是指利用电子交易手段与企业或商家进行电子交易活动的单位或个人。它们通过电子交易平台与商家交流信息，签订交易合同，用自己拥有的网络支付工具进行支付。客户是支付体系运作的原因和起点。

(2) 商家。商家是指向客户提供商品或服务的单位或个人。在电子支付系统中，它必须能够根据客户发出的支付指令向金融机构请求结算，这一过程一般是由商家设置的一台专门的服务器来处理的。

(3) 认证中心。认证中心是交易各方都信任的公正的第三方中介机构，它主要负责为参与电子交易活动的各方发放和维护数字证书，以确认各方的真实身份，保证电子交易整个过程安全稳定地进行。

(4) 支付网关。支付网关是完成银行网络和因特网之间的通信、协议转换，进行数据加、解密，保护银行内部网络安全的一组服务器。它是互联网公用网络平台和银行内部的金融专用网络平台之间的安全接口，电子支付的信息必须通过支付网关进行处理后才能进入银行内部的支付结算系统。

(5) 客户银行。是指为客户提供资金账户和网络支付工具的银行，在利用银行卡作为支付工具的网络支付体系中，客户银行又被称为发卡行。客户银行根据不同的政策和规定，保证支付工具的真实性，并保证每一笔认证交易的付款。

(6) 商家银行。是为商家提供资金账户的银行，因为商家银行是依据商家提供的合法账单来工作的，所以又被称为收单行。客户向商家发送订单和支付指令，商家将收到的订单留下，将客户的支付指令提交给商家银行，然后商家银行向客户银行发出支付授权请求，并进行它们之间的清算工作。

(7) 金融专用网络。是银行内部及各银行之间交流信息的封闭的专用网络,通常具有较高的稳定性和安全性。

2. 支付工具

除以上参与各方外,网上支付系统的构成还包括支付中使用的支付工具以及遵循的支付协议,它是参与各方与支付工具、支付协议的结合。

支付工具是传达债权债务人支付指令,实现债权债务清偿和货币资金转移的载体,按照发展过程,支付工具可以分为传统支付工具和现代支付工具(电子支付工具)。

1) 传统支付工具

传统支付工具主要包括现金和票据,如表 8-1 所示。

表 8-1 传统支付工具的说明

支付工具名称	一般分类	使用规定和范围	当事人
现金		相关法定规定不能使用除外的范围	付款人和收款人
银行汇票		用于转账或支取现金;单位或个人进行异地结算	出票人和收款人
商业汇票	商业承兑汇票银行承兑汇票	在银行开立存款账户;单位进行同城或异地结算	出票人、付款人和收款人
银行本票	不定额本票定额本票	用于转账或支取现金;单位或个人均可使用进行同城结算	出票人和收款人
支票	现金支票 转账支票 普通支票	禁止签发空头支票;单位或个人均可使用进行同城结算	出票人、付款人和收款人

2) 现代支付工具

现代支付工具(电子支付工具)是在电子信息技术发展到一定阶段后产生的新兴金融业务所使用的支付工具,多数依存于非纸质电磁介质存在,大量使用安全认证、密码等复杂电子信息技术。随着电子银行的兴起和微电子技术的发展,电子支付技术日趋成熟,电子支付工具品种不断丰富。电子支付工具从其基本形态上看是电子数据,它以金融电子化网络为基础,通过计算机网络系统以传输电子信息的方式实现支付功能。利用电子支付工具可以方便地实现现金存取、汇兑、直接消费和贷款等功能。目前,电子支付工具包括由商业银行发行的银行卡、由非金融机构发行的储值卡以及由电子商务公司发行的虚拟卡等。我们将在本章第四节详细介绍网上支付过程中常用的几种支付工具。

3. 支付协议

在网上交易中,消费者发出的支付指令,在由商户送到支付网关之前,是在公用网上传送的,这一点与持卡 POS 消费有着本质的区别,因为从商户 POS 到银行之间使用的是专线。而因特网交易就必须考虑公用网上支付信息的流动规则及其安全保护,这就是支付协议的责任所在。目前已经出现了一些比较成熟的支付协议(如 SET),一般一种协议针对某种支付工具,对交易中的购物流程、支付步骤、支付信息的加密、认证等方面做出规定,以保证在复杂的公用网中的交易双方能有效、快速、安全地实现支付与结算。关于支付协议,我们将在本章8.4节详细介绍。

8.1.3 支付系统的分类

以因特网的依赖程度为标准对电子支付方式进行分类,则可分为非因特网环境下的电子支付和因特网环境下的电子支付,非因特网环境主要是银行专用网。

1. 银行专用网环境下的电子支付

银行专用网络与公用计算机网络并不会自然连接,各银行专用网络之间互联还需要特定的网关技术。这种网络所具有的专用性和封闭性给电子支付安全提供了更好的保障。目前,电子支付中的绝大多数都属于这一类。对于这种电子支付,又可分为两类。

1) 小额电子支付系统

小额电子支付即小额电子资金划拨,又可称为消费性电子支付,它和大额电子资金划拨并无明确的数量界限,它的服务对象主要是广大的消费者、从事商品和劳务交换的工商企业。这类电子支付在实践中最为普遍的形式是利用ATM系统或POS系统进行。

2) 大额电子支付系统

大额电子支付系统即大额电子资金划拨,又可称为批发电子资金划拨系统,其服务对象包括货币、黄金、外汇、商品市场的经纪商和交易商,在金融市场从事交易活动的商业银行以及从事国际贸易的工商企业。大额电子支付系统的交易金额巨大,在支付的时间性、准确性与安全性上有特殊的要求。在发达国家,大额支付系统都是电子资金划拨系统。美国的联储电划系统、清算所银行间支付系统(Fedwire)、英国的清算所自动支付系统(CHIPS)、加拿大的大额划拨系统(LVTS)、日本的日本银行清算网络(Bojnet)、瑞士的瑞士银行间清算系统(SIC)以及我国试运行中的中国国家现代化支付系统(CNAPS),均为电子资金划拨系统。

2. 因特网环境下的电子支付

目前,在因特网上出现的支付形式已呈多样化,其中,最为普遍和常用的支付形式有以下3种。

1) 电子现金支付系统

在此系统中,支付行为是通过因特网传输代表一定法定货币单位的电子数据即电子货币来实现的,这种支付方式不需要以银行为中介,只要交易双方就可实现电子支付行为。目前最常用的是数字现金支付和IC卡型电子货币支付。

2) 银行卡网上支付

使用银行卡支付的具体方式是,商家将商品信息发布在因特网上,并提示以银行卡进行支付。客户在选定商品之后,根据银行卡的网络操作提示,将有关支付信息发送给商家。商家再根据该信息反馈到发卡行或代理行支付网关进行处理,以确认银行卡的真实性。如信息真实,商家则发货给客户,同时,发卡行通过银行卡网上支付系统与商家进行支付结算。

3) 由第三方认证的网上支付清算

该系统要求客户或商家首先在第三方设立账户,在进行交易时,将双方交易的信息传送到第三方,并对交易信息进行认证,在第三方确认后再进行支付结算。此种支付方式可以最大程度地保护交易双方的安全。

3. 微支付系统和净额支付系统

1) 微支付系统

微支付系统的服务对象是交易额较小的客户或商家,这是为解决电子商务不断发展中的问题而提出的解决方案。随着国际网络中一些商家的加入,其交易额可能为几美元或几美分,如果要用传统的信用卡作为支付工具,其手续费可能超过商品的价值。为此,就创设了这种支付低交易额、只需缴纳少量交易费用的支付系统。目前已有的支付系统有CyberCoin和美国南加州大学研发的NetCash等。

2) 净额支付系统

净额支付系统是建立在净额结算之上的,为了满足中小企业和个人在经济活动中的支付要求,而采用批量处理方式建立的电子支付系统。所谓净额结算,是指在一个营业周期中将所有支付指令的金额积累起来,并计算出银行的资金发送与接收情况,在营业周期结束时将各银行的金额通过清算银行或中央银行进行资金划拨。这类支付系统的适用范围较广,为电子商务中的每一个参与者服务,具有强大的处理能力。

8.1.4 支付系统的功能

虽然网上支付方式多种多样,但安全、有效、便捷是各种支付方式追求的目标。以下是一个支付系统应有的几个基本功能。

(1) 使用数字签名和数字证书实现对各方的认证。为实现协议的安全性,对参与贸易的各方身份的有效性进行认证,通过认证机构和注册机构向参与各方发放X.509证书,以证实身份的合法性。

(2) 使用加密技术对业务进行加密。可以采用对称体制和非对称体制来进行消息加密,并采用数字信封,数字签名等技术来加强数据传输的保密性,以防止未被授权的非法第三者获取消息的真正含义。

(3) 使用消息摘要算法以确认业务的完整性。为保护数据不被未授权者建立、嵌入、删除、篡改、重放,而完整无缺地到达接收者,可以采用数据变换技术。通过对原文的变换生成消息摘要一并传送到接收者,接收者就可以通过摘要来判断所接收的消息是否完整,否则,要求发送端重发以保证其完整性。

(4) 当交易双方出现异议、纠纷时,保证对业务的不可否认性。用于保护通信用户应对来自其他合法用户的威胁,如发送用户对他所发消息的否认,接收者对他已接收消息的否认等。支付系统必须在交易的进程中生成或提供足够充分的证据来迅速辨别纠纷中的是非。可以采用仲裁名,不可否认签名等技术来实现。

(5) 能够处理贸易业务的多边支付问题。由于网上贸易的支付要牵涉到客户,商家和银行等多方,其中传送的购货信息与支付信息必须连接在一起,因此商家只有确认了支付用户后才会继续交易,银行业只有确认了购付信息后才会提供支付。但同时,商家不能读取客户的支付信息,银行不能读取商家的订单信息,这种多边支付的关系可以通过双联签字等技术来实现。

8.2 电子商务支付方式

从上一节的介绍中,我们了解到网上支付工具是多种多样的,因此其对应的支付方式也很多。目前常用的网上支付方式主要有银行卡支付方式、电子现金支付方式、电子支票支付方式和智能卡支付方式等。

8.2.1 银行卡支付方式

银行卡是经中央银行批准的金融机构发行的卡,是支付工具和支付凭证虚拟化的第一步。以下是几种主要的银行卡支付方式。

1. 简单加密的银行卡支付

信用卡信息采用 SSL 协议进行加密后传输,因而称为简单加密。

1) SSL 协议的概念

SSL 协议即安全套接层协议,是由 Netscape 公司设计开发的网络信息安全传输协议,它是针对互联网环境提出的建立在可靠的传输基础(TCP/IP)上的一项协议,旨在实现数据信息的安全传递,提高应用程序之间的数据安全性。

2) 支付流程

简单加密的银行卡支付流程如图 8-3 所示。

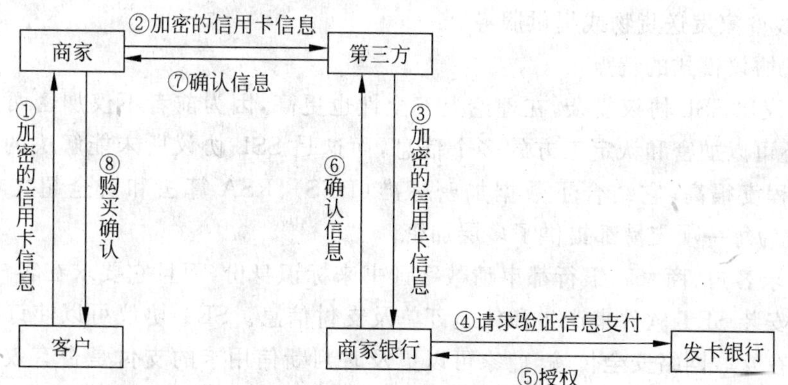

图 8-3 简单加密的银行卡支付流程

3) SSL 协议模式的特点

基于 SSL 协议进行网络支付时,客户首先到网络商店选购商品,在提交订单时用户的浏览器和网站服务器通过 SSL 协议进行链接向商家发送包含客户资料的购买信息;其次,商家把信息转发给银行,银行验证客户信息合法性后将客户账号的资金转移到商家的账号中;最后,银行通知商家付款成功,商家通知客户交易成功并发货。在这种模式中由于浏览器支持 SSL 协议,因此不需要额外的软件支持,节省了相关费用,但客户的信息是经过商家转发的,这使得客户资料的安全性得不到保障。

2. 安全电子交易的银行卡支付

1) 安全电子交易(SET)的概念

安全电子交易(Secure Electronic Transaction,SET)是Visa、Master两大国际卡组织和多家科技机构共同制定的进行在线交易的安全标准。SET主要是为了用户、商家和银行通过信用卡交易而设计的,用以保证支付信息的机密、支付过程的完整、商户和持有人的合法身份以及互可操作性。

2) 支付流程

安全电子交易的支付流程如图8-4所示。

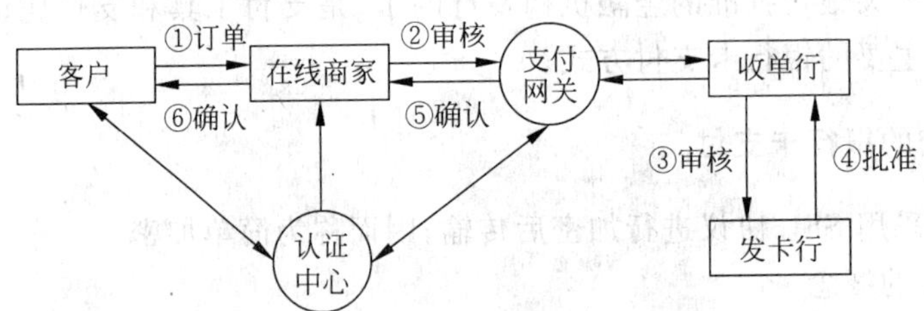

图8-4 安全电子交易的银行卡支付流程

(1) 消费者选定商品,输入订单。

(2) 在线商家接受订单,向消费者发卡行请求支付。

(3) 在线商家向消费者发送订单确认信息。

(4) 在线商家发送货物或提供服务。

3) SET协议模式的特点

SET协议比SSL协议复杂,在理论上安全性也更高,因为前者不仅加密两个端点间的单人会话,还可以加密和认定三方的多个信息,而这是SSL协议所未能解决的问题。SET标准的安全程度很高,它结合了数据加密标准(DES)、RSA算法和安全超文本传输协议(S-HTTP),为每一项交易都提供了多层加密。

SET要求客户、商家和银行都申请数字证书来标识身份,而且它要求在客户端、商户端和银行端都安装SET软件来产生和传递订单及支付信息。SET协议可以使订单信息和客户账号信息在互联网络安全传输,商家可以更及时判断信用卡的支付是否有效。对于客户来说,他的账号和有关私人信息不会被商家获得,这使客户更放心地进行网络支付。

SET也有自己的缺陷,例如目前大多数基于SET的交易都要通过信用卡进行处理。此外,SET过于复杂,所以对商户、用户和银行的要求都比较高,推行起来遇到的阻力也比较大。

SET支付自1997年推出以来一直没有得到广泛应用,5年后两大信用卡组织各自推出了另外的支付技术,Visa组织推出了3D-Secure,其标志为Verified By Visa(VbV);MasterCard推出了安全支付应用(SPA)。这两种解决方法都把注意力集中到银行卡用户身份验证上,做到实时检验用户支付指令的有效性,避免信用卡欺诈。

3. 通过第三方代理的银行卡支付

在买卖双方之间启用第三方代理,目的是使卖方看不到买方信用卡信息,避免信用卡的信息多次在网络上传输而被窃取。

1）第三方支付模式概述

第三方支付模式是指由已经和国内外各大银行签约，并具备一定实力和信誉保障的第三方独立机构提供的网络支付模式。在第三方支付模式中，客户选购商品后使用第三方支付平台进行支付，第三方通知商家货款送达、进行发货，买方在验证货物之后，可以通知第三方付款给商家。

第三方支付模式的支付网关位于公用计算机互联网和传统金融专网之间，沟通互联网络的数据与金融系统内部的数据，完成通信、协议转换和数据加密功能，起到隔离和保护金融专网的作用。第三方支付的支付网关连接了多家银行的内部网关，形成统一的支付接口向在线商家提供服务，使商家可以同时利用多家银行的支付功能。而且，支付网关除了从技术上完成数据传输的功能外，也承担了一部分的资金转账功能及其他增值业务。第三方支付模式的支付平台为用户提供了实施性更高，功能更丰富的各类支付功能模块；无论是时下流行的手机交易还是IP交易，支付平台都可以为其提供更强大的技术支持。

2）支付流程

第三方支付流程如图8-5所示。

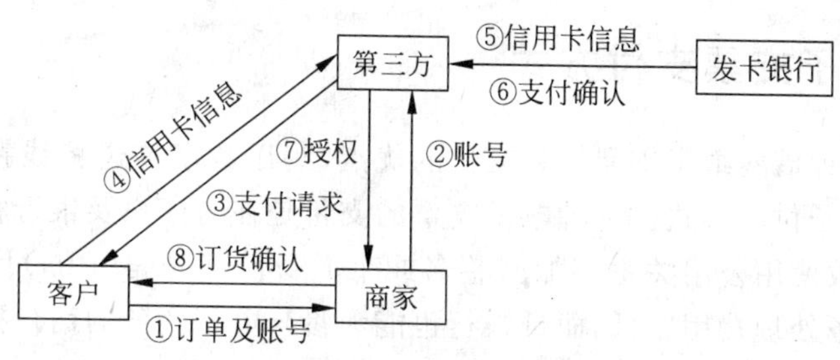

图8-5　第三方支付流程

(1) 客户和商家都在第三方支付平台注册姓名、信用卡号等资料信息，并开设账号。

(2) 客户在商家的网络商店进行购物，提交订单后，商家将客户在第三方支付平台的账号和支付信息传送给第三方平台请求支付。

(3) 第三方支付平台向客户发出支付请求。

(4) 客户通过第三方支付平台连接到开户银行进行支付，从开户行将资金转入第三方支付平台中。

(5) 支付确认返回给第三方支付平台。

(6) 第三方支付平台通知商家客户已经付款。

(7) 商家向客户发货。

(8) 客户收到货物并验证后通知第三方支付平台。

(9) 第三方支付平台将货款转入商家的账号中。

3）第三方支付模式的特点

第三方支付的整个过程主要是通过双方都信任的第三方完成，客户可以在第三方支付平台开设账号，信用卡信息不用在互联网络多次传送，在网络传输的只是第三方支付平台的账号，除了第三方代理之外，任何人，包括商家都看不见客户的信用卡信息，从而保障了信用卡信息的安全性。从流程来看,以下是采用第三方支付模式的优点。

(1) 可以消除人们对网络购物和交易的顾虑,让越来越多的人相信和使用网络的交易功能,推动电子商务的快速发展。

(2) 可以为商家提供更多的增值服务,帮助商家网站解决实时交易查询和交易系统分析,提供方便及时的退款和止付服务,起到仲裁作用,维护客户和商家的权益。

(3) 第三方支付平台提供一系列的应用接口程序,可以帮助商家降低运营成本,帮助银行节省网关开发费用。

(4) 第三方支付服务系统有助于打破银行卡壁垒。由于目前我国实现在线支付的银行卡各自为政,每个银行都有自己的银行卡,这些自成体系的银行卡纷纷与网站联盟推出在线支付业务,客观上造成消费者要自由地完成网络购物,手里面必须有十几张卡,同时商家网站也必须装有各个银行的认证软件,这样就会制约网络支付业务的发展,而第三方支付服务系统可以很好地解决这个问题。

第三方支付模式交易成本低(大多数平台现在处于免费状态),对小额交易很有吸引力。缺点是客户和商家事先都必须到第三方支付平台注册,而且客户的第三方支付平台账号也有可能在网络被盗。不过,由于是小额支付,在发现账号被盗之后,客户的损失也不会很大。

8.2.2 电子支票支付方式

电子支票是一种借鉴纸张支票转移支付的优点,利用数字传递将钱款从一个账户转移到另一个账户的电子付款形式。这种电子支票的支付是在与商户及银行相连的网络上以密码方式传递的,多数使用公用关键字加密签名或个人身份证号码(PIN)代替手写签名。用电子支票支付,事务处理费用较低,而且银行也能为参与电子商务的商户提供标准化的资金信息,故可能是最有效率的支付手段。

1. 支付流程

电子支票支付流程如图 8-6 所示。

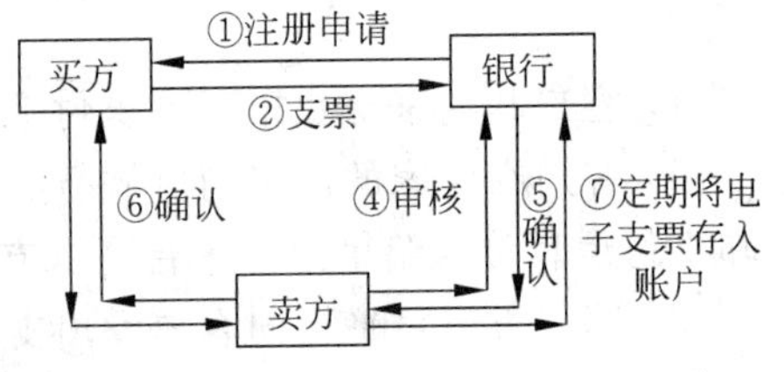

图 8-6 电子支票支付流程

(1) 申请电子支票。

(2) 电子支票付款。

① 用户和商家达成购销协议,选择用电子支票支付。

② 用户在计算机上填写电子支票,电子支票上包含支付人姓名、支付人账户名、接收人姓名、支票金额等。用自己的私钥在电子支票上进行数字签名,用卖方的公钥加密电子支票,形成电子支票文档。

③ 用户通过网络向商家发出电子支票,同时向银行发出付款通知单。

④ 商家收到电子支票后进行解密,验证付款方的数字签名,背书电子支票,填写进账单,并对进账单进行数字签名。

⑤ 商家将经过背书的电子支票及签名过的进账单通过网络发给收款方开户银行。收款方开户银行验证付款方和收款方的数字签名后,通过金融网络发给付款方开户银行。

⑥ 付款方开户银行验证收款方开户银行和付款方的数字签名后,从付款方账户划出款

项，收款方开户银行在收款方账户存入款项。

2. 电子支票支付方式的特点

以下是电子支票支付方式的特点。

(1) 电子支票与传统支票工作方式相同，易于理解和接受。

(2) 加密的电子支票使它们比数字现金更易于流通，买卖双方的银行只要用公开密钥认证确认支票即可，数字签名也可以被自动验证。

(3) 电子支票适于各种市场，可以很容易地与 EDI 应用结合，推动 EDI 基础上的电子订货和支付。

(4) 电子支票技术将公共网络连入金融支付和银行清算网络。

3. 电子支票支付方式的优势及发展

电子支票具有处理速度高、安全性能好、处理成本低等优点，目前一般是通过专用网络，设备，软件及一套完整的用户识别、标准报文、数据验证等规范化协议完成数据传输，从而控制安全性。这种方式已经较为完善。电子支票支付现在发展的主要问题是今后将逐步过渡到公共互联网络上进行传输。目前的电子资金转账(Electronic Fund Transfer，EFT)或网上银行服务(Internet Banking)方式，是将传统的银行转账应用到公共网络上进行的资金转账。一般在专用网络上应用成熟的模式(例如 SWIFT 系统)，公共网络上的电子资金转账仍在实验之中。目前大约 80%的电子商务仍属于贸易上的转账业务。因此，尽管电子支票可以大大节省交易处理的费用，但是，对于在线支票的兑现，人们仍持谨慎的态度。电子支票的广泛普及还需要有一个过程。电子支票支付应遵循金融服务技术联盟(Financial Services Technology Consortium，FSTC)提交的 BIP(Bank Internet Payment)标准(草案)。典型的电子支票系统有 NetCheque、NetBill、E-check 等。

8.2.3 电子现金支付方式

1. 电子现金的分类与特点

电子现金是一种表示现金的加密序列数，它可以用来表示现实中各种金额的币值，它是一种以数据形式流通的，通过网络支付时使用的现金。到目前为止，各种已开发的电子现金支付系统大致可以分为两类，分别采取了两种不同的手段。

第一种是硬盘数据文件形式的电子现金，它将遵循一定规则排列的一定长度的数字串，即一种电子化的数字信息块或数据文件，作为代表纸币或辅币所有信息的电子化手段。当电子现金用于支付时，只需将相当于支付金额的若干信息块综合之后，用电子化方法传递给债权人一方，即可完成支付。这是一种对实体货币的纯粹的电子化模拟。

第二种是 IC 卡形式的电子现金，它将货币价值的汇总余额存储在智能 IC 卡中，即将智能卡作为货币价值的计数器，甚至可将 IC 卡看作记录货币余额的账户(只是这个账户由持卡人自己持有并管理)，当从卡内支出货币金额或向卡内存入货币金额时，改写智能卡内的记录余额。这也相当于改写持卡人的 IC 卡存款账户。从卡内支出货币金额的去向和向卡内写入货币金额的来源可以是另一张电子现金智能卡、持卡人在银行的存款账户或商户的读卡器，并且在转移的过程中，必然是一方增加，一方减少，增加的金额正好等于减少的金额。这一点与现金支付十分相似。智能卡形式的电子现金除与银行账户之间的转移外，其余的转移操作均可独立完成，不用与银行发生任何联系，从而保证了其分散匿名性和离线操作性。

电子现金起着与普通现金同样的作用，对正常的经济运行至关重要，以下是它应具备的性质。

(1) 独立性。电子现金的安全性不能只靠物理上的安全来保证，必须通过电子现金自身使用的各项密码技术来保证电子现金的安全。

(2) 不可重复花费。电子现金只能使用一次，重复花费能被容易地检查出来。

(3) 匿名性。银行和商家相互勾结也不能跟踪电子现金的使用，就是无法将电子现金与用户的购买行为联系到一起，从而隐蔽电子现金用户的购买历史。

(4) 不可伪造性。用户不能造假币，包括两种情况：一是用户不能凭空制造有效的电子现金；二是用户从银行提取 N 个有效的电子现金后，也不能根据提取和支付这 N 个电子现金的信息制造出有效的电子现金。

(5) 可传递性。用户能将电子现金像普通现金一样，在用户之间任意转让，且不能被跟踪。

(6) 可分性。电子现金不仅能作为整体使用，还应能被分为更小的部分多次使用，只要各部分的面额之和与原电子现金面额相等，就可以进行任意金额的支付。

2. 支付模式与流程

电子现金支付方式需要商家、银行和客户三方的参与，支付模式如图 8-7 所示。

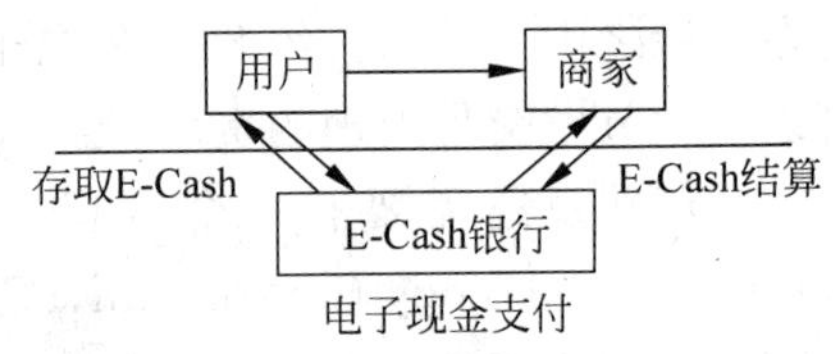

图 8-7 电子现金支付模式

当用户拨号进入网上银行，使用口令(Password)和个人识别码(PIN)来验证身份，直接从其账户中下载成包的小额电子“硬币”，形成电子现金。然后，这些电子现金被存放在用户的硬盘当中，直到用户在网上商城进行购买消费。为了保证交易安全，计算机还为每个硬币建立随时选择的序号，并把这个号码隐藏在一个加密的信封中，保证电子现金使用者的隐私权。具体支付流程如图 8-8 所示。

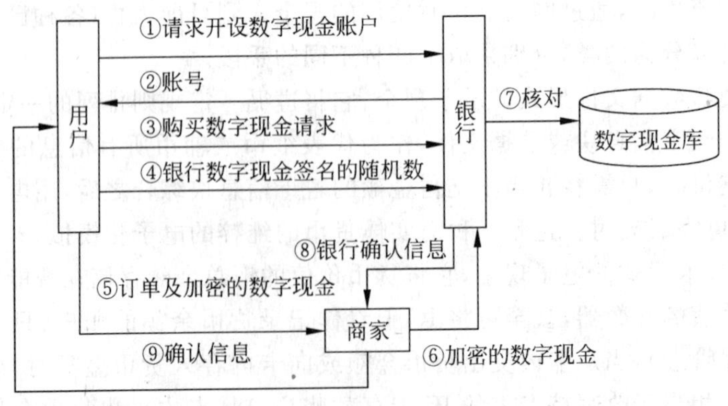

图 8-8 电子现金支付流程

3. 电子现金支付方式的特点

在使用电子现金支付时，银行和商家之间应有协议和授权关系。另外，用户、商家和E-Cash银行都需使用E-Cash软件，由它来负责用户和商家之间资金的转移。身份验证是由E-Cash本身完成的，E-Cash银行在发放电子货币时使用了数字签名。商家在每次交易中，将电子货币传送给E-Cash银行，由E-Cash银行验证用户支持的电子货币是否无效(伪造或使用过等)。

电子现金支付方式也存在一些问题。

(1) 只有少数商家接受电子现金，而且只有少数几家银行提供电子现金开户服务。

(2) 成本较高。电子现金对于硬件和软件的技术要求都较高，需要一个大型的数据库存储用户完成的交易和E-Cash序列号以防止重复消费。因此，尚需开发出硬软件成本低廉的电子现金。

(3) 存在货币兑换问题。由于电子硬币仍以传统的货币体系为基础，因此德国银行只能以德国马克的形式发行电子现金，法国银行发行以法郎为基础的电子现金，诸如此类，因此从事跨国贸易就必须要使用特殊的兑换软件。

(4) 风险较大。如果某个用户的硬驱损坏，电子现金丢失，钱就无法恢复，这个风险许多消费者都不愿承担。更令人担心的是电子伪钞的出现，美国联邦储备银行电子现金专家Peter Ledingham在他的论文《电子支付实施政策》中告诫说："似乎可能的是，电子'钱'的发行人因存在伪钞的可能性而陷于危险的境地。使用某些技术，就可能使电子付款的收款人，甚或发行人难于或无法检测电子伪钞。…… 复杂的安全性能意味着电子伪钞获得成功的可能性将非常低。然而，考虑到预计的回报相当高，因此不能忽视这种可能性的存在。一旦电子伪钞获得成功，那么，发行人及其一些客户所要付出的代价则可能是毁灭性的。"

4. 电子现金支付方式的发展及现状

目前，电子现金支付已经使用的有两种典型的实用系统，即Digicash系统和Netcash系统。DigiCash是无条件匿名电子现金支付系统，其主要特点是通过数字记录现金，集中控制和管理现金，是一种足够安全的电子交易系统。Netcash是可记录的匿名电子现金支付系统，其主要特点是设置分级货币服务器来验证和管理电子现金，使电子交易的安全性得到保证。

总部设在荷兰的Digicash公司是目前唯一一家在商业上提供真正的电子现金系统的公司，CyberCash和数字设备公司(DEC)也紧随其后。Digicash公司于1995年10月就开始在美国圣路易Mark Twain银行试验一种名为CyberBucks的电子现金系统，有大约50家Internet厂商和1000名客户使用这种电子现金。据Mark Twain银行的高级副行长兼国际市场主管Frank Trottert称："第一阶段是零售商业系统，然而真正的潜力在第二阶段，我认为这一阶段将形成一个全球性的面向商业的支付网络。"他还说："用户一直认为电子现金使用起来非常方便。"目前使用该系统发布E-Cash的银行有十多家，包括Mark Twain、Eunet、Deutsche、Advance等世界著名银行。

尽管存在种种问题，电子现金的使用仍呈现增长势头。Jupiter通信公司的一份分析报告称，1987年，电子现金交易在全部电子交易中所占的比例为6%，到2000年底，这个比例将超过40%，在10美元以下的电子交易中所占的比例将达60%。因此，随着较为安全可行的电子现金解决方案的出现,电子现金一定会像商家和银行界预言的那样,成为未来网上贸易的一种方便的交易手段。

8.2.4 智能卡支付方式

智能卡又可称为集成电路卡(Integrated Circuit Card),是一种将具有微处理器及大容量存储器的集成电路芯片嵌装于塑料基片上而制成的卡片。它的大小和信用卡相似,内含一块直径在1cm左右的硅芯片,具有存储信息和复杂运算的功能。目前使用的智能卡主要有存储卡、加密存储卡、CPU卡、射频卡和光卡等。

1. 支付流程

(1) 申请智能卡。用户向智能卡发行银行申请智能卡,申请时需要在银行开设账号,提供输入智能卡的个人信息。

(2) 下载电子现金。用户登录到发行智能卡银行的Web站点,按照提示将智能卡插入智能卡读写设备,智能卡会自动告知银行有关用户的账号、密码及其他加密信息。用户通过个人账户购买电子现金,下载电子现金存入智能卡中。

(3) 智能卡支付。在网上交易中,用户可选择采用智能卡支付,将智能卡插入智能卡读写设备,通过计算机输入密码和网上商店的账号、支付金额,从而完成支付过程。

2. 智能卡支付方式的特点

智能卡除了能使电子商务中的支付变得简单易行之外,还具有如下优点:①它具有匿名性,使用智能卡支付与使用现金支付十分相似。消费者使用智能卡时,不必在银行留有账户。②通过智能卡,商店可以在交易结束的同时得到款项,而无须像一般银行卡那样,经过与银行的结算后才得到款项,这会减少商家面临的信用风险。

智能卡支付方式的缺点是需要安装特殊的读卡设备。

3. 智能卡支付方式的发展及现状

智能卡技术作为现代社会个人化的信息技术,除了使用传统的加密算法及各种安全措施以确保卡片的安全性之外。越来越多的生物识别技术也将逐渐得到采纳,尤其在那些对于数据敏感的领域,如金融,军事、社会保险、公安等部门。简捷、安全、高效将成为未来信息安全认证的发展趋势。

8.3 网上支付

网上支付是电子支付的一种形式,它是通过第三方提供的与银行之间的支付接口进行的即时支付方式,这种方式的好处在于可以直接把资金从用户的银行卡中转账到网站账户中,汇款马上到账,不需要人工确认。客户和商家之间可采用信用卡、电子钱包、电子支票和电子现金等多种电子支付方式进行网上支付,采用网上电子支付的方式节省了交易的开销。

网上支付是电子商务一个重要的组成部分,开展网上支付业务,可以减少银行成本,加快业务处理速度，方便客户，同时也有利于银行拓展业务，增加中间业务的收入。更重要在于它改变了银行支付处理方式，使得消费者在任何地方、任何时间，通过互联网获得银行业务服务。

8.3.1 网上支付的产生与发展

1. 传统支付到电子支付的转变

从古至今，人类的交易支付方式是不断发展演变的。支付工具经历了商品货币、金属货币、纸币到电子货币的发展，伴随着这种发展，人们也改变了传统的支付方式而越来越多地使用电子支付。传统支付主要是以面对面的支付和以现金或纸介质凭证为主的支付，常见的有货到付款、邮局汇款、银行转账等。而电子支付是以金融电子化网络为基础，以商用电子化机具和各类交易卡为媒介，以计算机技术和通信技术为手段，将货币以电子数据(二进制数据)形式存储在银行的计算机系统中，并通过网络系统以电子信息传递形式实现流通和支付。电子支付技术的研究是建立在传统支付的基础之上的。以下是两者的主要区别。

(1) 电子支付是采用先进的技术通过数字流转来完成信息传输的，而传统的支付方式则是通过现金的流转、票据的转让及银行的汇兑等物理实体的流转来完成款项支付。

(2) 电子支付的工作环境是基于一个开放的系统平台(即因特网)，而传统支付则是在较为封闭的系统中运作。

(3) 电子支付使用的是最先进的网络和通信手段，而传统支付使用的则是传统的通信媒介。

(4) 电子支付相对于传统支付存在一定的安全问题。

总体而言，传统的支付方式对客户而言安全可靠，符合消费者的习惯，但是它限制了交易的时间和地点，抵消了电子商务的优势。而电子支付方式具有方便、快捷、高效、经济的优势。用户只要拥有一台能上网的计算机，便可以足不出户，在很短的时间内完成整个支付过程。支付费用仅相当于传统支付费用的几十分之一，甚至几百分之一。这些都使得电子支付在人们的日常交易活动中占据着越来越多的份额。

2. 电子支付的发展与网上支付的产生

银行采用计算机等技术进行电子支付的形式有5种，分别代表着电子支付发展的不同阶段。第一阶段是银行利用计算机处理银行之间的业务，办理结算。第二阶段是银行计算机和其他机构计算机之间资金的结算。第三阶段是利用网络终端向消费者提供各项银行服务。第四阶段是利用银行销售点终端，向消费者提供自动的扣款服务，这是现阶段电子支付的主要形式。第五阶段是最新发展阶段，电子支付可随时随地通过互联网进行直接转账结算，形成电子商务环境，这一阶段的电子支付也叫网上支付。

1) 电子商务的特点与网上支付的产生

电子商务的以下特点促进了网上支付的产生。

(1) 商业市场全球化特点。市场地域界限范围的扩展与传统支付方式不适应的冲突是网上电子支付产生的第一个直接的原因。

(2) 交易方便快捷性特点。各种消费对支付工具多样化选择愿望的不断增强与现实中能实现的各种支付方式间的差距，是网上支付产生发展的第二个动因。

(3) 能满足消费者个性化需求的特点。消费者对网上多样化支付方式的选择有不断增强的需求,是网上电子支付多样化产生和出现的根本原因。

(4) 低成本渗透的特点。减少纸质载体的支付工具的使用,推行非现金支付工具,特别是电子支付工具,是使提供支付服务的金融和非金融机构有发展电子支付需求的经济原因。

(5) 高效率与多选择性特点。电子商务高效率、多样化发展的特点要求网上支付的实时和高效的相应配套是网上支付产生的市场因素。

2) IT 技术的发展与网上支付的产生

安全技术是网上支付产生和出现的基础,技术与经济的关系在网上支付问题的研究应用中表现得尤为突出。资金支付信息在互联网上的安全防范主要表现在以下几个方面。

(1) 防窃获篡改重发的安全技术。

(2) 防各种非法入侵的安全技术。

(3) 防否认交易行为发生的认证技术。

3. 网上支付的发展

随着支付技术的发展,网上支付从线上交易线下支付逐渐演变为线上交易线上支付的方式。

1) 线上交易线下支付的交易阶段

线上交易线下支付的模式如图 8-9 所示。

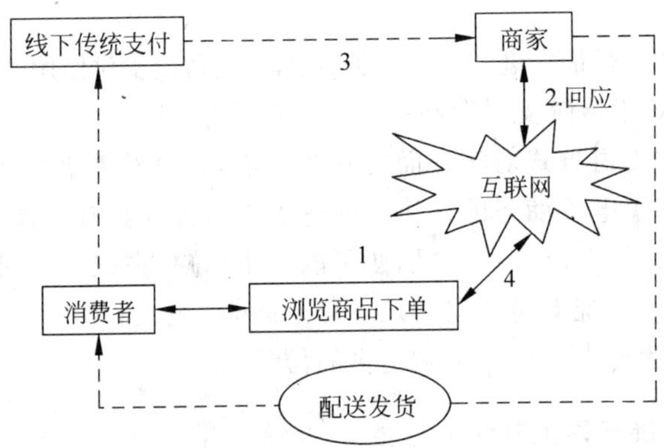

图 8-9 线上交易与线下支付方式模式

2) 线上交易线上支付初期阶段

(1) 应用模式 1——线上交易与加密传递支付信息的交易模式,如图 8-10 所示。

此种模式的优点为:①减少了消费者线下用传统方式付费的机会成本;②商家知道购买信息的同时也获得消费者是否有付钱行为的选择;③减少了交易中线下支付耗时的中间环节,缩短了周期提高了交易效益。

(2) 应用模式 2——预付费的网上支付模式,如图 8-11 所示。

此种网上支付方式存在的问题:①此种支付方式只能采用由商家发行的能用于其网上支付的数字形态的电子货币。②消费者网上支付的信息对商家不存在保密。③这种方式存在的前提是消费者必须对商家充分信任。④使用银行其他电子类支付方式存在账户划转的障碍和失去资金信息的风险。⑤此种支付方式存在发行预付卡政策和法律的制度风险,是否有吸纳资金的金融风险,经营方式上是否合法,这一切还值得研究和探讨。

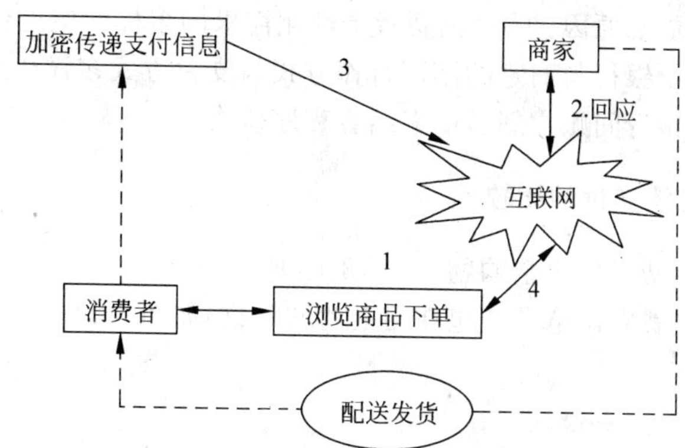

图 8-10　线上交易与加密传递支付信息的交易模式

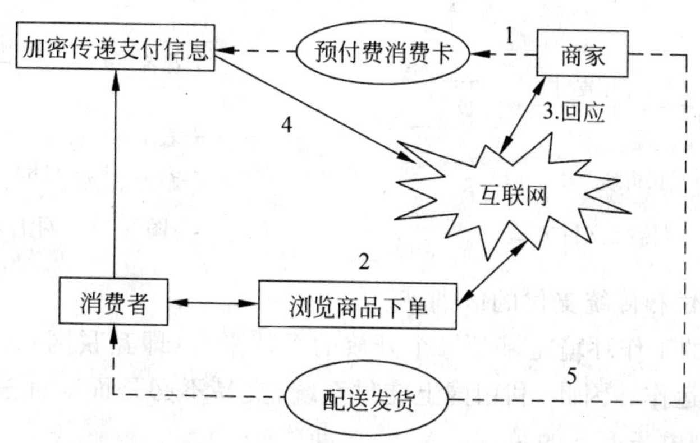

图 8-11　预付费的网上支付模式

3）线上交易线上支付的发展阶段

线上交易线上支付模式如图 8-12 所示。

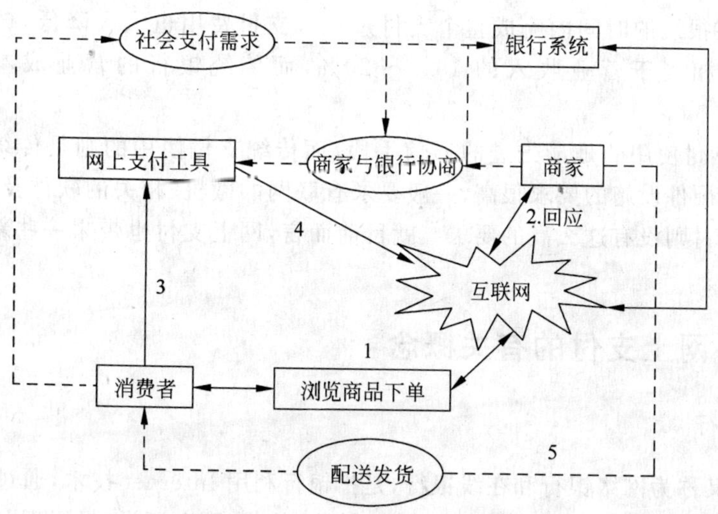

图 8-12　线上交易线上支付模式

该模式多元化发展的原因：①由消费者个性化需求的多样性使支付方式选择具有市场化的需求所决定。②由银行与商家的不同合作方式与支付方式多样化形式所决定。③由债务关系结算手续涉及银行间账户划转的多结算程序所决定。

3. 网上支付与传统支付的比较

传统支付方式(消费者用现金购物)如图 8-13 所示。

网上支付方式(消费者用电子钱包在网上商城购物)如图 8-14 所示。

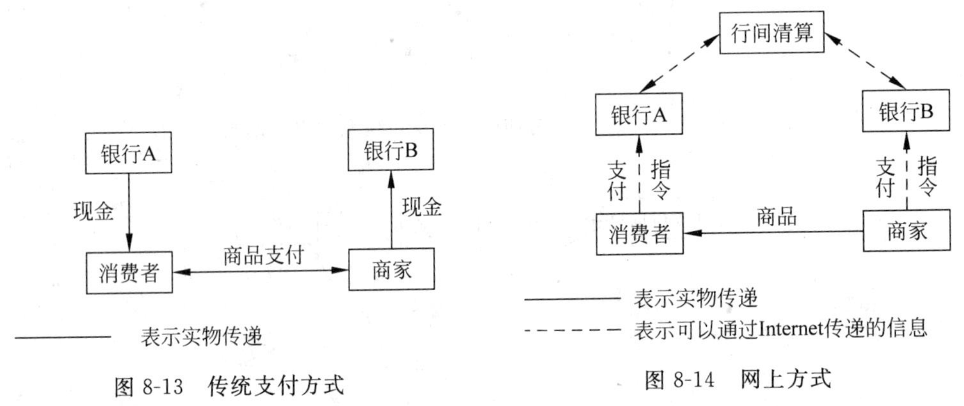

图 8-13 传统支付方式

图 8-14 网上方式

以下是网上支付和传统支付的区别。

(1) 网上支付的工作环境是基于一个开放的系统平台(即互联网)；而传统支付则是在较为封闭的系统中运作。因此，利用网上支付系统，交易不必是面对面进行的，可以是远距离的，这是全面实现电子商务的关键因素。

(2) 网上支付是采用先进的技术通过数字流转来完成信息传输的，资金在 Internet 中以无形的方式进行转账和划拨，将"现金流动"、"票据流动"转变成计算机网络系统中的"数据流动"。

(3) 网上支付具有方便、快捷、高效、经济的优势。用户只要拥有一台上网的 PC，便可足不出户，在很短的时间内完成整个支付过程。支付费用也大大降低，据统计，网上银行的营业成本相当于营业收入的 15%～20%，而传统银行的营业成本占营业收入的 60%。

(4) 网上支付使用的是最先进的通信手段，而传统支付使用的则是传统的通信媒介；网上支付对软、硬件设施的要求很高，一般要求有联网的微机、相关的软件及其他一些配套设施，而传统支付则没有这么高的要求。就目前而言，网上支付也带来一些新的问题，比如安全问题。

8.3.2 网上支付的有关概念

1. 网上银行

网上银行又称为网络银行和在线银行，是指银行利用 Internet 技术，通过 Internet 向客户提供开户、销户、查询、对账、行内转账、跨行转账、信贷、网上证券、投资理财等传统服务项目，使客户可以足不出户就能安全便捷地管理活期或定期存款、支票、信用卡及个人投资等。

网上银行具有以下特点：①全面实现无纸化交易；②服务方便、快捷、高效、可靠；③经营成本低廉；④简单易用；⑤以客户为中心的经营理念；⑥业务范围拓宽，服务功能增强。

以下是网上银行的交易流程。

(1) 网上银行的客户使用浏览器通过 Internet 连接到网上银行中心并且发起网上交易请求。

(2) 网上银行中心接收、审核客户的交易请求，然后将交易请求转发给相应的综合业务处理主机。

(3) 综合业务处理主机完成交易处理，返回处理结果给网上银行中心。

(4) 网上银行中心对交易结果进行再处理后返回相应的信息给客户。

银行作为电子化支付和结算的最终执行者，起着连接买卖双方的纽带作用。网上银行所提供的电子支付服务是电子商务中最关键的因素，直接关系到电子商务的发展前景。随着电子商务的发展，网上银行的发展亦是必然趋势。1995 年 10 月 18 日世界第一家网络银行美国安全第一网络银行(Security First Network Bank，SFNB)在 Internet 上开业。后来许多国家和地区的银行纷纷上网，国际金融界掀起了一股网络银行风潮。

1996 年 2 月，中国银行在互联网上建立了主页，首先在互联网上发布信息。目前工商银行、农业银行、建设银行、中信实业银行、民生银行、招商银行、太平洋保险公司、中国人寿保险公司等金融机构都已经在国际互联网上设立了网站。

1998 年 3 月 6 日 5 时 30 分，中国银行服务系统成功办理了我国大陆第一笔国际互联网间的电子交易，从而拉开了中国大陆网上银行业的序幕。1998 年 4 月 15 日，中国银行与首都信息发展有限公司签署了战略合作协议书，中行为北京公用信息平台发展电子商务提供网上交易支付的认证和授权。

招行自 1996 年底就开始在网上开发一些在线服务系统，如网上企业银行、网上个人银行、网上支付系统、通用网上购物广场、实时证券行业系统等。其中网上企业银行能够提供同城转账、异地电汇、信汇、母公司与子公司账务稽核等业务；个人银行系统用户提供了网上查询账务、简单时务分历、转账等服务；通用网上购物广场为没有能力开发网上购物系统的中小型商家提供了进行网上交易的机会，用户以低廉的价格就可以得到一个适合自己的交易系统。

除此之外，国内其他银行也纷纷开展了网上银行服务，并持续增加对网上银行的研发和推广工作，网银用户不断增加，网银业务范围也不断扩大，相关统计表明 2009 年中国网上银行交易规模为 368.7 万亿元，同比增长 16.9%，预计未来几年网上银行发展将迎来稳速增长的时期，同比增速稳中有升。

2. 支付网关

支付网关(Payment Gateway)是位于 Internet 和传统金融专网之间、用于连接银行专用网络和 Internet 的一组服务器。它将 Internet 传来的数据包解密，并根据银行系统内的通信协议将数据重新打包；接收银行内部传回来的响应消息，将数据转换为 Internet 传送的数据格式并加密。即主要完成通信、协议的转换和数据加密解密功能，实现保护银行内部网络的功能。

3. 电子柜员机

电子商务系统通常采用客户服务器系统的工作方式，在服务器一端用来响应客户请求的服务器软件称为电子支付系统，或电子柜员机系统。它处理用户的申请并和银行(通过支付网关)进行通信、发送和接收加密的支付信息、存储签名密钥和数据交换(加密密钥)、申请和接受认证、与数据库进行通信以便存储和填写交易记录等，在电子商务系统中提供支付型电子商务服务。

4. 电子支付网络平台

电子支付是一种通信频次大、数据量小、实时性要求高、分布面很广的通信行为，因此电子支付的网络平台应该是交换型、通信时间短、安全保密、可靠的通信平台，必须面向全社会，对所有公众开放。

电子支付平台主要有 PSTN、公用/专用数据网、EDI、Internet、X. 25、X. 400、X. 435、X. 500。

典型的基于 SET 的 Internet 支付解决方案：CommercePOINT(CommercePOINTWallet、CommercePOINTeTill、CommercePOINTGateway)、HP/VeriFone(vGATE、vPOS、vWALLET)。

8.3.3 网上支付的流程与模式

1. 支付流程

网上支付流程如图 8-15 所示。

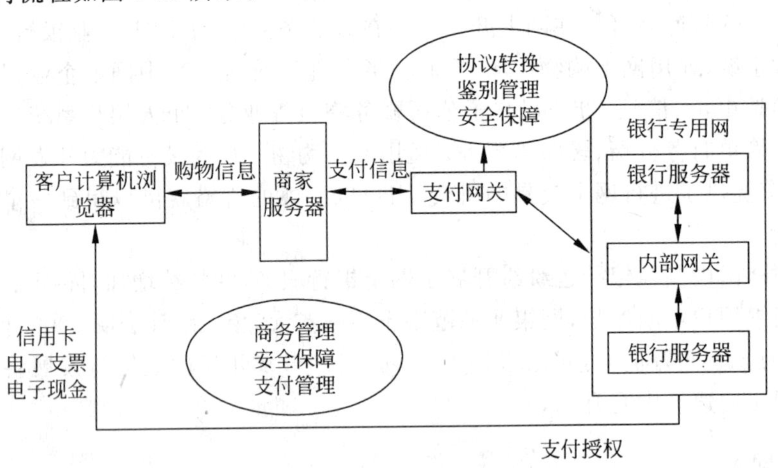

图 8-15 网上支付流程

2. 支付模式

1) 按开展电子商务的实体性质分类

(1) B2C 型网上支付方式。主要用于企业与个人、个人与个人进行网络交易时采用的网络支付方式，如信用卡网络支付、IC 卡网络支付、数字现金支付、电子钱包支付、最新的个人网络银行，特点是灵活、简单，较适用于不是很大金额的网络交易支付结算。

(2) B2B 型网上支付方式。它是企业与企业、企业与政府部门单位进行网络交易时采用的网络支付方式,如电子支票网络支付、电子汇兑系统、国际电子支付系统 SWIFT 与 CHIPS、中国国家现代化支付系统、金融 EDI 以及最新的企业网络银行等,特点是安全性高,较适用于较大金额的网络交易支付结算。

2) 按支付数据流的内容性质分类

(1) 指令传递型网上支付方式。支付指令是指启动支付的口头或书面命令。支付指令的用户从不真正地拥有货币,而是由他指示金融中介机构替他转拨货币。指令传递型网络支付方式也是这种情况,常见的有银行转拨指令支付(含有电子资金转拨 EFT、CHIPS、SWIFT 等、电子支票、网络银行等)、信用卡支付。

(2) 电子现金传递型网上支付方式。客户把银行发行的电子货币保存在一张卡(比如智能卡)或是硬件中某部分(如一台 PC 或一部手机)的支付机制。一旦客户拥有电子"货币",他就能够在因特网上把支付款项转拨给另外一方。常见的有智能卡支付、数字现金支付以及一些微支付等。

3) 按网上支付金额的规模分类

(1) 微支付。微支付是在 Internet 应用中,经常发生的一些小额的资金支付,大约少于 5 美元。例如,Web 站点为用户提供有偿的搜索服务、下载一段音乐、发送一个短消息等。如目前短消息费用从手机费扣除就可理解为微支付,因为这么小的费用很难采用一般的支付方式满足,否则成本很高。

(2) 消费者级网上支付。满足个人消费者和商业(包括企业)部门在经济交往中一般性支付需要的支付服务系统,亦称小额零售支付系统,通常满足价值在 5～500 美元之间的网络业务支付。如信用卡、小额电子支票等网络支付方式。小额支付处理的支付交易金额虽小,但支付业务量很大(占总支付业务的 80%～90%)。所以这类系统必须且具有极大的处理能力,才能支持经济社会中发生的大量支付交易。

(3) 商业级网上支付。价值大于 500 美元的业务,常表现为中大额资金转账系统,这是一个国家网络支付系统的主动脉。如金融 EDI、电子支票、中国国家现代化支付系统等。一般说来,跨银行间市场、证券市场或批发市场所发生的支付,其金额之大、安全可靠性要求高,都表明这些支付属于大额支付系统处理的业务。

8.3.4 网上支付的安全问题

Internet 是一个完全开放的网络,任何一台计算机、任何一个网络都可以与因特网连接,通过因特网发布、获取信息。如果没有严格的安全保证,商户和客户、消费者就极有可能因为担心网上的安全问题而放弃电子商务,阻碍了电子商务的发展。因此保证网上支付的安全是电子商务的核心问题。

1. 网上支付的不安全因素

网上支付是电子商务的关键环节,用户的资金账号、密码,交易信息等商业机密均要通过网络传输。由于电子商务以开放的互联网络为基础,因此电子支付给人们带来交易便利的同时,随着网上交易额的与日俱增,不可避免地面临一系列的安全问题。网络技术方面本身存在的漏洞和使用权限也带来了许多安全隐患,为不法行为提供了便利条件,如一些不法分子受利益驱使,利用各种手段盗用他人账号,谋取不当利益,各类账号(银行账号、第三方支付账号、游戏账号、QQ 账号等)被盗案呈上升趋势,网上支付安全形势趋于严峻。这些安全问题直接影响了交易各方的经济利益,不利于电子商务的顺利开展。

网上不安全因素主要有:用户和交易的信息泄露、交易信息被篡改、交易双方身份的识别、病毒的威胁和变化多端的黑客入侵等。

2. 网上支付的安全目标

基于上述网上支付中容易出现的问题,以下是安全的网上支付必须达到的目的。

(1) 机密性。在网上支付过程中,对用户的银行账户、信用卡卡号、信用卡密码、身份证等重要而敏感的信息,必须进行加密和安全传输,以防止敏感信息被人窃取。采用加密传输,即使别人截获了数据,也无法在短时间内得到真实内容。

(2) 完整性。要求信息接收方能够验证出接收到的信息是否真实完整,是否被人篡改,以保障交易支付数据的一致性。

(3) 身份的可鉴别性。为防止网上交易中可能出现的欺诈行为,双方应能可靠地确认对方身份的真实性,并要求双方的身份不被假冒或伪装。

(4) 不可抵赖性。交易一旦达成,交易的任何一方都不能对自己的交易行为进行抵赖,网上交易系统应能从技术角度提供防抵赖功能。

(5) 可靠性。系统要对网络故障、操作错误、硬件故障、系统软件错误以及计算机病毒所产生的威胁加以控制和预防。

8.4 网上支付的主要技术和工具

8.4.1 网上支付的安全技术

随着网上支付的日益普及,网上支付系统所存在的问题也暴露无遗,而且随着使用范围的推广和黑客等技术的发展,也对网上支付系统的关键技术提出了更高的要求。其中最重要最核心的关键技术问题,就是安全问题。目前网上支付中所涉及的安全技术主要有防火墙技术、加密技术、认证技术和安全协议等。

1. 防火墙技术

防火墙是在内部网与外部网之间实施安全防范的系统,可被认为是一种访问控制机制,用于确定哪些内部服务允许外部访问以及允许哪些外部服务访问内部服务。实现防火墙技术的主要途径有:数据包过滤、应用网关和代理服务。

1) 包过滤技术

包过滤技术是在网络层中对数据包实施有选择地通过,依据系统内事先设定的过滤逻辑,检查数据流中每个数据包,再根据数据包的源地址、目的地址、所用的 TCP/ UDP 端口与 TCP 链路状态等因素来确定是否允许数据包通过。包过滤的核心是安全策略,即过滤算法的设计。包过滤技术速度快、实现方便,但审计功能差。过滤规则的设计存在矛盾关系,过滤规则简单时安全性差,过滤规则复杂则管理困难。

2）应用网关技术

应用网关技术是建立在网络应用层上的协议过滤，它针对特别的网络应用服务协议，即数据过滤协议，能够对数据包分析并形成相关的报告。应用网关对某些易于登录和控制所有输入输出的通信环境给予严格的控制，以防有价值的程序和数据被窃取。

3）代理服务技术

代理服务作用在应用层，用来提供应用层服务的控制。这种代理服务准许网络管理员允诺或拒绝特定的应用程序或一个应用的特定功能。包过滤技术和应用网关是通过特定的逻辑判断来决定是否允许特定的数据包通过的，一旦判断条件满足，防火墙内部网络的结构和运行状态便暴露在外来用户面前，从而引入了代理服务的概念。这一技术使防火墙内外计算机系统应用层的链接由两个终止于代理服务的链接来实现。这就成功地实现了防火墙内外计算机系统的隔离。同时，代理服务还具有实施较强的数据流监控、过滤、记录和报告等功能。代理的CACHE功能可以加速访问，但对于每一种应用服务都必须为其设计一个代理软件模块来进行安全控制，而每一种网络应用服务的安全问题各不相同，分析困难，实现也困难。

结合上述几种防火墙技术的优点，可以产生通用、高效和安全的防火墙。目前，除了基于以上三种技术的防火墙以外，又出现了许多新技术。例如，动态包过滤技术，网络地址翻译技术，加密路由器技术等。防火墙技术将不断向着高度安全性、高度透明化的方向发展，为网上交易提供安全防护。

2. 加密技术

加密技术是通过一定的加密算法，利用密钥(Secret keys)来对敏感信息进行加密，然后把加密好的数据和密钥通过安全方式发送给接收者，接收者可利用同样的算法和传递过来的密钥对数据进行解密，从而获取敏感信息并保证网络数据的机密性。它是电子商务安全交易的核心，主要用来实现网上交易的保密性、完整性、授权、可用性和不可否认性等。目前，加密技术分为两类，即对称加密和非对称加密。

1）对称加密

在对称加密方法中，对信息的加密和解密都使用相同的密钥。也就是说，一把钥匙开一把锁。使用对称加密方法将简化加密的处理，每个贸易方都不必彼此研究和交换专用的加密算法，而是采用相同的加密算法并只交换共享的专用密钥。如果进行通信的贸易方能够确保专用密钥在密钥交换阶段未曾泄露，那么机密性和报文完整性就可以通过对称加密方法加密机密信息和通过随报文一起发送报文摘要或报文散列值来实现。对称加密技术存在着在通信的贸易方之间确保密钥安全交换的问题。此外，当某一贸易方有 n 个贸易关系，那么他就要维护 n 个专用密钥(即每把密钥对应一贸易方)。对称加密方式存在的另一个问题是无法鉴别贸易发起方或贸易最终方。因为贸易双方共享同一把专用密钥，贸易双方的任何信息都是通过这把密钥加密后传送给对方的。

数据加密标准(DES)由美国国家标准局提出，是目前广泛采用的对称加密方式之一，主要应用于银行业中的电子资金转账(EFT)领域。DES的密钥长度为56位。三重DES是DES的一种变形，这种方法使用两个独立的56位密钥对交换的信息(如EDI数据)进行3次加密，从而使其有效密钥长度达到112位。RC2和RC4方法是RSA数据安全公司的对称加密专利算法。RC2 和 RC4 不同于 DES,它们采用可变密钥长度的算法。通过规定不同的密钥长度,RC2 和 RC4 能够提高或降低安全的程度。一些电子邮件产品(如 Lotus Notes 和 Apple 的 Open Collaboration Environment)已采用了这些算法。

2) 非对称加密

在非对称加密体系中,密钥被分解为一对(即一把公开密钥或加密密钥和一把专用密钥或解密密钥)。这对密钥中的任何一把都可作为公开密钥(加密密钥)通过非保密方式向他人公开,而另一把则作为专用密钥(解密密钥)加以保存。公开密钥用于对机密性的加密,专用密钥则用于对加密信息的解密。专用密钥只能由生成密钥对的贸易方掌握,公开密钥可广泛发布,但它只对应于生成该密钥的贸易方。贸易双方利用该方案实现机密信息交换的基本过程是:贸易方甲生成一对密钥并将其中的一把作为公开密钥向其他贸易方公开;得到该公开密钥的贸易方乙使用该密钥对机密信息进行加密后再发送给贸易方甲;贸易方甲再用自己保存的另一把专用密钥对加密后的信息进行解密。贸易方甲只能用其专用密钥解密由其公开密钥加密后的任何信息。

RSA 算法是非对称加密领域内最为著名的算法,但是它存在的主要问题是算法的运算速度较慢。因此,在实际的应用中通常不采用这一算法对信息量大的信息(如大的 EDI 交易)进行加密。对于加密量大的应用,非对称加密算法通常用于对称加密方法中密钥的加密。

密钥管理是数据加密技术中的重要一环,其目的是确保密钥的安全性。对称加密和非对称加密的密钥管理方法是不同的。

1) 对称密钥管理

对称加密是基于共同保守秘密来实现的。采用对称加密技术的贸易双方必须要保证采用的是相同的密钥,要保证彼此密钥的交换是安全可靠的,同时还要设定防止密钥泄密和更改密钥的程序。这样,对称密钥的管理和分发工作将变成一个有潜在危险的繁琐的过程。通过非对称加密技术实现对称密钥的管理,并使相应的管理变得简单和更加安全,同时还解决了纯对称密钥模式中存在的可靠性问题和鉴别问题。

贸易方可以为每次交换的信息(如每次的 EDI 交换)生成唯一一把对称密钥并用公开密钥对该对称密钥进行加密,然后再将加密后的密钥和用该对称密钥加密的信息(如 EDI 交换)一起发送给相应的贸易方。由于对每次信息交换都对应生成了唯一一把密钥,因此各贸易方就不再需要对密钥进行维护和担心密钥的泄露或过期。这种方式的另一优点是即使泄露了一把密钥也只将影响一笔交易,而不会影响到贸易双方之间所有的交易关系。这种方式还提供了贸易伙伴间发布对称密钥的一种安全途径。

2) 公开密钥管理/数字证书

贸易伙伴间可以使用数字证书(公开密钥证书)来交换公开密钥。国际电信联盟(ITU)制定的标准 X.509(即信息技术—开放系统互连—目录:鉴别框架)对数字证书进行了定义,该标准等同于国际标准化组织(ISO)与国际电工委员会(IEC)联合发布的 ISO/IEC 9594-8:195 标准。数字证书通常包含有唯一标识证书所有者(即贸易方)的名称、唯一标识证书发布者的名称、证书所有者的公开密钥、证书发布者的数字签名、证书的有效期及证书的序列号等。证书发布者一般称为证书管理机构(CA),它是贸易各方都信赖的机构。数字证书能够起到标识贸易方的作用,是目前 EC 广泛采用的技术之一。微软公司的 Internet Explorer

5.0 和网景公司的 Navigator 6.0 都提供了数字证书的功能来作为身份鉴别的手段。

3）密钥管理相关的标准规范

目前国际有关的标准化机构都着手制定关于密钥管理的技术标准规范。ISO 与 IEC 下属的信息技术委员会(JTC1)已起草了关于密钥管理的国际标准规范。该规范主要由 3 部分组成，第 1 部分是密钥管理框架，第 2 部分是采用对称技术的机制，第 3 部分是采用非对称技术的机制。该规范现已进入到国际标准草案表决阶段，并将很快成为正式的国际标准。

3. 认证技术

1）数字签名

数字签名是公开密钥加密技术的另一类应用。以下是普通的密钥系统可能存在的问题。

(1) 假冒。第三方 C 有可能假冒 A 给 B 发消息，因为 E 是公开的。

(2) 否认。A 可能否认向 B 发消息。

(3) 伪造。B 有可能伪造或修改一条从 A 发来的消息，以对自己有利，事后否认这种行为并声称是 A 发来的。

这些问题就要靠数字签名来解决。它的过程是：报文的发送方将报文文本带入到哈希函数生成一个 128 位的散列值，即消息摘要。消息摘要代表着文件的特征，其值将随着文件的变化而变化。也就是说，不同的文件将得到不同的消息摘要。哈希函数对于发送数据的双方都是公开的。发送方用自己的专用密钥对这个散列值进行加密来形成发送方的数字签名。然后，这个数字签名将作为报文的附件和报文一起发送给报文的接收方。报文的接收方首先从接收到的原始报文中计算出 128 位的散列值(消息摘要)，接着再用发送方的公开密钥来对报文附加的数字签名进行解密。如果两个散列值相同，那么接收方就能确认该数字签名是发送方的。通过数字签名能够实现对原始报文的鉴别和不可抵赖性。网络传输过程中数据的保密性通过加密和数字签名得到了保证，但每一个用户都有自己的一个甚至两个密钥对，不同用户之间要用公开密钥体系来传递数据，必须首先知道对方的公开密钥。

2）数字信封

在大批数据加密中所使用的对称密码是随机产生的，而接收方也需要此密码才能对消息进行正确的解密。对称密钥的传递需要加密进行，即发送方用接收方的证书(公钥)加密此对称密钥。这样只有接收方用自己的私钥才能正确地解密此对称密钥，从而正确地解密消息。这种加密传送密钥的方法称为数字信封。数字信封技术可以保证接收方的唯一性。即使信息在传送途中被监听或截获，由于第三方并没有接收方的密钥，也不能对信息进行正确的解密。

3）虚拟专用网

虚拟专用网 VPN 是用于 Internet 交易的一种专用网络，它可以在两个系统之间建立安全的信道(或隧道)，用于电子数据交换。它与信用卡交易和客户发送订单交易不同。因为在 VPN 中，双方的数据通信量大得多，而且通信的双方彼此都很熟悉。这意味着可以使用复杂的专用加密和认证技术，只要通信的双方默认即可，没有必要为所有的 VPN 进行统一的加密和认证。为防止黑客的破坏,现有的或正在开发的数据隧道系统需进一步增加 VPN 的安全性,从而能够保证数据的保密性和可用性。

(4) 证书和证书管理机构 CA

证书就是一份文档,它记录了用户的公开密钥和其他身份信息(如身份证号码或者 E-mail 地址)以及证书管理机构的数字签名。

证书管理机构是一个受大家信任的第三方机构。用户向 CA 提交自己的公开密钥和其他代表自己身份的信息,CA 验证了用户的有效身份之后,向用户颁发一个经过 CA 私有密钥签名的证书。

证书和 CA 的存在使两个贸易方都信任 CA 并从 CA 处得到了一个证书,双方可以通过互相交换证书得到对方的公开密钥。由于证书上有 CA 的数字签名,用户如果有正确的 CA 的公开密钥,就可以通过数字签名的鉴定来判断从证书中得到的公开密钥是否确实是对方的公开密钥。

4. 安全协议

我们在 8.2 节中提到了 SSL 协议和 SET 协议,它们都是网上交易中所使用的主要安全协议,这里将对它们进行详细介绍。

1) SSL 协议

SSL(安全套层)协议是由 Netscape 公司研究制定的安全协议,该协议向基于 TCP/IP 的客户/服务器应用程序提供了客户端和服务器的鉴别、数据完整性及信息机密性等安全措施。SSL 协议在应用层收发数据前交换初始握手信息、协商加密算法、连接密钥并认证通信双方,从而为应用层提供了安全的传输通道,在该通道上可透明地加载任何高层应用协议,如 HTTP、FTP、TELNET 等,以保证应用层数据传输的安全性。以下是 SSL 协议的具体握手流程。

(1) 服务器认证。在服务器认证过程中,客户端首先向服务器发送一个“Hello”信息,以便开始一个新的会话连接;然后,服务器根据客户的信息确认是否需要生成新的主密钥,如需要,则服务器在响应客户的“Hello”信息时将包含生成主密钥所需要的信息;客户根据收到的服务器的响应信息,产生一个主密钥,并用服务器的公开密钥加密后传送给服务器;服务器恢复该主密钥,并返回给客户一个用主密钥确认的信息,让客户认证服务器。

(2) 用户认证。服务器发送一个提问给客户,客户则返回经过数字签名后的提问和其公开密钥,从而向服务器提供认证。

SSL 支持各种加密算法,在握手过程中,使用 RSA 公开密钥系统,密钥交换后,使用一系列密码,包括 RC2、RC4、IDEA、DES 及 MD5 信息摘要算法等。

SSL 协议实现简单,独立于应用层协议,且被大部分的浏览器和 Web 服务器所内置,便于在电子交易中应用。国际著名的电子货币 CyberCash 信用卡支付系统就支持这种简单加密模式,IBM 等公司也提供这种简单加密模式的支付系统。但是,SSL 是一个面向连接的协议,只能提供交易中客户与服务器间的双方认证,在涉及多方的电子交易中,SSL 并不能协调各方间的安全传输和信任关系,因此,为了实现更加完善的电子交易,MasterCard 和 Visa 以及其他一些 IT 业界厂商制定并发布了 SET 协议。

2) SET 协议

安全电子交易协议(Secure Electronic Transaction,SET)是由世界上两大信用卡公司 Visa 和 Mater Card 联合推出的网上信用卡交易的模型和规范。它是开放的,主要是为了解决用户、商家和银行之间通过信用卡支付的交易而设计的,以保证支付信息的机密、支付过程的完整、商户及持卡人的合法身份以及可操作性。SET 中的核心技术主要有密钥加密、电子数字签名、电子信封、电子安全认证等。

(1) 数字信封。在 SET 中,使用随机产生的对称密钥来加密,然后,将此对称密钥用接收者的公钥加密,称为消息的"数字信封",将其和数据一起送给接收者。接收者先用他的私钥解密数字信封,得到对称密钥,然后使用对称密钥解开数据。

(2) 数字签名。将报文与签名同时发送作为凭证。利用公开密钥加密技术将一定的报文摘要进行加密成电子签名以达到凭证作用。

(3) 安全认证。解决身份验证的问题。方案是采用第三方认证 CA,它在核实网上某一实体的真实身份后,给实体发一份签名文件,其中包括实体名称和实体的公开密钥。该文件称为"电子证书",以后该实体在网上的发文都将带上该"电子证书",以做验证。

以下是 SET 协议的运行目标。

(1) 保证信息在互联网上安全传输,防止数据被黑客或被内部人员窃取。

(2) 保证电子商务参与者信息的相互隔离。

(3) 解决多方认证的问题。

(4) 保证网上交易的实时性,使所有支付过程都是在线的。

(5) 达到全球市场的接受性,在容易使用与对特约商店、持卡人影响最小的前提下,达到全球普遍性。

(6) 确定应用的互通性,提供一个开放式的标准,明确定义细节,以确保不同厂商开发的应用程序可共同运作,促成软件互通。

SSL 是基于传输层的通用安全协议,它只占电子商务体系中一部分,可以看做其中用于传输的那部分技术规范。从电子商务特性来讲,它并不具备商务性、服务性、协调性和集成性。而 SET 协议位于应用层,它对网络上其他各层也有所涉及。SET 中规范了整个商务的活动流程,从信用卡持卡人到商家,到支付网关,到认证中心及信用卡结算中心之间的信息流向及必须参与的加密,认证都制定了严密的标准,从而最大限度地保证了商务性、服务性、协调性和集成性,因此能够提供更加全面和更高层次的安全保障。但是 SET 协议存在以下缺点。

(1) 它支持信用卡消费。

(2) 涉及的实体较多。

(3) SET 技术规范没有提及在事务处理完成后,如何安全地保存或销毁这些数据,是否应当将数据保存在消费者、在线商店或收单银行的计算机里。

(4) 在完成一个 SET 协议交易过程中,需验证电子证书 9 次,验证数字签名 6 次,传递证书 7 次,进行 5 次签名、4 次对称加密和 4 次非对称加密。

(5) 安全是相对的。

8.4.2 网上支付工具

电子货币又称数字货币,它是采用电子技术和通信技术在市场流通的、按照法定货币单位来反映商品价值的信用货币。具体地说,就是以电子化方式来代替传统金属、纸张等媒体进行资金存储、传送和交易的信用货币。电子货币是近年来产生的一种新鲜事物,是现代经济和科技发展的结果。以下是电子货币的特点。

(1) 具备货币的价值。以计算机技术为依托,电子货币的存储、支付和流通都通过计算机自动完成。

(2) 可交换性,可广泛应用于生产,交换,分配和消费领域。

(3) 集储蓄,信贷和非现金结算等多功能于一体,具有通信功能,有即时结算功能。

(4) 具有加密功能,使用简便、安全、迅速、可靠。例如,家长用数字货币给孩子零花钱时,可以通过计算机操作来限制这些钱的用途,禁止用它来购买香烟和酒精饮料等。

电子货币的缺点是如何征税;如何防止洗钱和伪造;匿名电子货币的隐私权问题。

目前,作为网上支付工具的电子货币主要有信用卡、电子现金、电子支票和智能卡等。

1. 信用卡

信用卡是网络银行的重要支付工具,是全世界最早使用的电子货币。信用卡 1915 年起源于美国,已经有 90 多年的历史。它从根本上改变了银行的支付方式、结算方式,改变了人们的消费方式和消费观念,是一种重要的、广泛应用的电子支付工具。

当今市面上使用的信用卡一般是以塑料作为卡基,上面安装存储材料。早期的信用卡以磁性材料为存储介质,称为磁卡。现在的信用卡多以集成电路为存储介质,并具有一定的控制功能,称为 IC 卡。由于这种具有存储功能的卡片使用、携带都很方便,所以,现在它已不局限于信用卡,而在其他形式的电子货币中也得到应用。由于信用卡使用极为方便,人们不断挖掘它的其他用途,随着应用形式的扩张,信用卡的含义也变得更加宽泛。从广义上理解,凡能够为持卡人提供信用证明,提供购物、消费或特定服务支付的特殊卡片均可称为信用卡,包括贷记卡、准贷记卡、借记卡、储蓄卡、ATM 卡、支票卡等;从狭义上理解,信用卡有以下几个要素:①能够为持卡人提供信用证明;②必须有一定的信用额度;③必须支持先消费后付款。

2. 智能卡

智能卡最早于 20 世纪 70 年代中期在法国问世。经过二十多年的发展,现在的智能卡以其存储信息量大、使用范围广、安全性能好而逐渐受到人们的青睐。

智能卡类似信用卡,但卡上不是磁条,而是计算机芯片和小的存储器。在智能芯片上将消费者信息像电子货那样存储起来,该卡可以用来购买产品、服务和存储信息等。

智能卡的结构主要包括以下三个部分。

(1) 建立智能卡的程序编制器。程序编制器在智能卡开发过程中使用。它从智能卡布局的层次描述了卡的初始化和个人化创建所需要的数据。

(2) 处理智能卡操作系统的代理。包括智能卡操作系统和智能卡应用程序接口的附属部分。该代理具有极高的可移植性,它可以集成到芯片卡阅读器设备或个人计算机及客户机服务器系统上。

(3) 作为智能卡应用程序接口的代理。该代理是应用程序到智能卡的接口,可以对使用不同智能卡代理进行管理,并且还向应用程序提供了一智能F类型的独立接口。

由于智能卡内安装了嵌入式微型控制器芯片,因而可储存并处理数据,如消费者的绝对位置、消费者的相对位置以及相对于其他装置和物体的方位、消费者的生理状况和其他生物统计信息、消费者持有货币信息等。卡上的价值受消费者的个人识别码(PIN)保护,因此只有消费者能访问它。多功能的智能卡内嵌入有高性能的CPU,并配备有独自的基本软件,能够如同个人电脑那样自由地增加和改变功能。这种智能卡还设有“自爆”装置,如果犯罪分子想打开IC卡非法获取信息,卡内软件上的内容将立即自动消失。

3. 电子现金

电子现金(E-cash)也称为数字现金,是一种以数据形式流通的货币,它把现金数值转换成为一系列的加密序列数,通过这些序列数来表示现实中各种金额的币值。电子现金是能被客户和商家同时接受的,通过Internet购买商品或服务时使用的一种交易媒介。

商务活动中的各方从不同角度对电子现金有不同的要求。客户要求电子现金方便灵活,但同时又要求具有匿名性;商家则要求电子现金具有高度的可靠性,所接收的电子货币必须能兑换成真实的货币,金融机构则要求电子现金只能使用一次,不能被非法使用,不能被伪造。

电子现金是以数字化方式存在的虚拟货币。按照存储载体可以划分成两类,即币值存储在IC卡上和存储在计算机的硬盘上。以下是电子现金的特点。

(1) 能够在交易双方直接交换,并隐蔽支付人的身份。

(2) 能够将电子货币拆分,支付给不同的卖方。

(3) 支付是不可追踪的。

使用电子现金的消费者要在银行开有账户,并存有一定量的资金。银行开展电子现金兑换业务,消费者获得一张借记卡或存储在银行服务器上的数字化货币,同时还有一张电子现金证书。当然,电子现金的额度是不会超过账上资金的。用户兑换电子现金时必须进行身份验证。在交易过程中,商家通过银行电子现金系统验证用户电子现金的有效性,商家收到这些电子现金后,统一和发行银行结算,由银行将钱划入商家的账上。

电子现金支付体系包括了三方参与者,即消费者、商家和银行。对三方的硬件、软件环境都有一定的要求,需要他们使用同一种电子现金软件,同时,银行和商家之间应有协议和授权的关系。事实上,这一体系中的消费者和商家的关系是对等的,可以实现双向支付。

电子现金一般与电子钱包配合使用,因此我们有必要引入电子钱包的概念。

4. 电子钱包

电子钱包是电子商务活动中购物顾客常用的一种支付工具,是在小额购物或购买小商品时常用的新式“钱包”。

电子钱包非常实用,因为消费者在网站选好货物后,就要到收款台来进行付款,这时会出现一页或两页要求输入姓名、地址、信用卡号和其他个人信息的表。消费者必须填完所有信息才能完成结账,而填写这些表格很繁琐,很多人因不愿填写表格而在收款台前丢下电子购物车扬长而去。要人们不断填写过长的表格会使电子商务行业损失数百万美元。

电子钱包的功能和实际钱包一样,可存放信用卡、电子现金、所有者的身份证书、所有者地址以及在电子商务网站的收款台上所需的其他信息。电子钱包提高了购物的效率,用户选好商品后,只要点击自己的钱包就能完成付款过程,电子钱包帮助用户将所需信息(如送货和信用卡)自动输入到收款表里时,不需要电话确认、签名和密码,就可以用来支付食品、交通、电话、电影等多种数额较小的支出,从而大大加速了购物的过程。

目前,世界上比较有影响的电子钱包系统有 Visa cash、MondeX、MasterrCard Cash。1994 年以来,电子钱包在欧洲取得了引人注目的发展,现在相关的计划正向全球逐步推广。目前世界上有 Visa cash 和 MondeX 两大电子钱包服务系统,其他电子钱包服务系统还有 MasterCardcaBh、EuroPay 的 Clip 和比利时的 Proton 等。

5. 电子支票

电子支票是采用电子技术完成纸质支票功能的电子货币。它基本包含了纸质支票的全部信息,包括收款方名称、收款方账号、付款方名称、付款方账号、付款金额、日期。另外,电子支票采取特别的安全技术,使用数字证书验证付款人的身份、开户行和账号,利用数字签名作为背书,以保证电子支票的真实性、保密性、完整性和不可抵赖性。

电子支票的应用范围比较宽,既可用于小额支付,也可用于大额支付。所以,网络银行和大多数金融机构都建立了电子支票支付系统,以满足银行之间的资金结算,也为用户提供电子支票支付服务。电子支票可以通过电话线或 Internet 以网络传送,银行利用专门的票据交换网络完成交换处理,实现了公共网和现有付款体系的有效连接。另外,收款人、收款银行和付款银行都可以使用公开密钥来验证支票。

电子支票支付系统中的一个关键部件是电子支票簿,常见的形式有智能 IC 卡、PC 卡和掌上电脑。它是通过银行严格审查后发给用户的,其中包含了加密和签名的密钥对、数字证书、PIN 码等重要信息。电子支票簿的主要功能是产生密钥对、对收到的电子支票进行背书,通过 PIN 码实现存取控制。PIN 码分成三个级别,对应不同的操作。一级 PIN 码允许用户“填写”电子支票、对支票进行数字签名、背书支票、签发进账单、读取日志信息等;二级 PIN 码允许执行一级 PIN 码的所有功能,并可以对电于支票簿进行管理,包括对证书和公钥的维护、读取签发银行的公钥和信息等;三级 PIN 码被银行用来做系统初始化,包括初始化密钥对和银行信息等。电子支票支付体系是严格的、完备的,支票和消息的交换通过网络加密传送,利用了数字证书和数字签名技术,需要得到 PKL 的支持。

除了上述的电子信用卡、电子现金、电子钱包和电子支票外,电子货币还有电子零钱、安全零钱、在线货币、数字货币等类型。这些支付工具的共同特点都是将现金或货币无纸化、电子化和数子化,利于网络传输、支付和结算,利于网络银行实现电子和在线支付。建立电子货币系统是发展电子商务的保证。作为电子商务资金流中的电子货币,必须在安全性、及时性、保密性、灵活性和国际化等方面均达到一定的先进水平,才能保证在电子商务中可靠地应用。

小结

本章主要介绍了电子商务支付的相关概念，首先讲述了支付系统的构成、分类和功能等，让读者对支付系统有一个完整的认识。然后介绍了电子商务的4种支付方式，并在第三节中引出网上支付，详细介绍了它的产生、发展、支付流程和存在的安全问题等。本章最后一节简要介绍了网上支付中使用的主要安全技术(防火墙、加密、认证技术等)以及主要的支付工具。

习题

1. 支付体系有哪些要素构成？它们之间有什么关系？
2. 网上支付系统由哪几部分构成？列举出你所知道的网上支付工具(3种以上)。
3. 常用的网上支付方式有哪些？
4. 基于银行卡的网上支付有哪几种方式？分别介绍各种方式的支付流程和特点。
5. 什么是电子支票？简述电子支票的支付流程。
6. 什么是电子现金？它有哪些形式？
7. 网上支付的发展经历了那几个阶段？比较网上支付与传统支付方式的区别。
8. 网上支付存在哪些安全问题？为了保证交易的顺利进行，安全的网上支付需要满足哪些要求？
9. 网上支付所使用的安全技术有哪些？
10. 从原理、成本、安全性的那个方面分析SSL协议和SET协议的异同。
11. 什么是电子货币？目前常用的电子货币有哪些？
12. 讨论分析支付宝的支付流程及其安全性。

第9章 电子商务安全技术

随着互联网的全面普及，基于互联网的电子商务在近年来获得了巨大的发展，成为一种全新的商务模式，被许多经济专家认为是新的经济增长点。作为一种全新的商务模式，它有很大的发展前途；同时，这种电子商务模式对管理水平、信息传递技术都提出了更高的要求，其中安全体系的构建又显得尤为重要。如何建立一个安全、便捷的电子商务应用环境，对信息提供足够的保护，已经成为商家和用户都十分关心的话题。

本章知识点

① 电子商务的安全问题；
② 安全协议；
③ 密码学和数据加密技术；
④ 数字签名和认证技术；
⑤ 防火墙技术和虚拟专用网技术。

9.1 电子商务的安全问题

9.1.1 影响电子商务发展的主要网络安全事件类型

一般来说，对电子商务应用影响较多、发生率较高的互联网安全事件可以分为网络篡改、网络蠕虫、拒绝服务攻击、特洛伊木马、计算机病毒、网络仿冒等，而近几年来出现的网络仿冒(Phishing)，已逐步成为影响电子商务应用与发展的主要威胁之一。

1. 网络篡改

网络篡改是指将正常的网站主页更换为黑客所提供的网页，这是黑客攻击的典型形式。一般来说，主页的篡改对计算机系统本身不会产生直接的损失，但对电子商务等需要与用户通过网站进行沟通的应用来说，就意味着电子商务将被迫终止对外的服务。对企业网站而言，网页的篡改，尤其是含有攻击、丑化色彩的篡改，会对企业形象与信誉造成严重损害。

2. 网络蠕虫

网络蠕虫是指一种可以不断复制自己并在网络中传播的程序。这种程序利用互联网上计算机系统的漏洞进入系统，自我复制，并继续向互联网上的其他系统进行传播。网络蠕虫的危害通常有两个方面：蠕虫在进入被攻击的系统后，一旦具有控制系统的能力，就可以使得该系统被他人远程操纵。其危害一方面是重要系统会出现失密现象，另一方面会被利用来对其他系统进行攻击。蠕虫的不断蜕变以及其在网络上的传播，可能导致网络被阻塞的现象发生，从而致使网络瘫痪，使得各种基于网络的电子商务等应用系统失效。

3. 拒绝服务攻击

拒绝服务攻击是指在互联网上控制多台或大量的计算机针对某一个特定的计算机进行大规模的访问，使得被访问的计算机勤于应付来势凶猛的访问而无法提供正常的服务，致使电子商务这类应用无法正常工作。

一般来说，这是黑客常用的一种行之有效的方法。如果所调动的攻击计算机足够多，则更难进行处理。尤其是被蠕虫侵袭过的计算机，很容易被利用而成为攻击源，而且这类攻击通常是跨网进行的，加大了打击犯罪的难度。

4. 特洛伊木马

特洛伊木马(简称木马)是一种隐藏在计算机系统中不为用户所知的恶意程序，通常潜伏在计算机系统中来与外界连接，并接受外界的指令。被植入木马的计算机系统内的所有文件都会被外界所获得，并且该系统也会被外界所控制，也可能会被利用作为攻击其他系统的攻击源。很多黑客在入侵系统时都会同时把木马植入到被侵入的系统中。

5. 网络仿冒(Phishing)

Phishing 又称网络仿冒、网络欺诈、仿冒邮件或者钓鱼攻击等，指黑客使用欺诈邮件和虚假网页设计来诱骗收件人提供信用卡账号、用户名、密码、社会福利号码等，随后利用骗得的账号和密码窃取受骗者金钱。近年来，随着电子商务、网上结算、网上银行等业务在日常生活中的普及，网络仿冒事件在我国层出不穷，诸如中国银行网站等多个金融网站被仿冒。网络仿冒已经成为影响互联网应用，特别是电子商务应用的主要威胁之一。

根据国际反仿冒邮件工作小组(Anti-Phishing Working Group，APWG)统计，2005 年 4 月共有 2854 起仿冒邮件事件报告；从 2004 年 7 月至 2005 年 4 月，平均每月的仿冒邮件事件报告数量的递增率达 15%；仅在 2005 年 4 月，就共有 79 个各类机构被仿冒。2005 年上半年 CNCERT/CC 广东分中心就处理了 15 多起的网络仿冒事件。从这些数字可以看出，Phishing 事件不仅数量多、仿冒范围大，而且仍然在不断增长。

网络仿冒者为了逃避相关组织和管理机构的打击，充分利用互联网的开放性，往往会将仿冒网站建立在其他国家，而又利用第三国的邮件服务器来发送欺诈邮件，这样即便是仿冒网站被人举报，但是由于关闭仿冒网站就比较麻烦，因此对网络欺诈者的追查就更困难了，这是现在网络仿冒犯罪的主要趋势之一。

据统计，中国已经成为第二大仿冒网站的属地国，仅次于美国，而就目前 CNCERT/CC 的实际情况来看，已经接到多个国家要求协助处理仿冒网站的合作请求。因此，需要充分重视网络仿冒行为的跨国化。

9.1.2 影响电子商务安全的因素

电子商务安全从整体上可分为两大部分,即计算机网络安全和电子商务交易安全,其中计算机网络安全是电子商务交易安全的基础,两者相辅相成、缺一不可。没有计算机网络安全作为基础,商务交易安全无从谈起;没有商务交易安全,即使计算机网络本身再安全,也无法满足电子商务所特有的安全要求,电子商务安全也无法实现。

1. 计算机网络安全

电子商务的基础平台是互联网,开放性和资源共享是Internet的最大特点,也是优点,但是它的问题不容忽视。因为,当你轻易而方便地访问到别人的计算机时,就应该想到,如果不采取任何安全措施,别人也可以同样轻易而方便地访问你的计算机。到现在为止,Internet还没有一个主控机构。这样,保护Internet联网用户的安全就只有靠用户自身的安全意识了。电子商务发展的核心和关键问题就是交易的安全,由于Internet本身的开放性,使网上交易面临着种种危险:

1) 黑客入侵

黑客即Hacker音译,专指对别人的计算机系统进行非法侵入的入侵者。20世纪70年代,这个词是褒义词,专指那些独立思考、遵纪守法的计算机迷,他们智商高,对计算机的最大潜力进行智力上的探索,为计算机技术的发展做出了很大贡献。而当今世界,随着信息技术的广泛普及,越来越多的人掌握了黑客技术,使黑客现象发生了质的改变。不少黑客专门搜集他人隐私,恶意篡改他人重要数据,进行网上诈骗,盗窃他人网上资金账户,给社会及人们的生活带来了极大的破坏性。因此人们普遍认为黑客就是信息安全的最大威胁。

目前,黑客对网络的入侵和偷袭方法已达几十种,而且大多都是致命的手段。以下是黑客入侵的两种动机。

(1) 偷盗窃取。黑客实施网络攻击的一个目的就是利用黑客技术为个人私利而大肆进行各种各样的偷窃活动。网上盗窃的主要方式有两种。第一种是偷窃信息和数据。网上的秘密信息和数据都是海量存储,从企业商业秘密、政府机构的资料到军事秘密,种类全面。于是不少铤而走险者借助快捷的网络去窃取这些信息和数据,通过出售以获取经济利益。据美国中央情报局公布的数据显示,美国公司仅在1992年一年因经济信息与商业秘密被窃取盗用的损失就高达1000亿美元以上。第二种是偷窃网上银行的资金或使用网上电子支付用户的资金。随着企业电子商务活动的发展,应用网上银行支付或通过第三方支付平台支付的人群越来越多,也为黑客及其他计算机罪犯利用计算机网络盗窃个人或银行资金提供了可乘之机。当用户进行网上购物时,用户只要输入用户密码、银行信用卡密码,就完成了网上购物和支付程序。黑客一旦觊觎用户的密码和信用卡密码,则用户在银行账户上的资金便容易被窃取。

(2) 蓄意破坏。在2000年3月,黑客使美国数家电子商务网站,如Amazon、eBay、CNN陷入瘫痪,黑客使用了分布式拒绝服务的攻击手段,用大量垃圾信息阻塞网站服务器,使其不能正常服务。国内网站新浪、当当网上书店、EC123等也先后受到黑客攻击,服务器上的各类数据库也受到不同程度的破坏。

2）病毒破坏

电子商务离不开计算机网络，而病毒制造者通过传播计算机病毒来蓄意破坏联网计算机的程序、数据和信息，以达到某种非法目的。据不完全统计，目前全世界已发现的计算机病毒近6万多种，且每月都会发现数百种新病毒和病毒变体。然而全球与互联网联网的主机节点正在越来越多，这样一个强大的网络群体造成了病毒极易滋生和传播的环境，使病毒破坏成为企业开展电子商务面临的信息安全重大威胁。以下是目前破坏计算机的几类流行病毒。

(1) 蠕虫病毒。1987年出现，这是一种能迅速大规模繁殖的病毒，其繁殖的速度可达300台/月，在危害网络的数以千计的计算机病毒中，"蠕虫病毒"造成的危害最大。

(2) 病毒邮件。电子邮件是互联网的一项基本而普遍的功能，是企业实施电子商务频繁使用的信息传递工具。然而，某些病毒制造者也看中了深受人们喜欢的电子邮件，并将其作为传播病毒的重要手段。

(3) 公开发放的病毒。在计算机网络中有一种"共享软件"，它是由计算机用户免费使用、复制以及分享的软件。如果计算机病毒以这种方式公开发布，就可进入各种领域，并进入各个计算机网络，对计算机网络造成极大的危害。

3）预置陷阱

预置陷阱是指在信息系统中人为地预设一些陷阱，以干扰和破坏计算机系统的正常运行。在对信息安全的各种威胁中，预置陷阱是危害最大、最难预防的一种威胁。一般分为硬件陷阱和软件陷阱两种。

(1) 硬件陷阱指"芯片级"陷阱。例如，使芯片经过一段有限的时间后自动失效，使芯片在接收到某种特定电磁信号后自毁，使芯片在运行过程中发出可识别其准确位置的电磁信号等。这种"芯片捣鬼"活动的危害不能忽视，一旦发现，损失非同寻常，计算机系统中一个关键芯片的小小故障，就足以导致整个网站服务器系统乃至整个连接信息网络系统停止运行。因此硬件陷阱是进行信息网络攻击既省力、省钱又十分有效的手段。

(2) 软件陷阱指"代码级"陷阱，软件陷阱的种类比较多，黑客主要通过软件陷阱攻击网络。"陷阱门"又称"后门"，是计算机系统设计者预先在系统中构造的一种结构。网络软件所存在的缺陷和设计漏洞是黑客攻击服务器系统的首选目标。在计算机应用程序或系统操作程序的开发过程中，通常要加入一些调试结构。在计算机软件开发完成之后，如果为达到攻击系统的目的，而特意留下少数结构，就形成了所谓越过对方防护系统的防护进入系统进行攻击的破坏。

4）网络协议的安全漏洞

网络服务一般都是通过各种各样的协议完成的，因此网络协议的安全性是网络安全的一个重要方面。如果网络通信协议存在安全上的缺陷，那么敌手就有可能不必攻破密码体制即可获得所需要的信息或服务。

目前使用最广泛的网络协议是TCP/IP协议，而TCP/IP协议恰恰存在安全漏洞。如IP层协议就有许多安全缺陷。IP地址可以软件设置，这就造成了地址假冒和地址欺骗两类安全隐患；IP协议支持源路由方式，即源点可以指定信息包传送到目的节点的中间路由，这就提供了源路由攻击的条件。再如应用层协议Telnet、FTP、SMTP等协议缺乏认证和保密措施，这就为否认、拒绝等欺瞒行为开了方便之门。对运行TCP/IP协议的网络系统，存在着五种类型的威胁和攻击，即欺骗攻击、否认服务、拒绝服务、数据截取和数据篡改。

另外，Internet 提供的一些常用服务所使用的协议，例如，Telnet、FTP 和 HTTP 协议在安全方面都存在着这样或那样的缺陷，这也给黑客攻击提供了便利。

2. 电子商务交易安全

电子商务在给企业带来新的商机，给用户带来方便的同时，由于互联网本身的开放性，计算机技术、网络技术以及其他高科技技术的发展，使得通过网络的犯罪和不道德行为比传统方式更加隐蔽和难以控制，网上交易也面临了种种危险。人们从面对面的交易和作业变成网上互不见面的操作，没有国界、时间限制，可以利用互联网的资源和工具进行访问、攻击甚至破坏。概括起来，电子商务交易面临的安全威胁主要有以下几种。

1) 信息的截获和获取

如果没有采用加密措施或加密强度不够，攻击者可能通过互联网、公共电话网、搭线、电磁波辐射范围内安装接收装置或在数据包通过网关和路由器时截获数据等方式，获取传输的机密信息，或通过对信息流量和流向、通信频度和长度等参数的分析，推出有用信息，如消费者的银行账号、密码以及企业的商业机密等。

2) 信息的篡改

当攻击者熟悉了网络信息格式以后，通过各种技术方法和手段对网络传输的信息进行中途修改，并发往目的地，从而破坏信息的完整性。这种破坏手段主要有三个方面。

(1) 篡改。改变信息流的次序，更改信息的内容，如购买商品的出货地址。

(2) 删除。删除某个消息或消息的某些部分。

(2) 插入。在消息中插入一些信息，让收方读不懂或接收错误的信息。

3) 信息假冒

当攻击者掌握了网络信息数据规律或解密了商务信息以后，可以假冒合法用户或发送假冒信息来欺骗其他用户，主要有两种方式。

(1) 伪造电子邮件。如虚开网站和商店，给用户发电子邮件，收订货单；伪造大量用户，发电子邮件，穷尽商家资源，使合法用户不能正常访问网络资源，使有严格时间要求的服务不能及时得到响应；伪造用户，发大量的电子邮件，窃取商家的商品信息和用户信息等。

(2) 假冒他人身份。如冒充领导发布命令、调阅密件；冒充他人消费、栽赃；冒充主机欺骗合法主机及合法用户；冒充网络控制程序，套取或修改使用权限、通行字、密钥等信息；接管合法用户，欺骗系统，占用合法用户的资源。

4) 交易抵赖

交易抵赖包括：①发信者事后否认曾经发送过某条消息或内容；②收信者事后否认曾经收到过某条消息或内容；③购买者做了订货单不承认；④商家卖出的商品因价格差而不承认原有的交易。

3. 安全管理问题

电子商务安全不仅是一个技术问题，更是管理问题，从某种意义上讲，安全管理比安全技术更重要。然而“重技术、轻管理”是当前很多电子商务企业的通病。由于管理手段不到位，很多先进的安全技术无法发挥应有的效能。

近几年的电子商务安全案件表明：人是网上交易安全管理制度中的最薄弱的环节，近年来我国计算机犯罪大都呈现内部犯罪的趋势，有的竞争对手利用企业招募新人的方式潜入对方企业，或利用不正当的方式收买企业网络交易管理人员。有的电子商务从业人员从本企业辞职后，迅速把客户资料、产品研发成果等机密出售给竞争对手，给企业带来了不必要的经济损失。

4. 法律保障问题

法律保障问题包括：①法律滞后带来的风险；②对法律的认识不足带来的风险；③在电子商务系统中技术手段对相关法律要求体现不充分带来的风险。

9.1.3 电子商务的安全需求

由于电子商务交易过程中存在种种安全威胁，严重阻碍了交易的顺利完成，因此，为了给交易双方提供一个更加可靠的交易平台，建立良好的安全和信任关系，电子商务必须满足以下安全需求。

1. 可靠性

电子商务系统应该提供通信双方进行身份认证的机制，确保交易双方身份信息的可靠和合法，应该实现系统对用户身份的有效确认和对私有密钥与口令的有效保护，对非法攻击能够进行有效防范，防止假冒身份在网上进行交易、诈骗。

在传统的交易中，交易双方往往是面对面进行交易活动的，这样很容易确认对方的身份，即使互不熟悉，也可以通过对方的签名、印章、证书等一系列有形的身份凭证来鉴别对方的身份，也可以通过声音信号来识别对方身份。然而，网上交易的双方可能素昧平生、相隔万里，所以电子商务首要的安全需求应是保证身份的可认证性。也就是说，在双方进行交易前，首先要确认对方的身份，要求交易双方的身份不能被第三者假冒或伪装。

2. 保密性

电子商务是建立在开放的网络环境上的，维护商业机密是电子商务系统的最根本的安全需求。电子商务系统应对传输信息进行加密处理，以防止交易过程中信息被非法截获或读取，从而导致泄密。

传统的交易中，一般是通过面对面的信息交换，或者通过邮寄或可靠的通信渠道发送商业报文，达到商业保密的目的。而电子商务是建立在一个开放的网络环境上，当交易双方通过因特网交换信息时，其他人就有可能知道他们的通信内容。同样，存储在网络上的文件信息如果不加密的话，也有可能被黑客窃取。因此，电子商务的另一个重要的安全需求就是信息的保密性。这也就意味着，一定要对重要信息进行加密，即使中间被人截获或窃取了数据，也无法识别信息的真实内容，这样就可以确保商业机密信息不致被泄露。

3. 完整性

电子商务系统应防止对交易信息的篡改，防止数据传输过程中交易信息的丢失和重复，并保证信息传递次序的统一。

当网络面临主动攻击时,攻击者通过篡改或部分删除交易过程中发送的信息,破坏信息的完整性,使交易的双方蒙受损失。例如,A给B发了如下一份报文:“请给C汇100元”,报文在传输过程中遭到D的篡改,D将报文改为:“请给D汇100元”,这样,最终B收到的报文为:“请给D汇100元”,B按照报文给D汇了100元,显然这不是A的本意。从这个例子可以看到,保证信息的完整性也是电子商务活动中一个重要的安全需求。这就要求交易双方能够验证收到的信息是否完整,即信息是否被篡改或部分删除等。

4. 不可否认性

电子商务系统应有效防止商业欺诈行为的发生,保证商业信用和行为的不可否认性,保证交易各方对已做交易无法抵赖。

传统交易中,交易双方通过在交易合同、契约或贸易单据等书面文件上手写签名或印章,确定合同、契约、单据的可靠性并预防抵赖行为的发生,也就是常说的“白纸黑字”。但在无纸化的电子交易中,就不可能再通过传统的手写签名和印章来预防抵赖行为的发生。因此,保证交易过程中的不可否认性也是电子商务活动中的一个重要的安全需求。这意味着,电子交易通信过程的各个环节都必须是不可否认的,即交易一旦达成,发送方不能否认发送的信息,接收方不能篡改他所收到的信息。

5. 匿名性

电子商务系统应确保交易的匿名性,防止交易过程被跟踪,保证交易过程中不把用户的个人信息泄露给未知的或不可信的个体,确保合法用户的隐私不被侵犯。

6. 原子性

电子商务系统中引入原子性的概念,用以规范电子商务中的资金流、信息流和物流。原子性包括钱原子性(Money Atomicity)、商品原子性(Goods Atomicity)、确认发送原子性(Certified Delivery Atomicity)。原子性是满足商品交易的要求之一。

钱原子性定义为电子商务中的资金流守恒,即资金在电子商务有关各方的转移中既不会创生也不会消失。例如,现金交易是满足钱原子性的,购买者钱的减少等于销售者钱的增加。首先,满足商品原子性的一定满足钱原子性。其次,必须保证购买者一旦付了款就一定会得到商品,购买者如果得到了商品则一定付了款,不存在付了款而得不到商品或者得到了商品而未曾付款的情况。

7. 有效性

电子商务系统应有效防止系统延迟或拒绝服务情况的发生。要对网络故障、硬件故障、操作错误、应用程序错误、系统软件错误及计算机病毒所产生的潜在威胁加以控制和预防,保证交易数据在确定的时刻、确定的地点是有效的。

9.1.4 电子商务安全的体系结构

电子商务安全是一个系统工程,单纯的技术或者任何一个方面都无法满足理想的安全需求，必须建立完整的安全体系才能为交易过程提供全面的安全保障。

电子商务安全系统结构由网络服务层、加密技术层、安全认证层、交易协议层、电子商务应用系统层5个层次组成(如图9-1所示)。从图中可以看出，下层是上层的基础，为上层提供了技术支持；上层是下层的扩展与递进。各层之间相互依赖、相互关联，构成统一整体。电子商务安全问题可归结为网络安全和商务交易安全这两个方面，网络服务层提供网络安全；加密技术层、安全认证层、交易协议层、商务系统层提供商务交易安全。

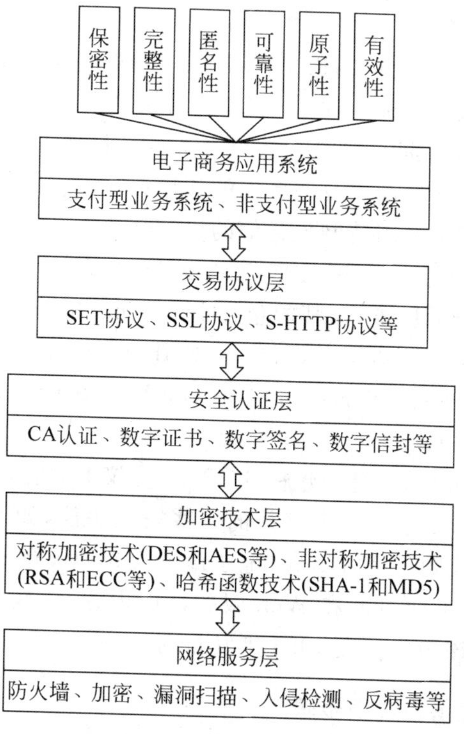

图9-1　电子商务安全系统结构

9.2 安全协议

网络安全是实现电子商务的基础，而一个通用性强，安全可靠的网络协议则是实现电子商务安全交易的关键技术之一，它也会对电子商务的整体性能产生很大的影响。为了保护公用网上任意两点之间信息交换的安全，出现了各种用于加强Interent通信安全的协议。

目前，国际上流行的电子商务所采用的协议有用于接入控制的安全套接层协议(Secure Sockets Layer，SSL)、基于信用卡交易的安全电子协议(Secure Electronic Transaction，SET)、安全HTTP(S-HTTP)协议、安全电子邮件协议(PEM、S/MIME等)、用于公对公交易的Internet EDI等。此外，也可以在Internet上利用IPSec标准建设虚拟专用网，利用VPN为企业、政府提供一些基本的安全服务，如企业和政府间的公文和报表传送，电子报税等业务。这些协议分别在不同的协议层上运行，为电子商务业务提供安全的网络环境。

9.2.1 安全套接层协议

安全套接层协议(Secure Socket-Layer,SSL)最初是由 Netscape 公司研究制定的安全通信协议,是在因特网基础上提供的一种保证机密性的安全协议。随后 Netscape 公司将 SSL 协议交给 IETF 进行标准化,在经过了少许改进后,形成了 IETFTLS 规范。

1. SSL 概述

SSL 能使客户机与服务器之间的通信不被攻击者窃听,并且始终保持对服务器进行认证,还可选择对客户进行认证。SSL 建立在 TCP 协议之上,它的优势在于与应用层协议独立无关,应用层协议能透明地建立于 SSL 协议之上。SSL 协议在应用层协议通信之前就已经完成加密算法、通信加密的协商以及服务器的认证工作。在此之后,应用层协议所传送的数据都会被加密,从而保证了在因特网上通信的机密性。

SSL 是目前在电子商务中应用最广泛的安全协议之一,被许多世界知名厂商的 Intranet 和 Internet 网络产品所支持,其中包括 Netscape、Microsoft、IBM、Open Market 等公司提供的支持 SSL 的客户机和服务器产品,如 IE 和 Netscape 浏览器、IIS、Domino Go WebServer、Netscape Enterprise Server 和 Appache Web Server 等。SSL 之所以能够被广泛应用,主要有两个方面的原因。

(1) SSL 的应用范围很广,凡是构建在 TCP/IP 协议上的客户机/服务器模式需要进行安全通信时,都可以使用 SSL 协议。而其他的一些安全协议,如 S-HTTP 仅适用于安全的超文本传输协议,SET 协议则仅适宜 BtoC 电子商务模式的银行卡交易。

(2) SSL 被大部分 Web 浏览器和 Web 服务器所内置,比较容易应用。目前人们使用的是 SSL 协议的 3.0 版,该版本是在 1996 年发布的。

2. SSL 协议提供的服务及实现步骤

SSL 协议工作在 TCP/IP 体系结构的应用层和传输层之间。在实际运行时,支持 SSL 协议的服务器可以向一个支持 SSL 协议的客户机认证它自己,客户机也可以向服务器认证它自己,同时还允许这两个机器间建立加密连接。这些构成了 SSL 在因特网和其他 TCP/IP 网络上支持安全通信的基本功能。

(1) SSL 服务器认证允许客户机确认服务器身份。支持 SSL 协议的客户机软件能使用公钥密码技术来检查服务器的数字证书,判断该证书是否是由在客户所信任的认证机构列表内的认证机构所发放的。例如,用户通过网络发送银行卡卡号时,可以通过 SSL 协议检查接受方服务器的身份。

(2) 确认用户身份使用同样的技术。支持 SSL 协议的服务器软件能检查客户所持有的数字证书的合法性。例如,银行通过网络向消费者发送秘密财务信息时,可以通过 SSL 协议检查接受方的身份。

(3) 保证数据传输的机密性和完整性。一个加密的 SSL 连接要求所有在客户机与服务器之间发送的信息由发送方软件加密和由接受方软件解密,这就提供了高度机密性。另外,所有通过 SSL 连接发送的数据都被一种检测篡改的机制所保护,这种机制自动地判断传输中的数据是否已经被更改,从而保证了数据的完整性。

以下是 SSL 协议的实现步骤。

(1) 服务器认证阶段。

① 客户端向服务器发送一个开始信息“Hello”以便开始一个新的会话连接。

② 服务器根据客户的信息确定是否需要生成新的主密钥，如需要则服务器在响应客户的“Hello”信息时将包含生成主密钥所需的信息。

③ 客户根据收到的服务器响应信息，产生一个主密钥，并用服务器的公开密钥加密后传给服务器。

④ 服务器恢复该主密钥，并返回给客户一个用主密钥认证的信息，以此让客户认证服务器。

(2) 用户认证阶段。在此之前，服务器已经通过了客户认证，这一阶段主要完成对客户的认证。经认证的服务器发送一个提问给客户，客户则返回(数字)签名后的提问和其公开密钥，从而向服务器提供认证。

3. SSL 协议的体系结构

SSL 的设计概念是希望使用 TCP 来提供一个可靠的端对端的安全服务。SSL 并不是一个单一的协议，而是由两层协议来组成的，底层是 SSL 记录协议层(SSL Record Protocol Layer)，简称记录层；高层是 SSL 握手协议层(SSL Hand-Shake Protocol Layer)，简称握手层，如图 9-2 所示。

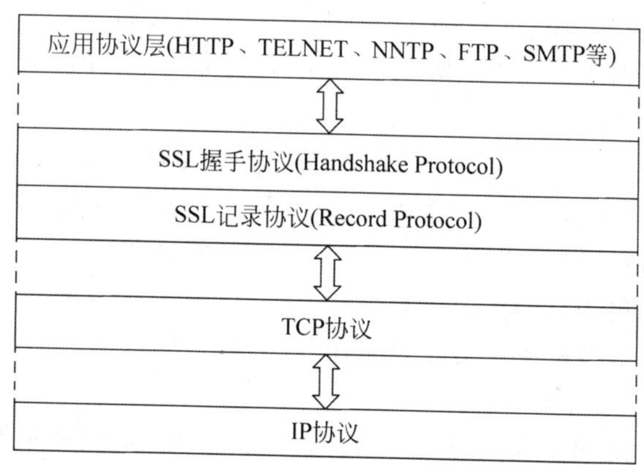

图 9-2　SSL 协议体系结构

SSL 记录协议定义了要传输数据的格式，它位于 TCP 协议之上，从高层 SSL 子协议收到数据后，对它们进行封装、压缩、认证和加密。SSL 握手协议是位于 SSL 记录协议之上的最重要的子协议，被 SSL 记录协议所封装。该协议允许服务器与客户机在应用程序传输和接收数据之前互相认证、协商加密算法和密钥，SSL 握手协议包括在初次建立 SSL 连接时，使用 SSL 记录协议在服务器与客户机之间交换的一系列信息。通过这些信息交换可实现如下操作。

(1) 向客户机认证服务器。

(2) 允许客户机与服务器选择他们都支持的加密算法或密码。

(3) 可选择地向服务器认证客户。

(4) 使用公钥加密技术生成共享密码。

4. 基于SSL协议的安全性

目前,几乎所有操作平台上的Web浏览器(IE、Netscatp)以及流行的Web服务器(IIS、Netscape Enterprise Server等)都支持SSL协议,这使得使用该协议方便且开发成本小。但应用SSL协议也存在着不容忽视的缺点。

(1) 系统不符合国务院最新颁布的《商用密码管理条例》中对商用密码产品不得使用国外密码算法的规定,要通过国家密码管理委员会的审批会相当困难。

(2) 系统安全性差。SSL协议的数据安全性其实就是建立在RSA等算法的安全性上,因此从本质上来讲,攻破RSA等算法就等同于攻破此协议。由于美国政府的出口限制,使得进入我国的实现了SSL的产品(Web浏览器和服务器)均只能提供512bit RSA公钥、40bit对称密钥的加密。目前已有攻破此协议的例子:1995年8月,一个法国学生用上百台工作站和二台小型机攻破了Netscape对外出口版本;另外美国加州两个大学生找到了一个"陷门",只用了一台工作站几分钟就攻破了Netscape对外出口版本。

但是,一个安全协议除了基于其所采用的加密算法安全性以外,更为关键的是其逻辑严密性、完整性、正确性,这也是研究协议安全性的一个重要方面,如果一个安全协议在逻辑上有问题,那么它的安全性其实是比它所采用的加密算法的安全性低,很容易被攻破。从目前来看,SSL比较好地解决了这一问题。不过SSL协议的逻辑体现在SSL握手协议上,SSL握手协议本身是一个很复杂的过程,情况也比较多,因此我们并不能保证SSL握手协议在所有的情况下逻辑上都是正确的,所以研究SSL协议的逻辑正确性是一个很有价值的问题。

另外,SSL协议在"重传攻击"上,有它独到的解决办法。SSL协议为每一次安全连接产生了一个128位长的随机数——"连接序号"。理论上,攻击者提前无法预测此连接序号,因此不能对服务器的请求做出正确的应答。但是计算机产生的随机数是伪随机数,它的实际周期要远比128小,更为危险的是有规律性,所以说SSL协议并没有从根本上解决"信息重传"这种攻击方法。有效的解决方法是采用"时间戳",但是这需要解决网络上所有节点的时间同步问题。

总的来讲,SSL协议的安全性能是好的,而且随着SSL协议的不断改进,更多的安全性能好的加密算法被采用,逻辑上的缺陷被弥补,SSL协议的安全性能会不断加强。

9.2.2 安全电子交易协议

从9.2.1节SSL协议所提供的服务及其工作流程可以看出,SSL协议运行的基础是商家对消费者信息保密的承诺,这就有利于商家而不利于消费者。在电子商务初级阶段,由于运作电子商务的企业大多是信誉较高的大公司,因此这个问题还没有充分暴露出来。但随着电子商务的发展,各中小型公司也参与进来,这样在电子支付过程中的单一认证问题就越来越突出。虽然在SSL 3.0中通过数字签名和数字证书可实现浏览器和Web服务器双方的身份验证,但是SSL协议仍存在一些问题,比如,只能提供交易中客户与服务器间的双方认证,在涉及多方的电子交易中,SSL协议并不能协调各方间的安全传输和信任关系。在这种情况下,Visa和MasterCard两大信用卡组织制定了SET协议,为网上信用卡支付提供了全球性的标准。

1. SET 协议概述

1996 年 2 月 1 日，MasterCard 与 Visa 两大国际信用卡组织会同一些计算机供应商，共同开发了安全电子交易(Secure Electronic Transaction，SET)协议，并于 1997 年 5 月 31 日正式推出 1.0 版。SET 是一种应用于因特网环境下，以信用卡为基础的安全电子支付协议，它给出了一套电子交易的过程规范。通过 SET 这一套完备的安全电子交易协议可以实现电子商务交易中的加密、认证机制、密钥管理机制等，保证在开放网络上使用信用卡进行在线购物的安全。

由于 SET 提供商户和收单银行的认证，确保了交易数据的安全、完整、可靠和交易的不可抵赖性，特别是具有保护消费者信用卡号不暴露给商户等优点，因此它成为目前公认的信用卡的网上交易的国际标准。

但是，虽然早在 1997 年就推出了 SET 1.0 版，它的推广应用却较缓慢。主要有以下几点原因。

(1) 使用 SET 协议比较昂贵，互操作性差，难以实施，因为 SET 协议提供了多层次的安全保障，复杂程度显著增加。

(2) SSL 协议已被广泛应用。

(3) 银行的支付业务不光是信用卡支付业务，而 SET 支付方式只适应于卡支付，对其他支付方式是有所限制的。

(4) SET 协议只支持 BtoC 类型的电子商务模式，即消费者持卡在网上购物与交易的模式，而不能支持 BtoB 模式。

尽管 SET 协议有诸多缺陷，但是其复杂性代价换来的是风险的降低，所以 SET 协议已获得了 IETF 的认可，成为电子商务中最重要的安全支付协议，并得到了 IBM，HP，Microsoft，Netscape，VeriFone，GTE，VeriSign 等许多大公司的支持。目前国外已有不少网上支付系统采用 SET 协议标准，国内也有多家单位在建设遵循 SET 协议的网上安全交易系统，并且已经有不少系统正式开通。

2. SET 协议的功能

SET 协议被设计用来解决持卡人、商家和银行之间通过信用卡来进行网上支付的交易，以下是其主要目标。

(1) 保证信息在互联网上安全传输，防止数据被黑客或被内部人员窃取。

(2) 保证电子商务参与者信息的相互隔离。客户的资料加密或打包后通过商家到达银行，但是商家不能看到客户的账户和密码信息。

(3) 解决多方认证问题。不仅要对消费者的信用卡认证，而且要对在线商店的信誉程度认证，同时还有消费者、在线商店与银行间的认证。

(4) 保证网上交易的实时性，使所有的支付过程都是在线的。

(5) 效仿 EDI 贸易的形式，规范协议和消息格式，促使不同厂家开发的软件具有兼容性和互操作功能，并且可以运行在不同的硬件和操作系统平台上。

SET 协议保证了电子交易的机密性、数据完整性、身份的合法性和不可否认性。

(1) 机密性。SET 协议是通过公钥加密法和私钥加密法相结合的算法加密支付信息来确保支付环境的信息机密性的。它采用的公钥加密算法是 RSA 的公钥密码体制，私钥加密算法是采用 DES 数据加密标准。这两种不同加密技术的结合应用在 SET 中被形象的称为数字信封，RSA 加密相当于用信封密封，消息首先以 56 位的 DES 密钥加密，然后装入使用 1024 位 RSA 公钥加密的数字信封，再在交易双方传输。这两种密钥相结合的办法保证了交易中数据信息的保密性。

(2) 数据完整性。SET 协议是通过数字签名方案来保证消息的完整性和进行消息源的认证的，数字签名方案采用了与消息加密相同的加密原则。即数字签名通过 RSA 加密算法结合生成信息摘要，信息摘要是消息通过哈希函数处理后得到的唯一对应于该消息的数值，消息中每改变一个数据位都会引起信息摘要中大约一半的数据位的改变。而两个不同的消息具有相同的信息摘要的可能性极其微小，因此哈希函数的单向性使得从信息摘要得出信息摘要的计算是不可行的。信息摘要的这些特征保证了信息的完整性。

(3) 身份合法性和不可否认性。SET 协议应用了双重签名(Dual Signatures)技术。在一项安全电子商务交易中，持卡人的订购信息和支付指令是相互对应的。商家只有确认了对应于持卡人的支付指令和对应的订购信息才能够按照订购信息发货；而银行只有确认了与该持卡人支付指令对应的订购信息是真实可靠的才能够按照商家的要求进行支付。为了达到商家在合法验证持卡人支付指令和银行在合法验证持卡人订购信息的同时不会侵犯顾客的私人隐私这一目的，SET 协议采用了双重签名技术来保证顾客的隐私不被侵犯。

3. SET 交易的参与者

一般来说，在 SET 规范的交易模式中，所有参与的个体包括持卡人、特约商店、发卡行、收单行、支付网关、认证中心等，通过这些成员和相关软件，即可在 Internet 上构成符合 SET 标准的安全支付系统。

1) 持卡人

持卡人即网上消费者或客户。持卡人要参与网上交易，首先要向发卡行提出申请，经发卡行认可后，持卡人从发卡行取得一套 SET 交易专用的持卡人软件(称为电子钱包软件)，再由发卡行委托第三方中立机构——认证机构 SET CA 发给数字证书，持卡人才具备了网上交易的条件。

持卡人网上交易是由嵌入在浏览器中的电子钱包软件来实现的。持卡人的电子钱包具有发送、接受信息，存储自身的公钥签名密钥和交易参与方的公开密钥交换密钥，申请、接收和保存认证等功能。除了这些功能外，电子钱包还必须支持网上购物的其他功能，如增删改银行卡、检查证书状态、显示银行卡信息和交易历史记录等功能。

2) 商户

商户是 SET 支付系统中网上商店的经营者，在网上提供商品和服务。

商户首先必须在收单银行开设账户，由收单银行负责交易中的清算工作。商户要取得网上交易的资格，首先要由收单银行对其审定和信用评估，并与收单银行达成协议，保证可以接收银行卡付款。商户的网上商店必须集成 SET 交易商家软件，商家软件必须能够处理持卡人的网上购物请求和与支付网关进行通信、存储自身的公钥签名密钥、和交易参与方的公开密钥交换密钥、申请和接收认证、与后台数据库进行通信及保留交易记录。与持卡人一样，在开始交易之前，商户也必须向 SET CA 申请数字证书。

3）支付网关

支付网关即由收单银行或指定的第三方操作的专用系统，用于处理支付授权和支付。

考虑到安全问题，银行的计算机主机及银行专用网络不能与各种公开网络直接相连，为了能接收从因特网上传来的支付指令，在银行业务系统与因特网之间必须有一个专用系统来解决支付指令的转换问题，接收处理从商户传来的付款指令，并通过专线传送给银行；银行将支付指令的处理结果再通过这个专用系统反馈给商户。这个专用系统就称为支付网关。

4）收单行

收单行是一个金融机构，为商户建立账户并处理支付授权和支付。收单银行虽然不属于 SET 交易的直接组成部分，却是完成交易的必要的参与方。

5）发卡行

发卡行也是一个金融机构，为持卡人建立一个账户并发行支付卡，一个发卡行保证对经过授权的交易进行付款。

6）认证机构

在基于 SET 的认证中，按照 SET 交易中的角色不同，认证机构负责向持卡人颁发持卡人证书、向商户颁发商家证书、向支付网关颁发支付网关证书，利用这些证书可以验证持卡人、商户和支付网关的身份。

4. 基于 SET 协议的电子交易过程

(1) 消费者开立账户。首先消费者要在有支持电子支付及 SET 的银行建立信用卡账户，比如 MasterCard 或 Visa。

(2) 消费者收到证书。银行签署的 X.509v3 数字证书。这个证书用来核对消费者的 RSA 公开密钥及密钥的有效期限。同时，也建立了消费者的密钥组与信用卡之间的关系，并由银行来保证这个关系。

(3) 特约商店证书。接受某家公司的信用卡的特约商店必须拥有两个证书，分别包含一把公开密钥：一个用来签署信息，另一个用在密钥交换。特约商店也要保留一份支付网关的公开密钥证书。

(4) 消费者订购。

(5) 特约商店核对。除了订单，特约商店会发送它们的证书副本，而消费者可以核对所消费的商店是否为合法有效的。

(6) 发送订单及支付。消费者将其订单、支付命令与其证书传送给特约商店。这份订单对所支付的款项进行核对。支付中会包含了信用卡的细节。因此支付的信息要经过加密，才不会被特约商店获取其中的重要信息。而消费者的证书可以让特约商店核对消费者身份。

(7) 特约商店请求支付认证。特约商店在这个时候会向支付网关传送支付命令，并且请求核对消费者的信用卡是否能支付这笔款项。

(8) 特约商店核准订单。特约商店将核准的订单信息传送给消费者。

(9) 特约商店提供其货物或服务。将消费者订购的商品装运，或提供给消费者其他服务。

(10) 特约商店请求支付。商店将请求支付的消息送到支付网关,支付网关会处理支付工作。

SET 交易流程与传统银行卡交易流程比较有以下几点区别。

(1) 持卡人必须确定商户是真的,才能向商户购买商品。在 SET 系统中,每一家商户都要向 CA 领取一张由 CA 签名的数字证书,由于 CA 的数字签名是不可伪造的,就可以证明商户的数字证书一定是 CA 颁发的,只要持卡人相信 CA 是可靠的,就可以通过证书的认证来确认商户的身份。商户也必须通过验证持卡人的数字证书,来证实持卡人的身份。

(2) 消息发送者用自己的私人密钥对消息经哈希函数生成的消息摘要加密而生成数字签名。由于每个 SET 交易参与者的签名私钥是用自己的交易软件在自己的计算机平台上生成的(或由可信任的 CA 生成),别人无法得到,用此私钥加密生成的数字签名,别人无法伪造,保证了交易信息的不可否认。

(3) SET 系统保持了传统银行卡交易的基本流程,只是将交易过程搬到了公开的网络——因特网上,并且加上了一层基于数字证书的安全加密及数字认证系统,以保证交易的安全。

5. SET 协议所采用的加密和认证技术

SET 使用多种密钥技术来达到安全交易的要求,其中对称密钥加密、公钥加密技术和 Hash 算法是其核心。综合应用以上三种技术产生了数字签名、数字信封、数字证书等加密与认证技术。

1) 对称密钥加密

SET 协议默认使用由 IBM 公司制定的 DES(Data Encryption Standard)标准。DES 将数据分割成 64 位的数据块,用 56 位的密钥对其进行一系列的数学变换后产生密文,然后接收者用同一密钥将密文解译成明文。对称密钥加密的优点是加密、解密效率高,适用于大数据量加密与解密。其缺点是密钥没有安全的传递方式,容易被截获,不能适应大范围应用。

2) 公钥加密技术

公开密钥加密技术中用于加密的密钥和用于解密的密钥是不一样的,每个参与信息交换的人都拥有一对密钥,这一对密钥是以一定的算法生成的,相互配合才能使用,用其中一个密钥加密的信息,只有用与之对应的另一个密钥才能解密,并且从其中一个密钥中无法推导出另一个密钥。目前通用的公钥加密算法是 RSA。它的优点是密钥分发不用加密,适合在大范围内使用。缺点是加密与解密速度慢,比 DES 算法慢 10 倍以上。所以它只适用于少量数据的加密和用于对称密钥的传递。RSA 的密钥长度可从 512bit 至 2048bit。SET 中使用 1024bit、2048bit 两种长度,以满足不同等级的加密要求。

3) Hash 算法

Hash 算法并不是加密算法,但却能产生信息的数字“指纹”,主要用途是为了确保数据没有被篡改或发生变化,以维护数据的完整性。

以下是 Hash 算法的三个特征。

(1) 能处理任意大小的信息,并生成固定长度(160bit)的信息摘要。

(2) 具有不可预见性。信息摘要的大小与原信息的大小没有任何联系。原信息的一个微小变化都会对信息摘要产生很大的影响。

(3) 具有不可逆性。没有办法通过信息摘要直接恢复原信息。SET 使用 SHA 1 安全 Hash 算法。

4) 数字签名

数字签名技术是将摘要信息用发送者的私钥加密，与原文一起传送给接收者。接收者只有用发送的公钥才能解密被加密的摘要信息，然后用哈希函数对收到的原文产生一个摘要信息，与解密的摘要信息对比。如果相同，则说明收到的信息是完整的，在传输过程中没有被修改，否则说明信息被修改过，因此数字签名能够验证信息的完整性。另外，使用数字签名还能够验证发送者的身份，防止交易中的抵赖发生。

5) 数字信封

数字信封是公钥密码体制在实际中的一个应用，是用加密技术来保证只有规定的特定收信人才能阅读通信的内容。

在数字信封中，信息发送方采用对称密钥来加密信息内容，然后将此对称密钥用接收方的公开密钥来加密(这部分称数字信封)之后，将它和加密后的信息一起发送给接收方，接收方先用相应的私有密钥打开数字信封，得到对称密钥，然后使用对称密钥解开加密信息。这种技术的安全性相当高。数字信封主要包括数字信封打包和数字信封拆解，数字信封打包是使用对方的公钥将加密密钥进行加密的过程，只有对方的私钥才能将加密后的数据(通信密钥)还原；数字信封拆解是使用私钥将加密过的数据解密的过程。

6) 数字证书

数字证书是一种权威性的电子文档，由权威公正的第三方机构，即 CA 中心签发的证书。以数字证书为核心的加密技术可以对网络上传输的信息进行加密和解密、数字签名和签名验证，确保网上传递信息的机密性、完整性。

数字证书采用公钥体制，即利用一对互相匹配的密钥进行加密、解密。每个用户自己设定一把特定的仅为本人所知的私有密钥(私钥)，用它进行解密和签名；同时设定一把公共密钥(公钥)并由本人公开，为一组用户所共享，用于加密和验证签名。当发送一份保密文件时，发送方使用接收方的公钥对数据加密，而接收方则使用自己的私钥解密，这样信息就可以安全无误地到达目的地了。通过数字的手段保证加密过程是一个不可逆过程，即只有用私有密钥才能解密。在公开密钥密码体制中，常用的一种是 RSA 体制。

用户也可以采用自己的私钥对信息加以处理，由于密钥仅为本人所有，这样就产生了别人无法生成的文件，也就形成了数字签名。采用数字签名，能够确认以下两点：①保证信息是由签名者自己签名发送的，签名者不能否认或难以否认；②保证信息自签发后到收到为止未曾作过任何修改，签发的文件是真实文件。

数字证书可用于发送安全电子邮件、访问安全站点、网上证券、网上招标采购、网上签约、网上办公等网上安全电子事务处理和安全电子交易活动。

7) 双重签名

双重签名是 SET 推出的数字签名的新应用，目的在于连接两个不同接收者消息。在这里，消费者想要发送订单信息 OI 到特约商店，且发送支付命令 PI 给银行。特约商店并不需要知道消费者的信用卡卡号，而银行不需要知道消费者订单的详细信息。消费者需要将这两个消息分隔开,而受到额外的隐私保护。然而,在必要的时候这两个消息必须要连接在一起才可以解决可能的争议、质疑。这样消费者可以证明这个支付行为是根据他的订单来执行的,而不是其他的货品或服务。

6. SET 协议与 SSL 协议的比较

SET 是一个多方的消息报文协议,它定义了银行、商户、持卡人之间必需的报文规范,而 SSL 只是简单地在两方之间建立了一条安全链接。SSL 是面向链接的,而 SET 允许各方之间的报文交换不是实时的。SET 报文能够在银行内部网或者其他网络上传输,而 SSL 之上的卡支付系统只能与 Web 浏览器捆绑在一起。具体来说,两者具有以下几点区别。

(1) 在认证方面,SET 的安全需求较高,因此所有参与 SET 交易的成员都必须先申请数字证书来识别身份,而在 SSL 中,只有商户端的服务器需要认证,客户认证则是有选择性的。

(2) 对消费者而言,SET 保证了商户的合法性,并且用户的信用卡号不会被窃取,SET 替消费者保守了更多的秘密使其在线购物更加轻松。

(3) 在安全性方面,一般公认 SET 的安全性较 SSL 高,主要原因是在整个交易过程中,包括持卡人到商家、商家到支付网关再到银行网络,都受到严密的保护。而 SSL 的安全范围只限于持卡人到商家的信息交流。

(4) SET 对于参与交易的各方定义了互操作接口,一个系统可以由不同厂商的产品构筑。

(5) 在采用比率方面,由于 SET 的设置成本较 SSL 高很多,并且进入国内市场的时间尚短,因此目前还是 SSL 的普及率高。但是,由于网上交易的安全性需求不断提高,SET 的市场占有率将会增加。

SET 协议的缺陷在于它要求在银行网络、商户服务器、顾客的 PC 上安装相应的软件。这给顾客、商家和银行增加了许多附加的费用,成了 SET 被广泛接受的阻碍。另外,SET 还要求必须向各方发放证书,这也成为阻碍之一。所有这些使得使用 SET 要比使用 SSL 昂贵得多。

SET 的优点在于它可以用在系统的一部分或者全部。例如,一些商户正在考虑在与银行连接中使用 SET,而与顾客连接时仍然使用 SSL。这种方案既回避了在顾客机器上安装电子钱包软件,同时又获得了 SET 提供的很多优点。目前,大多数的 SET 软件提供商在其产品中都提供了灵活构筑系统的手段。

9.2.3 其他电子商务安全协议

除了 SSL 协议和 SET 协议以外,常用的电子商务安全协议还有增强的私密电子邮件(PEM)、安全多用途网际邮件扩充协议(S/MIME)和安全超文本传输协议(S-HTTP)等。

1. PEM

增强的私密电子邮件(PEM)是因特网工程任务组(IETF)从 20 世纪 80 年代后期开始着手的一项工作的成果,这也是试图建立因特网邮件安全系统的首次正式努力。

有关 PEM 的工作导致了因特网标准提案于 1993 年面世,这是一个由四部分内容组成的提案。PEM 规范非常复杂,其第Ⅰ部分(RFC 1421)定义了一个消息安全协议,而第Ⅱ部分(RFC 1422)则定义了一个支持公开密钥的基础设施体系。PEM 的消息安全协议主要用于支持基本的消息保护服务。PEM是这样运作的，首先获得一个未保护的消息，将其内容转换为一条PEM消息，这样，PEM消息就可以像其他消息一样通过正常的通信网络来进行传递了。PEM规范认可两种可选的方法来进行网络身份验证和密钥的管理，一种是对称方案，还有一种是公开密钥方案。但是，只有公开密钥方案实施过。PEM为消息安全协议的发展树立了一个重要的里程碑。但PEM在商用领域几乎从未成功过，主要原因是PEM与在同期发展起来的多用途网际邮件扩充协议MIME不兼容。

2. S/MIME

安全的多功能因特网邮件扩充协议(Safe/Multipurpose Internet Mail Extension Protocol，S/MIME)，是在RFC 1521所描述的多功能因特网电子邮件扩充报文基础上添加数字签名和加密技术的一种协议。它采用公钥和私钥密码算法对电子邮件内容进行加密或签名，并且按照自己规定的标准格式对加密或签名的结果进行编码和重排，使接收方能够对电子邮件内容做出正确的解释。

电子邮件已经成为Internet上最普及的应用，电子邮件的方便和快捷，以及低廉的费用赢得了众多用户的好评。电子商务活动离不开电子邮件，但是，电子邮件内容的安全正引起人们的关注。

如果用现实世界中的事物来比喻在Internet上传送的电子邮件，最合适的恐怕就是明信片了。就像写在明信片上面的信息一样，在机器之间传送的电子邮件都是公开的，每个人都可以查看上面的内容，至于看还是不看，这只取决于人们的诚实、对信息的不了解或漠不关心。而比明信片还要糟糕的是，电子邮件的发信人根本不知道一封邮件是经过了哪些中转站才到达目的地的。对于传统的通过邮政系统传送的邮件，国家可以制定相关的法律来保护邮件中传输的内容不受侵犯。而对电子邮件来说，事情就没这么简单了，邮件内容的安全取决于邮件服务器的安全、邮件传输网络的安全以及邮件接收系统的安全。

正是因为电子邮件的安全与上述方方面面密切相关，因而使得电子邮件的安全问题变得更加复杂。对邮件服务器的安全，我们可以用加设防火墙软件，控制用户对服务器的访问等方法来保障，但这并不能从根本上解决电子邮件内容本身的安全问题。

以下是涉及电子邮件内容的主要安全问题。

(1) 发送者身份认证。即如何证明电子邮件内容的发送者就是电子邮件中所声称的发送者。

(2) 不可否认。即发送者一旦发送了某封邮件，他就无法否认这封邮件是他发送的。

(3) 邮件的完整性。即能否保证电子邮件的内容不被破坏和篡改。

(4) 邮件的保密性。即防止电子邮件内容的泄露问题。

为了解决上述有关电子邮件的安全问题，1995年，以RSA公司为首的几家大公司联合推出了S/MIME标准。1998年，S/MIME推出了第2版，并在工业界获得广泛支持。但由于S/MIME第2版采用了RSA密钥交换算法，而该算法的专利权为RSA公司所有，其他公司不能自由使用，且采用的密钥位数长度不够，因此，S/MIME第2版并没有被IETF接受为标准。

S/MIME版本2由两个文档描述，分别是RFC 2311和RFC 2312。随后，IETF负责了S/MIME第3版的修订工作，S/MIME是在IETF一致同意的情况下开发的，因而成了

IETF 标准。S/MIME 的设计目标是,要使得自己能够比较容易地加入到已有的 E-mail 产品之中。

为此,S/MIME 建立在两个已被广泛接受的标准之上,其一是 MIME(Multipurpose Mail-Extensions),其二是 PKCS(Public Key Cryptography Standard)。MIME 是目前几乎所有的 E-mail 都采用的格式,而 PKCS 是正处于建设当中的 PKI 的基础标准之一。因此,S/MIME 得到了各大软件厂商的大力支持。Microsoft 公司的 Outlook Express 和 Netscape 公司的 NetscapeMessenger 都提供了用 S/MIME 发送和接收邮件的功能。目前,S/MIME 势头正旺,它很可能成为用户最终接受的标准。以下是 S/MIME 所采用的安全标准。

(1) 信息格式继承了 MIME 规格。

(2) 信息加密标准包括 DES、三重 DES、RC 4。

(3) 数字签名标准为 PKCS。

(4) 数字证书格式为 X.509。

Internet 电子邮件由一个邮件头部和一个可选的邮件主体组成,其中邮件头部含有邮件的发送方和接收方的有关信息。对于邮件主体来说,特别重要的是,IETF 在 RFC 2045~RFC 2049 中定义的 MIME 规定,邮件主体除了 ASCII 字符类型之外,还可以包含各种数据类型。用户可以使用 MIME 增加非文本对象,比如把图像、音频、格式化的文本文件加到邮件主体中去。MIME 中的数据类型一般是复合型的,也称为复合数据。由于允许复合数据,用户可以把不同类型的数据嵌入到同一个邮件主体中。在包含复合数据的邮件主体中,设有边界标志,它标明每种类型数据的开始和结束。S/MIME 在安全方面对 MIME 进行了功能扩展,它可以把 MIME 实体(比如数字签名和加密信息等)封装成安全对象。RFC 2634 定义了增强的安全服务,例如,具有接收方确认签收的功能,这样就可以确保接收者不能否认已经收到过的邮件。

S/MIME 还增加了新的 MIME 数据类型,用于提供数据保密、完整性保护、认证和鉴定服务等功能。如果邮件包含了上述 MIME 复合数据,邮件中将带有有关的 MIME 附件。在邮件的客户端,接收者在阅读邮件之前,S/MIME 会处理这些附件。

3. S-HTTP

安全超文本传输协议(S-HTTP)是致力于促进以因特网为基础的电子商务技术发展的国际财团 CommerceNet 协会提出的安全传输协议,主要利用密钥对加密的方法来保障 Web 站点上的信息安全。S-HTTP 被设计成作为请求/响应的传输协议——HTTP 的一种安全扩展版本,正是这一特点使得 S-HTTP 与 SSL 有了本质上的区别,因为 SSL 是一种会话保护协议。S-HTTP 的主要功能是保护单一的处理请求或响应的消息,这在某种程度上与一个消息安全协议保护电子邮件消息的工作原理相似。

事实上,S-HTTP 在很大程度上建立在消息安全协议的基础之上。S-HTTP 所提供的安全服务称为实体验证、完整性(通过完整性检查值进行)和机密性(通过加密进行)检验。此外还附加了一项可选的数字签名功能,此项功能为附加的不可否认安全服务提供了基础。S-HTTP 在如何保护消息和管理密钥方面提供了很大的灵活,可以支持包括 PEM(RFC 1421)和 PKCS #7 在内的特定消息保护格式,而密钥的管理也并不局限于严格的 PEM 架构或者其他任何严格的规则。加密密钥可以通过在 PEM 或 PKCS #7 数字信封中传输的

RSA 密钥来建立，也可以通过人工方法预置，甚至可以用 Kerberos 标签来建立。使用 S-HTTP 可以通过一个以“shttp：//”开头的统一资源定位符来说明，要注意的是，如果将其错误地混同为“https：//”，则意味着指定了 SSL 的使用。在万维网应用的早期，S-HTTP 曾经被一些网络安全通信服务提供商所采用，但现在它几乎已完全被 SSL 所取代，相对而言，SSL 普及的速度更快，所使用的范围也更广。

9.3 密码学和数据加密技术

信息加密技术是电子商务安全交易的核心，这种技术主要用来实现电子商务交易的机密性、完整性、授权、可用性和不可否认性等。

9.3.1 密码学概述

密码学是研究如何保护信息安全性的一门科学，它包含两个分支：密码编码学和密码分析学。密码编码学主要研究密码方案的设计，即寻找对信息编码的方法从而实现隐藏信息的一门学问；密码分析学主要是从攻击者的角度来看问题，研究如何破解被隐藏信息的一门学问。两个分支是既相互对立，又相互依存的科学。一方面，密码编码学研究的是隐藏信息的方法，而密码分析学研究的是破解隐藏信息的方法；另一方面，正是密码分析学技术的存在与不断进步，为了不让隐藏信息被破解，密码编码学就需要研究更加完善的密码编码体制，从而促进密码编码学的发展，与此同时，新的密码体制的出现又使得攻击者需要寻找新密码分析突破点，故密码编码学也加速了密码分析学的发展。因此两者相辅相成，相互促进，正是密码编码学与密码分析学这种对立统一的关系，推动了密码学自身向前发展。

9.3.2 密码系统的构成

在密码学中，密码系统是指为实现信息隐藏所采用的基本工作方式，也可称为密码体制。密码系统主要包括以下几个基本要素：明文、密文、加密算法、解密算法和密钥。

1. 明文与密文

明文指的是希望得到保密的原始信息，比如若想加密“Hello World”这个信息，“Hello World”就是明文；密文是经过加密处理后得到的隐藏信息，例如经过某种加密机制，上述的“Hello World”信息变为“mjqqt btwqi”，则“mjqqt btwqi”就是密文信息。

2. 加密算法

加密算法是指通过一系列的变换、替代或其他各种方式将明文信息转化为密文的方法。

3. 解密算法

解密算法与加密算法相互对应，是加密算法相反的过程，指通过一系列的变换、替代或其他各种方法将密文恢复为明文的方法。“Hello World”隐藏为“mjqqt btwqi”的过程就是由加密算法完成的，解密算法则完成由“mjqqt btwqi”恢复为“Hello World”的过程。

4. 密钥

密钥类似于银行保险箱的钥匙,保险箱中放的物品就像密文,除了拥有保险箱钥匙的人能够开启箱子取得"保险物品"之外,其他的人都无法获得"保险物品",当然排除非法撬开保险箱的小偷行为。密钥的功能与保险箱中的钥匙一样,只有拥有密钥或者知道密钥信息的人才能从密文中恢复明文的信息。如果攻击者像窃取保险箱钥匙的小偷那样,窃取了密钥,那么也能获得明文的信息,因此密钥是密码系统的一个关键要素,其安全性关系着整个密码系统的安全。

可以用数学的方式表示密码系统,根据其构成,以五元组(M,C,K,E,D)表示,其中M是明文信息空间,C是密文信息空间,K是密钥信息空间,E是加密算法,D是解密算法。各元素之间有如下的关系:

$E:M\times K\rightarrow C$,表示E是M与K到C的一个映射;

$D:C\times K\rightarrow M$,表示D是C与K到M的一个映射。

例如在最早的凯撒密码体制中,明文信息空间是26个英文字母的集合,即$M=\{a,b,c,d,\cdots,z,A,B,\cdots,Z\}$;密文信息空间也是26个英文字母的集合,即$C=\{a,b,c,d,\cdots,z,A,B,\cdots,Z\}$;密钥信息空间是正整数集合,即$K=\{N|N=1,2,\cdots\}$;为了计算方便,将26个英文字母集合对应为0~25的整数,加密算法则是明文与密钥相加之和,然后模26,因此$EK=(M+K)\bmod 26$;与之对应的解密算法是DK,$DK=(C-K)\bmod 26$。例如M为"hello world",在密钥$K=5$的条件下,此时对应的密文就是"mjqqt btwqi"。

密码系统五个要素构成的简单加解密模型如图9-3所示。发送信息的一方使用密钥K加密明文M,通过加密算法得到密文C,即$C=EK(M)$;接收信息的一方使用密钥K'解密密文C,通过解密算法得到明文M,即$M=DK'(C)$。K与K'可能相等,也可能不等,具体取决于所采用的密码体制。

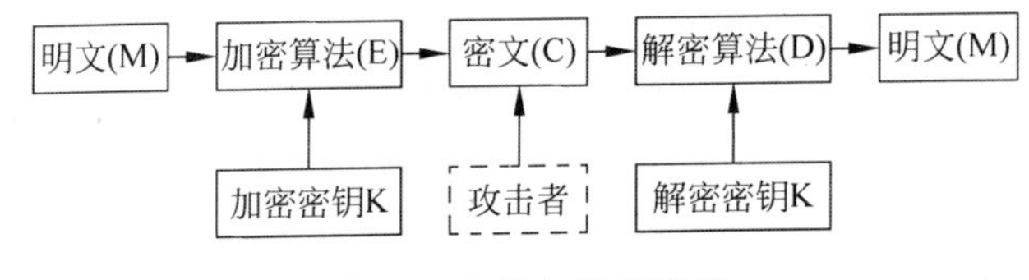

图9-3 简单加解密模型

9.3.3 密码体制的分类

按不同的划分标准或者方式,密码体制可以分为多种形式。在此,主要从加密方式、所采用的密钥方式以及保密程度来划分。

1. 按加密方式划分

按加密方式划分,密码体制可分为流密码体制和分组密码体制。

1) 流密码体制

流密码体制也称为序列密码,它是将明文信息一次加密一个比特形成密码字符串,典型的流密码体制是一次一密码体制,其密钥长度与明文长度相等。密文不仅与给定的密钥和密码算法有关,还与被处理的数据在明文中所处的位置相关。流密码主要用于政府、军队等国家要害部门，20 世纪 80 年代中期到 20 世纪 90 年代初，对流密码的研究非常热。

2）分组密码体制

分组密码体制也称为块密码体制，分组密码则是将明文信息分成各组或者说各块，每组具有固定的长度，然后将一个分组作为整体通过加密算法产生对应密文的处理方式。通常各分组密码体制使用的分组是 64bit。使用分组密码加密时，如果明文的长度超过 64bit，首先将该明文按 64bit 一组分为多组，然后分别对每一组进行加密，各组之间是否有关联关系是根据具体的加密模式来决定的。

在实际应用中，分组密码比流密码的应用范围要广，现在使用的常规加密技术绝大部分都是基于分组密码体制的。

2. 按使用的密钥方式划分

按使用的密钥方式，密码体制可分为单密钥密码体制和双密钥密码体制。

1）单密钥体制

单密钥体制也称为对称密码机制，在该体制下，密码系统只有一个密钥，加密算法和解密算法使用统一的一个密钥，拥有密钥的用户既可以加密信息也可以解密信息。上面所述的分组密码和序列密码都属于对称密码机制。

2）双密钥体制

双密钥体制也称为非对称密码体制或者公钥密码体制，在该体制下，密码系统有两个密钥，分别是公开密钥和私有密钥，公开密钥是对外公开的，即他人可知的，私有密钥是只有特定的用户方能拥有。双密钥体制中，消息的发送者和消息的接收者使用不同的密钥处理报文信息。

3. 按加密与解密密钥是否相同划分

根据加密算法和解密算法所使用的密钥是否相同，或者能否简单地由加密密钥推导出解密密钥，可以将密码体制分为对称密码体制和非对称密码体制。

在对称加密体制中，加密所使用的密钥和解密使用的密钥相同，或者加密密钥和解密密钥虽然不同，但可以从其中一个密钥推导出另一个密钥，也称“单密钥体制”。

在非对称加密体制中，用于加密的密钥和用于解密的密钥是不一样的，每个参与信息交换的人都拥有一对密钥，这一对密钥是以一定的算法生成的，相互配合才能使用，用其中一个密钥加密的信息，只有用与之对应的另一个密钥才能解密，并且从其中一个密钥中无法推导出另一个密钥。

9.3.4　对称密码体制

对称密钥加密体制也称单密钥加密系统，在常规的单密钥体系中，发送者和接收者使用同一密钥进行加密和解密。其主要特点是：加解密速度快，保密性强；难以进行安全的密钥交换；必须为每个传送的对象创建不同的单一密钥。

对称算法的典型代表是 DES(Data Encryption Standard)数据加密标准，DES 是美国经长时间征集和筛选后，于 1977 年由美国国家标准局颁布的一种加密算法。它开始主要用于民用敏感信息的加密，后来被国际标准化组织接受作为国际标准。DES 主要采用替换和移位的方法加密。它用 56 位密钥对 64 位二进制数据块进行加密,每次加密可对 64 位的输入数据进行 16 轮编码,经一系列替换和移位后,输入的 64 位原始数据转换成完全不同的 64 位输出数据。DES 算法仅使用最大为 64 位的标准算术和逻辑运算,运算速度快,密钥产生容易,适合于在当前大多数计算机上用软件方法实现,同时也适合于在专用芯片上实现。以下是 DES 主要的应用范围。

(1) 计算机网络通信。对计算机网络通信中的数据提供保护是 DES 的一项重要应用,但这些被保护的数据一般只限于民用敏感信息,即不在政府确定的保密范围之内的信息。

(2) 电子资金传送系统。采用 DES 的方法加密电子资金传送系统中的信息,可准确、快速地传送数据,并可较好地解决信息安全的问题。

(3) 保护用户文件。用户可自选密钥对重要文件加密,防止未授权用户窃密。

(4) 用户识别。DES 还可用于计算机用户识别系统中。

DES 是一种世界公认的较好的加密算法。自它问世 20 多年来,成为密码界研究的重点,经受住了许多科学家的研究和破译,在民用密码领域得到了广泛的应用。它曾为全球贸易、金融等非官方部门提供了可靠的通信安全保障。但是任何加密算法都不可能是十全十美的。它的缺点是密钥太短(56 位),影响了它的保密强度。此外,由于 DES 算法完全公开,其安全性完全依赖于对密钥的保护,必须有可靠的信道来分发密钥。如采用信使递送密钥等。因此,它不适合在网络环境下单独使用。针对它密钥短的问题,科学家又研制了 80 位的密钥,以及在 DES 的基础上采用三重 DES 和双密钥加密的方法。即用两个 56 位的密钥 K1、K2,发送方用 K1 加密,K2 解密,再使用 K1 加密。接收方则使用 K1 解密,K2 加密,再使用 K1 解密,其效果相当于将密钥长度加倍。

对称密码系统的安全性依赖于以下两个因素。第一,加密算法必须是足够强的,仅仅基于密文本身去解密信息在实践上是不可能的;第二,加密方法的安全性依赖于密钥的秘密性,而不是算法的秘密性。对称加密系统的算法实现速度极快,因此应用广泛。又因算法不需要保密,所以制造商可以开发出低成本的芯片以实现数据加密,这些芯片有着广泛的应用,适合于大规模生产。

对称加密系统最大的问题是密钥的分发和管理非常复杂、代价高昂。比如对于具有 n 个用户的网络,需要 $n(n-1)/2$ 个密钥,在用户群不是很大的情况下,对称加密系统是有效的。但是对于大型网络,当用户群很大,分布很广时,密钥的分配和保存就成了大问题。对称加密算法另一个缺点是不能实现数字签名。

9.3.5 非对称密钥加密体制

非对称密钥加密体制也称双密钥加密系统或公开密钥系统,它有两个相关的密钥,一个为公共密钥,一个为私有密钥。其中一个密钥用于加密,另一个密钥进行解密。主要特点是:公用密钥可以公开发放;无须安全的通道进行密钥交换;密钥少,管理容易。

RSA 是由 Rivest、Shamir 和 Adlernan 三人研究发明的。利用两个很大的质数相乘所产生的乘积来加密。这两个质数无论哪一个先与原文件编码相乘,对文件加密,均可由另一个质数再相乘来解密。但要用一个质数来求出另一个质数,则十分困难。因此将这一对质数称为密钥对(Key Pair)。在加密应用时,用户总是将一个密钥公开,让需发信的人员将信息用其公共密钥加密后发给该用户,而一旦信息加密后,只有用该用户一个人知道的私用密钥才能解密。具有数字凭证身份的人员的公共密钥可在网上查到，亦可在对方发信息时主动将公共密钥传给对方，这样保证传输信息的保密和安全。为提高保密强度，RSA 密钥至少为 500 位长，一般推荐使用 1024 位。这就使加密的计算量很大。为减少计算量，在传送信息时，常采用传统加密方法与公开密钥加密方法相结合的方式，即信息采用改进的 DES 或 IDEA 对称密钥加密，然后使用 RSA 密钥加密对话密钥和信息摘要。对方收到信息后，用不同的密钥解密并可核对信息摘要。

RSA 算法的加密密钥和加密算法分开，使得密钥分配更为方便。它特别符合计算机网络环境。对于网上的大量用户，可以将加密密钥用电话簿的方式印出。如果某用户想与另一用户进行保密通信，只需从公钥簿上查出对方的加密密钥，用它对所传送的信息加密再发出即可。对方收到信息后，用仅为自己所知的解密密钥将信息解密，了解报文的内容。由此可看出，RSA 算法解决了大量网络用户密钥管理的难题。

RSA 并不能替代 DES，它们的优缺点正好互补。RSA 的密钥很长，加密速度慢，而采用 DES，正好弥补了 RSA 的缺点。即 DES 用于明文加密，RSA 用于 DES 密钥的加密。由于 DES 加密速度快，适合加密较长的报文；而 RSA 可解决 DES 密钥分配的问题。美国的保密增强邮件(PEM)就是采用了 RSA 和 DES 结合的方法，目前已成为 E-mail 保密通信标准。

9.4 数字签名和认证技术

9.4.1 数字签名概述

在网络环境中，经常会出现这些情况：发送方不承认自己发送过某一报文；接收方自己伪造一份报文，并声称它来自发送方；网络上的某个用户冒充另一个用户接收或发送报文；接收方对收到的信息进行篡改等，这些问题都需要使用数字签名来解决。

数字签名从传统的手写签名衍生而来，是一种身份认证技术，在数字化文档上的数字签名类似于纸张上的手写签名，是不可伪造的。接收者能够验证文档确实来自签名者，并且签名后文档没有被修改过，从而保证信息的真实性、完整性及不可否认性。数字签名是电子商务交易安全的核心技术之一。

以下是完善的签名应满足的三个条件。

(1) 签名者事后不能抵赖自己的签名。

(2) 任何其他人不能伪造签名。

(3) 如果当事人双方关于签名的真伪发生争执，能够在公正的仲裁者面前通过验证签名来确认其真伪。

9.4.2 数字签名的原理及实现方法

数字签名离不开公钥密码学，在公钥密码学中，密钥由公开密钥和私有密钥组成。数字签名包含两个过程：使用私有密钥进行加密(称为签名过程)，接收方或验证方用公开密钥进行解密(称为验证过程)。

由于从公开密钥不能推算出私有密钥,所以公开密钥不会损害私有密钥的安全;公开密钥无须保密,可以公开传播,而私有密钥必须保密。因此,当某人用其私有密钥加密消息,能够用他的公开密钥正确解密,就可肯定该消息是某人签名的。因为其他人的公开密钥不可能正确解密该加密过的消息,其他人也不可能拥有该人的私有密钥而制造出该加密过的消息,这就是数字签名的原理。

从技术上来讲,数字签名其实就是通过一个单向函数对要传送的报文(或消息)进行处理产生别人无法识别的一段数字串,这个数字串用来证明报文的来源并核实报文是否发生了变化。在数字签名中,私有密钥是某个人知道的秘密值,与之配对的唯一公开密钥存放在数字证书或公共数据库中,用签名人掌握的秘密值签署文件,用对应的数字证书进行验证。

任何公钥密码体制,当用私钥签名时,接收方可认证签名人的身份;当用接收方的公钥加密时,只有接收方能够解密。这就是说,公钥密码体制即可用作数字签名,也可用作加密。

1. RSA 数字签名

(1) 设 A 为签名人,任意选取两个大素数 p 和 q,计算 $n=pq$,$\phi(n)=(p-1)(q-1)$,随机选择整数 $e<\phi(n)$,满足 $\gcd(e,\phi(n))=1$(e 和 $\phi(n)$ 的最大公约数是 1);计算整数 d,满足:$ed=1 \bmod \phi(n)$。p,q 和 $\phi(n)$ 保密,A 的公钥为 (n,e),私钥为 d。

(2) 签名过程。对于消息 $m(m<n)$,计算 $s=md \bmod n$,则签名为 (m,s),并将其发送给接收人或验证人。

(3) 验证过程。接收人或验证人收到签名 (m,s) 后,利用 A 的公钥计算 $\tilde{m}=s^e \bmod n$,检查 $\tilde{m}=m$ 是否成立。如果成立,则签名正确,否则,签名不正确。

签名正确性证明:若签名正是 A 所签,则有

$$\tilde{m} = s^e \bmod n = (m^d)^e \bmod n = e^{ed} \bmod n = m$$

分析:在该签名方案中,任何人都可以用 A 的公钥进行验证,而且可以获得原文,不具备加密功能。如果消息 $m>n$,则可用哈希函数 h 进行压缩,计算 $s=(h(m))^d \bmod n$,接收方或验证方收到 (m,s) 后,先计算 $\tilde{m}=s^e \bmod n$,然后检查 $\tilde{m}=h(m)$ 是否成立,即可验证签名是否正确。在这里,可以判断 m 是否被篡改。如果 m 包含重要的信息,不能泄露,那么签名还需要进行加密处理,再传送。

2. DSA 数字签名

1991 年 8 月美国国家标准局(NIST)公布了数字签名标准(Digital Signature Standard,DSS)。此标准采用的算法称为数字签名算法(Digital Signature Algorithm,DSA),它作为 ElGamal 和 Schnorr 签名算法的变种,其安全性基于离散对数难题;并且采用了 Schnorr 系统中,g 为非本原元的做法,以降低其签名文件的长度。

1) 算法参数

(1) 全局公开密钥分量。

p:p 是素数,且满足 $2^{551}<p<2^{1024}$。

q:q 是 $p-1$ 的一个素因子,且 $2^{159}<p<2^{160}$,且 $(p-1) \bmod q=0$。

g:$g=h^{(p-1)/q} \bmod p$,其中 h 是一个整数,且满足 $1<h<(p-1)$。

(2) 私钥。

用户的私有密钥 x 必须是一个随机数或伪随机数，且 $1<x<p$。

(3) 公钥。

公开密钥 y 是利用私有密钥计算出来的：$y=g^x \bmod p$。

(4) 用户的随机选择数：

k 为随机或伪随机数，且 $0<k<q$

2) 签名过程

$r=(g^k \bmod p) \bmod q$。

$s=[k^{-1}(\mathrm{H}(\mathrm{M})+xr)] \bmod q$，其中 H(M)是采用 SHA-1 算法计算的报文散列码。

这样就形成了对信息 M 的数字签名(r,s)，数字签名和信息一同发送给接收方。

3) 验证过程

接收方收到信息 M′和数字签名(r',s')以后，对信息的验证过程如下：

$w=(s')^{-1} \bmod q$；

$u1=[\mathrm{H}(\mathrm{M}')w] \bmod q$；

$u1=(r')w \bmod q$；

$v=[(g^{u1}y^{u2}) \bmod p] \bmod q$。

如果 $v=r'$则说明信息确实来自发送方。

3. 其他数字签名

电子商务中，还有很多其他特殊的签名。

- 盲签名。指签名人不知道所签文件内容的一种签名。
- 代理签名。指签名人将其签名权委托给代理人，由代理人代表他签名的一种签名。
- 多重签名。由多人分别对同一文件进行签名的特殊数字签名。
- 群签名。由个体代表群体执行签名，验证者从签名不能判定签名者的真实身份，但能通过群管理员查出真实签名者。
- 环签名。一种与群签名有许多相似处的签名形式，它的签名者身份是不可跟踪的，具有完全匿名性。
- 前向安全签名。主要是考虑密钥的安全性，签名私钥能按时间段不断更新，而验证公钥却保持不变。攻击者不能根据当前时间段的私钥，推算出先前任一时间段的私钥，从而达到不能伪造过去时间段的签名，对先前的签名进行了保护。
- 双线性对技术。它是利用超奇异椭圆曲线中 Weil 对和 Tate 对所具有的双线性性质，构造各种性能良好的数字签名方案。

9.5 防火墙技术

9.5.1 防火墙概述

1. 防火墙的定义

防火墙是指一种将内部网和公众访问网(如 Internet)分开的方法，是通过访问控制策略,将内、外网有条件地隔离的技术。防火墙由软件和硬件组成,它采用由系统管理员定义的规则,对一个安全网络(内网)和一个不安全网络(外网)之间的数据流施加控制。以下是防火墙的属性。

(1) 双向流通信息必须经过它。

(2) 只有被预定的本地安全策略授权的信息流才被允许通过。

(3) 本身具有很高的抗攻击能力。

2. 防火墙的发展

第一代,包过滤防火墙。1985 年左右几乎和路由器同时出现,由 Cisco 的 IOS 软件公司研制。

第二代,代理服务器防火墙。20 世纪 80 年代末 90 年代初,AT&T 贝尔实验室研究开发,DEC 公司推出第一个产品 SEAL。

第三代,状态检测防火墙。1992 年开始研究,1994 年以色列推出第一个产品 Check Point Firewall。

第四代,集成防火墙。

9.5.2 防火墙的功能

1. 防火墙的访问控制功能

(1) 对经过防火墙的所有通信进行连通或阻断的安全控制,以实现连接到防火墙的各个网段的边界安全性。

(2) 可以对网络地址、端口、协议、文件类型、上网时间等进行过滤。

(3) 防火墙的访问控制的两种策略,“黑名单”策略指除了规则禁止的访问,其他都是允许的;“白名单”策略指除了规则允许的访问,其他都是禁止的。

2. 防火墙的防止外部攻击

防火墙内置黑客入侵检测与防范机制。

3. 防火墙的地址转换(NAT)

地址转换有正向、反向地址转换两种。

1) 正向地址转换(源地址转换)

正向地址转换指修改数据包中 IP 头部中的数据源地址。当使用私有地址的内网用户访问外网时,把私有地址转换为合法的外网地址。

比如可用的 IP 地址是一个范围,而内部网络地址的范围大于合法 IP 的范围,不能一一分配,则动态地当某一个内部网络地址用户访问外网时,转换为某一外部 IP,可以有助于解决 IP 地址紧缺,同时能隐藏内部的网络拓扑结构,提升网络的安全性。但如果合法 IP 都被占用,则从内网的新的请求会由于没有合法地址可以分配而失败。

NAT 包括有静态 NAT、动态地址 NAT 和端口多路复用地址转换三种技术类型。静态 NAT 是把内部网络中的每个主机地址永久映射成外部网络中的某个合法地址;动态地址 NAT 是采用把外部网络中的一系列合法地址使用动态分配的方法映射到内部网络；端口多路复用地址转换是把内部地址映射到外部网络的一个 IP 地址的不同端口上。

2）反向地址转换（目标地址转换）

反向地址转换指修改数据包中 IP 头部中的数据目的地址。这种转换通常发生在防火墙之后的服务器上。由于服务器使用了私有地址，要使外网用户可以访问到其提供的服务，必须有合法的 IP 与之对应。可以隐藏内部服务器信息。

地址转换的实现需要维护一张转换表，以保证能够对返回的数据包进行正确的反向转换。

4. 防火墙的日志与报警

防火墙可以实时在线监视内外网络间 TCP 连接的各种状态及 UDP 协议包能力，在日志中记录所有防火墙的配置操作、上网通信时间、源地址、目的地址等。

5. 防火墙的身份认证

防火墙支持基于用户身份的网络访问控制，可以根据用户认证情况动态地调整安全策略，实现用户对网络的授权访问。

9.5.3 电子商务中的防火墙技术

电子商务网络交易安全的保障在很大一部分中都与防火墙有着密切的联系，然而，并不是公司运用防火墙技术就能保证自己在交易中得到安全。通俗地讲，防火墙技术可以分为以下几类：

1. 包过滤技术（Packet Filter）式防火墙

包过滤是在网络层中对数据包实施有选择的通过，依据系统事先设定好的过滤逻辑，检查数据流中的每个数据包，根据数据包的源地址、目标地址以及包所使用的端口确定是否允许该类数据包通过。在互联网中信息的往来都被分割成许许多多一定长度的信息包，包中包括发送者的 IP 地址和接收者的 IP 地址。当这些包被送上互联网时，路由器会读取接收者的 IP 并选择一条物理上的线路发送出去，信息包可能以不同的路线抵达目的地，当所有的包抵达后会在目的地重新组装还原。包过滤式的防火墙会检查所有通过的信息包里的 IP 地址，并按照系统管理员所给定的过滤规则过滤信息包。如果防火墙设定某一 IP 为危险的话，从这个地址而来的所有信息都会被防火墙屏蔽掉。这种防火墙的用法很多，比如国家有关部门可以通过包过滤防火墙来禁止国内用户去访问那些违反我国有关规定或者“有问题”的国外站点。包过滤的工作机制如图 9-4 所示。

包过滤发生在网络层上，在将某个数据包向前传递之前，防火墙会将 IP 头和 TCP 头与一个由用户定义的表单（规则库）进行比较，该规则库包含许多规则来指示防火墙是应该拒绝还是接收该数据包。

若扫描时发现了匹配的，则按特定要求执行操作，若没有匹配的，则对它施加一条默认规则。

包过滤的默认规则中，有两类思想，“容易使用”和“安全第一”。“容易使用”指除了明确

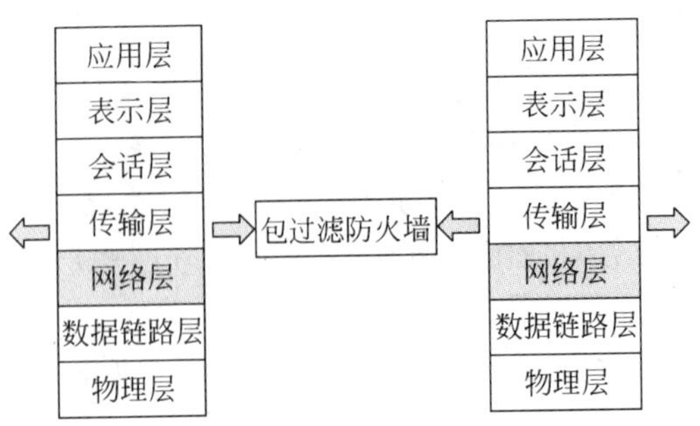

图 9-4 包过滤的工作机制

拒绝的,允许所有数据流通过;“安全第一”指除了明确允许的,拒绝所有数据流通过。

包过滤依据的规则一般是:包的目的 IP 地址(IP 包首部)、包的源 IP 地址(IP 包首部)、包的传送协议(端口号)(TCP 包首部)。

接收或是拒绝一个数据包取决于对数据包中的 IP 头和协议头的特定区域的检查,而特定区域则包括数据源地址、目的地址、应用或协议、源端口号和目的端口号。

以下是包过滤技术式防火墙的优点。

(1) 处理速度快。

(2) 提供透明的服务,与应用层无关,用户不用改变客户端程序,无须用户名密码登录。

(3) 成本低,路由器通常集成了简单包过滤的功能,基本不再需要单独的实现包过滤功能的防火墙设备。

以下是包过滤技术式防火墙的缺点。

(1) 仅工作于网络层,不能对数据包更高层的信息进行分析,安全级别低。

(2) 不支持用户认证,只能识别机器信息,容易受 IP 欺骗的攻击。

(3) 不提供日志功能。

(4) 缺少状态感知,对于使用动态分配端口的服务来说,要打开许多端口,由此增加了网络的风险。

(5) 创建严密有效、次序合理的安全策略较困难。

(6) 对访问的控制不够细化。

包过滤技术作为防火墙的应用常见的有两种,一是路由设备在完成路由选择和数据转发之外,同时进行包过滤(最常见的是屏蔽路由器);二是在工作站上使用软件进行包过滤。

2. 代理服务式防火墙

代理服务是另一种类型的防火墙,它通常是一个软件模块,运行在一台主机上。代理服务器与路由器合作的,路由器实现内部和外部网络交互时的信息流导向,将所有的相关应用服务请求传递给代理服务器。代理服务作用在应用层,其特点是完全“阻隔”了网络通信流,通过对每种应用服务编制专门的代理程序,实现监视和控制应用层通信流的作用。代理服务的实质是中介作用,它不允许内部网和外部网之间进行直接的通信。

用户希望访问内部网某个应用服务器时,实际上是向运行在防火墙上的代理服务软件提出请求,建立连接;代理服务器代表它向要访问的应用系统提出请求,建立连接;应用系统给予代理服务器响应；代理服务器给予外部网用户以响应。外部网用户与应用服务器之间的数据传输全部由代理服务器中转，外部网用户无法直接与应用服务器交互，避免了来自外部用户的攻击。通常代理服务是针对特定的应用服务而言的，不同的应用服务可以设置不同的代理服务器。

代理系统工作在应用层，提供应用层服务的控制，起到内部网络向外部网络申请服务时的中转作用；同时，内部网络只接受代理提出的服务请求，拒绝外网的直接请求。代理服务器工作机制如图 9-5 所示。

应用层	⇨	代理服务器	⇦	应用层
……				……

图 9-5　代理服务器工作机制

代理服务型防火墙按标准步骤对接收的数据包进行处理。

(1)接收数据包。

(2) 检查源地址和目标地址。

(3) 检查请求类型。

(4) 调用相应的程序。

(5) 对请求进行处理。

以外网用户通过 Telnet 访问内网主机为例，认识代理服务型防火墙的工作机制。

(1)接收数据包。外网路由器将外部网络主机对内部网络资源的请求路由至防火墙的外部网卡，防火墙接收。

(2) 检查源地址和目标地址。防火墙检查数据包中的源地址，并确定该包是由内网卡还是外网卡接收到的，以防 IP 地址欺骗。检查数据包中的目的地址，确定是否接收或拒绝该包。

(3) 检查请求类型。防火墙检查请求的服务端口号，依据规则，确定是否向数据包提供相应的服务。

(4) 调用相应的程序。若防火墙对所请求的服务提供支持，则将该服务请求传送至相应的代理服务。

(5) 对请求进行处理。代理服务执行相应的代理程序，此时，应用请求认为是在与目标主机进行对话；然后，代理服务通过另一网卡以自己的真实身份代替客户方，向目标主机发送应用请求，若请求成功，则客户端到目标主机之间的应用连接成功建立。

以下是代理服务型防火墙的优点。

(1) 可以识别并实施高层的协议，如 http 等，安全级别高于包过滤防火墙，同时也能处理数据包。

(2) 代理服务型防火墙可以配置成唯一的可被外边看见的主机，以保护内部主机免受外部的攻击。

(3) 可以强制执行用户认证。

(4) 代理工作在客户机和真实服务器之间，可记录和控制所有进出流量，能提供较详细的审计日志。

以下是代理服务型防火墙的缺点。

(1) 速度慢，因为数据要被处理两次(应用程序和代理)。

(2) 对于新出现的应用服务，其代理服务的开发要滞后。

(3) 经常会需要客户端的修改和设置，较繁琐。

(4) 对操作系统和应用层协议有依赖性，大多数应用层防火墙需要操作系统的支持才能正常运行。

3. 地址迁移式防火墙

随着企业以及个人上网的增多，企业或个人获得的公共 IP 地址会呈现越来越紧缺的趋势。通常的解决方案是：为每个企业分配若干个全局 IP 地址，企业网内部使用自定义的 IP 地址(称为本地 IP 地址或者虚拟 IP 地址)。当内外用户希望相互访问时，专门的路由器(NAT 路由器)负责全局/本地 IP 地址的映射。NAT 路由器位于不同地址域的边界处，通过保留部分全局 IP 地址的分配权来支持 IP 数据包的跨网传输。这样的模式就是地址迁移式防火墙。

9.5.4 防火墙的状态检测技术

所有 TCP 会话都是从三次握手开始，握手时要传送序号、SYN、ACK 等数据。攻击者经常通过发送含有不正确位的数据包来试图欺骗服务器(如攻击者想搜寻服务器上开放的端口，则发送 ACK=1 的数据包欺骗服务器)。

状态检测防火墙是基于 TCP 包的结构与传输方式，将属于同一连接的所有包作为一个整体的数据流看待，构成连接状态表。通过验证数据包的序号以及各状态位信息等来确定数据包是否合法，一旦发现任何连接的参数有意外的变化，则终止该连接。

状态检测技术防火墙维护一张状态表，跟踪记录当前连接及所处状态，如果防火墙收到一个处于非预期状态的数据包，这个数据包会被丢弃。

状态检测防火墙有一个检测模块，截获网络层的数据包，并抽取与应用层状态有关的信息，并以此作为依据决定对该连接是接受还是拒绝。防火墙的状态检测机制如图 9-6 所示。

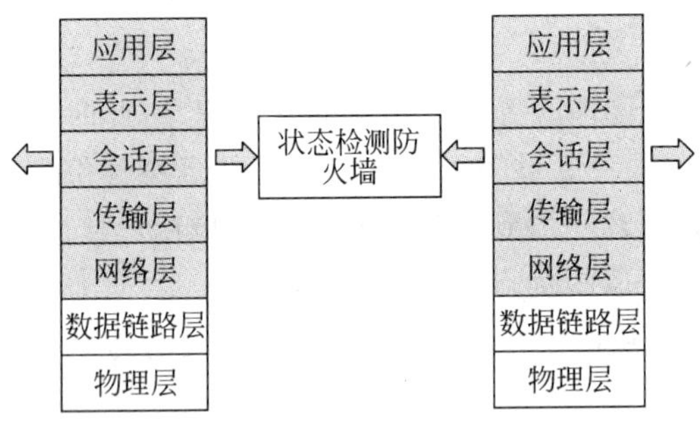

图 9-6 防火墙的状态检测机制

以下是状态检测技术的特点。

(1) 安全性。状态检测模块位于操作系统的内核，状态检测防火墙截取和检查所有通过网络的原始数据包，根据安全策略从中提取有用信息，保存在内存中，然后和相关状态表信息结合操作，确定对包的处理。

(2) 高效性。数据包在低层处理，提高执行效率；一旦一个身份验证通过、连接建立，就不再对该连接做更多的判断工作。

(3) 可伸缩性和易扩展性。不区分每个具体应用，只是根据从数据包中提取出的信息、对应的安全策略及过滤规则处理数据包，当有一个新的应用时，它能动态产生新的应用的新规则，而不用另外写代码。

(4) 应用范围广。可支持基于无连接协议的应用 RPC、UDP 等。对基于 UDP 应用安全的实现是通过在 UDP 通信之上保持一个虚拟连接来实现。防火墙保存通过网关的每一个连接的状态信息，允许穿过防火墙的 UDP 请求包被记录，当 UDP 包在相反方向上通过时，依据连接状态表确定该 UDP 包是否被授权，若已被授权，则通过，否则拒绝。如果在指定的一段时间内响应数据包没有到达，连接超时，则该连接被阻塞，这样所有的攻击都被阻塞，UDP 应用安全实现了。

状态检测防火墙也支持 RPC，因为对于 RPC 服务来说，其端口号是不定的，因此简单的跟踪端口号是不能实现该种服务的安全的，状态检测防火墙通过动态端口映射图记录端口号，为验证该连接还保存连接状态、程序号等，通过动态端口映射图来实现此类应用的安全。

9.5.5 防火墙系统体系结构

三种防火墙的体系结构是双重宿主主机体系结构、屏蔽主机体系结构和屏蔽子网体系结构。

1. 双重宿主主机体系结构

双重宿主主机结构是围绕着至少具有两个网络接口的双重宿主主机而构成的。双重宿主主机内外的网络都可以和其通信，但内外网络之间不可以直接通信。内外网络之间的数据流被双重宿主主机切断，它们之间的通信必须经过双重宿主主机的过滤和控制。双重宿主主机是唯一的隔开内网和外网的屏障，如果入侵者得到了该主机的访问权，内部网络就会被入侵，所以双重宿主主机应该有强大的身份认证系统。

2. 屏蔽主机体系结构

提供安全保护的主机只与内网相连，有一台单独的过滤路由器位于外网和主机之间，把内网和外网隔离开，它强迫所有到达路由器的数据包被发送到被屏蔽的堡垒主机。堡垒主机是外网上的主机可以到达的唯一的内网上的系统。它是内外网络信息流通的必经之路，也就是代理服务器。

屏蔽主机防火墙由包过滤路由器和堡垒主机组成。可实现网络层安全(包过滤，由路由器实现)和应用层安全(代理服务，由堡垒主机实现)。在这种防火墙中，过滤路由器是否正确配置是安全与否的关键，过滤路由器的路由表应当受到严格保护，否则不能保证数据包路由到堡垒主机上。

3. 屏蔽子网体系机构

在屏蔽主机体系结构上再加一个过滤路由器，两个路由器形成了一个隔离带，将堡垒主机安装在此隔离带中。隔离带也称停火区或非军事区(DMZ)。

屏蔽子网是在内网和外网之间建立一个被隔离的子网，用两个包过滤路由器将这一子网分别与内网和外网分开。两个包过滤路由器放在子网的两端，在子网内构成一个“缓冲地带”(DMZ),两个路由器一个控制内网数据流,另一个控制外网据流,内网和外网均可访问DMZ,但禁止它们直接穿过DMZ通信。在DMZ中的堡垒主机,为内、外网络的互相访问提供代理服务,而且来自两网络的访问都必须通过两个包过滤路由器的检查。对于向Internet公开的服务器,像WWW、FTP、Mail等Internet服务器也可安装在DMZ,这样无论是外部用户,还是内部用户都可访问(注意:这种结构的防火墙安全性能高,具有很强的抗攻击能力,但需要的设备多,造价高)。

9.6 虚拟专用网技术

9.6.1 VPN的概念

虚拟专用网(VPN)指的是依靠ISP(Internet服务提供商)和其他NSP(网络服务提供商),在公用网络中建立专用的数据通信网络的技术。在虚拟专用网中,任意两个节点之间的连接并没有传统专网所需的端到端的物理链路,而是利用某种公众网的资源动态组成的。所谓虚拟,是指用户不再需要拥有实际的长途数据线路,而是使用Internet公众数据网络的长途数据线路。所谓专用网络,是指用户可以为自己制定一个最符合自己需求的网络。

由于VPN是在Internet上临时建立的安全专用虚拟网络,用户就节省了租用专线的费用,在运行的资金支出上,除了购买VPN设备,企业所付出的仅仅是向企业所在地的ISP支付一定的上网费用,也节省了长途电话费。这就是VPN价格低廉的原因。

随着商务活动的日益频繁,各企业开始允许其生意伙伴、供应商也能够访问本企业的局域网,从而大大简化信息交流的途径,增加信息交换速度。这些合作和联系是动态的,并依靠网络来维持和加强,于是各企业发现,这样的信息交流不但带来了网络的复杂性,还带来了管理和安全性的问题。随着自身的发展壮大与跨国化,企业的分支机构不仅越来越多,而且相互间的网络基础设施互不兼容也更为普遍。因此,用户的信息技术部门在连接分支机构方面也感到日益棘手。典型的VPN结构图如图9-7所示。

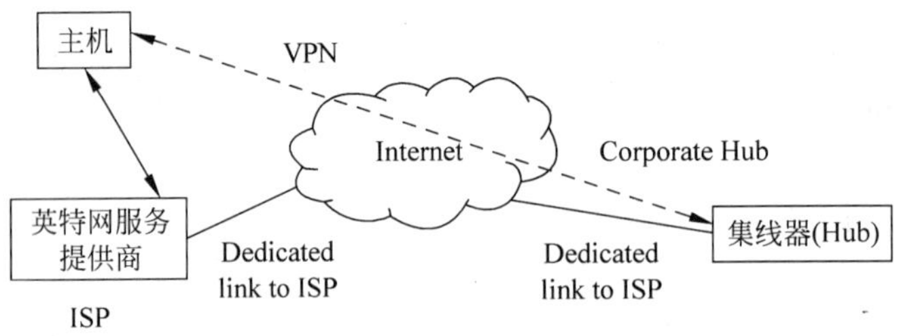

图9-7 典型的VPN结构图

9.6.2 VPN的安全技术

目前VPN主要采用四项技术来保证安全,这四项技术分别是隧道技术(Tunneling)、加解密技术(Encryption & Decryption)、密钥管理技术(Key Management)、使用者与设备身份认证技术(Authentication)。

1. 隧道技术

(1) 隧道技术是 VPN 的基本技术，类似于点对点连接技术，它在公用网建立一条数据通道(隧道)，让数据包通过这条隧道传输。

(2) 隧道是由隧道协议形成的，分为第二、三层隧道协议。

(3) 第二层隧道协议是先把各种网络协议封装到 PPP 中，再把整个数据包装入隧道协议中。这种双层封装方法形成的数据包靠第二层协议进行传输。第二层隧道协议有 L2F、PPTP、L2TP 等。L2TP 协议是目前 IETF 的标准，由 IETF 融合 PPTP 与 L2F 而形成。

(4) 隧道技术主要应用于构建远程访问虚拟专网。

(5) 第三层隧道协议是把各种网络协议直接装入隧道协议中，形成的数据包依靠第三层协议进行传输。第三层隧道协议有 VTP、IPSec 等。

(6) 隧道技术主要应用于构建企业内部虚拟专网(Intranet VPN)和扩展的企业内部虚拟专网(Extranet VPN)。

2. 加解密技术

加解密技术是数据通信中一项较成熟的技术，VPN 可直接利用现有技术。

3. 密钥管理技术

密钥管理技术的主要任务是如何在公用数据网上安全地传递密钥而不被窃取。现行密钥管理技术又分为 SKIP 与 ISAKMP/OAKLEY 两种。SKIP 主要是利用 Diffie-Hellman 的演算法则，在网络上传输密钥；而在 ISAKMP 中，双方都有两把密钥，分别用于公用、私用。

4. 身份认证技术

身份认证技术最常用的是验证使用者名称与密码等方式。

9.6.3 VPN 的应用模式

针对不同的用户要求，VPN 有三种解决方案，即远程访问虚拟网(Access VPN)、企业内部虚拟网(Intranet VPN)和企业扩展虚拟网(Extranet VPN)，这三种类型的 VPN 分别与传统的远程访问网络、企业内部的 Intranet 以及企业网和相关合作伙伴的企业网所构成的 Extranet 相对应。

小结

本章主要讲述了电子商务中的安全问题以及安全技术，包括安全协议、数据加密技术、数字签名和认证技术、防火墙和虚拟专用网技术等，这些都是电子商务中常用的安全防护措施。电子商务的安全是一个复杂系统工程，除了加强技术上的防护措施外，还必须完善电子商务方面的立法，以规范飞速发展的电子商务现实中存在的各类问题，从而引导和促进我国电子商务快速健康发展。

习题

1. 电子商务中的安全事件主要有哪些?分别举例说明。

2. 电子商务安全分为网络安全和交易安全两部分,分别阐述这两方面所面临的安全隐患。

3. 电子商务的网络安全协议有哪些?

4. 分析 SSL 协议和 SET 协议的功能,比较二者在安全性和使用成本等方面的优缺点。

5. 根据加密与解密密钥是否相同,可将密码体制划分为对称密码体制和非对称密码体制两种,它们有什么区别?

6. 分别简述对称密码体制中的 DES 算法和非对称密码体制中的 RSA 算法的原理,并比较二者的优缺点。

7. 数字签名是为了解决什么问题?常用的数字签名技术有哪些?

8. 简述防火墙的功能及分类。

9. 防火墙系统有哪几种结构?分别阐述各种结构的特点。

10. 什么是虚拟专用网 VPN?它采用了哪些安全技术?

11. 列举消费者在网上交易的过程中可能遇到的安全问题,并就本章所学内容探讨应采取哪些安全技术来避免这些事件的发生。

参考文献

[1] 李重九,李睿,龚键.电子商务教程.上海:浦东电子出版社,2000.

[2] 孙晋文,肖建国.企业应用集成与基于Web Services的构架应用.计算机工程与应用,2003,21:205-208.

[3] 韦传亮,周新超,甘志兰,等.电子商务教程.北京:对外经济贸易大学出版社,2007.

[4] Bruce Eckel. Java编程思想.2版.陈吴鹏,译.北京:机械工业出版社,2007.

[5] 邬继成.J2EE开源编程精要15讲——整合Eclipse、Struts、Hibernate和Spring的Java Web开发.北京:电子工业出版社,2009.

[6] 陈天河.Struts,Hibernate,Spring集成开发宝典.北京:电子工业出版社,2007.

[7] 黄京华,闻中.电子商务教程.北京:清华大学出版社,2010.

[8] Rod Johnson(美).J2EE设计开发编程指南.魏海萍,译.北京:电子工业出版社,2003.

[9] (英)Minter D,(美)Linwood J. Hibernate基础教程.陈剑瓯,译.北京:人民邮电出版社,2008.

[10] 夏昕,曹晓钢,唐勇.深入浅出Hibernate.北京:电子工业出版社,2005.

[11] (美)多雷.Struts基础教程.铁手,译.北京:人民邮电出版社,2007.2.

[12] 李刚.Struts2权威指南——基于WebWork核心的MVC开发.北京:电子工业出版社,2008.

[13] 杨中科.J2EE开发全程实录.北京:清华大学出版社,2007.

[14] 李钟尉,陈丹丹.Java项目开发案例全程实录.北京:清华大学出版社,2011.

[15] 管有庆,王晓军,董晓燕.电子商务安全技术.北京:北京邮电大学出版社,2005.

[16] 朱少林,蔡燕,熊平,等.电子商务概论.北京:清华大学出版社,2006.

[17] 熊平,朱平,陆安生.电子商务安全技术.北京:清华大学出版社,2006.

[18] 1997—2009中国电子商务十二年调查报告.中国电子商务研究中心,http://bzb.toocle.com/zt/1997.

21 世纪高等学校数字媒体专业规划教材

ISBN	书　　名	定价(元)
9787302224877	数字动画编导制作	29.50
9787302222651	数字图像处理技术	35.00
9787302218562	动态网页设计与制作	35.00
9787302222644	J2ME 手机游戏开发技术与实践	36.00
9787302217343	Flash 多媒体课件制作教程	29.50
9787302208037	Photoshop CS4 中文版上机必做练习	99.00
9787302210399	数字音视频资源的设计与制作	25.00
9787302201076	Flash 动画设计与制作	29.50
9787302174530	网页设计与制作	29.50
9787302185406	网页设计与制作实践教程	35.00
9787302180319	非线性编辑原理与技术	25.00
9787302168119	数字媒体技术导论	32.00
9787302155188	多媒体技术与应用	25.00
9787302235118	虚拟现实技术	35.00
9787302234111	多媒体 CAI 课件制作技术及应用	35.00
9787302238133	影视技术导论	29.00
9787302224921	网络视频技术	35.00
9787302232865	计算机动画制作与技术	39.50

以上教材样书可以免费赠送给授课教师，如果需要，请发电子邮件与我们联系。

教学资源支持

敬爱的教师：

感谢您一直以来对清华版计算机教材的支持和爱护。为了配合本课程的教学需要，木教材配有配套的电子教案(素材)，有需求的教师可以与我们联系，我们将向使用本教材进行教学的教师免费赠送电子教案(素材)，希望有助于教学活动的开展。

相关信息请拨打电话 010-62776969 或发送电子邮件至 weijj@tup. tsinghua. edu. cn 咨询，也可以到清华大学出版社主页(http://www. tup. com. cn 或 http://www. tup. tsinghua. edu. cn)上查询和下载。

如果您在使用本教材的过程中遇到了什么问题，或者有相关教材出版计划，也请您发邮件或来信告诉我们，以便我们更好地为您服务。

地址：北京市海淀区双清路学研大厦 A 座 707　　计算机与信息分社魏江江　收

邮编：100084　　电子邮件：weijj@tup. tsinghua. edu. cn

电话：010-62770175 4604　　邮购电话：010-62786544

《网页设计与制作(第 2 版)》目录

ISBN 978-7-302-25413-3　　梁　芳　主编

图书简介:

Dreamweaver CS3、Fireworks CS3 和 Flash CS3 是 Macromedia 公司为网页制作人员研制的新一代网页设计软件,被称为网页制作"三剑客"。它们在专业网页制作、网页图形处理、矢量动画以及 Web 编程等领域中占有十分重要的地位。

本书共 11 章,从基础网络知识出发,从网站规划开始,重点介绍了使用"网页三剑客"制作网页的方法。内容包括了网页设计基础、HTML 语言基础、使用 Dreamweaver CS3 管理站点和制作网页、使用 Fireworks CS3 处理网页图像、使用 Flash CS3 制作动画和动态交互式网页,以及网站制作的综合应用。

本书遵循循序渐进的原则,通过实例结合基础知识讲解的方法介绍了网页设计与制作的基础知识和基本操作技能,在每章的后面都提供了配套的习题。

为了方便教学和读者上机操作练习,作者还编写了《网页设计与制作实践教程》一书,作为与本书配套的实验教材。另外,还有与本书配套的电子课件,供教师教学参考。

本书可作为高等院校本、专科网页设计课程的教材,也可作为高职高专院校相关课程的教材或培训教材。

目　　录: